〔清〕顧嗣立
席世臣 編
吴申揚 點校

元詩選

癸集 上

中華書局

出版説明

顧嗣立編選《元詩選》，以十集分編，自甲至壬，皆廣收元人專集，共成三集，合三百三十七家；而以諸家選本僅存數首及山經地志、稗官野史所傳者總編成癸集，共計約二千四百餘家〔一〕，由此可見癸集在《元詩選》這部元代詩歌總集中所佔的重要地位。没有癸集的《元詩選》是不完整的，不足以反映有元一代詩歌的整體風貌。

早在顧嗣立編選《元詩選》初集時，就已經明確了癸集的收録範圍，如《元詩選凡例》所述：「至諸家選本止存四五首者，與夫山經地志、稗官野史所傳，總編一集附後。」並且有意識地搜集癸集方面的資料〔二〕。而真正促成顧嗣立編成癸集的契機，是他於康熙四十四年（一七〇五）應詔進京入選御選宋金元明四朝詩館。其一，他以纂修人員的身份，得以盡窺内府藏書，「所見元人詩尤多，手自抄撮，存諸行篋」〔三〕。其二，康熙五十四年（一七一五），給假旋里，顧嗣立又「南溯湘灕，北登崧岱，搜求遺佚，哀益滋多」〔四〕。因此，他在獲取了大量資料之後，於康熙五十九年（一七二〇）編成《元詩選》三集的同時，癸集的編選工作亦大體完成。其三集自序稱：「輒合二十年所得，重加詮次，凡成集者約一百六十餘家。其諸家選本及山經地志、野史稗官、書畫卷軸，所傳詩未滿數首者，編入癸集，共計三千餘人，元詩綦大備矣。繕寫粗畢，欲悉付剞人，力有未逮。復先以百家，質諸海内，他日續完全書，以成鉅觀。」可見，顧嗣立晚年，癸集已經草成，但尚未刻印成書。

至乾隆年間，有南沙席世臣從顧嗣立曾孫顧果庭處訪得癸集已刻之版並未刻之稿，「爰與果庭乃復校紬，勘其脱落，重加修訂」（見席世臣序），十易寒暑，終於嘉慶三年（一七九八）刻印成書。然此書印本不多，流傳不廣。尤爲不幸的是，光緒年間，戰亂頻仍，癸集的書板散佚逾半。席世臣曾孫席威搜集剩板，據舊印本重寫補刊，於光緒十四年（一八八八）刻成補版重印本。目前通行者，就是此本。較之席世臣刻本，席威重印本除書前增閔萃祥序、席威跋之外，所補之版亦間有舛誤。

值得慶幸的是，癸集不僅現有刻本，而且尚有稿本存世。此本係顧廷龍、潘景鄭於蘇州文學山房發現，以重金購得，捐獻於上海圖書館。該稿本曾經王芑孫淵雅堂、潘介繁桐西書屋及費念慈歸牧盦收藏。全書共六十六册，版格用木活字排版墨印，版心上端印「元詩選癸集」，下端印「秀野草堂」。半頁十行，行十九字。書中「弘」字缺筆，而「顒」、「琰」等字均不避諱，可知抄寫於乾隆年間。需要注意的是，該稿本非原稿本，係後人從以前的稿本傳抄而來〔五〕。稿本中頗多誤字、脱字，席氏刻本均已改正補齊；又有與刻本不同之處，而稿本爲勝者。由此可見，席氏所據底本並非該稿本，癸集在流傳過程中並不止於一種稿本。

稿本、刻本相校，間有出入，互有優劣，現將稿本、刻本之主要異同大致介紹如下：

一、稿本可校補刻本者頗多，主要如下：癸之甲，稿本多吕起猷《四時讀書樂》四首；癸之戊上，稿本多周詢《題明皇與楊妃對奕》一首；癸之戊下，稿本多程養全《慶吴閑閑宗師雙目復明》一首；癸之庚下，稿本多郭彦章一家《題廬陵義士傳》、《題新淦劉貞女》二首；癸之辛上，稿本多周南《虎邱次和郁進士仲誼韻》一首；癸之辛下，稿本多仉機沙《耕漁軒文會》、《秋興一章録似良夫》二首，留睿《和西湖竹枝詞》一首；癸之壬上，稿本多琺壽一家《田母拒金圖》一首，梅花尼一家《咏梅花》一首；癸之壬下，稿本多賈雲華《題魏生卧屏》、《簡約魏生》、《生負期醉卧戲題練裙》三首，劉燕歌一家《有感》一首，李飛仙一家《與客游樂》一首，佚名《紀瀛國公事詩》一首，佚名《真武道院詩》一首，佚名《水仙祠詩》一首，佚名《琵琶亭詩》一首，佚名《江南謠》一首；癸之癸上，稿本多韓中村《岳王墓》一首，鄧元宏一家《宫詞》一首，張彦高一家《古行路難》一首；癸之癸下，稿本多劉廉一家《歌風臺》一首。

稿本、刻本在録詩上存在這麽大的差異，一種可能是稿本、刻本所依據的底本有所不同，而另一種可能則是顧嗣立當時僅草成癸集，未及考訂，而席世臣則在原稿的基礎上「重加修訂」。如癸之壬上稿本多梅花尼一家，其小傳稱此家録自明酈琥所編《彤管遺編》，疑爲宋人所作，詩後小注稱此詩見於羅大經《鶴林玉露》〔六〕，顯係宋詩。刻本未收甚當。此種情况尚多，可見席世臣在修訂過程中對底本有所取捨。

二、刻本癸之丁收詩一百六十六家，而稿本收詩十八家，兩本迥異。稿本十八家爲：胡提舉杕、吴編修炳、孟總管淳、墻東先生陸文圭、葉婺州衡、龕海詩人達溥化、清白先生楊鎰、楊檢校鑄、劉左司仁本、沈處士性、葛縣尹元喆、王祭酒思誠、施處士鈞、段提舉天祐、王博士沂、紫芝生俞和、陸鄉貢景龍、岐山先生魯淵。此十八家皆有專集，録詩十至數十首不等，顯然不屬於癸集之收録範圍，稿本明顯誤收〔七〕。

三、除上述在收詩方面稿本、刻本有所不同以外，兩本在作家小傳内容上亦有差異，或稿本可補刻本之闕，或刻本修訂稿本之誤。如稿本作家小傳多引錢謙益語，稱「錢宗伯牧齋」云云，而刻本一律删去錢謙益姓名，可見刻本對底本有所改動〔八〕。

通過比較稿本與刻本，不難發現，二本所依據的底本確實不同。稿本的發現，有助於探尋顧嗣立原作的面貌，看清癸集成書的基本過程。顧嗣立在有生之年確已編成癸集，然未及修訂付刻；而席世臣在得到癸集已刻之版及未刻之稿後，不是簡單的刻印，而是加以修訂，做了不少校補删誤工作〔九〕。

《元詩選》癸集的問世，爲保存、整理有元一代詩歌作出了巨大貢獻。其一，它取材範圍之廣、搜羅作家作品之多，非惟前代諸家元詩選本可比擬，較之清代所編幾部歷代詩歌總集亦毫不遜色。其二，它保存了一大批元代詩歌，使之不致湮没。誠如《四庫全書總目提要》所云：「嗣立所見今不著録者亦往往而有。蓋相距五六十年，隱者或顯，而存者亦或偶佚。殘膏賸馥，轉賴是集以傳。」這段話雖然是針對《元詩選》前三集而言，而對於癸集，更是恰當不過了。其三，顧嗣立在編選癸集時，注重對方志、稗官野史、目録題跋、石刻資料的調查，爲後代編選總集提供了寶貴的經驗。

《元詩選》前三集已出版多年，癸集的整理與出版一直受到學術界和廣大讀者的關注。一九九一年，顧廷龍、陳先行先生向我們介紹了癸集，並「希望在整理癸集時，能利用稿本校補，……使這部元詩總集能以完整面貌問世，這不僅將贏得士林稱頌，連秀野先生也會含笑拊掌於九泉之下」〔十〕。今天，在顧廷龍、陳先行和上海圖書館古籍部諸位先生的真誠幫助下，《元詩選》癸集終於得以整理出版，在此，我們致以誠摯的謝意。

又，在《元詩選》初集整理本的《出版説明》中，曾提到「全書作者索引則附在癸集第二册之後」。我們在整理癸集時，幸運地發現了清人錢熙彦所編的《元詩選補遺》。今《元詩選補遺》也已整理完畢，不日即將出版，故全書作者索引將附在《元詩選補遺》之後。特此説明。

中華書局編輯部　一九九五年十二月

〔一〕顧嗣立《元詩選》三集稱癸集計三千餘人，然今本存約二千四百餘人。

〔二〕如癸之甲所收員炎一家六首，其小傳並所收詩皆見於王惲《秋澗先生大全集》，而王惲收入《元詩選》初集。

〔三〕見《閭邱年譜》（此年譜係顧嗣立自訂，見民國趙詒琛、王大隆所輯《丙子叢編》）。比較《御定四朝詩》，就可發現，癸集的相當一部分來源於此。

〔四〕見《閭邱年譜》。

〔五〕現存癸集稿本實爲一抄本，但爲不致使讀者産生誤解，仍沿用顧廷龍先生的説法，稱爲「稿本」。

〔六〕《鶴林玉露》所載有尼《悟道詩》云云，即稿本癸之壬上梅花尼所作《梅花詩》。

〔七〕關於稿本十八家的問題，參見《元詩選補遺》。

〔八〕顧嗣立編選《元詩選》，受錢謙益編選《列朝詩集》啓發頗多，故而其於《元詩選》前三集中徵引錢語多達二十餘處，癸集稿本正是延續了這一習慣。

〔九〕清人王芑孫貶席世臣刻書意在求利，刊校不精，抹殺其修訂之功，今人王德毅等編《元人傳記資料索引》，稱癸集爲席世臣所編，不念顧氏搜集編選之勤，均失之偏頗。

〔十〕見《書品》一九九一年第四期。

點校説明

一、《元詩選癸集》整理本以光緒戊子(一八八八)補版重印本爲底本,以《元詩選癸集》稿本(今藏上海圖書館)爲校本,並參校有關别集、諸家元詩選本及史料筆記。

二、此次整理,力圖在尊重底本的同時,兼能反映稿本的大致面貌,爲學術界提供一種完整可信的癸集整理本。

三、校勘工作遵循以下原則:

(一)凡刻本未收而稿本載録的諸家詩作,一並於整理本之目録和正文相應處補入,並出校説明,以存稿本舊貌。

(二)凡稿本可補訂刻本之文字闕誤處,皆據稿本補入改正,並出校説明。

(三)凡刻本與稿本文字相異而兩通者,爲保存稿本有價值的異文資料,皆出校説明,然不改字。

(四)凡刻本、稿本皆誤者,則據有關别集、諸家元詩選本、史料筆記等他書改正,並出校説明。

(五)凡稿本闕衍訛誤而刻本已增删訂正者,皆不出校。

四、稿本癸之丁集所録十八家詩作,本非癸集所應有,乃稿本誤録,皆一併删去。有關情况請參看《元詩選補遺》。

五、刻本中多有避諱字及相當數量的刊誤字,今皆徑予改正。然原有的假借字、異體字,皆一仍其舊，以存原貌。

六、刻本原有的《閔萃祥序》、《席世臣序》、《席威跋》以及稿本中的《王苣孫跋》，皆有助於讀者瞭解癸集之成書狀況，今一併置於卷首。

七、《元詩選癸集》内容豐富，所涉廣博，我們在點校工作中必不免舛誤疏漏處，務請方家不吝賜教。

整理者謹識 一九九五年十月

元詩選癸集總目錄

閔萃祥序

《元詩選癸集》者，席鄰哉先生竟俠君顧氏未竟之緒，而重爲纂輯者也。顧氏所編，自甲至壬，皆取諸有專集者；而以其無專集者編爲癸集。書未竟而卒。先生訪求殘賸，更十年之久，乃獲成書，其用力亦勤矣。蓋前九集既取專集，決擇排比，以較癸集瑣屑薈萃，其難易固不同。顧氏之不及成書，先生之歷年續綴，其職是故與。席氏世好讀書，多有述作，而校刊書尤富。庚申寇擾，率皆被燬。先生曾孫孟則明經，盡然傷之。頻年收拾叢殘，補苴完整，亦數十種矣。是書原版，其出於煨燼者，十僅六七，乃訪之收藏家，得初印本，覆校而補鋟之，遂復舊觀。烏乎！前人著述，必賴後人以爲之傳；而爲之傳者，蒐羅散佚，若恐前人之一字一言有勿顯於世，其居心何等忠厚，顧爲之子孫，於先人手澤所留遺，而可不致其孝敬之心以繼述爲急乎！孟則之修殘補闕，其有以也。工既蕆，屬萃祥序其原委。自惟譾劣，何敢序先生書？然深有感於孟則之所爲，有足以諷世，爰識之如此。

光緒十有四年仲春之月，華亭閔萃祥書。

席世臣序

顧秀野先生《元詩選》，以十干分部，自甲至壬，既壽諸梓，風行海内。惟癸集未竣而先生遽歿。先大夫守樸府君，顧出也。嘗取是編授世臣，而深以癸集獨闕爲憾。逮先大夫捐館，世臣每讀是編，輒蠹然有動於心。乃訪先生之曾孫果庭，尋已刻之版，並未刻之稿，亟取以歸，如獲拱璧。爰與果庭反復校紬，勘其脱落，重加修訂，版之壞者補之，槁之完者録之。蓋十易寒暑而始克蔵事。庶幾先生蒐輯之功，自此勿隳，亦先大夫之志也。其十集所未備者，世臣博採羣籍，别爲補遺一編，將續梓以問世焉。

嘉慶戊午四月中澣，南沙席世臣序。

席威跋

長洲顧氏選有元一代之詩，以十日之號爲次。其癸集雖已編目，未及成書。威五世祖妣，系出顧氏，嘗以此録命先曾祖鄰哉府君補刊之。府君博收廣採，閱十餘年之久，始克告成。又以顧氏所未及採者，别爲補遺附於後。板藏於家，世守勿失。庚申壬戌間，粵匪再陷郡城，家君出亡，書板散佚逾半。及事定，威回里，日望家君之消息不至，亦無心檢及此也。繼又思先人之業，一旦而湮，則威負累滋重。朱君槐廬又以大義相責，力任補葺之役。乃從姚壯之世丈家假得舊印本，檢對共少若干，翻令剞劂氏重寫刊補，經始於丁亥之春，期年而竣事。精選刻手，倩人校勘，與原本無二，則朱君之力爲多，可感也。既求閔君怡生爲之序，謹跋其緣起於後。噫！書板之佚者完矣，而家君行踪，尚渺渺不可求也。瞻望天涯，惄焉如擣。時光緒十四年，歲在著雍困敦春月，曾孫素威百拜謹書。

顧氏爲吴中望族，世好藏書，撰述甚富。當日秀野草堂極文采風流之盛，幾與元代玉山草堂後先輝映。詩書之冑，遺澤孔長。前九集板片，當尚有存者，倘得繼起有人，補苴完善，不没俠君先生闡幽發潛之盛心，是尤區區之心所厚望也夫！上巳日，青浦後學席威又識。

稿本王芑孫跋

嘉慶十有一年冬，重游邗上，携小子嘉福以歸。有坊客述婁東士友願贈此書，求易《淵雅堂集》二部，因而得之，不啻一羊之皮，换千狐之腋，堯可知也。雖然，此秀埜生平辛苦所在，未及付刊。余鄉里後進宜爲昔賢完此未竟之業，而漸衰乏力，匪獨搜羅增廣有所未能，即照本付梓，亦力有不逮，轉添出一重心事矣。楞伽山人王芑孫識於漚波舫。

風雨柴門，還家祭竈，忽得此書，了不索價，豈區區夙生緣契攸存，抑先賢從天上修文之暇，未忘遺業，欲托付其人，乃以詒余而責之，使爲究竟其業耶？慨息書之，以待異時論定。第恐精衰力乏，又成負負耳。嘉慶丙寅醉司命之日，薄游邗江，歸憩舫寓記。

卷中有華山馬仲安、金星軺收藏二印。金星軺者，刻貝清江、程巽隱二家文集。在康熙之季，余家有《中吴紀聞》及《新唐書糾繆》兩書，亦用此印，蓋婁東之富而好禮者也。此元詩四集，青浦席氏已有雕版。然席鄙陋村俗之夫耳，其刻書意在求利，匪惟刊校不精，妄多删替，其書亦迄不行於世，雖登版而所印無多，猶之乎未刻也。然則此一原稿有不可廢，今藏吾家，題紀示後。異日有緣者遇之，不可以席氏有刻而遂忽之矣。嘉慶庚午秋人日惕甫又記。

元詩選癸集目録　癸之甲

金宋遺老（一）

〔一〕「金宋遺老」，刻本原無，據稿本補。

〔二〕「瀧」，原作「龍」，稿本作「瀧」，《蘇州府志》亦作「瀧」，據改。

〔三〕「軒」，原誤作「齋」，稿本及正文俱作「軒」，據改。

〔四〕「北」，原誤作「兆」，據正文改。

〔五〕「六」，原作「二」，據稿本補詩四首，今改。

〔六〕「戴」，原誤作「載」，據稿本及正文改。

〔七〕「五」，原誤作「一」，據稿本及正文改。

元詩選癸集

癸之甲

江漢先生趙復

復字仁甫，德安人。歲乙未，元太宗命太子闊出帥師伐宋，德安以嘗逆戰，其民數十萬皆俘戮無遺。時姚文獻公樞奉詔，即軍中求儒道釋醫卜士，凡儒生挂俘籍者，皆出之，復在其中。樞與之言，信奇士，恐其自裁，留帳中共宿。既覺，月色皓然，惟寢衣在，遽馳馬周號積尸間，無有也。行及水際，則見復已披髮徒跣，仰天而號，欲投而未入。樞曰：「上承千百年之祀，下垂千百世之緒者，將不在是身耶！徒死無義，可保吾而北，無他也。」復强從之。至燕，世祖召見，問曰：「我欲取宋，卿可導之。」對曰：「宋，吾父母國也，未有引他人以伐吾父母者。」世祖悦，遂不强之仕。樞謀建太極書院，立周子祠，以二程、張、楊、游、朱六君子配食。選取遺書八千餘卷，請復講授其中。作《傳道圖》，别著《伊洛發揮》，又作《師友圖》、《希賢録》。復經學文章，雖李冶、元好問亦相推讓。被俘居燕，恒有思歸之志。因家江漢之上，以江漢自號，學者稱之曰江漢先生。先是南北道絶，載籍不相通。先生以所記程、朱所著諸經傳注盡録以付姚文獻公。後文獻公退隱蘇門，乃即先生傳其學。由是許文正公衡、郝文忠公經、劉文靖公因皆得其書而尊信之。北方知有程、朱之學，自先生始也。

覃懷春日

江南江北半浮生，蹤跡居然水上萍。竹雞啼罷山雨黑，蠶子生時桑柘青。

錦瑟詞

歌珠檀板楚王宫，半醉花間拾落紅。鐵馬北來人事改，不知隨水定隨風。

薊門雜興

何物愁來白髮生，月高霜冷正參横。一聲寒角城鴉起，吹盡梅花怨未平。

再渡白溝

瘦馬柴車出白溝，河山依舊繞神州。都將百萬生降一作「靈」。户，换得將軍定遠侯。

薊門聞笛

夢裏繁華醉裏游，倚天青壁障危樓。梅花哀怨成何事？吹破中原二百州。

山峽圖

蕭蕭十二峰前路，月落猿啼霜外樹。半夜誰家上水船，竹枝歌入瞿塘去。

魏徵君璠

璠字邦彦，號玉峰，弘州順聖人。由太學生中金貞祐三年詞賦第，補尚書省令史，遷褒信縣令，召拜朝列大夫、翰林修撰。金亡，北還鄉里。庚戌歲，元世祖居潛邸，聞其名，徵至和林。入見，璠條陳便宜三十餘事，舉名士六十餘人以對。尋卒，年七十，賜謚靖肅。仁宗追贈翰林承旨，渾源劉郁、河東高鳴爲製狀表。

燕城書事

山勢回環西北高，强燕自古出英豪。地連雲朔偏宜馬，人襲衣冠盡帶刀。塵暗玉樓無鳳宿，雲埋金水似龍韜。可憐一片繁華地，空見春風長緑蒿。

楊處士弘道

弘道字叔能，號素菴，淄川人。金末，補父蔭不就，與元好問裕之、劉祁京叔、楊奂煥然輩皆以詩鳴，其詩以唐人爲指歸。入京師，見趙禮部閑閑、楊吏部之美。二公見其《幽懷久不寫》及《甘羅廟》詩，嘖嘖稱歎不已。今世少見其比。及將往關中，張左相信甫、李右司之純、馮内翰子駿皆以長詩贈别。閑閑作引，謂其詩學退之《此日足可惜》，頗能似之。至比之金膏水碧，物外自然奇寶，景星丹鳳，承平不時見之嘉瑞。用是名重天下。避亂走襄漢。宋人辟爲唐州司户兼文學，不久復棄去。晚寓益都，嘗一見李璮，議不合，爲用事者所嫉。浮沈閭里，以詩文自娱，年八十餘卒。著《小亭集》、《事言補》等書行世。延祐三年，贈文節。

空村謡

凄風羊角轉，曠野埃塵腥。膏血夜爲火，望際光青熒。頹垣俯積灰，破屋仰見星。蓬蒿塞前路，瓦礫堆中庭。殺戮餘稚老，疲羸行欲傾。居空村問汝，何以供朝昏。氣息僅相屬，致詞難遽言。往時百餘家，今日數人存。頃筐長鑱隨日出，樹木有皮草有根。舂磨沃饑火，水土仍君恩。但恨誅求盡地底，官吏有時猶到門。

挽王子正

匹婦主中饋，雖貧生理存。五言造平澹，隻影卧黄昏。謏下陳蕃榻，虚沾文舉尊。北平家世絶，銜恨入荒原。

寓齋先生白賁

賁字君舉，號寓齋，陝州人。弱冠登金泰和三年詞賦進士第，歷懷寧主簿、岐山令。詩名與遺山元好問相頡頏。元、白爲中州世契，兩家子弟每舉長慶故事，以詩文相往來。北渡後，卜築於滹陽，結茅爲亭。有《茅亭詩》，欒城李治序之曰：「龍韜雷厲于紛拏之頃，玉唾川流于談笑之間。」臨川吴澄曰：「巧妙穠麗，錯諸吴楚歌謡中，幾莫可辨。」弟華字文舉，亦登貞祐三年進士第，歷官樞密院判。湯内翰西巖贈詩，有「科第聯飛光白傅」之句。仲子樸字仁甫，號蘭谷，有《天籟集詞》。

酬元遺山

夢裏薰風湛露歌，花間漢苑舊經過。拾遺老去青春暮，司馬歸來白髮多。横槊賦詩吾豈敢，短衣扣角夜如何？相逢未盡相思話，草色連雲水碧波。

題靖節圖

咄哉靈運輩，危坐衣冠辱。何如五柳家，春雨東皋緑。

乖公賈竹

竹字彦清，自號乖公，林州人。才思敏捷，落筆成文。至元初與翟炳、王鼎並以詩名，時號「林慮三隱」。年七十五作頌而卒。

游棲霞谷

數里崎嶇幾曲盤，登臨得趣不知難。行行似覺煙霞近，望望真疑宇宙寬。湍水競流衝澗怒，羣峰争秀插天寒。棲霞本是神仙地，塵世何人得到看。

題天平谷六峰

六峰聳翠白雲間，頓使一作「遣」。幽人眼界寬。早晚隨師更深處，杖挑明月一輪寒。

翟炳

炳字欽夫，林州人。性坦率，詩效白樂天。

鄴臺行

君不見黄輝萬丈當塗高，築臺鄴下矜雄豪。觚稜直抵霄漢極，洪基欲比西山牢。危樓曲欄照金碧，雲楣井藻分纖毫。美人侍宴悉傾國，詞客賦詠皆英髦。樽前歌舞未知倦，軍中戈戰難忘操。四征跋扈尚龍戰，三分漢鼎猶鴻毛。曹瞞海内歸神武，憐死何爲視兒女。西陵松柏翠生煙，臺上嬋娟泣如雨。銅雀惟餘漳水流，金鳳深埋城上土〔一〕。鄴臺咫尺若有靈，好作移文來弔古。

〔一〕「鳳」，原作「風」，稿本作「鳳」。唐王勃《銅雀妓》之一：「金鳳鄰銅雀，漳河望鄴城。」稿本是。據稿本改。

王鼎

鼎字大鼐，林州人。整風儀，有詩名，尤精翰墨。求書者踵門，日不暇給。

游林慮山

燕子來時春色賒，海棠開盡未還家。醉眠不覺東風惡，吹起衣巾滿路花〔一〕。

〔一〕「起」，稿本作「盡」。

員先生炎

炎字善卿，衛州人。性落魄，嗜酒業詩，有能聲。不事生産，歲己亥，故人楊奐主漕洛師，愍其窶，用監嵩州酒。時兵後，邑居榛荒，日與鹿豕伍，非所樂也。已而隨所徵上謁，奐方據案坐堂上，吏㒵雁行立。炎挂布囊掖下，杖巨梃直前曰：「楊使君不相知，置我于此，幾爲老羆所噬。吾不能爲汝再辱。」遂揖而去。自是長游河朔，以詩鳴諸公間。褐衣麻屨，酒近酣，巨梃横膝上，掉頭吟諷歌謡，慷慨之氣，軒軼四座。素不能騎乘，人强之，輒色變墮地。或以詩戲云：「靴有鐙青雖可愛，面無人色亦堪憐。」嘗懷金一餅曰：「鎮心不可以闕此。」繼爲人竊去。家居壁四立，餘詩稿酒瓢而已，卒年六十七。同郡秋澗王惲爲作《員先生傳》。復有擻舉字彦舉〔一〕，亦陝人。少爲里嗇夫，初不解文字，一日忽能作詩，吐奇怪語。嘗贈秋澗詩，有「氣凌太華五千仞，詩繞國風三百篇」之句，秋澗賞之。後客死保塞，有《函谷道人集》三卷，今失傳。

扇尾羊

馮翊春草香芊綿，柔毛食飽飲苦泉。卧沙稀肋瓊筋細〔二〕，帶霜小耳春繭圓。扇尾一方移種類，風頭萬里摇腥羶。吾生本無食肉相，不煩浼手愁烹煎。

馬酮

漫説千杯不醉人，清光壓倒洞庭春。携行可用紫絲絡，渴飲不煩烏角巾。摇動革囊成醞釀，封藏花盎作逡巡。坐中一混華夷俗，或有豪吞似伯倫。

洛陽懷古分韻得髮字

東洛打空城，北邙連廢闕。懷古動悲吟，遠客生華髮。

隆德宫

林花細妥胭脂色，水荇輕淤翡翠泥。鼓舞留連嫌晝短，樓臺縹緲覺天低。

讌集東平湖亭

北海尊前人似玉，東原城下水如天。滿眼荷花三百頃，采蓮人語隔秋烟。

高唐道中

影孤海内干戈滿，愁入天涯草樹低。桑柘影空蠶已老，陂塘涸盡燕無泥。

〔一〕「舉」，原稿及稿本均誤作「夅」。按：「舉」之異體有「夅」，「夅」恐爲「夅」之誤，今據《道園學古録》改。

〔二〕「筋」，原誤作「筋」，據稿本改。

程處士琩

琩字君用，涇陽人。以古學自力，雅有氣尚，與勤齋蕭諭德𣂏倡和。三原龍橋李氏創起書院，𣂏及府牧王文振俱以書起之，辭不獲已，爲主盟之，遠近學者常百餘人。延祐六年卒于家，年八十。所著有《遼史》三卷、《異端辨》二卷、《雲陽志》二卷、《家戒》一卷、《樂府文集》。

九月十日折菊花數枝持玩久之插置瓶中

重九昨朝是，無人送酒來。柴門終日閉，辜負菊花開。

寄蕭諭德勤齋

先生無意去求官，纔到天庭便即還。誰似綺園知進退，皇儲已定却歸山。

程主簿希賢

希賢瑁子，嘗從事蜀省，後主新平簿。

清涼寺

勝刹無人荆棘多，傷心今日重經過。佛牀不墜金花片，經閣空留野鳥窩。老樹幾霑新雨露，浮屠猶壯舊山河。唯餘清冶溪中水，依舊東流皺緑波。

張檢校謙

謙字受益，號古齋，濟南人。大德初，居淺山。官江浙行省檢校，博學鑒古。

題高尚書夜山圖

萬籟無聲夜氣清，江山一片一作「如此」。月華明。倚樓誰在高寒處？一笑披圖白髮生。

馬昫

昫字德昌，滏陽人。大德間，與霍肅清臣、周密公謹、郭天錫佑之、張伯淳師道、廉希貢端甫、喬簣成仲山、楊肯堂子構、李衎仲賓、王芝子慶、趙孟頫子昂、鄧文原善之、鮮于樞伯機稱鑒賞名家。

大明寺

喬木千章擁大明，南風細灑葛衣清。鬢絲禪榻茶香裏，靜聽黄鸝求友聲。

張楧

楧字□□，西秦人。與松雪道人趙孟頫、藥林居士廉希貢、山村逸民仇遠、北村老人湯炳龍、巴西鄧文原、婺胡長孺、吴興趙孟籲、楚龔璛、長沙馮子振、燕山貫雲石、吴張淵、浦城章槵卿、玄覽道人王壽衍、紫霞道士馬臻、句曲道士張嗣顯、瑛石室結方外交。

題趙子固四薌圖

一紙四花争秀，依依香霧相和。老眼不妨縱賞，江南春色何多。

戲題趙子固水仙圖

翠袖冰姿隔暮雲，凌波微步襪生塵。江空歲晚情無奈，笑把明璫解贈人。

磵谷翁羅椅

椅字子遠，號磵谷，廬陵人。少年以詩名，高自標致。常以詩投劉後村，有「華裾客子袖文過」之句，知其爲富家子也。壯年捐金結客，馳名江湖。時方向程、朱子學，乃尊饒雙峰爲師。既而登宋寶祐丙辰第，以文林郎爲江陵教。改潭州，後以臺評論罷而去。元初與劉鑑清叟、劉應鳳書臺諸人往還倡和，推爲一時耆宿。其論詩云：「作詩如挽强弩，寧過于機，毋不及于機。過則縮而就之也易，不及則正而至之也難。」又精于書法，嘗與書臺書，自言喪亂以來，僅能以羊毛筆點突煤而已。

幼輿折齒歌

秋衫未成錦機語，棠梨半花鳳一羽。象牀雪綜小龍梭，細冗銀光吐冰縷。西鄰郎君東海歸，芙蓉半白杏雨肥。十二闌邊說幽怨，勸織南浦鴛鴦飛。金蘭匿蕙一作「匿蘭含蕙」。無消息，春醒彤霞漾玉色。小龍呵出風雨聲，奔騰觸裂雙白石。白石國城三十六，女子軍來兩城覆。鸞歌猿嘯强激昂，百户風來如箭鏃。章臺公子真豪縱，復以微言相感動。郎君切莫更癡心，忍作甘心可人痛。

次歐振仲見贄韻

紫蘭賸有無《離騷》，梅花不欠欠水曹。眇焉何許是人物，枉子秣馬行林皋。古人相逢未易得，紫燕西飛東伯勞。吟餘切莫談時事，正攪春思紛如毛。

次劉孟元見贄韻

坐久不知夜，饑鼯窺瓦檠。詩徒哦一作「吟」。樂國，酒不打愁城。白雪夫君句，黄花老我情。商量能任不，賸欲飲公榮。

謁趙東野

水樹摇窗榻見天，空花换盡我依然。吟情豁處因聞道，隱趣深來頗入禪。不以耳聽何用洗，且無琴在底須絃。未知遇得開關否，破費滄江月一船。

書臺先生劉應鳳

應鳳字堯舉，號書臺，安福人。兄應登字堯咨，著有《耘廬集》，兄弟皆有文名。應鳳中宋咸淳三年丁卯鄉試，明年廷對，以言忤時相，寘第五，授僉判。元兵逼江南時，嘗署建昌郡事，既而隱去，以文自娱。好《莊子》、《戰國策》，人稱其文有霸氣。文丞相天祥被執，與王應梅鼎翁對牀賦詩云：「天留仲子繼孤竹，誰向西山飯伯夷。」鼎翁問其下句義，書臺謂伯夷久而不死，必有飯之者矣。鼎翁云：「『向』字尚有憂其飢而願人人餉之之意，請改『在』字如何？」書臺然之。時稱應登、應鳳二介競爽，卓爲安成名士云。

挽羅硐谷

嘗憶東華裹飯時，五千字挾海潮飛。臣愚敢憚權奸忤，主弱寧知國事非。相馬有奇堪下拜，屠龍無用只空歸。江南文物侵尋盡，灑淚單傳第一衣。

中齋歸自海上見訪

拂石爲牀席白雲，鯨魚背上有歸人。諫書檄草皆成血，野服黄冠再見身。麈尾悲酸渾欲死，燈前瀟灑儼如神。更闌萬籟收沈盡，地闊天高兩主賓。

送文總管朝燕四首

唤得嵐鄉昨夢回，東風萬里上金臺。出關曾解婆娑否，枝北枝南一種梅。

點檢桑枌淚幾行，羞和書屋總荒凉。孔明景略留遺傳，分挂當年夜雨牀。

夾道紅旗駐馬蹄，鄉人將喜又將疑。天留中子繼孤竹，誰向西山飯伯夷？

滿眼平疇草自春，烏鴉無數是耘丁。鬼神如奉君王問，爲説江南燐火青。

宋遠

遠字□□，號梅洞，涂川人。元初與睢陽滕賓玉霄、南陽周景秋陽、涂川蕭列高峰、廬陵劉將孫尚友邂逅古洪，題樟鎮華光閣誌，别賦《意難忘》詞一闋。

挽胡宣慰

搏虎鬼猶泣，屠龍地亦沈。無兄寧有昔，有弟必無今。鍾鼎他人手，舟車過客心。不堪回首處，殘月墮花陰。

哭嶽山

天意只如此，將軍重可傷。忠無身報主，怨有骨封王。苔雨樓墻暗，花風廟路香。沈思百年事，揮淚對斜陽。

周景

景字秋陽，南陽人。

清明

又是清明不上墳，客中猶欲自招魂。門前石上冬青樹，歲歲春禽長子孫。

碧澗翁陳瀧〔一〕

瀧字伯雨〔二〕，其先汴人，紹興初，徙於吴瀧。博涉經史百氏，最深于《春秋》、《晉書》，鄉薦漕試皆不第。放浪山水，倜儻有晉人風致，晚號碧澗翁。有《淡泊集》九卷，凡四百餘首。伯雨少時，與同郡湯益字仲友、號西樓，高常字履常、號竹鶴，顧逢字君際、號梅山，同學詩于汶陽周弜。宋亡後，四人相約不仕，以吟詠倡和自娱。同郡陳發字伯和，嘗評臞鶴、高樓、梅清、澗幽爲四詩之趣。發子永字子久，輯爲一編，名曰《蘇臺四妙》。

遊蔣山

蕭子香花場，周子琴書地。峻坂接縈紆，高林在蒼翠。驅車登北阜，樂此風日媚。遠挹秦淮清，近睹吴宫麗。休懷國峙三，猶見山維四。巖空猿鹿游，谷響橡栗墜。石獸土漫没，碣龜苔贔屭。昔人事觀覽，驊騮屢連轡。往迹付荒蕪，白雲鎖幽閟。雙鶴鳴夕陽，吾亦動歸志。

〔一〕〔二〕「瀧」，原作「龍」，據稿本改。參見目録校記〔二〕。

湯西樓仲友

仲友名益，以字行，更字端夫，吴郡人。母范氏，文正公之後，仲友淹貫經史，氣韻高逸，學詩于周弜，爲端淳名士。宋亡，浪跡湖海，晚復歸吴，嘗自號西樓，有《壯游詩集》。其《過葛嶺賈似道宅》一篇，最爲人所稱，卒年六十六。范陽盧熊公武《蘇州府志》所載如此。剡源戴表元帥初嘗題其詩卷云：「湯君仲友，兵後猶在吴中，余屢得其詩讀之，蓋年七十餘矣。深沈醖藉，足稱遺老。」而公武謂仲友卒年六十六，未知何據，俟更考之。

過東洞庭山

寒色滿空山，脩然一徑閒。鳥啼黄葉外，人度翠峰間。古殿藏雲氣，唐碑帶蘚斑。未窮幽絶處，興盡忽思還。

虎邱

虎是何年踞，名存迹已亡。塔從林外出，山向寺中藏。池暗生寒氣，臺荒受夕陽。更無人弔古，來衹爲春忙。

過慧山寺

梁溪停短櫂，帶月步西關。路盡忽逢寺，松多不見山。巖腰雲殿古，洞口石泉閒。到此政吟苦，秋聲滿樹間。

過葛嶺賈相宅

檀板敲殘陌上花，過墻荆棘刺檐牙〔一〕。指麾已失鐵如意，賜予寧存玉辟邪。破屋春歸無主燕，荒池雨產在官蛙。木棉庵外尤愁絶，月黑夜深聞鬼車。

西湖

山色波光步步隨，古今難畫亦難詩。水浮亭館花間出，船載笙歌柳外移。過眼年華如去鳥，惱人春色似游絲。六橋幾見輪蹄換，取樂莫辭金屈巵。

嘉慶樓

門外紅塵百尺深，西風吹帽獨登臨。溪中潮汛自朝暮，陌上車聲無古今。花酒釀成和氣事，管絃吹出太平音。窮邊烽火君休問，一醉真能直萬金。

〔一〕「刺」，原作「剌」，形近而誤，據稿本改。

顧教諭逢

逢字君際，吴郡人。宋末舉進士不第，學詩于周弜。弜稱爲「顧五言」，逢自署其居曰「五字田家」。放情山水間，隱於臨安，别號「梅山樵叟」。有詩十卷，傳日本僧。後辟吴縣學教諭，卒年七十四。所著《船窗夜話》一卷、《負暄雜録》一卷。

題善權寺

英臺修讀地，舊刻字猶存。即碧鮮菴。一閣出霄漢，萬松連寺門。洞深雲氣冷，池淺鹿行渾。山下流來水，風雷日夜喧。

題虎邱

此山雖小衆山尊，半近吴城半近村。一壑風煙龍窟宅，滿堂巾盋佛兒孫。生公説法臺空在，陸羽煎茶井不存。唤起幽人無限意，塔鈴獨語到黄昏。

龜城叟龔開

開字聖予，别號翠巖，又號龜城叟，淮陰人。少負才氣，與陸秀夫同居李庭芝幕。景定間，任兩淮制置司監。宋亡，來居吴下，節愈孤峻。與高郵龔璛爲忘年交，時人以比漢兩龔。大德間，客游錢塘湖東，疏髯秀眉，頎身逸氣，如古圖畫中仙人劍客，時時爲好事者吟詩作書畫，韻度沖遠，往往出尋常筆墨畦町之外。老無所用，浮湛俗間，年八十餘而卒。聖予爲詩文，清勁古雅，嘗作文天祥、陸秀夫傳，吴淵穎以爲不減遷、固。尤好畫馬，家貧，立則沮洳，坐無几席。每作畫，輒令其子伏榻上，就背按紙。作《唐馬圖》，風鬉霧鬣，豪骭蘭筋，備盡諸態。方虛谷嘗贈詩云：「草字隸字各神妙，古詩律詩俱豪雄。雖有一癖好畫馬，不比人間凡畫工。」其自題人馬圖曰：「雪巘褚先生爲士友戴祖禹畫馬，謂得一翹舉者爲佳。因憶敖器之評曹孟德詩『如幽燕老將，氣韻沈雄，此語若施之畫馬，尤爲至當，雖不翹舉亦可。」聖予此論深得畫中三昧矣。

僕爲虛谷先生作玉豹馬先生有詩見訓極筆勢之馳騁乃以此詩報謝

南山有雄豹，隱霧成變化。奇姿驚世人，毛物亦增價。天上房星浥瑞光，孕成白馬而墨章。爲誰容易來中國，風雪天山道路長。頭爲王，欲得方。目爲相，欲得明。脊爲將軍欲得彊，腹爲城郭欲得張。絶憐此馬皆具足，十五肋中包腎腸。嗟余老去有馬癖，豈但障泥知愛惜。千金市駿已無人，禿筆松煤聊自得。君侯昔如汗血駒，名場萬馬曾先驅。山林鐘鼎今何有，歲晚江湖託著書。白雲未信仙鄉遠，黄髮鬖鬖健有餘。飲酒百川猶一吸，吟詩何嫌萬夫敵。我持此馬將安歸，投之君侯如獻璧。君侯作詩凜馳騖，八方滿盈動雷雨。豈知此馬知此意，獨欠老奚通馬語。曹將軍，杜工部，各有一心存萬古。其傳非畫亦非詩，要在我輩之襟期，君侯君侯知不知？

題中山出游圖 并序。

人言墨鬼爲戲筆，是大不然，此乃書家之草聖也。豈有不善真書而能作草者？在昔善畫墨鬼，有似頤真爲千里，千里丁香鬼，誠爲奇特，所惜去人物科太遠，故人得以戲筆目之。頤真鬼雖甚工，然其用意猥近，甚者作髯君野溷，一豪猪即之，妹子持杖披襟趕逐，此何爲者耶！僕今作《中山出游圖》，蓋欲一灑頤真之陋，庶不廢翰墨情，譬之書，猶真行之間也。鍾馗事絶少，僕前後爲詩，未免重用。今即他事成篇，聊出新意焉耳！

髯君家本住中山，駕言出游安所適。謂爲小獵無鷹犬，以爲意行有家室。阿妹韶容見靚粧，五色胭脂最宜滴。道逢驛舍須少憩，古屋無人供酒食。赤幘烏衫固可亨，美人清血終難得。不如歸飲中山酒，一醉三年萬緣息。却愁有物覷高明，八姨豪買他人宅。待得君醒爲埽除，馬嵬金馱去無迹。

題趙鷗波高士圖

雪氣侵人卧欲僵，苦勞明府到蔾牀。主賓問答皆情話，何用開名入薦章。

臨昭陵什伐赤馬圖

赤驥駝僧去玉關，换他白馬載經還。誰憐什伐飛龍子，贏得金創卧帝閑〔一〕。

羸馬圖

一從雲霧降天關，空盡先朝十二閑。今日有誰憐駿骨，夕陽沙岸影如山。

一字至七字觀周曾秋塘圖有作

秋，秋，瀟灑，清幽。人静處，水邊頭。波紋細細，風色颼颼。鷗鷺情相狎，鳧鷖樂自由。疏葦敗荷池沼，白蘋紅蓼汀洲。幾竿漁釣去已盡，一段晚雲寒不收。

〔一〕「閑」，原誤作「關」，據稿本改。

蒙齋先生李簡

簡字□□，信都人。中統間，爲泰安州倅，學者稱爲蒙齋先生。著《學易記》九卷，其自序曰：「歲在壬寅春三月，子自泰山之萊蕪挈家遷東平，時張中庸、劉佚菴二先生與王仲徽輩，方聚諸家《易》解而節取之，一相見，遂得厠於講席之末，前後數載，凡讀六七過，其書始成。己未歲，承乏倅泰安，山城事少，遂取向之所集觀之，重加去取焉。時中統建元庚申秋七月望日。」按《玉山雅集》李簡字士廉，廬陵人。寓居崑山，善爲詩，是又一人也。

重登泰山

憶昔游泰山，于今二十載。傷心此日重登臨，山色依依人容改。三峰突兀與雲齊，天門未到勞攀躋。層層石磴出林杪，縈回百折青雲梯。盤石暫憩舒清眺，澗壑風來號萬竅。水聲俄在樹梢頭，疑有於菟天外嘯。向曉才登日觀峰，手披雲霧開鴻濛。火輪欲上海波赤，金霞翻動蒼龍宮。黄河一線幾千里，吴越山川真地底。爲數齊州九點青，更將伏檻窺南溟。李白不遇安期生，安得羽翼飛蓬瀛。

李及郊雪 訪林和靖

漠漠長堤落絮漫，使君來叩隱君關。天寒誰信五馬出，湖凛惟隨一鶴還。林麓清無羣從混，梅花冷伴二翁閑。他時白集歸舟月，别去先生不汗顔。

羊欄坡

坡上春深碧草荒，羣羝相逐卧斜陽。至今白石依然在，疑是初平舊牧羊。

龍紋石

林邊大石碧璘珣，應使游人駐目頻。幾度雨餘苔蘚合，翠紋高蹙似龍鱗。

登封臺

絶頂登封駐此臺，諸侯玉帛走如雷。珠簾乍卷紅雲擁，清蹕聲中翠輦來。

高老橋

石橋流水碧泠泠，多少游人坐此聽。好看春風二月雨，桃花新浪滿沙汀。

雙湖先生胡一桂

一桂字庭芳，徽之婺源人。生而穎悟，好讀書，尤精于《易》，年十八，領宋景定甲子鄉薦。入元，退而講學，遠近師之。嘗入閩訪退齋熊鉌于武夷山中，與之上下議論，歸而著書，學者稱爲雙湖先生。有《周易本義附録纂疏》、《本義啓蒙翼傳》、《朱子詩傳附録纂疏》、《十七史纂》並行于世。

九日

佳節清歡可得追，壯懷未覺老垂垂。紫萸何用囊纏臂，黄菊不妨英滿枝。猿日忽思工部句，龍沙太息簡齋詩。儒冠誤我知多少，試倩東風爲一吹。

省軒先生劉應李

應李字希泌，號省軒，建陽人。初名棨，登宋咸淳十年甲戌進士，調建陽主簿。入元不仕，退與熊退齋、胡雙湖講學於洪源山中者十有二年，所造益深。後建化龍書院于莒潭，聚徒講授，學者雲集。所編《事文類聚》、《翰墨全書》十集行世。

上陳縣尹二首

舊尹龔熊負令名，至今天日共清明。案頭未有人稱屈，村裏全無吏敢行。滿院茶香敲句穩，一簾花影韻琴清。後之學者誰其似？又説陳公政有聲。

温公宅子富公池，并入堯夫户不知。百畝但添官裏賦，一編惟説橐中詩。自憐老去無能役，正恐兒成不了癡。有口尚能誇尹在，莫教白髮困行移。

康敏先生黄超然

超然字立道，號壽雲，黄巖人。宋末兩與鄉貢，嘗與車若水玉峰往來王柏魯齋之門，得性命之傳，而尤深于《易》。入元遂不仕，衣麤啖糲，一不介意。艾年以後，絶書不觀，築西清道院以自居，自爲之記。至治初卒，年六十二，賜謚康敏。所著《周易通義》二十卷、别爲《或問》五卷、《發例》三卷、《釋蒙》五卷、《詩話筆談》及《會要歷》各十卷。

古風

不知乃不愠，古人歎難能。我謂直易事，學道非干名。本無求知心，愠亦何從生。所以茅檐下，高枕曲吾肱。琴書坐中友，雲山門外朋。肺腑欣有得，耳目諒無憎。願同子楊子，白首《太玄經》。

遣興

曬麥有餘粒，雙鳩下庭際。知我無殺心，相忘兩無礙。風暝物意樂，雲薄花影晦。試知春色深，粗覺静可愛。紛紛門外客，經過不相詣。不邀亦不却，有酒當共醉。

鴟梟獲腐鼠

鴟梟獲腐鼠，歡喜同八珍。鳳凰遨千仞，琅然落清音。事有適相值，梟遂生歡心。仰首遽一嚇，謂鳳當見侵。鳳凰睹腐鼠，掩鼻方微顰。投惠且不納，奮攫豈所任。崑崙有竹實，去去不可尋。

秋夜

秋近園林風露凉，蟲聲無數出頹墻。前朝舊事過如夢，不抵清秋一夜長。

黄宏

宏字子約，號已齋，超然從子。博極羣書，尤長于詞賦，有以史才薦者，不就，落魄江湖幾三十年。文章流播天下。有《穀城稿》。

過天姥嶺

天姆連天横，我過如牛脊。乃知李謫仙，夢遊言過實。徐生亦好奇，請問劉阮迹。安知古仙人，太平入鬼域。妖狐花滿頭，媚人强求匹。流杯飲胡麻，磊塊皆沙礫。

書歎

文章關氣運，要與理亂符。誰知周赧末，猶勝秦皇初。向來五星聚，奎躔遂華敷。南北起周召，東西擬歐蘇。豈惟一時盛，萬世垂楷模。我雖季世産，聞道端不誣。豈有蒼精劍，鑄自燒葉爐。豈有軒轅鼎，散入鑾娘沽。久幽世或有，速售理則無。夕陽淡茅塢，荒烟正模糊。

呈蕭大師

太掖勾陳瑞靄浮，宮花時綴五雲裘。湛盧光截飛狐月，繁弱風號涿鹿秋。蟣蝨幾曾生介胄，貂蟬又見出兜鍪。南來穩作風流帥，日上榑桑瘴霧收。

丁山長易東

易東字用和，龍陽人。舉宋咸淳四年進士，官翰林編修。宋亡，隱于郡東黄龍坡，建精舍曰「石壇」，遠近來學者衆。郡守李彝、憲使姚抑齋交薦，皆不起。因授以山長，賜額沅陽書院。至元中，常德郡監哈珊仰其高風，植松萬株，幽雅爲一時勝。所著有《周易傳疏》、《梅花百餘律》行世。

田母拒金圖

噫嘘嚱，人奔奔。皆爲名利之所役，賢反愚兮明反昏。夜却金兮尚高潔，擇一錢兮義同頡。萊蕪甑中塵撲飛，懸魚老子肝似鐵。四公皦皦何不墨，圖中但見齊田稷。蠹吏虧綱勿足誇，特貌慈闈耀貞德。奉君本欲娱親喜，阿母怒兮驚且愧。若使當年一納間，那得芳名播青史。主聖親賢臣潞衷，公金賜嫗恩愛隆。非獨舍之罪不誅，昭昭淳化揚仁風。我披此傳重踟躕，豈獨田卿貪若斯。謂語今人知不知？偷安苟富誠何如！老萬翁，志不渝。費千金，畜此圖。此圖傳後世，後世重義輕金與！

石川先生魏新之

新之字德夫，一字子進，又字子直，桐廬人。受學于淳安方逢辰蛟峰，得性理之學。登宋咸淳七年張鎮孫榜進士第，除鄞府教授。宋亡，歸隱鄉里，與同邑孫潼發、袁易爲三友。

春日田園雜興二首

野景入時務，東風剷滿鉏。笛聲牛出後，酒味燕來初。穀種天心在，桑枝帝澤餘。紅塵幾飛鞚，肯信有農書。月泉吟社評曰：「起句快便，結句深遠，兩聯亦高。」

農圃誰言與世違，韶華正恐屬柴扉。天機花外聞幽哢，野色牛邊睨落暉。膏雨平分秋水白，光風小聚藥苗肥。行歌隱隱前村暖，忽省深山有蕨薇。月泉吟社評曰：「起有頓挫，二聯善琢句，善鍊字，末意尤永〔一〕。」

〔一〕「末」，原誤作「未」，據稿本改。

北溪先生蘇壽元

壽元字仁仲，號北溪。福安人。九歲能屬文，十三通《春秋》大義，月旦評嶄然諸老上。其師以詩勗之曰：「伯鸞蘇氏子，年少勤經史。下筆如有神，氣概邁前古。切勿恃其長，囊麝自然香。如有周公美，使驕不足揚。」伯鸞，壽元小字也，弱冠遊太學，貌小不揚，皆藐之。已而連魁三館，文名大振，乃更畏服。丙子後，隱于建陽之唐石。當時太學生至京師者，皆授郡博士。或勉使出，不聽，以《春秋》、《四書》講授學者，日飲醇酒，以此自終。所著書有《春秋經世》及《春秋大旨》凡十萬言。

水退

轉眼江流已昨非，便隨鷗鷺省漁磯。飛花無復浪千頃，倒影依然山四圍。不向静中觀物理，更于何處覓天機。興來倚杖斜陽外，弄徧潺湲未肯歸。

和雷鑾先生韻

青紫過如拾芥輕，今吾非辱故非榮。海波忽與桑田改，書眼空如秋月明。只可一邱容鶴隱，何須萬里較鵬程。到頭更要深山住，不作終南捷徑名。

贈風鑑

空有奇胸貯石渠，功名不許老頭顱。憑君細閲寒窗下，還有他年房杜無。

章彬

彬字□□，吴人。宋咸淳間，福州進士陳嘉言字帝命，號書隱先生。以對策忤賈似道，斥爲乙榜，授建州司户。嘗畜黄鶴白鷳，出入與俱，銜書往來。景炎丙子，元帥入建州，書隱遂歸福州。福州去建州千里而遥，而二禽傳命不問晨夕。時彬避地建州，慕書隱之風，託詩以交。一日，書隱待月江上，忽白鷳至，得詩云云。於是遂結神交，藝文相與二十餘年，彼此不識面。見《晉安逸志》。

白鷳詩

草暖蘋香月上遲，白鷳黄鶴往來時。雲山隔斷一千里，日日相過人不知。

高晞遠

晞遠字照菴，通州人。咸淳、德祐間，嘗通判平江府。自城潰，家亦散亡。煢然一身，浮游江湖，往來於九峰三泖間。嘗館于石浦衛參政涇家，卒以所學私淑諸人，故學徒多歸之。又精通音律，嘗手裁竹爲管，以定五音六律，進退疏數，細微弗差。晚更嗜參同契及陰陽術數、太乙六壬，咸究極其妙，可以驗吉凶，定禍福，其應如響，惜所學不傳。其卒也，門人黄璋等爲文祭之。

心遠堂

種竹期十年，栽橘盈千頭。雖云多遠慮，無乃爲身謀。高人絶塵累，俟德居此邱。泰宇無畦畛，虚室有天遊。仁義尚蘧廬，道德成安流。結茅依翠微，極目際平疇。白雲度寥廓，黄鵠下滄洲。百世此周覽，我志尚可求。祇應柴桑翁，真趣共悠悠。

彭九萬

九萬字好古，崇安人。宋德祐元年爲大學士，上書言賈似道誤國。書入不報。元至元二十年，建寧路總管黄華聚衆十萬，稱宋祥興年號，破崇安、浦城諸縣。時九萬客於石舊里中，山寇以兵脅使從己，九萬斥之曰：「天命有在，鼠輩可逆天乎？吾豈汝從也！」卒遇害。好古生平工詞賦，馳譽藝林中，其《凌波辭賦水仙花》，覽者謂其有楚騷之風焉。

凌波辭賦水仙花

歲芳兮婉冉悲，江空兮蘭楖歸。人嬋媛兮何來遲，惽風魂兮佩誰思？素衣兮儼黄裏，玉襦兮明翠被。明波渟渟兮渺愁予，含香懷春兮中心苦。昔遺褋兮今契闊，佇佳期兮窅修絶。幻塵緣兮蹇中憂，時既晏兮不可留。汎雲軿兮水裔，紉余瑟兮難理。人奚歸兮路蒼茫，湘有皋兮春緑起。

九華山人陳巖

巖字清隱，池州青陽人。生于宋末，博極羣書。負用世大志，屢舉進士不第。元世祖徵求遺逸，遂汗漫江湖以逃其名。天下既平，歸老九華，讀書自適。所著《九華詩集》行世，自號九華山人。大德三年卒，葬雲鶴山。

李白書臺

蘭芷春風滿地香，謫仙曾卧白雲鄉。山間精爽今猶在，落月時時見屋梁。

金地藏塔

八十四級山頭石，五百餘年地藏墳。風撼塔鈴天半語，衆僧都向夢中聞。

延華觀

五百年前岸谷移，邯鄲枕上夢回時。兔葵燕麥玄都觀，好繼劉郎舊日詩。

訪山亭

又拚十日作山行，去路一程又一程。三十年游游未了，青山應笑白髭生。

碧桃巖

自要貪閒非避秦，洞門隔斷世間塵。山中不置四時曆，開到碧桃知是春。

竹山先生蔣捷

捷字勝欲，陽羡人，後居武進。宋德祐進士，丙子後，遁迹不仕。大德間，憲使臧夢解、陸垕交章薦其才，卒不就。所著有《小學詳斷》。學者以其家竹山，咸稱爲竹山先生。

銅官山

崒嵂荆南山，袁令葬其麓。相傳天賜棺，咄咄誑流俗。令嘗成輿梁，天報宜以福。賜棺信榮矣，畢竟入鬼録。珠官在嶺南，錦官在川蜀。鹽官與鐵官，登載紛簡牘。吾恐古有司，鑄銅山之足。後人訛傳訛，官旁妄加木。政須改銅官，大字鑱厓腹。事有作俑者，并按王喬玉。

東坡田

老去紅灰酒瓮前，向來青草瘴江邊。卜居自爲溪山好，不是區區爲買田。

泉月先生張逢源

逢源字淵甫，海昌人，九成之後。宋末爲漳州僉判，有泉月精舍。大德初，與高彥敬房山、仇遠山村觴詠其中。子雨字伯雨，原名澤之，棄家爲道士，法名嗣真，號貞居，有《句曲外史集》。

題高彥敬夜山圖

地位清高眼界寬，盡收風景入毫端。廢宮臺榭和烟鎖，隔岸江山對月看。一水中分吴越近，層樓低接斗牛寒。有聲畫意吟難了，更把瑶琴膝上彈。

陳觀

觀字國秀，奉化人。宋咸淳十年甲戌進士，調臨安府新城縣尉。晚歲足不入城，府州争迎致，率諸生以請業，觀一至即謝去。徜徉巖壑，與其兄博士著窮幽抉奇，連唱屬和，有帙曰《棣蕚集》，其自爲詩文曰《竅蚓集》、《嵩里集》。延祐五年卒，年八十一。袁學士桷誌其墓。

武夷山

郵亭立溪湍，上有石鼓字。回顧溪水中，石鼓安所寘。移舟溯水流，前山鬱蒼翠。一曲遽停橈，尋真步幽邃。洞天閶闔開，殿閣儼神位。秦漢紀兹山，武夷君所治。幔亭宴曾孫，遐蹤久已祕。巍巍大王峰，玉女佇立侍。獅子西東來，昂藏不敢肆。我本羽衣人，憩迹昇真地。珍重學仙翁，命舟行厨備。溪山偕侶遊，討論每云遲。二曲頓清奇，羣峰互攢翠。三曲多仙巖，峭峙罕匹類。倚空架舟函，不腐亦不墜。小泊三杯石，坐玩逸清思。石上飲三杯，昔賢同一致。四曲入望中，繁花方嫵媚。春光耀亭臺，靈草漸萌瑞。崖陰刻字新，往往書故事。五曲達平林，藹然千古意。精舍瞻遺容，豐碑誦遺記。杏壇相因依，高唐揭仁智。坐令閩越中，居然處洙泗。雄哉大隱屏，仙掌列其次。六曲轉盼勤，仰高發長喟。七曲著漁家，碧潭富投餌。八曲寂爾過，樓巖無鼓吹。窮幽造靈峰，玄都矧可暨。臨池數本桃，道士昔手植。感慨却回舟，烹鮮侑揚觶。九曲烟霞深，彤庭敞宏庇。仙客乍談玄，主人已心醉〔一〕。歡言一宿留，醺酣飽熟睡。晨興復招邀，具我雞黍飼。臨行意有餘，醇醪饋盈器。順流睇層巔，天遊行直遂。捫蘿履崎嶔，登涉良不易。絶頂隱君居，崇臺境殊異。憑虛撫危欄，重巒俱下視。參差森欲動，怳忽眩眸眥。靈飆空中來，竹松舞雪帔。杖藜還高岡，夷猶不忍棄。何當濯塵纓，永兹瓢笠寄。歸休賦長篇，聊爲斯游識。

寄友人

廢書開復卷，寧與世浮沈。萬事自有分，一生閒用心。天寒快征馬，日暮急歸禽。多少隆中客，空爲抱膝吟。

天游峰

山水參差六曲流，此中絶境適天游。幾千萬纇塵根净，三十六峰雲氣浮。翠聳層霄巒壑勝，碧籠静澗竹松稠。瓊漿可致胡麻熟，瓢笠何妨爲永留。

題甄氏訪山亭二首

水流花落石生雲，日静風喧草欲薰。老去風流猶未減，一邱一壑要平分。

雨後西山翡翠堆，結亭直欲近巖隈。從今記取溪頭路，一日須來一百迴。

天壺道院

山徑崎嶇紫翠連，白雲深處是壺天。客來無物供吟笑，旋摘新茶煮石泉。

〔一〕「已心」，稿本作「心已」。

可竹先生王易簡

易簡字理得，山陰人。早攻詩，妥貼流麗。登宋進士第，除温州遂安主簿，不赴。橐《史記》若干卷，入南明山中讀之，自列傳以下，篇爲一詩，曰《山中觀史吟》。嘗築一軒竹間，取子猷語名之以「可竹」，剡源戴表元爲之賦。

寶林寺

元度存遺跡，元英有舊詩。城中獨高處，雪後最佳時。拂壁書行記，逢僧談故祠。闌干頻徙倚，不奈朔風吹。

題高尚書夜山圖

高侯妙筆生夜光，李侯正倚牛斗旁。凄凉看盡吴山月，玉鏡臺前翠鳳凰。

水村先生錢仲鼎 仲一作重。

仲鼎字德鈞，通州人。自淮水來吴，徙居百花洲之蒲帆巷。宋末以《詩經》發解，元兵渡江，不復仕進，乃棄去舉子業，攻爲古文，講授于鄉。如江浙鄉貢錢以道、燕南進士王鈞，皆其門人也。年九十餘卒。德鈞客于甫里陸翰林行直家幾十年，行直有别墅在分湖，因爲卜築于其旁。至則聚書其中，以自怡悦。屋前流水清澈鑒毛髮，時有鷗鳥舞而下。異時趙集賢孟頫爲作《水村圖》，寫於大德壬寅迄延祐甲寅，十有四年，景物處所，宛然不異所居。因作《水村隱居記》，一時題詠，皆知名之士，計四十有八人。

題趙鷗波高士圖二首

在昔洛陽，雪深丈餘。士也高卧，來令尹車。今年吴淞，雪復何如。積素一色，鷗鷺有無。之子江皋，修亭是居。

有琴有書，有酒有魚。賞静獨眺，聊以自娱。挹兹清風，凜凜起予。此景此圖，再卷再舒。

水村歌

舟摇摇兮，風嫋嫋兮。波鱗鱗兮，鷗翩翩兮。扣舷漁歌兮，孰知其他兮。

題静春堂集

閉門雪卧遠，詠史風情留。有詩三百篇，令子手所裒。汝翁秀儒林，殖學媲前修。六經窮窔奥，萬象工雕鎪。廣矣雅音正，悕矣騷情幽。照耀明月珠，珍重珊瑚鈎。一讀令人喜，再讀令人愁。李杜骨已朽，江河名同流。憶昔託末契，東城得追游。平時少契闊，暇日多倡酬。櫟材自揣劣，藻思誰與儔？老我歲冉冉，霜鬢風颼颼。索居破茅屋，寒擁敝貂裘。夜來清夢飛，故繞松江頭。夢中不識路，修亭渺悠悠。粲然見梅花，花月香影浮。性情閲千古，感發卒未休。神交付冥冥，知我雙白鷗。

錢資深

資深字原父，仲鼎子。

題趙榮禄水村圖

屋後青山門外溪，疏疏蘆葦護漁磯。地緣清絶人堪愛，長是三春雁不歸。

錢鄉貢以道

以道字□□，仲鼎姪。領延祐四年鄉薦。

題水村圖 并序。

延祐四年十月二十有六日，小姪以道將會試于京師，來告遠别。因見圖後《水村隱居記》，謹賦小詩。

簾捲蒼茫野色，屋連演迤清流。歲晼晚兮自適，蹇誰留兮中洲。

漸磐野老趙時遠

時遠字無逸，吴江人。工詩，長于繪事，與耕煙先生孫鋭穎叔交好。自號漸磐野老。

鶯脰湖

鶯去湖存事渺茫，梵宮占斷水雲鄉。四圍烟樹浪濤闊，六月橋亭風露凉。遠近征帆歸别浦，高低漁網挂斜陽。翠微深處一聲笛，驚起眠沙鷗鷺行。

四景詩和孫僉判穎叔韻

荻塘柳影

午天雲淡日遲遲，水面長條帶影垂。不是纖腰渾不定，自緣無力受風吹。

禪院風荷

荷風細細晚生凉，暑氣絪緼入座香。飲盡碧筒人笑語，花邊驚起睡鴛鴦。

平湖秋月

樓臺兩岸枕長流，落日行人競檥舟。清夜湖光平似鏡，冰輪冷浸玉壺秋。

仙磯晴雪

斂盡同雲放日暉，寒光凜凜透重衣。扁舟清曉尋溪轉，髣髴王猷訪戴歸。

石泉先生凌嵒

嵒字山英，號石泉，華亭人。少習舉子業，宋亡即棄去。一放於詩，鎔意鑄詞，鏘鳴秀拔，駸尋大歷十才子筆仗。有《古木風瓢集》。郡中九峰，次第題詠，時人稱爲「山史」。

華亭雜詠九首

崑山

九峰西峙比崑崙，晉代將軍墓尚存。今日捫蘿登絶頂，桑邱麥壟自村村。

橫雲山

七峰嵒崒擁層巒，偃蓋孤松石上蟠。行雨白龍何處去，暮雲深鎖洞門寒。

機山

六峰喬木鎖雲根，青接平原數里村。此處無人來聽鶴，海靈山鬼哭黄昏。

干山

八峰葱蒨石林幽，給事題詩紀勝游。昨夜僧歸鐘鼓静，一聲鶴唳海天秋。

細林山

四峰孤聳鬱蒼蒼，新構僧廬傍野塘。林下雨晴春晝暖，松花薰得白雲香。

佘山〔一〕

三峰高遠翠光濃，右列仙宫左梵宫。月落軒空人不見，野花山鳥自春風。

薛山

五峰遥隔水村西，薛老曾來隱翠微。牧子唱歌樵子笛，貪看明月夜忘歸。

鳳凰山

一峰雲氣接蓬萊，白石磷磷護碧苔。幾向鳳凰池上望，不知何日鳳凰來。

陸寶山

二峰藏寶樹精神，金碧樓臺處處春。溪上落花流水遠，老翁疑是避秦人。

〔一〕「佘」，原作「余」，形近而誤，據稿本改。

陸先生鵬南

鵬南字□□，號象翁，華亭人。精于毛詩。有《九峰清氣集》。文章勁健，邑中推爲鄉先生，與陸伯靈齊名，鄉里稱爲「二陸」。伯靈嘗因講論，戲曰：「君讀《詩》，疇敢思無邪？」鵬南應聲曰：「君讀《禮》，胡爲毋不敬！」其敏妙類此。

晚涼湖上

唳鶴灘頭水拍天，養魚池上月籠烟。眼前好景無人管，時有漁舟泊柳邊。

王徵君復元〔一〕

復元名泰來〔二〕，以字行，其先大名人。始徙金陵，再徙華亭，宋文正公旦之後。寶祐、開慶間，以詩鳴于時。由鄉貢入太學，棄去，放浪江湖間。至元中，侍御史程鉅夫奉旨同葉李召見，館于集賢，論事每至夜半，命中使及衛士炳炬導歸以爲常。將授以官，力請歸，卒年七十三。有集若干卷。

題一峰

五雲金紫湧仙宮，十八灣尖第一峰。水石陰陰風颯颯，方池擲看小神龍。

二峰

江浙東西指顧間，古鑪重爇鷓鴣斑。自憐白髮猶凡骨，千里來登第二山。

三峰

曾授靈丹二卯君，至今春臘火燒雲。人傳隨後昇空去，仙鶴飛吟月下聞。

〔一〕「復元」，稿本作「泰來」。

〔二〕此句稿本作「泰來字復元」。

王總管謙

謙字一初〔一〕，泰來子，能世其學。至正間，出爲鎮江路總管，尋授嘉議大夫、寶慶路總管致仕。

贈集虚先生〔二〕

久客京都喜遂歸，日長風細撲征衣。歸來相對青山坐，杉頂丹光繞翠微。

〔一〕「初」，原誤作「和」，據稿本改。

〔二〕「先生」，稿本作「宋師」。

汪斗建

斗建號雲留，淳安人。宋大理卿自强族子，嘗爲學官。入元隱居不仕。其詩大有聲律，而黍離故國之思，往往見於言外。號《雲留小稿》。

錢塘懷古

江上城低烟樹紅，江潮西去幾時東。吴宮花草隨春暮，禹會樓臺入夢空。萬里孤雲留夕照，千年遺恨訴秋風。鳳凰飛去無消息，漠漠遥岑烟雨中。

吕處士起猷

起猷字徽之，號六松，天台人。家仙居萬山中，博學能詩文，常逃其名，耕漁以自給。一日携楮幣詣富家易穀種，值大雪，立門下，久之，至庭前，聞東閣中有人分韻作雪詩，一人得「滕」字，苦吟弗就，徽之不覺失笑。閣中諸貴游子弟見徽之露頂短褐，布襪草屨，輒侮之。詢其見笑之由，曰：「我意舉滕王蛺蝶事耳。」衆始歎伏。邀入坐，以「藤」、「滕」二字請足之。即援筆書云云。復請和「曇」字韻詩，又隨筆寫云云。寫訖便出門，衆疑爲吕處士，問姓字不答，刺船而去。遣人遥尾其後，路甚僻遠，識其所而返，雪晴往訪焉，惟草屋一間，家徒壁立，忽米桶中有人，乃先生妻也。問徽之先生何在？答曰：在溪上捕魚，衆始知爲吕處士。少頃，徽之携魚與酒至，盡歡而散。明旦躡其蹤，則先生已遷居矣。又嘗與陳治中剛中遇于道，剛中策蹇驢，時猶布衣。見其風神高簡，問曰：「得非吕徽之乎？」曰：「然，足下非陳剛中乎？」曰：「然。」握手若平生歡。共論驢故事，徽之言一事，剛中答一事，互至四十餘事，剛中止矣。徽之曰：「我尚記得有某出某書，某出某傳。」又三十餘事，剛中深敬之。

四時讀書樂（一）

山光照檻水繞廊，舞雩歸咏春風香。好鳥枝頭亦朋友，落花水面皆文章。蹉跎莫遣韶光老，人生惟有讀書好。讀書之樂樂何如，緑滿窗前草不除。

新竹壓檐桑四圍，小齋幽敞明朱曦。晝長吟罷蟬鳴樹，夜深燼落螢入幃。北窗高與羲皇侣，只今素稔讀書處。讀書之樂樂無窮，援琴一奏來薰風。

庭前昨夜葉有聲，籬豆花開蟋蟀鳴。不覺商意滿林薄，蕭然萬籟涵虚清。近來賴有短檠在，及此讀書功更倍。讀書之樂樂陶陶，起弄明月霜天高。

木落水盡千崖枯，迥然吾亦見真吾。坐對韋編燈動壁，高歌夜半雪壓廬。地爐茶鼎烹活火，一清足稱讀書者。讀書之樂樂何處，數點梅花天地心。

詠雪限藤滕二字

天上九龍施法水，人間二鼠嚙枯藤。鷺鷀聲亂功收蔡，蝴蝶飛來妙過滕。

詠雪和曇字韻

萬里關河凍欲合，渾如天地尚函三。橋邊驢子詩何惡，帳底羔兒酒正酣。竹委長身寒郭索，松埋短髮老瞿曇。不如乘此擒元濟，一洗江南草木慚。

〔一〕《四時讀書樂》四首，刻本無，據稿本補。

杜濬之

濬之字若川，婺州人。宋咸淳間，以《春秋》領鄉貢。丙子後，感激自悼，矯行晦迹，寄食西峰僧寺以終。按《蘭溪志》，杜氏五兄弟：旟、旃、斿、旞、旝，旟子去僞，旃子去輕，斿子去非，旝子去華，亦皆有文名。濬之，去僞子也。吴禮部師道跋《端文墨蹟》云：「自汝霖至濬之六世，宋末，士競舉子習，而杜氏一門子孫，獨尚古文章，今里中殘碑斷碣可見者，悉有家法。下至字畫亦異，文采聲華，聯襲不墜，婺州僅有也。」

述志

寧枉百里步，曲木不可息。寧忍三日饑，邪蒿不可食。雖云食息頃，便分淑與慝。志士當暮年，聞道轉歷歷。要使此一身，如琢復如滌。整冠與納履，微嫌貴疏剔。未若瓜李地，絶不見吾跡。

書警

食李勿言苦，食梅勿嫌酸。不爲身所累，且從心所安。吾分固云薄，吾志亦非單。静看如山禍，差之一念間。所得甚眇眇，所求亦慳慳。百年修不足，一朝容易殘。雖處四壁立，享如萬鍾安。静坐明月窟，濯足清風灘。

示故人　此詩一作「杜若春」。

在家同匏繫，游子似籜飛。昔分參與商，今作塤與篪。感子意氣殊，顧我齒髪非。茅屋正蕭蕭，野花亦離離。無酒水可飲，無飯黍可炊。杲杲看朝陽，連連弄夕暉。男兒重交好，雪霜以爲期。

楚清居士龔孟夔

孟夔字龍友，臨川人。資禀峻邁，文辭精緻。宋咸淳初，對策中第六，特授文林郎、隆興觀察推官。秩滿，累除福建運司幹辦公事，轉儒林郎。宋亡，避地野外四十年，論文講學，遠近師之。延祐四年卒。吴文正公澄志其墓。有集四十卷，及《宦遊擬稿》。其爲文簡健光潔，根著理道。自號楚清居士，謂如楚之兩龔，清而不污也。

送孟和卿平陽尋母

杜羔念母心最苦，豈意一朝逢澤潞。母驚兒貌似乃翁，兒抱母啼淚如雨。五十孺慕朱壽昌，刺血寫經毛髮蒼。間關同州晚相見，迎侍親輿歸故鄉。人生百年一彈指，母恩未報情曷已。團圞樽前舞綵衣，大勝世間朱與紫。子行萬里涉風沙，誓不見母不還家。兒今髮落母應老，道旁觀者還咨嗟。臨川孟氏號朧腫，家世來此澶淵族。婆娑老暮紫荆花，料想春風依舊緑。

連文鳳

文鳳字伯正，號應山，三山人。宋亡後，變姓名爲羅公福，結杭清吟社。至元二十四年，宋義烏令浦陽吴渭字清翁，號潛齋，約諸鄉遺老爲月泉吟社，預於小春月望命題，至正月望日收卷，月終結局。諸鄉吟社用好紙楷書，明書州里姓號，如期來浦江交卷，俟評校畢，三月三日揭曉，賞隨詩册分送。

因用范石湖故事，以《春日田園雜興》爲題，延謝翱皐羽、方鳳景山、吴思齊子善，相與甲乙評騭。計收卷二千七百三十五〔一〕，取中二百八十，刻詩六十名，而以羅公福爲第一。當時鼎革初定，宋之遺老，散處東南，而二千七百餘人，此倡彼和，曾不聞以標榜犯時忌，亦可見元時法網之寬矣。

釣絲風

短髮泠颼颼，倚闌初下鈎。閒來片水外，輕弄一痕秋。淺拂蘆一作「蘋」。花亂，低分柳影浮。烟波清夢遠，吹不到公侯。

春日田園雜興

老我無心出市朝，東風林壑自逍遥。一犂好雨秧初種，幾道寒泉藥旋澆。放犢曉登雲外壟，聽鶯時立柳邊橋。池塘見説生新草，已許吟魂入夢招。月泉吟社評曰：「衆傑作中，求其粹然無疵，極整齊而不窘邊幅者，此爲冠。」

〔一〕「二千」，原誤作「三千」，據下文及稿本改。

趙若槸

若槸字自木，號霽山，崇安人。宋咸淳末登第，性倜儻不治生産，獨嗜吟詠，深得晚唐風致。徜徉山水間，遇會心處，輒止數日，人以陶阮輩目之。霽山與同邑范師孔、鄭德普齊名。德普字汝施，號景崖，幼穎敏，淹洽子史，而尤刻意於詩，其《題靈巖》云：「山蒸雲氣晴能雨，泉挾風聲夏亦寒。」《題齊雲峰》云：「石潤黏蒼蘚，澗高流白雲。」《詠南樓》云：「雁斷風仍急，烏啼天正陰。」真可追配唐人，惜散佚未有裒而成集者。

即事

雲散青山出，人閒白晝長。禽聲答空谷，樹影畫斜陽。種果期秋實，澆花趁晚凉。行藏天已定，隨分且徜徉。

遇樵川林時中

建水樵川隔幾重，相逢孰意大江東。客行芳草垂楊外，春在柔桑小麥中。細雨疏田流水碧，殘霞擁樹遠林紅。浮生聚散渾無定，有酒何妨一笑同。

春詞

玉釵香夢水東流，簾怯春寒倚暮鈎。燕子不來花滿地，一痕新月又西樓。

暮春

香透蜂房蝶夢殘，一簾新雨又春闌。柳腰瘦得難禁舞〔一〕，今夜東風莫更寒。

即事

可意黃鸝喚得醒，日移山影正當庭。飛花忽趁東風過，點破苔痕一片青。

〔一〕「難禁」，稿本作「禁難」。

范師孔

師孔字學可，崇安小漿里人。宋咸淳中預薦，肄業武夷書院。三司辟充講書，橫經析理，尤工於詩。日與鄭德普、趙若槸倡酬，名相伯仲。卒年七十五，所著有《畫餅編》行于世。

高樓高二首

高樓高登天，美人美如玉。美人坐高樓，更彈天上曲。飛聲落人間，誰不注耳目。要知妾此心，長恐晝夜促。

莫羨高樓高，莫羨美人美。樓頭瞻明月，樓下看流水。月明圓易缺，水流去如駛。獨愛山中蘭，幽香抱枝死。

武夷山

幾與溪山絶世緣，重來猿鳥只依然。懸崖野瀑飄成雪，近午嵐霏暗盡天。水向未疏須識禹，山如深入定逢仙。洞中石鼎烹雲處，此夜還來借榻眠。

長安客喬在

在字□□，關中人，自號長安客。中統間，遊終南。詩見李道謙《甘水仙源録》。

題甘河遇仙宮

樓觀森羅紫極雄，仙真去後彩霞空。不緣一勺簞瓢水，誰解千年五祖功。金闕儼遺秦甸月，石壇高起漢陵風。殷勤重展三薰敬，復許驂鸞會故宮。

鶴田先生李珏

珏字元暉，吉水人。宋末爲攢宮屬官，撰《穆陵大事記》，橋山劍舄，歷歷如見。異代覽之，亦爲凄然。大德間，年八十餘，自號盧陵民，人稱之曰「鶴田先生」。嘗作《君山浮遠堂詩》有云：「此水自當兵十萬，昔人曾有客三千。」人多傳誦。

題崇元觀

舟維楊柳岸，來拜晉英靈。碑古龍紋暗，劍寒蛟血腥。江春半篙緑，山曉一樓青。燈火旌陽殿，鐘聲過客聽。

綴水雲卷後 并序。

吴友汪水雲出示《類稿》，紀其亡國之戚，去國之苦，間關愁歎之狀，非《泣血録》所可並也。敬賦二十字以綴卷尾。

天地事如許，英雄鬢已斑。淚添東海水，愁壓北邙山。

題郭主簿模摩詰本輞川圖卷

園圖親畫早流傳，已是人間五百年。凝碧池頭秋句在，當時幾負此林泉。《王右丞輞川圖》與余昔在杭茗故家見者一樣，前有集賢院御書印，内合同印。題「摩詰本」，後書「河北郭忠恕奉命復本」，則知爲江南李後主時臨本也。虎賁中郎，更無辨處，郭亦妙筆矣。右丞，唐開元天寶朝士，名維，字摩詰，工詩畫。輞川，其所居，自寫爲圖，精密細潤，在小李將軍著色山水右。今如魯寶玉大弓，絶無僅有。吾昂霄珍之重之，携上天京，名公相一見賞識鑒定，增十倍價。大德戊戌冬至，廬陵民八十叟李珏元暉跋。

雪中寄友

石角雲層道路難，墨風三日晝漫漫。吟筇直指西湖柳，合與梅花共此寒。

羅太瘦

太瘦字□□，□□人。宋貢士。

述懷

淮海歸來二十年，結廬仍向舊山川。既無酒債貧休恨，浪得文名老尚傳。曉日輪蹄思柳外，春風羯鼓在花前。如今静聽瓶笙韻，猶似當年咽管絃。

題鶴林宫

暑往寒來迭世間，有誰十載駐朱顔。騎鯨客去天連水，跨鶴人歸月在山。爐火頓銷情慾境，劍金須斷利名關。煙莎隨分巖前緑，猿馬不驚春意閒。

厚齋先生詹載道

載道號厚齋，一號詹山，□□人。宋末，歷官府僉，入元未詳。天台陶宗儀《南村輟耕録》載德興羅有開雲溪所撰《唐義士玉潛傳》一篇，後有董吉翁石林、詹載道厚齋題跋。時皇慶二年夏五月也。

題葉氏四愛堂 并序。

友人葉成甫世家永豐梅林而松溪。元貞丙申，動適彼樂郊之想，慕孟氏三遷之風，徙居睦樂池頭，相悠幽勝。結廬三間，竹樹茂美。一池灌園，手植梅、蘭、蓮、菊，又取濂溪、淵明、和靖、山谷諸老之説揭堂中〔一〕，榜曰「四愛」，以寄四時雅興，清矣哉！且以永日，且以盡年，有以自老矣，而數僅中壽。二子元翁、凱翁，皆恂恂善與人交。凱遊方之外，元好修而文。於屋東偏闢小室，號「半隱」，面修竹，竹外憧憧，而囂塵不到。清琴横牀，儒書堆案，不矜名，不眩能，能世其家而大之者。余每過之，喜其有隱者趣，爲之賦小詩。

四愛名堂名匪誇，梅蘭蓮菊當傳家。誰知半隱琴書趣，出色堂前四愛花。

初凱翁先欲南還欲僕作詩送行而僕今先有行色故爲題此爲他日一笑之資也

江路夢初回，猶疑香是雪。野意正微茫，疏影寒窗月。

〔一〕「堂中」，稿本作「中堂」。

湯教授彌昌

彌昌字師言，號碧山，長沙人。宋大理卿璹四世孫。父暉老，咸淳丁卯進士。父子授受，皆以《周禮》發解。彌昌博學能文，與袁易、龔璛、郭麟孫、錢仲鼎諸君友善。由長洲崑山儒學教諭、鄱江、清獻兩書院山長，轉建寧路儒學教授。以從政郎、温州路瑞安州判官致仕卒，歐陽承旨玄誌其墓。有《周禮解義》、《碧山類稿》、《湘江櫂歌》若干卷，藏于家。

題趙子固蘭蕙卷

泛蘭轉蕙光風春，靈均妙與花寫神。胸中九畹無纖塵，摹寫形容方逼真。彝齋作畫詩興寓，寄齋作詩知畫趣。意匠經營託豪素，心手縱橫生態度。紫莖緑葉墨淡濃，湘魂澧魄香融融。後來三絶松雪翁，心讓此花能品中。

敬題范文正公所書伯夷頌卷尾

頌文遥附青雲傳，楷法獨推黄素書。百世清風元不泯，兩公高志更誰如。珠遺舊入權臣橐，璧返今逢刺史車。一卷寶藏同魏笏，虹光清夜燭寒虚。

文正公許下帖

尺楮逾二百載，魏公手筆如新。語不繁而意足，可以想見其人。

劉學正應龜

應龜字元益，義烏之青岩人。少恢疏，常落落多大志。宋咸淳間，游太學爲博士弟子員，值宋亡，乃返耕。築室南山之南，自號「山南隱逸」，賣藥以自晦。至元二十八年，部使者强起主教鄉邑，調月泉山長，遷杭州學正。大德十一年卒，年六十四。所著《夢稿》六卷，《癡稿》六卷，《聽雨留稿》八卷，黄侍講溍重加詮次爲二十卷，題曰《山南先生集》。稱其爲文雄肆俊拔，飆馳水飛，爲里中前輩詩家巨擘云。

春日田園雜興

獨犬寥寥晝護門，是間也自有桃源。梅藏竹崦無多路，人語雞聲又一村。屋角枯藤黏樹活，田頭野水入溪渾。我來拾得春風句，分付沙鷗莫浪言。月泉吟社評曰：「此卷七言凡六首，律細韻高，如『耕餘樹有牛磨癢，稅足溪無人照瘢』，『青春却付鳴鳩管，白日全輸卧犢閑』。此等語复未易及，鼎嘗一臠，餘可概知。」

貢教諭子仁

子仁字壽卿，號遠山，丹陽人。爲金壇儒學教諭，紫陽方回嘗題遠山詩云：「湖海元龍氣許豪，遠山歷歷數秋毫。爲言人品亦當爾，百尺樓頭立處高。」

自題遠山

拱北樓頭晚眺晴，吴山相對列如屏。白雲天外孤飛處，認得茅峰一點青。

郭教授鄧 一作「鐙」。

鄧字德基，福州長樂人。幼孤，世以明經顯，號「書橱郭家」。鄧少孤，初補太學生，宋亡，居鄉教授。

至元中，郡舉遺逸，授泉山書院山長，遷興化路教授，改吴江州，再調興化，未行卒，學者私謚曰「純德先生」。所著詩文曰《梅西先生集》。德基素尚高潔，酒酣爲文，下筆不少休，每一篇出，争相傳寫。鄭國史鉞曰：「先生之文，流出肺腑，詩有開元、元和風致，長短句妙處逼秦、晏。」程承旨鉅夫亦謂「其詩若文，和平沉深，不琢鏤以爲工。閩中詩人莫敢與德基爲比」。

鱸魚

請君聽説吴江鱸，除却吴江天下無。西風獵獵鳴菰蒲，泠然乘風空太湖。舟人漁子紛相呼，横江截以網罟罛。四鰓端好充君厨，鬣鱗圓細紅粉顱。文理匀膩白玉膚，不腥不滄不太腴。吾以鐵石心腸麤，磨刀霍霍飛凝酥。雪花吹去千蕚跗，橙虀釃辣香模糊，盤行箸埽傾百觚。

蟹 出汾湖者佳，名紫鬚蟹。

請君聽説吴江蟹，除却吴江無處買。豈無鬱州與上海，獨許汾湖十分倍。筐如負笈行披鎧，大者盈斗吁可怪。爬沙驚倒兒女駭，黄金填胸高塊磊。十有尖臍更精彩，玻瓈瑪瑙光璀璀。髓香骨脆味瀟灑，坐令華堂厭烹宰。和以糟邱與醯醢，醞藉風流無不改，介夫佳傳傳千載。

盛教授如梓

如梓字□□，號庶齋，揚州人。大德間爲嘉定州學教授，以從仕郎、崇明州判官致仕，著有《老學叢談》。

遊集仙宮

紺宇出闤闠，來遊慕虚寂。流水環四圍，入門樅檜碧。長廊烟霧生，靈貺幡幢密。主人聞客至，尊酒延丈室。修竹逾萬个，老桂高百尺。日色净不喧，松風凉可挹。翛然人間世，陡覺詩興逸。

戴學正天錫

天錫一名錫，字祖禹，山陰人，居杭。弱冠，意氣穎發，傾動流輩，與鄧文原善之、張德輝仲實友善，言論纚纚，商確今古，觴詠間作。或勉之仕，登名于朝，授會稽學正，未幾移疾歸。再調淮海書院山長，不赴。至大戊申卒，年四十五。祖禹藏書甚富，尤嗜古法書名畫及鼎彝器物。遇勝友則焚香娱玩，殆忘饑渴。善之謂其詩蚤宗太白，漸就深沉，用少陵法。每論詩至歷代正變，是非優劣，又如老吏持律，明燭幽暗。子孟浮，妻善之女。

題高尚書夜山圖

風露百尺樓，湖海兩奇士。山空宵月滿，寥落非城市。明明浙河西，宛宛豪素裏。德人與天游，恢廓應如此。

天馬圖歌

月支天馬難再得，誰向君家貌真蹟。駿毛皎潔骨肉勻，騄駬驊騮敢同色。當時超逸真絶倫，皎如玉龍下天門。朝馳駿坂飛匹練，莫浴深淵浮赤雲。四蹄飽踏咸陽月，滿身猶帶燕山雪。只愁玄霧閟神姿，未許清塵汙汗血。飄然却立精神聚，想見落筆驚風雨。他年開匣君勿驚，照室神光夜飛去。

懷牧心

風流年少今安在，江頭駐馬空相待。暮鴉千點落西陵，歸帆一片生東海。去年别爾雁南征，今年迎爾春水生。我心思爾如春水，回波相續無窮已。君如鴻雁早驚霜，方逐長風度萬里。歸來滿地生芳草，相期走馬西門道。大堤日出佳氣濃，飛絮游絲滿晴昊。如澠之酒傾玉壺，下馬共飲休躊躇。文章似爾絶代無，不須更草封禪書，但願長醉黄公壚。

盛學正彪

彪字元仁，臨安人。與戴表元、俞德鄰交。大德四年，以純儒茂老，清才篤學，授吉水教授，調鎮江學正，終養歸卒。

題高尚書夜山圖

錢塘城中吳山高，右背湖水前江濤。江南江北山週遭，隱若廢堞緣空壕，山椒樓居湖海豪。畫趨省垣坐郎曹，夜歸憑闌呼濁醪。維時江月明秋毫，羣動一息沈譁囂。山如聚木樹如蒿，刹竿離離如桔槔。江流無聲夜滔滔，風帆何處藏千艘。下窺萬垤埋腥臊，政夢膏火相煎熬。攝身便擬虚空逃，東將入海凌鯨鼇。昔年采石披錦袍，蕩兀未免隨輕舠。近者觀潮蹋江皋，却恨管籥重門牢。何如坐窗寂不遨，一覽不費躋攀勞。兔蟾西飛首重搔，寫留尚賴中山毛。鉅公賦詠追風騷，江山動色驚衮褒。野客嗜山逾老饕，展卷物色分殘膏。快剪已具并州刀，不須汗漫期盧敖。

潘教授奕

奕字景大，黄巖人。元初爲福州教授，所著有《雙溪集》。

枕上

夢寐浮華興盡闌，休文何止帶圍寬。荒雞遠唱霜初下，斷雁宵征月半殘。展轉每悲千載事，支離正怯五更寒。閉門又作偷閒計，賸折梅花倚醉看。

己巳正月四日午睡頗適

誤認東風是宿寒，朝來吹暖入浮烟。宦途元不抵春夢，俗事但能妨晝眠。却老無方真惜日，與愁有味每窮年。癯酸莫悟詩爲祟，又賦新詩第二篇。

屠學正約

約字存博，號月汀，錢塘人。官婺州學正。戴表元《剡源集》有《送屠存博之婺州教序》。

題高尚書夜山圖

李侯登樓見明月，清景曾持向人説。高侯忻然爲作圖，剡藤半紙吞吴越。西風八月天氣凉，白露亂下濃如霜。萬井鱗鱗閟蟻穴，羣峰點點成雁行。鳳凰翺翔貙虎踞，斗牛光射潛蛟怒。方驚畫色辨羽毛，尚覺遠林帶烟霧。嵯峨孤塔撑雲霄，坐令旺氣東南銷。玉宇璚樓在何許？高低草樹寒蕭蕭。陰陽剖割太朴散，天地悠悠昏復旦。江山千古月千古，中秋看月人幾换。丹青之筆何代無，此夜此山應難摹。侯能胸次發新意，傾泄造化皆無餘。二公生來不同地，燕魯相望各千里。偶然一笑吴山巔，城中明日傳清事。清事城中人得知，造化妙處神莫窺。唐人兼重廣文畫，輞川况有摩詰詩。李侯李侯君寶之。

于教授昌文

昌文字□□，南康人。大德間，官郴州儒學教授。

喜雨

一札丹心上玉旒，行行小隊爲民憂。梧桐葉上三更雨，黍稷人間萬斛秋。誰把龍瓢歸李靖，頓甦魚轍夢莊周。曉來坐看千山緑，一洗炎荒解客愁。

喜雪

肅肅誰將滿院清，歲寒臺柏自中庭。朝來踏破尋梅路，夜半驚回折竹聲。千尺威稜龍露甲，一襟冰玉鶴添丁。銀花點點豐年兆，預報山城酒價平。

傅山長定保

定保字季謨，號古直，晉江人。宋咸淳中，禮部奏賦第四，時相沮抑新進，未令赴廷試，歸益力學。有風以仕者，皆辭。大德初，提舉吴濤薦授漳州路學正，改三山書院山長。越三月辭歸，授徒養母。至治中，以平江路儒學教授致仕。爲文温潤典裁，有《四書講稿》及詩文若干卷。

四賢祠次韻

四傑唐遺迹，千年此妥靈。草荒丞相冢，雲鎖隱君亭。助教衣猶緑，翰林山尚青。因懷水南令，愁思遶春亭。

翠光亭次韻

墨妙鎖沈萬丈光，人間流落句文香。青山不管興亡事，暖翠浮烟竟日長。

鄭訓導芳叔

芳叔字德仲，號蒙隱，鄞縣人。以范氏子爲後于鄭。宋亡，遍游遺老之門。博學廣記，家貧無書，常假奥篇祕帙，躬自繕録，積數十百卷。從游常數十人，兩訓導郡學，晚年署郡學録，未上卒，年六十九。所著有《蒙隱集》。

菜詩

粱肉人間夢寐空，坐間猶得誦涪翁。一簞樂意虀鹽足，五畝生涯菽粟同。翦韭未能忘夜雨，思蓴豈必待秋風。但知不厭其中味，自有春生老圃中。

鄭教授覺民

覺民名以道，以字行，晚號拙直，芳叔子。積學篤行，得父淵源，與程畏齋齊名。性至孝，母常患目，日以舌舐之即愈。用御史薦爲龍游教諭，三月即謝歸。經略使徵遺逸，署婺州教授，後授處州，適疾卒。有《求我齋集》三十三卷。

送王叔載教諭象山五首　名厚，深寧尚書之孫也。博洽與以道齊名。

蓋壤邈今古，羲娥明旦夜。動静既有殊，顯晦亦相謝。奚爲至多物，好惡迷取舍。離方乃遯圓，取密或遺罅。安得天下士，定論萬物價。

恭惟尚書公，道輝燭乾坤。望古浩千萬，摭拾恣咀吞。坐值時運移，閉門守深根。春陽照九宇，英曜日晟蕃。後學競奔走，衆屬此文孫。

明州稱多賢，文獻聚如積。須臾見海桑，晨漢星歷歷。戾契徒自强，脂韋竟何益。毋寧念本始，述祖承典則。邈哉彼高棲，俯瞰無丈尺。

迢迢明月夜，灝灝長風晨。晤語一握手，四空闃無人。作者不並世，哀歌淚霑巾。豈徒彼善之，益懼大亂真。撫背出門去，川水日沄沄。

象山海中居，象泉何洌清。泉以鑒妍醜，山以見虧盈。相望五十年，羔雁各逢迎。送別固有禮，怡悦尤多情。春深照花溪，爛爛雲物晴。

和范文正公題虎邱

邱壑癖所耽，從遊虎踞巖。山形藏古寺，泉脉涌幽潭。遠望悲陳迹，清禪任閉菴。由來賢達士，捷徑鄙終南。

張教授著

著字仲明，襄陵人。歲戊戌設科取士，以詞賦中選。既而麻貽溪、曹兑齋來主經局，遂刮去故習，沉潛伊洛之學，以家居教育諸生爲樂。中統改元，張頤齋宣撫河東，擢主潞城簿。未幾以親老歸，累辟不就。至元二十二年，用薦授平陽路儒學教授。二十九年卒，年六十九。**仲明潛心古道，一詞一藻，典雅有法，理明詞約，以自得爲主，學者稱爲蒙溪先生。有《蒙溪集》十二卷〔一〕、《詩學淵源》二十卷。王惲爲作墓碑。**

蒙溪山居

我本山中人，十年墮紅塵。歸來愧青山，青山解迎人。十里如相望，五里如相親。乃知山德厚，不以俗駕嗔。藹藹桑麻原，熙熙雞犬鄰。落落衣裳古，悠悠古語真。回思所遊地，囂埃塞城闉。終焉吾有約，爲報山之神。

村居

危橋入孤村，老木倚絶壁。幽鳥啼一聲，萬象動寒碧。

〔一〕「十二」，稿本作「十三」。

羅山長志仁

志仁字壽可，號壺秋，淦川人。宋末，與黄圭、唐佐同領鄉薦。元初，並有詩名。以薦授志仁天長書院山長，圭莆田丞。廬陵劉辰翁會孟嘗稱之曰：「黄西月五言，羅壺秋小詞，他人莫能及也。」

題吴飛卿卷雲閣

最無根蔕是浮雲，舒卷如何盡屬君。我亦似雲歸未得，滿山黄葉正紛紛。

題趙榮禄水村圖

長愛秦郎絶妙詞，荒寒暗合輞川詩。斜陽萬點寒鴉處，流水孤村又一奇。

熊教授朋來

朋來字與可，豫章人。宋咸淳甲戌登進士第第四人。授寶慶府簽書判官廳公事，未上而宋亡。隱處州里閭，授學生徒。王治書構銓外選江西，以名薦公議朋來爲大儒師。而東南士類，福吉爲盛。遂命連爲兩郡教授。既滿，調建安縣主簿，疾不赴，以從仕郎、福清州判官致仕。至治三年，元學士明善復薦于朝，未及召而卒，年七十八。先生胸懷灑落，態度寬和，聞風者造門，人人如煦春陽，飲醇酎而去。晚年自號「彭蠡釣徒」，日鼓瑟以自怡，學者稱天慵先生。平生著述有《小學標注》、《瑟譜》、文集三十卷。

豫章鐵柱宫

九牧失貢金，司空不行水。蛟龍弄波濤，魑魅入城市。吁嗟清譚者，萬事謾不理。遂令千載人，稽首旌陽子。

熊員外太古

太古字鄰初，朋來第三子也。舉至順三年壬申鄉薦，南臺御史平章趙世延辟爲廣東廉訪司書吏，轉湖廣省掾，授翰林院編修、國子助教、江西行省員外郎。至正末兵革，遂隱儲山著書。明洪武庚戌，徵較雅樂畢，告老歸，終于家。

送復上人遊吴

二月鍾陵花滿烟，袈裟東上木蘭船。地浮彭蠡江聲轉，山入姑蘇海氣連。千里從師應未晚，五湖爲客謾多年。遥知後夜相思處，坐看中天好月圓。

張教授夢應

夢應字□□，益州人。至元二十二年任松江府儒學教授。

題日觀墨葡萄

濃淡纍纍半幅披，却疑月架影參差。憑君問取乘槎使，還似宛西舊折枝。

梁教授相

相字必大，杭州人。宋亡後，變姓名自稱高宇，又稱魏子大，與寶覺寺僧了慧爲武林九友會。大德末，任紹興路儒學教授。

春日田園雜興二首

麥疇連草色，蔬逕帶蕪痕。布穀叫殘雨，杏花開半村。吾生老農圃，世事付兒孫。但遇芳菲景，高歌酒滿尊。月泉吟社評曰：「前四句詠題，後乃述意，末二句亦不離春興。格韻甚高，五言中未易多得。」

膏雨初晴布穀啼〔一〕，村村景物正熙熙。誰知農圃無窮樂，自與鶯花有舊期。彭澤歸來惟種柳，石湖老去最能詩。桃紅李白新秧緑，問著東風總不知。月泉吟社評曰：「前聯妙於組合，後聯引陶、范，不爲事縛，句法更高。末借言雜興，的是老手。」

〔一〕「膏」，原誤作「高」，據稿本改。

曾縣丞遇

遇字心傳，華亭人。宋丞相魯國公公亮之裔，博學敏文辭，尤邃七書，工筆札，與王昭大、詹潤、徐順孫同遊齊譽，時呼「雲間四俊」。元初，中省元。至元二十七年，被選入京，書泥金字藏經，訖事南還，所居日學古家塾，後以薦授湖州路安吉縣丞致仕。

温日觀葡萄 并序。

至元庚寅，以寫經之役，起驛入京。濱行之際，先一日至靈隱，别虎巖長老。出至廊廡，一老僧素昧平生，聞余華亭鄉音，近揖而笑，握手歸房，叱其使，令於方丈索酒果款洽。執縑素者填咽於其門，叱拒而不納。問之，甫知其爲温日觀也。以遇將有行役，引墨寫葡萄二紙，一寄子昂學士，一以見贈，且以榮名相期，此意厚甚。别後留燕書經訖事，將得官而轟薦福之雷，此卷偶留集賢翰林諸老處，多爲著語，大爲歸裝之光，今遂裒集成巨軸。南還未及數載，不獨温師化去，卷中名勝，半歸思伯之阡。撫卷感歎，系之以詩曰。

我初不識温玉山，偶然邂逅湖山間。戲寫葡萄贈行色，呼酒酌别期榮還。人言此僧性絶物，法書名畫求不得。一時青眼信有還，鄉物鄉人嘗寶惜。淋漓醉墨蛟龍蟠，磊落圓珠星斗寒。疏略之中自精絶，工與造化争毫端。殷勤携上金臺去，袖惹天香雜烟霧。價輕不敢博凉州，但費玉堂評品句。萬里歸來家四壁，沙鷗笑人空役役。惟餘翰墨爛生光，十年俯仰成陳迹。

徐監庫天祐

天祐字受之，紹興山陰人。登宋景定三年方山京榜第。歷官文林郎、國子監書庫官。大德十年，汴梁劉克昌來治越，重刻《吴越春秋》，延天祐爲之音注，且命爲之序。

舜帝廟

衫衣何意起耕漁，帝治巍巍在典謨。儀鳳不來干羽遠，斷雲殘照隔蒼梧。

塗山

陵下遺祠拜衮龍，空山草木幾春風。君看禹會村前路，烏鵲猶知萬世功。

馬太守廟

澄湖昔在鏡中行，總是當時畚鍤成。莫訝靈祠荒蘚合，烟波萬頃已春耕。

簞醪河二首

往事悠悠逝水知，習波尚想報吴時。一壺解遣三軍醉，不比商家酒作池。
百折河流酒味長，會稽深處未能忘。人言與衆同甘苦，懸膽當時却自嘗。

窆石 禹陵。

龍輴無計返靈遊，回首山河昔九州。欲問帝陵何處是？數千年後一荒邱。

梅梁 禹廟。

殿角枯梁水月身，象龍誰信解其真。休將金鎖空縈絆，靈物飛騰自有神。

鵲巢 唐有鵲巢和尚，棲止秦望山長松下。

分得南飛鵲一枝，長松頂上結趺時。世間何處無平地，若比長松更是危。

唐幹辦良驥

良驥字德之，蘭溪人。博學能文，與仁山金履祥相友善。仕爲提刑司幹辦官。

贈金仁山

公已蒼顔我黑頭，兩情常得守清幽。紛紛世事浮雲變，汩汩人生逝水流。行止何期南又北，交情又見夏還秋。可堪天意常如此，只合無心任去留。

蒙齋先生趙璧

璧字聖和，號蒙齋，□□人。廬陵周南瑞《天下同文》載聖和所作《大藏新增至元法寶記》一篇。按《元史》趙璧字寶仁，雲中懷化人。官至平章政事。又有趙璧字國寶，東平陽穀人。官至中議大夫平江等處都運萬户，賦祖山詩，俚俗不堪，故不入選。

過一作「題」。釣臺

君因卿相隱，我爲利名來。羞見先生面，黄昏過釣臺。

平山先生曾子良

子良字仲材，故家南豐，徙居撫之金溪。宋咸淳進士，仕至淳安令。宋亡，隱居陶，號平山。

輓知臨安府兼浙西制置使曾公四首　淵子。

德祐思良弼，江西出大臣。報忠昭漢議，靖獻有殷仁。皦日五朝老，清風百世人。幾時歸衮繡，秋草卧麒麟。

永紹傳賢啓，兹元拱女堯。鰲山猶贔屭，鵬海極扶摇。宫殿春旗曉，簾帷社飯朝。龍髯攀不及，鸞馭去何遥。

立海終風黑，洗光雙日紅。餘波濺渤澥，仙仗岌崆峒。宗廟神靈在，公師禮數崇。平生精履屐，尚覺小臣忠。

返輤榮歸寢，帷堂哭設衣。神情如夢叶，滄海悵心違。百世功言立，千年城郭非。任安猶未死，哀淚不堪揮。

何鳴鳳

鳴鳳字逢原，分水人。宋末官教授，宋亡後，變姓名，自稱喻似之，又稱陳緯孫。

春日田園雜興二首

東風轉矚又東皋，久賦將蕪力未薅。古木一作「屋」。陰深巢燕弱，茭陂水淺怒蛙豪。兒癡方擬半栽秫，身隱尚嫌全種桃。何許蕨薇君欲采，饑眠堪羨華山高。月泉吟社評曰：「語健意深，雖首句疊字微欠推敲，後聯與末韻過人矣。」

星明天駟兆興農，稼圃犁鉏處處同。播穀競趨新禹甸，條桑猶記舊豳風。草緣疆畎縱横緑，花隔藩籬深淺紅。自笑偷生勞種植，西山輸與采薇翁。月泉吟社評曰：「雋味寓於細律中，微作者不及此。」

騎牛翁高鎔

鎔字聲玉，號悦雲，自號騎牛翁，三山人。宋末官婺州教。

春日田園雜興

已學淵明早賦歸，東風吹醒夢中非。鶯聲睍睆來談舊，牛背安閒勝策肥。時聽樵歌時牧笛，閒披道氅閒農衣。篇詩那可形容盡，何以忘言對夕暉。月泉吟社評曰：「五六作意就雜字上形容〔一〕，略似爲氣格之累，然而不可少也。第二句穎拔，末用淵明意尤佳。」

〔一〕「六」，原誤作「言」，與文意不合，據稿本改正。

遯初子全璧

璧字君玉，號遯初子，又號泉翁，杭州人。與白珽結社。

春日田園雜興

倦游歸隱白雲鄉，芳草庭閒晝日長。曾世衣冠門外柳，幽人風俗屋邊桑。青林伐鼓村村社，緑水平疇處處秧。未分東風欺老眼，一編牛背卧斜陽。月泉吟社評曰：「見趣高，格調别。觀前聯八字及末句語，可想其人。」

高翔

翔字□□，天台人。精于賞鑒。

重建德風亭

國初慶藩鎮，天意躋民康。使君搆新亭，務種召公棠。德行風偃草，蒲鞭閒虚堂。座列北海樽，面對南豐香。公退庶務静，翛然百慮忘。仙飆時陟降，環珮鏘琳琅。賓僚或嘯詠，瑞鳳鳴朝陽。拄笏看春色，舉觴邀月光。熙熙五袴民，其樂應難量。君心復何事，永卬如珪璋〔一〕。

〔一〕「永卬」，稿本作「顒昂」。

題韓左軍馬圖

渴烏項領紫駝峰，跑地求泉鬣上衝。不敢牽來向江水，預防踊躍學蛟龍。

胡斗南

斗南號貫齋，廬陵人。明初有海寧胡奎字虚白，自號斗南老人，又一人也。

悼文山

裂指西風感别離，乾坤人物大奇奇。生爲孝子忠臣勸，死有皇天后土知。萬折江流魚腹石，千年人立首陽碑。一門史氏春秋筆，愁把湖山入畫時。

吴語溪

語溪失其名，□□人。登宋咸淳十年進士第。

贈退齋同年貢舉

看花携手鬢俱青，一轉頭來作夢驚。四海同年今有幾，相逢此日得無情。著書君已名千載，廢學吾方悔半生。離合升沉何足計，相期進德是功名。

黄孝子義貞

義貞字孟廉，餘姚人。篤學好修，事親以孝聞。大德間，有司以賢良薦，徵拜博士，不就。隱居鳳亭，壽一百五歲。

白雲寺

巘雲僧名。寶刹誦瑶編，屋上靈雲每見連。知是蒼穹相表異，却將瑞氣日纏綿。絪緼像護清虚界，潔白光涵兜率天。老我欲過金子罨，細探靈跡恨無緣。

陳處士希聲

希聲字□□，義烏人。宋亡，變姓名爲元長卿，又稱聞人仲伯。隱居不仕，以文學爲後進師。子堯道、舜道，有詩名。

春日田園雜興三首

田園興在早春時，眼纈生紅喜上眉。門巷日高人掃雪，池塘烟漲水流澌。杯柈新歲歡同社，燈火元宵鬧古祠。野老告余春事及，夜來小雨過前陂。

田園興在半春天，春事關心夜不眠。護撤秧畦須擁水，闢栽蔬圃更提川〔一〕。青囊子粒鄉風舊，翠筈靈芽社雨前。獨立斜陽無限意，一聲撥穀野橋邊。

田園興在晚春頭，且説田蠶兩事休。榆莢雨酣新水滑，楝花風軟薄寒收。青楓蛾子催桑月，緑樹鶬鶊報麥秋。但願花村無犬吠，時呼薄酒背黄牛。月泉吟社評曰：「三春分作三首，曲盡變態，非苟爲敷演者所能及。」

春日田園雜興回文二首

香紅眩眼纈蕤英，竹杖扶吟縱步行。桑眼蟆含青蕾小，麥鬚蝦礫翠芒輕。黄花菜圃午風軟，緑水秧畦春野平。芳樹幾聲鳩雨過，蒼蒼柳色弄烟晴。

犁鋤徧野沸耕農，血吻鵑聲一樹紅〔二〕。畦蠹秧鍼青刿刿，隴翻麥浪翠芃芃。鷄鳴晝寂花村雨，犬吠朝空草岸風。溪外雲過横笛亂，微烟野色樹籠葱。月泉吟社評曰：「回文二首俱妥順，亦出苦心。」

〔一〕「提」，稿本作「隄」。

〔二〕「鵑」，稿本作「鶪」。

彭元遜

元遜字明叔，號巽吾，□□人。廬陵周南瑞輯《天下同文》五十卷，劉將孫爲之序，時大德甲辰第一甲子日也。自彭元遜以下七人，並見《天下同文》，出處未詳。

雨歸

我行方旬浹，禾生已扶疏。蛙鳴滿阡陌，水中有游魚。萬物不知長，我還安得居。好風時時來，拂我几上書。癡兒習晏起，飽飯亦有蔬。爾不念稼穡，不學將何如？

山中夜起

征鴻中夜行〔一〕，何不就我宿。山深金氣壯，明月何肅肅。鳥獸四無聲，虎狼卧空谷。星河落樹外，龍蛇散平陸。區區平生心，無以少自贖。

江上

飲啄畏塗迫，農商生理微。山寒行旅急，江晚渡人稀。老樹秋仍立，飢鷹夜自歸。儒冠空得誤，無復舊戎衣。

得微雨行視新種松子

春雨種松子，秋風吹樹苗。微生同度世，千歲聽干霄。草木慈心長，蟲魚惡念消。暮年容宴坐，羽葆衆山朝。

夜雨

黄葉委門巷，暮歸村徑荒。寒兼山外合，聲與夜深長。雞老聽風雨，鷹飢夢雪霜。畏人疏嗜酒，俯仰失周防。

歲晏

歲晏憐童稚，村荒愧老夫。牛羊各有主，鳥雀自相呼。橋雪昏迷徑，山風夜擁爐。白雲歸落木，無復共窮塗。

春雁

年年見來往，處處隔悲歡。羈旅偏憐客，飄飖復過寒。飛遲先遠喚，聞近亟相看。未有清明雨，天長羽翮乾。

登華山

天涯俱得歲，嶺外間逢人。空闊浮元氣，蒼寒接上春。波濤容一旅，風日照遺民。俯仰乾坤在，悠悠寄老身。

夜歸菴中

御風旬五日，數數記山扉。野渡中流黑，農談隔樹微。桔槔罷世故，絡緯動天機。露足燈前坐，城中洗鉢歸。

次韻會孟惜别

蟋蟀有幽意，早催寒女機。村舂聞雨飽，客袂見秋歸。飄泊寧堪别，歡娱自欲稀。長年加愛惜，凉冷近房闈。

客居

口腹勤天地，客居何所操。田園催麥李，風日過櫻桃。鶯起青梅落，風回亂絮高。草心空自老，老去自劬勞。

清都觀

上帝高居擁絳霄，人間宫館故漂摇。海山自隔蒼凉日，章水空來寂寞潮。誰見赤書持浩劫，時通羽蓋集陽寥。衰年無路披丹悃，下有巫陽不盡招。

〔一〕「中」，原誤作「終」，稿本作「中」，《天下同文集》所録此詩正作「中」，今據改。

盧朔

朔字寒皋，□□人。

病中有省

示疾得高眠，歲月委一榻。驀然有會意，言不待問答。病是檢身方，睡即出世法。竹風語我來，時時一蕭颯。

二恨

讀書恨無書，鄰非魯東家。對客恨無酒，黄壚頗難賒。青鞋共短策，請謁山翁茶。向來禹稷事，悠悠在桑麻。一笑復何説，新春天日佳。去年醉西塢，曾約小桃花。

擣衣曲

昨夜砧聲忙，今朝聲較晚。停手拭淚痕，不教老姑見。

花信

櫻桃新買試單初，團扇胡姬笑倚壚。曾被楝花風信誤，春衫未可典春酤。

顔奎

奎字子輿，一作「俞」。號吟竹，□□人。

早起二首

曙禽何喧喧，早起身自健。曾嗜曉枕凉，更眠祇成倦。道路記風燈，聞雞共村店。自笑七尺軀，可貴亦可賤。

缺月留樹西，簷虚凉氣集。夜來不聞雨，庭露空翠濕。菖蒲水氣上，一葉珠一滴。幽蘭有憔悴，古井手自汲。

長林

雨瀟瀟，風颯颯。柴扃閉，青烟發。濕鴉投暝如破山，驚起林塘未收鴨。光摇遠影誰氏樓？日日换度人間愁。倦客西來老風雨，明朝又過長林路。

晚渡

家近歸可晚，悠然待渡心。寺鐘縈樹盡，漁火入江深。偶立生新感，微吟極遠尋。柴門新月上，種樹喜成陰。

和劉及翁

如此別易久，詩來知勝遊。故園春又晚，昨夜雨如秋。雲外有黄鵠，人間無白鷗。關山明去眼，誰倚仲宣樓。

宿溪西

款段經行路暗知，殘燈破屋又溪西。清霜欲下雁初過，新月未高烏正啼。氣到金莖天影濕，峰垂紫蓋斗痕低。隔窗有客寒無寐，說到更闌聞馬嘶。

暮春同王静得

土花滿逕竹清曉，芳草欲烟生遠愁。鳥愛緑陰吟細細，蝶追紅影去悠悠。夜來葉底一番雨，春到江南第幾州。隔屋嶙峋青更好，薰風萬籜化蒼虬。

晚望

悠悠天影下平蕪，境落依微竹樹疏。斷雁不知秋意老，西風獨在曉晴初。一篷烟火漁歌起，萬里雲帆客影孤。隔世有情歸暗合，不逃摩詰畫成圖。

楊學文

楊一作「王」。學文字必節，號竹澗，眉山人。

梅花

朔風凍雲低，雪意光林杪。北枝寒無聲，南枝香獨早。縹緲羽衣明，的皪椒房小。中有浩蕩春，嘯傲烟塵表〔一〕。美人山店夜，玉光破寒曉。孤潔豈欲高，尋芳自枯槁。悠悠歲寒心，不爲東風老。乾坤萬壑冰〔二〕，一花已不少。

題節婦胡氏殺虎圖并序。

并州渤海縣兵籍劉平之妻胡氏，與平同戍棗陽。夜宿沙河，平爲虎齧，胡奮身掣虎足，呼稚子取寸刀剖虎腹。平幸脱爪牙，而一臂已傷，三日而斃。徐太常作詩紀實，好事者圖之以旌其義，余賦長歌憫之。

酸風動地天怒號，黑雲撲面烏輪韜。豺狼當道魑魅舞，弱肉强食隨其遭。當時征戍寧辭苦，倡隨誓與同生死。暮沙叢葦起咆哮，居然肉血歸塵土。呼天叫地投林去，夫君不有吾何懼。英英義膽鬼神驚，一刀兒手天爲助。百靈呵斥虎自傾，不然何能與虎争。當熊委身差可擬，射雉始笑何足倫。紅窗繡綫香風動，蟠螭卧虎金麟鳳。此圖價可百倍高，江梅不入梨花夢。蛾眉巧倩肌凝雪，可能此婦孤衷烈。百年義重一身輕，茫茫宇宙悲豪英。

月夜

明蟾破雨欲流冰〔三〕，一碧涵空萬籟沉。和夢起來猶是蝶，滿襟花氣露痕深。

〔一〕「嘯」，《天下同文集》作「笑」。

〔二〕〔三〕「冰」，《天下同文集》作「水」。

楊學李

學李字希聖，號明齋，眉山人。

初秋夜坐

青燈伴微吟，煩暑猶蒸炊。風聲如山雷，怒落窗西籬。砌蛩泣佞莎，老樹鳴高枝。桂魄忽嬋娟，夜氣侵涼絺。尊羹豈不懷，未了一載癡。依依游子情，堂萱重馳思〔一〕。祇將冰雪心，或可爲母慈。清白爲家箴，夫豈世俗知。南來秋復秋，賸喜瓜及期。娱親已可望，須記思親時。

西郊晚步

江城五月風雨餘，嶺南地僻少馳驅。政餘長日無與俱，尋幽步屧城西隅。地平山遠迷緑蕪，垂楊深處聞鷓鴣。縈迂小徑通浮圖〔二〕，松風夾道如笙竽。清池冷浸秋水菰，如有露氣侵庭梧。桃笙院静横竹奴，栩栩清夢游冰壺。覺來殘照不可呼，更待好月同歸塗。

望雲樓 并序。

樓在賀州治之東北，紹興間，太守黄尚賢所建。高壓城壘，下瞰江山，是爲一郡之奇觀。年深頹圮，大德癸卯，余命工葺而新之。獨以未經前賢題詠，爲斯樓欠事。暇日輒一登臨，爲之神怡心曠，因成十二韻以紀其勝。

樓前山色青如鬟，樓高夜映心斗寒。推窗縱日納吟思，倚檻爽氣生眉端。荒烟宿靄迷野甸，古岸怪石横驚湍。城孤下瞰天蘸碧，日永坐聽風鳴鑾。登臨獨慨城郭是，把酒一酹還三歎。雖未如元龍高卧之百尺，已不減庾公步月之遊觀。又何須黄鶴霄漢之浩渺，亦可想岳陽烟水之瀰漫。巋然獨立賀江滸〔三〕，已矣樓中沸歌舞。勝境無詩亦可羞，謾自簷楹庇風雨。望雲人遠迹生塵，祇有江流自今古。

〔一〕「思」，原誤作「恩」，據稿本改。
〔二〕「浮圖」，《天下同文集》作「浮屠」。
〔三〕「滸」，原誤作「許」，今據稿本、《天下同文集》改。

譚楚翁

楚翁字謙益〔一〕，□□人〔二〕。

感遇五首

越客拊絲桐，完音合韶武。挾以游燕趙，又以適齊魯。國中習笙簧，相倩侑謳舞。懸之價千金，賢庶不一睹。飄零萬里道，聲形涴塵土。歲深弦柱裂，腕爪弗堪鼓。萋萋彧複歸，誰睠往來苦。尚想有田連，持存欲易譜。

素無玄豹姿，雄期與心違。霜風不解事，偏透游子衣。葉落知天寒，羣雁亦南歸。凋湖蘊藻沕，汨汨魚無依。朝來烹雁魚，偶獲故鄉書。書中一一言，鄰非昔人居。

秋深林木變，年邁容髮改。雲南聽夜雨，酸風寒鐵鎧。慆慆餽餉人，羈留生凍餒。茅閭與綺羅，倚門日長待。誰歌《東山》詩？以潰此疽瘣。

喧喧林雀散，哀哀鴻雁離。愁雲翳薄日，慘慘添傷悲。行行行復止，遄塞相綏綏。壯夫心鬱結，深閨淚暗垂。茫茫辰沅道，漠漠雲南崥。夜月照營壘，千里同相思。願言嘉靖時，暮秋以爲期。

幽居昔呰窳，時日如轉丸。況乃金天夕，蕭瑟響琅玕。獨宿夜爲長，蛩啾穴垝垣。攬衣出中庭，明月可與言。織女不秉機，兔絲滿故園。燕麥若堪食，雖與蔓草蕃。濟會亮能固，人情無寒暄。

宿浮邱

停驂逸鞦轡，夕爨乞石火。仙人浮邱翁，詒誚事大夥。行止信不訾，出處諒非我。片楮可市酒，聊醉覺慵惰。高眠茅店月，絶慮夢無禍。

過湘江

烈風動原野，花柳奄離披。天吴增憤怒，蕩潏無寧期。匈匈黄帽郎，怦怦心傷悲。輕舟欲宵遁，遠此湘之湄。津隘禁令嚴，去去懷驚疑。餉饋亦良苦，軍士惄調饑。于以賦祈父，憂恤悔何追。于以歌鴻雁，嗷嗷水中坻。

〔一〕「謙益」，《天下同文集》作「益謙」。

〔二〕「□□人」，原無，據稿本補。

劉一飛

一飛字景翔，號溪山，□□人〔一〕。

花下獨酌

兒時手種植，感此歲月深。歲月不復返，但見高高林。嫣然枝上花，旦暮成古今。所以溪山客，翛然脱塵襟。花自爲我舞，鳥自爲我吟。有時倦復坐，酒醒時更斟。一笑開落中，静見天地心。

蟲歎三首

促織鳴，懶婦驚。心驚不爲寒，良人役苦辛。安得化作萬機杼，爲辦上供婦應喜。

熠熠丹良照夜光，柝禁兮有嚴〔二〕，宵行兮何忙。昏昏自照欲何去，莫向灞陵逢醉尉。鳳子車，栩栩飛。人生夢，是耶非。忽忽相逢知爲誰？唐宮金玉已流落，閒逐兒女張羅衣。

常德府

南渡潛龍府，嘉名記止戈。地休秦洞税，人慣鼎州歌。夜月丹砂井，秋風玉帶河。春中珠履跡，遊客至今多。

招屈亭　德山新城。

勝地幾千載，憑高豁醉眸。沙寒枉渚月，樹老德山秋。遺恨從《天問》，孤忠寄《遠遊》。荒祠重回首，又聽《竹枝》愁。

重遊

石如人立對斜暉，偶共閒僧此息機。止水無風看月度，高山有鶴伴雲歸。詩留去後桃千樹，人到重來柳十圍。燈影長明青一點，靈光還是昔時非。

偶題

小桃别後到荼蘼，瘦損春容費盡詩。燕子不來消息斷，東風獨自倚闌時。

雁過

人立西風慘淡餘，荻花搖曳晚晴初。雁聲不向樓前落，又是一番無寄書。

〔一〕「□□人」，據稿本補。

〔二〕「柝」，原誤作「析」，據稿本、《天下同文集》改。

周伯暘

伯暘字霽海，□□人。見劉應李《事文類聚翰墨全書》。

送僧歸蜀

詩禪寄杖錫，不問道途難。到水浮杯渡，逢山卸笠看。悟空諸念寂，傳佛一燈寒。蜀國又歸去，令人憶道安。

寄悦上人

一錫千峰遠，聞師住少陵。雲生坐處石，佛見定時心。清福人間少，紅塵山外深。何當重問訊，來借竹堂吟。

次僧韻

曾對寒爐細畫灰，幾番回首重徘徊。山間已有幽人占，門外寧教俗子來。老杜句留修覺寺，東坡詩在妙高臺。新凉擬辦登山屐，莫待黄花逸興催。

聞平湖僧紹義自嶺南歸又入浙

曾寫當年送别詩，小窗幾度夢魂飛。句從薝蔔林中得，人在梅花嶺外歸。禮罷祖師無有相，遍參老宿悟來機。歸舟久駐西湖上，聞道新來景又非。

張叔暘

叔暘以下三人，並見傅習、孫存吾《皇元風雅》，字里未詳。

送滕玉霄

我恨江上水，不能洗離愁。又恨江上水，不能爲我留。日黯黯，雲悠悠，胡不推出黄金毬。照我一笑送沙鷗，俎豆萬古相賡酬。風流此老黑貂裘，飲乾海水蛟龍憂。人間雙鬢秋，筆底巫峽流〔一〕，傲睨幾何同一漚。識我不識吾何求，安得從此長嬉遊。昔日間，今瀛洲。江水洗得離愁不？爲我留住江上頭。三百尺酒樓，五百斛酒舟。

〔一〕「峽流」，原闕，據稿本、《皇元風雅》補。

吴仁傑

送汪水雲入湘

碧水波翻海亦摧，奮身鰲背護蓬萊。忍隨天上紅雲散，却馭關中紫氣回。大道有形須變化，玄關無鑰任敲推。携琴更拜蒼梧野，猶想南薰入調來。

周鈞山

訪劉須溪

西山一簾雨，相對在溪邊。取履今何代，回頭恐是仙。半生空四海，一句可千年。歸去龍鬚下，桃花屋角煙。

陳達觀

達觀字里未詳，著有《浪吟集》，詩見翟校《練音》。

遊練水

蕭蕭落木舊江山，渺渺西風上水船。短櫂遠衝秋色裏，孤峰高聳夕陽邊。黄蘆葉響雙溪雨，白稻花香兩岸田。滿目客愁吟不得，片帆今夜是祁川。

陳帝用

帝用字□□，莆陽人。見謝承霖《莆陽詩編》。

乙亥書事二首

胡馬披猖迫帝畿，時危到此咎誰歸？要君自詭邊城盛，召虜安知國事非。臣有福威經切戒，相無學術史深譏。中原未得平安報，徒使詩人淚暗揮。

廊廟經綸策自良，草茅憂愛慮尤長。五湖雲擾偏安晉，十國棋分未造唐〔一〕。欲放耕牛歸隴畝，須防飢虎卧堂皇。開基乙亥江南誓，留在人心想未忘。

〔一〕「未」，原誤作「末」，據稿本改。

鄭深勁

深勁以下二人，並見熊鉌《勿軒集》，字里未詳。

送退齋武夷

雲孫有熊氏，貌古似其心。官譜貞元曲，儒宗正始音。山程侵曉發，梅事入冬深。紫帽峰頭路，幽期尚可尋。

趙由燁

贈退齋先生

披腹琅玕錦繡腸，佩弦兩袖帶天香。沉吟足見古今事，蕭散不爲時世妝。建水建山圍講席，泉雲泉月綴詩囊。一春寂莫無啼鴂，把酒東園百草芳。

馮澄

澄字澄翁，號來青，義烏人。後改姓司馬。至元間，浦江吴渭舉月泉吟社次第《春日田園雜興》詩六十名，以羅公福爲第一，司馬澄翁第二，即馮澄卷也。又摘起句，如子問云：「驅却餘寒碎土牛，田園生計又從頭。」田農夫云：「桃李場中已免參，只將農圃繫頭銜。」又摘聯句，如五雲山人云：「種瓜思夏實，分菊待秋花。」劉存行云：「麥苗花下緑，犢子草邊黄。」石姥寄客云：「水暖眠秧珥，風香竪茗旗。」雲水云：「晴雨花時游子意，寒暄秧信老農心。」白雲人云：「犢外醉分芳草卧，鶯邊吟踏落花行。」傅宣山云：「生意滿腔秧出穀，飛花有思柳飄綿。」柳耆云：「柳犢正忙犁曉雨，谷鶯纔出管東風。」俞如山云：「烏隨牛後窺秧穀，蝶趁蜂來戀菜花。」跨犢者云：「有酒便嘗烹笋蕨，無花聊自賞桑麻。」「社近記穿黄繭子，雨前遣摘紫槍旗。」郭建德云：「烟連草色迷平野，雨趁鳩聲過别村。」駱偭賓云：「烹罷韝龍新上筋，修來秧馬尚依墻。」陳帝臣云：「清曉蛙聲引啼鴂，夕陽牛背立歸鴉。」晚静云：「牛飲芳陂鴉立背，馬過秀野蝶隨蹄。」竹蓑笠翁云：「蠶一二眠催出伏，秧三四葉尚憂風。」俞野處云：「郎罷耕歸呼囝牧，阿翁眠起問姑蠶。」又摘結句，如藍田道人云：「晴野望春麥，一片緑雲香。」才人云：「山翁不識時已甚，猶學淵明裹葛巾。」皆田園本色，佳句可諷也。自馮澄以下二十九人，並見《月泉吟社集》，出處未詳。

春日田園雜興

編闌春思倩吟鞭，著面和風軟似綿。黄犢烏犍秧穀候，雄蜂雌蝶菜花天。把鉏健婦踏烟壟，抱瓮丈人分野泉。忙事闗心在何處？流鶯不聽聽啼鵑。月泉吟社評曰：「起善包括，兩聯説田園的而雜興寓其中，末語亦不泛。」

楊本然

本然字舜舉，號龍溪，一號觀我，又號栗里，金華人。

春日田園雜興二首

露畦烟陌裏，名利等秋毫。引犢隨牛放，祈蠶望繭繅。和根挑薺菜，帶葉摘櫻桃。讀罷歸來賦，臨風欲和陶。月泉吟社評曰：「有點檢，無疏漏，二聯能以俗爲雅。『和根』、『帶葉』，雖只舊對，却轉移得好。末押『和陶』更佳。」

春風建業馬如飛，誰肯田園拂袖歸。栗里久無彭澤賦，松江僅有石湖詩。踏歌槌鼓麥秧緑，沽酒裹鹽菘芥肥。吴下風流今莫續，杜鵑啼處草離離。月泉吟社評曰：「起叙石湖出處，善黏綴本題。領聯引淵明爲對，語有斟酌。頸聯就范詩狀田園，結有悠揚不盡之興。此詩若止如前半篇，則於義當屬賦矣。」

吕文老

文老字澮翁，東陽人。

春日田園雜興

月篘紀閏附青煒，民野陶然化日熙。祀備枌榆祈稔歲，宴酣花柳樂清時。洛中富貴斜陽恨，綿上勳勞千古思。浩興歸來吟不盡，陶詩和後和豳詩。月泉吟社評曰：「引用田園事，全與諸作不同，覃思一致於此。末句亦縝密。」

方賞

賞字德麟，號藏六，桐江人，徙居新城。

春日田園雜興

繞畦晴綠弄潺湲，倚杖東風却黯然。往夢更誰憐秀麥，閒愁空自託啼鵑。犁鉏相踵地力盡，花柳無私春色偏。白髮老農猶健在，一蓑牛背聽鳴泉。

劉汝鈞

汝鈞字君鼎，號蒙山，三山人，寓杭。元初變姓名爲鄧草逕。

春日田園雜興

年來夢斷百花場，安分農桑萬慮降。爲喜麥青行暖逕，因看蠶出倚晴窗。草坪閒見烏犍點，畬水飛來白鷺雙。滿飲茅柴拚爛醉，踏歌社下自成腔。月泉吟社評曰：「意圓語妥，五六善寫物態，用韻尤工。」

翁合老

合老字仲嘉，號躡雲，梓州人，寓建德。

春日田園雜興

韶華到處入冥搜，郭外人家事更幽。土脉王融催觳觫，林陰微合聽鉤輈。誰家酒熟社公醉，明日桑空蠶妾愁。祇恐春工一作「東風」。忙裏度，又吟風雨一作「催租又迫」。滿城秋。月泉吟社評曰：「春日雜興意已具首句，二聯工緻，後聯句更高，結句所引與『興』字相關，尤有深味。」

玉華吟客林子明

子明字□□，號東岡，自稱玉華吟客，分水人。

春日田園雜興

一點陽和薰萬宇，最饒佳致是山莊。雞豚祝罷成長席，鶯燕聽來隔短墻。嗜酒不嫌多種秫，無襦長恨少栽桑。東郊勸相何煩爾，農圃吾生自合忙。月泉吟社評曰：「前聯細玩見田園，次聯較分曉，結意尤有含蓄。」

劉蒙山

蒙山字□□，崑山人。元初變姓名爲田起東。

春日田園雜興

桑風吹綠滿原頭，西崦東皋暖氣浮。村婦祈蠶分麪繭，老農占歲説泥牛。田烏飛逐耕烟犢，桑扈鳴隨喚雨鳩。鄰叟一作「曲」。相邀同社飲，旋將新酒向花篘。月泉吟社評曰：「此真雜興，二聯組織甚工。」

識字耕夫周暕

暕字伯陽，號方山，自號識字耕夫，泰山人。元初，與東必曾孝先結武林社。

春日田園雜興

蛙聲似吹雨初足，桑椹欲紅風始和。少婦每憂蠶利薄，老夫惟喜秫苗多。舊栽花木山鶯識，新買陂塘野鷺過。此境東風元自好，當年金谷事如何！月泉吟社評曰：「不事排奡，而語意新妥，自是佳作。」

東必曾

必曾字孝先，號潮原，武林三村人。元初，變姓名爲陳柔著。

春日田園雜興

漲綠郊原春事深，治生幽趣豁塵襟。聲聲禽語耕人意，種種花開老圃心。桑葉漸舒梯欲整，麥苗暗長路難尋。日長雖有荷鉏倦，薄暮歸來常醉吟。月泉吟社評曰：「終篇可謂清新之作，三四尤有味。」

學古翁趙必范

必范號古一，自稱學古翁，桐江人。

春日田園雜興

一歲農功只在春，夫夫婦婦幾艱辛。青門舊有種瓜地，緑野新添躬稼人。早把牛衣教諸子，欲修蠶具問良辰。夜來谷口東風起，只恐逢人問子真。月泉吟社評曰：「此卷八詩，一起一結，中六篇分詠三春節序，曲盡田園間景。如《元日》云：『卜歲聊憑六壬課，有生未識五辛盤。』《元夕》云：『幸有漁樵同此樂，苦無車馬自相喧。』《社日》云：『幾點飛花芳徑雨，一雙新燕荻簾風。』《清明》云：『茭白生苗藏蛉地，桑麻含椹浴蠶天。』皆佳句也，今全録其首篇。」

姚潼翔

潼翔號社翁，釣臺人。

春日田園雜興

壁寫新年百事昌，春盤次第蓼芽香。燒燈過了争挑菜，祭社歸來便撒秧。布穀幾聲催耜畝，吴蠶三伏正條桑。一春忙過無多日，又聽鸝鶊報麥黄。

安定書隱胡南 縣志作「甫」。

南字景山，號比心，又號安定書隱，義烏人。

春日田園雜興

世數有遷革，田園無古今。烏喧争樹暖，牛倦憩墻陰。水活土膏動，風微花氣深。淵明千載士，佇立此時心。月泉吟社評曰：「二聯俱入細，末意尤永。」

姜霖

霖字仲澤，金華人。

春日田園雜興

老盆傾酒試新嘗，社鼓村村鬧夕陽。麥壠風微牛睡穩，芹塘泥滑燕歸忙。半村飛雨斷烟濕，一逕落花流水香。鼎貴安知此中意，徒能學犬吠村莊。月泉吟社評曰：「頷聯妥貼，五六語尤勝，末不雷同。」

方尚老

尚老字子静，桐江白雲村人。

春日田園雜興

東臯雨後土膏肥，夙駕烏犍出短扉。秧水平疇蛙閣閣，菜花滿稜蝶飛飛。比鄰社酒歡猶在，墻壁農書事已非。獨喜桑麻今正長，淵明歸去最知幾。月泉吟社評曰：「頷聯停當，五六有感觸，結三四字尤警。」

朱孟翁

孟翁東陽人。

春日田園雜興

餖飣蔬槃已竹萌，如何布穀未催耕。牧兒懶散騎牛過，遊子牽連信馬行。秧際窺魚翹白鷺，花間捎蝶下黄鶯。東風歲歲添新緑，獨我霜髯多幾莖。月泉吟社評曰：「平妥中用字有工，二聯不拘體貼，而題自見，末感興深。」

愛雲仙友趙必拆

必拆號愛雲仙友，杭州人。元初，結「杭白雲社」。

春日田園雜興

一段佳山水，芳時事正一作「事」。妍。犢耕青燒雨，鶴卧碧桃烟。社老邀嘗煮，鄰僧伴摘鮮。莫嫌陶令拙，農圃得餘年。

劉時可

時可雙溪人。

春日田園雜興

土膏初動雨初收，草徑茅亭趣最幽。坐睡略無朝市夢，踏歌時有里閭遊。半邱秧秋醉堪酒，五畝樹桑寒可裘。老圃老農誠足學，不成吾道付滄洲。月泉吟社評曰：「前聯語圓味永，後四句婉順而有結束。」

雲東老吟許元發

元發字□□，自號雲東老吟，義烏人。謝翺皋羽《晞髮集》有《寄東白許元發》詩。

春日田園雜興

片雲剛一作「豈」。是出山時，曾被東風誤一吹。歸意不煩啼鴂勸，閒情只許落花知。桑麻窮巷扉長掩，烟火空林黍自炊。栗里輞川非謬計，晴窗子細詠渠詩。月泉吟社評曰：「起善摹寫，五六用淵明、摩詰語，第七句承之，可謂得格。」

避世翁洪貴叔

貴叔自號避世翁，義烏人。

春日田園雜興

棄官杜甫罷天寶，辭令陶潛歎義熙。暖日浣溪仍舊迹，春風栗里只前時。苗生阡陌培嘉種，花繞林塘發故枝。佳興二公能領會，可能胸次太多時。月泉吟社評曰：「全仿坡體。」

徐端甫

端甫義烏人，居禪定。

春日田園雜興

曉出東郊跨蹇驢，弄晴微雨潤如酥。犬依桑下烏犍卧，鳩雜花間黄鳥呼。楊柳嫩摇風氣力，稻秧新著雨工夫。農家滋味誰知得，飽飫豚蹄酒一盂。月泉吟社評曰：「如是而後爲雜興。詩中二聯尤得趣，末無奇。」

朱釋老

釋老號龜潭，金華孝順鎮人。

春日田園雜興

家山萬象春歸好，詩筆拈來感物情。泉脉動時毋待灌，土膏起處正宜耕。無窮懷抱風和暢，不盡形容雨發生。試問封侯萬里客，何如守拙晉淵明。月泉吟社評曰：「前聯説田園輕快，第二句體貼「興」字，五六帶春景，體貼「雜興」二字更工，然而氣格不甚高，亦坐此。」

樵逸山人李蕚

蕚自號樵逸山人，桐江人。

春日田園雜興

村居只是舊衣冠，北墅南園日往還。雨外泥深牛觳觫，花邊風暖鳥間關。躬耕自得莘郊樂，日涉誰知陶徑閒。只説桑麻元自好，不須釋耒歎時艱！月泉吟社評曰：「全篇辭氣雍容，末韻哀不傷，怨不怒，深得詩人之旨。」

陳君用

君用號鶴皋，一號柳圃，又號竹臞，浦江月泉人。

春日田園雜興二首

世事不挂眼，寄情農圃中。鉏犂衝曉雨，枝屦立東風。芽穀驗仁脉，澆花證化工。獨餘真意味，濁酒自燒菘。月泉吟社評曰：「前聯平，後聯有思索。」

春風冗我田園務，野思芳情約不齊。檢點瓜丘仍芋壠，按行桑墅更秧畦。偶陪靈運山前屐，或學東坡雨外犁。薄暮倦歸專一事，旋誅生菜瓮黄虀。月泉吟社評曰：「詠雜興甚工，但失之刻露，然其好處亦在此。」

蔡潭

潭號熙山，杭人。元初，託名爲泠泉僧志寧。

春日田園雜興

雲過催花雨，風收困麥烟。一鉏天地裏，三月翠紅邊。朝市雖無夢，郊墟似有緣。種瓜何代叟，豈識趣熙然。月泉吟社評曰：「詩人詩韻度自别，起聯甚工。」

俞自得

自得號吟隱，金華孝順鎮人。

春日田園雜興

暄和春景好供詩，日暖風輕土脉肥。白鷺時窺秧剌剌，黄鶯頻説柳依依。幾回野水聞姑惡，數樹春英叫姊歸。物態滿前看不足，等閒吟詠對斜暉。月泉吟社評曰：「語新而對巧，所謂多識於鳥獸草木之名，但末二句不過敷演起句耳。」

王進之

進之號臨清，建德人。

春日田園雜興二首

桑田滄海幾興亡，歲歲東風自扇揚。細麥新秧隨意長，閑花野草爲誰芳？午橋蕭散名千古，金谷繁華夢一場。滿眼春愁禁不得，數聲啼鳥在斜陽。月泉吟社評曰：「有悠長味，無艱澀語。後半篇視前略不及。」

東君私我此身輕〔一〕，脱却青衫野服更。桑可以絲麻可績，麥宜饋食韭宜羹。分甘壟上耕雲隱，夢不湖邊拾翠行。物意豈知滄海變，曉風依舊語流鶯。月泉吟社評曰：「以雅健語寫潔操，悠然之興，見於篇末。」

〔一〕「輕」，稿本作「閑」。

戴東老

東老浦江月泉人。

春日田園雜興三首

飲了椒盤收了燈，翁携稚子步新晴。茅柴初熟勝臘醖，萊菔久虀宜晚羹。伏卵雞留上春種，出欄牛試吉辰耕。去年官賦今年罷，寂甚門前犬吠聲。

昨夜西郊雷隱鳴，金穰檢歷兆秋成。槍旗味向茶畦蓄，餅餌香從麥隴生。拂去梁塵招燕乳，撥開檐網看蜂營。誰家子女羣喧笑？競學賣花吟叫聲。

野花村醖賞清明，挑菜踏青魚隊行。禊水戲浮觴白羽，厨烟不禁飯黄精。田功宜早秋勤插，桑價方高繭告成。莫道犁鉏忘學問，讀書聲間織機聲。月泉吟社評曰：「三詩狀三春之景，得處亦多，起頭一句欠嚴重。」

陳文增

文增字襲慶，苕水人。

春日田園雜興

熙熙壠畝扇和風，簇簇人烟野意濃。培溉桑麻沿汲路，經行薺麥省耕農。飲牛澗暖山摇影，接果枝青蘚拆封。酒熟花香村欲社，芒鞋藤杖儘從容。月泉吟社評曰：「起見題意，兩聯中五六尤工。」

李草窗

草窗與嚴春山、葉水村、袁安道、陳應江、王劍川、李蒙齋、陳天霽、鄭溥〔一〕、孫平齋、劉南金有《十雪題詠》。孫學正存吾採入《皇元風雅》。以下十人，字里出處多未詳。

韓王堂雪　太祖出幸。

警蹕無聲輦路平，黄龍密衛至尊臨。睡翻一榻風寒凛，坐暖重茵夜色深。門外飛花天地曉，爐邊定策帝王心。玉笙吹徹江南雨，人擁羅衾正醉吟。

〔一〕「溥」，原誤作「浦」，據稿本、《皇元風雅》改。

嚴春山

春山撫州人。

韓王堂雪

帝星夜度紫微宫，滕六先驅擁玉驄。立處袍生風絮白，坐間烟煖地爐紅。宋家數百年天下，普第兩三杯酒中。榻外有人方鼾睡，夢回花月小樓東。

葉水村

水村龍泉人。

伊川門雪　游楊侍立。

户屨天寒侍講帷，先生瞑目坐如尸。丈函立久已潛悟，尺瑞積深渾不知。白室虚生初見頃，紅爐點化且休時。一家教法清和異，伯子春風更可師。

袁安道

袁安卧雪　高卧洛陽。

世界瑶瓊别一船，出門半步即風寒。飛花上下山河異，卧榻中間天地寬。無過客來行迹少，作千人態此時難。立身大節當然耳，豈意清高却得官。

陳應江

李愬灌雪　襲平蔡栅。

玉龍戰罷舞殘鱗，常侍乘虚夜進兵。槽馬疾騰乘殺氣，池鵝亂擊雜軍聲。文城風急嚴師律，洄曲雲低壓賊營。士女迎門笑相語，曉來春滿蔡州城。

王劍川

王猷溪雪　訪戴安道。

心事微茫剡曲流，夜寒風定六花收。山川一色天如畫，上下交光月在舟。自醉自吟懷渺渺，興來興去水悠悠。歸與怕折堂前竹，首問平安如昨不。

陳天霽

蘇武羝雪　北海守節。

海上間關十九年，孤臣凍死不呼天。忍將膝與羊俱跪，誓把心同節共堅。衰鬢霜飛甘卧窖，剛腸冰透只餐旃。當時不爲求芻故，千古高飛只凜然。

鄭溥

鄭綮驢雪 灞橋吟思。

長憶飄然灞水涯，此時此景客那知。風前策蹇蕭蕭遠，橋外衝寒去去遲。飛絮一鞍披野服，落梅雙鬢染吟髭。思清如許寧無句，定恐當年有逸詩。

孫平齋

孫康書雪 夜映讀書。

偷光不肯學匡衡，千古先生以介名。造物憐人共清白，夜窗無月亦光明。恍疑藜杖吹烟照，誰信銀河剪水成。他日烏臺霜凜凜，依然氣概老書生。

劉南金

歐陽詩雪　禁體題詩。

鹽絮飛飛語濫觴，如何説馬到驪黄。北方明禁千餘字，條令昭垂六一堂。潁士筆毛成束手，坡翁戰鐵可争光。采薇只把霏霏説，删後多安牀上牀。

唐涇

涇字清父，道州龍山人。明何尚書喬新《忠義集》序曰：南豐水村劉先生壎、如村劉先生麟瑞生當宋、元之際，懼忠臣、烈士、貞婦湮没而無傳也，水村作《十忠補史詩》、如村作《昭忠逸詠》，皆據其所見聞而録之，蓋野史之流也。其邑人趙秉善合二先生所作，附以汪水雲、方虚谷諸君子傷時悼事之什若干首，總謂之《忠義集》。二劉詩已入初集，今所録自唐涇以下共十七人，並見《忠義集》，字里出處俱未詳。

甲戌客臨安　時賈似道當國。

金谷烟花醉未醒，䠶邊無夢到功名。十郎腹裏長函劍，六丈胸中舊貯兵。天豕星沉狼有影，海鰌風緊鶴無聲。如聞浩浩愁相訊，何日衣冠樂太平？

和朱以性

擬駕奇肱閲四方，轉頭又是海生桑。雁雖有帛難尋漢，猴縱無緋肯拜梁。泱漭黄流翻地軸，屈盤紫氣貫天章。篋中留取秋蘭佩，不識人間有水倉。

江南西遷國之亡天也歌以紀之 杭亡。

吴峰一髮暮雲孤，愁向湘纍訊故都。鳳去只餘韶樂在，雁來還有帛書無。杏壇有客陳孤注，平隴何人復五銖。歌徹《黍離》風雨惡，南山深處叫烏烏。

閩亡徙東廣

遯泉已矣又茹蘠，半壁乾坤只恁休。頻歲建杓移北斗，何人持節救東甌。烟蜚檣櫓風濤怒，雲鎖樓臺日月愁。南望羊城天欲暮，可堪回首問神州。

廣亡徙海

箕冠如櫛擁茅旌，誰執騂旄歃晉盟。遵海而南關氣數，渡江以北少功名。火旗晻靄雲藏闕，水陣周遭雪壓城。一榻不容人鼾睡，那知霧島是神京。

厓山亡

萬里輿圖入朔方，摇摇孤注海之陽。石尤風惡雲藏軫，天駟星沉月掩房。島上有人悲義士，水濱無處問君王。羲和指著烏飛路，去去虞淵暮色蒼。

江南四忠節義國之紀也歌以哀之

咄咄薰風夢已靈，手提孤注竟逃盟。南冠入海五百客，北旆歸燕七十城。自信丹心終徇國，只慚白面不知兵。二爻無遯公知否，底事吴門變姓名。

同時人物今猶昨，只有先生死朔方。殿下青衣曾天子，窖間白髮漢中郎。平生東海心猶壯，千古西山骨亦香。三復纍臣吟嘯集，天荒地老氣蒼蒼。

誰把南牙壓武夫，到頭還似二公無。矢心海上逃秦爵，努力山中匿趙孤。赤羽星沉迷輦鳳，紅旗風勁逐檣烏。三神杳渺人何在，留取丹心付董狐。

丙子紀事

才結歲寒盟，歸來詑太平。閣中呼尚父，殿下狎門生。著手營三窟，回頭失兩京。聞今不聞古，咄咄詭知兵。

懷黄小牧

瓠俎桑弧莅舊盟，天將吾道寄山林。梧桐卧雨魚生釜，梅塢吟雲鶴伴琴。海上蘇卿今白髮，山中杜甫老丹心。擬呼尊酒論今古，黄葉蕭蕭楚水深。

讀史懷友

羞登廣武議英雄，匣却吴鈎弢却弓。幕下清談王太尉，門前白馬褚司空。一編衮斧風塵表，千古綱常天壤中。説與華陰捫蝨老，何曾正朔在江東。

彭秋宇

襄樊失守

六年絶援困重圍，到此無謀更出奇。慷慨如張雖有愧，孤窮似李亦堪悲。列城寒月驚鴻散，夷路西風哨馬馳。機速房深謀畫處，豈無高著活危棋。

江上師潰

江上西風督戍秋，國人延頸捷隨收。中宵棄甲三軍潰，往歲藏弓百戰休。甚羨虞公前采石，可憐丁謂後雷州。諸賢著意籌新局，嫠婦如今正有憂。

南征

聖皇神武志規恢，南國胡爲貢未來。銅柱地荒雲隔斷，珠厓天盡雁飛回。秋風曾見秦師出，曉日今聞漢詔哀。中國有人終慕化，且看萬象樂春臺。

再平南擾

乾坤重闢八荒春，何事中間有未臣。南粵一隅先漢地，陽樊數世有周民。山川慣識旌旗影，道路長愁士馬塵。聞説討平歸奏凱，剩俘女子載珠珍。

西風

胡笳悽慘動江城，朔雁南飛幾陣横。雲氣昏昏秋萬里，旄頭炯炯夜三更。向來海上髦毛出，何日關中馬角生。天地無情豪傑盡，西風顛倒若爲情。

庚申喜聞

萬方歡喜醉春風，數路飛書奏凱同。天擬諸公扶社稷，人言多難識英雄。周邦雖小名猶正，楚國方强力易窮。從此東南基岱岳，好磨崖石頌成功。

邊事

邊頭無日不秋風，薦食無厭更啓戎。誰擁貔貅專玉帳，不收鸚鵡著金籠。江曾飛度量絲熟，襄已重圍墮甑同。安得扶持今社稷，重來韓岳數英雄。

乙亥紀聞

羽書朝暮漲氛埃，天詔勤王起草萊。塞上風高鷹颺去，江頭霧暗馬飛來。諸賢忠愛謀安出，四將英靈喚不回。漠漠雪天秋萬里，飛鳴無數雁鴻哀。

乙亥冬

禍亂方來苦不禁，此生誰料有如今。四郊雲擾旌旗影，諸閫風寒社稷心。杞國有人憂凛凛，桃源無路入深深。少陵野老懷忠憤，醉裏攢眉强自吟。

讀吟嘯集二首

興廢明知數有天，臣心感激意當然。孔明尚欲西都蜀，王蠋寧甘北面燕。鳳鶴不靈淒落日，蛟龍已逝冷長川。丈夫一爲綱常死，表表人間萬古傳。

力支大厦炯孤忠，太息黄旗運不東。天若有情虹貫日，人誰不死氣凌空。倍增晁董儒科重，可與夷齊史傳同。地位九分人物好，更於何處覓英雄。

秋興二首

沙塵破褐客秋風，落落親朋半老翁。野曠有時聞嘯虎，天寬無處寄征鴻。四方玉帛燕山北，萬里帆檣海水東。回首可憐歌舞地，芳花石礎樹陰中。

西風捲地送淒凉，目斷歸帆落日黄。雁過江天雲漠漠，龍游滄海水茫茫。故人入夢三更月，近事驚心兩鬢霜。試把濁醪澆磊磈，樽中猶帶芷蘭香。

世事

茫茫世事等浮雲〔一〕，愁緒方濃醉又醒。日月雙飛天不老，干戈百戰地常腥。此時弓馬多秦戍，何日衣冠見漢庭。宇宙西風愁不盡，誰家門巷草青青。

聞鬼

荒郊白骨卧枯莎，有鬼銜冤苦奈何！半夜數聲淒枕席，十年幾度慘干戈。英魂無託子孫絶，史筆不知忠義多。欲反髑髏生世樂，近來富貴亦消磨。

感舊

五更漏盡醉魂醒，誰富胸中十萬兵。如昔襄陽堅砥柱，至今江左屹金城。南來鐵馬吹脣沸，北去銅人淚眼盈。聞説錢塘風景異，胥濤猶有不平鳴。

罪言

四境風寒滿目秋，區區嫠婦隱深憂。豈無豪傑二三策，亦有東南百十州。斫案肯迎新造魏，揮戈曾復舊宗周。倉公一望休驚走，好把囊中瞑眩投。

閑愁

江横天塹湧鯨波，信是閑愁兩鬢皤〔三〕。上界有春娱日月，中原無夢冷山河。扶持宇宙人非少，經濟風濤論儘多。昨夜甘泉烽火急，禁中拊髀憶廉頗。

感舊

督府由來十六秋，幾回祈去幾回留。人稱姬旦三朝輔，誰羨鴟夷一舸遊。葛嶺春風天地醉，蕪湖夜月古今愁。平生心事青編在，身與皇家共戚休。

〔一〕「雲」，稿本作「萍」。

〔二〕「兩」，原誤作「雨」，據稿本改。

王介夫

題劉如村昭忠逸詠

炎祚當年去不還，欲成良史恨無官。一朝人物歸吟興，千古綱常紀筆端。林下董狐堅直節，山中杜甫老忠肝。後來多少偷生者，掩面西風不敢看。

汪楚狂

感慈元殿

翠華扶輦出龍庭，密炬星繁天未明。鵷鷺分行江上别，貔貅從駕雨中行。緑波淼淼浮三殿，紫禁沉沉斷六更。惟有周遭山似洛，不堪回首淚縱横。

李吟山

贈汪水雲

青雲貴戚玉麟兒，曾逐鸞車入紫圍。王母窗前窺面日，太真膝上畫眉時。滄溟水闊龍何在，華表秋深鶴未來。三尺焦桐千古意，黄金誰與鑄鐘期。

趙王孫宜誠

錢塘懷古題仙源雲仍家譜三首 并序。

我宋南渡，駐蹕臨安。主闇臣奸，偷安姑息。始則檜賊陷忠良之將，而讎耻莫伸，失機恢復；終則賈賊絶樊襄之援，而藩屏既撤〔一〕，遂至危亡。雖運祚之在天，亦奸邪之誤國，千載之後，有遺恨焉。此

《麥秀》、《黍離》之所以作也。予雖不敏，而傷感之情，其理一也。因編家譜，遂成錢塘懷古律詩三章以寄興耳！仙源嗣孫宜誠頓首。

重過西湖訪故宮，還思往事恨無窮。長城自壞封疆蹙，重鎮輕捐保障空。目斷寒潮孤落日，愁看秀麥幾生風。時危英傑猶難濟，況任奸回託幼冲。

皇元兵勢克樊襄，南下臨安事可傷。玉牒無光隨帝業，金閨遺址屬僧房。年深堤柳還春色，歲晚宮梅尚暗香。景物不殊人事改，六橋風月幾炎涼。

繁華勝景悮前朝，留戀湖光鋭氣銷。七世衣冠還寂寞，百年宮苑總荒寥。屯營將士符天命，故國君臣恨海潮。天塹風濤猶莫恃，寒更夢覺雨瀟瀟。

〔一〕「撤」，原誤作「撒」，據稿本改。

劉深

深字子長。

錢塘懷古題仙源雲仍家譜

前朝遺老盡銷磨，感慨臨風發浩歌。地闢天開新日月，龍飛鳳舞舊山河。西湖夜雨紅蓮少，南苑秋風碧草多。惟有浙江潮水好，年年此日漲鯨波。

羅宜城

錢塘懷古題仙源雲仍家譜

南渡戎衣寄海壖，中原王氣集幽燕。寒潮落日三千里，秀麥東風六十年。夢裏玉魚無葬地，劫餘金像出中天。誰知客子登臨處，已後當時尚惘然。

趙由仁

由仁字則榮，號虚白。

錢塘懷古題仙源雲仍家譜

自是東遷染路塵，魯論誰識舊君臣。龍飛鳳舞山如舊，國破家亡恨莫伸。潮水不來風正冷，梅花吹落韻偏新。巍巍白塔胡僧醉，一卷金經奉紫宸。

聶琚

琚字思敬。

錢塘懷古題仙源雲仍家譜二首

畫守東南鼎祚過，翠華冉冉渡黄河。宮基雨過饒蒼蘚，御苑春回長碧莎。閭井至今崇綺麗，湖山依舊事謳歌。玉魚金椀無從問，塔影山形夕照多。

天目峰摧王氣終，長江戰艦順流東。翠華摇落三宮遠，紫禁荒凉六鼓空。和靖湖邊虚夜月，岳王墳上老秋風。興亡自昔關天運，莫遣哀吟兩鬢蓬。

僕讀趙君家譜并感十六朝衣冠文物之盛爲賦一律

乾坤畢竟屬昌陵，甲馬先驚紫氣騰。汴水九龍臨大統，吴山七葉紹中興。慶雲瑞日君臣際，甘露祥風海岱清。三百年餘深德澤〔一〕，生靈草木盡光榮。

〔一〕「年餘」，稿本作「餘年」。

黄鯉

鯉字雲龍。

錢塘懷古題仙源雲仍家譜

仙源家譜見雲孫，盡把錢塘往事論。宮殿故基今佛屋，山河遺恨有冤魂。春風畫舸閑湖曲，落日寒潮怒海門。不改孤山只梅樹，年年疏影月黄昏。

王復

復字中行，廬陵人。

錢塘懷古題仙源雲仍家譜

函封仙譜慨前朝，派接天潢世胄遥。九廟已迷梁苑雪，諸陵空倚浙江潮。山中父老今何在？海上王孫不可招。掩卷共君悲喪亂，天涯風雨客魂銷。

胡東皋

東皋字道光。

錢塘懷古題仙源雲仍家譜

舊家流派出天潢，往事秋來可斷腸。宫樹春深迷汴水，海潮風起暗錢塘。星垂五彩天文焕，道啓諸賢國運康〔一〕。猶有雲仍已爲庶，細書家譜淚浪浪。

〔一〕「運」，稿本作「事」。

甘淵

淵字伯清。

錢塘懷古題仙源雲仍家譜

炎祚當年德業隆，細編家譜見遺風。忠良籌畧隳奸佞，顛蹶皇圖愍幼冲。梁苑緑莎深夜雨，吴宫白塔倚晴空。岳王墳畔西湖路，千里登臨恨莫窮。

李叔鈞

錢塘懷古題仙源雲仍家譜

錢塘潮水急如雷〔一〕，千載興亡亦可哀。神器固知關氣運，朝廷何以任奸回。諸陵秋草空遺恨，南海風帆更不來。宇宙茫茫今古意，江山回首又塵埃。

〔一〕「如」，稿本作「於」。

彭卓

卓字文博。

錢塘懷古題仙源雲仍家譜

玉輦南遷駐海頭，虜塵如雨暗神州。孤臣絶援樊襄失，四將空存社稷憂。紅樹號蟬荒苑暮，白茅没馬故宫秋。行人欲寄英雄淚，還有寒潮向北流。

周友德

友德字桃川。

錢塘懷古題仙源雲仍家譜

錢塘曾屬宋山河，王氣衰來奈若何！人死海洋沉玉璽，棘生宫苑没銅駝。諸賢不及文風少，六鼓無聞寂寞多。惟有西湖只如舊，畫船來往逐清波。

元詩選癸集目録　癸之乙

中統至大德出仕（二）

〔一〕「中統至大德出仕」，原無，據稿本補。
〔二〕「知府」，稿本作「松江」。
〔三〕「校尉」，稿本作「永春」。
〔四〕「縣尹」，稿本作「彭澤」。

元詩選癸集　　癸之乙

商樞密挺

挺字孟一作「夢」。卿，曹州濟陰人。其先本姓殷氏，避宋諱改焉。挺年二十四，汴京破，北走依冠氏趙天錫。與元好問、楊奂游。元初爲行臺幕官，入事潛邸，爲京兆宣撫司郎中，就遷副使。中統元年，改宣撫司爲行中書省，遂僉行省事。明年進參知政事，坐言事罷。起爲四川行樞密院事。至元元年，入拜參知政事。六年，同僉樞密院事，累遷副使。十年，出爲安西王相。十五年，王薨。十七年，王府相罷，坐事得免。二十年，復爲樞密副使，尋以疾辭。二十五年薨，年八十，贈太師、開府儀同三司、上柱國、魯國公，謚文定。孟卿善隸書，自號「左山老人」，著詩千餘篇。幼子琦，字德符，官至秘書卿。善畫山水，能世其家。元初，西北鉅公如楊西菴之藴藉，姚雪齋之才鑒，王鹿菴之品潔一世，商左山之凝重朝右，皆爲詞林所宗。惜全集散亡，未窺全豹，而左山詩流傳更少，特列諸卷首，俾讀者知元朝文章氣運之盛，皆開國諸公有以啓之也。

水仙花二首

海上三山璧月明，人間誰識許飛瓊。秋風吹上青鸞背，來散天香與素英。

明月珠衣翡翠裳，冰肌玉骨自清凉。不隨王母瑶池去，來待維摩病几傍。

驪山懷古

女色迷人禍更長，千年烽火化温湯。無情一片驪山月，照罷周家又到唐。

題甘河遇仙宫

子房志亡秦，曾進橋下履。佐漢開鴻基，矻然天一柱。要伴赤松游，功成拂衣去。異人與異書，造物不輕付。重陽起全真，高視仍闊步。矯矯英雄姿，乘時或割據。妄跡復知非，收心活死墓。人傳入道初，二仙此相遇。於今終南下，殿閣凌煙霧。我經大患餘，一洗塵世慮。巾車儻西歸，擬借茅庵住。明月清風前，曳杖甘河路。

李學士冶

冶字仁卿，真定欒城人。父遹，金明昌進士，官至東平治中。冶登正大末進士第，壬辰北渡，居太原，藩府交辟，皆不就。至元二年，召拜翰林學士，明年以疾辭，歸居元氏之封龍山。十六年卒，年八十八。所著有《敬齋文集》四十卷。敬齋自幼穎悟，與河中李欽叔、龍山冀京甫、平晉李長源爲同年友。李屏山令代作墓志數篇，一夕而就，屏山大加賞異，嘗贈詩云：「仁卿不是人間物，太白精神義山骨。」時趙閑閑、楊文獻以道德文章爲一代宗師，敬齋與元遺山皆二公門下客。自南都時，才名已相埒。北渡後，常往來西州。寓志於文字間，賡唱迭和，世謂之「元李」。

觀主人植槐

主人有佳樹，移植庭之隅。繁柯雖剪去，不敢觸根株。朝溉復夕灌，乳井幾成枯。諷諷《角弓》詩，古人能起予。愛樹尚如此，愛士當何如？

楊白花

帝家迷樓春晝長，紫笙吹破百花香。蒲萄凝碧琥珀光，燕語鶯啼空斷腸。枕帷紅淚灑瀟湘，玉鏡臺前添午妝。茜裙緩帶雙鴛鴦，蝴蝶趁雪上釵梁，千里萬里雲茫茫。

七星巖

巖公舊隱名七星，幽関寥廓真仙庭。峨峨雲蓋結雙頂，天風不動聞流鈴。字青石赤尚奇偉，撝訶守護煩山靈。不是人間玉局所，今貯天上琅函經。我疑山澤自通氣，又疑蟄户藏雷霆。曾聞洞府仙所話，歲與下土收蝗螟。旱時禱雨叩輒應，古井猶帶蛟龍腥。土壤飄飄概可想，地籟瑟瑟猶堪聽。世間樓觀豈不有，窮極技藝紛紅青。何如石空堅且好，萬古仙跡留芳馨。我來到此洗俗慮，仰視玉宇摩青萍。盧敖尚許隨學道，驂鸞駕鳳遊蒼冥。

瀟湘夜雨

遠寺孤舟曈渺茫，雨聲一夜滿蕭湘。黄陵渡口風波暗，多少征人説故鄉。

墨海棠

漢宮愁絶冷穠杕，一蘸劉郎兩鬢絲。甲帳夜寒銀燭短，六銖雲帔獨來時。

楊宣撫惟中

惟中字彦誠，弘州人。金末以孤童子事元太宗，知讀書，太宗器之。弱冠，銜命奉使西域三十餘國，敷布條要，皆籍户屬吏，數年而歸。歲乙未，皇子闊出伐宋，命于軍前行中書省事。克宋棗陽、光化等軍，光、隨、郢、復等州。及襄陽、德安府，得名士數十人，收伊洛諸書送燕都，立宋大儒周惇頤祠，建太極書院，延儒士趙復、王粹等講授其間，遂通聖賢學，拜中書令。憲宗即位，世祖以太弟鎮金蓮川。立河南道經略司于汴梁，奏惟中爲使，屯田唐、鄧、申、裕、嵩、汝、蔡、息、亳、潁諸州。歲己未，世祖總統東師，奏爲江淮京湖南北路宣撫使。師還，卒于蔡州，年五十五。中統二年，追謚忠肅。元朝始膺天命，奄奠區夏，經略海外，既一再傳，始究内治，用彦誠爲相，與天下休息。乃恢張規模，維繫綱紀，整頓衣冠〔一〕，收藏典籍，斯道賴以不亡。天下復見中國之治，皆彦誠之力也。

夜泛赤壁

暫檥清江舸，來登赤壁山。怒虬松偃映，漱玉水潺湲。明月尊前色，丹崖戰後顔。高城催暮角，醉倚櫂歌還。

棲巖寺

烟鎖蓮宮縹緲間，巖松鬱鬱插雲端。遠看太華三峰秀，俯視河東一水寒。樓觀恍然驚世夢，是非應不到長干。我來暫與高人話，不覺斜陽下玉欄。

華清

故宫人去幾經年，廢治荒臺亦可憐。蓮水不流鸞鑑影，巖松空鎖御爐烟。兵塵四起玉環死，突騎一臨金闕然。惟有驪山山上月，清光依舊滿秦川。

〔一〕「頓」，稿本作「領」。

史丞相天澤

天澤字潤甫，大都永清人。兄天倪帥真定，爲武仙所害。國王孛魯承制命紹兄職爲都元帥。歲己丑，授真定大名河間東平濟南五路萬户。壬子，授河南經略使。中統元年，授河南宣撫使，尋兼江淮軍馬經略使。二年，入拜中書右丞相。至元三年〔一〕，皇子燕王領中書省兼樞密使，遂拜中書左丞相兼樞密副使。八年，加開府儀同三司、平章軍國重事。十一年，與丞相伯顔總兵伐宋，至郢，以疾還。明年薨，年七十四，贈太尉，謚忠武。後累贈太師，追封鎮陽王。潤甫身長八尺，聲如洪鐘，善騎射，勇力絶人。年四十，始折節讀書，酷嗜《資治通鑑》，立論出人意表。北渡後，諸名士多流寓失所，王若虚滹南、元好問遺山、李冶敬齋輩偕來游依。與之講論古今，悉治其生理而賓禮之。人皆稱其好賢樂善云。

巡歷太康

奉使孤城駐馬蹄，霜風冽冽戰旌旗。一鈎薄暮天邊月，照見禽荒舊地基。

〔一〕「三」，原誤作「二」，據稿本改。

丞相伯顔

伯顔姓八鄰氏，蒙古部人。父曉古台，從宗王旭烈兀居西域。至元初，伯顔奉使于朝，遂拜中書左丞相。七年，改同知樞密院事。十一年，復拜中書左丞相，總兵伐宋。十二年秋入覲，拜右丞相。明年春，宋亡，第功增食邑六千户，復同知樞密院事。二十六年，準知樞密院事。三十一年，加太傅、録軍國重事。是歲薨，年五十九，贈太師、開府儀同三司，追封淮安王〔一〕。伯顔文質高厚，風神英偉，其平宋也，將二十萬，猶將一人，禮賢黜罪，市肆不易，雞犬無驚，歸馬蕭然，囊惟布被。畢事還朝，口不言功。清河元明善所謂碩德元才生由間氣者。詩文乃其餘事。汲郡王惲《玉堂嘉話》云：「初宋未下時，江南謠云：『江南若破，百雁來過。』當時莫喻其意，及宋亡，蓋知指丞相伯顏也。」惲嘗作詩題其畫像云：「解甲齊山降宋日，鞠恭趨陛入朝時。」造語極功。

克李家市新城

小戲輕提百萬兵，大元丞相鎮南征。舟行漢水波濤息，馬踐吴郊草木平。千里陣雲時復暗，萬山螢火夜深明。皇天有意亡殘宋，五日連珠破兩城。

奉使收江南

劍指青山山欲裂，馬飲長江江欲竭。精兵百萬下江南，干戈不染生靈血。

軍回過梅嶺岡留題

馬首經從庾嶺歸，王師到處悉平夷。擔頭不帶江一作「關」。南物，只插梅花一兩枝。

鞭

《事文類聚》、《翰墨全書》作「無名氏」。

一節高兮一節低，幾回敲鐙月中歸。雖然三尺無鋒刃，百萬雄師屬指揮。

〔一〕稿本「追封淮安王」下空三格，按例此處應有謚號，疑應補入「謚忠武」。

張樞密易

易字仲儔，一作「疇」。一字仲一，太原交城人。入侍元始祖潛邸。中統初，爲燕京行中書省參知政事。至元三年，授同知制國用使司事。七年，立尚書省，罷制國用使司，改同平章尚書省事。九年，併尚書省入中書省，遷中書平章政事，進樞密副使。十年，知秘書監事。十三年，兼命太子贊善王恂置局，更造新曆，以易總其事。十八年，兼領太史院司天臺事。時丞相阿合馬擅權，人心憤怨。十九年三月，世祖如上都，太子從駕，而阿合馬留守。益都千户王著與高和尚合謀，矯太子令俾易發兵會東宫。易不察，遽以兵往，夜至惠宫前，呼阿合馬至，以銅鎚碎其腦，立斃。世祖聞之，遣和禮霍孫等討爲亂者，著、和尚與易皆棄市。

送魯齋先生歸山 一作「歸南」。

衮衮諸公入省闈，一作「昭代衣冠會省闈」，一作「諸相累累入省闈」。先生承詔一作「何事」。獨南一作「西」。歸。道逢時否一作「心隨道隱」。貧何一作「非」。病，老得身閑古亦稀。行色一杯燕市酒，春風二月故一作「楚」。山薇。到家已及蠶生日，布穀催耕隴麥肥。

宋平章子貞

子貞字周臣，潞州長子人。性敏悟好學，工詞賦，弱冠，領薦書，試禮部，與族兄知柔同補太學生，俱有名于時，人以大、小宋稱之。金末，潞州亂，子貞走趙、魏間。宋將彭義斌守大名，辟爲安撫司計議官。義斌歿，東平行臺嚴實素聞其名，招置幕府，用爲詳議官，兼提舉學校。元太宗七年，命爲行臺右司郎中。實卒，子忠濟襲爵，尤敬子貞。請于朝，授參議東平路事，兼提舉太常禮樂。中統元年，授益都路宣撫使。未幾，入覲，拜右三部尚書。李璮叛〔一〕，據濟南，詔參議軍前，行中書省事。至元二年，授翰林學士，參議中書省事，俄拜中書平章政事。未幾，以年老求退，懇辭得請。卒年八十一。所著《鳩水集》，太原元好問爲之序：周臣相貌清奇，耳聳過眉一寸許。爲進士時，嘗試禮部，出與兩舉子過相士李茂問焉，茂謂二人者皆擢甲科，一人無官禄，一不過爲條主簿，徐指周臣謂曰：「不及第，官一品，壽八十。」後皆如其言。

温泉

驪山山下水粼粼，曾浴華清第一人。雲竇暗通金屋暖，月波常浸玉蓮春。應藏褒姒千年火，不洗漁陽萬馬塵。安得湯盤銘九字，明明盛德日惟新。

〔一〕「叛」，原誤作「判」，據稿本、《元史》改。

宋學士渤

渤字齊彦，號柳菴，子貞子。有才名，官至集賢學士。

黄溪書院

公餘雨方歇，策馬城北郭。柳侯讀書處，魚鳥尚欣躍。鑿池引流泉〔一〕，種樹滿山脚。窮堂峙碧阜，風露棲軒箔。湘南富奇峰，湘山互經絡。斯文自元氣，萬古猶如昨。相從二三子，暫解塵纓縛。廓我仁智心，飽此山水樂。

永州黄溪遇雪

黄溪永奇山，近在百里内。豐林與長壑，嶮峭蔽薈蔚。奈何不逞曹，乃敢中睚眦。坐令清勝境，横遭蹂伐害。我留大冥川，十日陰雪晦。分卒搜洞穴，徑造厲戈祋。日暮效醜馘，山氓喜且拜。啁嘐語莫曉，大要意稱快。楚俗本悍獷，狃亂恃荒怪。撫循誰失方，悍獨化無賴。山畬舊阡陌，畎澮八九廢。春陽入渚澤，土膏行可耒。爲語里長者，農事幸相戒。努力爲汝生，使者知汝瘵。

丙戌冬至衡陽食柑

衡陽冬猶温，長至似春日。朝盤富筍蔬，夜砌響蟋蟀。白酒如玉膏，黄柑飽霜實。更闌裌衣坐，燈火不欲即。三年江之南，光景去如失。怱怱節序時，無歲寧家室。宗祏香火寒，牢醴誰致潔。三雛隔兩地，不得遂顧恤。勞生分有數，敢但念安逸。不虞與求全，世或不可必。官事未易了，應止筋力率。漳東二頃田，亦粗給秔秫。

衡陽村院得杖材寄徐容齋

放舟清湘波，繫舟湘水曲。落日紅霧生，蔽映兩厓緑。衲衣何處僧，揖客看修竹。攀緣入幽深，松桂薦芬馥。輕飆振裳衣，餘韻久回復。亭亭小梅花，却立野人屋。蕭然方出林，碧玉萬竿矗。敢攀籦龍新，請乞老枝蹩。詩翁澹古思，與汝交不瀆。往登讀書堂，清修配佳菊。

舟過浯溪

三年承乏湖外官，再歲舟楫瀟湘灘。大冥小冥十日雪，黄溪復訴羣盜盤。淡巖奇絶永所最，居且兩月不遂觀。舟經浯溪適津溊，幸可弭節登巑岏。元郎宅廢僧寺出，唐頌字剥石溜漫。境清寺勝欲久留，日暮雨甚江流湍。鵂鶹號鳴不畏人，磔磔響振青林端。昔賢誇稱臨賞池，此日草竊常餔餐。湘中剽劫連越俗，邇來比屋爲傷殘。於呼安得二千石，前以龔遂後劉寬，時其飲食衣其寒！

題宋道君百合圖二首

昇平豐歲賣珠樓，日月晶明雨路柔。紫殿灑金横軸在，宣和天子極風流。

絳蠟青煙素識名，保和新殿燕臣京。枝枝濃緑春風面，故與羣公象太平。

〔一〕「流泉」，稿本作「泉流」。

王承旨鶚

鶚字百一，曹州東明人。鶚始生，有大鳥至于庭，鄉先生張大淵曰：「鶚是也，兒其有大名乎！」〔一〕其父因名之。金正大元年，中進士第。一甲第一人出身，授應奉翰林文字。六年，授歸德府判官，行亳州城父令。七年，改同知申州事，行蔡州汝陽令，丁母憂。天興二年，起復授尚書省左右司郎中。三年，蔡州陷，將被殺，萬户張柔救之，輦歸，館于保州。甲辰冬，元世祖訪求遺逸之士，遣使聘鶚至，召對進講，至夜分乃罷。歲餘乞還，賜以馬，仍命近侍闊闊柴禎等從之學。繼命徙居大都，賜宅一所。世祖即位，建元中統，首授翰林學士承旨。至元元年，加資善大夫，上奏請置局纂修實録，附修遼、金二史。又請立翰林學士院，薦李冶、李昶、王磐、徐世隆、高鳴爲學士，復奏立十道提舉學校官。五年，乞致仕，詔有司歲給廩禄終其身。有大事則遣使就問之，十年卒，年八十四，謚文康。百一爲文章不事雕飾，嘗曰：「學者當以窮理爲先，分章析句，乃經生舉子之業，非爲己之學也。」著《論語集義》一卷、《汝南遺事》二卷、詩文四十卷，曰《應物集》。

至盱眙

盱眙山色勢巍然，淮泗波光接遠天。好景畫圖收不得，都將勝事付吟篇。

〔一〕此句稿本、《元史》均作：「鶚也，是兒其有大名乎！」

李按察昶

昶字士都，東平須城人。父世弼，金貞祐初，三赴廷試不第。一夕，夢在李彦榜下及第，時昶年十六，乃更其名曰彦。興定二年，父子廷試，昶果中二甲第二人。世弼第三甲第三人，時人以比向、歆焉。元初爲東平嚴實幕官。中統元年，召至京師。明年，以翰林侍讀學士行東平路總管同議官。至元五年，召拜吏禮部尚書。七年，除南京路總管，不赴。八年，起爲山東東西道提刑按察使，遂致仕歸。二十六年卒，年八十七。著《春秋左傳遺意》二十卷、《孟子權衡遺説》五卷。

寄王總管

華陽東下古梁州，五馬旌旗擁上游。腸斷寒江衣帶水，令人空望鎮南樓。

過故縣垻

憲宗皇帝射臺高，氣壓鑾江萬丈濤。玉輦不歸巖樹冷，白雲何處醉蟠桃。

王承旨思廉

思廉字仲常，真定獲鹿人。幼師太原元好問。既冠，河東宣撫張德耀辟掌書記。至元十年，元世祖召見，授符寶局掌書，用姚樞擧爲昭文館待制符寶局直長，改翰林待制，累進典瑞太監，改同知大都留守，遷樞密院判官。大德初，進翰林學士，以病歸。起爲工部尚書，拜征東行省參知政事。復總管大名路，尋召爲集賢學士，授太子賓客。仁宗即位，以翰林學士承旨、資善大夫致仕。延祐七年卒〔一〕，年八十三，贈河南江北等處行中書省右丞、上護軍，追封恒山郡公，謚文恭。

壽陽梅妝圖

一聲白雁渡江潮，便覺金陵王氣銷。畫史不知亡國恨，猶將鉛粉記前朝。

昭君出塞圖

黄沙堆雪暗龍庭，馬上琵琶掩淚聽。漢室禦戎無上策，錯教紅粉怨丹青。

〔一〕「七」，原闕，據《元史》補。

閻承旨復

復字子靖，一作「静」。其先平陽和州人，徙居高唐。弱冠，入東平學，師事名儒康曄。時嚴實領行臺，使掌書記，擢御史掾。至元八年，用翰林學士王磐薦爲翰林應奉，進修撰。十四年，出僉河北河南道按察使事。十六年，復入翰林爲直學士，陞侍講，兼集賢，累進翰林學士。二十八年，首命爲浙西道肅政廉訪使。坐事免官。成宗即位，以舊臣詔入朝，仍除集賢翰林學士。大德四年，拜翰林學士承旨。十一年，武宗踐祚，進階榮禄大夫，遥授平章政事，力辭不許，上疏乞骸骨，詔從之。皇慶元年卒，年七十七，謚文康。有《静軒集》五十卷。子靖美風姿，操筆綴詞賦，音節和暢，融液事理。初嚴實在東平，招諸生肄進士業。迎元好問校試其文，預選者四人，復爲首，徐琰、李謙、孟祺次之，時號四傑。趙郡蘇天爵曰：「我國家肇定河朔，有若金進士元公好問獨以文鳴，歌詩最其所長。及嚴侯興學東方，元公爲之師，齊魯綴文之士，雲起風生，以詞章相雄長，閻、徐、李、孟之徒，世所謂傑然者也。

送尚書柴莊卿出使安南

柴侯身許國，志意何深淳。昆弟死絶域，渥洼雙玉麟。談笑萬里侯，劍氣凌青雲。畏途走康莊，異俗猶四鄰。至元净遐荒，包茅貢來臣。奈爾三不朝，廢置良有因。鱗介易衣裳，島夷主民兵。威儀不勝用，仰輔吾仁君。

遺山先生挽詩

蕭寺秋風捲玉荷，月明人影共娑婆〔一〕。誰知别後《驪駒》曲，便是先生《薤露》歌。野史夜寒蟲蠹簡，錦機春暖鳳停梭。祇因前日西州路，常使羊曇忍淚過。

廉平章挽詩

海岳儲精五十秋，早聞仙馭躡金虬。梁公獨擅斗南譽，老范長懷天下憂。東閣閉關蒼蘚合，西山理玉白雲磯。鳳池人物誰優劣，合在元龍百尺樓。

送李兩山再使安南

往年御節使荒遐，風節堂堂衆所誇。萬里朱厓鱗介地，一星銀漢斗牛槎。轉輸已息江南郡，烽燧還清瘴海涯。垂槖歸來見天子，又携恩詔撫皇華。

梅枝

揀徧西河萬玉珂，春風入手重摩挲。鬬青邛竹能香否，較品鳩藤奈俗何。聲破夢寒霜滿户，影隨詩瘦月横波。只知功到調羹盡，不道扶持力更多。

次子方參政劍池韻二首

闔閭千載古墳荒，父老猶傳好劍王。埋向古池終涌去，斫開頑石是誰將？一峰鰲冠居平地，千仞龍刓出大洋。只尺蒼厓秘雷雨，不愁枯旱救炎方。

晴烟漠漠接邱荒，萬里春風屬帝王。吴主裂雲分峭壁，秦人勒馬問干將。樹根絡石懸攲岸，泉脉穿厓入大洋。可是高明題品後，一泓秋水啓迷方。

〔一〕「娑娑」，稿本作「婆娑」。

徐承旨琰

琰字子方，號容齋，一號養齋，又自號汶叟，東平人。嚴實領東平行臺，招諸生肄古業，迎元好問試校其文，預選者四人，琰其次也。翰林承旨王磐薦其才。至元初，爲陜西行省郎中。二十三年，拜嶺北湖南道提刑按察使。二十五年，以侍御中丞董文用薦，拜南臺中丞，建臺揚州。日與荀宗道、程鉅夫、胡長孺諸公互相倡和〔一〕，極一時之盛。二十八年，遷江南浙西肅政廉訪使，召拜翰林學士承旨。大德五年卒，謚文獻。子方人物魁岸，襟度寬洪，有文學重望，東南人士翕然歸之。盛如梓庶齋嘗稱其《通州狼山僧舍白蓮》長篇，最爲工緻。嘗作《藥瓶詩》，有云：「一竅鬼工開混沌，八吞神藥望扶桑。」王惲秋澗極賞之。

題高尚書夜山圖 并序。

彦敬郎中高君，讀書窮理外，留心繪事，所謂吴裝山水者，尤得意焉。左右司秩滿之後，閒居武林，不求仕宦，日從事于畫，心愈好而技愈進，雖專門名家有不逮也。行省照磨李君公略性沖澹，樂山水，寓居吴山之巔，南嚮開小閣，俯瞰錢塘江及江東諸山，歷歷可數，如几案間物。彦敬每相過，未嘗不留連徙倚以展清眺。公略謂夜起登此閣，月下看山，尤覺殊勝。彦敬聞之，躍躍以喜，遂援筆而爲是圖。公略持以示余，且請著語。因賦《錢唐夜山圖歌》一篇，書之左方，聊爲道其梗概云。

常人畫山皆畫山，青天白日摹何難。郎中畫山作夜景，沆瀣滿空生筆端。雲散月皎皎，山長江漫漫。近山龍虎踞，遠山眉黛彎〔三〕。江南與江北，碧玉飛潺顔。千厓無人萬壑静，只有謫仙之裔獨坐臨飛欄。幅巾不畏風露冷，得句杳在蒼茫間。會稽秦望道途近，雁蕩金華天地寬。穹林羅叢祠，曲暗鬼所寰。涴涴燈火收，唯見烟中竿。佛塔如巨靈，被甲峨寶冠。巍然拄天立，威猛恭而安。相對兀不語，色並心芒寒。似憐騷人孤，懼爲非類干。日入慝將作，特來衛詩壇。遂覺嵌岩魑魅魍魎走皆盡，攝衣縱步危巢更可棲鶻攀。不知中郎何從得是本，祇因曾向吴山小閣忍睡觀更闌。天下江山有如此，杭州城中人得看。人得看，知者少，競利争名昏復曉。豪家翕翕志歌歡，下户營營急温飽。萬象横陳棄若遺，東門俎豆鶢鶋鳥。若非高李相與拈出付後來，暴殄天物誠堪哀。

劍池二首

海湧孤峰矗大荒，魚腸盤郢殉吴王。蛟龍入地終飛出，霹靂分厓下取將。金氣有靈騰上界，碧波無底湛東洋。人間利器於斯盡，辛苦朱雲請上方。

千載闔閭邱墓荒，寶坊留得奉空王。石頭自點無人使，塔影誰翻有物將。優鉢曇花紛爛熳，華嚴性海極汪洋。一輪明月山堂寂，散作寒花徧十方。

訪東坡遺跡

盡日行山山不盡，西菩山更入山深。雙峰上聳摩天碧，一刹中涵布地金。黑黍黄粱先得味，白雲明月舊

知音。浄潛寂滅坡仙逝〔三〕，無復風流水石吟

楊玉翁山居

天爲詩翁性愛山，故教坐在萬山間。朝憑山坐舒青眼，暮對山眠擁翠鬟。山館讀書風俗美，山田足食子孫閒。龜腸日飲山中醁，何必仙山覓九還。

題萊州海神廟

龍宫高拱六鼇頭，六合乾坤日夜浮。貝殿走珠蛟構室，戟門烘霧蜃噴樓。中原右顧真孤島，外域東漸更九州。只尺深航倭濊近〔四〕，好將風浪戒陽侯。

題雙溪新亭

見説溪亭風景好，公餘聊此一憑闌。要知風俗淳龐處，壁上題詩次第看。

〔一〕「孺」，刻本、稿本均誤作「儒」，據《元史》、《元詩選》二集改。
〔二〕「彎」，原誤作「灣」，據稿本改。
〔三〕「仙」，原誤作「先」，據稿本改。
〔四〕「尺」，原誤作「又」，據稿本改。

李承旨謙

謙字受益，東阿人。少受學于東平李冶，爲賦有聲，與徐世隆、孟祺、閻復齊名，而謙爲首。爲東平府教授，用王磐薦，召應奉翰林文字，累陞待制直學士，遷太子左諭德，轉侍讀學士，以足疾辭歸。成宗即位，驛召至上都，進學士，尋引疾還。大德六年，召爲翰林承旨，以年老乞致仕。至大元年，給半俸，徵爲太子少傅，皆力辭。仁宗即位，召十六人，謙居其首，遷集賢大學士、榮禄大夫致仕。卒于家，年七十九。受益文章醇厚有古風，不尚浮巧，學者宗之，號野齋先生。

徐君墓

瘠鹵豐芽菅〔一〕，荒林翳荆棘。此地果何地？云有徐君域。當年吴公子，過此聘上國。心交固已許，一劍非所惜。豈期輶車還，君已掩窀穸。撫摩三尺鐵，欲交知無及。惟有挂劍樹，此恨容可釋。精誠達泉壤，千載未易息。至今地效靈，化爲異草碧。采采不忍去，觀此歎今昔。今人交面顔，昔人示胸臆。胸臆久益艱，面顔徒外飾。我思志其墓，匪獨弔陳迹。百世聞高風，衰俗庶可激。

〔一〕「菅」，原誤作「管」，據稿本改。

平章不忽木

不忽木一名時用，字用臣，世爲康里部大人。康里即漢高車國也。父燕真，從元世祖征伐有功。不忽木姿禀英特，進止詳雅。世祖奇之，命給事東宫。師事贊善王恂、祭酒許衡。至元十四年，授利用少監。十五年，出爲燕南河北道提刑按察副使。二十一年，召參議中書省事，擢吏、工、刑三部尚書，以疾免。二十七年，拜翰林學士承旨、知制誥兼修國史，欲用爲丞相，固辭，拜平章政事。成宗即位，拜昭文館大學士、平章軍國事。大德二年，特命行中丞事，兼領侍儀司事。四年疾作，引觴滿飲而卒，年四十六。武宗時，贈太傅、開府儀同三司、上柱國、魯國公，謚文貞。

過贊皇五馬山泉

相彼山泉源本清，太平君子濯塵纓。泠泠似與遊人説，説盡今來往古情。

右丞回回

回回字子淵，不忽木子。博學能文，在成宗朝宿衛，擢太常院使。至大間，調大司農卿，除山南廉訪使，再改河南。英宗即位，丞相拜住首薦爲户部尚書，尋拜南臺侍御史，改參議中書。泰定初，授太子詹事丞，陞翰林侍講學士，遷江浙行省右丞。文宗立，除宣政院使，擢中書右丞，力辭還第，數年卒。與弟巙巙齊名，世號雙璧云。

賈公祠二首

烈日當空存大節，嚴霜卷地揭孤忠。至今凛凛有生氣，銷得聲光吐白虹〔一〕。

文肅有祠，誰所構兮？元祐爲黨，省無疚兮。何人不没，名則封兮。邦人思公，食必祝兮。好是正直，神汝祐兮。繼其時享，公宜有後兮。

〔一〕「銷」，稿本作「消」。

承旨巙巙

巙巙字子山，號正齋〔一〕，又號恕叟，或自稱蓬累叟，不忽木次子。幼肄業國學，長襲宿衛，始授承直郎、集賢待制，遷兵部郎中，轉秘書監丞，改同僉太常禮儀院事，拜監察御史，累遷集賢直學士，轉江南行臺治書侍御史，拜禮部尚書，累進奎章閣學士院大學士，知經筵事，尋拜翰林學士承旨、知制誥兼修國史。至正四年，出爲江浙行省平章政事。明年，復以翰林學士承旨召還，至京卒，年五十一，謚文忠。子山風神凝遠，望而知其貴介公子。善真行草書，得晉人筆意，趙松雪後罕得及之。劉師邵嘗題其書後曰：松雪書法，獨步當代，康里繼起，遂有北巙南趙之譽。余謂趙書如士大夫按樂，縱爽節奏而意態閑雅。巙書如生駒出獵，未閑鞚御，安事驅馳。論者以爲極當。

清風篇

清風嶺頭清風起，佳人昔日沉江水。一身義重鴻毛輕。芳名千載清風裏。會稽太守士林英，金榜當年第一名。一郡疲民應有望，定將實惠及蒼生。

李景山歸自南談點蒼之勝寄題一首

有客新從鶴柘回，自言曾上五華臺。蒼顏暑雪當窗見，玉脚晴雲對檻開。桂樹小山招隱士，桃花流水屬仙才。王孫芳草年年緑，爲問西遊幾日陪。

送高中丞南臺

鸚鵡洲邊月明，鳳凰臺下一作「上」。清風。人物江山兩絶，才高不爲時容。

〔一〕「齋」，原誤作「齊」，據稿本改。

王承旨構

構字肯堂，東平人。少受學于李謙，弱冠以詞賦中選，爲東平行臺掌書記。至元中，授翰林國史院編修官，遷應奉翰林文字，陞修撰。丞相和禮霍孫辟爲司直，歷吏、禮二部郎中、太常少卿，出爲淮東按察副使，尋召爲治書侍御史，復入翰林爲侍講學士。成宗立，進學士，命纂修《世祖實録》。書成，參議中書省事，以疾歸。久之，起爲濟南路總管。武宗即位，以纂修國史召赴闕，拜翰林學士承旨，未幾卒，年六十三，贈大司徒，追封魯國公，謚文肅。肯堂風度凝厚，學問該博，文章典雅，歷事三朝，練習臺閣典故，凡祖宗謚册册文，皆所撰定。有文集三十卷。

民安寨

下馬民安寨，仙人五字詩。白雲君去後，翠巘我來時。異代怳神遇，百年通夢思。山陰已陳迹，俯仰重齎咨。

淤泥寺

野寺消煩暑，長途促晚行。落霞明遠岫，返照下孤城。月傍前村出，風從古渡生。僕夫毋乃倦，彼此亦關情。

王布衣旭

旭字景初，東平人。以文章名，與王磐、王構號爲「三王」。《上許魯齋書》云：「旭布衣窮居，于時事無所好，獨嘗有志于古。披塵编，扣斷簡，蓋十年于此矣。」有《蘭軒集》二十卷。

游竹林寺

石徑俯雲壑，竹林開幽境。寺古僧徒稀，山深嵐氣冷。清游未終興〔一〕，紅日忽倒影。曳杖披暝烟，長歌下前嶺。

窮途歌贈李漢

君不見人生堂堂七尺軀，安能貧困寄一隅。青雲黄鵠看一舉，直須遠遊浩蕩觀九區。羲和有車不我御，坐使憔悴悲窮途。窮途不須悲，有酒更須酌。玉劍匣幽塵，英雄半凋落。蟲魚紙上癡半生，有眼何堪望臺閣。休休休，世間萬事俱悠悠，布衣未必輕王侯。天門眈眈卧九虎，被髮狂叫君何求？

西溪

我愛西溪好，披雲屢往來。一州烟景合，三面畫屏開。薄俗無商隱，清時有逸才。近巖多隙地，松竹更須栽。

紀夢天倪子

我夢天倪子，同登日觀峰。骨彊清似鶴，步健老猶龍。方外無官府，堂中有岱宗。仙閭真福地，杖屨會相從。

聞簫

緱山雲冷鳳臺空，誰譜遺音泣玉龍。興在碧桃春色底，聲飄銀漢月明中。悲來赤壁歌誰和？老去青樓夢亦慵。唤起愁心眠不得，露筇寒倚一簾風。

南湖道中三首

漠漠烟中小艇回，夫容花外有軒臺。平湖一日三千頃，高卧南風看雨來。

氣涵雲外草堂虚〔一〕，蘋末風來午夢餘〔二〕。起逐鄰翁上船去，藕花深處看扠魚。

三年夢不到江湖，慚愧烟波舊釣徒。今日扁舟復何日？卧聽風雨鬧黄蘆。

〔一〕「清」，稿本作「待」。

〔二〕「外」，稿本作「水」。

〔三〕「蘋」，稿本作「莎」。

魏中丞初

初字太初，璠之從孫。璠無後〔一〕，以初爲子。初好讀書，尤長于《春秋》，爲文簡而有法。比冠，有聲。中統初，始立中書省，辟爲掾史兼書記。未幾，辭歸，隱居教授。會詔左丞許衡、學士竇默等，各陳經史所載前代帝王嘉言善政，選進讀之士，有司以初應詔。世祖雅重璠，知初爲璠子，歎獎久之！授國史院編修官，尋拜監察御史，出僉陝西、四川按察司事，歷陝西、河東按察副使，入爲治書侍御史。又以侍御史行御史臺事于揚州。擢江西按察使，尋徵拜侍御史。行臺移建康，出爲中丞。卒年六十一。有《青厓集》十卷。

田家謡

五月軍回未有期，不禁野瘴入枯脾。馬頭一骨還家日，只有弓刀似舊時。

〔一〕「璠」，原無，據文意補。

魏侍講必復

必復字□□，初子。官集賢學士、中奉大夫致仕。

百門山

建瓴視中原，清輝天下最。井邑抱林泉，静深兼秀麗。靈源遡方輿，漕輸歷年歲。秔稌厚人生，碓磑具神惠。奠祠扣齋齋，飛甍閟黝蔚。雲雷泣鮫人，礫石動鱗貝。潠出驪龍珠，爛瀉海藏祕。滌慮鑑湖明，齊心辟沴氣。湧金儷百泉，芙蓉嬪薜荔。净娟香坐隅，解愠風衣袂。沉迷簿領間，漸息登臨際。閭閻遠近民，烟霞只尺地。躊躇旌旆還，倥偬鸞聲噦。循循爾吏兵，默默予心會。諒非泥醉吟，公餘可同詣。

孟待制攀鱗

攀鱗字駕之，雲内人。初名璘。幼時日誦萬言，能綴文，號奇童。金正大七年，擢進士第，仕至朝散大夫、招討使。歲壬辰，汴京下，北歸居平陽。丙午，爲陝西帥府詳議官，遂家長安。元中統三年，授翰林待制、同修國史。至元初，元世祖將親祀，詔命擎鱗會太常議定禮儀，乃夜畫郊祀及宗廟圖以進。復以病請，命就議陝西五路四川行中書省事。四年卒，年六十四。贈翰林學士承旨、資德大夫、上護軍、平原郡公謚文定。

春浦帆歸圖

涵空水色碧于苔，照眼山光翠作堆。疑是桃花源上客，輕舟天外得春來。

尚祭酒野

野字文蔚，其先保定人，徙滿城。至元十八年，以處士徵爲國史院編修官，兼興文署丞。出爲汝州判官，遷南陽縣尹，改懷孟河渠副使。大德六年，遷國子助教。諸生入宿衛者，歲從幸上都。丞相哈剌哈孫命野分學于上都，以教諸生，仍鑄印給之，上都分學自野始。俄陞國子博士。至大元年，進司業。四年，拜翰林直學士、知制誥同修國史。皇慶元年，陞侍講學士。延祐元年，改集賢侍講學士，兼國子祭酒。二年，夏，移疾歸滿城。六年卒，年七十六。贈通奉大夫、太常禮儀院使護軍，追封上黨郡公，謚文懿。文蔚誨人，先經學而後文藝，在國學時，每謂諸生曰：「學未有得，徒事華藻，若持錢買水，所取有限，能鑿井及泉而汲之，不可勝用矣。」文蔚之持論如此。史稱其文辭典雅，一本於理，信不誣也。

淵明歸來圖

羲皇上人鄉里兒，田園將蕪非所思。楚聲雖託絶怨懟，高情千古歸來辭。歸來忽復河山移，忠憤意切語益微。白雲遥遥望不極，東籬舊菊西山薇。夷齊奚疑怨耶非，況乃貌此遺世資。文行圭璧照方册，飄然髣髴空同時。子雲擬聖諸儒譏，法言美新吾誰欺？考亭夫子春秋筆，昭然晉莽日星垂。

李侍講之紹

之紹字伯宗，號果齋，東平平陰人。少從東平李謙學，家貧，教授鄉里。至元三十一年，以薦授翰林國史院編修官。大德六年，陞應奉翰林文字。七年，遷太常博士。至大四年，陞待制。皇慶元年，遷國子司業。延祐三年，進祭酒，同僉太常禮儀事，改翰林直學士。至治二年，進侍講學士、知制誥同修國史，告老歸。泰定三年卒，年七十三。有文集藏于家。

送邵天常歸山

摶風徑擬九霄飛，志業誰知與願違。虎豹關深書未達，雞豚社遠夢先歸。香侵客路花方盛，緑滿家山蕨正肥。去後且從閒處樂，徵書有日到柴扉。

張參政立道

立道字顯卿，其先陳留人，後徙大名。年十七，以父任備宿衛，嘗從元世祖北征。至元四年，皇子忽歌赤封雲南王，詔爲王府文學，即署大理等處勸農官兼領屯田事。尋與侍郎甯端甫使安南，定歲貢之禮。王薨，召入朝。八年，復使安南，宣建國號。十年，領大司農事，中書奏授大理等處巡行勸農使。十五年，除忠慶路總管。十七年，入朝，命爲臨安、廣西道宣撫使，兼管軍招討使，遷臨安、廣西道軍民宣撫使，尋入朝。二十七年，命爲北京總管。未行，會安南世子陳日燇遣使告襲爵，授禮部尚書，再使安南，切責日燇上表謝罪。二十八年，奉使按行兩浙。尋爲四川南道宣慰使，遷陝西漢中道肅政廉訪使。大德二年，以陝西行臺侍御史拜雲南行省參政，視事期月，卒于官。所著詩文，有《校古集》、《平蜀總論》、《安南録》、《雲南風土記》、《六詔通説》若干卷。

奉使安南

遥望蒼烟鎖暮霞，市朝人遠隔諠譁。孤虚庭院無多所，盛茂園林只一家。南注雄津天漢水，東開高樹木棉花。安南雖小文章在，未可輕談井底蛙。

姜中丞彧

彧字文卿，萊州萊陽人。父椿，辟亂往依濟南張榮，因家焉。榮守濟南，辟爲掾，陞左右司知事，尋遷郎中。中統四年，以平李璮功，授大都督府參議，改知濱州。時行營軍士多占民田爲牧地，或課民種桑，歲餘，新桑徧野，人名爲「太守桑」。遷東平府判官。至元五年，召拜治書侍御史，出爲河北河南道提刑按察使，改信州路總管，後累遷陝西漢中河東山西道提刑按察使，拜行臺御史中丞，後以老病歸濟南。尋擢燕南河北道提刑按察使。三十年二月以疾卒，年七十六。

九成宮

馬上經營是一家，變成宮禁接雲霞。隋年劍佩排丹闕，唐日笙歌擁翠華。暮雨珠簾渾往事，秋風佳樹已枯槎。登臨不盡興亡恨，半夜挑燈煮臘茶。

晉溪四首

東風裊裊駐吟鞭，適意山光水影前。我欲頻來休我厭，塵纓時復濯清泉。

夕陽林影水中深，水色山光四座侵。獨倚危欄誰會得，數聲幽鳥伴人吟。

山林朝市兩茫然，醉裏溪聲攪醉眠。落日西山呈畫樣，一雙白鷺點蒼烟。

祠前花柳障紅塵，祠下清泉一派分。老去宦情如嚼蠟，買船閒釣晉溪雲。

張總管礎

礎字可用，其先渤海人，徙家真定。丙辰歲，平章廉希憲薦于元世祖潛邸。中統元年，立中書省，命權左右司事。尋出爲彰德路拘摧官，復入爲三部員外郎，授平陽路同知轉運使，改知獻州同知東平府事，又改知威州。至元十四年，擢江南浙西道提刑按察副使，遷嶺南廣西道按察使，嶺北河南道按察副使，授濱州路總管，不赴。拜國子祭酒，尋出爲安豐路總管。三十一年卒于官，年六十三。贈昭文館大學士、正奉大夫，封清河郡公，謚文敏。

關山風雨圖

山氣一作「雨」。凝寒雨一作「氣」。不開，江濤拍岸雪成堆。漁翁慣識風波惡，天際孤舟已早一作「早已」。迴。

汾亭古意圖

漢家宫闕白雲秋，魏國川原過雁愁。萬古松風一茅舍，不隨華屋變山邱。

劉中丞宣

宣字伯宣，其先潞人，徙居太原。以薦爲中書省掾，除河北河南道巡行勸農副使。至元十二年，入爲户部郎中，改行省郎中，從丞相伯顔、平章伯术平江南，除知松江府。未幾，同知浙西宣慰司事，陞江淮行省參議，改江西湖東道提刑按察使。二十三年，入爲禮部尚書，遷吏部。二十五年，由集賢學士除御史中丞行御史臺事，爲江浙行省丞相忙古臺誣告，被逮。自剄于舟中，聞者莫不嗟悼。延祐四年，從子自持上宣行實，御史臺以聞。制贈資善大夫、御史中丞、上護軍，追封彭城郡公，謚忠憲。伯宣沉毅清介，讀書有經世之志。江南既平，作詩百韻，鋪張偉績，宋臣有能死節守義者，必加歎奬。

飛翼亭

朝挹東山雲，暮看西山雨。孤亭在中央，相對如賓主。矯矯卧龍蟠，軒軒飛鳳舞。樹影各參差，嵐光互吞吐。吁嗟吴越亡，于今已千古。不悟抉目忠，詎知嘗膽苦。登臨撫陳迹，凄凉與誰語？白鳥烟中來，長歌下山去。

哭文丞相二首

衣到弊時饒蟣蝨，國于亡後見孤忠。求仁既得無餘憾，散入區區野史中。

智伯待賢宜報厚，瀛公識爾未應深。堅剛百鍊終須屈，千古難消國士心。

何平章榮祖

榮祖字繼先，其先太原人，徙家廣平。世業吏，遂以吏累遷中書省掾，擢御史臺都事，遷中書左右司都事，除治書侍御史。出爲山東按察使，遷河南，除雲南行省參知政事，以母老辭。又拜御史中丞，復出爲山東東西道按察使，入爲尚書參知政事。以病告，特授集賢大學士。未幾，起爲尚書右丞，改中書左丞，屢以老疾乞解機務。詔拜昭文館大學士，預中書省事，加平章政事。歸廣平卒，年七十九。贈光禄大夫、司徒、柱國〔一〕，追封趙國公，謚文憲。所著有《大畜》十集、《學易記》、《載道集》、《觀物外篇》等書。詩僅傳《齋居》一首，詞語甚腐。因收入蘇天爵《元文類》中，今姑存之。

齋居雜言

名教無窮樂，真知在暮年。中庸萬事樂，太極一心全。世事頻觀易，人情静看天。興來時有句，率爾亦飄然。

〔一〕「徒」，原誤作「農」，據稿本、《元史》改。

董承旨文用

文用字彦材，真定藁城人。父俊，授左副元帥，戰死。文用其第三子也，時方十歲。伯兄忠獻公文炳，教諸弟有法。學問早成，弱冠試詞賦中選，初事潛邸。中統初，大名宣撫司奏爲左右司郎中，歷兵部及西夏行省郎中。至元七年，除山東道勸農使，改工部侍郎，出爲衛輝路總管。十九年，召爲兵部尚書，明年，除禮部尚書，遷翰林、集賢學士，知秘書監。二十二年，拜江淮行省參知政事。二十五年，拜御史中丞。明年，除大司農，又明年，除翰林學士承旨。大德元年歸老于家，卒年七十四。贈銀青榮禄大夫、少保趙國公〔一〕，謚忠穆。

送蕭郎中方庢奉使安南

烏臺空發行臺封，司農一載歸鰲峰。十常八九不如意，人生處處歡相逢。帝膺天命念赤子，樓船未忍征蠻賨。古來每重皇華選，蕭君禮貌先雍容。文學語言當此舉，宰相見之皆悦從。安南小邦等鱗介，早赴絳闕朝真龍。

送李兩山奉使安南二首

幾載鯨波戰燧紅，老臣一語百蠻通。如天自是吾皇福，閑在高樓八面風。

東漸生民望紫翁，紫翁心事與天同。好詩一卷《交州稿》，刻在天台雁蕩中。

〔一〕「檠」，原誤作「光」；「趙」，原誤作「壽」，均據中華書局排印本《元史》改。

申屠御史致遠

致遠字大用，其先汴人，徙居東平之壽張。肄業府學，與李謙、孟祺等齊名。元世祖南征荆湖，經略使薦爲知事。至元七年，東平守崔斌聘爲學官。十年，御史臺辟爲掾，不就。授太常太祝，兼奉禮郎。宋平，兩浙宣慰焦友直、楊君寬舉爲都事，轉臨安府安撫司經歷。臨安改爲杭州，遷總管府推官，改爲壽昌府判官。二十年，拜江南行臺監察御史。二十八年，丁父憂。起復江南行臺都事，以終制辭。二十九年，僉江東建康道廉訪司事，未至，移疾還。元貞元年，纂修《世祖實録》，召爲翰林待制，不赴。大德二年，僉淮西江北道廉訪司事，行部至和州，得疾卒。大用聚書萬卷，召曰「墨莊」，所著《忍齋行稿》四十卷、《釋奠通禮》三卷、《杜詩纂例》十卷、《集驗方》二十卷、《集古印章》三卷。

無絃琴 一作《静中吟》。

静中有物即縈心，物象相忘趣轉深。爲報柴桑陶處士，無絃争似更無琴。

中屠廉訪駉

駉字子迪，致遠子，勤學謹行，游寓高郵。登進士第，擢監察御史，仕至福建廉訪僉事。與虞伯生、薩天錫詩文往來，交好甚密，《高郵邑志》所載如此。而《元史》云：致遠子七人，伯䮾徵侍郎嶺北湖南道肅政廉訪司知事。驥、驪俱爲學官。駉奉政大夫兵部員外郎。孫原理《元音》又云：駉字伯䮾。傳載互異殊甚，豈子迪先名伯䮾，後改名駉，遂以伯䮾爲字耶？而史並不言伯䮾舉進士，何也？

金山寺

層層紺宇裏一作「聳」。崔嵬，脚底紅一作「洪」。濤殷怒雷。塔影暗摇坤軸動，鐘聲晴擊海門開。僧臨水府洞中出，人泛仙槎海上來。六鑿塵埃一作「根」。俱洗盡，不知身在妙高臺。

胡按察祗遹

祗遹字紹開，磁州武安人。少孤，既長讀書，見知於名流。中統初，張文謙宣撫大名，辟員外郎，入爲中書詳定官。至元元年，授應奉翰林文字，尋兼太常博士，累轉左右司員外郎。忤阿合馬，出爲太原路治中，兼提舉本路鐵冶，以最聞。改河東山西道提刑按察副使。宋平，爲荆湖北道宣慰副使。十九年，爲濟寧路總管，陞山東東西道提刑按察使。召拜翰林學士，不赴。改江南浙西道提刑按察使，未幾以疾歸。二十九年，徵耆德者十人，祗遹爲之首，以疾辭。三十年卒，年六十七。贈禮部尚書，謚文靖。

題思聖堂

汶上魯中都，哲人宰兹邑。石刻思聖堂，後人知仰德。汙池困飛龍，鸞鳳棲枳棘。天意人豈知，來者三歎息。立言澤萬世，貧賤何足惜。再拜登故臺，斂衽拱而立。如何夢見之，受教開茅塞。

送尚書柴莊卿出使安南

炎方一萬里，軒蓋幾回來。海徼稱忠節，江神識俊才。奇勳能竭力，天闔欲誰開。竹帛垂名字，人生亦快哉！

王賓客利用

利用字國賓，通州潞縣人。幼穎悟，弱冠，與魏初同學，遂齊名。初事元世祖于潛邸。中統初，歷太府内藏官，出爲山東經略司詳議官，遷北京輿魯同知，歷安肅、汝、蠡、趙四州知州。入拜監察御史，擢翰林待制，陞直學士，與耶律鑄同修實録。出爲河東、陝西、燕南三道提刑按察副使，四川提刑按察使。大德二年，改安西、興元兩路總管。未幾，致仕，居漢中。成宗朝，起爲太子賓客，卒年七十七。武宗即位，贈榮禄大夫、柱國、中書平章政事，封潞國公，謚文貞。廉希憲當時名相，簡重，慎許可，嘗語人曰：「方今文章政事兼備者，王國賓其人也。」

過屯留縣 喜官吏廉幹，作詩以勉之。

鉅鎮遵天眷，名藩甲潞州。提封連上黨，沃壤接屯留。善政猶前昔，遺風尚列侯。喜聞新令尹，大有望於秋。

偕劉縣尹謁靈潤祠

古殿枕清漳，遥岡壯武鄉。泉靈通海遠，林茂接天長。民愛年年賜，神安世世香。爲言賢令尹，時復到巖廊。

宿天聖宮

按治浮山又冀城，琳宫借宿夢魂清。空山勝境連仙境，古柏風聲當水聲。掾吏不眠憂潤澤，宰公有政到疲氓。濟時一片丹心了，白髮相看話此行。

暢學士師文

師文字純甫，汴人，生于洛陽。父訥，有詩名，注《地理指掌圖》，仕爲汴幕官。至元五年，師文陳時政十六策，丞相安童奇其才，辟爲右三部令史。丞相伯顔南征，選爲省掾，編平定實蹟上之。歷省掾，拜監察御史，僉陝西道按察使事。大德間，入爲國子監司業，遷太常少卿，轉翰林侍讀學士、知制誥同修國史。至大間，出爲太平路總管。皇慶間，復召入翰林，除燕南河北道廉訪使，以病歸。延祐初，徵拜翰林學士，至汴，復以病歸。四年秋，主河南試歸，次襄陽縣卒，年七十一。泰定二年，贈資政大夫、河南河北等處行中書省左丞、上護軍，追封魏國公，謚文肅。純甫幼時，家貧無書，手録口誦，過目輒不忘。嘗假友人宋長編，不浹月返之，友訝其易，純甫曰：「舊熟之，有忘者申之耳。」其天才警悟如此。

挽王學士秋澗

縱横筆陣知無敵，如將升壇拜韓白。先登摩壘特勇夫〔一〕，投石翹關乏風格。黄金端可鑄鴟夷，坐困强吴霸全越。文場自有萬人英，豈向虚浮棄真實〔二〕。唐興繼代重詞科，往往篇章見家集。世衰鼠尾競喧啾，天下幾人能事畢。王公才敵異徹侯，悄焉夜壑藏虚舟。倏焉有力負之去，不讓横槊劉并州。勢如偃屋建瓴水，熟如平地馳輕輈。味如調羹嘗鼎臠，温如器琢昆山璆。平生無意修邊幅，丈室凝塵勝華屋。詩腸耿耿少陵心，經笥便便孝先腹。鷹冠繡斧滌源清，視草判花隨意足。南歸鄉里未揮金，寂寞荒阡竟埋玉。獨存秋澗大全文，來者相傳誦芬馥。

〔一〕「摩」，稿本作「劘」。

〔二〕「向」，稿本作「尚」。

崔左丞斌

斌字仲文，馬邑人。元世祖在潛邸，召見，應對稱旨，命佐卜憐吉帶戍淮南。俄丁父憂，襲授金符爲總管。中統元年，改西京參議宣慰司事。尋以安童薦入見，敷陳時政得失，曲中宸慮。至元四年，出守東平。六年，除同僉樞密院事，改僉河南行省事。十年，詔丞相伯顔總兵南征，改行省爲河南宣慰司，命充宣慰使。尋拜行中書省參知政事，佐阿里海牙定湖南潭州，捷聞，進左丞。十五年，被召入覲。時阿合馬擅權，斌極言其姦蠹，世祖按問之，海内稱快。遷江淮行省左丞，阿合馬慮其害己，誣構以罪，竟爲所害，天下冤之。年五十六。至大初，贈太傅、開府儀同三司，追封鄭國公，謚忠毅。

題金山

浩浩長江天際來，中流砥柱獨崔巍。風摇萬壑秋聲動，潮卷千堆雪浪迴。山勢參差現靈鷲，海波遼闊隔蓬萊。夕陽不盡登臨意，倒寫滄溟入酒杯。

弔潭帥李肯齋 芾

憶昔司空撫御牀，祖龍未死國先亡。□□□□□□□，致使南州總戰場。湘水一川骸骨滿，肯齋千古姓名香。我來不見先生面，獨對西風酹一觴。

葉右丞李

李字太白，一字舜玉，號亦愚，錢塘人，或曰富陽人。宋景定間，補京學生，與同舍生八十三人伏闕上書，攻賈似道，竄漳州。宋亡，歸隱富春山。至元十四年，御史大夫相威行臺江南，以李姓名上，授浙西道儒學提舉。二十三年，侍御史程文海奉命搜賢江南，元世祖諭之曰：「此行必致葉李來。」李至召見，大悦，更命五日一入議事。二十四年，特拜御史中丞，兼商議中書省事，固辭。會尚書省立，授尚書左丞，陞右丞。二十五年，陞平章政事，又固辭。會尚書丞相桑哥事敗，頗連及同列，李獨以疾得請，南還至臨清卒，年五十一。追贈資德大夫、江浙等處行中書省右丞、上護軍，封南陽郡公，謚文簡。初，亦愚以似道當國，行公田、關子兩法，不便。力詆其奸，且獻鈔式以代關子。似道嗾林德夫告亦愚泥金飾齋扁不法，令獄吏鞫之云：「只要你做一箇麻糊。」亦愚即口占一詩曰：「如今便一似麻糊，也是人間大丈夫。筆裏無時那解有，命中有處未應無。百千萬世傳名節，二十三年非故居。寄語長安朱紫客，盡心好上帝王書。」遂黥流嶺南。及放還，與似道遇，亦愚以詞贈云：「君來路，吾歸路，來來去去何時住。公田關子竟何如？國事當時誰汝誤。雷州户，厓州户，人生會有相逢處。客中頗恨乏蒸羊，聊贈一篇長短句。」至元中，上書獻鈔式，世祖嘉納，遂爲至元鈔。周草窗《癸辛雜識》云：葉李先爲葉山所攻，後爲李性學所窘，遂以此飲恨而死。蓋二人正寓其姓名云。

紀夢

宋時豪士石曼卿，帝命作主芙蓉城。我才比石萬無一，半世虚負狂直名。年來似有喪心疾，薦共引鯀辜蒼生。天誅未加公論沸，日夕惟待鼎鑊烹。何哉異夢出非想，忽遇仙老談真情。謂余夙是文昌相，漏泄輕舉遭彈抨。麾令謫墮飽憂患，且使兩足蹣跚行。追思善步不可得，飛昇妙術矧敢輕。當時廷議祇如此，汝悔當復惟相迎。稽首老仙謝慈愍，臣當罪死天子明。久之寂滅一大樂，蓋棺待盡無他營。老仙笑許汝可教，引領直上朝玉京。通明大明二宫殿，林木蓊萃階瑶瓊。芙蓉爛熳錦欲似，帝皇錫以主殿名。賦詩奏謝九拜起，玉音嘉奬旁觀榮。癡人説夢聊一快，我獨知命不少驚。只恐才非曼卿敵，相見慚汗應如傾。從今閉目需帝召，玉樓續記時當成。兒孫自有兒孫福，與農報國須勤耕。

壽馮大使

帝遣皇華遠有光，可能白首老中郎。雲臺偉績推馮異，天榜魁名説馬凉。花柳無私春鼎鼎，松椿不老歲蒼蒼。傳聞又攬澄清轡，一道平反福更長。

得家書老母未允迎侍之請有懷而作

一紙書來淚不襟〔一〕，白雲空有夢相尋。孤松歲晚風霜操，寸草春暉母子心。漢史保身稱郭泰，孔門言孝予曾參。嗟余二事俱成悞，三復南陔恨轉深。

〔一〕「襟」，稿本作「禁」。

燕右丞公楠

公楠字國材，號五峰，南康之建昌人。十歲能屬文，嘗從學鄱陽廬窗趙先生介如，再貢于鄉不第，後以連帥辟，五遷至通判贛州事。至元十三年，江南平，授同知贛州事，以功遷同知吉州路總管府事。二十二年，召至上都，奏對稱旨，賜名賽因囊加帶，除僉江浙行中書省事，俄移江淮。尚書省立，就僉江淮行尚書省事。二十五年，除大司農，領八道勸農營田司事。二十七年，拜江淮行中書省參知政事，改江浙。三十年，復爲大司農。元貞元年，進河南行省右丞，召入覲，改拜江浙，遷湖廣。五年，召還朝，卒。著有《五峰集》。

比見諸名勝所賡安侯雪詩病中偶成兩章録呈一笑

疑是瓊樓上界仙，散花布地又年年。玉龍松老猶擎重，翠羽梅寒敢占先。甲胄戍邊思挾纊，貂裘換酒不論錢。舊家風味都休説，預喜豐年賦《大田》。

銀潢剪水出天仙，此瑞今無二十年。南紀歡騰三白後，北枝春遜六花先。此時沙漠應如席，曩日京師屢賜錢。臣子願豐無補報，負丞祇恐愧藍田。

再用韻敬謝佳句之辱二首

凡花頃刻未爲仙，天上瓊花占大年。饞劚黄精憐我老，詩成白戰覺君先。吟窗祇想銀河瀑，凍屋空驚玉蝶錢。稽首君恩同一飽，明年我亦賦《歸田》。

高寒驄馬自神仙，擎出風標見盛年。梁苑賦成驚歲晏，郢樓曲好占春先。爐灰我愧懶殘芋，茶沸君高陸羽錢。忽憶西江携手去，漁蓑江上看瓊田。

馬右丞紹

紹字子卿，濟州金鄉人。初授左右司都事，出知單州。至元十年，僉山東東西道按察司事，移河北河南道。未行，遷同知和州路總管府事。十九年，召爲刑部尚書、參議中書省事，改兵部尚書，復爲刑部。二十四年，分立尚書省，拜參知政事，進左丞，改中書左丞。元貞元年，遷右丞，行江浙省事。

大德三年，移河南。明年卒。有詩文數百篇。

范文正公書伯夷頌并札卷

伯夷古賢人，昌黎追作頌。文正小楷書，尊仰世所共。李侯吾故人，牧藏萬金重。適來尹平江，范氏暫陪從。一日拜祠下，歸諸子孫用。三賢固自佳，侯德亦堪誦。再拜書五言，心薌辦清供。

侍講學士徒單公履

公履字雲甫，遼海人。登經義第，官至侍講學士。性純孝，學問該貫，善持論。元世祖將南伐，驛召公履暨姚樞、許衡等問計〔一〕。公履數陳愷切，立朝多所獻替，世祖嘉納之。

春日雜詠

東風簾漠半塵埃，歌舞臺空晝不開。試問雙飛新燕子，今年社日爲誰來？

〔一〕「暨」，稿本作「與」。

夾谷尚書之奇

之奇字士常，其先出女真加古部，後訛爲夾谷。由馬紀領撒曷水徙家于滕州。少孤，舅杜氏携之至東平，因受業于康曄，爲文章簡嚴有法。初授濟寧教授，辟中書省掾。元兵南伐，授行省左右司都事。會御史臺立，擢僉江南浙西道提刑按察司事，移僉江北淮東。至元十九年，召爲吏部郎中，遷左贊善大夫。會皇太子薨，除翰林直學士，改吏部侍郎，遂拜侍御史。二十五年，丁母憂。以吏部尚書起復，屢請終制，不許，明年卒。

題周孝侯廟

長橋漲晴波，南山滴空翠。清風孝侯祠，六月薄炎熾。蒼然擁喬木，廊宇深以邃。升堂拜遺像，凜凜增壯氣。緬懷絶塵姿，跅弛幾自棄。一念狂聖分，千秋仰高義。義興阻湖山，從古勞撫治。況當離亂後，生理多不遂。連州虎爲害，接浦蛟作祟。故國神所遊，陰相得無意。我來按兹郡，强禦寧汝畏。恐被蛟虎從，匿影知暫避。不埋張綱輪，徒攬范滂轡。澄清悵何時，留詩志余愧。

劉總管遜

遜字□□，威州洺水人。父肅，中統間，爲右三部尚書。遜其次子也，歷官大名路總管。

挽王學士秋澗

司馬凌雲氣逼真，廣川精學道爲鄰。文章館閣三朝舊，富貴兒孫八十春。醴酒常存沾講舌，内帑特賜表詞臣。歸來勘破浮生夢，白玉樓成筆愈神。

劉承旨賡

賡字熙載，肅之孫。初有文名，師事翰林學士王磐。至元十三年〔一〕，用薦者授國史院編修官。遷應奉翰林文字。辟司徒府長史，補外，同知德州事。考滿，擢太廟署丞、太常博士，拜監察御史。大德二年，陞翰林直學士，宣撫陝西，累陞翰林學士。至大二年，進禮部尚書，尋拜侍御史，復入翰林爲學士承旨，兼國子祭酒。皇慶元年，遷集賢大學士。延祐元年，復爲承旨。六年，拜太子賓客。七年，復入集賢爲大學士，尋又入翰林爲承旨。天曆元年卒，年八十一。

挽王學士秋澗三首

儒林宜有傳，汗竹藹餘青。筆陣如飛雹，詞源若建瓴。方登羣玉府，遽憶湧金亭。欲扣平生學，撞鐘愧寸莛。

疇昔聞淇上，三王藉有聲。共推天下士，獨擅斗南名。吾道光昭代，斯文屬老成。玉堂佳話在，一讀一傷情。

中統文明治，都司政事堂。寵分鰲禁燭，名重柏臺霜。空谷藏遺稿，餘哀寄挽章。鳳毛今有子，染翰侍君王。

百門山

一年兩到百門山，萬壑千巖紫間。不著新詩酬絶景，也應山鬼笑渠慳。

百泉亭

一泓寒碧湛空青，噴玉跳珠不少停。落日湧金亭下看，百泉亭是萬泉亭。

安樂窩

窩名安樂一蘧廬，百尺源頭訪故居〔二〕。萬古千秋示諸掌，先生經世有遺書。

嘯臺三首

夷甫清談誠誤世，諸公餘謗亦當分。如何不管人間事，日醉共山頂上雲。

舌如卷葉口銜環，裂石穿雲詎可攀。鸞鳳不鳴人去久，荒臺無語對共山。

太行山色撲亭除，疏影橫斜水竹居。寄語愛梅林處士，蘇門風土勝西湖。

百泉

客來詎敢濯塵纓，蘋藻區區效寸誠。願乞一杯亭下水，散爲霖雨濟蒼生。

〔一〕「三」，原作「二」，據稿本、《元史》改。

〔二〕「尺」，稿本作「丈」。

郝平章天挺

天挺字繼先，號新齋，出于朵魯別族，居安肅州。父和上拔都魯，爲河南行省五路軍民萬户。至元中，以勳臣子召見，元世祖嘉其容止，有旨：俾執文字，備宿衛春宫。建省雲南，除參議雲南行尚書省事，尋陞參知政事，擢陝西漢中道廉訪使，入爲吏部尚書，尋除陝西行御史臺中丞，又遷四川行省參政及江浙行省左丞，俱不赴。拜中書左丞〔一〕，出爲江西、河南二省右丞，召拜御史中丞，尋拜河南行省平章政事。皇慶二年卒，年六十七，贈光禄大夫、中書平章政事、柱國，追封冀國公，謚文定。繼先嘗受業于元遺山，多所撰述，修《雲南實録》五卷，注《唐人鼓吹集》一十卷，行于世。按《金史·隱逸傳》，郝天挺字晉卿，澤州陵川人。爲國信史經之祖，遺山嘗從學進士業。夫以同時而同姓同名，乃一爲其師，一爲其弟子，亦一奇也。附識于此。

寄李道復平章

聖主尊賢輔，明時仗老臣。策勳分二陜，錫土列三秦。邊徼風塵息，乾坤雨露均。遥知黄閣下，得句更清新。

麻姑山

路入尋幽石逕斜，一作「雲關寂不譁」，一作「雲關仙境佳」。瓊田瑶草帶烟霞。注一作「貯」。經洞古無一作「留」。遺檢，養藥爐存失舊砂。青鳥空一作「不」，一作「若」。傳金母信，綵一作「紫」。鸞應到一作「返」。玉皇家。巖扉不掩春常在，開徧碧桃千樹花。

〔一〕「左」，原作「右」，據中華書局排印本《元史》改。

張承旨孔孫

孔孫字夢符，其先出遼之烏若部，爲金人所并，遂遷隆安。父之純，爲東平萬户府參議，夜夢謁孔子廟，得賜嘉果，已而孔孫生，故名。及長，辟萬户府議事官，時徐世隆爲太常卿，孔孫以奉禮郎副之，以董樂師，肄成，獻之京師，辟丞相掾，授户部員外郎，出爲南京總管府判官，僉四川按察司事，歷湖北、浙西按察副使，改同知保定路總管府事，俄拜侍御史，行御史臺事。至元二十二年，用丞相安童言，除禮部侍郎，進尚書，出爲燕南按察使，僉河南江北行中書省事、大名路總管，兼府尹，淮東道肅政廉訪司使。召拜集賢大學士、商議中書省事。久之請老，以翰林學士承旨、資善大夫致仕。大德十一年卒，年七十五。夢符素以文學名，且善琴，工畫山水竹石，而騎射尤精云。

岳陽樓二首

金橘池邊秋正酣，舳艫南北尾相銜。水千萬浪開明鏡，風十八姨吹片帆。樹影連雲藏古廟，桂香和露染征衫。欽聞唐室有遺録，柳毅當年遇一緘。

城上元龍百尺樓，樓前范蠡五湖舟。江吞巨野偏宜夏，月度晴霄便是秋。天下江山無此觀，古來西北是神州。自憐身屬官倉米，負我同盟萬里鷗。

風雨迴舟圖

風雨來時撥櫂迴，濟川心事有誰知。停舟且做江湖夢，浪静風恬未是遲。

臧宣慰夢解

夢解，慶元人。宋末中進士第，未官而國亡。至元十三年，從其鄉郡守將内附，授婺州路軍民人匠提舉。用浙東宣慰司舉知息州，未行，改海寧。在郡五年，政平訟簡，爲諸縣最。二十七年，江南行臺治書侍御史苟宗道聞而韙之，舉其名上聞。除知桂陽路總管府事，擢廣西廉訪副使。大德元年，遷江西。六年，遷浙東。九年，除廣東廉訪使，納禄退居杭州。以亞中大夫湖南宣慰副使致仕，後至元元年卒。夢解博物洽聞，爲時名儒，所著書有《周官考》三卷、《春秋微》一卷。嘗自號魯山。大夫士之稱之者，不以官，皆曰「魯山先生」云。

直沽謡

滩還東入海，歸來幾人在。紛紛道路覓亨衢，笑我蓬門絶冠蓋。虎不食堂上肉，狼不驚里中婦。風塵出門即險阻，何況茫茫海如許。去年吴人赴燕薊，南風吹人浪如砥。一時輸粟得官歸，殺馬椎牛宴閭里。今年吴兒求高遷，復禱天妃上海船。北風吹魂墮黑水，始知溟渤皆墓田。勸君陸行莫忘萊州道，水行莫忘沙門島。豺狼當路蛟龍争，寧論他人致身早。君不見賈胡剖腹藏明珠，後來無人鑒覆車。明年五月南風起，猶有行人問直沽。

送蕭則平使安南

玉節金函志氣雄，紫泥猶帶朵雲紅。中郎笑攬皇華轡，南越歡迎御史驄。爲説葵傾知向日，誰云草偃不從風。折衝尊俎吾儒事，佇看梯航萬國同。

陸廉訪垕

垕字仁重，江陰人。自幼以孝友聞，與臧夢解齊名，監察御史鄭鵬南嘗以二人並薦于朝。至元間，丞相伯顔以師南下，垕率鄉人見之，議論有合，奏授爲同知徽州路總管府事。以廉能擢置臺憲，累遷至湖南肅政廉訪副使，陞浙西廉訪使。年五十卒，賜謚莊簡。

鶴舒臺

天南峰第一，乘興晚登臨。雞犬塵寰遠，魚龍海氣深。占城雲北度，弱水日西沉。望斷歸來鶴，荒臺不可尋。

有簾泉

行到深山處，簾泉一畫圖。巖空懸百尺，澗響落千珠。春雨流逾急，秋雲滴不枯。安期已仙去，何處覓靈蒲。

妙高臺

巨鼇出滄海，背負梵王宫。非有風濤險，安知砥柱功。潮痕不過石，峰色欲浮空。蘇子扁舟客，前身悮夢中。

清明山行

自憐泯没滯天涯〔一〕，閑趁清明領物華。槐火取將初試茗，楝風吹盡更無花。雲山石磴三千級，嶺海春城十萬家。歸去越王臺下路，鷓鴣聲斷夕陽斜。

〔一〕「滯」，原誤作「帶」，據稿本改。

梁侍講曾

曾字貢父，燕人。中統間，以翰林承旨王鶚薦，辟中書左三部令史，三轉爲中書省掾。至元十年，授雲南行省都事，陞員外郎，轉同知廣南西道左右兩江宣撫司事，除知南陽府。十七年，命以兵部尚書奉使安南。明年，世子陳日烜遣其叔遺愛從曾奉表，除湖南宣慰司副使。二十九年，改淮西，辭，召至京師，授吏部尚書，以禮部郎中陳孚爲副，再使安南，改授淮安路總管而行。世子陳日燇命其國相陶子奇等從曾詣闕請罪，并上萬壽頌，世祖大悦，命乘傳之任淮安。大德元年，除杭州路總管，遷兩浙都轉運鹽使，拜雲南行省參知政事。召爲中書參議，復出爲河南湖廣行省參知政事，以疾歸。皇慶元年，特授昭文館大學士、資德大夫。累乞致仕不允，復起爲集賢侍講學士。延祐元年，奉詔代祀中岳，還，以病寓居淮南。至治二年卒，年八十一。

小孤山阻風

江上青山一劍孤，氣虹夜貫斗牛墟。寒藤古祠神所居，謾説彭郎迎小姑。此一作「偶」。言不經聽者愚，舉世孰與明其誣。山下長江通蜀吴，飛廉怒鎖千舳艫。乾坤變色慘不舒，竿摧櫓折一作「纜絶」。愁萬夫。初疑破虜遇老狐〔一〕，又訝伏波留賈胡。陽侯負弩雄前驅，馮夷擊鼓嚴後車。六鰲出釣軒蓬壺〔二〕，八駿按轡鞭龍魚。神靈怪駭千萬殊，縱有健筆難窮書。一官長沙賦歸歟，三年卧病南陽廬。故交新貴一字無，扁舟夢鱠松江鱸。行或止之不可虞，呼童取酒聊自娱。短歌激烈驚樵漁，掀髯一笑誰和余。鄰商去住依祝巫，盤餐拜飼檣上烏。百錢之利衆所趨，浪走不待晨鷄呼。進鋭退速中乘除，未要冒險争前途。江山政自不我疏，我亦樂與江山俱。安得匹素百尺餘，他年寫與東游圖。

鮮于伯機有鶴死非命瘞之西湖士大夫多有詩悼之因作

翠柏屏前竹闌曲，幾見毰毸雪衣舞。平生風雲萬里心，零落湖山一邱土。世間萬事不可虞，奇禍何由也到渠。不見嵇康遭殺戮，令人空歎養生書。

盤泉

盤泉之源不可窮，寒溜不與長江通。韜藏泄漏皆元氣，疏鑿深搜亦鬼工。一逕虹穿雲棧隱，兩山虎踞劍關雄。十年歷徧西南險，絶愛湘中似蜀中。

登岳陽樓二首

樓前秋水健帆開，樓外秋一作「凉」。風舞袖迴。萬里梯一作「舟」。航來一作「通」。鳥道，四時風一作「雲」。雨護龍堆。江山如此不一醉，歲月幾何能再來。欲問老髯求鐵笛〔三〕，夜深一作「月中」〔四〕。吹上紫荆臺。

岳陽樓觀倚晴空，樓外君山指顧中。地勢平吞三楚遠，城闌高壓九江雄。乾坤好句唐工部，廊廟雄文宋范公。秋晚登臨正奇絶，只疑身在水晶宫〔五〕。

送尚書柴莊卿出使安南

鐵石孤忠付白麻，六朝人品五侯家。已全蘇武天邊節，又得張騫海外槎。詩筆强凌銅柱月，歸鞭正及石城花。安南雖小文章在，未要輕談井底蛙。

嗖荔支

一日二日香色異，千里萬里驛程遞。皇朝本爲責包茅，不作漢唐無益事。

〔一〕「狐」，原誤作「孤」，據稿本改。
〔二〕「出」，稿本作「掣」。
〔三〕「求」，原誤作「來」，據稿本改。
〔四〕「月」，原闕，據稿本補。
〔五〕「疑」，原誤作「教」，據稿本改。

宋賓客衜

衜字弘道。潞州長子人。年十七，避地襄陽，已而北歸，屏居河内。十五年，趙璧經略河南，聞其名，禮聘之。中統三年，擢翰林修撰，從璧濟南、襄陽。至元六年，璧將兵討高麗，以爲行省員外郎，持詔徙江華島居民于平壤，復命授河南路總管府判官，不赴。十三年，入爲太常少卿，屬省官制行，兼領籍田署事。十八年，除秘書監。二十年，初立詹事院，首命爲太子賓客。三十三年卒。有《秬山集》十卷。

次范葯莊韻

家近西湖六月凉，蘭舟桂酯芰荷裳。海門潮上波濤壯，天竺風來草木黄。一作「香」。今日悲秋哦楚些，他生著論辨吴亡。君才位置聞人説，宜待詩仙七寶牀。

己巳春往均州

武當却立翠屏新，碧玉溶溶漢水奔。如畫江山千古在，城闉幾度戰塵昏。

觀出獵二首

金鈚染血犬銜毛，倒臂蒼鷹掣錦縧。紅日下山秋色闊〔一〕，齊歌野樂陣雲高。

平原馬首雁行齊，狡兔深藏鳥不飛。環立傳觴人半醉，斜欹貂帽雪中歸。

〔一〕「色」，稿本作「塞」。

蕭諭德𣂏

𣂏字惟斗，奉元人。弱歲吏于府，一日呈牘尹前，尹偶墜筆，目𣂏拾之，𣂏陽爲不解而止，白所議公事，如此者三，㪺曰：「某所言者，王事也，拾筆責在皂隸，非史所任。」尹怒，即辭退，讀書南山者三十年。製一革衣，由身半以下，及卧，輒倚其榻，玩誦不少置。由是博極羣書，從之游者，履交户外。平章咸寧王野仙聞其賢，薦之。元世祖辟侍秦邸，以疾辭。授陝西儒學提舉，不赴。省憲大臣即其家具宴爲賀，使一從史先詣㪺舍，㪺方汲水灌園，從史至，不知爲㪺也，使飲其馬，即應之不拒。及冠帶迎賓，從史見㪺有懼色，㪺殊不爲意。後累授集賢直學士、國子司業，改集賢侍讀學士，皆不赴。大德十一年，拜太子右諭德，扶病至京師，俄除集賢學士、國子祭酒，依前右諭德，固辭而歸。卒年七十八，賜謚貞敏。所著有《三禮説》、《小學標題駁論》、《九州志》及《勤齋文集》行于世。惟斗身長六尺，修髯如畫，入城觀者如堵。爲文辭，立意精深，言近旨遠，一以洙泗爲本，濂、洛、考亭爲據。關輔之士，翕然宗之，稱爲一代醇儒。侯均嘗謂，元有天下百年，惟蕭惟斗爲識字人也。

答程君用

當年七十合辭官，況乃明恩特賜還。可更支離扶掖出，勒移寧不愧南山。

苟祭酒宗道

宗道字正甫，號確齋，保定清苑人。中統初年，弱冠，從陵川郝經使宋，爲行府都事、治書狀都管二事，被留儀真，授以學，遂以儒名家。至元間，爲江南行臺治書侍御史，仕至國子監祭酒。正甫詩文書畫，俱有晉唐風致，尤善書，以行草名于時。宋祭酒跋蘇氏家藏帖云：「鮮于困學如雲間公子，玉骨横秋，富貴風流，仍復度世。盧踈齋如叢祠野屋，繪畫風雷，雖復駭人，却非塵俗。荀正甫如近郊田叟，老不作業，意度貞淳，恨乏京樣。見者絶倒。」

題申伯福遊山圖

聖人初用心〔一〕，出處固不苟。胡爲慕萬鍾，胡爲棄升斗。鵬鷃兩逍遥，夷惠各有取。丈夫遇明時，立志期不朽。中有幸不幸，竊位徒可醜。申君閥閱子，愧作山林叟。推却簿書叢，便與麋鹿友。不醉河陽花，擬種彭澤柳。堂堂胡紫山，毅然爲倡首。于今宰杞城，欲去尚掣肘。未得遂吾初，慎勿廢官守。安知游山人，不是調元手。

蔚州元氏怡齋

八元乃八龍，嶷若瓊樹林。難兄復難弟，感激恩義深。室家宛相好，如鼓瑟與琴。翩翩鴻雁行，鏘鏘鸞鳳音。二王一品題，價重雙南金。終當仕虞朝，藹然列華簪。要在風俗淳，不異古與今。他人有兄弟，聚散如飛禽。鬩墻不相能，干戈日相尋。尺布斗粟謡，行路爲傷心。棠棣廢已久，角弓義湮沉。因書怡齋詩，以爲友于箴。

蔚州元氏兄弟八人，皆秀而文。義居無間言，故榜其所居之室曰「怡齋」。諸名公皆有詩。西溪、秋澗其首倡也。

琴山行

山形取類非一端，琴山得名知何年。丹楓列植如朱弦，時有鸞鳳棲其顛。秋風颯颯鳴飛泉，豐山霜鐘晝夜懸。擬金戞玉聲清圓，抑揚起復萬籟全。《雲韶》《大雅》久不傳，至音一變羲皇前。不煩繩削皆天然，春雷玉罄俱蹄筌。姥山山人遯世賢，心閑體弱志節堅。幽居髣髴如龍眠，醉吟時泛湖海船。超遥宛若蓬壺仙，嗟余未解纓組纏。烟霞痼疾不可痊，奈何尚有筝笛緣。擬將俚耳濯清漣，爲君重賦思歸篇，與山相對期終焉。

〔一〕「人」，稿本作「賢」。

楊承旨文郁

文郁字從周，號損齋，濟陽人。天資穎悟，舉止非常兒。齔時讀書，殆若夙昔。父最鍾愛，嘗會賓客，漫取西漢書命讀之，句讀分明，音吐閎暢，一座傾歎。及長，寄興琴書，不問生産。按察使陳祐聞其名，貢諸朝，除闕里教授，歷官翰林承旨，封文安公。

壽王學士秋澗七十

方平家世有公賢，三壽純行七十年。秋澗未容歸舊隱，瀛洲方且會羣仙。向來政事留遺愛，此去文章論正傳。我幸巷南瞻巷北，時時訪問得周旋。

陳學士儼

儼字□□，□□人。爲曲阜教授。至元二十三年，元世祖編地理書，召儼與京兆蕭𣂏、蜀人虞應龍等同赴京師。歷官清要，至翰林直學士。卒謚文靖。蜀郡虞集稱其文華國者，皆舒遲温厚之言，謂之大儒，斯無忝矣。

太白酒樓歌

公昔去兮乘龍，窅雲氣兮蓬萊宫。襟青霞兮佩明月，横四海兮焉窮。濟水兮無波，泰山繚兮鬱嵯峨。思故園兮神游，悦臨風兮浩歌。醉而生兮醉而死，曩孰非兮今孰是。千鍾百榼兮彼且奚適，操一瓢兮吉其止。擥春風兮折瓊芳，援北斗兮剩桂漿。浩冥冥兮徙倚以望，歸來歸來兮舉我觴。

送蕭郎中出使安南

都門祖道挽征驂，歌徹《皇華》酒半酣。玉節拜恩辭闕下，金函持詔入安南。新詩定見雞林重，壯志寧辭虎穴探。論蜀相如公事了，早回烟棹過湘潭。

錢選畫花

霅翁夙號老詞客，亂後却工花寫生。寓意豈求顔色似，錢塘風物記昇平。

信承旨世昌

世昌字雲甫，東平人。仕至翰林學士承旨，自號中隱。善畫山水，學于沈士元，有出藍之譽。墨竹別成一家，蓋黄華之後，又一變也。

送蕭郎中出使安南

選材特旨赴軺車，六一先生共里閭。星麗秋旻新寵數，風清瘴海舊名譽。兩階干羽修文日，萬里梯航聽詔書。此語端能動殊俗，金山玉帛不躊躇。

劉待制德淵

德淵字道濟，襄國内邱人。好學能自刻勵，及游溥南王若虚門。北渡後，赴戊戌試，魁河北西路。逮中統建元，三府辟其行能，授翰林待制。晚年家居教授，著三爲書數萬言，劉太保秉中、許文正衡雅敬之。至元二十三年卒，年七十九。翰林學士汲郡王惲爲作墓表。

千秋亭

當年匹馬戰昆陽，恢復鴻基奕世昌。金殿夜分談治理，玉關朝閉審苞桑。烝黎咸仰乾坤德，四海同瞻日月光。惆悵雲仍此衰謝，簞瓢陋巷鬢毛蒼。

書事二首

沃野漫漫似掌平，昔人曾此築孤城。金臺北去城千里，槐水東來雪一泓。賈氏先塋碑尚在，王郎遺蹟土皆平。千秋亭上懷前古〔一〕，吟對西山正晚晴。

覽古傷懷感廢興，英雄何在有斯城。堯山尚列青屏障，槐水空登碧玉泓。世祖廟基荒草合，壽侯亭址野蒿平。吟餘夜坐霜臺上，千古雲收月弄晴。

〔一〕「上」，原誤作「土」，據稿本改。

王學士德淵

德淵字□□，廣平人。幼從父寓居磁州，□□□□□□□〔一〕。歷官翰林直學士、奉政大夫、知制誥同修國史。

挽王學士秋澗

文章字畫世爭傳，四海飛聲自早年。冠薦一方驄馬使，腰犀二品玉堂仙。承家素學兒孫貴，謝事清朝壽福全。零落山邱懷謝傅〔二〕，西州門道獨潸然。

〔一〕此句原無，據稿本補。

〔二〕「傅」，原誤作「傳」，據稿本改。

范侍郎霖

霖字君澤，號天碧，縉雲人。宋文正公仲淹族也。學問該博，詞藻清雅。至元間，嘗被召入，獻《元封圖》、《歷代編年圖》，授翰林編修。出爲江西、江浙儒學提舉，歷官禮部侍郎。

窪尊山

迢迢城東山，落落石上尊。崖刻留古篆，夭矯蛟龍蟠。李侯仙去久，剥落苺苔痕。我生頗好古，捫蘿日攀援。舉瓢欲自挹，對酒猶忘言。

范訓導成

成字性存，霖子。隨父宦游，往來于吴，遂家焉。親炙前朝遺老，以經術教授。賦詩飲酒，藹如也。嘗辟爲平江路訓導〔一〕，詩文和易，有稿藏于家。以次子同文知臨朐，往就養，卒旅中。

虞君勝伯求先世遺書將鋟諸梓作詩以美之

師渡長淮宋事危，虎臣零落用儒衣。初疑葛亮才非武，終藉劉琨嘯解圍。百世文章尊讜論，一時陳迹羨知幾〔二〕。故家代有賢孫子，喬木分陰向夕暉。

〔一〕「導」，原誤作「道」，據稿本改。
〔二〕「時」，原作「城」，據稿本改。

范孝子焕

焕字孟學，成長子。成卒旅中，焕聞赴即往，水行半月，捨舟而陸，踰二千里始達，囊空不敢啓窆，西走濟南傭書，獲資東還，賃牛車舁父柩。過穆陵諸岡，牛疲則躬推挽，手胼足胝，過沭涉沂，踝皆皸瘃，浮淮渡江。八月始克抵吴，葬之。

九月廿一日同金以聲李德輿訪徐良夫于耕漁軒是夕乘月過溪寺登擁翠方丈會釋虎林遂分韻賦詩得東字（一）

華月出雲漢，輝流萬山中。偶與道人侶，逍遥心賞同。寶鼎浮香氣，金磬度微風。玄譚契妙理，茗酌嗚絲桐。良集誠不易，歲月如轉蓬。明發滸溪上，悠悠悵西東。

是夕復登方丈之小樓共倡賦五言詩二章索諸公和之

幽尋得真趣，臨眺屬清秋。衆樹碧連屋，一山青入樓。虚空寶花雨，方廣香雲浮。我亦逃禪者，于兹得暫留。

偶來小樓坐，詩思頗超羣。萬葉落紅雨，半山飛白雲。寶燈禪寂現，金磬定中聞。幸得耕漁子，逍遥清夜分。

題溪山環翠樓爲月潭印師賦

四山環抱一層樓，百尺丹梯上上頭。健筆醉凌鸚鵡賦，吹笙能引鳳凰遊。松陰倒地日停午，嵐翠撲窗晴亦秋。我欲卜居幽隱地，乾坤萬古若虚舟。

過邵弘道先生墓次陶彦行韻

客行何事淚潸然，馬鬣封時記昔年。多士正規埋玉計，諸生争送買山錢。清秋高塚明紅樹，落日孤林生紫烟。欲把椒漿重一酹，悲歌先爲寫長牋。

〔一〕「于」，原誤作「子」，據稿本改。

王郎中宥

宥字□□，東平人。官至中書省郎中。

歸婦吟

烈火都將玉石焚，死生契闊憶中分。信音一絶思青鳥，望眼雙穿見白雲。殘日鵜鴂還有難，北風鴻雁正離羣。新詩送爾還家去，重續當年織錦文。按《輟耕録》云：吉之永豐劉氏女，天兵南下日，爲東平王郎中宥所虜。後王聞其父母兄弟舅姑夫子咸在，因放之歸，且作《歸婦吟》以送之，詩云云。吁！此雖劉氏有莫大之幸，而王亦仁人者矣。

蘇郎中觀

觀字□□，聞喜人。至元二十五年，爲西平王府郎中。

題釁宫

古邑蕭條瓦礫叢，桐宫今屬素王宫。殘碑剥落苔侵地，老柏輪囷翠插空〔一〕。馬相文能磨歲月，趙公祠不蔽霜風。我來瞻拜增懷愴，吾道興衰一夢中。

〔一〕「翠插空」，稿本作「插翠宫」。

田員外衍

衍字師孟，彭德人。性穎異博識，多藏古法書名畫。畫墨竹學王澹游，頗得雅趣。大德七年，官兵部員外郎。

清明與省郎毛潛夫杜孝先周内翰景□元樞密復初儒生虞德生會飲分韻得復字呈水泉功遠二仙伯

冠袍裹身厭拘束，惜春只覺光陰蹙。雪融波面緑痕添，風着花枝亂紅蔌。杜陵才子本茅屋，十年省署叨粟肉。芝檢翻香白晝晴，時尋勝友相追逐。毛君古丈夫，内翰五車讀。元子真英豪，文華過潘陸。德生味道腴，閉門樂幽獨。漫郎潦倒雙鬢禿，志在酒船三百斛。相逢一笑宇宙間，羽觴未盡還再復。醉中更約二仙人，共訪赤松參辟穀。

張修撰野

一作「埜」。

野字野夫，邯鄲人。官修撰，家世文儒，詩詞清麗。有《古山集》。

壽李秋谷

濬階曾共近清輝，一旦雲鵬九萬飛。再入中書今亦有，兩封上國古全稀。霜侵吟袖趨朝去，香惹官袍侍講歸。同使斯文躋壽域，且休回首北山薇。

章編修嘉

嘉字德元，温之平陽人。性善静，文學老成，講解精到。時官延之師席，偕詣京師，咸推重之。獻漢國會同賦，諸公稱賞，列薦除翰林編修，在職三年，即告歸侍養。

告歸作

九十衰翁七十兒，此時那可兩分離。客鄉已是三年别，人世應無百歲期。春雁北飛頻送目，夕陽西下幾顰眉。何如及早成歸計，莫待山榴開滿枝。

蕭御史泰登

泰登字則平，號方崖，廬陵太和人。九歲入鄉校，治《論語》義，屬筆精警。弱冠試吏，調永豐丞，以治稱。入京，授湖南儒學副提舉，部使者徐琰奇之。會琰爲中丞，亟力言，遂僉海北廣東道提刑按察司事。元貞初，成宗罷兵安南，命爲奉訓大夫、兵部郎中。介禮部侍郎李衎，往諭其國。泰登切責世子，盡歸故所侵地，成禮而還，報命，授連州知州，未拜，改江西儒學提舉。大德四年，僉嶺南廣西道廉訪司事。六年，進奉直大夫、江南行臺監察御史，分守江浙行省。八月卒，年三十八，歸葬于其鄉螺岡門外。程鉅夫志其墓，袁桷爲作《蕭御史家傳》，贊曰：「蕭公精謹自持，正靜益明，物莫能逃。使參錯天下，三年可成也，年不衍用，名益以昌，何恨焉！」

桂林馬上

滿前佳景真堪畫，馬上垂鞭雨正霏。平地起峰千壁聳，半山走雨兩蛟飛。桂林自昔宜人處，梅驛如今過客稀。回首翠屏看未足，朔風吹絮白雲歸。

白鹿洞

拓開鹿洞千年秘，拔剪荆榛用力勞。流水偶因三峽急，飛雲忽放五峰高。自宜掃地看《周易》，誰與尋芳讀楚騷？追賞紫陽無限意，絶憐淪落付吾曹。

即席和世子韻

春風花雨落賓筵，送客歸期看着鞭。從此安南成樂土，小心長與戴堯天。

王國博載

載字□□，建安人。官國子博士。

送尚書柴莊卿出使安南

金石丹忱動藻旒，馬諳舊路壯英遊。車無薏苡廉聲著，贄有包茅職貢修。指按地圖朝北闕，口傳天詔到南州。此行不待長纓請，好繼班生萬里侯。

李助教鳳

鳳字翔卿，一字舜儀，大名東明人。幼嗜學，從鄉先生孫曼慶學詩。久之，曼慶謂曰：「詩，吾無以加子矣，其爲義理之學乎。」乃屏絶金末律賦舊習，而究伊、洛之遺書。留居嵩、潁間，讀書三年而後歸，爲郡學録，遷廣平學正。大德間，除國子助教，在官兩考餘，除臨朐主簿，未久即去。延祐六年，卒于家，年六十四。以子好文貴，贈從仕郎、郊祀署丞，加贈奉議大夫、太常禮儀院判官、驍騎尉，追封東明縣子。蜀郡虞集爲撰墓碑。翔卿與同鄉王應奉執謙友善，雅好巖壑，而所居遠于山，得奇石，積之齋前以爲山，對之吟諷，所著書數百篇，曰《西林集》。西林者，翔卿所居也。

睢陽懷古

睢陽城郭劫灰餘，風景蕭條市井疏。堤接汴梁分驛路，地連齊魯幾兵車。張巡戰壘沙沉戟，閼伯提封草滿墟。珍重開元遺寺在，石幢猶刻魯公書。

吕梁洪

洪波洶洶鼓鼙聲，怪石稜稜劍戟明。源滌九州思夏禹，水懸千仞信莊生。篙師但使攔頭正，客子何煩變色驚。絶叫一聲三十里，青山回首浪花平。

沛縣過歌風臺

一劍西提與楚争，風雲慘淡五年兵。歸來四海成家日，猶自悲歌氣未平。

王應奉執謙

執謙字伯益，大名人。年少遊京師，平章卜亥木、承旨唐公一見奇之，薦爲符寶典書。張平章九思雅好文士，禮爲上卿，留署其府，爲徽政院照磨，調真定録事、凌州判官，改將作院照磨，執謙皆漠如也。徒日與彰德田衍師孟、河間李京景山、濟南張養浩希孟飲酒賦詩爲神交。人望見之，皆以爲古仙異人，冀得一遇待爲幸。後十餘年，始爲應奉翰林文字、承務郎、同知制誥、兼國史院編修官。皇慶二年卒，年四十八。其友楊仲弘、杜伯原訪其平生所爲詩文傳之。伯益身長不過數尺，不宜騎馬，遇好友，即提杖出門，竟日去，不返顧語，妻子以爲常。虞伯生謂長年居京城，而所爲詩簡淡蕭遠，如在山林，不與人接者。伯益常謂人曰：「吾知吴楚多瑰偉奇絶者，當委身往遊，乃稱吾意耳。」楊仲弘曰：「然，誠廣伯益以山水之勝，視陳子昂、李太白，未知何如？」識者以仲弘爲知言。

贈李道復

鞍馬西來氣吐虹，名聲一日壓諸公。面陳王霸龍庭上，手拔乾坤虎口中。萬户封侯子房了，千金爲壽仲連東。可憐岑蔚亭前月，倘與狂風此意同。

送王高士

墮甑歸來百念空，自燒靈藥洗衰容。身爲幽冀市中客，心在華嵩雲外峰。一片懶衣如畫鶴，半盂殘飯勝烹龍。只愁了却松楸事，飛入烟蘿不再逢。

孟光舉案圖

白髮梁鴻與世乖，賴逢光也配其才。《五噫歌》罷愁無奈，不覺春從案上來。

辛□□文房

文房字良史，西域人。與王執謙伯益並以能詩稱。著《唐才子傳》十卷，總三百九十七人，皆有詩名。當時其見于《唐書》者百人，其行事不關大體、不足爲勸戒者不録。見楊文貞《東里集》。

蘇小小歌

東流水底西飛魚，銜得錢塘紋錦書。幾回錯認青驄馬，著處閑乘油壁車。鸚鵡杯殘春樹暗，葡萄衾冷夜窗虚。蓮子種成南北岸，苦心相望欲何如？

清明日遊太傅林亭

隔水園林丞相宅，路人猶記種花時。可憐總被風吹盡，不許遊人折一枝。

石宣慰國英

國英號月澗，宿州靈壁縣人。金季時，居材官下僚。元初用文武才，爲沿海左副都元帥，累遷台州招討使，仕至福建宣慰，晚居華亭卒。曾孫瓊字伯玉，以松江萬户嘗分戍大信，亂中歸隱佘山。

雁蕩能仁寺遺詩

我行天下山水半，側身西望長嗟歎。山到蜀川方絶奇，世殊久被微官絆。萬里提兵雁蕩來，高牙一展嵐霧開。松風吹騎聯鑣入，高日下照繙經臺。老僧振錫去何所，香篝寂寂佛無語。山鳴谷應應者誰，似有秦民宅幽阻。姑休爾旅枕爾鋋，雲深不得驚龍眠。水晶一派瀉琤玉，歲與清氣中洄沿。二三溪碓長林下，人力罷春天所借。草香花净太古春，虎嘯猿吟明月夜。幽尋静勝登嵯峨，纛旗柱筆光影摩。詩成寫破峭壁翠，稽首巖前諾巨那。

按王逢《梧溪集》云：公曾孫宣武將軍松江萬户瓊，嘗乘遽道經雁蕩能仁寺，得詩于老僧。瓊後棄戎行，獲歸隴畝。今年春偕倩曹生撝訪余風雨下，出卷視之，悠然雅歌，而神采炳如也。乃并序而歸之。

趙宣慰淇

淇字元德，其先臨淄人。徙家衡山，宋冀國公葵子〔一〕。年十七，蔭補承奉郎。明年，中童子舉選，起家四川宣撫司，主管機宜文字。累遷右文殿修撰，歷官尚書刑部侍郎而宋亡。至元十五年，行省署廣東宣撫使，制授湖南道宣慰使〔二〕，七年而代，用薦者召，遂辭疾致仕。大德十一年卒，盧學士摯銘其墓。所著詩文樂府曰《太初紀夢》二十餘卷，素以平遠自命，太初其别號，平遠之名聞天下云。

岳陽樓

平生指點畫圖看，今上斯樓盡大觀。山色横排青玉案，湖光平展白銀盤。風雲變化吟懷壯，天地開明明眼界寬。古往今來多少恨，醉餘和月倚欄干。

〔一〕「葵」，刻本、稿本皆誤作「奏」，據《宋史》改。

〔二〕「南」，刻本、稿本皆闕，據盧摯《湖南宣慰使趙公墓誌銘》補入。

陳宣慰伯通

伯通字□□，雲中人。官宣慰，跛而眇，自述云：「肢傷一體婁師德，目眇三分李雁門。」《海青馬生肝》詩，盛庶齋極稱其工。

海青馬生肝三首

金符飛下渥洼龍，鞭影輕摶六翮風。耳竅風聲聞鬭蟻，眼花雲影疾驚鴻。未容駿骨遼東老，已得英名冀北空。一縷紅塵江漢捷，天庭不爲荔支紅。

催薦中厨語未闌，控拳豪客簇雕盤。翠翻雲葉并刀亂，冰透霜花楚玉寒。一吮味甘牙齒清〔一〕，十分香散鼻頭酸。夢魂不到鱸魚鱠〔二〕，醉眼江湖特地寬。

驚呼乳盎意忽忽，便覺餘香鼻觀通。露滴冰盤藍玉軟，風生霜刃碧囊空。舞娘驚濺羅衣緑，酒客潛消醉臉紅。若使漢人知此味，羊頭爛煮不成功。

〔一〕「清」，稿本作「滑」。

〔二〕「鱸」，原誤作「驢」，據稿本改。

高僉事昌

昌字□□，□□人。至元間，官河東山西按察司僉事。

登虎邱

方亭枕石泉，清興入詩篇。風緊鐘聲遠，日中塔影圓。鳥驚曾宿樹，僧悟未參禪。覽徧虎邱景，吾生自有緣。

觀河亭　在垣曲。

霜旆行郡當尋幽，一曲圍垣繞縣周。山色迎人來黛媚，河聲驚夢撼黄流。□門水迴鄉關月，濟廟烟連草樹秋。遥指天南嵩洛近，烟雲何處望神州。

涿州季春即事

相逢莫問夜如何，風雨莎堤盡楚歌。白骨輝光滿春甸，空城猶有虎狼過。

陳僉事亞

亞字□□，□□人。至元二十一年，任按察司僉事。

題天慶宮

鄜邑西連五丈原，琳宫一境絶翛然。窗含太白山頭雪，門鎖華陽洞裏天。塢記堆金無逆黨，丹成換骨有飛仙。我來不遇庚桑楚，聊向青童借榻眠。

張僉事經

經字□□，□□人。奇才景略，卓犖過人。至元二十二年，以監察御史按臨長沙。三十年，累官江南湖北道按察司僉事。

岳陽樓 非序。

巴陵形勝甲天下，郡治西南有樓曰岳陽，盡得巴陵之勝。至元丙戌，余以監察御史按臨長沙，道出巴陵，凡一往返，不暇一登。甲午夏，備員湖北憲司，分司于辰，始得以酬平昔之志，噫！湖山如此，造物者何其靳邪！因留數語以識歲月云。

洞庭一水七百里，烟朝月夕皆經過。豈知斜陽萬里更有一佳處，君山十二盤青螺。乾坤有此樓，萬古高嵯峨。憶昨長江咫尺限南北，風霜晝夜一作「風烟晝本」。一日千摩挲。今朝快一登，恍若驪沉痾。生平所羡鑑湖賜，乃今更覺君恩多。湘靈也自一作「似」。知我至，時令白馬來婆娑。鐵笛紫荆曲，春草黄陵歌。江山一醉謾不省，悲風落日生白波。愛山愛水亦非癖，奈此日月如飛梭。彭蠡銀山堆，碧海青銅磨。武昌雲間歎黄鶴，采石天外愁青蛾。詩家割據幾今古，元氣發泄天不訶。扁舟歸來月一蓑，仙槎已候三山阿，吾欲乘興觀銀河。

瀟湘八景

瀟湘夜雨

終夜雨瀟瀟，悶殺孤舟客。滴滴打篷聲，錯訝靈妃瑟。

洞庭秋月

秋雨静無雲，嫦娥展孤鏡。灝氣漫澄波，蕩漾光還定。

遠浦歸帆

極浦一帆回，招招近岸開。停船試相問，莫是故鄉來。

平沙落雁

唤侣下寒汀，争宿蘆花蕚。半夜漁舟過，驚起還飛落。

烟寺晚鐘

野寺烟初溟，僧添寶篆香。鯨音送殘照，敲落楚天霜。

漁村夕照

日落大江頭，返照漁村裏。獨有羨魚翁，垂綸收不起。

山市晴嵐

茅屋開山脚，嵐光映日光。行人消野興，個個醉壺觴。

江天暮雪

江上雪紛紛，風寒天已暮。中有浮舟人，興盡迷歸路。

詹僉事士龍

士龍字雲卿，真定固始人。宋都統鈞之子。元兵破鄂，鈞歿。士龍甫三歲，董忠獻公文炳獲之，以見元世祖，歎曰：「此忠臣子，汝善養之。」久之，士龍知非董出，即晝夜痛哭。他日從獵滹沱，懇求復姓。忠獻戲曰：「爾欲復爾姓乎？試爲投石水中，浮則爾從。」士龍默祝天，因以石投水，沉而復浮者數四，忠獻愕然，遂許之。後以薦爲興化尹，轉兩淮鹽運司判，改淮安路總管府推官，擢監察御史。將退隱興化，葺草堂于得勝湖。大德四年，以承直郎廣西廉訪司僉事起之，居三年，移疾歸，卒年五十八。

棲霞洞

八桂棲霞洞，穹然自渾成。豐隆昭艮静，空洞合離明。壁隱龍潛滑，脂凝鰍尾清。仙靈杳何許，登眺暢幽情。

僉事月魯

月魯字□□，蒙古色目人。大德三年，以奉直大夫遷嶺南廣西道肅政廉訪司事。

老人巖

何年混元境，曾見繡衣游。刻石俯丹井，題名瞰碧流。我來尋古蹟，魚躍上扁舟。還是宿緣否，真仙微點頭。

安宣撫公祐

公祐字□□，□□人。大德七年官宣撫。

題海會寺

海會雲門罨畫屏，怳疑身在夢中行。僧居梵苑山應秀，龍蟄深潭水自清。四座莫談浮世事，一杯聊慰暮年情。明朝冤獄平反了，又踏黃塵數去程。

趙按察文昌

文昌字西皋，濟南人。至元間，爲長清縣尹，遷同知益都路總管府事，歷官浙西提刑按察。

自金山放船至焦山飲于吸江亭

金山據上流，怒挾江聲東。焦山護海門，坐折千里衝。兩山勢欲合，盛氣薄蒼穹。解分誰巨擘，賴有疏鑿功。至今賈餘勇，角立相長雄。西皋汗漫游，目極大塊中。手持一杯酒，澆爾磊塊胸。魚龍出戲舞，摩蕩青蓮宫。山靈自不凡，感汲欣相從。因笑魏與吴，乾坤兩雞蟲。悠悠一帶水，往事尋無蹤。夜深何處笛，嗚嗚起悲風。

天目山

天目山前分兩乳，一脉西來纏右股。溯流疑是武陵源，入山絶似盤之阻。椒巒隱隱入霄漢，從此去天纔尺五。飛泉應作千丈浮，下有蛟龍潛水府。玉芝瑶草浄如拭，不見塵寰一坏土。三神山遠未易到，洞天只在溪之滸。道人宴坐凝不動，一榻雲烟幾寒暑。乍逢佳客喜盈頰，上山下山若飛虎。龜腸噏日好顔色，梟舄御風輕步武。蘋蘩薀藻盈頃筐，砧几腥羶不登俎。嬴顛劉蹶問不知，那識人間有簪組，嗟余碌碌退不下闕。

詠夷齊二首

日聖日清不可污，真非真是未應誣。餘風流在千年後，猶有紛紛莽大夫。

嬴顛劉蹶厭干戈，納款稱臣世益多。無限春風薦薇蕨，更無人到首陽阿。

張知府之翰〔一〕

之翰字周卿，邯鄲人。中統初，任洺磁知事。至元十三年，選置真定總管府知事，歷拜行臺監察御史，按臨福建行省，以疾謝事，僑居高郵，扁所居曰「歸舟齋」，蓄書教授。臺省交薦，起爲户部郎中，累推翰林侍講學士，自請外補，除松江府知府，兼勸農事。歸附後，荒租額以十萬計，民甚苦之。因赴省力陳其弊，悉除之，賦詩二首以紀其事。後以疾卒于官，年五十四。周卿自號西巖，有《西巖文集》二十卷。嘗作《鏡燈》詩，膾炙人口，時呼爲「張鏡燈」。典郡日，自題府治春帖云：「官清瑩徹三江水，民樂和薰兩縣春。」或曰：「如何不見府？」明年，詔罷府立庸田司。又門揭春帖云：「雲間太守過三載，天下元貞第二年。」是歲卒，亦讖也。

武夷山

去年入閩嶠，今年遊武夷。昂頭天柱峰，可望不可躋。酒酣逸興發，直上更勿疑。攀藤至洞口，落日迫以歸。上有游仙人，飄然下層梯。遺我紫石乳，贈我毛竹枝。翻身入雲去，邈不見羽衣。篝燈宿山前，夜夢浩莫羈。平明一葉舟，遥入九曲溪。是時天未晴，千巖雨霏霏。長風從何來，一掃雲四垂。兹遊所願見。一一從吾私。無乃太奇絶，可駭不可辭。厥初造化力，辨此其爲誰？何來陸與劉，指我使盡知。復有數文士，衣冠儼相隨。閲書希賢堂，酹酒文公祠。板橋渡星渚，月出興盡時。尚餘一綫天，迥遠未暇窺。歸來倚修竹，萬象清心脾。山雲復湧出，陰翳如掩扉。舉杯謝山靈，乃爾相厚爲。海市見東坡，岳雲開退之〔二〕。鄙余亦何人，復有此段奇。沖沖欲無語，恐貽神所譏。作詩留山中，以爲歸隱期。

鏡中燈

孤影徘徊入照臨，西風不動竟沉沉。一池鉛水一作「汞」。鎔一作「藏」。真火，半夜金星犯太陰。雞翅舞一作「拍」。時紅焰歇，一作「息」。蛾頭撲一作「觸」。處碧光深。縱渠百鍊千燒後，依舊剛明一片心。

黄浦

黄浦春風正怒號，扁舟一葉渡驚濤。諸君來問民間苦，何用潮頭幾丈高。

檢荒租二首

頭田亂插白紅牌，翁媪相看不敢猜。十八年愁今日散，愛民使者檢荒來。

三載徒勞三載過，旁人休笑拙催科。浙西儘有荒閑地，不似松江分外多。按《松江府志》云：之翰當知府事，行視荒租，遂有斯作。後租獲免，民懷之，書石以介上海縣庠壁，至今比甘棠之愛。

〔一〕「知府」，稿本作「松江」。
〔二〕「雲」，稿本作「霜」。

劉總管岳

岳字公泰，號東厓。祖開，宋神醫，世居南康星子縣，號復真先生。岳嘗讀書于白鹿洞書院，與修江李嘉龍、東魯孔德達爲友，精于儒，且克傳家學。宋季東遊，遂居于吴。元世祖定江南，詔求南士。有司以岳應聘，入覲便殿，詢其先業，即命以奉議大夫官太醫院，俾出入幃幄，時稱爲「劉三點」。以其指點三下，洞知六脉受病之原也。未幾，詔曰：劉岳，儒士也。視其文合古作，可掌誥命，改翰林學士、知制誥同修國史，廷事輒與議。後屢乞補外，乃授建昌路總管，卒于官，還葬于吴。公泰爲文典雅，詩律無寒儉態，所著有《東厓小稿》。

送蕭郎中出使安南

喜拜龍形年第一，薰風拂拂柳依依。香含粉署星辰近，恩重皇華禮樂輝。北闕初頒治詔下，南荒愧謝遠人歸。太平氣象彌寰宇，役事言還入紫微。

楊總管昌子

昌子字□□，□□人。至元三年，由昭勇大將軍爲郴州安撫使。十四年，除本路總管。

朱氏壽津書堂

可人正在水邊居，識應河洲定是渠。堂上有親長不老，牀頭無物只儲書。東山隱相卿名久，南塔摛文筆力餘。我欲卜鄰君若許，一蓑烟雨課園蔬。

楊總管益

益字友直，洛陽人。至元十三年，由户部侍郎出爲南雄路總管。

凌江留别父老

九重天遣守遐荒，流水光陰過五霜。德薄未能諧士望，術疏不得致民康。今朝南紀一樽酒，明日東風萬里航。珍重凌江賢父老，家家孝弟力耕桑。

胡總管少中

少中字□□，□□人。至元二十年，任濟寧路總管。

勸農詩四首

岱宗高拱萬山陪，百里平田鏡面開。穀麥豐登梨棗熟，至元癸未勸農來。

屏開罨畫四山青，沃野桑麻展紙平。行盡園林見城郭，五陵雞犬静無聲。
西道諸城厄水災，人民漂没哭聲哀。此方今歲何多幸，力穡逢年酒禁開。
城頭突兀倚牛山，霜樹殷紅蜀錦斑。事簡一朝如一歲，一官無厭養高閒。

夏總管若水

若水字□□，武林人。至元間，授温州路總管。

游興道院

出郭兩三里，僧房占翠微。蘭依崖自瘦，魚縱壑偏肥。渡口月横艇，山頭風掩扉。登臨塵夢斷，猿鶴共忘機。

李總管應春

應春字□□，□□人。至元間，官岳州路總管。

君山

洞庭浩渺九州間，誰向中央著此山。媧氏補天遺煉石，湘娥蘸水掠雲鬟。烟開緑樹鳥聲樂，水隔紅塵僧夢閒。想像高唐難著語，杖藜終待叩禪關。

劉郡監懷遠

懷遠字□□，河東人。至元十六年，官昭州郡監。

籌邊樓

峥嶸樓閣壓雲端，江北江南指顧間。萬里風烟堯宇宙，一時人物漢衣冠。悠揚鼓角驚蠻膽，縹緲旌旗擁將壇。簾卷畫闌春晝永，不須烽火報平安。

明秀亭

明秀亭前水渺茫，山明水秀類瀟湘。闌干十二東風軟，蝴蝶一雙春晝長。沙暖偏宜鷗鷺宿，城高不隔芰荷香。晚來公府無餘事，閒伴詩人入醉鄉。

郝參議鼎臣

鼎臣字巨卿，號北山先生，韓城人。金泰和中，擢京兆巍科。至寧間，知商州洛南縣。值金衰兵燹，流洛之汴。天興中，大中書丞相耶律楚材爲董軍國事，適汴張寓，待四方之士，鼎臣入謁有詩，大加歎賞。既而平定歸桑梓。戊戌，京兆府學置貢院，設詞賦經義論，作三場程式，鼎臣俱登魁選。尤長經義詞賦，陝西行中書省公選充本省參議兼管京兆府儒學提舉學校事，十載明農詩酒爲樂，暇日會文士鄉舊，暢叙幽懷于林泉之下。卒年八十有六。

謁耶律丞相

大道分明有殺機，干戈未定更何之？寒枝欲發無根蒂，憑仗東風次第吹。

李諮議庭

庭字顯卿，號寓菴，□□人。中統間爲京兆府學教授，辟安西府諮議。

咸陽懷古

連雞勢盡霸圖新，兀兀宫墻壓渭濱。指鹿只能欺二世，沐猴那解定三秦。倚天樓觀餘焦土，落日河山幾戰塵。今古悠悠同一轍〔一〕，不須作賦弔前人。盛如梓云：「語意格律俱妙，有唐體。」

題甘河遇仙宫

湛湛溪流漬古苔，真仙相遇此徘徊。一瓢玉液逡巡就，七朵金蓮次第開。雲海難尋歸去路，乾坤惟有劫餘灰。只應華表千年鶴，曾爲家山一再來。

〔一〕「轍」，原誤作「輒」，據稿本改。

劉說書汾

汾字□□，□□人。中統間爲安西王府説書。

題甘河遇仙宮

何人畫仙扇，醉飲甘河水。重陽丰骨變，四海玄風起。東有丹陽師，心從祖庭死。長春抱奇氣，佐命猶壁壘。大教契全真，向慕風草靡。全真有真樂，將相安足擬。鬱鬱三神宮，分據如鼎峙。人間此水在，此意能有幾。憶昔臨河隄，清映石齒齒。雲雷鼓前浪，妄意圖染指。後派更雄深，仰慚天樂子。

姚提舉雲

雲字舜瑞，一字若川，瑞州高安人。初名雲文。宋咸淳進士，初調高郵尉，辟入僉知政事淮東招討使，復招典司書檄，後除龍興察推，再除工刑部架閣。元大德間，盧摯持憲湖南，聘主潭學，力辭不赴。後以宋故官授承直郎、撫建兩路儒學提舉。秩滿家居，求文者門無虚日。尤工于詞，風韻不減秦淮海，學者稱爲江村先生，有《江村遺稿》。疎齋稱其文淵粹博贍，當與王介甫、曾子固頡頏。至于近代葉適、洪咨夔、劉克莊諸人，則瞠若乎其後塵也。

大愚寺即事

雷公逐龍度松丫，急雨横穿日脚斜。開户不知渠水滿，一時浸到玉簪花。

碧山二首

彭祖嶺頭春草生，逍遥洞口暮烟横。分明半幅著色畫，何許黄鸝聞一聲。

青蓮山下玉泉寒，蒼耳香中養白鷴。浪説求仙天地外，桃花流水只人間。

范提舉晞文

晞文字景文，錢塘人。宋理宗時爲太學生，與葉李上書詆賈似道，竄瓊州。元至元間，提舉鄉郡學事三年。行臺上其姓名于朝，授長興縣丞。程鉅夫奉詔求賢，與趙孟頫等同薦于朝。擢江浙儒學提舉。號藥莊，有《藥莊廢稿》、《對牀夜話》五卷〔一〕。

湖上詩

湖邊多少遊湖者，半在斷橋烟雨間。盡逐春風看歌舞，幾人著眼到青山。

燕山聞鵑

燕山三月初三夜，聽得啼鵑第一聲。同是小樓孤燭下，主人熟睡客驚心。

〔一〕「藥」，原誤作「約」，按《西巖集》、《養蒙文集》均作「藥」，稿本亦作「藥」，今據改。

柯提舉謙

謙字自牧〔一〕，號山齋，天台人。英爽而辨，著述修整，蔚然有前輩風。至元間，江浙行省辟昌國州文學掾，不就。元貞初，以翰林國史院檢閲官預修元世祖實録，轉江浙儒學副提舉。至大初，陞從士郎、紹興路諸暨州判官。延祐初，陞承事郎、饒州路餘干州判官。未上，制授江浙儒學提舉。六年卒，年六十九。子九思，以父廕歷官奎章閣學士院鑒書博士。

范文正公書伯夷頌并札卷

企清風兮薇山之陽，寳芳帖兮薇露之香。意人世不可以久留兮，雷霆下而取將。幸鄴侯之巾襲兮，儼墨蹟之未亡。把一麾而東來兮，文正之鄉。喬木蒼蒼兮，蘭菲菲其彌芳。嘉先正之有後兮，偉德澤之長。出此帖而歸之兮，甚魏笏之輝煌。時不可兮再得，勉世世兮珍藏。

〔一〕「牧」，原誤作「收」，據稿本、《新元史》改。

徐提舉明善

明善别號芳谷，饒州鄱陽人。八歲能文。至元間，任江西儒學提舉，佐禮部侍郎李思衍出使安南。歷聘江浙湖廣三省文衡，拔黄溍于落卷中。著有《芳谷集》。其時同邑後先有周伯顔、徐天麟工古詩，蔡儒實工絶句，朱有開工詞章，徐省翁、吴旭工唐律，並以才著。

奉使安南世子陳日炫于席間索詩遂口占

乘傳入南中，雲章照海紅。天邊龍虎氣，塞外馬牛風。日月八荒燭，車書萬里同。丹青入王會，茅土祚無窮。

安南春夜觀棋贈世子

緑滄庭院月娟娟，人在壺中小有天。身共一枰紅燭底，心游萬仞碧霄邊。誰能唤醒迷魂著，賴有旁規袖手仙。戰勝將驕兵所忌，從新局面恐妨眠。

皇甫知州琰

琰字邦瑞，東平人。至元九年，知澤州時，汲郡王惲爲平陽路判官，同遊青蓮寺。琰首倡三詩，惲和之，並見《秋澗大全集》。後遷知濮州。嘗聚書八千卷以教生徒。

遊澤州青蓮寺三首

名山名刹不無神，掣電轟雷一雨新。洗出好山真面目，擎嵐捧翠待詩人。

薰風吹面不沾衣，馬趁清涼入翠微。硤石兩楹天斧斷，好山四面畫屏圍。我來勝地清心地，僧説禪機與教機。賴有文章賢判府，徘徊登眺久忘歸。

斜分一徑下林巒，金碧觚稜紫翠間。羣嶺秀攢青菡萏，孤峰突出玉湖山。鑿開一屋乾坤小，占斷千年日月閒。浩浩兵塵滿河朔，天風吹不到禪關。

張同知復亨

復亨字剛父，號南譙，吴興人。力學博文，仕至泰州同知。至元中，與趙孟頫、牟應龍、蕭子中、陳無逸、陳仲信、姚式、錢選輩，皆以能詩名，號「吴興八俊」。

題高尚書夜山圖

畫山畫易工，畫山夜難狀。高侯江雲姿，落筆勢雄放。毫芒見神工，超忽移萬象。越岡遞起伏，浙水尤滉瀁。初看浪如山，却訝山似浪。篏蕩烟月間，未數溟島壯。茲圖欸流傳，披展神爲王。何當就謫仙，一醉秋閣上。

題子昂墨梅圖

皎皎姑射姿，寒香淡孤月。歲暮耿幽貞，江空照奇絶。何處碧參差，吹落南枝雪。因之托毫素，夜半清輝發。一洗京洛塵，芳菲不堪折。蹁躚坐消愁，何待清樽竭。

贈筆工沈日新　并序。

宋季太末徐信卿筆，名重縉紳間，玉谿尚書趙公以徐製法授馮應科，俾之日縛一管，不合意，即拆裂復爲之，必如法乃止。松雪公乃玉谿從子，嘗親見其事，故以此法授之陸穎。馮、陸齊名，實本于此。

玉翁灑翰唯馮須，製法授以柯山徐。當年松雪所親見，故使穎也能馮如。擇毫審固用工久，楮白陳玄駿奔走。若馮若陸真可人，俱是文場斲輪手。沈生晚出亦舊家，恥將秋菊争春華。南州佚老重題品，不日聲價十倍加。耄我雲山倦文字，爽氣挹來那有思。一枝持贈焉用之，殊異江淹夢中事。

雨晴與王仲敏登毗盧閣

迢遥佛閣與雲浮，極目揚帆郭外舟。千嶺層嵐兼暮色，一溪過雨送春流。莫將柳樹牽離思，且趁荷風結勝遊。王粲底須憔悴極，江南風景足遲留。

姚校官式

式字子敬，號筠菴，吴興人。從學于敖繼翁，善書畫，高侍郎彦敬薦爲校官。

題高尚書夜山圖

越山蒼蒼秋月白，江水無聲羣動息。此時此景天下無，縹緲飛樓人獨立。昔人清賞政爾同，苦道丹青摹不得。請看此紙如何長，卷取素縑三百尺。

讀水村隱居記輒歌以系其後

有宅一區兮水之鄉，前可漁兮後可耕，絶輿馬之憧憧兮，魚鰕集兮而鳧雁翔。伊昔寄之圖寫兮，猶髣髴而賦《高唐》。暨歲晏遂初服兮，遇夫人之慨慷。維安宅之悠居兮，何羨乎堂皇。爰不耕而穫兮，維道之昌。我還湖以騁望兮，懷若人兮不可忘。眉壽兮未艾，維水兮泱泱。

題子昂墨梅圖

夜月參差秀影，天風浮動繁香。髣髴釵横鬢亂，惱人不減紅妝。

題息齋居士畫錢德鈞水村圖

問君何許水邊村，亦有扁舟乘興人。無限好山茅屋外，他年儻許我爲鄰。

徐州尹世雄〔一〕

世雄字伯豪，高唐人。學業于澮軒康曄。至元間，爲淄萊路總管府判官，歷刑部郎中濮州尹。

題東萊海廟 并序。

至元五載秋八月二十二日，同古燕顔仲祥督賦過東萊，敬謁祠下，因作是詩以識其來。從行者郡侯忽失答兒、州倅高廷玉、教授丁伯玉、議事解文卿、邑人王良輔及弟元輔、公輔、鞠通卿、鞠德舉、卞君亮、陳君實。

夷夏梯航萬國通，東溟千古擅尊雄。九州鞭石虛秦力，百谷朝宗失禹功。典册世嚴天子祀，客遊今喜郡侯同。洪濤願佐昇平治，四海豐穰雨露中。

〔一〕「州尹」，稿本作「濮州」。

林校尉純子〔一〕

純子字仲卿，□□人。業儒而通武備，宋季以邊賞授承節郎，監秀之華亭鎮。元至元十四年，沿海制置使蒲壽庚以泉城降，純子以援城功授忠翊校尉、永春縣達魯花赤，歷兩考，遂歸田里不復仕。中歲卜居城西，講論孔孟之學，有《四書解》。卒年七十四。

送退齋歸武夷

紫陽遺緒孰能尋，修綆憑君爲汲深。獨學自慚無益友，遠來何幸有知音。溪山雖隔千餘里，道義相孚一片心。具與梅花送歸去，郊迎斷在緑楊陰。

〔一〕「校尉」，稿本作「永春」。

石縣尹巖〔一〕

巖字民瞻，號汾亭，朱方人。官彭澤尹，趙集賢子昂畫馬爲之贈別。

題子昂重江疊嶂圖次虞學士道園韻

藝事推三絶，交情到八哀。衣冠太平出，筆硯好懷開。虹月從延佇，鷗波渺去迴。同爲帝都客，揮灑得看來。

題米元暉五洲圖卷 一作《題燕穆之山居圖》。

曉窗白髮戰西風，一笑青雲往事空。惟有南山是知己，相逢多在畫圖中。

〔一〕「縣尹」，稿本作「彭澤」。

陳縉雲澤雲

澤雲字□□，天台人。以詩名。自號「天台遺逸」。至元間爲縉雲縣尹。

天台高贈陳剛中先生

天台高，萬八千丈凌雲霄。老仙摩空補文彩，五雲落地風飄飄。昔年控翮清虚府，七寶九成費斤斧。天風吹下文錦章，萬斛明珠寸心吐。龍蛇影動麒麟飛，指揮霹靂平南夷。一聲笑落銅柱外，版圖收拾山河歸。歸來重上交州集，玉堂視草天香濕。金鑾夜静奎璧開，但見學海文林啓春蟄〔一〕。天台高，日月長，大丈夫兮歸故鄉。錦衣別駕開南荒，滿城桃李吹春香。只恐篳篂擁不住，紫泥催上中書堂。貂蟬冠，衮繡裳，一時禮樂千年光。

〔一〕「學海」，原誤作「海學」，據稿本改。

王吴江柔

柔字不剛，大都人。爲安西王相府令使。至元二十九年，知吴江縣。

吴江即景

浩浩澄江杳若空，飛梁横截與天通。深春霧豁前山暝〔一〕，清曉潮乘北海風。日月盡從金鑑出，乾坤都在玉壺中。明朝即入盤門去，俗事塵心未易窮。

〔一〕「霧」，稿本作「風」。

趙冠州文輝

文輝字□□，□□人。至元三十年，知冠州。

登太白酒樓

火冷昆明棟宇新，笑談應覺半天聞。坐邀采石江頭月，卧看徂來頂上雲。寓意自知非嗜酒，傷心誰與共論文。騎鯨一去今何處？雲海茫茫澹夕曛。

黄香山棠

棠字□□，□□人。元貞二年，任廣州路香山縣尹。

考滿自述

製錦無才偶四年，爲憂民瘼覺華顛。公餘風月酬詩債，客至琴書當酒筵。縱使便枯南海水，斷然不飲石門泉。灘頭波浪雖云惡，至底難傾載月船。

刺桐花

聞道鄉人説刺桐，未花先葉是年豐。我來到此憂民瘼，只愛青青不愛紅。

金鼓朝陽

山勢都來拱縣城，東方金鼓最峥嶸。天雞報徹收餘□，日自扶桑天地明。

南臺秋月

曾步南臺玩月來，萬山深處又南臺。臺前瑩徹天如水〔一〕，不受西風半點埃。

天池芰荷

荷芰紛紛緑漲浮，天池風景勝瀛洲。于今萬仞青山頂，分得銀河一派流。

長洲烟雨

萬頃中間贏髻青，人家環遶住昇平。鶴汀鳧渚雖烟雨，長有漁歌牧笛聲。

〔一〕「徹」，稿本作「澈」。

李南豐彝

彝字憲文，薊人。大德二年，知建昌路南豐州，纂圖志。

留别學宫諸友

萬事貴知止，吾行已覺遲。忍聞三疊曲，聊贈一篇詩。載酒相從處，停舟不語時。感君無盡意，重會若爲期。

武絳州叔安

叔安字□□，趙郡人。任絳州知州，與王惲、劉遂初同時。

稷山縣廳留壁二首

縣小官爲百里侯，政平訟簡有歌謳。休搜奇怪沽名譽，試看奔湍與細流。

水北山南好稷山，賢才歷代出其間。而今四海爲家日，可笑拳形玉壁關。

王建平勉

勉字起宗，號東巖，□□人。大德間任建平縣尹，以事罷。館于溧陽江景明家，賦詩作畫飲饌無虚日，或終歲焉。

冰玉泉

郎川圍亂山，崛起立赤土。居民羅山中，乏泉汲溪滸。清泉暗叢薄，神秘不容吐。今夕復何夕？翻手變雲雨。山骨洩地脉，雲根逗膏乳。忽作玻瓈盆，驚看落月浦。天晴碧欲凝，風定沙可數。咄哉山之阿，幽潛悵誰舉？顯晦固有時，俯仰易今古。徘徊泉上吟，悠悠望天宇。

遊靈山懷故人

靈山傑立青摩空，靈源一擲銀河通。長松駕鶴號陰風，肩輿裊裊穿空濛。霹靂送雨來千峰，一洗萬劫塵霾胸。人生漂泊猶飛蓬，微官束縛居樊籠。故人各别天西東，十年夢想冥飛鴻。生平詩筆稱豪雄，不妨醉墨蟠蛟龍，明朝行復追塵蹤。

庚□□恭

恭字□□，燕山人。李學士謙受益《送尚書柴莊卿奉使安南序》云：至元十五年，安南國王殁，世子不請命而自立，朝廷議遣使而難其人。適金齒安使柴公莊卿自雲南至，大臣薦其材，即日拜禮部尚書奉使，仍賜銀衣弓矢鞍馬以寵其行。莊卿入安南，宣上意，是歲入覲者陳遺愛，國王之弟，世子之叔父也。上曰：世子拒命，國人何罪焉！宜以遺愛立以撫綏其民。乃擇册命，仍授莊卿宣慰使都元帥，將兵衛送遺愛還國。將行，翰林諸公皆作詩送之，時至元十八年十一月也。按《元史·安南傳》，至元十五年八月，遣禮部尚書柴椿等持詔往諭日烜入朝受命，椿即莊卿也。自庚恭而下共四人。詩並見黎崱《安南志略》，官爵未詳。

送柴尚書莊卿出使安南

人説交州最極邊，何勞定遠一揮鞭。虎睛耀日黄金券，鳳口銜香玉版宣。孤劍闢開千嶂路，片帆飛過九溪烟。此行識得君王命，要補西南半壁天。

李□□清

清字□□，夷門人。

送柴尚書莊卿出使安南二首

行人捧檄過南柯，宛勝當年馬伏波。服遠自應文德在，五溪何必動干戈。

殊音異服豈無情，亦解逢人説太平。我有一言君試聽，古來定遠是書生。

侯□□宗禮

宗禮字□□，河南人。

送柴尚書莊卿出使安南

跪拜天朝列上卿，又持鏻節鬱林行。數行丹詔千鈞重，萬斛明珠一喘輕。正要襟期量湖海，不須辭氣吐縱横。安南世子無多慮，早早連鑣入帝京。

侯□□謙

謙字□□，覃懷人。

送柴尚書莊卿出使安南〔一〕

驛路秋風馬足輕，虎符斜插繡衣榮。丹心報主惟忠義，金紫盈門顯弟兄。此去暫持蘇武節，歸來定有伏波名。徒勞我輩真堪笑，終世區區兒女情。

〔一〕「尚」原闕，據上文補。

元詩選癸集目録　癸之丙

至大至後至元出仕上〔一〕

〔一〕「至大至後至元出仕上」，原無，據稿本補。
〔二〕「縣尹」，正文作「邑宰」，稿本作「明府」。
〔三〕「七」，原作「六」，按正文收詩七首，據改。
〔四〕「知州」，稿本作「威州」。
〔五〕「縣尹」，稿本作「武鄉」。

〔六〕「知州」，稿本作「封州」。
〔七〕「縣尹」，稿本作「南豐」。
〔八〕「縣尹」，稿本作「丹陽」。
〔九〕「縣尹」，稿本作「鄱陽」。
〔十〕「縣尹」，稿本作「旌德」。
〔十一〕「頤」，稿本作「熙」。
〔十二〕「縣尹」，稿本作「德興」。
〔十三〕「積」，正文作「叔高」。
〔十四〕「知州」，稿本作「潞州」。
〔十五〕「縣尹」，稿本作「鹽城」。
〔十六〕「僉事」，稿本作「太常」。
〔十七〕「縣尹」，稿本作「光澤」。
〔十八〕「進士」，稿本作「鄉貢」。
〔十九〕「尚書」，正文作「侍御」。
〔二十〕「縣尹」，稿本作「東流」。

元詩選癸集

癸之丙

劉承旨敏中

敏中字端甫，濟南章邱人。幼卓異不凡，鄉先生杜仁傑愛其文，亟稱之。至元十一年，由中書掾擢兵部主事，拜監察御史。劾桑哥奸邪，不報，遂解職歸。既而起爲御史臺都事，出爲燕南廉訪副使，入爲國子司業，遷翰林直學士兼祭酒。大德七年，宣撫遼東山北。除東平路總管，擢陜西行臺治書侍御史。九年，召爲集賢學士，商議中書省事。武宗立，授太子贊善，拜河南行省參知政事，改治書侍御史，出爲淮西廉訪使，轉山東宣慰使，召爲翰林學士承旨。以疾還鄉里。延祐五年卒，年七十六。贈光禄大夫、柱國，追封齊國公，謚文簡〔一〕。端甫援據今古，雍容不迫，爲文辭理備辭明，有《中菴集》二十五卷。

挽王學士秋澗

學與天淵博，名隨事業新。文章早無敵，字畫晚逾神。冥躅追前哲，遺芳澤後人。獨憐秋澗月，猶照玉堂春。

〔一〕「簡」，原誤作「肅」，據《元史》改。

李學士衎

衎字仲賓，薊邱人。起家將仕佐郎、太常太祀兼奉禮郎，尋兼檢討，遷淮東道宣慰使司都事。宣慰司罷，轉江浙行省左右司員外郎，改江淮行省員外郎，遷承直郎、都功德使司經歷。元貞初，安南罷兵，擢拜朝請大夫、禮部侍郎，以兵部郎中蕭泰登爲副，往諭其國。復命，請補外，除同知嘉興路總管事，再遷婺州。皇慶初，召爲吏部尚書，超拜集賢大學士。以疾辭歸，進官光禄大夫，勅賜幣帛酒饌，俾使者護送南歸。延祐七年，卒於維揚，贈翰林學士承旨、柱國，追封薊國公，謚文簡。仲賓初表所居曰「息齋」，自號「自齋道人」，晚號「醉車先生」，作傳以自適。翰墨餘暇，善圖古竹木石，庶幾王維文同之高致。而達官顯人争欲得之，求者日踵門，仲賓弗厭也。

題魚竹和洞妙自真世子韻

笋芽先自稱龍種，文彩斑斑出土新。一日朝天便成竹，此君百倍越精神。

李知州士行

士行字遵道，衎子。爲詩清遠蕭散，畫品尤高。仁宗崇尚藝文，近臣以士行名薦，遣使召之，以所畫大明宫圖入見。仁宗嘉其能，命中書與五品官，與集賢侍讀商琦同在近列。衎歸老維揚，特命知泗州侍行。再調知黄巖州，兼勸農事，移疾去。天曆元年卒，年四十七。遵道少從文簡公官吴越，及見故國遺老，而吴興趙子昂、漁陽鮮于伯機，又朝夕從學者也。故其歌詩字畫，悉有前輩風致。年壯無所遇，乃游名山，從釋氏學究竟，大有所悟。久之，娱意翰墨，泛舟江湖，見疏篁老木，斷渚崩厓，輒推篷艤櫂，臨觀游衍，心與境會，愉愉然而樂其樂也。蘇天爵所撰墓誌云然。

題本齋王公孝感白華圖卷

公家世清白，忠孝出天性。神明信感通，草木宜瑞慶。敬觀卷中詩，作者皆可敬。誰能補白華，千古發高詠。

陳學士顥

顥字仲明，其先居盧龍，後徙青州。游京師，登翰林承旨王磐、安藏之門，磐熟金典章，藏通諸國語，顥兼習之。藏薦入宿衛，尋爲仁宗潛邸説書，從行懷慶。及即位，以推戴舊勳，特拜集賢大學士、榮禄大夫，仍宿衛禁中。以父老力請歸養，弗許。仁宗崩，辭禄家居者十年。文宗立，復起前職。後至元四年，致政，命食全俸於家。明年卒，年七十六。贈光禄大夫、河南江北等處行中書省平章政事、柱國，追封薊國公，謚文忠。

題錢舜舉碩鼠圖

苦盡穀纔黄，將收欲上場。農夫未到口，田鼠已盈倉。

題王鵬梅金明池圖

畫人胸次見忠貞，意氣規模一味清。想像當時同樂日，披圖似有舊歡聲。

王學士約

約字彦博，其先汴人，北徙真定。至元十三年，翰林學士王磐薦爲從事。授從仕郎、翰林國史院編修官，除禮部主事，拜監察御史，轉御史臺都事，遷中書右司員外郎。成宗立，調兵部郎中，改禮部，拜翰林直學士、知制誥同修國史。詔賑京畿東道饑民。奉使高麗，還報稱旨。除太常少卿，特拜刑部尚書，遷禮部。至大二年，仁宗在東宫，聞約名，擢太子詹事丞，進副詹事。及即位，特拜河南行省右丞。皇慶改元，召見慰勞，特拜集賢大學士。延祐二年，命宣撫燕南山東道，還拜樞密副使。至治二年〔一〕，以年七十致仕。三年，復起拜集賢大學士、商議中書省事。至順四年卒，年八十二。彦博性穎悟，風格不凡，從魏中丞初游。博覽經史，工文詞，平生著作有《史論》三十卷、《高麗志》四卷、《潛丘稿》三十卷。

挽王學士秋澗

嗟哉秋澗公，立志恒矯矯。文章尤苦心，傑出千仞表。公之筮仕初，庶務猶草草。每以正自期，臨事無大小。閫中憲節回，淇上風煙好。徵書下九天，鑾坡須故老。一旦幡然歸，羣情惜其早。餘慶及後裔，心事粗能了。生平英靈氣，因風入冥杳。明月太行顛，詩名同皎皎。

送南宫舍人趙期熙奉使安南

寸舌摧驕悍，忠誠信可施。勳名標柱日，慷慨請纓時。非止包茅貢，終防薏苡私。此行君有策，會見静王師。

題錢舜舉碩鼠圖

六月汗如雨，誰信農家苦。一粒未沾唇，先飽田間鼠。

題周曾秋塘圖卷

泛泛澄波緑滿池，横塘風景四時宜。鴛鴦鸂鶒貪嬉戲，春去秋來總不知。

〔一〕「治」，原誤作「正」，據稿本改。

王左丞結

結字儀伯，易州定興人，徙家中山。年二十餘游京師，上執政書，陳時政八事，宰相不能用。仁宗在潛邸日，薦充宿衛。大德十一年，命置東宫官屬，以爲典牧太監。及即位，遷集賢直學士，歷順德、揚州、東昌三路總管。至治間，召參議中書省事，除吏部尚書。泰定間，遷集賢侍讀學士，出拜遼陽參政，召爲刑部尚書。天曆間，出拜陜西參政，召拜中書參知政事。尋罷政，仍命入集賢。元統元年，除浙西廉訪使，未行，召拜翰林學士、知制誥同修國史，進中書左丞。至元二年卒，年六十二。贈資政大夫、河南江北等處行中書右丞、護軍，追封太原郡公，謚文忠。有詩文十五卷行於世。儀伯讀書，數行俱下。間爲歌詩，如魏、晉人語。晚邃於《易》，著《易説》一卷，吴文正公澄讀而善之。故相張珪曰：「儀伯非聖賢之書不讀，非仁義之言不談。」識者以爲名言。

泗濱堂爲蓋善長賦

乘槎泝河源，崑崙高不極。揚舲浮沅湘，重華阻靈覿。興言游汗漫，千里一瞬息。靈氛訴吉占〔一〕，歲宴果何適〔二〕。遄歸泗水濱，築堂俯晴碧。優游弦誦餘，燕坐儼澄寂。川流映天光，翔泳咸自得。悠悠千載心，寥寥竟誰識。

市莊六首 并叙。

市莊主人踏門徵詩，短歌六章，用塞雅命。其卒章之亂，聊示莞爾之謔云。躬耕之暇，擊壤緩歌，抱膝微吟，超然於天壤間也。

烏府振弘規，鳳閣司婉畫。退食休别墅，逍遥古樂國。

沃若成都桑，斕斑青門瓜。隱顯亮殊途，高致惟一家。

晨鐘趨朝班，日旰遊市莊。兩兒帶經鋤，奕世流芬芳。若人孔氏徒，臺閣揚清風。休日植杖耘，高揖荷蓧翁。城居匪湫隘，桑果連畛畦。吾廬有高興，何必空山棲。老我縛塵纓，山林渺遐想。羨君市有莊，取魚兼熊掌。

遼陽高節婦

天東長白近蓬瀛，縹緲仙人玉雪清。鳳去紫簫聲已絶，青鸞獨跨上瑶京。

〔一〕「訴」，稿本作「訢」，于意爲長。另，此句下稿本有□，似有小註。

〔二〕「宴」，稿本作「晏」。

王中丞博文

博文字□□，東魯人。少與汲縣王惲、渤海王旭齊名。至元中，累遷河東山西道提刑按察，歷官正議大夫、御史中丞。

登琴臺

我頃承恩命，驛騎趨塵埃。下馬未及歇，徑上鳴琴臺。周覽梁宋郊，蕩蕩川原開。桑麻蔚無際，衣被遍九垓。地富人又夥，守宰當掄材。翠琰壁間詩，驚是陳節齋。贊美二尹賢，寬明不苛猜。前楊與後馬，名可龔黄排。我知節齋意，將欲激後來。豈知此二公，杞梓廊廟材。十年俱峨弁，鶚立白玉階。不見今數公，前政不久乖。真契尹鐸語，繭絲保障哉。我亦常典郡，吏怨民不懷。遠不巫宓見，近不高李陪。懷哉成愧歎，日暮空徘徊。

王平章泰亨

泰亨字□□，臨汾人。成宗時，給事東宫，歷太子賓客，累遷中書平章政事。致仕，封晉國公，卒謚清憲。著有《康莊文集》〔一〕。

七星臺

雲低天闊七星臺，鴻雁遠啣霜信來。汾水晉山今古夢，夕陽無語重徘徊。

〔一〕「莊」，原誤作「洸」，據稿本改。

王參政克敬

克敬字叔能，大寧人。幼奇穎，嘗戲道旁，丞相完澤見之〔一〕，曰：「是兒姿貌秀偉，異日必令器也。」既仕，累遷江浙行省照磨，尋陞檢校，除江浙行省左右司都事，拜監察御史，尋遷左司都事。泰定初，出爲紹興路總管，擢江西道廉訪司副使，歷兩浙鹽運司使、湖南道廉訪使，調海道都漕運萬户，召爲參議中書省事、參知政事，行省遼陽。俄除江南行臺治書侍御史，遷淮東廉訪使。元統初，拜江浙行省參知政事。視事五月，請老。二年卒，年六十一。贈中奉大夫、陝西等處行省參知政事，追封梁郡公，謚文肅。袁學士伯長嘗贊其像曰：心清而行全，守廉而益堅。不汲汲於利達，專丘壑以自完。人知其爲臺閣之彦，蘊經綸而猶未究其用者也。伯長《送叔能守會稽序》言與叔能交垂二十年。知其相契之深矣。

題劉太守祠

劉寵清名舉世傳，至今遺廟在江邊。近來仕路多能者，也學先生揀大錢。

王承旨時

時字本中，克敬子。以文學顯。歷仕中書參知政事，至左丞，以翰林學士承旨致仕。

題龔翠巖中山出游圖

長嘯空林百草秋，蒼髯煤臉也風流。當時竊得三郎夢，却向中山學夜遊。

曹尚書鑑

鑑字克明，號以齋，宛平人。大德五年，因翰林侍讀學士郝彬薦，爲鎮江淮海書院山長。南行臺中丞廉恒辟爲掾史，除興文署，命伴送安南使者。至治二年，授江浙行省左右司員外郎。泰定七年，遷湖廣行省左右司員外郎。天曆元年，調江浙財賦府副總管。元統二年，陞同僉太常禮儀院。後至元元年，以中大夫陞禮部尚書。俄卒，年六十五。追封譙郡侯，謚文穆。克明家無餘貲，惟蓄書數千卷，皆手較定。爲詩賦尚《騷》、《雅》，作文法西漢，每篇成，學者争相傳誦。有文集若干卷藏于家。

題雷雨護嬰圖

雷轟雨乍冥，母急恐兒驚。兒驚猶自可，母急若爲情。雷雨尋常惡，深閨杳不聞。前村今只尺，如隔萬重雲。

張承旨仲壽

仲壽字□□，號疇齋，錢塘人。官至翰林學士承旨。愛古書畫，家有自怡軒、有何不可之閣。

王喬洞

聞説王喬洞，遊觀樂我情。松蟠巖谷静，竹隱野泉清。遺斧碑存記，看棋石有枰。青山飛白鶴，千古爛柯名。

董修撰朴

朴字太初，朔州人，遷邢。自幼强記，比冠，師事樂舜咨、劉道濟，遂以儒顯。至元十六年，用提刑按察使薦，起家爲陝西知法官。未幾，以親老歸養。尋召爲太史院主事，復辭不赴。皇慶初，朴年踰八十，集賢院奏其賢，特授翰林修撰、承務郎、同知制詔，兼國史院編修官致仕。延祐三年，無疾而終，年八十五。元學士明善志其墓，謂其學蓋明理爲本，篤行爲要，最其所至，則文雅安恬者也。家近龍岡，學者不之字，號曰「龍岡先生」云。

哀輓勇士

倡民結寨倚西峰，破賊焚巢奏上功。奮不顧身酣鬭死，血痕猶染戰袍紅。

馮侍御翼

翼字君甫，濟寧人。至元中爲武康尹。元貞元年，陞縣爲州，即知州事。大德二年，遷都水庸田司，歷福建宣慰使，任太倉提舉，拜監察御史。尋遷户部侍郎，奉使湖廣。後除嘉興路總管，改吉安路總管，後拜陝西行臺侍御史。

絶句

竹外斜陽賣酒家，雨餘紅杏壓枝斜。天涯無限傷春意，自向風前拾落花。

杜郎中與可

與可字希聖，□□人。官兵部郎中，至大四年，佐禮部尚書乃馬歹、吏部侍郎聶古柏奉使安南，宣仁宗即位詔。

奉使安南

天詔蓬萊五鳳銜，繡衣持節使安南。翺翔幸得從龍便，矍鑠元知上馬堪。異域江山歸傑句，小邦臣子聽高談。還朝不辱君王命，茅屋青山分亦甘。

吴奎章元德

元德字子高，江夏人。大德末，以詩名湖海間。大禧使阿榮存初少與子高游，嘗薦爲奎章僚屬。秩滿南歸，屏居鄂渚，蕭然一貧，妻子食或不充，日維哦詩爲樂，未嘗一事干人，人愛重之。

題滕王閣

西山千仞枕江湄，曾見賢王出牧時。寶劍氣沉龍去遠，玉笙聲斷鶴來遲。美人粉黛歸何處，才子文章有斷碑。不盡登臨懷古意，章江如箭日東馳。

次韻趙魯瞻海子橋晚步

龍樓鳳閣照丹霞，襟帶山河壯帝家。晴日漸消西嶺雪，春風先到上林花。繡旛影覆馱經馬，銀瓮香凝載酒車。獨有江南游宦客，黄塵滿面謾咨嗟。

次韻馬伯庸遊玉泉山

飛絮晴絲絡馬頭，春風常記侍宸游。牙檣映日開龍艦，天樂連雲上翠樓。楊柳盡隨堤北偃，芙蕖不礙水東流。遥瞻玉輦時巡處，千里風煙紫塞秋。

興聖宫退朝口號

蹀躞青驄白玉珂，百官朝會日相過。天臨奎壁星辰近，雲覆蓬萊雨露多。壽岳倚空開寶殿，御溝流水繞金河。微臣稽首無封事，願進清平第一歌。

大明殿早朝聽赦二首

芝檢泥封墨未乾，紫衣捧出殿中間。九重雨露頒春澤，上界星辰綴曉班。仗簇禁林環虎旅，香消御座見龍顔。微臣何德沾恩寵，未報涓埃兩鬢斑。

黄道塵消禁籞長，旌旗環列羽林郎。千官幸際風雲會，萬國重瞻日月光。内樂傳來天上曲，宫袍分出御前香。聖朝寬大容樗散，也逐鵷行謁建章。

儲轉運企范

企范字天章，新泰人。父進，官滋陽縣尉。企范幼敦龐不凡，值亂離，高唐郡將劉海拾爲養子，父子不相聞者幾三十年。弱冠，海卒，因襲千夫長，歷高唐長清令、東平路監榷税副使、總管府推官、曹州同知，權州尹。宰相薦其材，召至闕，奏補從事郎、中書省都事。企范既貴，訪知父母處迎養焉。由本資遷承務郎、同知泰安州事，兼泰安州萊蕪等處鐵冶司提舉，再遷知沂州。俄陞奉訓大夫、同知濮州事。職未滿，選朝列大夫昌平屯田總管。尋授奉議大夫，充山東路都轉運使司副使。未幾以課程增羨，就陞奉政大夫，繼遷朝列大夫、同知兩浙都轉運使司事。

師曠墓

太師仕晉此爲家，猶有鄉村近水涯。孤冢離離埋宿草，荒祠漠漠映殘霞。四時風雨嘶石馬，一部笙簧付埜蛙。正是不勝惆悵處，斜陽枯木噪寒鴉。

敖山八首

不見此山四十年，歸來山色照華顛。山容依舊人容改，獨倚南薫思惘然。

平生何地不經過，到處名山入眼多。不似此峰最孤秀，潑藍千丈玉嵯峨。

東去平陽十里間，一峰奇絶冠諸山。幾時穩住前坡底，不放登臨杖履閒。

環翠亭邊山四圍，看來獨此一山奇。倚天絶壁青如削，只欠汪洋千頃陂。

危蹬初登喜不難，忽然流汗濕中單。不知絶頂高多少，猶向青雲仰面看。

憶昔垂髫避宋兵，父提母挈亦嘗登。合闢石下重思省，恍似當年夢裏曾。

城廓囂塵久壓埋，青山緑樹興悠哉。汗流浹背正如洗，一陣好風天外來。

擬到敖山頂上來，懸崖細路怯莓苔。安排蠟屐秋風底，乘興終當走一迴。

任水監霆發 一作「元發」，一作「仁發」。

霆發字子明，自號月山道人，世居松江青龍鎮。日弋水禽野雉爲業。霆發産輒異羣兒，負笈力學，年十八，第郡試。既冠，宋革命袖一刺見游平章，奇之。辟宣尉掾，繼省授青龍邏官，擢海道副千户，以功轉正會千户，征交趾，改海船上千户。大德間，進都水監丞。至大間，除同知嘉興，遷中尚院判官，進都水少監。延祐間，出知崇明。泰定間，加江陰尹，特任都水庸田使司副使，以中憲大夫、浙東宣慰副使致仕，卒年七十三。所著《水利書》十卷。月山善繪事，其《熙春》、《天馬》二圖，仁宗詔藏祕監。會稽楊維楨嘗題其畫《九馬圖》有云：「任公一生名馬癖，松雪畫馬稱同時。」至今稱元代畫馬，必推趙松雪、任少監云。詩亦清麗，浯溪王逢云：「世但知任水監畫馬，蓋以藝掩其能也。」

海洲夜景

斷雲破月照沙洲，水色烟光銷釣舟。鴻雁一聲驚客夢，蓴鱸雙美動鄉愁。紅飄樹葉霜天曉，白射蘆花海氣秋。昨夜西風又吹冷，天涯游子怯輕裘。

題趙子昂墨梅圖

江南初見一枝春，隴月霜鐘亦可人。不管玉堂岑寂夜，悮隨驛使馬蹄塵。

張提舉淵

淵字清夫，號「湖南野逸」，又號「用拙道人」，吴江人。博學好古，有詩名，尤工書法。皇慶中，以薦爲東省提舉。年七十餘卒。有《心遠堂集》，虞文靖公爲序。

梁待詔右軍書扇圖 并序。

松雪翁嘗以紈扇三十握遺故人，䜣笑隱拔其尤者分惠二把，遂賦詩一絶戲調之。子微出示此卷，事適相類，徵余語，就書以贈之云。
故人當暑遺紈扇，最愛千絲雪色新。薄劣王郎閒點污，宜教老媪也生嗔。

黄州判漢卿

漢卿字□□，□□人。至大間，官岳之平江州判。

遊穹窿山

何處春山好物華，穹窿山下古煙霞。出林澗水作清語，上樹藤枝開紫花。久住野禪如避世，初來塵客懶還家。一樽醉倒東風裏，更覓砂鍋穀雨茶。

周贊善恕

恕字寬甫，奉元人。年十三，以書經魁鄉校。至元間，始分六部，選名士爲吏屬，關陝以恕貢禮曹，辭不行。仁宗踐阼，即其家拜國子司業，使三召不起，陝西行臺侍御史趙世延請，即奉元置魯齋書院。中書奏恕領教事，制可之，先後來學者殆千數。延祐設科，再主鄉試，人服其公。六年，以太子左贊善召見東宫。明年，英宗繼統，以疾歸。致和元年，拜集賢侍讀學士，以老疾辭。至順二年卒，年七十八。贈翰林直學士，封京兆郡侯，謚文貞。寬甫家無儋石之儲，而聚書數萬卷。扁所居曰「榘菴」，所著《榘菴集》二十卷，趙郡蘇天爵序之，謂其詞淳而義正，信乎有德者之有言也。蓋其學由程、朱上遡孔、孟，務貫浹事理以利于行，教人曲爲開導，使得趨向之正。自京還家，居十三年，縉紳望之若景星麟鳳，鄉里稱爲先生而不名。時蕭𣅿惟斗居南山下，亦以道高當世，入城府必主其家，士論稱曰「蕭周」云。

愁

來時容易去何遲，半在胸中半在眉。門掩落花春去後，窗涵殘月酒醒時。濃如野外連天草，亂似空中惹地絲。除却五侯歌管地，人間何處不相隨。

王邑宰弁〔一〕

弁字君冕，長安人。延祐元年甲寅進士，與黄提舉清老子肅、黄侍講溍晉卿同年相好。子肅有《送王君冕歸陜西》詩云：「十載宦京華，田園就荒蕪。」晉卿有《題王君冕同年芳潤亭》詩云：「花縣歸來話寂寥，終南山翠湧亭臯。」又《送君冕同年歸長安》詩云：「忽逢王明府，話舊欣合并。」知君冕亦曾筮仕京華，復出爲邑宰也。

題高彦敬臨米元暉畫册

筆架山邊濛鴻並去聲。雲，元暉家法妙通神。有聲圖畫無聲句，青出於藍更可人。

〔一〕「邑宰」，稿本作「明府」。

梁提舉宜

宜字彦中，號頤齋，茌平人。皇慶二年冬，制詔天下，以明年八月賓興士，宜繇國子伴讀教授開平路，至是以選會試，禮部奏其名。延祐二年三月，賜進士及第。擢同知邳州，姚登孫作序送之。入爲國子助教，出判大名路，尋知嶧州，移順州，仕至儒學提舉。

公餘

山郭蕭疏似野居，公餘經史足相娱。雨聲喧寂雲來往，嵐色淺深烟有無。畏酒久閑頭上帽，苦吟頻鑷鏡中鬚。茅亭閒掩無人到，卧聽風檐鳥雀呼。

春晝

溪水摇光動粉一作「綵」。墻，雲山倒影蘸吟一作「霞」。觴。一庭芳樹清陰薄，千尺游絲白日長。風細柳塘鶯語滑，泥融花徑燕飛忙。乾坤俯仰窺難盡，花柳無情種種香。

龍門

天險誰非禹鑿功，坤靈闢此一何雄。翠峰旁矗雙椳峻，白浪中穿一閾通。萬馬奔崩路南北，巨鼇纏繞日西東。神扃永壯三都勢，迴壓崤函百二重〔一〕。

旅懷和孟昌道韻

幽蘭凝露泫如啼，獨愛含香滿竹扉。信口詩成寧見悮，快心事過漸知非。故山路遠音書少，小院苔深好客稀。誰慰荒寒一樽酒，滿城風雨送春歸。

鐵城山

踏破蒼梧一徑幽，入門信是有丹邱。雲間鐵陣千尋碧，泉落巖扉六月秋。仙鶴護巢塵不染，青牛出峽迹空留。遥聞絶頂飛霞珮，疑是羣真拜玉旒。

〔一〕「百二」，稿本作「二百」。

許州判晉孫

晉孫字伯昭，建昌人。弱冠游京師，謁趙文敏公，因遍游大人先生之門，以薦者被旨補國子學生。延祐二年乙卯設科，登張起巖榜進士第，得官建昌之南城縣丞，改贛州録事。秩滿，調湖州路長興州判官。未上，丁母憂。服除，起爲茶陵州判官。行及境，病暍歸。居久之，復以病疫卒，年四十五，時至順三年也。伯昭始學于臨川吴文正公，每以及門晚爲憾。與危太朴、曾子白友善。其爲詩尚醖藉。未病前一月，夢爲詩云：「至道難聞歲年晚，聖賢不作後世亂。」詰旦，語人曰：「吾詩詞意甚悲，殆不類平生作。」殁後，子白求遺稿其家，所夢詩在焉。黄晉卿墓誌述之如此。

棲霞洞

仙李巖前問大還，碧沙瑶草水潺潺。虎隨客去春尋藥，龍作人來夜叩關。八桂月華連五嶺，七星雲竇接三山。洞天説有飛昇處，只隔雲烟縹緲間。

七星閣

點蒼何蒼蒼，環以西洱河。百年雨露恩，詎敢煩天戈。轅門振烏撒，衣帶踰牂柯。巨險久已夷，故關尚坡陀。云胡七星名，亦復垂不磨。君侯詩書帥，文武用不頗。藩垣徯重臨，民夷賴漸摩。中天揭斗柄，三辰行大羅。因之戍關傳，永世同南訛。

張僉憲雄飛

雄飛字□□，唐兀氏。延祐首科，登護都沓兒右榜進士第。爲西臺御史，僉憲浙東湖南。按《元史》别有張雄飛，字鵬舉，瑯琊臨沂人。仕至燕南湖北道宣慰使。

碧雞山

北闕辭丹鳳，南雲看碧雞。紫苔移玉座，瑶草濕金泥。雨霽龍歸洞，風生虎渡溪。尋梅穿竹徑，採藥躡松梯。白日依山盡，青天入海低。寄書無雁過，擇木有猿啼。花映高低樹，園分遠近畦。飛星馳寶馬，沈水吐銀猊。魚戲蓮房北，鷗鳴荻渚西。長歌漢頌罷，刻石紀新題。

陳總管應雷

應雷字□□，如皋人。中延祐三年丙辰開封省元，仕至平江路總管。

遊中禪寺

尋幽散屐遶中禪，縱筆留題萬象妍。半榻風清窗外竹，一簾月滿定中天。花飛臺角香成雨，金點苔斑福有田。聞説魯公讀書處，額名隱玉是何年。

題孝里莊仙牡丹

墨染猩紅露未乾，仙姿未許少年看。魏家池館已荒落，今見飛來紫牡丹。

夏編修泰亨

泰亨字叔通，會稽人。九歲能屬文，延祐四年領鄉薦，歷官翰林編修，以文雄東南。所著有《詩經音考》、《矩軒文集》。

題海岳後人烟巒曉景圖

不見廬山五老峰，九江秀色繞雲松。微茫欲識圖中意，疊巘層巒翠萬重。

馮助教福可

福可字景仲，醴陵人。延祐四年丁巳，同茶陵陳誼高、武昌邱堂試《雲夢賦》，舉進士，歷官國子助教。

荷花

艷態繁粧似六郎，汙泥不染豈尋常。西湖十里今非昔，何處笙歌有異香。

相者玉鑑

石中求玉誰之玉，鑑上無塵知幾塵。除却江東雲谷子，眼高四海許何人。

祝經歷蕃

蕃字蕃遠，一字直清，貴溪人。宋鄉貢進士起巖之子也。以茂才授高節書院山長。延祐四年丁巳鄉試，與邑人邵憲祖名在高等，主司嘉之，並録其《明堂賦》以傳，陞饒州路學教授。至正間，遷潯州路經歷。同知保童誣殺人，蕃劾正之，運繫藤州，尋以疾卒。平生所爲雜詩文若干卷。論者謂其才思如河流，其論事激切，無所回忌，質直而氣剛，信道而明義云。

下第南歸別俞伯貞

驅車出東門，別酒忽在手。去國古所悲，況復失良友。芃芃邱中麥，鬱鬱道傍柳。揮手從此辭，烟雲黯回首。

即席和貫學士月氏王頭飲器歌

單于寶刀寒映雪，月氏髑髏飲冤血。泥丸真人辭絳宫，麴生時能醉其骨。閼氏夜帳葡萄香，拍拍春霞灧秋月。賢王起舞谷蠡歌，傳飲歡呼一作「傳呼歡笑」。兩耳熱。燈前人影半闌殘，燈後青燐已明滅。持杯爲爾一作「本爲」。澆嶙峋，胡爲對此傷精魂。有蛇猶能致惑疾，智瑶豈是無心人。頭顱如此當速朽，生禽誤入仇家手。忍將鳴鏑射頭曼，吁嗟降王爾一作「亦」。何有！後來漢使渃水東，猶待留犁撓盟酒。

南北風歌

南船順水還順風，高帆疾過如飛鴻。北船逆風還逆水，百丈牽江纔數里。南船揮手謝北船，不須腸斷南風前。自緣行色有南北，未必天心偏順逆。明日南風换北風，北船却與南船同。

送沈宏道歸湖州

不到湖州今十年，幾回夢遶白鷗邊。牟姚二老風流盡，文趙諸公甲第連。頗覺筋骸非往昔，已判文字讓時賢。沈郎歸去如相問，爲説晴江有釣船。

多景樓

鐵甕城邊暮倚樓，西風吹鬢冷颼颼。淮山滿眼英雄盡，江水無情日夜流。匝岸萬家烟市暝，插天雙石海門秋。平生無限登臨興，看盡南來北去舟。

二畫

斷岸蒼烟喬木，小橋野店村舂。一曲晚風樵唱，翛然林下相逢。

疊嶂半空懸瀑，平林隔岸層臺。風雨一川煙浪，扁舟何處歸來。

霍知州希賢〔一〕

希賢字□□，□□人。延祐五年戊午，賜進士第一。泰定間知威州事。

魏文貞公廟迎神曲

吹簫兮擊鼓，具牲牢兮列樽俎。風颯颯兮降靈，祀我公兮終千古。

送神曲

有酒兮惟清，有腯兮惟牲。神其醉飽兮既安且寧，風馬靈車兮還古塋。福民田兮消蝗螟，如貞觀兮永太平。

〔一〕「知州」，稿本作「威州」。

謝學士端

端字敬德，蜀之遂寧人。避兵江陵，因家焉。與宋本同師王奎文，以文學齊名，時號「謝宋」。中河南鄉貢，延祐五年，賜進士出身，授承事郎、同知湘陰州事，秩滿，用故相張珪薦，擢國子博士，遷太常博士，轉翰林修撰、同知制誥兼國史院編修官，陞待制，還爲國子司業，復入翰林爲直學士。至元六年卒，年六十二。贈國子祭酒，陣留郡侯，謚文安，有遺文若干卷。趙郡蘇天爵稱其文章，簡而有法，序事核實，言無溢美，嘗憤近世士習卑陋，故修詞專務高古，以不同俗爲主。敬德居翰林久，天曆、至順以來，國家詔命制册，多出其手。預修文宗、明宗、寧宗三朝實録，及累朝功臣列傳，時稱其有史才。文宗嘗語阿榮曰：當今文學之士，朕惟未識謝端。亡何宴駕，竟不及用。元世蜀士以文名者曰虞雍公集，而敬德其次云。

滋溪書堂

趙之川滹浸涞易，恒滱泜洨各異出。惟滋有溪亦是匹，或伏或見刀一作「舠」。不容〔一〕。不能百里滹是從，混混千里俱朝宗。子囊涉河觀湖江，踔雲蕩日怒擊撞。歸視子滋嶺之瀧，是滋名揚子所始。有田有廬水之涘，有堂三楹庫非侈。中經子史堂右左，高曾遺子以自課。子乃善繼志不惰，蒐今摭古羅怪奇。泓涵演迤吐爲辭，副墨往往傳京師。贏金青紫世所取，滋溪有源子有後，斯堂斯書可世守。

送李彦方閩憲副使

使君昔峨廌冠日，正色危言動明主。臺除近日多留中，今日東門送君去。平生不到黄河堧，褰帷萬里閩關路。晝鷁輕摇楊柳風，繡衣肯浥薔薇露。

〔一〕「刀」，稿本作「乃」。

韓中丞鏞

鏞字伯高，濟南人。延祐五年中進士第，授翰林國史院編修官，累拜監察御史。天曆元年，除僉浙西廉訪司事，轉江浙財賦副總管。至順元年，除國子司業，尋遷南行臺治書侍御史。至正二年，累進翰林侍講學士，拜侍御史，爲言事者誣劾去。五年，復起參議中書省事，授饒州路總管，拜中書參知政事。十一年，出爲甘肅行省參知政事，遷西行臺中丞，歿於官。

送李彦芳

奎璧文星八九重，遥瞻使節向閩中。分襟客路柳初緑，檥櫂春江花正紅。部檄百城沾化雨，海天千里肅清風。懷賢戀德情無限，夢逐旌麾過甬東。

黄參政常

常字□綱，樂平人。本石溪毛氏子，養子黄氏。以詩舉延祐四年鄉薦，禮部奏名第七。時禮部合蒙古、漢人試之，每右蒙古，故漢人前列者常寡，得雋，人以爲榮。次年登進士第，任江州録事，由江西掾調湖南道元帥府都事，歷政院管勾，改判梧州。朝論以常博雅偉望，假禮部侍郎使安南，至承天門，迎官請下馬，常曰：「奉詔遠來，當以禮進，安得屈天子詔使乎？」馳馬入齊天門。王長揖受詔，常已：「天朝以世子十年不入貢，未欲加兵者，以世子爲禮義之國，乃下此詔，亦漢吴王不朝賜几杖之意。受詔不拜，得無愧乎？」王亟拜稱謝。使還，朝論偉之。後以討八撒剌不花功，遷江右行中書省參知政事，卒。

使安南却金

奉使安南駐薛林，漫勞國主餽兼金。不憂薏苡能興謗，自是夷齊不易心。

岑學士良卿

良卿字易直，餘姚人。登延祐五年霍希賢榜進士第。泰定間，任東平宣撫副使知府事，歷官奎章閣學士。

和趙宗吉御史過平江韻

遥瞻斧鉞欲相依，水國雲帆浪拍堤。越女臺荒秋草緑，伍胥廟静暮潮低。金鑾舊夢青藜月，驄馬春驕錦障泥。料得東風回轡日，闔閭城外夕陽西。

雷待制機

機字子樞，建寧之建安人。唐雷萬春之後。十歲能詩賦。年十七，試諭郡庠，選爲第一。年二十，受大官薦，爲邵武縣學教諭。年二十五，登延祐五年進士第，授將仕郎古田縣丞，遷延平總管府知事，改邵武總管府經歷，調興化尹，轉湖廣儒學副提舉，擢延平、汀州兩路總管府推官。已而乞休，朝廷以其廉退，陞翰林待制。未幾卒於官，實至正辛卯也，年五十八。宋濂爲誌其墓，稱其文辭森嚴而演迤，所著有《龍津稿》、《易齋稿》、《黄鶴磯稿》、《碧玉環稿》、《龍山稿》、《鄞川稿》、《環中稿》，共五十餘卷。子樞軀幹魁梧，方面美髯，見者聳然。嘗置印西樓几上，夜有靈龜，尾如鼠，潛伏几上不動，若護之者，浹旬始不見〔一〕，或以爲瑞應所至。發奸除害，燭見毫髮，人皆以雷神稱之。

幔亭峰

祖龍當日好仙靈，不異曾孫宴幔亭。海内蓬萊渠未識，漫勞徐福到滄溟。

天遊峰

俗鞅塵羈可自由，今朝始泛武夷舟。登高識得天游趣，三十六峰雲影秋。

齊雲峰

松蘿鳥道不堪捫，萬仞危梯倚碧雲。若解平心行實地，洞天到處武夷君。

桃源洞

流水飛花意若何，人間歲月兩蹉跎。漁郎解覓桃源路，不解溪頭覓棹歌。

謁朱文公書院

一柱擎天亦壯哉，畫圖盡向隱屏開。平林煙靄無人識，散作經雲傳雨來。

〔一〕「甸」，原誤作「洵」，據稿本改。

俞知事鎮

鎮字伯貞，崇德人。從父天民，習朱輔之學，爲傳貽書院山長。至大中，江浙行省薦授華亭學教諭。延祐間鄉舉第一，官至建德路知事。其行草師李北海，學通五經，尤精于《易》，得其指授者盡爲聞人。嘗榜齋居曰「學易」，門人稱爲「學易先生」，所著《修辭稿》行世。

延陵義塾詠桂

西風起巖幽，白露下叢薄。朝看木槿榮，夕見芙蓉落。檀欒月間桂，歲踐中秋約。仙葩獨紛披，芳宴競酬酢。瓊宫實高寒，之子真綽約。如來金粟影，大士珠瓔珞。何年分仳離，此地樹寥廓。語溪古多士，往者吾先覺〔一〕。陳門列三魁，莫氏敷五蕚。丹青翼堂構，朱紫耀城郭。鉅筆上高懸，靈根下盤錯。事叶燕山碑，調高淮南作。孫枝日長大，奕葉陰綿邈。終成仰攀志，豈但延賞樂。相期醉浮蟻，半夜驂鳴鶴。往持吴剛斧，竊試嫦娥藥。勿謂吾言狂，詩云善戲謔。

送崇德同知蔣蔣山滿假

法吏多慘黠，文儒或迂拘。世有弘達才，何必吏與儒。蔣君西河彦，身依北辰居。皎質燦瓊枝，清標瑩冰壺。明於鏡發匳，圓若盤走珠。貳州湘江表，考績政已殊。剸劇來禦兒，依然發硎初。儒宫新作興，吏牘弊盡除。惠澤到閭閻，愁歎成歡呼。我歸從武林，屬君方下車。流民方復業，矧我冠帶徒。月吉會講席，旬休挈行厨。登臨境增勝，談笑訟遂無。俄復三載過，去作九萬圖。非云重離别，願言惜居諸。鵰隼鷙擊用，棟梁廊廟須。努力酬主恩，揚名報親劬。盡職乃人臣，素餐非丈夫。我當握簡札，采掇歌誦餘。上陳良史官，爲君細細書。

送錢伯全上春官

雲間薦鶚起翩翩，瑞世文章得共傳。白璧百雙全肉好，青錢萬選協方圓。九天宮闕龍飛日，率土衣冠虎拜年。擢第大廷歸館閣，細圖王會續新篇。

奉贈紹興總管王叔能

蓬萊高壓水精宫，牧守清明似范公。緑野犁鉏春雨外，畫船簫鼓夕陽中。隄防地設三江險，樓閣天開七郡雄。珍重能文王博士，爲磨貞石記豐功。

贈憲使徐仲淵再至崇德賑饑

轉粟南輸語水陽，居民待哺欲移秧。君猷不飲詩曾賦，孺子重來榻又張。萬里泥塗驄馬滑，孤村陰雨鵓鳩忙。恒饑更有城南杜，日宴無錢糴太倉。

〔一〕「吾先」，稿本作「先吾」。

洪學正震老

震老字復翁，淳安人。延祐中領鄉薦，與時相書，言詞鯁直，士論韙之。授州學正，以母喪去官，因不復仕。隱居石筆峰，學者稱爲石峰先生。所著有《觀光集》一卷。震老既歸，日以吟咏爲事。其詩氣格昂然，不落卑調，詞鋒艷發，如出匣青萍，所向輒利。故覽物品游，往往超脱。其通篇佳者，則《東泉山》一章，實爲奇絶。至如「白波九道自流雪，青玉一峰常拄天」，亦可謂雄偉非常者矣〔一〕。

東泉山

青蓮浴秋水，浮出龍王宮。平生閲山亦多矣，未有若此奇哉峰。金焦靈鷲等培塿，詞客誇談不容口。恨君不上千仞岡，一見天台與廬阜。通都大邑人争馳，一泉一石小亦奇。雲頭路絶無人處，大有佳山誰得知？

〔一〕「非」，稿本作「不」。

衛訓導培

培字寧深。崑山人。宋文節公涇之曾孫也。性端確，博通經史，熟于前代典故。延祐間，郡府以培充貢，試龍虎榜賦，文不起草，人謂有揚、馬才。時雖被黜，識者推之。知州王安貞聘爲州學訓導，學者稱「月山先生」。所著文十卷曰《過耳集》。

墨妙亭

按邑志，顧信字善夫，工書，元時任浙江軍器提舉。從吳興趙子昂游，得其書必勒諸石，名之曰「墨妙」。

宋季事性理，書法悉廢置。況復攻程文，視此等末技。豈知古小學，書乃在六藝。此語非我出，得自松雪公。松雪學鍾王，東南多從風。遂令茹筆者，馮陸交稱雄。善夫愛清賞，什襲護真蹟。一字弗棄捐，得即壽之石。要令千載人，摩挲同岱嶧。爲石搆新亭，亭以墨妙名。衆帖盡遒勁，盤谷尤晶熒。惜無儋耳翁，作詩落其成。我欲臥碑下，朝暮究點畫。其次攻程文，最上窮理學。寱語君勿嗤，那有揚州鶴。

王典簿振鵬

振鵬字朋梅，永嘉人。侍仁宗于東宫，賜號「孤雲處士」。畫山水，妙于界畫。運筆和墨，絲分縷析，左右高下，俯仰曲折，方圓平直，曲盡其體。而神氣飛動，不爲法拘。嘗爲大明宫圖以獻，世稱絶藝。延祐中得官，稍遷祕書監典簿。後拜千户，佩金符，總海運。

題金明池圖　并序。

崇寧間三月三日，開放金明池，出錦標與萬民同樂，詳見《夢華録》。至大庚戌，欽遇仁廟青宫千春節，嘗作此圖進呈，恭惟大長公主嘗見此圖。閲一紀餘，今奉教再作，但目力減，如曩昔勉而爲之，深懼不足呈獻。時至治癸亥春暮，廩給令王振鵬百拜敬畫謹書。

三月三日金明池，龍驤萬斛紛遊嬉。歡聲雷動喧鼓吹，喜色日射明旌旗。錦標濡沫能幾許，吴兒顛倒不自知。因憐世上奔競者，進寸退尺何其癡。但取萬民同樂意，爲作一片無聲詩。儲皇簡澹無嗜慾，藝圃書林悦心目。適當今日稱壽觴，敬當千秋金鑑録。

蜻蜓

露涼芳草曉風吹，紗翼輕明水影欹。莫便臨平山下去，眼睛雙眩碧琉璃。按郎瑛《七修類稿》云：余幼時，見有蜻蜓詩畫絹于里中旌觀，誠妙筆也。詩有黍離之哀，末二句意其寫圖之時，必伯顔駐師臯亭之日，不忍故國垂亡，而虜騎之覘杭。得詩人之比也。

詹總管景仁

景仁字天麟，崇安人。先世有田數十區，書數百卷，徜徉自適，以文學辟二公府掾。延祐間，出貳浙東憲幕，陞江西撫州路總管。初，景仁在京師，與清江杜本伯原友善，暇輒相從，以問學切磋爲事。後本忤時相歸，景仁邀入武夷山，即平川之上築萬卷樓。日夕賡唱緡閲，宇内名流有過閩者，皆造廬請益焉。

焙芳亭

進火看文武，盈筐藹紫雲。遥知仙種别，祇覺異香聞。

浮光亭

幾水黄金碾，珍羞莫與儔。玉光吹不散，怨面一輪秋。

周同知應極

應極字南翁，番陽人。弱冠邃經史，製書謁部使者姚燧。燧奇之，薦授婺源學正。棄官歸養，及喪免。姚燧、王約、劉敏中、程鉅夫交薦，召見，獻《皇元頌》，擢翰林待制、皇太子説書，調集賢司直，尋改待制，出同知池州。英宗踐祚，以舊臣召見，勞問，呼學士而不名，近臣驚其寵遇，以詩詠之，未幾卒。有《拙齋集》二十卷。

宿李陵臺

曠野平蕪入壯懷，征鞍小駐李陵臺。關河萬里秋風曉，霜月一天鴻雁來。持節蘇卿真壯士，開邊漢武亦奇才。千年懷古無窮意，且向郵亭酌酒杯。

張推官昕

昕字子東，鄱陽人。延祐三年，任韶州路推官。

喜白髮爲師復作

白髮人皆惡，惟君獨喜之。衝冠危立雪，垂領亂成絲。柱下藏周典，山中采漢芝。紛紛緑鬢者，能與若人期。

次韻賦靈壁真仙石

玉質孕坤靈，真仙小幻形。光芒浮赤墳，標格出青冥。閲世今猶昔，看人醉復醒。點頭如有意，笑我鬢星星。

海石

來自珊瑚鐵網邊，濕光長是帶蛟涎。形奇定出帝女口，色赭疑經力士鞭。嵂兀峰巒低映日，嵌空竇穴曲通泉。太湖靈壁俱塵土，得近幽人几案前。

登金山

紫金千仞鬱崔巍，四面驚濤捲雪堆。屹立中流天柱壯，高標雙月海門開。江淮今古幾分合，日月東西自往來。一覽衆山皆峿嶁，不知身世是蓬萊。

贈廣亮二上人遊錢塘

忽逢二朗別忽忽，遥指吴關是去蹤。振錫潮頭回白馬，繙經潭上起蒼龍。天邊鐘磬東西寺，雲裏樓臺南北峰。禮遍名山却回日，古藤雙檜翠重重。

得錢塘故人消息

西子湖邊放鶴仙，幾回同醉木蘭船。相思東路一千里，憶別西風十四年。遠信有時憑雁寄，新詩近日賴僧傳。不須更問垂綸客，已有霜痕到鬢邊。

分題賦蘭溪送楊知州之任

兩道清溪繞郭門，遥知候吏出紛紛。蕭蕭五馬嘶汀月，獵獵雙旌拂岸雲。春渚暖浮蘭茝氣，曉波晴漾縠羅紋。西風掛席乘潮去，更聽州人説使君。

題捕魚圖

闊網深罾淺處叉，江潮渾欲罄魚蝦。青衿緇撮誰家子，也向西風立岸沙。

劉縣尹子郁〔一〕

子郁字□□，□□人。延祐五年，官武鄉縣尹。

奉陪憲副王公謁靈潤祠

緩轡乘驄轉翠巔，偶陪憲使到龍泉。蒼松老檜參天色，碧瓦朱甍耀日鮮。救旱有靈皆樂歲，爲霖無地不豐年。爐烟禮罷香猶在，賦就新詩萬古傳。憲副長安王公按行武鄉，聞靈潤祠雨旱有孚，且見其岡陵秀拔，林木叢茂，偕邑令劉子郁一至焉。有詩記其游，篇終意在子郁、士耆、石賓等，將刻諸石以爲神宇觀美，介王希明來請叙。噫！此非欲以嚴于神而敬于上乎！發剔其休，使見之者有所欲，其事神也嚴矣。鑱刻英辭，使傳之者有所息，其事上也敬矣。世之覽者，必知之爾。余獨謂有大于是者焉，司憲之于郡邑，有不承者，則檟楚督責以作其怠。有善治者，則誘掖鼓舞以盡其才。王公明以勇濟，剛以柔通，持憲之所有也，其發之翰墨者，余知其意不在神，而有取于令之賢也；取令之賢，所以誘掖鼓舞，俾進于後也，其不在彼而在此昭昭矣。余又願令之益勉于治也矣，令乎其必有以副之矣，若夫山川梗概，則已見於詩，此在所略。延祐戊午五月二十日，遼倅許有壬識。

〔一〕「縣尹」，稿本作「武鄉」。

應州判象翁

象翁字景則，黄巖人。生宋季，嘗隨車玉峰、黄壽雲遊〔一〕，得淵源之學。所居與聖水山近，學者尊之曰「聖泉先生」。延祐間，始由薦辟官平陽汀州路教授，聘典浙江行省文衡，以昌國州判官致仕。所著有《易學直旨本源》、《聖泉文集》若干卷。

五龍山

塵居趣自幽，脱巾掛龍石。浮雲宿簷端，幽篁翳暝色。萬卷伊吾聲，半山燈火夕。笑談紫陽詩，躋攀謝公屐。皓鶴唳海東〔二〕，月明松露滴。

命兒學農圃〔三〕

堯舜壽百年，子皆不可傳。孔孟少無父，爲聖爲大賢。天司生人命，猶且付自然。宜乎父與母，教訓徒拳拳。我有四男兒，識字俱未全。豈無一成立，髮已白我顛。及春姑買牛，驅之事田園。賢愚不必計，且免饑與寒。

入城歸路

忽見殘花淚滿巾，紅桃白李昨如新。凄涼風雨千村路，羈絆烟霞七尺身。誰解作文驅五鬼，豈懷投筆到三神。東君緑盡山頭樹，不染茅簷白髮人。

〔一〕「隨」，稿本作「從」。

〔二〕「唳」，原誤作「淚」，據稿本改。

〔三〕「圃」，原誤作「圖」，據稿本改。

王録事肖翁

肖翁字傅朋，一字摶鳳，號聚山，婺之金華人。宋太師左丞相魯國文定公淮之玄孫也。起家衢、婺二郡儒學録。大德中，陞婺郡儒學正，考滿，當得教授一郡。肖翁與蜀郡虞集同在選中，而年皆不及格，廷臣以二人皆前代名宰相子，學藝不羣，不得拘于常制，于是集得教授京畿，而肖翁爲静江教授。亡何移病歸。延祐末，復起教授南康，攝白鹿洞書院山長。至治初，辟江西行中書省掾史。泰定四年，除海道漕運萬户府知事。至元二年，轉嘉興録事。未幾，以承務郎、松江府判官致仕，命未下而卒，年六十五。同郡黄侍講溍志其墓。傅朋姿表明秀，風渠醞藉，雖當乎運去物改之餘，望而知其爲相門子弟。高懷雅興，一寓于詩，而尤善筆札。論者謂其酷似吴傅朋，短章醉墨，人争寶愛之。

題龔聖予中山出遊圖

老馗怒目髯奮戟，阿妹新妝臉塗漆。兩輿先後將何之，往往徒御皆骨立。開元天子人事廢，清宫欲藉鬼雄力。楚龔無乃好幽怪，醜狀奇形尚遺迹。

題趙子昂畫錢德鈞水村圖

幽人心地本翛然，此境相諳七十年。茅屋數椽依約外，雲山一抹有無邊。眼前生意今林屋，筆底秋風古輞川。勝景有餘描不盡，歸鴻幾點落寒烟。

黄山長叔英

叔英字彦實，慈谿人。嘗爲晉陵、宣城、蕪湖三學教諭，又爲和靖書院山長。間以茂異，遺詣中書，弗果行。泰定四年卒于鄞，年五十五。有《戇菴暇筆》三卷，詩文雜著若干卷。彦實嘗語黄晉卿曰：「今天下文章鉅公，知我者惟袁伯長，伯長必先我死，子其銘我。」伯長果先卒。晉卿爲彦實作墓誌，稱其爲文雋拔偉麗，意氣奔放若不禦，而要其歸，能弗畔于道。因舉伯長之言曰：彦實少遊故都，見世所稱知名士，率脂韋自保秘，惋恨無可與語。酒酣氣雄，浩然爲萬里遊，乃泝采石〔一〕，上漢江，西遊荆襄，益慷慨自振。而所見公卿大夫與布衣之士，則皆與昔交遊者無大異。于是治其居曰「戇菴」，閉門讀書，益不妄交。嗟乎！彦實之于天下，獨以文清爲知己，而文清之言如此，彦實所存，固可概見也。

題本齋王公孝感白華圖卷

華枝長幾何？缾水深纔咫。胡然玉實懸，了不由根柢。得非天工奇，變幻絶常理。重孝徹神明，達德肇庭戺。泣土冬萌竹，叩冰淵躍鯉。存没事實殊，感應意良似。猗與閩公配，早誦笄珈美。貞吉誓從一，身與金仙止。義方作名臣，勵歷動遐邇。煢煢痛劬勞，像事嚴帷几。向來優曇鉢，示現猶韡韡。異産發哀思，嘉祥薦虔祀。紅英萎欲墮，素果突初委。粟肌潤盈握，瑶質瑩難擬。文章雍國孫，椽筆擅邦史。手引瑞華圖，辦論驚凡耳。顧我遠臺閣，綴語亦何泚。移忠豈煩辭，柏薦方需起。

破山

爲問當年葛稚川，剖山煮石功貪天。爐殘火斷山亦合，造化物者還故然。

題趙子固墨蘭

王孫瑶草是生涯，烟雨春寒筆更佳。想得擁爐呵凍日，不教鐘乳混金釵。

〔一〕「泝」，原誤作「沂」，據稿本改。

榮驍騎熙

熙字□□，□□人。延祐三年，爲扶風驍騎尉。

伏波廟

殿宇巍峩枕碧流，忠良無計中讒謀〔一〕。至今嗚咽山前水，似訴當時恨不休。

〔一〕「忠」，原誤作「中」，據稿本改。

李承旨好文

好文字惟中，鳳子。幼力學，苦家貧，夜就鄰之磨坊燈讀書，凡十餘年靡少懈。一日值雪，抵村舍媼貸斗麥菽，媼却曰：「子奚拙耕？」好文曰：「吾目耕耳。」其意氣自若也。既而諺曰：「目耕夜分。」後以明經登至治元年進士第，授大名路濬州判官，入爲翰林國史院編修官。泰定間，除太常博士，遷國子博士，累拜監察御史，出僉河南浙東兩道廉訪司事。至正元年，除國子祭酒，改陝西行臺治書侍御史，遷河東道廉訪使，召爲同知太常禮儀院事，改禮部尚書，與修遼、金、宋史，除治書侍御史，俄除參議中書省事，已而復除陝西行臺治書侍御史。六年，除翰林侍講學士，兼國子祭酒，改集賢侍講學士。九年，出參湖廣行省政，改湖北道廉訪使，尋召爲太常禮儀院使，命以翰林學士兼諭德進承旨。屢乞致仕，遂拜光禄大夫、河南行省平章政事，仍以翰林學士承旨一品禄終其身。

挽宋顯夫

四海人傳二宋名，玉京連占兩科榮。鄢陵初喜知公字，長樂終思送我行。故里經過人不在，遺孤問訊淚如傾。荒墳數尺西山下，一段平蕪緑又生。誠夫兄弟，皇慶中嘗與先大人相遇鄢陵逆旅，始相知。至正乙酉，好文西行，顯夫賦長樂坡詩見送，乃絶筆也，故及之。

題王子晉祠

黄屋非心敝屣然，玉笙吹斷鶴昇天。載瞻今日叢祠地，詎數當時定鼎年。琬琬真書文半剥，塵埃舊壁畫猶鮮。歸塗却顧荒山上，萬柏森森銷暮煙。

高知州若鳳〔一〕

若鳳字仁翁，號灞雪，吉水人。登至治元年辛酉進士第，授建昌州判。泰定丙寅，改授江西等處儒學副提舉，累校文江南三省。元統甲戌，授知太庾縣，遷平江路推官，轉福建道都元帥府經歷，陞廣州路推官，尋轉知封州事。卒于官。

贈相士張月梅

清光萬里飛銀闕，歲宴天寒桂香歇。含章殿是廣寒宫，月似梅花梅似月。世間有梅有開落，天上有月有圓缺。乾坤清氣鍾于人，千古不磨方寸鐵。月耶梅耶杳莫辨，净色含香兩奇絶。西山有雨南浦雲，反覆紛紛異凉熱。槎仙老眼閲人多，獨獨來尋灞橋雪。月梅已寒雪更寒，窮年三友長相看。論詩論相神自完，出門一笑天地寬。

遊白鹿洞書院

碧瓦參差儼杏壇，白雲深鎖洞門閑。不宗朱氏元非學，看到匡廬方是山。十里松風潮洶洶，一溪泉雨珮珊珊。便當卜築書臺近，五老峰前任往還。

題朱進士御賜詩

憶昔霓裳清夢還，廣寒宮殿鬱嶒屼。神龍久矣乘雲去，猶有驪珠落世間。

送謝有源閩中醫官二首

出山只爲有源長，散作人間六月凉。從此不憂丹荔渴，寶塘一帶冷于霜。

班資高下不須論，一步青雲亦上恩。小試參差醫國手，有人稱是野航孫。

張戡獵騎圖卷

一犬前趨五馬隨，赭袍公子跨烏騅。壯游却憶飛狐北，正是春秋出獵時。

〔一〕「知州」，稿本作「封州」。

劉縣尹鑄〔一〕

鑄字禹鼎，其先蜀郡人，以父宦家南陵。登至治元年進士第，歷安慶路推官、知南豐縣。

題高尚書畫

憶昔東走吴越間，杖藜所過皆名山。扁舟無端復西上，巫峽照眼青巑盤。五年塵埃卧環堵，慨想昔游良自許。偶然圖畫見峥嶸，似與故人成晤語。下闕。平生愛山仍愛畫，畫裏看山天所借。此身與畫兩俱忘，孰與莊周同蝶化。

〔一〕「縣尹」，稿本作「南豐」。

鐵州同誾

誾字充之，鄞縣人。登至治元年進士第，官餘杭州同知。

寒草巖

寒草巖前春色稀，桃花無數映清溪。我行已到仙家窟，不比漁人此路迷。

昇仙木

辟穀昇仙世所奇，幾人到此亦成迷。齊眉化羽歸何處，樹老山空鳥自啼。

李州判仕良

仕良字仲舉，溧陽人。登至治元年進士第，授餘姚州判官。

史侯廟

炎祚中興日，公功拜壯侯。河山盟帶礪，雨露蔭松楸。七尺豐碑在，千年祀事修。並時如寇鄧，曾亦似公不。

易縣丞炎正

炎正字□□，攸州人。登至治元年進士第。爲寧鄉丞。

環秀樓

倩碧穹環類九嶷，危樓空翠接清漪。山人本是山中客，山外看山山更奇。

憲使三寶柱

三寶柱字廷珪〔一〕，畏吾兒人。登至治元年右榜進士第，以才學知名。選擇知瑞安州，遷兵部員外郎，去。既而署爲監郡，兼分閫温州。時御史喜山約三寶柱夾攻方國珍，喜山敗，謀遁去。三寶柱被執至舟，劫以兵，不屈，乃釋之。後復歷任諸省憲副憲使，所至皆有廉名。初，廷珪爲浙省郎中日，大書四句于門屏之上曰：「逆刮蛟龍鱗，順捋虎豹尾。若將二伎論，尤比干人易。」蓋以杜絶人之求請也。

游北湖

一月不來湖上路，湖邊桃李已成陰。蒼蒼山色故人面，蕩蕩風光游子心。沽酒樓高斜欲墮，賣茶船小巧相尋。自憐鸚鵡洲中客，手撚江蘺和楚吟。

西峴山

蕭瑟西風木葉殘，千巖萬壑鬬蒼顔。畫工胸次分明處，寫出斜陽影外山。

〔一〕「珪」，原誤作「洼」，據稿本改。

薛縣尹觀〔一〕

觀一名纛，字景荀，一作「旬」。一字處静，鄞縣人。宋時五世同居，號義門薛氏。觀讀書强記，爲詩文多不具草。至治三年癸亥，以《書經》舉于鄉，分教常熟，遷杭州教授，補汯江主簿，攝令事，授丹陽尹致仕，卒年七十六。黄侍講溍誌其墓。所著有《學箕集》三卷。

曹娥江候渡

曲曲曹娥水，山高日欲晡。到江行李亂，隔岸渡船孤。樹黑收嵐靄，沙寒集鷹凫。荒荒誰氏子，不及釣魚徒。

門人江漢縣齋夜集

縣裏經行日，桃花遠近村。師生一夕誼，治亂百年論。弔古投燕壁，看邊出薊門。天涯游宦跡，離索仗君存。

〔一〕「縣尹」，稿本作「丹陽」。

夏教授溥

溥字大之，一字大充，號「虎怕道人」，淳安人。自然先生希賢之子。明《易象》、《春秋》之學，爲文雄深簡古。領至治三年鄉薦，爲安定書院山長。其教人一以安定爲師，士類多歸之。轉龍興路學教授，新安趙汸曰：昔予從嚴陵夏大之先生遊，間嘗問及詩法，夏公曰：「子之鄉先達有爲吾郡守者，善論詩，所謂格欲高而律貴乎熟，句欲圓而意貴乎新者，真名言矣。」其教授豫章，亦時從虞集遊，喜其詩自成一家，稱爲「夏體」。予嘗言夏詩似楊誠齋，夏聞之犁然。蓋黄、陳詩出老杜，以格高爲宗。至誠齋稍變其法，夏亦自老杜而變。子裏，登至正八年乙榜，授涇縣教諭。

鴻門歌

大風揚兮赤雲屯，楚人望氣皆龍文。當時吾甚笑亞父，幸至彭城疽背死。誰云沐猴竟遭烹，汝乃盛怒咍孺子。嗟哉拔山之力不可得，扶義而西取天下者以三尺。君看項王重瞳舜重瞳，天命乃在隆準公。

吴山謡和鐵厓先生首唱

中興過江笑諸人，三十二表哀老臣。倡和國事可斬檜，馬上青衣竟何在。采石未靖瓜洲驚，戰功今乃歸儒生。第一峰前誰立馬，夜箭射血來帳下。鐵雅評曰：二作不用二李，别有一種史斷。

次李五峰韻送堅上人還雲門

此去二三百里間，黄洲橋頭竹斑斑。一時相送不爲别，七月稍涼宜便還。學士記傳龍井水，道人愛説龍門山。爲有晉唐以來事，穹碑岌岌題寺顔。

送徐文勝平江教授〔一〕

天書曉捧出金鑾，分教平江早拜官。千里不堪明日别，一尊且盡此時歡。官河歲暮冰猶合，驛路天晴雪欲殘。遥想傳經講堂罷，春風先到杏花壇。

過錢融堂墓

安東東帛此招賢，夢冷冬窩又百年。已自無人守墳墓，空令過客問山川。時方大用文公學，士亦深排陸子禪。回首蜀天青不盡，臨風三歎意茫然。

〔一〕「文勝」，稿本作「勝文」。

賈左丞魯

魯字友恒，河東高平人。延祐、至治間，兩以明經領鄉貢。泰定初，恩授東平路儒學教授，歷潞城縣尹，擢户部主事，居父喪。服闋，起爲太醫院都事，累拜監察御史，遷山北廉訪副使，復召爲工部郎中。至正四年，河決，命行都水監，遷右司郎中，調都漕運使。十一年四月，命以工部尚書、總治河防使。十一月水工工畢，河復故道，繪《河平圖》以獻，超拜榮禄大夫、集賢大學士。命翰林承旨歐陽玄製《河平碑》以旌之。尋拜中書左丞，從脱脱平徐州，卒于軍中，年五十七。時十三年五月壬午也。

望岳

岱宗何崔嵬，羣山無與比。使者久塵囂，望之不勝喜。無緣凌絶頂，詣祠聊致謁。夫何一殿存，千間暴遺圮。人言遭劫火，金源亂兵聚。感此廢昔年，傷今未能理。飛奏入彤庭，經營良在邇。奈何齊魯饑，百姓餐穅粃。神兮願效靈，穰穰多樂祀。行當復故宫，金碧蕩瞻視。

班提舉惟志

惟志字彦功，號恕齋，大梁人，或云松江人。少穎異，工文詞，善篆字。用鄧文原薦，補浮梁州學教授判晉州。暇則延名士游，賡詠無虚日。歷官集賢待制。致和間，爲紹興推官。後至元間知常熟州，陞浙江儒學提舉。

送述律元帥開閫分題得越嶲

郡初名越嶲，漢昔撫酋豪。宿溜巖爲室，炎蒸地不毛。射生餐血肉，淫祀灑腥醪。奮臂撾銅鼓，吹脣舞洞刀。溪山防虺蜮，藤樹嘯狨猱。異狀纏蠻角，嘲謳變楚騷。自憐無統御，推長治逋逃。釁起鄰讎殺，詞連牧過饕。宏恩惟在格，薄伐忍言鏖。公極兜鍪選，門兼閥閲高。建侯嫌詭道，投筆塞深壕。陣密嚴三令，機微備六韜。警烽隳土壘，妖宿隕天牢。雲慘回盤鶻，潭移失斷鼇。降幡迎露布，奏凱卷歸旄。壯節雖能效，清朝亦幸遭。宣麻重鎮遏，開閫賞勳勞。符焕文犀帶，香薰錦獸袍。我慚沾益友，祖送盡時髦。岸暖泥抽草，冰消水没篙。旗亭折楊柳，篋㦸酌蒲萄。糾糾干城虎，馴馴守圉獒。先聲馳部曲，遺惠抃童曹。耀武時長獵，巡邊可遠遨。沙乾騏驥足，劍瑩鷫鷞膏。落雉穿金鏃，飛鷹掣繡縧。宴閒陪士樂，罰信絶羣贅。吹月横柯竹，簪花列倩桃。服威全學亮，好詠善賡陶。親上平夷頌，曾髡草檄毫。懷柔安鞠育，寒餓免啼號。職貢來方物，江郵就戰艘。策良無妄撓，戈偃肯輕操。鳴鶴休思野，聞天等在皋。待書良將傳，未盡片言褒。

岳王墓

威名震主自全難，高第綸巾未許閑。空使旄頭奸膽破，不容馬革裹尸還。新亭人泣山河異，古冢鵑啼草樹殷。當日韓張徒共事，更無一語動天顔。

題水晶宫道人瓮牖圖

貨殖雖師名，退思客有辨。如何司馬遷，於憲却無傳。

題李咸熙寒鴉圖

殘雪羣烏下草萊，林棲不定自鳴哀。畫工筆底天機熟，只欠遥空獨鶴來。

王縣尹輔〔一〕

輔字子翼，范縣人。帥府參議、保静軍節度使松之孫，宣慰副使天祐之子。至大間，以門廕主鄱陽簿，後尹池之東流，判吉水州，再尹江之德化，三尹鄱陽，進階承直郎，三仕令政績頗著。草廬吴公澂過鄱陽，嘉其治行，詩以贈之，復遣其子執經師事焉。

過馬陵

草滿平川齧馬蹄，樵童接引過前谿。兵機到處皆天塹，不是高陵亦自迷。一作：「兵機神運不逢險，未必龐涓一望迷。」

〔一〕「縣尹」，稿本作「鄱陽」。

俞知事師魯

師魯字唯道，婺源人。大德十年，辟署史館編修，以親老求外，授隆興路學教授，家居十年。至治中，除廣德路學教授，授松江府知事。所著有《春秋説》。

釣臺

漢宫威儀如舊日，先生羊裘釣澤中。東都名節從此始，雲臺功烈何能同。寒流殘照見天末，危石脱木驚秋穹。惜哉登臨迫行役，負此千載桐江風。

陳縣尹良弼〔一〕

良弼字公輔，宛陵人。少辟憲史有聲，爲嘉興路教授。調上元簿，坐抗直自免。後以承事郎、旌德尹致仕，前寧國路録事吳師道稱其才足以集事，辨足以服人，知足以自衛。審時知要，動中機會，衆謂其知言。

三天洞二首

日落僧歸寺，雲深鳥護巢。暗泉通殿角，清梵出林梢。晚栗初開罅，寒梨未析包〔二〕。前山秋色近，猶隔兩三坳。

混沌知誰鑿，虚明夜不關。雨晴松子落，洞濕土花斑。泉洗金沙静，雲封白石閑。空山千古在，龍去幾時還。

小樓春雨

無奈春來雨未休，杏腮紅瘦柳眉愁。東風不管人憔悴，盡日吹寒上小樓。

〔一〕「縣尹」，稿本作「旌德」。

〔二〕「析」，原誤作「折」，據稿本改。

王參政守誠

守誠字君實，太原陽曲人。性好學，從鄧文原、虞集遊，文辭日進。泰定元年，試禮部第一，廷對賜同進士出身〔一〕。授秘書郎，遷太常博士，轉藝林庫使，拜陝西行臺監察御史，除奎章閣鑒書博士，拜監察御史，僉山東廉訪司事。累進禮部尚書，與修遼、金、宋三史。書成，擢參議中書省事，調燕南廉訪使。至正五年，除河南行省參知政事，進資政大夫、河南行省左丞。未上，以母喪歸。九年卒，年五十四，謚文昭。有文集若干卷。

德風歌寄題張使君新亭

春風徘徊入中亭，太守揮絃政事廳。春風融融布德澤，太守能行君子德。君子德，比春風。春風年年長崇蘭，衆草偃地青茸茸。太平天子治四海，鳳凰覽輝下九閡。爲君歌德風，曲盡情未終。有虞當年詠南薰，千秋萬歲稱聖君。

送傅與礪廣州教授

京國今多士，君詩獨有名。才能諸老薦，辭命遠人驚。陸賈慚分橐，終軍謝請纓。一官何足浼，二釜亦堪榮〔一〕。臺閣專相待，山川暫遠行。且令南海上，文物變風聲。

〔一〕「廷」，原誤作「延」，據稿本改。

〔三〕「二」，稿本作「三」。

王僉憲瓚

瓚字在中，奉元人。登泰定元年甲子張益榜進士第，爲翰林國史院編修官。五年春，奉旨代祀中鎮、祀后土、祀河瀆，又望祀西海、祀西岳、祀西鎮、祀江瀆。曹元用《送王編修代祀秦蜀山川序》云：「在中以清貴詞臣，將命而七代其祀，亦可謂重矣。」後歷官河東廉訪司僉事。

白苧詞

天風吹雲雲亂飛，海波漾日揚晴輝。雲飛度嶺日當户，知是人間春早歸。青樓朱箔深幾許〔一〕，樓中美人愁不語。情懷易感時易遷，羞見溪頭柳如縷。金刀剪就白苧衣，錦書裁成《白苧詞》。碧天無際雁聲遠，此恨綿綿春得知。

題赤壁圖

我昔南遊過赤壁，曾上磯頭訪遺跡。吴魏勝負了無聞，一曲漁歌楚天碧。黄岡遷客峨眉翁，道同北海人中龍。屬懷得酒逸興發，扁舟夜泛空明中。江山如許誰賓主，醉挾飛仙夢中語。直將天地等浮漚，三國周郎曾比數。神遊八極空畫圖，開卷彷彿瞻眉鬚。清風千古凛如在，悠悠目斷江雲孤。

泊瓜洲渡

淮煙漠漠夕陽收，楚樹昏昏翳客舟。風度鐘聲來北固，帆將燈影過揚州。雲消碧海天無際，波撼金山地欲浮。獨恨壯遊非昔日，滿江風露夜如秋。

〔一〕「深」，稿本作「凉」。

吴經歷暾

暾字朝陽，淳安人。八歲能詩文，不屬稿而成。極意于性理之學，以《春秋》登泰定元年進士，任鄱陽丞，陞鎮平尹，兼諸軍事。轉陝州路經歷，未幾即解印歸，授徒講學以終。累贈至翰林修撰，所著有詩文集二十卷、《春秋中的》一卷。至今論淳安《春秋》者，必曰吴朝陽、宋夢鼎、魯道凉、張明善四先生云。

題錢玉潭竹林七賢圖

三對一乃獨，籍始咸以終。荷插事已遠，揮絃意何窮。感此聞笛友，嗤彼障簏翁。筆端有啓事，猶累吾山公。

周進士子善

子善字□□，江州湖口人。登泰定元年進士第。

石鐘山

枯槎突兀天風外，翠霧氤氲水石間。欄吏不容今日去，老夫贏得片時閑。煙波艇子東西客，霜岸鐘聲上下山。邂逅真成觀物化，白鷗無數舞江灣。

蔣教授堂

堂字子中，吴人。嘗從學于永嘉林寬中。泰定三年，浙江行省鄉試第三，廣東廉訪司辟爲書吏，不就，隱居教授。至正間，用大府薦爲嘉定州儒學教授，滿秩以疾終。有詩文藏於家。

題徐良夫耕漁軒

青山無世情，終古長一色。下有耕漁軒，空翠冪朝夕。澗花晚猶紅，水鳥秋更白。凉風薄苧裳，斜日岸紗幘。悠悠天壤間，誰非去來客。

題松石軒

一桁湘簾細織文，華軒爽氣襲書裙。老枝月冷蛟龍骨，蹲璞苔封虎豹文。隱迹雅同真處士，彎弓懸憶舊將軍。谿來柱石居廊廟，況爾雲霄素策勳。

題溪山環翠樓爲月潭印師賦三首

翠嵐環繞如畫，緑樹高低待秋。更著綸巾談嘯，未慚海岳菴頭。

松暖鶴梳雲髮，樓高人倚秋晴。一片水光天影，月潭分外分明。

不到滸溪三十秋，今聞溪上印公樓。山光繞屋天應近，雲氣侵窗座欲浮。白鶴傳書曾點破，清泉咽石自分流。何時重到花巖裏，歷覽山川訪舊遊。

題耕漁圖二首

落落長松積水環，茯苓今已不知年。何人得似山中樂，春雨來時種石田。

桐江樹色緑如衣，上接晴嵐護石扉。人世浮埃三十丈，西風吹不到漁磯。

題良常張處士山居二首

蕙帳空招隱者居，玄猿白鶴夜愁予〔一〕。只今百尺長松下，何處草堂宜讀書？

良常到處是鄉關，窈窕軒窗遠近山。獨有荆溪舊時月，屢隨歸夢往來間。

題所南老子推篷竹圖

昔與此君曾半面，短篷今日試重推。葉聲冷瀉銀床露，野鶴幾番驚夢回。

〔一〕「玄」，稿本作「京」，誤。

吴州同浩

浩字大成，一字養浩，吉之龍泉人。泰定三年鄉薦第三人。至元丁丑，授新淦州同知。同時安仁吴善亦字養浩，詩多誤收，兹特改正。

二月八日駕幸柳林

早步廊街曙色紅，聖時蒐乘理車攻。高駝載寶氈毹麗，馴象騰車翡翠重。夾道香烟春郁郁，接天御氣曉溶溶。亦知奏賦長楊近，五彩光華起六龍。

燈花

雙心燦燦夜深紅，生處元非造化工。弄影自留孤艷在，得名偶與衆芳同。乍開亦自矜春色，欲謝還如恨曉風。蝴蝶定知終莫見，秪應飛入夢魂中。

聞人教授夢吉

夢吉字應之，金華人。父詵，老號桂山翁，嘗遊王魯齋之門。夢吉受學家庭，父子自爲師友。手抄七經傳疏，閉户十年，悉通奥旨。泰定三年丙寅取鄉貢，用薦者起爲教官，累遷泉州教授。至正戊戌，治書侍御史李國鳳經略江南，承制授福建等處儒學提舉，辭不上。晚避地依其婿唐以仁，居永康之魁山下。卒年七十。門人宋濂等謂其執醇而弗變，含和而有耀。私謚曰凝熙先生。

白原山

山净雲移石，烟腥水卧龍。藤花穿竹紫，獮果入秋紅。煮石人何在，然犀計不通。未能沃洲住，聊復問隆中。

趙參政期頤 一作「熙」。

期頤字子期，一作「奇」。宛邱人。父祐，字天錫，辟掾于吴，官浙江行省照磨。期頤登泰定四年李黼榜進士第。至順三年，以禮部郎中佐吏部尚書撒只瓦奉使安南，宣文宗即位詔。官至河南行省參知政事。

折楊柳送方叔高

楊柳青青春水生，借問行人行未行？雕弓在轂馬騰櫪，家住湓江江上城。柔條好拂江頭路，千縷萬縷牽情緒。馬上郎君新得官，阿誰解使留春住。留春住，春欲歸，江南江北柳花飛。柳花飛，渡江水，遮莫東風吹不起。

和太子世子韻

三山瀛海雪濤深，稅駕塵寰一降臨。鳴鶴在陰元有子，閒雲出岫本無心。國中調燮多餘暇，筆底經綸自好音。昨日離筵相接近，情懷戀戀酒頻斟。

胡録事一中

一中字允文，諸暨人。登泰定四年進士第，補紹興路録事，轉徐州路。所著有《童子問序》、《四書集箋》、《定正洪範》、《中場機要》、《三益稿》。

送聶梅軒赴潮州録事 嘗以談命遇知於時，爲太祝。

籩豆司存舊政嘉，一官三載客京華。無人再問支機石，有客先乘泛海槎。照水山雞晴吐綬，潛江妖蜮夜含沙。政成何處傾椰酒，吟對東風木槿花。

余修撰貞

貞字復卿，寧州人。登泰定四年進士第，授上海丞，調棗陽縣令。後至元庚辰，以翰林修撰召修遼、金、宋三史。成乞歸，卒。

武夷山

蓬島不勝滄海寒，巨鰲擎出九泉關。洞中靈怪十三子，天下瑰奇第一山。櫂曲浩歌蒼靄外，幔亭高聳紫霞間。金芽自蜕詩人骨，何必神丹煉大還。

江同知存禮

存禮字學庭，盱江人，占籍蒲圻。泰定三年中鄉試第十八，試《大別山賦》，體裁古奥，考官揭傒期、彭廷玉批云：「大別屹立江漢，是子奇崛，與山争雄。」明年登進士第，時瀏陽周鏜、武昌聶炳同時掇紳，相與麗澤，克顯厥名。存禮仕至同知。

題雙虹橋

雙虹鎖湖湖水長，影摇洞庭吞三湘。霜飛八月橘柚熟，我欲打船聞水香。晴天晚照過湖曲，歷歷遠樹波茫茫。客中有懷不得盡，無人同上三高堂。

炎帝廟

昔日神光耀九垠，何年來葬楚江濱。斷碑獨載前朝夢，喬木猶懸大古春。南極海波同浩渺，蒼梧雲氣共嶙峋。後來金碧輝煌盛，未酹寒泉有幾人。

福濟廟

故宮秋草罷鳴一作「瘖龍」。鑾，萬古英靈此地蟠。棟宇尚存唐歲月，江山猶一作「曾」。識漢衣冠。賈生遺憾滄浪遠，主父奇功白日閒。更後千年心尚在，斷雲斜日是長安。

赤松壇

紫薇峰畔赤松壇，路入仙源杳靄間。塵世不堪思往事，白雲長是繞孤山。炎陵幾度塵飛海，漢代何年客度關。欲拂蒼苔書歲月，斷崖千仞水潺潺。

俞縣尹焯〔一〕

焯字玄明，自號越來子，太倉州人。中泰定三年鄉試，四年及第，賜同進士出身，授將仕郎台州仙居縣丞。至正間，知饒州德興尹。

題睢陽五老圖

五老衣冠圖盛事〔二〕，丹青未數尚凌烟。典刑如在八九十，宴賞以來三百年。珍重當時人物論，風流在世子孫傳。悠悠幾度東門市，耆德令人敬儼然。

題所南老子推篷竹圖

古竹君家元姓墨〔三〕，墨君消息要深參。詩人莫作推篷看，認取南枝見所南。

題王叔明倣董北苑風雨蕭寺圖

爺娘屋破葺茅茨，風雨溪山樹欲飛。出世不知休歇去，緇郎何事始知歸。

鼊山

兹山昔飛來，贔屭信有力。初疑洛出書，無乃星隕石。茫昧竟誰論，鳥飛墮空碧。

〔一〕「縣尹」，稿本作「德輿」。

〔二〕「盛」，稿本作「畫」。

〔三〕「古」，稿本作「孤」。

方進士回孫

回孫字□□，弋陽人。治《春秋》，登泰定四年李黼榜進士第。

望黿峰

葛溪佳處屬黿山，竚立遥觀霄漢參。三十二峰皆拱北，百盤九折盡朝南。人形獸面歸禪定，地脚天根護梵藍。好向桃花丹竈望，一峰高勝一峰巒。

水監觀音奴

觀音奴字志能，唐兀人氏，居新州。登泰定四年右榜進士第，任户部主事，轉知歸德府。後陞都水監官，致仕歸。卒年六十九。

四見亭

卧麟山前江水平，卧麟山下望行雲。山雲山柳歲時好，江水江花顔色新。長江西來流不盡，東到滄海無回津。我欲登臨問興廢，今時不見古時人。

棲霞洞

拄杖訪棲霞，神仙信有家。聽泉消俗慮，拂石看雲花。海内年將暮，山中日未斜。何堪驄馬去，回首一雲遮。

賑寧陵

春蠶老後麥秋前，馳驛親頒賑濟錢。屬邑七城蒙惠澤，饑民萬口得生全。荒村夜月聞舂杵，破屋薰風見竈烟。聖主仁慈恩似海，更將差税免今年。

方進士叔高〔一〕

叔高名積〔二〕，以字行，江州湖口人。登泰定四年丁卯進士第〔三〕。

潭上花

幽潭太古色，上有千樹華。深根溉甘泉，衆實結丹砂。食之可長生，千秋顔若花。縹緲潭上仙，種此遺其家。安期日往來〔四〕，時乘紫雲車。

田中爵

家爵不入山，野鼠不戀屋。爵來食我苗，鼠來食我粟。一日食一斗，十日食一斛。斗斛日空虚，鼠爵焉得足。

秋歸詞贈王秀才

蟋蟀蟋蟀啼我幃，明月皎皎當兩扉。昨日雙星會河渚，今朝秦郎當遠歸。郎歸不與妾，念彼去時身上衣。身上衣，慈母綫，常恐秋風吹。秋風吹楊柳，妾但辛勤養慈母。

七夕詞

織女女有夫，牛郎郎有妻。可惜不相守，夜夜河東望河西。一歲纔一會，會合一何稀。吾聞河西有田郎可犁，雲中織錦女有機，胡不一耕一織長相隨。長相隨，無別離。

吳山高題畫

吳山高，吳水深，吳人住宅在山陰。吳儈更愛山頂好〔五〕，別移白雲種瑶草。吳山高，何迢迢，吳門日夜生春潮。吳兒作船住船裏，日日吳門弄潮水。

史局懷柯監書二首

每日明光殿，傳宣看畫圖。姓名呼我寫，識鑒古人無。賈傅俄辭漢，張生竟入吳。遂令風雨夜，長憶在江湖〔六〕。

想君滄海上，夜夜夢皇州。母子三千里，君王一萬秋。修書期力盡，報國入神遊。賴有年光識，青春照白頭。

閣下鈔書作

待漏趨青閣，移書近紫霞。竹光翻野草，硯影落宮花。學士春承宴，中官晚進茶。君王思四海，朝退欲棲鴉。

〔一〕「叔高」，稿本作「積」。
〔二〕「叔高名積」，稿本作「積字叔高」。
〔三〕「四」，原闕，據稿本補。
〔四〕「期」，稿本作「能」。然據文意，似以「期」爲長。安期，當指神仙安期生。
〔五〕「愛」，稿本作「晝」。
〔六〕「憶」，原誤作「夜」，據稿本改。

劉知州尚質〔一〕

尚質字仲殷，曲沃人。登泰定四年榜進士第，任稷山縣尹。後遷翰林編修，國子助教，監察御史、潞州知州致仕。

華清宫二首

華清宫裏起秋風，夜誦黄庭曉擊鐘。萬古驪山烟漠漠，一泉礬石碧淙淙。金爲棺槨銀爲海，雲想衣裳花想容。不似希夷通橐籥，年年高卧華山峰。

金粟堆前鳥弄風，朝元閣上晚鳴鐘。美人粉黛埋黄土，湯殿潺湲響玉淙。自昔詩人悲黍稷，當時太液笑芙蓉。不須重作《高唐賦》，蜀道巫山十二峰。

〔一〕「知州」，稿本作「潞州」。

靳學士榮

榮字時昌，曲沃人。博學能文，由進士官崇文太監，陞監察御史，轉奎章閣承制學士，致仕。日與劉尚質仲殷題詠，邑人以二秀名之。

送都元帥述律杰雲南開閫

飄蕭白髮老書生，横槊哦詩萬里行。蠻貊望塵無敵國，朝廷賴汝作長城。巫山落葉秋風起，瀘水驚濤夕照明。若到武侯祠下拜，夢中應與細論兵。

新田八景

龍廟蓮潭

想是龍宫愛異葩，龍孫剪綵作荷花。波心捧出千莖翠，天上飛來萬朵霞。雲護畫欄騰赤鯉，風飄香霧舞神鴉。分流灌溉桑麻地，水利新田數百家。

神陂落雁

太子神陂護綵氛，平蕪疏樹夕陽曛。乍驚天外初來雁，忽見沙邊已落羣。秋影横斜浮淺水，寒聲嘹唳徹青雲。世間飛翼知多少，孰似當年繫帛勳。

晉城春色

宫殿消殘春自妍，游觀風景思凄然。驪姬傾國桃噴火，重耳焚賢柳帶烟。鶯似歌喉追往事，燕如舞態憶當年。六卿强僭今何在，留得姦名後世傳。

濟溪梅月

溪自凝寒梅自春，梅花得月更精神。波間斜浸珠林瘦，天上高懸玉鏡新。雲霧屏開香撲面，水晶簾卷影隨人。清光醉吸歸無寐，吟就新詩夜向晨。

景明飛瀑

玉龍睡起白雲堆，噴出珠璣萬顆齊。飛下半空懸瀑布，流來平地漾玻瓈。遍澆禾稼秋雲闊，静浴榑桑曉日低。若遇春來桃夾岸，漁郎認作武陵溪。

喬嶽晴嵐

廟宇參差杳靄間，軒轅曾此葬衣冠。龍池雨露沾濡遠，獸鼎香烟祭禱寬。嵐氣滿山晴樹濕，翠光凌漢午風寒。遊人佇立沉吟久，薄潤沾衣興未闌。

照殿冰巖

陰巖自古有層冰，一派寒光照殿清。遥映朝衣環珮冷，正當黼扆冕旒明。晃如銀漢渾無浪，疑是金山却有瓊。回首晉城禾黍滿，行人懷古亦傷情。

絳山晚照

落照千山山欲昏，餘光倒射絳山紅。斷霞明滅横汾水，繞樹蒼茫接晉宫。鳥雀聚林樓外月，牛羊下夕笛横風。微軀今夜無他願，但夢寰中早罷戎。

葉縣尹恒〔一〕

恒字敬常，鄞人。治《春秋》，善文辭。泰定初，游京師，朝著重其才，薦見儲君。被旨入胄監，擢春官第，授從仕郎、紹興路餘姚州判官。州有禦海堤，潮汐决齧，海移内地，州人病之。恒更置石堤長二十里，民賴以無患。後遷翰林國史院編修官。時安南遣使入貢，詔爲館伴使，遷國子助教。未幾，調文林郎、淮安路鹽城尹。臺察交薦之，將大用，不果而卒，年五十四。民立祠祀之。至正間請于朝，詔封仁功侯，賜額永澤。

慈谿簿白桂子芳去思碑詩

猗與簿君，學優而仕。顧我慈谿，發迹之始。必疏其源，必蹈其軌。有緯有經，遂底千里。惟此慈谿，純孝之鄉。君子戾止，井井紀綱。既耕而食，既織而裳。我夫我婦，孰使田桑。曰雨則雨，曰暘則暘。匪忒匪僭，一秉故常。天朝需材，行則大用。毋狹一隅，四海斯共。寧不懷思，懼咈羣衆。勒彼康莊，以著興頌。

〔一〕「縣尹」，稿本作「鹽城」。

張參政惟敏

惟敏字孟功，鞏人。泰定間，以儒官補集賢院掾史，累官至河南、河北等處行中書省參知政事，後追封梁郡公，謚文定。

送傅與礪廣州教授

早年文采動公卿，此日承恩出鳳城。萬里舟行休憚遠，故鄉親老得歸榮。路經梅嶺香雲濕，潮落珠崖瘴海清。綸閣日長思校理，暫將餘力訓諸生。

周待制仁榮

仁榮字本心，台之臨海人。父敬孫，師事金華王柏，受性理之旨。仁榮承其家學，又師楊珏、陳大瑞，治《易》、《禮》、《春秋》。用薦者署美化書院山長，辟江浙行省掾史。泰定初，召拜國子博士，遷翰林修撰，陞集賢待制。奉旨代祀嶽瀆，至會稽，以疾作，不復還朝。卒年六十一。本心工爲文章，其所教弟子，多爲名人，而泰不華實爲進士第一，學者稱爲「月巖先生」。初買地于府城之鄭桯兒坊，創義塾以淑後進。築礎時，掘地深纔數尺，有青石，獲雙硯，硯有款識，乃唐司户鄭虔故物。塾既成，遂名雙硯堂。爾後月巖之弟仔肩字本道，登庚申科進士，仕至惠州判官。

秋燈

繁華忽已飛，殘書稍復整。玉蟲吐孤照，茅齋夜初永。青熒洞古心，寂寞吊寒影。耿耿一室外，人世皆夢境。

奉翠峰上人

翠峰雲暖橘成村，歲晚相携訪綺園。共愛僧家解藏密，萬松深處著三門。

于侍郎欽

欽字思容，益都人。少學于吴，宿儒老生皆折節與交。集賢大學士郭貫、浙省平章高昉尤深知之。以才辟爲淮西廉訪書吏，尋授國子助教，擢山東廉訪照磨，居母喪。服闋，爲翰林國史院編修官，辟御史臺掾，進照磨，遷詹事院長史，就拜監察御史，累陞兵部侍郎，以朝列大夫出爲益都、般陽等處田賦總管，到官未踰月卒，年五十。思容以文雅擅名當時，官山東時，周覽原隰，詢諸鄉老水經、地記、歷代沿革。著書六卷，名曰《齊乘》。殁後其家蕭然，獨遺是書於其子潛，趙郡蘇天爵爲之叙。

登太白樓

清泗遶任城，何年謫仙游。人間失酒星，落月惟空樓。騎鯨八極表，鳴鳳三千秋。此後不可得，雲山生暮愁。

巢湖中廟迎神歌

廣開兮龍宫，御仙姥兮下雞籠。神靈雨兮先以風，雲溶溶兮漸來東。揚朱幢兮建翠旗，驂青虯兮從文螭。

鏘鸞音兮以下，若有人兮開羅幃。羅幃淡兮春風，儼仙靈兮在其中。集千艘兮鳴鼓，疏節歌兮緩舞。奠桂酒兮藉蘭肴，折芳馨兮遺遠渚。神欣欣兮既安留，澤斯民兮受其嘏。

送神歌

駕兩龍兮倚衡，卷珠簾兮暮雲。平西江兮極浦，數峰兮青青。青青兮未極，君不少留兮起余太息。吹參差兮水湄，送仙姥兮西歸。蛾眉颯兮秋霜，淡白雲兮莫知所之。自今兮世世，俾來者兮願無違。

錦秋亭 并序。

蓋齊地淄時般濼諸水，匯爲馬車瀆以入海。博興宛在水中，舟楫交通，魚稻成市。昔嘗過之，愛其風景，絶類江南，賦詩亭上云。

霜風收綠錦，萬頃水雲秋。海氣朝成市，山光晚對樓。舟車通北闕，圖畫入南州。且食鱸魚美，吾盟在白鷗。其鱸雖小，亦四鰓，不減松江。有蓴菜，齊人不識，目鱸爲豸云。

賓日樓

暘谷朝迎日，丹霞射海樓。雲隨華表鶴，風送日南舟。孤島煙中樹，平波檻外秋。憑欄一登眺，西北是神州。

歷山

濟南山水天下無，晴雲曉日開畫圖。羣山宗岱東走海，鵲華落星青點湖。

歌風臺

素靈夜哭赤旗開，鴻鵠高飛楚舞回。猛氣消沉人易老，白雲千載遶荒臺。

僉事道童〔一〕

道童字□□，□□人。官太常禮儀院僉事。

送都元帥述律杰雲南開閫

臨岐莫惜酒杯乾，萬里征途半載間。大將手揮旌節重，豪酋膽落劍鋒寒。木牛五月浮瀘水，鐵馬三更過雪山。竹帛功名當努力，不須回首憶東丹。

〔一〕「僉事」，稿本作「太常」。

楊郎中宗瑞

宗瑞字廷鎮，□□人。官禮部郎中。泰定元年，佐吏部尚書馬合謀奉使安南宣詔。

答太子世子韻

奉旨遄驅海上山，朔風初作瘴煙寒。關河動色先春意，侃旄歸心盡笑顔。詩詠白狼周德廣，詔馳丹鳳楚天寬。好承奕世攄忠藎，獨灑丹忱對兩間。

元帥述律杰

述律杰字□□，□□人。官雲南道宣慰司、都元帥。好文學，爲政文雅雍容，隱然一儒者。虞集、揭傒斯諸公皆有詩文贈之。

題西洱海

洱水何雄壯，源流自鄧川。兩關龍首尾，九曲勢蜿蜒。大理城池固，金湯鐵石堅。四洲從古號，三島至今傳。羅閣憑巇險，蒙人恃極邊。要當兵十萬，不數客三千。世祖親征日，初還一統天。雨師清瘴癘，風伯掃氛烟。民物因蕃富，封疆近百年。點蒼山色好，銘刻尚依然。

李廉訪絅

絅字文晦，濟南人。泰定中，以汝寧府判來守濟州。當時麥有一莖三四穗者，僉謂絅誠愛所致，郡人白守信作《瑞麥圖頌》。監察御史李嗣宗舉之于朝，尋陞福建閩海道廉訪副使。後卒于任城館舍。

濟州西湖

渺渺澄湖望不窮，畫船曾駐夕陽中。千峰倒映嶙峋碧，一水平波瀲灧紅。鴉背浮金歸古戍，雁行如字寫晴空。玉簫吹徹遊人醉，十里荷香送晚風。

黄總管鈺

鈺字子相，號遯菴，平江嘉定州人。治《春秋》。泰定四年，由經學任宜興縣教授，遷中議大夫、常州路勸農總管。

游張公洞

碧水漣漪漾流藻，指點蒼烟即蓬島。烟開遠見燒香臺，攀蘿陟磴升崔嵬。羣仙之居萬松頂，陡然身世星河冷。虚中泳洞隔塵凡，道人邀我游其間。洞中紛紛白鶴舞，石上采采靈芝殷。仙童燒燭先余去，脚底濛濛起雲霧。徑渡青騾過澗橋，直到仙人下棋處。

教授哲馬魯丁

哲馬魯丁字師魯，回回人。泰定三年，任鎮江教授〔一〕。

題錢玉潭竹林七賢圖 并序。

吴興錢舜舉作《七賢圖》，輕毫淡墨，不假丹青之飾，似有取于晉代衣冠雅素之美，想其儀形、摹其樂趣。觀嵇康之友六人，或歌或飲，或書或琴，仰天席地，優游自得。吁，曲肱飲水，浴沂舞雩，豈外是哉！

叔夜致憎因傲物，嗣宗白眼視人間。雖逃於酒終揚己，争似劉伶善閉關。

〔一〕「泰定三年，任鎮江教授」，此句原無，據稿本補。

鄉貢哲理野臺

哲理野臺字□□，□□人。占籍吴縣。天曆元年戊辰領鄉薦，善書法。

題水村隱居

田野漫漫水接天，孤村林木似凝烟。莫言此地無車馬，自是高人遠市廛。

朱鄉貢可與

可與字與賢，廬州舒城縣北鄉人。通五經，尤長於《書》，儒行甚著。初，元天曆己巳科，以《書經》領河南鄉薦。後以科舉廢，無仕進之心，遂隱居教授，終于家。

讀虞書

憶昔唐虞聖，仁義遜其國。巍蕩天門開，咸能配天德。時寧風雨順，德正紀綱立。垂拱天下平，生民躋壽域。千載讀遺書，臨風看無極。

羅進士朋

朋字友道，崇仁人。中天曆己巳鄉試第二，明年廷試第七，賜進士出身。授承事郎、吉安路同知大和州事，賜第七品緋服，時年三十四，父母俱未老，鄉里榮之。在路得微疾，弗克赴官。至順三年，卒于家。吴文正公澄志其墓。

唱名日與同年賦詩

龍燭輝煌五夜闌，花迎仙仗擁千官。臚音雷動蓬瀛曙，戟衛霜明殿陛寒。風定玉爐香影直，日高金榜墨痕乾。甲科不入微臣夢，三策深期子細看。

賈廉訪焕

焕字世甫，大梁人。天曆間，任海北海南道肅政廉訪使。

雷祠禱雨

片雲隨請出山來，驚倒日中平地雷。誰嘆未能甦渴鮒，物欣儘得潤枯荄。一時應禱歡聲動，三日爲霖生意回。頃刻神功遍千里，桔槔且放卧田限。

焦奉禮文炯

文炯字仲明，淮陽人。少通敏，由文皇東宫時説書，爲社稷署奉禮郎而卒。次子白，手寫其父《夜直》詩意爲圖示梧溪王逢，逢和詩云：「露濕金莖月轉西，披香太液浄無泥。朵雲散盡千官影，獨見桐花小鳳棲。」

夜直

憶昨停驂便殿西，柳溝風軟絮沾泥。一彎月子梨花上，冷浸香雲伴鳥棲。

德乙郎焦白

白字任道，文炯次子，長遷于吴。材志不羈，張氏辟爲湖學教授。辭去，客泖海上。興到作詩畫，率不凡。醉或濯風弄泉，曳影月下，俗目之迂，自若也。時所在蒐儒，遂變名德乙郎，浮寄冗食僧舍，惟久于嘉定林原家。一夕心動，省母吴城，爲門卒校察，延淑其子。未幾，郡曹迫至郡，白以還養告，弗獲，寠且病。或諷曰：「若頎而髯，黄金加䋺，爵列侯等，不猶愈帶索耶？」輒不答去。殆伏枕，作書二，一囑嫂姪善事母，一謝諸舊。卒時歲在龍，年甫五十。其友王逢作哀辭云：「德乙郎，皎皎衣，義不汨蠛長干泥。裹骸骨以歸，無從淚揮，噫！」

奉寄良夫高士

近讀南州高士傳，每聞徐穉總能文。空山自飽青精飯，深院誰書白練裙。采菊正臨籬下雨，折梅還寄隴頭雲。先將短句殷勤寫，比到荆州已識君。

王推官景賢

景賢字希賢，海康人。由邕州路教授陞慶遠天河縣尹，仕至靖江路推官致仕。希賢有文學，善詩。至治癸亥，文宗潛邸于瓊，因獻詩爲所嘉賞，手書「愚谷」二大字賜之。天曆中，復有六花宫袍之賜。故其詩曰：「今日所蒙稽古力，自天而下拜恩榮。」

清貧

錯騎黄鶴出烟蘿，借得容身燕一窩。仁義中天行日月，是非平地起風波。黄虀有味輕紅膾，紫綬無功愧緑蓑。金塢銅山招禍敗，清貧兩字值錢多。

老儒

狗監無人薦子虛，無邊歲月歎居諸。遍觀歷代無窮事，讀盡平生未了書。早夢科場嗟已矣，晚從學校賦歸與。清晨口授兒孫罷，時向窗前剔蠹魚。

老將

瀟瀟夜雨泣金槍，夢過交河古戰場。醉誤臂鷹呼走卒，閑思調馬扈先皇。黑山戍後田園廢，青海歸來歲月長。日旰西凉初試獵，猶存矍鑠一分狂。

葉州同謹翁

謹翁字審言，金華人。性明達，於書無所不讀。與同郡許謙、柳貫、胡助、吴師道、張樞、黄溍爲友。舉教官，歷浦江、義烏二縣教諭，升衢之明正書院山長，歷縉雲縣官政鄉巡檢，遷吉水州學教授。秩滿，調晉江縣主簿，爲同官所構，改婺州路司獄。請老，授瑞安州同知，致仕卒。所居齋室扁曰「四勿」，自號贅翁。歸自泉南，又自號曲全道人。所爲詩文，和易平實，無纖麗之態。有《四勿齋稿曲全集》若干卷。黄晉卿嘗謂審言之用其材，奮乎若騎而争險于猱狖也，躍乎若丸飛而矢决也，欻乎若揚飄風簸鉅海，而高帆大舶出没後先也。

赤松山

丹竈仙蹤在，林巒曙色分。苔荒一徑雨，松隱半峰雲。啼鴂催春事，歸驂帶夕曛。試呼王道士，石几薦桐君。

鹿田菴

憶作招提宿，空山日欲曛。僧窗聽盡雨，樵路踏翻雲。秫瓮松華釀，茶泉竹筧分。因君成勝踐，飛瀑夢中聞。

煉丹山三首

不訪雲巢二十年，同遊人已半沉泉。叱羊亭上菖蒲酒，今日重來意惘然。

仙家只在白雲堆，井竈千年闕緑苔。安得更如黄犢健，五年四度入山來。

一掬仙泉冷肺肝，泠泠天籟午天寒。何如共子山中宿，怕有靈雞夜啄丹。

况縣尹逵[一]

逵字肩吾，廬江人。起家爲掾，天曆間，任邵武路光澤縣尹。嘗有兄弟争田者，授以《伐木》之詩，身爲諷詠解説，使日誦于學。未踰月，皆感泣求解。

題本齋王公孝感白華圖卷

王侯奉母孝且慈，阿母一念天人師。母心憶子子憶母，指血示現珊瑚枝。摩耶夜半歸忉利，麻衣痛瀉縣河淚。浮屠七七護神光，法乳瓊枝自天雨。人中三才佛此心，心田萬緣無邊春。孝思感召隨所應，白華潔美如其人。畫圖錫類傳不朽，繡斧持冰印垂斗。它時孝子誦陳元，鷹鸇滿地長回首。

自鳴山神行祠

江之東兮羣山鬱稠，雷風夜吼兮金戈雪鍪。神之來兮駕文輈，導龍媒兮驂翠虯。仙裾駢聯兮鸞鶴與遊，望旌鐸兮不諏。魃爲虐兮乃世讎，神之來兮期盡劉。牲肥兮酒香，歆我忱兮實有筐。鼓咽咽兮侑予觴，曰醉止兮錫壽康。捍災禦患兮功莫量〔二〕，疏封奕葉兮昭龍光。神之賜兮奚以忘，靈旗兮洋洋。霧繽紛兮寶劍藏，列呵衛兮萬鬼行。陸有兕兮水有犀，帝閽杳兮討或遺。不少留兮心悁悁，降喜實兮永勿愆，福我民兮兆斯年。

題梅卷

牲丹池館鬧春殘，多少詩人被眼瞞。我有癯仙最知己，一枝留與雪中看。

〔一〕「縣尹」，稿本作「光澤」。
〔二〕「兮」，原闕，據文意補。

支參政渭興

渭興字文舉，别號龍溪，郃陽人。一云長寧人。登至順元年庚午進士第，授承事郎、成都路漢川同知，四川儒學提舉，嘉定路總管府判官，長寧州知州。同考四川行省鄉試者三，主考陝西鄉試者一。至正二十九年，雲南行省考試道梗，除臨安、沅江、車里等處宣慰副都元帥，雲南諸路肅政廉訪司僉事，陞副使，以中奉大夫、四川行省參知政事致仕，有《龍溪詩集》行世。按《雲南通志》所載如此，則文舉固元人元官也，而《列朝詩集》誤編雲南廉訪支渭興入外夷，蓋未之考耳。

至正二十六年重午梁王宮門外觀射柳隨侍文武賜晏渭興賦詩

地平如席草如茵，年少將軍酒半醺。朱鬣馬穿人影過，緑楊枝逐箭鋒分。旌旗色映宮墻柳，鼓角聲飄海外雲。何日鯨鯢俱授首，普天偃武共修文。

歸學士暘

暘字彦温，汴梁人。將生，其母楊氏夢朝日出東山上，有輕雲來掩之，故名。登至順元年進士第，授同知潁州事，轉大都路儒學提舉，未上。至元五年，杞縣人范孟謀不軌，力拒不從，賊怒繫于獄，不屈。已而賊敗。同里有吴炳，嘗以翰林待制徵，不起。賊呼司卯酉曆，不敢辭。時人爲之語曰：歸暘出角，吴炳無光。暘自此名譽赫然。明年，轉國子博士，拜監察御史。至正五年，除僉河南廉訪司事，轉淮東，改宣文閣監書博士，累遷禮部尚書。會開端本堂，皇太子就學，召爲贊善。未幾遷翰林直學士，同修國史。累授集賢學士，兼國子祭酒致仕。喬寓弘州，徙蔚州，又徙宣德。皆間關避兵，後居夏縣。卒年六十三，時至正三十七年也。

題司馬温公墓

宋家元祐今幾年，白日已墮吴山前。當時中國相司馬，至今猶有兒童傳。蒼生苦被青苗誤，杜鵑飛向江南去。啁啾百鳥噤無聲，阿閣新栽鳳凰樹。山河不動風雨時，神孫太母俱無爲。熙寧一變如慶曆，滿眼元氣春淋漓。粉旐低昂歸涑水，老鴞却化千年鬼。東京王氣冷如冰，五國降人作天子。

李縣丞懋

懋字子才，江寧人。登至順元年庚午進士第〔一〕，與弟桓同榜。官鄱陽縣丞。

寄贈華陽洞隱者二首

天上神仙白玉扉，春雲誰繡六銖衣。人間傳得新詩句，爲有高僧到紫微。

句容郭裏望三峰，緑翠芙蓉香靄中。安得與君騎兩鹿，碧巖深處聽松風。

〔一〕「登」，原闕，據稿本補。

李提舉桓

桓子晉仲，至治癸亥，領鄉薦。泰定甲子春，試禮部小郤，以至順龍飛初榜特加優異。授餘干州教授，累遷江浙儒學副提舉。晉仲祖居溧水，嘗自稱「中山李某」，居官頗稱廉簡，以文鳴江東，紆餘豐潤，尤善小篆。家貧，作文粥錢，嘗爲小吏凌立義之父作墓志，時人亦以是薄之。

題越國進西施圖二首

一笑端令國爲傾，春風歌舞學初成。此行便覺吴爲沼，戰勝何須十萬兵。

璧馬當年暫入虞，先生此計有深圖。心知指日成功速，一舸歸來泛五湖。

程僉事益

益字光一作「尤」。道，濟南章邱人。登至順元年進士第，爲國子博士，與修宋、遼、金史，遷監察御史。劾宰相，不報而解官歸。後起爲廉訪司僉事。

賦得金盤露酒送宋顯夫僉事之南山

鳳城仙客來揚州，便當解此千金裘。丹邱夜出瑪瑙瓮，洞庭春泛瑶華舟。看花路入竹西寺，吹簫人倚橋邊樓。船頭對月且獨飲，錦袍明日金陵游。

内御史篤列圖

篤列圖字敬夫，一字彦誠，捏古氏，燕山人。元初，大父長信州永豐縣，因家焉。年甫冠，賜至順元年進士及第，授集賢修撰，累遷南臺御史，按治湖廣江浙，陞福建廉訪司，以誣劾去職。尋除湖廣省副理問，不赴。拜内御史，以疽卒，年三十七。敬夫善書法，妻馬伯庸之妹，後以揭爲姓。子揭毅夫，登至正庚午進士，官江西行省郎中。

題董太初長江偉觀圖〔一〕

往歲曾登北固樓，遥看天際白雲浮。江分吴楚波濤闊，山湧金焦樹木稠。落日放船過赤壁，清秋騎鶴上揚州。于今高卧蓬窗底，展卷令人憶舊遊。

題范文正公書伯夷頌并札卷

韓文稱頌伯夷賢，黄素真書慶曆年。月照明珠還合浦，春風長共義莊田。

〔一〕「偉」，原誤作「褘」，據稿本改。

錢進士璧〔一〕

璧字伯全，華亭人。至順三年壬申進士，端重清慎，語不傷氣，天台陶宗儀嘗師事之。

贈瑞雲林上人

英英谷口雲，鬱鬱溪上林。形影偶相值。去留復何心。握筆攬秋思，倚窗延夕陰。誰云市朝遠，亦足慰幽尋。

〔一〕「進士」，稿本作「鄉貢」。

王侍御恒〔一〕

恒字士一作「叔」。能，河東人。官尚書侍御史。至順間來吴，與柳常博貫、胡太常助、于州尹壽道、錢文學翼之爲吴山之遊。

與李叔成張德機高士敏遊虎邱寺乃以遊虎邱寺爲韻得遊字

翩翩佳公子，不與濁世流。皦如雲間翮，清唳鳴高秋。摛辭動遐想，灑翰誰與儔。挾我出城郭，勝集雲巖幽。維時孟夏月，草木皆和柔。覽觀天地間，物物各有由。吾生適意爾，餘外非所求。風塵幸無事，聊可以優遊。振衣千丈泉，矯首百尺樓。憑君記歲月，更約重來遊。

〔一〕「侍御」，目録及稿本均作「尚書」。

辛廉訪鈞

鈞字□□，東平路人。延祐間知單州。至順初，以通議大夫任嶺南廣西道肅政廉訪使。

眥洲烟雨

漁翁披蓑侵暮歸，家家買魚趁晚炊〔一〕。沙村草樹遠復近，一簇兩簇青冥迷。蘆花深處歌竹枝，人間風浪那得知。明朝雨過杜若長，定有采藥仙人來。

桂嶺晴嵐

青山山氣薄日色，似霧非霧雲非雲。我疑玉烟吹不斷，化作老桂香氤氲。仙人振衣千仞岡，對花酌酒傳瓊觴。一觴一詠聲鏗鏘，吐出字字天葩香。

青碧上方

上方無雲下方雨，便有天上人間分。漫空寶花沾不住，俯拾瑶草聞清芬。金仙每似浄業故，獨占瓊樓最高處。欲拋塵劫從之游，山下蒼生正辛苦。

棲霞真境

丹霞翠璧非人間〔二〕，中有金鼎丹九還。非雲非烟爛有色，常與紫氣浮京闕。鐘聲敲破仙家夢，又挾飛霞跨鸞鳳。世間風雨那得知，我欲隨之塵業重。

西舒

爲愛西園絶市埃，閒遊凝眺重徘徊。宦情羈思開懷處，山色湖光入座來。風景雖殊新草木，月明曾照舊亭臺。萊公去後空遺跡，若説當年事可哀。

遊晉溪

聖母祠前福地靈，石根孕秀玉泉生。鑿開洞口淵源細，流出宫門品物亨。鐵樹有年春不管，鏡潭無月夜長明。他時欲覓山中隙，引向幽深濯我纓。

〔一〕「趁」，稿本作「赴」。

〔二〕「璧」，稿本作「壁」。

馬總管昂夫

昂夫字□□，色目人。官三衢路達魯花赤。有詩名，與薩經歷都剌唱和。

送僧

遊遍匡廬紫翠峰，片雲吹影浙江東。曇花貝葉春三月，布襪青鞋山萬重。禪性若灰終有味，機鋒掣電本來空。問師此別知何處？笑指天邊月正中。

趙提舉友蘭

友蘭字廉友，號澄南，黄巖人。從陳紹大、周仁榮學。官翰林編修，仕至浙江提舉。著有《澄南稿》。

清明述懷

東風吹春桐始花，青青柳枝插簷斜。内園小兒得新火，紫烟已遍金張家。雙鸞吹笙調鶯舌，起踏秋千弄明月。夜深步轉玉蘭東，笑倚梨花一株雪。

詠雪示二生

玉龍戰罷舞纖鱗，香逐梅花滿地春。一色樓臺天富貴，萬花林谷夜精神。袁安潦倒元非傲，陶穀風流不是貧。還憶程門讀書處，游楊去後更何人。

道中

華裙縹緲拂烟霞，千里旌旗客路賒。簾幙晚風初燕子，闌干春日又梨花。湖吞古甸三苗國，雲護荒村五柳家。千古功名一雞肋，故園無處不生涯。

題海嶽後人烟嵐晚景圖

一曲溪山類輞川，何人筆意澹風烟。月明鏡水秋無影，照見長虹貫客船。

林提舉以順

以順字子木，莆田人。與盧琦、陳旅、林泉生俱以文學名于閩中〔一〕。任浦江縣尹，歷官江西儒學提舉。

鄭氏義門詩

稽古神聖，明德修身。首念九族，一身之分。族不易睦，睦之以親。族不徒叙，叙之必惇。惇惇親親，民變俗淳。比屋可封，孰專美名。蓋聞其風，降自華勛。昔之所親，今爲塗人。昔之所惇，今反少恩。後聖繼作，建極叙倫。汩没之中，善端或明。義夫節婦，孝子順孫。有一于此，朝上夕旌。矧自祖父，至于後昆。緦功以降，娣姒異姻。内外執役，千指孔羣。同牢共食，爰及犬豚。堂奥之内，惇睦風存。節義孝順，百行具聞。義孰大焉，宜書其門。余長浦陽，邑有鄭君。華其五世，八世復新。綸綍之命，自天申之。鄭君曰噫，曷以稱之。聚骸有土，聚穀有囷。將廣此義，恤荒惠貧。敢曰自佚，以病鄉鄰。吾忍安之，惟義是遵。余謂鄭氏，堯舜之民。世世勿替，用徵斯文。

〔一〕「文學」，原誤作「順字」，據稿本改。

陳縣尹文杰〔一〕

文杰字漢卿，號默齋，毗陵人。父業醫，母張氏，憐其好學，每質簪珥奉師。會宜興鉅室蔣竹徑病，侍父往，就留其塾卒業。久之，浙憲使薦授慶元儒學正。浙東帥重之，辟爲掾。滿考，除本學教授，再辟掾淮東，陞兩浙運司知事，擢東流尹，即謝病歸。逾年卒，年六十七。漢卿負詩名，陳監丞衆仲待以兄弟禮，最所親善云。

漢陽道中

老翁八十卧田廬，回望中原淚滿裾。盜起山東多似蟻，民移河内半爲魚。總戎已見開金甲，優詔曾聞下玉除。白首孤城州縣職，無由得奏一行書。

〔一〕「縣尹」，稿本作「東流」。

何巡檢正

正字守中，分水人。至順間，應薦授鰲川書院山長，轉寧都下河巡檢。尋棄官歸，號雲壑道人。能詩，初被薦時，試《春草》、《月》二詩，一時傳誦。

春草

春來無處不芳菲，色透湘簾好染衣。南浦暝烟鳧烏没，曲江寒雨鷓鴣飛。高人有意憐新緑，遊子無心戀舊歸。淮海年年空入望，六朝王業竟成非。

月

宴罷瑶臺出禁遲，玉輪飛上已多時。一天星斗光芒後，萬里銀河影漸移。素女夜寒初倦舞，嫦娥秋老正含悲。黄沙磧裏凉如水，人在青樓有所思。

趙平章世延

世延字子敬，其先雍古族人。居雲中北邊，祖按竺邇，幼孤，鞠于外大父术要甲，訛爲趙家，因氏爲趙。至元間，年二十四，授雲南諸路按察判官，擢監察御史，出僉江南湖北廉訪司事。大德間，由山東廉訪副使改江南行臺治書侍御史，除安西總管。至大初，移紹興，改四川廉訪使，陞陝西行臺侍御史。皇慶間，拜江浙行省參知政事。尋召還，拜侍御史。延祐間，拜中書參知政事，遷御史中丞，進翰林學士承旨，出拜四川行省平章政事。仁宗崩，丞相帖木迭兒屬其黨煅煉成獄，居囚再歲，事白出獄，居金陵。泰定元年召還，除集賢大學士，出爲江南行臺中丞，入朝復爲御史中丞，遷中書右丞。天曆間，仍入集賢，加奎章閣大學士，進中書平章政事。至順元年，封魯國公。二年，改凉國公。至元改元，仍除奎章閣大學士、翰林學士承旨、中書平章政事、魯國公。明年，卒于成都，年七十七，謚文忠。子敬歷事九朝，敭歷省臺五十餘年。天資秀發，喜讀書爲文章，波瀾浩瀚，一根于理，儒林宗之。

覽蘇後湖待月南軒墨蹟白雲觀即景用韻

凉飆集庭柯，秋夜殊未肅。抉雲度崇岡，訪古瞰巖谷。午茶琳宇琴，清致超冰玉。愧爾白雲人，幽棲非碌碌。

華陽道院石亭

秀石巑巒泓水清，雲松雪竹護危亭。一壺天地開仙境，百里風烟簇畫屏。華表柱頭人易换，槐安國裏夢初醒。何當借我東偏屋，静掩巖扉學鍊形。

許長史井

因觀長史陰陽井，始悟混元玄牝門。一勺三田勤灌溉，無根靈草自春温。

玉晨觀懷古

豢龍人去水平池，樓廢壇荒有所思。落日回廊秋寂寂，摩挲晉檜讀梁碑。

出茅山宿青元觀

白雲送我出山溪，來宿葛公丹井西。莫道歸途清興減，夜來和月飲刀圭。

題王鵬梅金明池圖

縱然奪得錦標回，鼓勇争先亦可咍。寄語金明池上月，何如修褉且流杯。

題周曾秋塘圖

傍水芙蓉照晚妝，溪禽沙鳥滿秋塘。枯荷折葦蒹葭外，不著黄花噴晚香。

吴提舉善

善字養浩，安仁人。玄教大宗師全節之姪也。年二十五，省其季父至京師，居崇真宫，坐誦書史，達晝夜不倦。旁求遠搜，而發爲文詞，沛然有餘。有薦所著《易説》于朝者，除國史院編修官，稍遷太常博士，進集賢修撰，奉詔祠名山大川還。善以親年過七十，丐外便養，除江浙儒學提舉，治務悉委佐貳。日奉其父于湖山之間，終更奉親歸鄉，侍左右四五年。值全節年七十，乃受父命至京師稱壽。一夕疾作，卒于旅舍，時後至元戊寅歲也。虞學士集爲志其墓。

象山山長岳仲遠美仕

象山天下秀，中有陸公祠。聖道開千載，皇天粲二儀。垣墻空草樹，禮貌見尊彝。惟有岳山長，三年今在兹。

京師送玉虚宗師還山

道人野服鹿皮冠，曾約茅君駕紫鸞。天外至今風露好，人間何處水雲寬。陰陰木葉藏經榻，藪藪林華綴石壇。欲趁歸舟下吴越，凌風飛珮不堪攀。

代祀南岳登祝融峰

天風吹我躡雲根，一覽羣山蟻垤紛。瀛海波翻初日上，石坡人語半空聞。炎荒作鎮荆吴遠，元氣浮形天地分。何日東書煨芋室，孤峰絶頂看浮雲。

張總管澤

澤字澤之，吴人。登延祐二年進士第，官平江路海道萬户總管。至正間卒，年八十。子適，明洪武問官工部都水郎。有《甘白先生集》。

感興

昴宿當權萬國賓，三朝忠孝仰先臣。當時景略緣何事，不去江東拜晉君。

過子微幽居

西軒茶過再聯吟，皓首難忘宿昔心。晴勒亂紅春不管，可知蜂蝶自來尋。

明妃曲

斜抱琵琶出漢關，黄沙漠漠路漫漫。長安縱近愁回首，一聽笳聲淚暗彈。

觀蘇子卿牧羊圖有感

十九年來志不磨，暮雲遥隔漢山河。吞氈嚼雪腸猶熱，淚落愁添北海波。

元詩選癸集目録　癸之丁

〔一〕「馬」，原作「馮」，據正文改。
〔二〕「十二」，原作「十三」，然正文實收詩十二首，據改。
〔三〕「聲」，原作「賢」，據正文改。

元詩選癸集

癸之丁

王平章毅

毅字栗夫，汶上人。舉進士，累官御史中丞，嘗劾鉄木兒，伏闕極諫，不報。鉄木兒中傷之，遂免官。後御史臺薦，復召用，仕至翰林學士承旨，進榮禄大夫、中書平章政事，卒。

題周曾秋塘圖

兩兩幽禽渺渺陂，蒹葭荷葉澹相依。只愁夜半秋聲起，滿耳西風吹夢歸。

敬題王鵬梅金明池圖

金明池上錦標寒，水面交争勝負難。往事百年堪一笑，至今猶作畫圖看。

陳侍講廷言

廷言字君從，寧海人。舉鄉試，授上蔡書院山長。舉進士，除慶元路教授。累官國子司業及提舉福建學校事，預修三史，除集賢侍講，以疾還。道錢唐，時方谷珍據有三郡，遂止寓宗陽宫，號蓬屋道人，著書自晦。尋以漁陽營田，復召入議，因上書極論時政弊，臺省奏其越職，出知順昌，謝病歸。

鳳凰山宋故宮　一作「錢塘懷古」。

越水吴山共寂寥，已無遺老話前朝。海門三日潮聲歇，天目千年王氣消。夜月烏啼龍井樹，春風花落海鮮橋。威儀文物今何在，回首浮屠倚碧霄。

題丹山

潺湲洞口看飛瀑，細雨霏霏灑接䍠。白水真人能好客，碧山學士愛題詩。鞠侯夜嘯三花樹，野鹿時銜五色芝。試問劉樊仙去後，何人來此共襟期？

客上虞奉寄竹深賢契

象田舜井異吾聞，小縣人家兩岸分。尚想有虞遺德化，至今黎庶重耕耘。丹光夜燭金罍月，水氣春生玉帶雲。却怪此時多外警，江頭戍柝動成羣。

幔亭峰

曲奏賓雲久不聞，尚傳石髓滿汙樽。紅橋宴罷仙童報，昨夜松關鶴有孫。

三姑石

隔雲笑問三姑石，舊日曾棲四女仙。欲寄麻姑書信否，蓬萊有客去朝天。

金雞洞

聞説談玄不記年，啄餘丹顆亦成仙。一聲唱罷東方白，三十六峰生翠烟。

喊山臺

武夷溪曲喊山茶，盡是黄金粟粒芽。堪笑開元天子俗，却將羯鼓去催花。

武夷山

颯颯天風吹客衣，幔亭峰下立多時。渡頭舟子休驚訝，添箇神仙入武夷。

謁朱文公書院

絃誦時時出薜蘿，考槃還許碩人過。丹崖雨過生書帶，九曲月明聞櫂歌。

陳助教繹曾

繹曾字伯敷，湖州歸安人。舉進士，授翰林編修，官至國子助教。爲人雖口吃，而精敏異常，諸經注疏，多能成誦。文辭汪洋浩博，其氣煜如也。論者謂繹曾與陳旅、程文皆名士，文字相伯仲云。尤善真草篆書。嘗往來兖、揚、徐、冀間，士多遊其門，李齊、李之英其最著者。所著有《行文小譜》。按《元史》列傳云：繹曾處州人，不言舉進士。今跡其著作，嘗自署曰吴興，而《湖州志·科第表》亦嘗列其名，則《元史》之疏畧無疑也，特改正之。

鳳凰山

平生丘壑愛躋攀，此日披圖意任閒。江浙去題龍虎榜，海虞行看鳳凰山。鶴來華表千年後，雲在丹崖萬壑間。聞有青囊書卷在，訪仙求術待秋還。

題定武禊帖

平生右軍書，固自歷代寶。永和修禊事，醉筆落晴昊。粉蠟冰一方，蘭膏玉萬擣。繭紙化飛埃，摹搨貽永保。相傳金錫帖，貴比漆書誥。多事桑澤卿，雌黄費探討。巧偷竟沈淪，肥瘦異鑄造。化身遂千億，濁俗不可掃。昭代二王家，玉匣尚精好。東山賢相君，購之苦不早。寶氣白虹蜿，逸思青雲渺。想像清閟堂，玉石光皓皓。

李僉事哲

哲字公毅，號耕雲，□□人。舉進士，官肅政廉訪僉事。

韓之盧

韓之盧，猛捷世所無，利口疾足逢時需。豢以糠籺飼以餘，感激意氣心力輸。平原八月秋草枯，呼嗾詭遇當前驅。東郭之㕙衣褐徒，食邑卯地承其初。爾祖於戍封時俱，不侵不暴穴以居。爾窮其蹄禽焉俘，盡室纍纍恣所屠，逞心得雋名欲沽。北山有猰㺄，南山有於菟，大爲民害爾勿除。磨牙食人肉，白骨委道途。大爲民害爾勿除，聞其腥臊妥尾逋。觸邪既無獬豸德，仁厚又不慕騶虞，畏强凌弱心何如。上天好生爾好殺，逆天網道天必誅。一朝惡積殘其軀，形骸狼藉礫路隅，傍人不恤掩鼻趨。有嫿其雌哭呱呱，百獸率舞蹌蹌呼。

宣化堂二首

五十年來張令尹，至今遺澤在人心。當時種竹存風節，更比甘棠愛護深。

細觀壁上重過句，宣化承流用意深。惟有亭前數竿竹，瀟瀟常抱歲寒心。

朱縣尹倬

倬字□□，建昌人。中進士，至正二十八年，任遂安縣尹。

遊龍洞

雲氣空濛龍洞開，松風吹雨石崔嵬。龍公昨夜應相語，明日題詩遠客來。

周州同泰

泰字□□，東平人。由進士至正間任潞州同知。長于辭翰，凡廟學碑銘多出其手。

登德風亭和偰世玉韻

丹山五色鳳，覽德鳴朝陽。君子持憲紀，被命轍周行。觀風歷全晉，凜若百煉剛。王猷既宣朗，民心同激昂。逍遥領羣彦，登眺臨高岡。鮮雲散層臺，凍雨灑八荒。侃侃冠佩集，車騎伏道傍。揮毫寫幽賞，泉石凝清光。往賢已無敵，來者安敢望。志意何優游，品物咸樂康。載文青霞巔，仰止白玉堂。星軺戒前塗，飛蓋度津梁。望塵夐已邈，石路松陰凉。懷哉良時遇，感此千載慷。

德風亭古詩二首爲太守菊軒張候賦

上黨古藩服，形勝天下脊。牧守嘗選掄，皇心猶靡及。使君輟朝著，敷宣布恩澤。仁風動千里，民歌君子德。公堂報政成，退食多暇日。登眺臨西園，于以顧原隰。亭基巋然存，感慨念今昔。剪荒戒羣工，匪欲事修飾。軒窗宏以敞，臺榭雲烟集。峰巒拱而趨，川流澹秋色。禽鳥固相忘，飛鳴下庭石。皡皡神堯疆，熙熙仁壽域。把酒詠南薰，斯樂永無極。

振衣登高亭，俯見羣山脊。上有三仁祠，清風邈難及。天際浮雲馳，草樹含光澤。伊誰恃險艱，而不守道德。飛棟凌青霞，開軒對白日。良苗布良衍，芳潤散卑隰。蹇予山林姿，所志在平昔。愧乏佐郡能，中心謹自飭。太守并門豪，吏去賓客集。酌以亭下泉，皎皎照顏色。歲成上丹闕，修文壽金石。品物遂欣榮，曠懷出遐域。永言寄郡賢，願爾保民極。

張主簿子和

子和字□□，舒城人。由進士任宿遷主簿，有詩名。

香爐峰

天然寶鼎大如許，兩耳雲生篆翠烟。偉器元非人小用，萬年常峙玉皇前。

胡教授巨源

巨源字□□，榆次人。第進士，仕高麗軍民總管府儒學教授。博學，多所著述，蔚有文稱。

留題南趙古廟

鱗皴老樹鐵生斑，神宇荒涼野壑間。地僻無人秋寂寂，一川紅影夕陽閒。

卜進士友曾

友曾字□□，□□人。舉進士，張學士以寧《翠屏集》有題《進士卜友曾瘦馬圖》詩。

陳知州子侍父歸賦此以贈

白日上漢皋，落葉鳴蕭蕭。之子遠行邁，相送城南橋。橋頭涼風動疏柳，車蓋摇摇赴京口。而翁太守予交久，惜别青山入樽酒。黄花未放秋不知，雁影空江莫回首。後夜相思山月明，湛盧神劍蛟龍吼。

題劉材之家子昂書映雪軒扁

天吴粉月成瓊屑，灑向人間沃春熱。東風刮地清夢闌。門外好山青不得。白雲著雨飛難起，曉來化作湘江水。湘水娟娟照美人，對此心開幾千里。臨池落筆幽思多，白鬚道士來相過。日斜寫得《黄庭》去，錦籠却送山陰鵝。山陰春盡美人老，茂陵劉郎拾瑶草。瑶草年年吹古香，至今殘雪明松表。

興聖殿進史

瑶編初進侍清光，日麗龍池晝刻長。堤柳染成春水色，宫花併入御爐香。金壺灑露層階滑，玉椀分冰廣殿凉。矇瞍似知天意喜，鳳笙新奏五雲章。

和林一原題西乾廟韻

美人西扣古王宫，推枕山窗曙色溶。風氣秋來深似海，嶺雲日暮碧於松。苔生階面侵銅鼓，水落波心起石龍。一路西風吹醉帽，黄花滿地似春濃。

郭彦達都事悠然亭

悠然亭上翠浮空，林壑歸來一笑同。稚子春遊修竹裏。詩人夜醉白雲中。瀔山連屋書千卷，湃水當軒菊萬叢。招隱欲題應有待，漁竿閒颺落花風。

寄建康經歷沙子中同年

離亭旌佩思紛紛，江上西風落木聞。客棹相逢前日雨，漁罾猶挂隔溪雲。小樓吹笛青山老，返照移樽碧草醺。萬里霞洲望不極，祇將秋水贈夫君。

懷友

憶得城東賣酒旗，維舟立馬意誰知。江流滚滚相思後，帆影悠悠獨去時。巫峽秋雲連泰華，金陵春草接黄陂。紅塵孤負滄浪釣，猶擬梅邊寄一詩。

偶成

雨過疏篁翠欲流，西風吹露冷吴鈎。閒庭落葉不須掃，官況從來澹似秋。

思歸

客子來時菊放秋，桃花開遍尚淹留。長空雁影北飛盡，一夜江聲可白頭。

王進士鈞

鈞字□□，真定人。嘗受業于水村先生錢仲鼎，舉進士第。

題趙榮禄水村圖

寒烟漠漠鎖荒村，日暮帆歸浦溆昏。颯颯秋風鳴老樹，娟娟流水繞柴門。平沙雁起聲如寂，斷岸罾懸影若翻。要問先生得真趣，玩圖默默復何言。

朱進士彬

彬字仲文，盱江人。家世儒業，登進士第，工古文，作詩尤爲時所稱云。

和西湖竹枝詞二首

南北峰高作鏡臺，十里湖光如鏡開。行人有心都照見，勸郎肝膽莫相猜。

湖水東來日欲西，蘭苕參差那得齊。蘇公堤邊人蕩槳，吴山樹頭鴉欲棲。

連鄉貢綮

綮字士徵，黎城人。淹貫經史，諳通韜畧，辭翰精確，自成一家。中河東鄉進士，授河南儒學提舉，不受，卒有天雷之變。門人翰林學士蘇友生弔奠致辭，訃聞于朝，追贈集賢直學士、朝列大夫。

金牙山

撑破白雲矗翠環，孤峰高倚北辰閒。黎川歷歷憑高望，幾點煙村落照間。

繡屏山

削玉青山列卧屏，野芳如繡照人明。天教遮護黎侯國，不蔽西周討亂兵。

卧牛峰

山作牛形自古名，一峰突兀若爲情。疑從税駕桃林後，芳草青青卧太平。

周鄉貢溥

溥字公輔，吴興人。經明《春秋》五傳學，用是父子領鄉薦。晚自號東園老人，有《東園詩》行于時。其詩如《鄉闈新省比事》至百韻，蓋亦以詩爲史者也。

西湖竹枝詞

西湖西畔上清家，美人有如萼緑華。七星道冠拜星斗，萬一瓊臺乘紫霞。

翁進士仁

仁字德元，章安人。舉進士。

題柯敬仲墨竹

湘江何處弔湘妃，極目愁雲是九嶷。欲寄所思秋水隔，鳳簫吹徹玉參差。

楊文學彝

彝字西亭，江浙貢士。《復見心答西亭文學詩》有云：「穿楊曾憶賦凌雲，早有聲名浙下聞。北闕欲瞻龍鳳質，南天尚阻虎狼羣。」時已遭亂矣。

答復見心上人

自別京華戀白雲，姓名那得廟堂聞。吹噓不待河東賦，顧盼俄空冀北羣。往事關心驚逝水，長吟搔首對斜曛。故人林下曾相約，莫遣山亭便勒文。

題馬元德知州華山春曉圖

三峰列金精，層崖麗璇霄。地高萬靈會，日出諸山朝。松陰停鶴馭。花間聞鳳簫。獨尋希夷叟，相與談逍遥。

李貢魁澗

澗字國用，□陽人。貢魁。

過廬山

斜暘淡淡柳依依，立馬橋邊客去遲。晝錦已成螻蟻夢，夜臺應愧鵲鴒詩。萍虀豆粥無傳法，蒲扇桃笙有□時。千載孝標裙帔恨，憑誰箋事故人知。

趙進士孟熺

孟熺字□□，宛陵人。登進士第。

杏花

三十里花曾躍馬，十餘年事謾憑闌。榮華已逐飄風去，却向牧童村裏看。

李進士古

古字□□，閩人。登進士。

凉軒

古國遮雷首，幽軒擁縣堂。何煩犀辟暑，不待草迎凉。瀟灑松筠地，清虚水石鄉。牛刀無所用，高枕傲羲皇。

史進士琳

琳字□□，□□人。登進士。

登文登山

一上高山百感生，瀟瀟風物幾紛更。已無帝子前朝跡，空有文人舊日名。仙草不隨春雨緑，蓬蒿徒對夕陽明。壯圖未到扶桑國，孤負鑾輿萬里行。

黄進士師表

師表字□□，□□人。登進士。

漏天巖

蓬萊天道俗難明，謾説媧皇補未成。疊浪來催雷似吼，片雲不見雨如傾。時行九夏非爲澇，令到三春未發生。應是波濤爲陸地，霖淫猶自不關情。

張進士廓

廓字□□，□□人。登進士。

緱山謡

緱雲輕，緱月明。緱山仙人弄月雲，徘徊鸞鶴吹玉笙。仙人輕舉斗星横，雲月悠悠薄太清。浮邱真人學道成，丹砂九轉飛雲星。羽衣芝蓋遥相迎，游軿相與朝玉京。海日岧嶤射青闕，閬霞崆峝烘赤城。倏而白藏變元英，塵寰滄海桑田平。紛紛萬兆兮如癡蠅，菌蟪晷促兮不暫停。大道茫茫兮其自靈，故山松桂兮烟冥冥。邦人思舊兮未忘情，香火華華兮視清明。青莧寥寥兮望霓旌，飲鶴池邊幾番春草生。

北邙山

風昏晝色飛斜雨，冤骨千堆骷髏塚。八紘牢落人物悲，是箇田園荒廢主。悲絶自古争天下，幾度乾坤復如此。秦皇屹屹築長城，漢祖區區自忙死。野之骨兮又成塵，樓閣風煙還復新。願得華山長歸馬，野田無復堆冤者。

易進士漢懋

漢懋字□□，□□人。舉進士。

賈氏貞節詩

呂梁東來石齒齒，遥遥柏舟河之涘。天公元首謹護持，一片微波吹不起。孤眠鸂鶒何曾怨，不許黄鸝鴱鳷見。象床晝掩春日閒，一縷猩紅託鷿燕。我心匪石不可移，我心匪鑒不可譏。藍田日暖生寒輝，過庭詩禮良弓箕。

御史塔不䚟

塔不䚟字彦輝，一作「翬」。河南人。舉進士。至治間，任安鄉縣達魯花赤，終西臺御史。

南禪寺

寶刹傳清梵，雲霞作綺羅。山空雲氣合，樹古雨聲多。好鳥啼青嶂，飛花點緑莎。丹崖如可約，吾亦訪盤阿。

靈寶觀

敲鞭吟入楚雲堆，道士出迎將鶴來。門徑雨深蒼蘚合，洞房春暖碧桃開。蒲團分座臨丹竈，松釀凝香壓酒杯。相與笑談忘世慮，更從何處覓蓬萊。

安流曉渡二首

依依雲覆楚天低，千里行人渡此溪。浮舫纔離芳草岸，征鞍復上緑楊堤。川連湘水迷蘭浦，路接桃園入故蹊。可歎共舟同濟客，明朝幾處候晨雞。

江頭初日起啼鴉，遠近行人下淺沙。船淺碧流如坐鏡，客依銀漢若乘槎。微茫雲路三千里，隱約煙村八九家。漫道濟川舟楫利，軒轅功業至今誇。

蘭浦漁舟

蘭浦香濤接澧湘，漁舟數葉泛滄浪。緑蓑篛笠生涯足，明月蘆花興味長。江草無情侵夢寐，烟波有分定行藏。令人還憶陶朱子，獨釣西風幾夕陽。

憲副伯篤魯丁

伯篤魯丁，答失蠻人。進士。至元三年，任嶺南廣西道肅政廉訪副使。

逍遥樓

身世雲霄上，飄然思不窮。晴山排翠闥，暮靄閟琳宫。牧笛殘雲外，漁歌落照中。蓬萊凝望眼，隱隱海霞紅。

浮雲寺

麥雲芟盡草青青，白叟黄童喜送迎。海宇有生皆樂懌，遐荒無地不昇平。水明山秀聞鶯語，雲淡風輕信馬行。山下高人留客醉，旋挑竹笋煮魚羹。

進士伯顔帖木兒

伯顔帖木兒，□□人。登進士第。

侍分司遊金城開福寺

自慚辛苦一書生，曾聽鴻臚曉唱名。暫領銅章來石邑，欣倍繡斧上金城。天涵殿角撑空闊，溪接簷牙漱淺清。珍重坡山留玉帶，山門千古有光榮。

沙左丞班

班字子中，色目人。居杭州，舉進士。授建安經歷，歷官湖南行省左丞。至正間，得隙地于慶遠，築室以爲義學，招子弟以教之。劉基集有《沙班子中興義塾詩序》。二子善才、善慶，俱登第，因名其所居之山曰「聯桂」，所以紀瑞也。

武夷山

武夷別是一區寰，咫尺蓬萊手可攀。一葉扁舟九曲水，數聲啼鳥萬重山。雲梯天近嵐長濕，石洞春深蘚自斑。莫道仙凡相去遠，幾多蛻骨在岩間。

昇真觀

高處星辰可摘攀，攜樽聊復一開顏。白雲起處山無數，流水灣頭屋幾間。無語洞花相掩映，忘機林鳥自飛還。何須再問蓬萊路，此是仙家第一關。

狀元同同

同同字同初，蒙古人。狀元及第，官至翰林待制。楊鐵厓云：同初詩多臺閣體，天不假年，故其詩文不多行於時。《江西通志》有同同，官江西廉訪司經歷，陳友諒攻陷郡城，與賊遇于合同巷，罵賊而死，是又一蒙古人也。

和西湖竹枝詞

西子湖頭花滿烟，共郎日日醉湖邊。青樓十丈鈎簾坐，簫鼓聲中看畫船。

縣尹别里沙

别里沙字彦誠，回回人。早登上第，官至光州達魯花赤。問學精明，居官有政，詩尤有唐人之風云。

西湖竹枝詞

楓篁嶺下月色凉，無數竹枝官道旁。東家爲愛青青節，截作參差吹鳳皇。

丞相野喇

野喇字□□，□□人。官丞相，按《元史·列傳》及《宰相表》並無此人，俟更考。

華藏寺

法鐘聲遠透禪關，華藏招提烟霧間。浮世已更新態度，青山不改舊容顏。洞門水湛潛龍卧，松頂風生野鶴還。擬欲敲開名利鎖，洗心常伴老僧閒。

燮右丞元圃

元圃失其名，湘潭人。博學有文詞，宋咸淳進士。入元任中臺御史，授奉直大夫，歷官至右丞。嘗建書舍于楊梅洲，廖道南《楚紀》云：元入中國，楚人仕之者十三人，如湘潭宋檢討姜天麟、湘鄉待制馮子振，惟燮元圃，《湘潭志》稱爲三臺御史，不樂仕元，以山水耕釣自娱。今讀其詩，似亦不能忘情于仕也。

寓錦灣望嶽亭

十載重來一憑闌，光陰不改舊江山。亭高下瞰龍藏室，天遠遥觀虎拜班。耕釣每懷生處樂，驅馳未許老來閒。雄風入座披襟好，静看漁舟上錦灣。

寓楊梅洲書舍

枯桑敗葉集寒鴉，離落芙蓉曉見花。有客歸來新作主，釣船灣處是生涯。

李承旨仕興

仕興字□□，□□人。官翰林學士承旨。

抵楚門

楚門山色散烟霞，人到江南識永嘉。半壠石田都種麥，一冬園樹尚開花。海天日暖魚堪釣，潮浦船回酒可賒。傍水人家無十室，九憑舟楫作生涯。

趙學士子貞

子貞字□□，□□人，官集賢學士。

風陵渡二首

一水分南北，中原氣自全。雲山連晉壤，烟樹入秦川。落日黄塵起，晴沙白鳥眠。輓輸今正急，忙殺渡頭船。

二月風陵渡，頻年兩見過。羽書勞驛騎，民力困征科。春到花纔發，愁來鬢欲皤。烽烟殊未息，天意竟如何！

黄學士廉

廉字□□，□□人。官學士提舉保甲。

垣曲縣留題

隔峰山如戲獅子，背看松林間掉尾。天際蒼茫落數峰，青虹下飲黄河水。洪濤日夜洗崖脚，容易沙洲忽生嵴。浮嵐積靄增氣象，回抱湯城來迤邐。聖世封疆屬鄉縣，令宰衙門對山起。朝看片雲拂簷棟，暮雨逡巡周百里。可憐居民老蒼翠，未省勞生有塵滓。乘軺亦復愧斯人，特地郵亭解行李。

陵川勵俗

河東人物氣勁豪，澤州學者如牛毛。大家子弟弄文墨，其次亦復誇弓刀。去年校射九百人，五十八人同賜袍。今年兩科取進士，落鈎連引十三鰲。邇來習俗益趨善，家家門户增相高。驅兒市曹買書讀，寧使日間示不薅。我因行縣飽聞見，訪問終日忘勤勞。太平父老知此否？語汝聖世今難遭。欲令王民盡知教，先自鄉里烝髦。自古將相本無種，從今著意鞭兒曹。

李集賢益

益字□□，□□人。官集賢學士。

祖孝子求母詩

孤雲飛去望無蹤，淚眼空穿計莫從。一念感天陰有相，兩萍浮海幸相逢。流芳不獨歸朱壽，錫類真堪繼穎封。最好賢尊尚無恙，壽萱重喜伴喬松。

張學士仲尹

仲尹字□□，清河人。官學士。

過松子嶺

密密松陰遮嶺面，層層山勢插雲衢。時人盡重王維筆，到此還曾畫得無。

郭學士西野

西野字□□，□□人。官學士。

轑陽驛

山畔園林水畔城，春風猶覺帶秋聲。因招野叟問時事，不識干戈識太平。

潞公軒

岸斷灘平水亂流，烟林簇簇點沙洲。小軒疏雨留人住，飽看雲山一帶秋。

學士童童

一作「仝」。

童童字□□，□□人。官學士。

奉旨祀桐柏山

桐柏山高插半天，峰巒平處有神仙。御香南下三千里，淮水東流幾萬年。玄鶴夜深和月舞，蒼龍春暖抱珠眠。只今天子如堯舜，辟穀先生學種田。

題王子晉

屣棄萬乘追浮邱，仙成駕鶴緱山頭。碧桃千樹鎖金阨，玉笙嘹喨天風秋。回眸下笑蜉蝣輩，蝸角争戰污濁世。何當高氣凌雲霄，願隨環珮聯雲騎。

滎陽古槐

龍蟠夭矯興雷雨，虎踞離奇隱鬼神。隆凖千年成蟻夢，空餘古樹老滎濱。

杜編修禧

禧字□□，□□人。官翰林國史院編修。

題周曾秋塘圖

枯荷容與淡相依，蘆荻花香拂釣磯。一段秋光成霽景，向人鷗鷺自忘機。

王編修逢吉

逢吉別號謙齋，陳州人。官翰林院編修。

淮陽八景 録六

太昊遺墟

羲皇陵寢奠淮陽，陵上參天古木蒼。黎庶豈能忘所自，聖君終要祀無疆。穹碑特表開天祖，紫詔專旌建極皇。有客經從祠下過，一樽再拜酹斜陽。

卦臺秋月

太昊祠前畫卦臺，臺前夜夜月明來。兩儀既判尊卑定，八卦初分混沌開。想像儀形思點畫，依稀光彩照崔嵬。客來弔古閒觀覽，一度登臨一快哉。

胡公鐵墓

借問胡公幾千載，尚留鐵墓蔡河濱。苔痕駁雜仍依舊，土色斑斕儼若新。流水東歸還入海，夕陽西下幾經春。人生處世渾如夢，何用經營死後身。

思陵暮靄

陳思陵在古陳隈，陵上荒凉石獸頹。冠冕已成塵土苴，文章還作世玫瑰。夕陽華表空蒿没，暮靄殘碑總客哀。煮豆千年君莫怨，至今七步顯奇才。

古宛晴烟

宛丘丘在古陳州，汙下中央好宛丘。太昊有靈當北鎮，蔡河無日不東流。人家落落繁華易，雉堞巍巍烟靄浮。擊缶南原遊蕩處，國風垂戒至今留。

柳湖春曉

柳湖湖在宛丘西，湖水溶溶浪拍堤。畫舫載春人尚醉，青帘沽酒馬頻嘶。雜花隱映山光薄，初日依稀樹色低。想像蘇公行樂處，讀書亭畔寫新題。

黄編修自誠

自誠字可久，宛陵人。官翰林國史編修。

即景

臘酒留香梅子小，野棠飄雪杏花開。漁溪白白蘆芽出，楊柳青青燕子來。

劉御史郁

郁字里未詳，官監察御史。按《元史·世祖本紀》：中統元年，召真定劉郁、邢州郝子明、彰德胡祗遹等乘傳赴闕。《劉静修集》，劉郁字仲文，析州蒲陰人。少從事亳府軍，後仕京師爲將仕郎。年六十餘，命酌賦詩而終。《元遺山集》渾源劉祁弟郁字文季，三者俱未嘗言官御史也，俟更考之。

題鵲山二首

路入荒山百里長，川原平望鬱蒼蒼。倚天翠壁三千仞，只欠磨崖字幾行。

鵲山高與碧雲齊，渡水沿岡路欲迷。日暮羸騎鞭不動，緑雲深處亂蟬嘶。

衛御史恒

恒字□□，□□人。官御史。

衛源廟

上國風帆快轉輪，石林香靄護神居。龍吟別浦泉聲細，鳥拂空潭樹影虚。蹴踘誰家春競賞，琅玕千畝翠堪書。繡衣已覺清寒甚，休遣風霜到隼旟。

張御史翶

翶字□□，□□人。官御史。

洛陽懷古

自古中原壯九州，昔人城此會諸侯。漢興黨錮三綱墜，晉尚清談九鼎休。洛浦寒波無晝夜，玉川破屋幾春秋。惟餘緱氏山頭月，伴我乘槎泛斗牛。

金御史剛訥

剛訥字□□，□□人。官西臺御史。

温泉三首

温泉瀝瀝水聲新，洗盡乾坤幾許塵。羯鼓樓中人不見，華清宫裏草生春。

聞説當年故事新，海棠露濕浴輕塵。于今獨立温泉上，繡嶺雲閒野水春。

水滿蓮池石甃新，浪花噴雪暖無塵。徘徊惆悵當時事，天寶年間一作「來」。第一「一作「幾」。春。

杜御史德常

德常字□□，□□人。官西臺御史。

大理觀易有感

往年曾作百夷行，統率三軍笑不平。野爨路盤元有限，山嵐烟瘴苦無情。鵠中争射弓差軟，夜裏談經天怕明。邊閫近來少人事，羲經忙殺老書生。

廉御史普逵

普逵字□□，□□人。官陜西行臺監察御史。

華清

華清宫裏温泉清，詩人聞此來濯纓。纓塵濯去總颯爽，但覺兩腋清風生。振衣飛上驪山頂，感慨興亡忽耿耿。山上烽一作「舉」火欲一□，山下鑿池事游奔。火然水沸不可收，干戈動地血漂流。至今此池一作「地」。洗二婦，温泉不洗當時羞。

侍御奚漠伯顔

奚漠伯顔字□□，□□人。官湖南行臺侍御史。

石鼓書院三首

龍蟠虎踞甃琴壇，萬壑同承石鼓山。蒸水遠連湘水去，櫓聲遥雜雁聲還。回看星斗朱陵上，佇聽金絲緑净間。欲刻新詩酬勝景，磨崖應愧雨苔斑。

儒宫直上接蓬萊，迥隔人間絶點埃。石鼓枕湘雲影亂，窊尊酌酒月光來。江澄緑净雙流合，嶽貫朱陵一竅開。只有丹心惟戀闕，凌風長嘯望金臺。

雲開衡嶽放新晴，舊客今爲萬里行。二水合流浮石鼓。一聲回雁落山城。朱陵不改千年迹，緑净重登六載情。多謝歲寒三二友，殷勤握手笑相迎。

御史伯顔九成

伯顔九成字□□，□□人。官湖南行臺監察御史。

柳先生祠

柳侯昔罹逐，嶺海萬死中。詩文既不泯，寧惡禄位崇。倒指數百載，廟食何沖融。天意化南紀，卓然變蠻風。祠下冉溪緑，羅池荔子紅。著論播遐邇，聲與韓争雄。盜名欺世者，黔驢慚自衷。九原如可作，終焉允依躬。文華發三歎，羣學開朦朧。

君山

鄂渚天開出畫圖，君山螺立洞庭湖。登樓西望江分楚，倚檻東臨水入吴。浩浩海潮遊赤壁，悠悠雲氣隱蒼梧。人生擾擾成何事，却羨沙邊釣艇孤。

張尚書天錫

天錫字□□，號梅月，□□人。官户部尚書。

岐山八景　録六

鳳鳴朝陽

羑里人歸瑞自生，高岡靈鳥象文明。和聲先浹西周化，不待簫韶奏九成。

磻溪風月

古溪水暗草荒蕪，風嘯山空夜月孤。試問泥塗軒冕客，不知曾載後車無。

太白晴雪

參井西分鳥道偏，羣山未敢與争先。寒光凍合銀潢水，近得清虚咫尺天。

實相晨鐘

未到蓮花刻漏殘，上方燈火照梅壇。豐山月落曹溪樹，驚覺僧窗鶴夢寒。

資福烟霞

城市山林景色兼，仙家宫闕近閭閻。道人晚祝焚修罷，滿院香雲不捲簾。

五丈秋風

忠武叢祠舊跡稀，英雄過訪淚沾衣。江山埋恨歸狼顧，霜樹年年黄葉飛。

馬尚書世德

世德字□□，浚儀人。官刑部尚書。

過靈泉寺二絶

老僧杖錫何方住，家在萬松東嶺頭。山色似身心似水，白雲爲屋月爲舟。

庭前蒼檜一百尺，上有老鶴巢其巔。自去自來無挂礙，長鳴戛然如問禪。

熊尚書載

載字□□，□□人。官尚書。

岱嶽行

岱宗蒼蒼肇開闢，元氣坱圠露鰲脊。懸崖峻嶺接穹窿，走澗飛嵐堆怪石。山形變態苦不常，映月雙巖透雪白。雷車飛馬時往來，秘府幽都鬼神宅。我來已是二月中，滿眼黄塵暗阡陌。瓣香再拜懇神祇，愧我乏材躬自責。願祈國祚億萬年，歲稔時和春拍拍。貪婪蠹政掃無蹤，獎掖賢能放邪僻。油然膚寸合陰雲，甘澍連霄甦地脉。羣峰亂削翠芙蓉，列岫横陳玉圭璧。東郊南畝事耕耘，紅是杏桃青是麥。九重雨露浥清塵，稽首神功手加額。士民鼓舞頌昇平，盡説宜時好膏澤。肩輿今日始登山，路入天門天咫尺。崎嶇石磴十八盤，玉女神池沁元液。磨崖尚有秦漢碑，古體昏訛半摧折。唐敕宋敕封禪壇，雨暗苔侵幾朝夕。卧龍蟄起石竅寒，玄鶴睡足林煙碧。洞天深處何人居，紫府神君蓬島客。凉風颼颼吹我衣，兩腋頓然生羽翮。嗟予不有清静緣，杖履何由脱塵跡。神遊八表醉騎鯨，長嘯一聲天地窄。君不見日觀峰，舉頭便見東海東。曉雞未唱日已出，海波燦爛山玲瓏。悠然登覽渺無際，齊州九點氤氲中。又不見五株松，嶙峋老幹蟠蒼龍。異哉斯遊更奇絶，猿鶴笑我何從容。攬衣掉臂下山去，夕陽澹澹烟光濃。

林侍郎暾

暾字伯昇，號竹雪，臨海人。官户部侍郎。

奉使過建陽懷四兄

游宦浮蹤水上萍，自憐添却鬢星星。嶺南不見來鴻雁，原上徒看下鶺鴒。蘭菊秋風誰共賞，芭蕉夜雨獨愁聽。杖藜莫厭行遍遠，觸眼雲山盡畫屏。

侍郎達實帖木兒

達實帖木兒字□□，□□人。官刑部侍郎。

岐山八景 録二

鳳鳴朝陽

聞道周朝瑞鳥來，扶桑光射海雲開。孤桐漫有鵶鴞集，月落空山起宿䨪。

五丈秋風

八陳圖荒認舊痕，當年蜀將駐三軍。出師不遂中原志，老樹寒烟鎖暮雲。

仇郎中聖耦

聖耦字□□，□□人。官中書右郎中。

鳳鳴朝陽

和鳴千古詠西周，喚起春風遍九州。一自岐陽留語後，碧梧棲冷不勝秋。

文郎中璋甫

璋甫字□□，□□人。官雲南行省郎中。

火節

雲披紅日恰銜山，列炬參差競往還。萬朵蓮花開海市，一天星斗下人間。只疑燈火燒元夜，誰料鄉儺到百蠻。此日吾皇調玉燭，更于何處覓神姦。

袁主事正

正字□□，溧陽人。官户部主事。

岊山曉雲歌

大坤濕氣蒸巃嵸，油然勃然連蒼穹。曙窗注望東岊峰，須臾不見青芙蓉。初疑博山噴出紫烟縷，又疑蜃精海底推起龍王宫。東西模糊總一色，上下變幻知幾重。既非芒碭山中隱劉季，又非陽臺神女遥相通。養文玄豹隱丹壑，失巢老鶴迷青松。忽見千株萬株老古檜，化作千丈萬丈蒼精龍。斷崖滴翠晴灑灑，落花細雨春濛濛。金烏欲上海水赤，神光盪射生青紅。狂飈捲地忽吹盡，依然繡出金屏風。奇奇怪怪渺無際，且將浩興收拾填心胸。

趙丞相城南遺址歌

君不聞宋祚昌，將軍賜第耕溧陽。又不見宋祚危，將軍力竭難扶持。黯黯煙塵塞天地，夜半江東將星墜。英雄不作二姓臣，一掣青蛇化鯨去。惟遺别墅瀨江湄，斜陽慘慘風悽悽。洗馬池乾秋草緑，斬人石在荒臺攲。金甲沉江流水墨，寶劍隨地蒼龍飛。至今英氣猶烈烈，地老天荒不磨滅。一樽無處酹忠魂，空向江頭酹秋月。

史侯廟

白水真人握赤符，將軍崛起輔皇圖。奮身幸際風雲會，舉手曾將日月扶。萬户封侯資上邑，千秋廟貌瞰平湖。仍孫奕葉綿瓜瓞，尚有功名繼踵無。

鄭主事衍

衍字彦章，安□人。官禮部主事。

碧雞山

中慶西南來，有山勢雄奕。屏開障大荒，壁立數千尺。晴巒疊奇峰，幽壑藏怪石。清風響松濤，老樹森矛戟。俯瞰滇池水，仰矗雲霄碧。山靈得異境，廟貌存古迹。君侯本世家，奉詔平叛逆。兹承寵光行，山迎馬首僤。鎮遏良有謀，烟瘴似衆釋。從此邊郵寧，殊勳垂竹帛。

范員外鼎臣

鼎臣字□□，□□人。官職方員外郎。

疊翠樓

樓高更在夕陽天，萬象都驚到目前。雲外亂山争雜遝，烟中羣木鬭攣蜷。幾因秋雁歌汾水，時有薰風入舜絃。此日登高知絶勝，謫仙詩思逸聯翩。

趙主事璉

璉字□□，□□人。官主事。

暖泉漱玉

泉出安寧最，潛陽溢至和。盎温深在沼，清泚溶盈科。下土丹砂伏，傍崖碧玉磨。氣暄移火井，色瑩轉銀河。洗濯空炎瘴，經行入雅歌。遠人沾惠舊，此去足恩波。

李員外建中

建中字□□，□□人。官尚書主客員外郎。

開垣曲山路成

爲郡同卧理，民情識我情。三秋得公事，一月遶山行。底柱全抛險，黄河已接平。迥遭到垣曲，尊大近神京。借助林鹽潤，增饒國計成。虞州訪遺跡，吴坂念長鳴。堇澤蒲侵緑，巫咸水傍清。人懷終縣老，地歎夏臺傾。下馬聽泉發，登原待月生。盤桓讀碑板，扶□立刀兵。晚靄開鐘斷，微陽喜雨晴。峭空崖背落，斗截屋西横。仙恐臨王屋，高疑見析城。去車如軌轍，連畝有耘耕。彩錯翻朝旆，錚鏦擊夜鉦。鑿開青石壁，填貯白雲阬。舊幕憐才俊，嘉言許道亨。何當議艱阻，始信説分明。□倦供廉使，常存濟物誠。記時聊就筆，千古愧題名。

昌黎韓山人初搆嵩陽小隱因寄四十字

泉流遶石壁，小隱斷纖塵。不是紫虚谷，那棲太室人。孤懷在詩癖，護氣養天真。誰與同春醉，山花作四鄰。

俞助教溥

溥字士淵，號柳菴，淳安人。官國子助教。

秋盡

秋盡仍梅雨，迎寒復鬱蒸。時情猶可畏，天道亦難憑。粟穗芽生圃，禾頭耳壓塍。垢身繁蚤虱，亂眼聚蚊蠅。搞斷頻漂木，絺捐且衣繒。既無霜可履，誰道至堅冰。

和鄭獅山遊尹山韻

佛殿何年此揭虔，山僧相見但童顏。鉢盂曉貯銀床露，禪榻時飄寶鼎烟。旛影舞風吹宛轉，梵音隨磬出清圓。他年塵土無知者，好把新詩石上鐫。

趙院判轂

轂字□□，□□人。官太常禮儀院判官。

阜山道院

捫蘿踏破青苔岑，俯瞰喬木蒼蒼陰。清泉遥向半空瀉，雲雾往往生衣襟。我時坐卧萬山頂，心懷直與山俱静。一丸妙趣頗熱拈，三代文章會深省。自從擢第向鸞坡，回首林泉情幾何？紅塵馬前一千尺，終日碌碌相奔波。幽情雅趣固無改，却憶故山猿鶴在。舊學荒蕪日益深，宦途宛轉真成海。今朝持節出三邊，覩此清幽心豁然。定應神物故相劇，移却蘭亭來我前。陰森竹樹相蒙密，隱約亭蘭竹深出。寒泉繞屋留白雲，古木回簷礙紅日。池蓮後時雖半枯，風到未減知章湖。緑蒲紫荇相映帶，秉燭夜看疑畫圖。朗吟還向亭中坐，點點流螢拂衣過。秋聲瑟瑟檻邊來，木葉蕭蕭燭前墮。分明如在蘭亭中。一腔澄澈萬慮空。今朝曉起不忍去，怕見林稍霞彩紅。

阜山道院

仕至將相登王侯，黄金積斗錢山丘。朝遊繁華夕枯悴，勢利溝壑韜戈矛。郿塢金谷委陳迹，古今興廢恒相侔。全真道士抛世慮，瓢盂醉飽餘何求。淳風化善革貪暴，無爲即與松喬儔。闔閭坌集搆棲止，煙霞幻出洪崖頭。長生久視置勿究，超然物外絶悔尤。孤雲一片恣去留，廣輪八表恢神遊。

中鎮廟

凌晨策馬趨靈宫，縈紆一逕松蘿重。兩山對聳忽開豁，參差殿閣蒼烟封。溪回路轉得平土，雲間雞犬存莊農。廟庭喬木巢野鶴，沙瀨虎蹄遺新蹤。仰觀絶頂倚霄漢，排山劍戟攢羣峰。霏霏嵐光翠欲滴，深林緑動春意濃。包含元氣蓄雷雨，巨壑湛蔚藏神龍。天香屢降新年穀，有司時祀宜彌恭。

勾龍太博緯

緯字□□，□□人。官太常博士。

題惠泉寄知軍郎中

崎嶇荆門山，叢起爲東扼。陽岡盤氣勢，陰竇融液脉。源濯雲根移，流噴石罅折。呀呀兩崖間，平潤纔數席。環岸貯清泚，古鏡照秋色。恬風不生紋，至底無隱物。魚鮫畏窺見，雖淵不敢窟。蝦鼈惟命微，無一來狼藉。澄輝泛嵐翠，净影落天碧。潛花深冏冏，蔭樹高窣窣。清光照毛髮，爽氣灑肌骨。如入仙壺中，亭宇何鮮飾。瓶罌日來往，岸汲易爲力。短綆胡勞人，輕舠恰容客。有客時病痟，凉酌嚥冰蜜。古瓶試一沸，氣烈聲怒激。兔毫小甌面，浮起茗花白。當時竟陵翁，老死脚不歷。品第十九水，遺此良可惜。古傳惠之名，今紀惠之實。飲之以蠲痾，甘潔比靈液。决之以救旱，浸潤侔膏澤。此泉惠此土，惟日流不息。作詩頌惠泉，勉哉君子德。

章寺丞詢

詢字□□，□□人。官大理寺丞。

九龍巖

間攜羽客訪靈巖，巖透山光秀潑藍。星使未來山館近，爲師終日絆征驂。

馬參議思温〔一〕

思温字□□，晉陽人。官中書參議。

送都元帥述律杰雲南開閫

僰道西南舊建牙，元戎拜命出京華。九天曉日明符虎，萬里春雲濕詔鴉。溪洞陰陰沾化育，川原在在樂桑麻。皇威遠被蕃宣重，諸葛平蠻未足誇。

贈季境

胄出名門正妙年，置身聊爾奉藩宣。塵生驛路頻驅馬，雨溢官河穩放船。后土祠中花綴玉，平山堂下柳飛綿。遄歸公館應多暇，好對芸窗理舊編。

〔一〕「馬」，目録作「馮」。

劉都事瓚

瓚字□□，□□人。官集賢都事。

沂山

天香捧出九重宫，驛騎奔騰迅若風。萬疊奇山供眼底，一方雄鎮位齊東。葵傾丹悃臣遵命，柴望精誠帝降衷。祀事代修何所禱，太平嘉兆是年豐。

劉都事質

質字□□，□□人。官都事。

洛陽懷古

攬轡登臨感興濃，東都形勝古來雄。兩關地阨東西外，一氣天分子午中。雲淡松邙高塚在，水流伊洛故城空。銅駝陌上思前事，落日惟聞牧笛工。

劉仙巖

峭壁玲瓏峙碧穹，白雲仙去石巖空。劉郎今日重來此，一笑青山萬壑風。

李都事伯强

伯强字□□，□□人。雲南行省都事。

九日登大理玉局山

海風吹曉上層臺，玉局仙人安在哉！一帶河山無限好，百年懷抱此時開。菊從雨後都開遍，雁到秋深不肯來。一曲浩歌歸去晚，夕陽人影共徘徊。

登樓有感

戍鼓啼鴉起暮愁，感時懷别意悠悠。蒼山不隔他鄉夢，洱水猶含去國羞。老樹殘陽冢苑夕，遠烟衰草段陵秋。推敲未定憑闌久，思在蠻天欲盡頭。

游再光寺

樓殿玲瓏草樹陰，豈知城市有山林。中原游子情懷俗，方丈高人語意深。風引泉聲來屋角，雲和山影落池心。閒窗坐久爐烟滅，禽鳥催詩亦好音。

貢學録仲高

仲高字□□，宛陵人。官學録。

春日郊遊

憶昔東風御柳斜，枯腸一日萬周車。壯心難起泥中絮，老眼羞看霧裏花。巷陌幾家無主燕，池塘一種爲官蛙。江南寒食無烟火，白晝沉沉似月華。

王長史庭

庭字□□，滇南人。父昇字彦高，仕至雲南曲靖宣慰司副使卒。有文稿若干册。庭習學業，能紹父風，爲梁王長史。

咂酒

封拆黄泥日月遥，遶瓶活火謾圍燒。枯筒未試香先透，熟水頻添味轉饒。冷暖既隨人異態，縮盈還與海同潮。其中春色知多少，便是淵明也折腰。

郝廉訪采璘

采璘字□□，□□人。官廉訪使。

題晏子廟

荒城隱殘堞，老樹回清灣。東有齊相丘，纍纍處高寒。誰知千載人，此地遺巾冠。圖齊豈不雄，詐力唯偏安。四海兵縱横，奈爾狐裘閒。不有莘野資，王業誠間關。當年矮矮軀，氣凌星斗間。存齊賴世鄉，枉道羞申韓。憂民力忠懇，激世揚清湍。才術終有餘，雅儉誰能班。所恨尼谿封，昧聖虧璧完。猶能百世下，廟食羅豚肩。英魂眇何許？慘澹風烟殘。繁華一清夢，變滅餘江山。寥寥今幾世，往轍何當還。懷賢感益深，高歌歷膠灘。

完顏廉訪東皋

東皋字□□，□□人。官湖南廉訪。

蘇山

圖畫天開馬嶺山，仙家白鹿洞中看。泠泠瑞露春生樹，冉冉香雲晝繞壇。橘井有泉通玉液，桃源無路問金丹。他年擬卜烟霞計，祇恐幽人矢解鞍。

郴江

荆楚東南地，郴陽據上游。萬山攢劍戟，一水注襟喉。邈矣昌黎廟，傷哉義帝丘。我來廉問俗，烟雨漲中洲。

侯憲使賓于

賓于字廷美，宛陵人。仕廣東憲使。

送張漢英之金陵

平生不願爲傭書，亦不願作章句儒。酒酣詩成吐素霓，意氣凛凛吞千夫。去年排雲叫閶闔，出門一夜車四角。今年喻嶠席未温，一舸乘潮又催發。大江之西日本東，廬陵人物嘗稱雄。決科歲占十八九，君當努力揚詞鋒。才高不用長歎息，四海彌天豈無識。壯年懷居亦何有，着眼帶礪開胸臆。霜臺屹屹陵高寒，豪士傾蓋宜交歡。我知屠龍不屠狶，食馬政欲食馬肝。吴姬壓酒吹香絮，謫仙神游歌《白苧》。敬亭惟有孤雲閒，欲雨人間亦飛去。

次題百花洲

樓臺縹緲絶氛埃，瓊樹扶疏滯月栽。夜半空庭松露滴，碧雲天外鶴歸來。

張憲副瑹

瑹字□□，□□人。官河東山西廉訪副使。一作「琪」。

題隰州公廨壁

宦途汩没歷清苦，身閲浮華邁五旬。十月山城多霧雨，十年書劍走風塵。日邊丹詔求賢急，枕上滄江入夢頻。俯仰題詩思無限，臨軒消散自怡神。

憲副术薛

术薛字□□，□□人。官河東山西廉訪副使。

題隰州公廨壁用張瑹韻

驅馳終日走逡巡，涉水登山已過旬。覽鏡可能嗟短髮，拂衣誰爲浣征塵。夜詳憲案留燈久，路覆民詞駐馬頻。聖主九重思治化，小臣無補謾勞神。

王宣慰蘭思

蘭思字□□，□□人。官宣慰。

僭題武夷九曲圖

一曲溪邊一曲仙，擢歌遺響有誰傳。西風吹入無聲畫，來上江東子静船。

吴宣諭元德

元德字師善，宛陵人。仕浙江宣諭使。

崔御史緑筠軒

種得湘筠十畝寬，森森蒼玉拂檐端。裁竿未許投江海，結實終看集鳳鸞。錦籜有時飛曲檻，緑陰終日護吟壇。淇園只在軒窗外，怪底霜臺六月寒。

李憲副玉

玉字□□，屯留人。精于藝術，官廉訪副使。

立春

灰飛葭管斗回寅，北陸收寒景色新。杖擊泥牛身已碎，滿城和氣萬家春。

李運使汝明

汝明字□□，玉子。善詩文，授中山提舉，再授平陽路都運副使，遷平陽路治中，後拜朝列大夫，尋陞河東山西道宣慰，歷少中大夫陝西等處都轉運鹽使。

元宵

滿城燈火照樓臺，萬朶金蓮次第開。得意春來無限樂，銅壺滴漏莫相催。

李憲副處巽

處巽字□□，□□人。官湖南廉訪副使。

石鼓書院

蒸湘二水合流處，中有孤山塊如鼓。茲名炫耀得自唐，儒舍重興來近古。書生要占鼇頭住，竭立中流扶砥柱。經營二載始告成，轉首瀟湘變齊魯。西溪窊樽深幾許，瀲灩苔痕泛秋雨。今人杯酌少杯飲，寂寞高情誰與語。東巖朝陽纔半吐，金碧潾潾迷岸樹。朱陵後洞望祝融，元氣不絶如一縷。詩書何地不可讀，卜築來茲奚以故。市廛遠離出喧囂，緑净不容涴塵土。爲人爲己在明分，聖學千年期接武。素王深衣雖燕坐，弟子森嚴冠且履。參乎不敏何足知，復坐之間吾語汝。要將此時問答心，頃刻不忘常在慮。

如此儒服少慚德，事父事君終始具。晦翁三記當三復，羣居族談非利禄。方今海内四書院，鹿洞嵩睢并嶽麓。若論何地多賢才，石鼓山明江水緑。

澮山巖

神鑱鬼斵兩儀分，千古難尋斧鑿痕。幽穴有人通水滸，穹廬無頂罩山根。休誇陰氣凝虚室，且喜陽光照覆盆。山谷一詩能體物，夏凉猶可更冬温。

李僉事述祖

述祖字□□，□□人。僉河東山西道廉訪司事。

過保德軍有作

我行河之滸，我涉山之巔。跋涉豈殫遠，無勞怨獨賢。懍懍踏崩崖，惴惴臨深淵。安危繫馬足，戈矛與目前。投裝日之夕，散懷詠凉天。居人俯黄流，高城生暮烟。此邦實巨鎮，勢與西羌連。繞庭讀殘碑，繁華憶當年。樓傾有遺址，兔爰經坏阡。訪古念今昔，詠歌《黍離》篇。

吴運使安持

安持字□□，□□人。官都轉運使。

湧金亭

閒上湧金亭，塵襟久自清。橋疑虹尾斷，舟在鏡中行。夾路修篁出，臨軒遠岫横。一般添野興，隔岸賣花聲。

百門泉

地本居幽僻，天教慰寂寥。池無千頃廣，泉有萬珠跳。坐覺清心骨，行思厭市朝。從今頻往返，歸路不辭遥。

百門山十一首

何處登高好，蘇門有嘯臺。山撑天突兀，水劈地縈回。菊秀留詩句，萸香待酒杯。使君憂簿領，車馬浪徘徊。

幽境枕山扃，泉源瞰小亭。懷仙空往迹，仰聖得餘馨。野媚風回緑，沙融雪漲青。太平春有象，塵目醉偏醒。

薄暮雲陰合，侵晨雨勢連。天心消旱沴，地力釀豐年。庭漲珠盤走，簷鳴玉珮懸。使君忘考績，一笑吏民前。

朝雨不成澤，暮春空復陰。望穿農父眼，愁破使君心。粟貴如炊玉，泉枯似刮金。傅霖何日夢，聊復禱桑林。

重岡登木杪，幽廟俯潭陰。琴筑含風遠，幨帷隱霧深。屢遊千里目，偶會百年心。寄謝山靈道，商岩已傅霖。

曉晴驅玉勒，歸路積瓊花。紫霧蒸山氣，清輝盪日華。崩崖冰掛壁，髡樹凍凝槎。勞役何須問，窮生更可嗟！

公事晚初停，公庭夜未扃。薄田憂積賦，破屋計窮丁。高樹風凝雨，遥山火見星。何人猶版築，幽夢入丹青。

也愛南湖好，幽禪又一關。地高林擁路，源峻水登山。有趣雲常護，無幾鳥自閒。桃源更何計，塵駕又空還。

塵蹤朝市遠，槐影驛亭幽。吏牘應初遣，吟燈且未收。月華晴作晝，山氣晚如秋。耿耿懷君念，誰云爲黑頭。

瘦骨寒愈竦，羈懷晚更狂。布袍留宿暖，芸簡得餘香。風葉離披緑，霜苞淺淡黄。天公緣宋玉，作意爲秋粧。

塗潦連朝雨，公衙近夕暉。稍忻塵慮減，翻覺道心微。淺碧休賒醉，陳紅未療饑。宦游雖落落，無愧故山薇。

孔副使思立

思立字□□，□□人。官副使。

謁孔相祠

命世才猷濟世心，時逢多難竟沉淪。禰衡脂習交情篤，郄慮曹瞞搆禍深。功業半生扶漢鼎，英靈千古返楷林。滄溟不洗雲仍恨，奠拜歸來淚滿襟。《酉陽雜俎》：孔陵多楷木。

張僉事翔

翔字雄飛，西河人。官湖南廉訪使僉事。明新都楊慎升菴曰：余昔過岳陽樓，見一詩云云，乃視其姓名，則元人張翔字雄飛，不知何地人也。雄飛在元不著詩名，然此詩實可傳，同時虞伯生、范德機皆有《岳陽樓》詩，遠不及也。

耒陽弔古

迢遞來南紀，倉皇問北征。詩通高叟固，才到屈原清。天地心無愧，風雷氣不平。徘徊江上月，昨夜照文明。

岳陽樓

樓上元龍氣不除，湖中范蠡意何如。西風萬里一黄鵠，秋水半江雙白魚。鼓瑟至今悲二女，沉沙何處弔三閭。朗吟仙子無人識，騎鶴吹簫上一作「下」。碧虚。

杜甫祠

諫署言清切，忠君思鬱陶。赤膚行孔翠，碧海掣鯨鰲。詩律嚴秦法，詞源汲楚騷。珠明鳳凰髓，玉潤鷺鷥膏。既句空頭白，謀生計轉勞。揚雄慚德薄，賈誼累才高。抵觸逢牛角，攙搶起蝟毛。盪胸雲夢澤，埋骨耒陽皐。奇數終無遇，窮途竟不遭。秋風悲草樹，落日哭猿猱。

閻運使詢

詢字□□，□□人。官轉運使。

絳守居園池

勝地園池舊著名，宗師遺詠鎖雲扃。壺中日月閒宫室，枕下瀟湘野訟庭。芸閣晚涼喬木古，竹軒秋霽遠山青。藩侯吏隱餘清景，忘却江南入畫屏。

涌泉堂

何處堪澄俗慮醒，百花深邃有危亭。三春塞下烟嵐國，六曲江南水墨屏。列岫擁迴喬木岸，寒泉飛出白雲扃。仙壺不惜潺湲景，留與元侯緩帶聽。

王僉事文煜

文煜字□□，□□人。官僉憲。

晉祠用王知事韻

河東此地建神宫，山色依然水自東。封號尚傳周盛典，遊觀不變晉遺風。一渠道院滄浪畔，幾簇人家杏靄中。聞説歲時多祀禱，錦衣光照畫橋紅。

上官運使瑜

瑜字□□，□□人。任運使。

題西藍

一到西藍眼界寬，開軒如對故人歡。叢篁玉立四時翠，幽蔭風來六月寒。清氣自無一點俗，溪聲相副萬餘竿。度橋更歷林深處，環碧池邊皆可觀。

李運使周

周字□□，□□人。官轉運使。

華清

胡鷂鐵騎正縱横，環上羅衣血染腥。蜀道歸來應悔禍，香囊特地泣娉婷。

金僉事元素

元素字□□，□□人。官廉訪僉事。

書宿州惠義堂

空城落落柳依依，州是符離舊縣基。山勢西來連汴泗，河流東下接徐邳。扶疏亭畔多荒草，惠義堂前有斷碑。官府不須頻賦斂，鄉民比屋正號饑。

廉訪察罕不花

察罕不花字□□，□□人。官肅政廉訪使。

千佛崖

丹崖琢就玉桓楹，何代人爲佛寫生。賸喜可瞻還可仰，不惟堪畫又堪行。山頭樹色連雲碧，棧下江波徹底清。若使船輪來至此，儘教工巧莫能更。

僉憲斡玉倫徒

斡玉倫徒字克莊，□□人。官淮西僉憲。嘗曰：人樵于山，我樵于海。山有木，樵則取之。海無木而我樵之者，俟于海濱。有浮槎斷梗，至乎吾前者取之；不至乎吾前者，吾漠然與之相忘也。故自命曰海樵。蜀郡虞集爲作《海樵説》。

遊山谷寺

春風重到野人原，修竹桃花尚儼然。高塔已空多劫夢，清溪猶説昔時禪。鶴知避錫歸華表，龍愛聽經出石泉。寄語宿雲莫輕去，岩前草樹緑無邊。

題西湖亭子寄徐復初檢校

夫容花開一萬頃，錢塘最好是湖邊。曉風得酒更留月，春水到門還放船。笙引鳳凰天上曲，賦裁鸚鵡座中賢。令人却憶徐公子，深閣焚香日晏眠。

僉事和禮普化

和禮普化字□□，□□人。官河東山西廉訪僉事。

明月泉

古昔蒲子地，今縣名隰川。去城十里許，風景分孅妍。瑩此巖上月，照彼厓下泉。波光始蕩漾，兔影成嬋娟。陰氣固相孚，陽應何昭然。静觀物有感，方知理無偏。心鏡生皎皎，德化流涓涓。時備憲府列，忝乘驄馬前。適來暮春月，勝賞中秋天。作詩記石壁，恍若人間仙。

李總管懷遠

懷遠字□□，□□人。官郴州路總管。

白露節前喜雨

南中氣候少相違，風土由來不可知。白露午前纔换節，甘霖晡後更非時。十分每滿三農望，一雨已先兩日期。寄語西林老居士，如何志喜竟無詩。

和敬齋枇杷

盧橘初嘗記昔年，淮湘萬里喜同天。流漿冰齒醍醐妙，負雪楊華造物偏。資質不隨寒暑變，風流曾識古今傳。梅垂金彈雖堪並，優劣分來恐未然。

蘇仙橋

往來病涉五年餘，重作津梁敞舊模。衆羨空中行複道，人從雲表步亨衢。虹垂碧緑新呈彩，龍見清波欲戲珠。蘇嶺郴江添勝概，丹青堪入畫圖無。

和西林韻

筠梢挺特出墻新，天氣清和正困人。擾擾勞生空白髮，堂堂背我是青春。英雄已被弓刀誤，老懶還于筆硯親。郡績不妨書下下，胸中一點喜無塵。

暮春感懷

不似今年忒負春，賞花時節走紅塵。炊粱誤作繁華夢，竊禄甗慚散澹身。寒食清明容易過，蒼顔白髮等閒新。寄聲年少諸公子，問柳尋芳莫厭頻。

得代

偶乘一障竭來郴，竊禄無功愧赧深。賸喜雨暘多應候，共知暮夜少懷金。是非枉直存公論，安静和平此素心。歸拜松楸何所白，芹宫一卷去思吟。

王總管德修

德修字□□，□□人。官濟寧路總管。

謁聖林

東魯稱文獻，尼防毓聖賢。道開周宇宙，神照魯山川。翠合知林墓，翬飛識廟陝。殿庭千百載，風雨幾經年。爲牧于兹久，修車愧不先。德如宣父在，裕及子孫綿。昭代猶加尚，明庭已降錢。梗楠會山積，棟宇見星連。禮樂從斯盛，蘋蘩且致虔。斯文應未墜，吾道日平平。

寧總管誠齋

誠齋失其名，□□人。官總管。

詠里村勸農二絶

二麥如雲撥不開，連村桑柘著行栽。三三兩兩田家女，争挾筐籃採葉來。

籬落人家静掩扉，吹殘烟火尚熹微。牧童林外鳴榔罷，收拾牛羊趁夕暉。

吴總管寶儒

寶儒字叔武，宛陵人。宋丞相潛曾孫，招討琳子。仕南雄路總管。

舊宫人

憶昔昭陽擣守宫，幾將瓊臂點嬌紅。晨陪龍馭來雕檻，夕薦鸞帷宿綺櫳。鬌壓寶翹金錯落，髻横瑞燕玉玲瓏。于今棄擲長門裏，回首君恩似夢中。

吴知州鍈

鍈字子彦，寶儒子。以父廕仕福建鈔庫提舉，歷耒陽知州。其詩五言如《和鄭仕卿》：「塞翁休問馬，海客自盟鷗。」《象山書院》云：「泉聲晴亦雨，山氣夏先秋。」皆佳句也。

送麻仲德提點三茅觀

麻姑連峰秀，仙人昔游盤。之子禀清淑，皎然冰雪顔。屬貫慕冲素，從師造天關。朝采碧珠華，夕驂白雲鸞。嘉命被恩寵，飄飄暫南還。七寶得真境，三茅領仙班。送别相與期，行當一登攀。願乘泠風御，翱翔五雲端。

游道岩題葆真觀

道巖啓奇秀，混沌竅天工。峻嶒若外屏，虚明乃中通。天地玉泉注，香爐紫烟濛。瑁簷抗浮雲，寶蓋凌層空。秋蓮試砥礪，金液鍊芙蓉。題名刻蒼壁，飛酌臨春風。清境信瞻戀，嚴程惜倥傯。

舟次硤石避雨古廟

漠漠春雲起巖谷，白雲飛空亂如鏃。牧兒狂走過橋西，遠墅微茫數家屋。浪高雪陣風忽顛，移舟小泊古廟前。坐待天回日西照，江流不盡山蒼然。

舟中

依稀殘夢水聲中，落月餘輝入短篷。似聽鄰舟催唤起，今朝趁得上江風。

柳枝詞

風前裊娜傚輕身，一日三眠別是春。多少閨情江路上，直將青眼送行人。

斜溝登車次韻

買得斜溝小犢車，曲輈短策困泥沙。何時乞取江南縣，春雨初晴學種花。

陳提舉鈞

鈞字公秉，又字太和，樂清人。徙居金壇。初任常州路晉陵縣丞，陞奉訓大夫、常州路治中、林州知州，不赴。除浙西道勸農營田副使，歷衢州路治中、饒州路浮梁州知州、湖南榷茶提舉。卒年五十七，自號静住。通諸經，尤長于《易》，著《原理》《原數》二篇。有文集藏于家。

宿江陰廣福寺

我非山中人，暫借山中宿。靈風散微陰，片月出喬木。蕙帳棲夕香，古井汲寒渌。名緇多夙契，延坐同茗粥。況與静者俱，繕性久已熟。清辭儷陶謝，玄談斡身毒。所愧形跡拘，無由繼高躅。鐘聲殷江島，露氣藹林麓。良遇愜素懷，徘徊至天旭。

送人還毗陵

久客驚霜鬢，還家遂夙心。斗城春樹合，劍井落花深。賀老能吴語，莊生變越吟。青山多落景，爲我試登臨。

題通真觀

萬木鎖幽寂，窗虚夜氣清。松風醒酒病，蕉雨應棋聲。老子來分榻，山人勸避名。避名何處去，烟浪五湖生。

賦得松溪呈許宗師

積金高處擁菁倉，下有深清護石房。痴虎遠林巡琥珀，伏黿遥汜撼滄浪。驚濤兩岸飛寒雨，明月一灘流翠霜。頗似九層臺上望，空青樹樹落圓下闕。

題沖寂觀

琴聲邀我鶴壇遊，瘦馬遥途得暫休。黄葉兩鞋山徑晚，白雲一枕石牀秋。丹泉月静曾飛兔，怪樹年深欲化牛。忽憶波心長嘯客，凌波不假碧蓮舟。

張提學擇

擇字鳴善，平陽人。一云湖南人。以晦迹擢江浙提學，謝病隱居吴江。

見釣者

宇宙俱爲客，江湖獨釣翁。笛聲吹海月，竿影倚秋風。天定行藏拙，時清禮法通。古今惟范蠡，落落幾人同。

送人遊廬山

曾到匡廬境，巉峰際碧空。萬松無路入，一水與天通。白鹿眠晴晝，清猿嘯晚風。洪厓如可約，吾亦訪雲中。

李陵臺晚眺

雲黄沙白繞平原，獨立崇臺思黯然。地僻尚知秦遠塞，草青不是漢新年。非慚步武賢王後，反欲捐生太史前。誰謂茂陵明似日，重光惟照漢南天。

秋興亭次韻

巫峽秋濤萬里長，荻花風葉亂蒼茫。青山礙目無閒地，白雁牽愁有夕陽。神禹柏殘扶大氣，長庚星墜静南荒。已將今古同行客，何必登臨憶侍郎。

題史橘齋山水手卷

神仙中人丞相子，五色玉立瑶池芝。謝傅風流歌舞處，羊公慷慨登臨時。興來酒灑雲烟繞，身後名隨日月遲。安得飈車從上下，蓬萊指點看參差。

次盧參書御溝水韻二首

華清波色漢陽溝，不似潾潾煖緑柔。飄盡上林紅萬點，又從天上送春愁。

堤頭春漲碧琉璃，堤外春陰海子時。同是玉泉山下水，可憐波浪太參差。

薛提舉明道

明道字□□，鄞縣人。官至提舉，有《瑞堂稿》七卷。

浮淮

千里風吹櫂，三春客渡淮。却憐鄉國異，祇與僕夫偕。芻豈防河貴，魚應入饌佳。不堪舒病日，杼軸轉傷懷。

掛席

掛席春風任我之，鬢毛雖白氣猶奇。欲將碧緑開成路，遂取黄河瀉作辭。槎到漢津須幾日，桴乘滄海竟何時。鷺身本有高飛具，也立汀洲有所思。

竹隱

風日蕭然掩篳門，竹深幾輩長兒孫。閒中拾籜冠堪製，寬處行根筍易繁。解帶水邊棲緑影，科頭林下倒清尊。爲園自喜初衣遂，遮斷塵情不用論。

陳提舉庭實

庭實字□□，□□人。官儒學提舉。

奉題王朋梅金明池圖

天予淳風翊聖朝，瑶階長奏太平謡。縉紳文武風雲際，肯向龍舟奪錦標。

何提舉宏佐

一作「仕」。

宏佐字□□，□□人。官儒學提舉。

過七星關翠屏山

俗山如俗人，過眼不相揖。據鞍無好詩，羈愁拍胸臆。行行見翠屏，景意兩俱適。烟蘿幕青黛，崖嶂剗蒼壁。雲霞油然生，杉檜森以立。鳴禽遞清響，飛泉散珠圾。我疑有幽人，巖居喜深密。朝飡紫霞英，暮啗香松質。時代任推移，寒暑屢遷易，駕言往從之，奈此塵纓桎。何當振衣袂，凌空生羽翼。與君共生涯，虚名定何益。

魯提舉懋

懋字□□，吴興人。官扶風路提舉。

遊遠愛亭

溪南一帶列千家，高下樓臺傍水斜。天闊亂鴻横晚照，煙輕百鳥戲晴沙。波光映澈涵山影，秋色澄清鑑物華。僧倚上方雲繞檻，市聲昏曉自諠譁。

郭提舉思

思字□□，□□人。任提舉陝西路茶事。

驪山

春風躍馬上驪山，山到平巔得景寬。地迥遠帆知渭水，天晴高塔見長安。繚垣缺處桃花鬧，輦路灣頭草色寒。多少故唐留恨事，不堪卮酒一悲酸。

刁推官震亨

震亨字□□，□□人。官平陽推官。

偶題西藍三首

雲幢霧幄翠陰濃，静蔭西藍百畝宫。冷透軒窗松竹影，香生池沼芰荷風。鳴禽隔葉數聲巧，流水穿莎一逕通。安得世間清净福，拂衣來作住庵翁。亭下紅蕖次第開，翠漣溶漾絶纖埃。林疏忽見遠山出，竹密不妨清吹來。雲水卜居心未遂，簿書堆案首慵回。晚涼益快披襟興，便欲援毫賦楚臺。莫把蒼霞攜拔開，衣巾省得拂塵埃。桃花隔水欲相就，白鳥破烟能自來。竹樹添新嗟事改，河山依舊抱城回。武靈未識家山趣，却向邯鄲築好臺。

金同知承務

承務字□□，□□人。官郴州路同知。

山行

蓐食整歸鞍，征途百里還。田家風影底，行客稻香間。髮撲風烟秃，衣沾瘴雨斑。只驚詩擔重，塞滿桂陽關。

南塔

孤城四望萬山中，濃秀尤傳文筆峰。千古黄金光布地，七層白塔影凌空。老僧自悟庭前柏，游子羞聞飯後鐘。乘輿來遊興闌去，野芳香滿馬頭風。

湖樓小集

層樓小飲味尤長，幾陳黄梅雨送涼。金斝滿斟雲液酒，銀爐微炷水沉香。醉鄉有趣誰能到，世事無窮自苦忙。紅袖相扶從醉倒，老夫聊發少年狂。

過楂嶺村

苦爲秋山老火烘，竹舁乘月逐西風。前村漸遠漸無路，高下嵐煙江霧中。

過湘溪

歸驂夜轉亂山間，程水橋邊月未殘。行到湘溪日初出，露華灑滿客衣寒。

喬判官堅

堅字□□，□□人。官順慶路判官，有文才，流寓畢節，多所題詠。

滇池

滇水不可涉，石戟森嵯峨。胡能宅蛟龍，但可藏鼂鼉。渚風蕩驚湍，乃爾泥滓多。我欲澄其源，應自崑崙阿。寸膠諒靡救，臨流將奈何。商山紫芝曲，漁父滄浪歌。斯人久不作，千載無清波。

陪省官遊商山龍泉

城居厭喧俗，經年抱官囚。使君率僚吏，稅駕城東遊。城東夫何如，山水清而修。龍宫壓海島，金碧凝雙眸。石梯連木杪，登覽窮冥搜。道人爲我言，于焉有龍湫。蜿蜒抱明月，風雷閟深幽。羣魚躍晴波，碧藻揚芳柔。洋洋掉鱗鬣，潛躍無時休。使君有仁心，不忍垂其鈎。脱巾憩林樾，停杯俯清流。魚我兩相忘，樂意方與周。豈曰恣遊曠，省俗聊淹留。白雲翳玄關，夕陽戒鳴騶。徘徊下山去，黄塵滿衣裘。

題河尾驛二首

池上蒼山翠作堆，池邊花竹映樓臺。夜喧燈火庖人語，地覆松花使客來。戰馬不嘶關柝静，哀猿無語瘴雲開。征衣盡拂紅塵去，却向郵亭進酒杯。

蒼峰千丈玉槎牙，錦樹模糊噪晚鴉。濁水難將明月污，好山多被亂雲遮。江村日落人争渡，旅店年豐酒易賒。可是炎方風景别，玄冬開遍野桃花。

劉推官遂初

遂初字□□，□□人。官平陽府推官。

玉壁城

魏相旌麾夕未還，鄖公名節蓋人間。盛時文化無烽火，玉壁關頭日滿山。

廉將軍廟二首

破鄗封君識將才，負荆遺怨亦賢哉。英魂千古猶歸趙，只恨當年聽郭開。

蟜蟜高名垂竹帛，堂堂偉像繪丹青。英魂未遂生平願，夜半風悲月滿庭。

黄同知威卿

威卿字□□，□□人。官同知河中府事。

望川亭

一到尋真眼界寬，竹緣山脚石緣灘。危峰峭拔幾千仞，險徑縈紆十二盤。空翠撲衣襟袖潤，泉聲清耳骨毛寒。黄花紅葉如相待，容我西風把酒看。

李推官璞

璞字德秀，端州人。任梅州推官。

石室

天然石室壯端州，非假神輸鬼運謀。三四點星無晝夜，幾千年水傲春秋。但知玉乳涓涓滴，不覺紅塵冉冉流。直上斗魁臺上望，乾坤浩蕩白雲浮。

辛判官恭

恭字□□，□□人。官龍興路判官。

紫陽觀

不是厭頻促，言尋東郭幽。春深初斂渚，新蘗已滿洲。琳宮何窈窕，瀟灑似丹丘。朱雀翔金棟，青霞隱碧罘。行尋芳樹緑，坐愛石泉流。濯濯文翰侶，兹辰良安遊。掛冠嗟不早，初服聊淹留。

貢郡佐道父

道父字□□，□□人。官郡佐。

送阮仲庠試吏樂平兼簡知州張仲美

故家子弟多從吏，新進才名總是儒。佇看風濤生羽翼，毋忘歲月校玄朱。抱書幕府諸郎秀，退食公庭一事無。問訊樂平張太守，我今佐郡愧庸愚。

適同知宜

宜字□□，□□人。官平陽總管同知。

洪慶觀

行到蓬萊第一宫，却慚仙路印塵踪。界開形勢崑崙水，送過烟嵐黛媚峰。終夏定知非暑氣，乘時猶逮看秋容。不才佳景難爲賦，空立殘陽倚瘦筇。

任縣尹灌

灌字□□，□□人。官合水縣尹。

自公堂

庭陰未昃敢先私，簿領銷殘退食時。簾幕輕疏聊偃息，軒窗高敞稱委蛇。閒中始覺謀身拙，静處方知報政遲。毫髮於君無補助，經年出入亦何爲。

檜亭

直幹參天雨露清，森森交翠蔭幽亭。葉疑蒼柏凌冬茂，材擬長松禀地靈。護日濃陰簷外合，困人煩暑坐中醒。憑君爲喚丹青手，模取烟姿入畫屏。

林縣尹希原 一作「元」。

希原字□□，號長林子，天台人。博學能文章，由翰林應奉出尹上虞，未幾卒于官，貧不能葬，義士趙汝能誉棺槨，劉坦之捐山葬之。所著有《長林存稿》。

題丹山

昔聞劉仙翁，曾作上虞宰。長年養神丹，靈藥時自採。一朝跨飛鸞，喬木凌蒼靄。下視塵寰中，桑田幾滄海。嗟予骨未換，何由挹丰采。高躅在人間，深懷共千載。

董縣令雄飛

雄飛字□□，□□人。官麟遊縣令，工詩。

玉女潭

小立清潭上，醒然契夙心。風濤吹岸裂，雷雨發源深。影落攲巖樹，寒驚掠水禽。隋文嘗晏此，陳迹杳難尋。

九成故宮

翠華扈從杳何之，麗構雄誇彼一時。往事已隨塵汩汩，破園空對草離離。老僧趨出迎新令，墨客時來打舊碑。晚日匆匆還俗駕，山英笑我不留詩。

天台山

玉立巉巉趾斷崖，昔人題此作天台。蟠根誰似山頭栝，曾見隋唐池館來。

鳳鳴山

鳳去臺孤但小山，野花交映水迴環。國亡不省誰爲主，却與野僧相對閒。

青蓮山

層巒咫尺對青蓮，勝日躋攀會有緣。我與白雲盟已久，不須更借買山錢。

福壽寺碑

孤隋興築已勞民，貞觀胡爲踵後塵。刻石浪誇功業大，魏徵未得號純臣。

五龍泉

蛙黽由來不汝容，居民就汲日憧憧。仍須早助成霖雨，側耳驚雷起蟄龍。

石臼山

西揖青蓮北接川，一峰秀處欲攙天。此來試問棲巖叟，何處曾逢採藥仙。

御容殿

久阻尋真夢寐勞，偶然杖履到山椒。龍姿密邇瞻如在，鸞旆迢遥去莫招。雨積蒼苔渾遍地，年深白栝欲凌霄。田夫簫鼓迎神罷，惟有哀蟬伴寂寥。

排雲殿

山廻路隱樹微茫，不見排空舊棟梁。想得神機多暇日，南風幾度此尋涼。

李知州湘

湘字仲美，□□人。知欒平州，所居有自得齋。一時題詠甚衆。

題陳氏所藏顔魯公平賊帖

平原太守爲中興，天寶年間苦戰征。一紙遺書昭世代，千年高義表旂旌。陰山虎嘯神兵合，大澤龍跳鬼母驚。一自兩京回玉輦，浯溪含笑寫升平。

戴興寄楊存仁

急景疾若流，歲月忽已老。春紅散餘花，秋緑罷衰草。薄帷思遠人，遊子涉長道。嘉遇難再期，榮名徒自保。慎古金石交，快意窮幽討。目斷蓬萊宫，雲濤空浩浩。

孟縣令之普

之普字□□，亞聖五十三代孫，官范縣令。

馬陵道中

廣衍東原境，勢匪峨眉巔。夾堤積衝撞，傾崩成大川。茅屋多斜曲，岐路幾回旋。奇哉孫子智，減竈擒龐涓。

秦縣尹景容

景容字裕伯，大名人。官高密尹。

高密八景　録一。

長陵東浦

長陵佳氣四陽新，東浦香風八月辰。故壘霞鋪千雉迹，深潭雲鎖五龍神。康成廟柏真孤秀，平仲碑文最絶倫。正玩鴛鴦棲九穴，俄聞鴻雁落淮濱。

王喬崮

突兀高千丈，仙踪雲氣孤。攀援無石磴，何處覓雙鳧。

王縣尹文蔚

文蔚字□□，□□人。官河東縣尹。

棲巖寺

古寺依巖腹，高僧晝掩扃。嶺泉飛練白，軒竹冷雲青。秋雨漫碑字，秋風語塔鈴。登臨最佳處，清曉望川亭。

游棲巖寺

盤桓沙徑細穿雲，地僻林深遠俗塵。玉帶綉靴無侍女，葛巾藜杖有詩人。碑書隋事文章古，亭望秦川景物新。多謝山僧助清思，雪花分我一甌春。

劉知州時習

時習字説道，建昌南城人。負德器爲文章，如布帛菽粟，皆有資于民用。知施容州，致仕歸鄉卒。

大王峰

高標凌穹蒼，卓爾信奇絶。雄鎮東南維，萬古終不折。我欲借虹橋，峰頭玩明月。

玉女峰

嘉名由世想，奇態實天造。亭亭照緑水，獨立爲誰好。日日看道人，遊人還自老。

晚對峰

黛色張半空，和雲落溪水。蒼然傲古今，晚對足幽意。誰云大隱者，乃復居朝市。

靈巖一綫天

巖外天自寬，巖中景如暮。忽然通一綫，虚明亘今古。誰復論先天，本來無一字。

昇真洞

翠壁倚霄漢，雲開見洞門。天梯塵迹絶，古亟仙蜕存。幔亭久寂寞，誰復顧曾孫。

伏羲洞

人文日已開，書契由兹用。雖云猶穴處，豈必居此洞。欲識太古心，水流雲不動。

更衣臺

昔聞有羣仙，共浴清泠水。直上千仞岡，雲霞蔽其體。亦欲脱垢衣，飄然挹仙袂。

昇真觀

琳館鬱岧嶤，四面俱絶壁。危梯可凌雲，愧我老無力。何當求神仙，一服生羽翼。

御茶園

靈芽得春光，龍焙收奇芬。進入蓬萊宫，翠甌生白雲。坡詩詠粟粒，猶記少時聞。

謁朱文公書院

千年聖賢心，九曲山川宅。遺像儼若生，空庭苔蘚積。猶想擁地爐，深夜談太極。

黄縣令通

通字□□，□□人。官安邑令。

過北平王祠

錢唐文物盛衣冠，何事英風獨滿關。富貴一時隨涑水，功名千載壓孤山。雲藏古廟龍蛇活，日落重城草樹閒。欲問當年興廢事，不知神在有無間。

李知州誠

誠字□□，號迂齋，嘉祥人。官奉政大夫，知萊州。

成皋懷古

瘦馬成皋道阻長，峥嶸冰雪老年光。九關欲扣狼烟奮，三徑將歸松菊荒。嵩少雲烟聊駐馬，漢唐宫殿兩亡羊。鄭南嶺下梅花發，千載相思空斷腸。

棲霞觀五首

太行絶勝在棲霞，蒼翠横空四面遮。行過清溪松頂暗，白雲深處是仙家。

門外清溪玉一灣，屋頭蒼翠四圍山。世間底是真仙景，若箇能來此地閒。

幾家墟落烟霞外，數頃禾麻澗谷中。轉首雲深迷去路，恍然身在武陵東。

樹頭嵐氣鬱氤氲，砌下清泉亂石分。信步松間凝佇久，晚風吹散一溪雲。

三年一夢在林慮，驚見清霜滿鬢鬚。歸去復來情戀戀，新詩臨寫九峰圖。

宋縣尹思齊

思齊字希賢，屯留人。隱士祚之子。才氣英邁，儒吏兼通。初授武備知事，陞潞州判官，再陞陽武縣尹。

夕陽紅

九月霜天百草休，一番紅葉發詩愁。海霞不雨遷林表。野火無風到樹頭。高擁殘陽蕭寺晚，半隨流水楚江秋。一從宫女傳情後，更有何人訪御溝。

趙知州鼎

鼎字□□，□□人。官尚書祠部郎中，出知兖州。

題手植桂

擢秀真儒宅，垂陰數仞墻。封培因聖力，茂悦得靈長。靈踞龍蛇蟄，枝延鸑鷟翔。勞功施禹稷，蔓草薙韓莊。偃蹇明堂幹，蕭森岱嶽陽。圍欺漢武柏，愛掩召公棠。日月成塵劫，乾坤屢戰場。恩仁感樵牧，忠厚及牛羊。不有神明護，寧逃剪伐傷。歲寒千古色，宜並子孫昌。

李縣令鵬

鵬字□□，□□人。官校書郎比陽縣令。

涼軒

盛夏暑已極，此軒涼復生。天除前吏酷，地借長官清。種卉風千樹，敲棋月一枰。方知北窗傲，不獨是淵明。

王知州公居

公居字□□，□□人。官奉政大夫，知單州事。

登琴臺

三蠶五穀總收成，又聽民歌載月耕。記取明年梅雨霽，畫圖青展看昇平。

陳縣令希文

希文字□□，樂清曹川人。官莆田令。

游蓋竹洞天

劉阮游來境絶嘉，復於蓋竹問仙家。天開洞府少行跡，烟冷丹爐空舊砂。茅屋雲深有雞犬，石田春暖長桑麻。桃源景物知無異，溪上東風幾度花。

李知縣秠

秠字□□，□□人。官南城知縣。

麻姑山

一派寒泉下翠巒，彩虹飛出亂雲端。紅流傳是靈砂液，深處應藏九轉丹。

丁縣尹帶

帶字□□，□□人。官吴山縣尹。

吴山縣二首

瀟灑吴山縣，巖居共幾層。風清聞遠笛，月黑見孤燈。酒釀南溪水，琴邀北閣僧。城隅修檻穩，衙退晚來凭。

瀟灑吴山縣，風光滿澤川。野桃紅滿水，溪柳翠生烟。曲岸連幽渚，平莎覆暖泉。喜無塵事役，終日聽潺湲。

范縣令庸

庸字□□，洞陽人。官夏縣令。

題司馬温公墓二首

蒼蒼中條山，悠悠涑河水。哲人生其間，而有司馬氏。山水秀且明，桑梓故鄉里。宋朝入相時，天下聞之喜。《通鑑》一編書，名分盡乎此。天地爽是非，以禮爲綱紀。大哉君臣道，逆順合條理。遂令千載下，警懼良有以。

禹都鳴條岡，丘墳峙高壘。大儒世臣家，何處孫與子。我時來拜瞻，昆仲没荒杞。考古詢寺僧，懷賢心未已。黨人仆其碑，今日果誰耻。杏花蔭龜趺，異事入青史。細讀東坡銘，文章剩褒美。回首悲風來，商聲振林起。

高知州秉文

秉文字□□，□□人。知荆門州。

海會寺

出郭尋幽勝，雙旌入翠微。溪聲寒漱玉，雲氣冷侵衣。藤塌人何在，山蔬芋正肥。願留俗士駕，税鞅暫忘機。

馬知州紀

紀字□□，□□人。知荆門州。

題海會寺二首

薄宦縈人敢暫閒，勸農方得到西山。深知不及高僧樂，終日吟哦碧落間。

一架荼蘼滿寺庭，冬來猶見色青青。門前出水未爲勝，須上凝嵐碧翠亭。

唐知州志大

志大字□□，□□人。官知州。

白雲嶺

羊角峰頭酒半醒，探幽直欲遍巖扃。千章夏木浮空翠，百丈丹梯絶杳冥。仙竈暝烟凝石壁，龍池飛瀑瀉雲屏。神游欲訪盧敖去，願乞凌風白鳳翎。

秦知州竹山 一作「山竺」。

竹山字□□，□□人。官知州。

籌邊樓

危樓奇觀壯南州，公退攜琴日往游。山勢四圍排虎距，江流一曲枕鼇頭。雲迷十里荒亭暮，風撼雙梧老樹秋。回首長安何處是，蒼茫極目使人愁。

孫縣尹直庵

直庵失其名，□□人。官縣尹。

題籌邊樓

樓揭籌邊美筆端，檐楹飛舞斗牛間。映簾江水如拖帶，隔岸雲山似頂冠。鼓角聲中知將略，鶯花境裏築詩壇。長風吹醒登臨眼，萬里農桑四境安。

丁縣尹仲倫

仲倫字□□，□□人。官縣尹。

題明秀亭

灘江東過昭州城，城邊虛敞明秀亭。昔人創意豈云偶，愛此水秀山光明。隔江荔浦雲横嶺，西山銅鼓烟迷頂。萬劫金鐘古殿荒，千澄玉井沉波冷。往年城市連江居，即今郊野無村墟。淒涼三縣賤役少，寂落孤城樓櫓虛。我曾十年攝其守，防虞聽事重營久。幾番舟楫重經過，屈指年華數來九。耄倪見我重傷神，繁華一去如浮雲。府公俱是豪俊客，謂當鼓舞新斯民。青雲飄風惜時晚，白日留顧下丘坂。何人爲我呼梅公，山頭啼鳥山花紅。一杯磊落澆心胸，寫詩作向臨江風。

王縣尹伯翼

伯翼字□□，□□人。官縣尹。

登裴公亭

裴公亭上費詩才，曾見閒閒説字來。今日登臨人换世，秋風禾黍只堪哀。

游龍潭

山容慘慘水茫茫，馬上行人秖自傷。千古龍潭潭上月，不知幾度照興亡。

吴縣尹敬庭

敬庭字□□，□□人。官縣尹。

古意四首

我志在棲蜜，而與世沉浮。是非復非是，此語真謬悠。所願適其適，富貴何足求。有酒同醉醒，商歌動清秋。得意已忘辨，白雲散巖幽。

斜陽在遠樹，微風動高荷。蕭蕭湖亭上，今夕涼已多。遇此素心人，清言洗煩痾。樽酒相與歡，竟坐歡且歌。揮手謝塵世，不樂復如何！

夏日苦炎熱，但願一夕涼。及此秋氣深，蟋蟀鳴近床。物情亦知時，催製公子裳。户牖當綢繆，歲宴饒風霜。感此廢學儆，終然惜流光。

陰陽有代謝，寒暑相推移。人生百年内，行樂當及時。昨日猶朱顔，今日生白髭。所以遺世事，飲酒不復辭。寄傲南窗下，千載真吾師。

新春喜晴

歲序更五日，人皆悦春晴。官曹喜休暇，瘦馬成郊行。冰消水波緑，霧散山光明。寒梅送餘香，幽禽弄新聲。覽物俱得時，悠然起深情。蹇余佐兹邑，慚負吏隱名。撫字心轉勞，催科政何成。願言兆豐年，擊壤歌太平。

偶成

微官羈此身，遠投數千里。觸暑涉長江，晨夕不遑止。殊方寒氣早，秋意亦如此。歲月倏如流，感歎成坐起。藺絲將奈何，終當就料理。

送吴濟川

脱頴貴毛遂，投筆知班生。子揣束書去，而有千里程。曉袂江風寒，夜枕霜月明。觀光丈夫事，惜别兒女情。會當拾青紫，壯志酬平生。

夏日述懷

屏迹遠囂紛，息交歎孤陋。蕭然一室間，圖史分左右。瓶花皎餘春，爐烟靄清晝。坐觀羽蟲化，卧聞穴蟻鬬。青山自偃蹇，相對如有舊。我家陵峰下，溪水清可漱。誤身投塵鞅，三年此紆綬。素餐亦知愧，民瘼未能究。白雲渺何之，念之令人瘦。陶令歸去來，深慚着鞭後。

劉縣尹衡

衡字里未詳。玩《屯田》詩，有：「十年從薄宦，此理漸次知」及「陽城下下考，甘責吾何辭」之句。知其曾官縣令也。

屯田作

爲吏勿稱能，爲政勿稱奇。能吏尚苛刻，奇政少恩慈。十年從薄宦，此理漸次知。吾敬民何慢，吾信民何欺。一有所未至，庶事惰而墮。風俗久澆漓，尤當教悔之。懲一以戒百，底用勞鞭笞。大官勸農至，軒蓋如雲馳。條畫動十數，應報無停期。養民如養樹，郭駝誠良規。安知一牛死，全家老稚饑。見之不敢語，回首長嗟咨，陽城下下考，甘責吾何辭。尚愧志未勇，歸來誰汝疵。

縣尹朵只

朵只蒙古人。官婺州江山縣達魯花赤。

水簾泉

山泉當户若垂冰，一派源泉古自今。澗下風吹銀綫溜，巖前月落玉鈎沉。寒生禪席松扉濕，冷浸仙居歲月深。隔斷紅塵飛不到，水晶簾作老龍吟。

薛知軍昌朝

昌朝字□□，□□人。任邠州知軍事。

游棲霞寺

官閒心静與僧期，庵洞重開掃翠微。召伯棠陰抛督府，白公蓮社住巖扉。雲間猿鶴驚新榜，庭下杉松出舊圍。信道青山誰不愛，幾人能及健時歸。

潘教諭嘉

嘉一作「喆」。字□□，號沃洲樵叟，諸暨人。游于杭，博學能詩文。除黟縣教諭，丁内憂。服闋，仍得是縣。

雪溪翁雪霽望弁山圖二首

衝風催歲暮，列仙乘白鳳。層岡湧素濤，流澌漲銀汞。花炫槎枒樹，冰合蜿蜒洞。琳宫隱不見，玄雲封桂棟。舟子櫂寒冽，行人躡晴凍。長松墮玉英，山空驚鶴夢。

弁山鬱嵯峨，盤踞雪溪滸。天風散花女，巧態作萬舞。老幹驤玉虬，危石蹲鹽虎。夜光崑崙邱，明月清虚府。何人盪蘭棹，勝概歸仰俯。兹境數百里，一一登畫譜。盍念閭閻氓，黄竹傳自古。白晝閉荆扉，烟寒塵滿釜。胡不寫作圖，表我疲農苦。

賈相故邸

相業如何不到頭，諸公歷歷頌伊周。夢迷葛嶺酣歌夜，鬼哭樊城血戰秋。誤國正須憂六尺，潰師寧忍駕孤舟。木綿庵裏催歸早，誰掩湖山富貴羞。

題鄱陽盧日章青山晚對樓

村北村南半掩扉，溼濛疊嶂渺烟霏。束薪谷口樵人唱，采藥林中野叟歸。落木烏棲九秋老，蒼藤猿嘯片雲飛。西風簾捲凭闌立，一笑掀髯送夕暉。

錢萬户雪界

雪界字□□，□□人。官萬户。

寄隱空兼柬詹景仁

山間初別記詩清，笑我何癡老客情。杜宇聲中思去就，蝸牛角上寄輸赢。久知世慮非常道，每愧丹經未續盟。容我簷前助薪水，也將琴劍掛神京。

管教諭子瑜

子瑜字□□，松江人。官教諭。

雲巖

萬仞雲巖五老峰，扶筇彳亍入仙宮。龍歸洞裏千山雨，虎嘯林間萬壑風。霄漢露凝金沆瀣，浮丘霞擁繡芙蓉。一從仙子飛昇去，流水桃花幾度紅。

鮑教授子壽

子壽字□□，歙縣人。官教授。

雲巖

芒鞋踏破洞中雲，石徑緣山入窈深。竹覆仙房涼似水，苔侵佛面半無金。日斜孤鶴松梢立，露下寒蟲草際吟。童子焚香延客坐，一簾山色晚沉沉。

路山長琪

琪字永叔，宛陵人。官饒州路初菴書院山長。《宛陵羣英集》載其《次丁憲使迎詔詩》有：「芝泥恩重春風暖，柏府雲開曉日晴」之句，極稱賞之。

徑山寺

迢迢雙徑躋層峰，層峰高削青芙蓉。嵐光掩映翠欲滴，夜半見日扶桑紅。梵宮去天不盈尺，樓閣峥嶸炫金碧。天香清徹旃檀林，井泉寒鎖蛟龍宅。烟霞欲曙撞華鐘，數千食指如雲從。塵埃不到清凈界，誰能面壁參真空。我來游觀春已老，緑陰静晝留芳草。盤桓絶頂俯人間，超然更覺乾坤小。開襟久坐松竹陰，不知山外斜陽沉。西窗夜宿夢魂冷，白雲流水皆知音。山僧杯酒勤留客，白飯香芹薦芳席。明朝興盡下山去，回首青山兩相憶。

和羽士姚子純

野岸相逢處，臨風共聽泉。長江無盡日，喬木不知年。秘術闚丹籙，閒情寄素絃。烟霞發天趣，酬唱每留連。

次黄資深韻

勸君休彈緑綺琴，世間何人識琴心。不知無絃掛空壁，幽趣暗逐秋雲深。

劉山長有慶

有慶字元善，宛陵人。任平江書院山長。

龍虎臺即事

都門北上路縈回，天近居庸勝境開。山舞鸞凰來大漠，氣騰雲霧護高臺。九重氈殿丹青障，十里金車錦繡堆。側耳祥風仙樂度，萬年聲裏進霞杯。

傅學正謙則

謙則字□□，□□人。官學正。

東山有鴟梟僞鈔害良家故賦

金衣菊裳海頭鶻，胡不啄此鴟梟目。劍翎鉤爪韝上鷹，胡不食此鴟梟肉。東飛西飛正頡頏，開口呀呀無飽足。天何生此不祥鳥，白日妖呼鬼夜哭。羽毛似可美外飾，腸膽豈知懷内酷。月明風淡霜氣寒，三繞高枝雀驚宿。綢繆牖户固根本，一叫一鳴千百毒。將軍只逐天邊鹿，誰敢挾彈滄江曲。

貢山長東岊

東岊字□□，宛陵人。官婺州山長。

送劉有之游涇川

七里岡頭謝豹啼，筍輿咿啞趁朝雞。玉壺駐聽青山近，綵筆行吟緑樹低。茅屋斷烟迷石壁，落花疏雨漲琴溪。錦袍仙子游蹤在，珍重劉通過水西。

貢教諭士林

士林字□□，宛陵人。官甌寧教諭。

織婦詞

月涼露冷天無河，疏星耿耿秋聲和。深閨織婦踏機響，軸水捲練騰蛟梭。大姑絡緯弄纖玉，小姑剪燭韉雙蛾。壁間草蟲促不已，鴛幃夢少愁顏多。錦成滿箱待裁剪，私券未了官催科。詰朝勤苦不自給，無衣卒歲如寒何。公不見青樓絶艷一曲歌，金堆翠積分綺羅。

貢教諭萬里

萬里字□□，宛陵人。官嘉興教諭。

次韻贈無心和尚

山鳥來聽未遍經，山猿下飲倒垂藤。機於悟處皆成道，心到無時始是僧。露葉長遮雲外屋，雨花亂灑佛前燈。獨慚老我塵埃境，咫尺瞿曇識未曾。

王山長士雲

士雲字虛白，信州上饒人。任淮海書院山長。

贈人 并序。

邵武王佩傳，光甫之末有子也。病疫將死，妻何，嚙指瀝血，請身代夫死，以延其嗣，翌日何卒而光甫活，今六十年。其子好古遵治命，遷何柩合葬。

淋漓血指疾呼天，一纂才通淚徹泉。厲鬼有靈當兩活，史書無愧可千年。龍沉津水劍重合，頭破秦庭璧自全。勿謂彼蒼無老眼，書香一脉一承傳。

陳學官復

復字子仁，號芝巖，虎林人。博學强記，喜高論，有氣節，與人言，終日灑灑可聽，時雜詼笑，不爲軟媚語。善行草書及畫，崇山茂林，蓊然可愛。初辟憲府史，不就，晚年始爲宿州學官。

宿州作六首

郡秦名泗水，城沛理相山。屏蔽江淮右，文章繪涣間。分田屯虎旅，改邑築龍顔。梁楚紛紜革，天公竟好還。

春秋盟彼宿，其地即無鹽。此宿城長慶，邊淮戍建炎。民田惟種麥，國賦半輸縑。亭扁扶疏竹，雙碑灑子瞻。

城貫長堤柳滿鴉，防秋帶月聽鳴笳。甬橋無復波通漕，靈壁徒聞石卧沙。閔子幽林埋故里，虞姬孤塚屬誰家。幾多折劍沉睢水，若箇當年斬白蛇。

聞道符離睢上居，主人從諫擊毬疏。遺風謾説朱雞石，故事猶傳白兔書。民起廢橋聞渡虎，官開響泊爲求魚。屯田好在斜陽外，一帶青山接北徐。

涉先劉項發戎機，九死何慚一布衣。王楚竟伸鴻鵠志，亡秦終挫虎狼威。于今氓隸無遷徙，自古英雄有是非。草暗荒城埋舊牖，空餘燕雀繞祠飛。

龍舟泛處漲黄埃，看了瓊花不再來。桃杏繞堤千百里，春風疑是錦帆開。

王教授巘

巘字□□，□□人。官河中府教授。

望川亭

傑搆雲居接遠峰，相傳祖道應家風。乘秋暫到凭欄處，千里秦川指顧中。

陳學正梓卿

梓卿字□□，□□人。官温州路瑞安學正。

題蘭江兜率寺

晉侍郎胡鳳故宅。唐釋貫休道場。

將軍不愛府潭潭，幻出天宫縠水南。浮世幾更非典午，好山千載尚瞿曇。蘚侵斷碣經秋雨，松引輕烟作暮嵐。欲問休公吴蜀事，一燈未滅照空龕。

朱學官成章

成章字□□，□□人。任巴陵教職。

洞庭湖

鮫室無塵夜不關，展開曉鏡照風鬟。宛然八百水雲際，不是尋常天地間。石洞酒香春色好，鼎湖龍去樂聲閒。琪花瑶草皆堪拾，何必蓬萊海上山。

趙教諭良慶

良慶字□□，建平人。由明經儒士任杭州路仁和縣學教諭。

題伍牙山子胥廟

一氣如虹萬騎嘶，想君屯駐此山時。方酬楚塚鞭屍願，豈意吴門抉目悲。馬草未曾沉淛水，越兵先已到黄池。千年血食英雄恨，付與吴人寫廟碑。

葉教官可權

可權字國衡，號平齋，遂昌人。隱居桃源，讀書樂道，尤工于詩。邑嘗起爲教官，能誘掖後進，人景慕之。尋歸隱。

遂昌八景

東閬曉雲

閬峰崛起蒼玉屏，曉氣觸石天冥冥。白衣挂樹山色濕，宛如流水含春冰。暾光穿林鶴初醒，薄雲浮空結虚暝。老仙醉卧石屋深，起來但覺衣裳冷。

西明夕照

流烏側翅天色暝，滿地餘輝弄晴景。東山恍若銜燭龍，西崦猶如食金餅。魯陽奮起揮天戈，寸晷不駐朱顏駝。羊胛未熟歲已暮，願駕六翮留羲和。

清華秋月

飛閣峨峨瞷空碧，清氣逼人風露寂。望舒駕月行青冥，滿地金波悄無跡。天色如水空塵埃，寒光透室秋徘徊。嫦娥對鏡作隊舞，青鸞飛上瓊瑶臺。

妙高晴嵐

長風捲雲天界寬，濕氣縹緲蒸林嵐。老僧曬衲日色薄，空翠滴落山光寒。爐烟生香清晝永，佛骨多年不知冷。錫聲破夢白鶴飛，古寺蕭蕭散清影。

洗馬寒泉

將軍勇氣起吴越，鐵馬追風汗流血。寒泉一掬清戰塵，六月人間灑飛雪。雪花濺落馮夷宫，霜蹄蹴月如游龍。何須更尋渥洼種，此水直與銀河通。

釣魚清風

老翁扁舟弄明月，洲渚無人鳥飛絶。清風凜凜醒醉魂。華髮蕭蕭吹白雪。白魚如玉蘆花飛，白浪萬頃堆琉璃。雲臺舊業付流水，一聲長嘯蒼苔磯。

後墅春耕

濃雲壓樹春雨足，土脉如酥秧水緑。大兒後墅扶畊犂，稚子前坡飯黄犢。黄雲捲空桑柘疏，鼓聲日暮鳴枌榆。烹羊炰羔醉耳熱，仰天拊缶歌烏烏。

長安晚渡

平蕪斷楚迷行路，野渡茫茫烟水暮。孤舟隔岸呼不來，落日寒沙點鷗鷺。浮雲萬里空悠悠，長安不見令人愁。長安在西向東笑，欲借兩腋天風秋。

月山草堂四詠

松屋卧雲

長松蔭庭風月清，曉氣觸石秋林冥。虬枝濕重窗户暗，空翠滴露吟魂驚。變態須臾發深省，起來但學衣裳冷。歲寒欲約陳希夷，移居來伴陶宏景。

竹窗延月

爛銀盤掛青琅玕，流光透室生虛寒。嫦娥翳鳳下瑶闕，静約君子追清歡。環珮摇摇戛鳴玉，天風吹香入醽醁。神酣笑殺騎鯨仙，花下一壺何太俗。

荷亭酌酒

闌干曲曲水花榮，吟倚香風恣賞情。笑倩麴生論臭味，愛同君子叙歡盟。碧筒入座春光溜，白羽摇窗暑氣清。翻怪靈均空製服，對花不飲强醒醒。

竹院烹茶

舍南舍北緑猗猗，坐倚清陰煮茗時。夢入渭川思醒困，香分陽羨待搜詩。童烏敲火燒枯籜，老鶴銜烟過别枝。却對此君重啜罷，箇中風味少人知。

笪教諭元德

元德字□□，浮梁人。官教諭。

琴趣

枯桐渾不理朱絲，心醉心彈識者稀。風蕩楊花春去遠，窗横梅影月來遲。閒中不盡登臨意，妙處深涵動静機。千載淵明應冷笑，無絃清味少人知。

黄訓導原質

原質字□□，吴興人。任嵊縣學訓導。

悼盛氏

按《紹興府志》，吴興盛懋子昭，寓居嵊縣，善繪事，名重湖海。其女亦傳其家學，精于點染。及卒，原質悼之以詩。

蘭房晝静女工閒，還向窗前學畫山。環珮已隨蕭史去，尚留遺墨在人間。

應學正肖翁

肖翁字師悦，黄巖人。官黄巖州學正。

送平泉叔督祭器還義烏

秋日炎炎道路長，客心先已到烏傷。小車載月詩書重，大冶凝烟俎豆香。綠樹陰濃蒼嶺滑，碧荷風老繡湖涼。自慚阿買無書法，敢寫新詩寄錦囊。

曾教授懷可

懷可字□□，泰和人。官袁州路學教授，學者稱曰鷗江先生。

代答劭農

農夫跪且言，兵後常凶年。軍中有牛犢，原上多菜田。爲農敢愛力，豐歉固在天。隴頭麥青青，馬食不敢鞭。

夏訓導嚴中

嚴中字□□，淳安人。任本學訓導。

題白雉山圖

我家茅屋瞰滄流，碧樹離離帶遠洲。安得故人歸舊隱，共看明月楚天秋。

余教授希聲〔一〕

希聲字□□，青田人。由明經授處州路學教授。著有《詩說》一卷。

石門山

幽期不可負，非是愛神仙。捫石雲歸岫，載花春滿船。雨收山意醒，風定瀑聲圓。晉宋千年興，悠悠在目前。

〔一〕「聲」，目録作「賢」。

劉學掾巽

巽字□□，荆門州人。任南漳文學掾。

題二泉

碧澗雌雄鏡出函，無邊春色鎖浮嵐。金蓮斷處見山影，雲過林稀月在潭。

東山塔

石筍崔巍獨陣東，當年智者立禪宗。時人莫作浮屠看，此是荆門文筆峰。

子陵井

一抹嚴山草木青，子陵故址尚亭亭。井中安得光芒現，千載人疑是客星。

四賢堂

父子康候朱弟兄，象山輩出號明經。直言抗疏燈籠錦，諸老遺風尚典刑。

建陽河

渺渺孤舟烟水鄉，地靈人傑總成芳。祇因先主經題品，贏得清風重建陽。

春中堂

春中曾建讀書堂，父老訛傳奉甲鄉。千古幽魂誰共弔，牧之詩句尚馨香。

馬仰山

粱銑吴權一世豪，自王自帝謾徒勞。龍蟠虎踞幾興廢，惟有雞頭馬仰高。

杏子山

零落臙脂錦繡堆，可人春色畫屏開。若非仙子天花墜，疑是當年董奉栽。

虎牙關

車笠瘏痡困陡遐，獰然蹲踞勢嵯岈。試觀杜甫行吟句，誰是訛傳作虎牙。

白社

易貌凝鉛妙出神，玉津不夜枕長春。漉巾白氈林泉隱，千載高風白社人。

元詩選癸集目録

癸之戊上

〔一〕「處士」，據稿本補。
〔二〕「五」，原作「四」，據稿本改。
〔三〕「傳」，原誤作「傅」，據稿本、《清容居士集》改。

元詩選癸集

癸之戊上

馮徵君渭

渭字□□，燕京人。中統元年，與真定劉郁，邢州郝子明，彰德胡祗遹，燕京王光益、楊恕、李彦通、趙和之，東平韓文獻、張昉等同應召，乘傳赴闕。

太真教鸚鵡圖

温泉賜浴意融怡，猶念寧王玉笛吹。却怕能言泄幽事，丁寧慎勿語人知。

郭君彦

君彦字以道，真定人。

海東青

海東俊禽一作「鳥」。異鵰鶚，金睛玉爪非凡材。八月高風度瀚海〔一〕，一作「海來」。劍翮怒斫雲陣開。虞人設網心獨苦，獲之不敢觸毛羽。爲言此禽獻天子，年年進入明光裏。驛使長懷萬里憂，傷者還同殺人罪。

君不見，唐太宗，魏公入奏久未去，不知鐵鷂死懷中。小臣但願聖皇修德放此鳥，自有鳳凰銜瑞圖，飛下五雲表。

入京五首

虎踞龍盤十二門，王侯第宅若雲屯。百蠻入貢天威遠，四海朝元國勢尊。曉日旌旗明禁路，春風簫鼓沸名園。唐堯虞舜今皇是，未必江潭老屈原。

鳳凰城闕壓金陽，龍虎旌旗護未央。萬國衣冠朝玉座，百蠻歌舞進瑶觴。花迎宮扇紅雲曉，日照天袍翠霧光。江海小臣無以報，空將詩句美成康。

大明宮闕勢岧嶤，萬歲聲高山動摇。金殿九重明日月，玉樓十二插雲霄。青絲馬上王孫貴，丹轂車中趙女嬌。自是鳳城春色好，肯將心事許漁樵。

翠輦氊車往復回，風清九陌障黄埃。錦袍公子呼鷹出，茜帽僧官躍馬來。雲外笙歌聲宛轉，水邊樓閣勢崔嵬。少年自有看花興，欲賦觀光愧不才。

蓬萊御氣挹晨椒，萬國河山擁帝家。金殿勢吞滄海日，玉樓光映赤城霞。巨鰲偃蹇乘丹闕，舞鳳飄飄翼翠華。遥望至尊遊幸處，六龍高駕五雲車。

送泗州同知偰世南赴任二首

夢喜三刀驗，之官正少年。龍纏倚天劍，虹繞載春船。淮泗名先振，湘潭政可傳。門闌多喜氣，屢見出英賢。

錦衣臨泗水，仙境足吟哦。烟樹連淮遠，雲山入楚多。濟川功不小，經世意如何。會見沙堤上，春風響玉珂。

西山道院

幽居絶瀟灑，深院鹿成羣。山色開窗得，泉聲隔竹聞。猿啼臨水樹，風送度溪雲。客至渾無事，談詩到夜分。

野寺晚景

寺對清溪水繞闞，泠然鐘鼓翠微間。樓臺無影日沉海，松檜有聲風滿山。猿嘯石亭遊客散，龍歸雲洞老僧閑。詩成一笑歸來晚，獨掉扁舟泛月還〔二〕。

秋郊

路穿黄葉林，馬嘶秋色裏。白鳥何處來，飛下野塘水。

宮詞二首

宮娃辮髮綰垂鬟，嬌面團如白玉盤。出入紅門能走馬，繡衣縹緲似乘鸞。

年少宫官著繡衣，麒麟寶帶束腰圍。日斜醉出金門裏，騎得龍閑白馬歸。

閑居春晚

深巷絶行人，一鳥鳴高樹。不知春色深，花落夜來雨。

早春湖上

柳芽黄淺不勝春，沙暖泥香草色新。鸂鶒雙飛湖水闊，相思愁殺倚闌人。

〔一〕「高風」，稿本作「風高」。
〔二〕「掉」，稿本作「棹」。

李復

復字□□，趙郡人。

題劉松年盧同烹茶圖

老屋頹垣洛城裏，緑樹團陰照窗几。石牀散帙有餘清，應是先生睡初起。竹罏火煖蒼烟凝，碧雲浮鼎香風生，白頭老媪不解事，時聞蚓竅蒼蠅聲。柴扃日高爲誰啓，有愧鄰僧頻送米。長鬚裸頭始出門，想爲韓公置雙鯉。松年圖此寧無情，似覺七碗通仙靈。何當更畫月初出，仰天涕泗行中庭。絶憐牛李方傾軋，獨羨先生保貞白。孤忠耿耿孰與同，足配能詩杜陵客。右題指揮張侯所藏《盧同烹茶圖》，蓋宋人劉松年筆也。觀其布景蕭散，用意清遠，翛然有出塵之想。噫！盧同之趣，非松年莫能寫其真，而松年之畫，今之所見者，蓋亦寡矣。張侯寶而藏之，傳諸名公，形之詠歌，觀春好尚，可以知其人焉。趙郡李復書。

趙景文

景文字□□，長垣人。

蛾眉亭四首 并序

昨因公往來，見蛾眉亭年深傾謝，臨江一壁，曠無闌檻，殊非登覽者之便。乃禮采石書院諸士，俾相勸勉，少加葺理，諸公慨然諾之。再至，則已輝煥一新，誠可嘉美。因成四絶，以答諸公之勤。

東來江水正瀰漫，到得危亭勢自安。不是山靈心鐵石，可能如此障狂瀾。

采石青山兩地塋，浪傳捉月事輕生。多應愛此江邊好，故向危磯託姓名。

萬頃秋波浸碧雲，豁然心地共寬平。我來不學温開府，寄語馮夷且莫驚。

千年勝跡在危亭，風雨無端太薄情。珍重諸公扶植意，一來登覽一知名。

張九思

九思字士敬，一作「思敬」。中山鬼賓氏，洛人。

題鉛山陳君實聚遠樓三首

我登聚遠樓，四望山矗矗。山光似争席，面面送晴緑。寥哉碧落雲，可以縱遐矚。人棄我乃求，充然遂吾欲。

豈云太華高，高視一拳爾。豈云崑崙遠，遠視不盈咫。胸中包八荒，芥納九萬里。公何遽如許〔一〕，即遠當自邇。

聚銅銅可山，聚金金可谷。聚易散則難，人生貴知足。何如聚遠景，領覽在我目。卷舒一笛間，毋勞費童僕。

公莫舞

鴻門壯士髮植蒲，玉帳酒熱聲喑嗚。六合殺氣鬱結甚，長鎗大帔懸於菟。張筵賓戲稱大夫，泗上亭長不敢醉。黄金鑠鑠劍交飛，裂眥嗔人齒生齹。公莫舞，收莫邪，不聞夜澤縱長蛇。神龍變化不可豢，徒勞殺戮人如麻。起來三吁劈玉斗，一軍西望長咨嗟。

選丰宅

罷繡金闉寂，芳年惜物華。卷簾收燕子，待月看梨花。石磴埋幽蘚，香櫨護緑紗。侍兒多解事，古鼎煮新茶。

呈胡石塘

相忘只白鷗，坐久動詩眸。舟過水痕見，月來山影浮。獨憐些子景，著得許多秋。寄語王摩詰，還堪下筆否？

寓歙

出門無語者，還坐奈愁何。雨勢連村暗，秋聲入夜多。生涯驚濩落，客路笑蹉跎。政作月林夢，凉風一雁過。

答柯敬仲

車馬踐春草，泥途步孔艱。思詩忘立雨，見畫欲思山。好景亭亭外，芳年卒卒間。美人隔秋水，竹下畜雙鵰。

泊西興

行如歸鳥未安巢，泊似枯禪暫解包。軟語逗遛吴地習，拙詩慚愧越僧抄。未諳土酒隨宜飲，旋買江魚借貝庖。有酒得魚身是客，絶勝無酒與無肴。

和蔡山長九日見寄

行看去馬與來牛，雨送新寒入敝裘。烏帽風高欺客醉，龍山地遠共誰遊。閑搔白髮懷千古，笑折黄花了一秋。但得興來隨分樂，底須騎鶴上揚州。

春日神溪作

溪館無人自獻酬，塗鴉棲壁記芳游。山藏古廟神如在，船掛輕帆水倒流。兩岸人家隨地樂，一灣楊柳帶烟愁。眼前擾擾江湖客，誰肯忘機對白鷗。

古洪修琴自遣

越北燕南走半生，邇來稍稍樂山林。一編古史千年事，七尺頑軀萬里心。興盡轉蓬懷故國，夢回攲枕聽寒砧。世間甲子何勞數，自息心機整舊琴。

雲

雲似山翁懶，今朝懶出山。依依茅屋角，飛去又飛還。

〔一〕「邃」，原誤作「遞」，據稿本改。

張政

政字□□，臨漳人。六世同居，家口四十餘人，各守禮法，族黨稱其孝義。有司以狀聞，詔旌其家。

汝河

湛湛清流有曲灣〔一〕，深沉徹底似拖藍〔二〕。扁舟一葉無人繫，風動横移向碧灘。

〔一〕「有」，稿本作「九」。

〔二〕「藍」，稿本作「籃」。

張允中

允中字可行，林州人。性慷慨不羈，有詩名。

游天平山

洞天金闕天平作，層巘石崖寒玉削。突兀雲生繞碧蒼，鬅鬆樹大侵寥廓。蒼鹿挨摧北斗魁，耍猿弄損南辰角。文章壓破石鰲頭，琅玕爛折玉兔脚。背巖松柏碧森森，向日芳菲紅灼灼。遮礙林盧半壁天，琢成雲漢千巖壑。官宰爐燒延壽香，仙人瓢採長生藥。風物依稀紫府宫，嵐光繚繞朱陵閣。顛峰渾似撞天槍，怪石還如奔硼鑊。路轉樵人目下迷，溪迴遊子心無錯。千形萬狀天平山，剖判玄黄天地鑿。

題靈巖寺

曉入靈巖寺，靈蹤一一穿。天聰鑿混沌，龍鼻滴潺湲。不雨山長濕，微風谷競喧。鸞旗開障日，鼇柱仰擎天。雁異靈山鷲，蒲非華頂蓮。重臺疑魏載，卓筆豈張顛。夜月連千嶂，晴雲盡一川。詎那常宴坐，行亮昔安禪。共樂仙遊勝，都將世事捐。雙鸞如我跨，擬把石碑鐫。

楊容

容字□□，河南人。

謁范文正公廟留題

蕭何太白皆星精，豪傑不待文王興。陶朱易姓在齠齡，當時范氏絶簪纓〔一〕。我公終自異凡品，肯使没世無名聲。山東讀書至卿相，暮年去作山西將。國恩未報歸不得，林猿澗鶴空惆悵。山中舊隱尚依然，惟有白雲封蕙帳。迄今東齊人物少，空谷不聞虚嗷嗷。少微無光山色死，令人慟哭長山道。

范文正公祠留題

奎星珠粲摇姑蘇，趙宋台鼎屬名儒。古來才大須少晦，泥沙直不埋真瑜。平生讀書志天下，憂樂晝夜良區區。鳳凰池上滿春意，一輪紅日照天衢。當時並駕富韓輩，致令四帝邁唐虞。長山山月照顔色，古祠儼對丹青圖。繡斧東回謁遺像，襟懷景慕歌《白駒》。鄭重行人贈香火，題詩何必明陶朱。

〔一〕「絶」，稿本作「勿」。

呂同老

同老字和甫，濟南人。

題高彦敬夜山圖

我昔絶江看吴山，朝光正落山水間。金波遠自海門入，翠嵐高插扶桑殷。安知璚樓有夜景，明月蒼茫墮清影。李侯勝賞高侯筆，展卷一時如夢醒。

龍泉寺納涼

靡靡市塵盡，杳杳泉石間。灌水蔽榛莽，爽籟彌空山。飛甍納餘輝，丹蘐粲以繁。巍然青蓮宫，俯此碧玉闌。化人淡無爲，趺坐觀塵寰。支郎杳不逢，元蟬噪其間。昔賢憩遊地，胥井潛龍蟠。詠歌之所傳，百世猶不刊。我生悦超曠，危磴重躋攀。歸隱諒未能，遡風發長嘆。

張崇

崇字彦高，東平人。

古行路難

君不見古來行路難，只有荆卿報燕丹。感君恩厚爲君死，自知故國一去無生還。秋風易水無今古，中有恩情別時語。武陽飲酒荆卿歌，壯士相看面如土。秦山嵲嵲秦關高〔一〕，奮身西上騰驚猱。盡傾肝膽許知己，性命不啻輕鴻毛。奉圖再拜王心喜，圖窮匕首明秋水。劫王復地計全非，何處秦雲哭燕鬼。當時一語思匡國，精神動天虹貫日。狂謀肇禍鬼不祀，大業帝嬴天與力。虎鬚堪編尾堪履，倒捲天河恨難洗〔二〕。臣身塗炭君莫論，萬死報君期世世。行路難，君當聞，丈夫莫忘沾人恩。殺身狥名信絶倫，可憐孤負樊將軍。

〔一〕「嵲嵲」，稿本作「嵽嵲」。

〔二〕「恨」，稿本作「憾」。

李齊賢

齊賢字□□，青州人。

鳳不來詔九成臺作

鳳不來，遼東海，高臺已荒人未改。當時別舜返崑邱，如何一去三千載。人間豈無青琅玕，孤棲未必天霜寒。致君堯舜我有術，來儀好向宫庭前，鳳兮鳳兮今當還。

王翥

翥字□□，平陽人。

謁夷齊廟

紂惡日益長，民怨同死亡〔一〕。歸來奉天討，聖哲惟武王。夷齊二賢人，扣馬迎路傍。諫説不能入，陟彼西山岡。恥食周世粟，忠義充饑腸。歸去賦長歌，邈兮思虞唐。至今采薇處，白雲飛首陽。

夷齊墓

衛君拒父據其國，絶滅綱常有慚德。唐宗謀立恣剪屠，背亂忿争同一轍。予觀二士真天人，不降其志辱其身。獨行特立誠且確，高節遠過殷三仁。當時父命豈不義，弟遜兄兮兄遜弟。由來天理重人倫，曷若遁逃俱廢墜。帝辛無道穢德彰，刳割孕婦焚忠良。西周興師奉天討，萬國引領争來王。世人何嘗有非議，胡爲二賢死不避。扣馬一諫大分明，義氣昂昂塞天地。目觀殷滅如燎毛，絶粒甘死埋榛蒿。至今首陽兩邱土，直與泰華相争高。清風凛凛激貪鄙，百世竦聞尚興起。世民衛輒彼亦人，遺臭無窮乃如是。孔孟立教述文章，二士賢聖名愈光。區區黄謝肆臆説，日月之食庸何傷。山有薇兮塋有柏，我來再拜瞻遺跡。呦呦野鹿不復來，收淚成詩寫空壁。

〔一〕「亡」原作「忘」，據稿本改。

張守大

守大字□□，洪洞人。隱士。

琳宫獨坐

琳宇夜沉沉，高松獨伴吟。林風生爽籟，蘿月轉凉陰。流水侵階濕，飛螢入竹深。瑶琴時一弄，山鬼是知音。

遊廣勝寺

名山佳景遂遊尋，雨過烟嵐鬱翠岑。地接紺園珠斗近，泉通玉竇白雲深。野花溪鳥資禪性，露竹風衫共醉吟。擬向東隣結蓮社，不妨頻此抱瑶琴。

日新宫訪道者不遇

九箕山下地仙家，與客尋真步落霞。洞裏清香燒柏子，爐中新茗煮松花。古壇寂寂春長在，浮世悠悠日易斜。聞説道人騎鶴去，料從勾漏問丹砂。

題晉太師師曠廟二首

草緑東原霽景浮，杖藜閑步思悠悠。陽侯城外烟村古，師曠祠前野水流。遺俗不堪悲往事，新詩聊復記曾遊。當年冠盖俱塵土，祗見殘陽下故邱。

衰草寒烟子野祠，升堂拂蘚讀殘碑。知音迥出師涓右，典樂常懷晉悼時。已辨哀吟傳濮水，還因規諷及祁奚。淫蛙此日知誰正，悵望遺墟有所思。

登玉峰山

與客攜琴到玉峰，琪花瑶草繞仙宫。道人亦喜招凡客，話盡《黄庭》月上桐。

范溥

溥字□□，洪洞人。

題澗河將軍柳

鎖霧披烟弟與兄，水來勁敵若雷轟。黄金甲嫩春風軟，緑綫袍新曉雨晴。性武不離元亮宅，才驍常傍亞夫營。葉排利劍枝横槊。日暮烏鴉萬點兵。

程克直

克直字□□，壺關人。

贈孛朮魯克恭孝義 克恭，潞州人。

秉彝有恒性，誰復爲主張。嗟君生二歲，怙恃俱云亡。爰依外氏家，軀命賴保康。年及成童時，哀號念彼蒼。欲報罔極恩，風樹悲衷腸。昆季委遺骸，奉迎歸故鄉。失業伯與嬸，就養心無方。入厨具甘旨，飲食必親嘗。生事暨死葬，殷勤十二霜。鄉閭共稱贊，獨孝名應揚。剡薦看他日，門旌千載光。

常冲

冲字仲微，藍田人。

元亮南歸

人生百年期，奈此日月駛。同心隔山水，悠悠兩愁悴。三年再相過，涉彼萬餘里。茅亭盍朋簪，芝蘭本同氣。風雨夜不眠，談經每心醉。今晨又言歸，執手慘垂涕。秦嶺雲翳空，灞岸柳搖吹。誰言食蘗苦，未試别離味。願保千金軀，無羞古人事。

與元亮叔靜論學有感二首

秋水芙蕖玉一枝，飄然不受俗塵緇。植根共憾池塘小，政要汪汪萬頃陂。

草木經霜厭苦辛，繁華元不是天真。殘枝敗葉凋零盡，才見從根一點春。

聞蜂

案上菖蒲抽短葉，窗前修竹澹青霞。怪底山蜂喧永晝，飛飛來採地膚花。

寄叔靜

馬上清明高郭別，山中長夏幾相思。茅齋疎竹生秋意，可是良宵對榻時。

劉漢臣

漢臣字□□，涇陽人。

清涼寺

雞犬人家古鼎州，林間蕭寺正清幽。嵯峨北望尋常見，冶水南來取次流。翠柏長楊空自老，寒雲落日幾經秋。山僧莫說當時事，滿目丘陵特地愁。

王仁輔

仁輔字文友，鞏昌人。著《無錫志》二十八卷，别有文稿十卷。年六十一。卒于梅里之祇陀。門人倪瓚爲葬于慧山，陳方志其壙。

三峰三首

三峰伯仲行，兹峰獨雄尊。神霄開廣庭，坐受淮江奔。華蓋垂地肺，蔚藍抱天根。稽首大司命，冷風假騰騫。

大峰肩摩天，中峰胸蕩雲。無樹不古色，有花皆仙芬。縱目話淮甸，游心遺世紛。誓將拂金案，畢願從茅君。

落落三神君〔一〕，鼎峙三峰顛。小君保民命，萬靈奉周旋。風清石壇月，天近香爐烟。安得控丹鶴，遨遊接飛仙。

惠山寺

紅社溪邊艤小舟，青蓮宇内作清遊。土花繡壁淡如畫，嵐翠潑雲濃欲流。短李清風存古意，大蘇團月洗春愁。摩挲泉石舒長嘯，未羡神仙十二樓。

〔一〕「落落」，稿本作「俗俗」。

周子固

子固字□□，溧陽人。

丞相趙葵遺址假山石

礧砢本奇格，園林入真趣。自得元化功，何當米芾遇。當軒風月寬，峭壁烟霞護。人去石尚存，令人興慨慕。

硯池堂

鑿池儲衆潰，浮天湛清泉。沙暖鳧鷖集，波平魚龍眠。功資翰墨客，澤潤書林賢。澄澄一泓寒，千載斯名傳。

題太白酒樓

神龍不可羈，竟脱萬乘屣。舊事寄金鑾，遺跡委荒址。凭闌意無限，風月空自美。不見騎鯨人，吟情渺何許。

寒光亭

簷影流不去，天光蘸波碧。開軒足清致，遠山映佳夕。輕風入座隅，水紋浮枕席。魚鳥喜相親，灑然脱塵迹。

泰虚觀

聞説江南盤白山，異哉仙境在人間。千年樓閣空中起，一片湖山畫裏看。煮藥爐邊雲氣濕，步虚壇上雨聲寒。明朝捧詔朝金闕，好借雙溪一鶴還。

蔣時中

時中字□□，溧陽人。

硯池堂

康樂詩書稱二寶，佳句尤誇夢中草。古城鑿此一泓秋，猶喜寒漪舞文藻。晚烟凝緑如潑油，殘膏空恨無人收。池上羣山如卓筆，躡屐且繼南山遊。

大石山

大石山頭兀盤石，下有靈物阻深宅。珠宫弄月躍泉光，墨池飛雲沛甘澤。瘦藤倒掛古洞前，仙壇秋静明翠烟。龍兮冬卧春乃起，素鱗聞雷飛上天。

寒光亭

寒光亭上寒光浮，寒光亭下寒光流。一川秀色浩欲舞，白日浴波天鏡秋。于湖詞調世所敬，曾此徘徊賞幽勝。不妨驚起舊沙鷗，遠邈高風發孤詠。

釣魚臺

仙人橋邊一塊石，苔衣襹褷護雲碧。相倚陵陽立上頭，直下絲綸千百尺。仙人今歸鬱蘿鄉，飛蓬想像臨滄浪。若將下闕。

李恂

恂字□□，溧陽人。

史貞義女祠

不見中橋已十年，重來風景尚依然。伍牙山上雲堆墨，貞女祠前水接天。老樹槎牙風烈烈，古碑零落草芊芊。賦詩爲述當年事，留與明朝信史傳。

楊恒

恒字□□，溧陽人。

大涪山

湖上新秋宿雨過，青天倒影蘸晴波。分明一段蓬壺景，白玉盤中擁翠螺。

陸桂

桂字□□，吴郡人。

題趙榮禄水村圖二首

牛馬百川獨渚，烏鳶羣木西村。天地四方黄鵠，先生秋雨柴門。
忽有滄浪鳴笛，飛鴻黄葉雲深。相望美人秋水，捲簾隱幾何心。

姚道昌

道昌字□□，吴郡人。

題韓左軍馬圖

龍性難馴萬里姿，騣騣只欲望風馳。奚官毋惜斗升水，要載君王問具茨。

林鐘

鐘字□□，東吴人。

題馬待詔山居小景圖

水抱雲根净，林含雨氣凉。征鴻飛杳渺，秋思滿瀟湘。

葉齊賢

齊賢字□□，松陵人。

題趙榮禄水村圖

坐窗不邀呻蠹竹，兀兀那知髀生肉。眼前見此水邊村，浣我胸中塵百斛。荒山寂歷蒼烟斜，驚風颯颯鳴蒹葭。平沙暮寒羣雁起，垂柳掩映幽人家。風流王孫摩詰手，妙處端如神所授。等閒點綴皆精研，怪底秋光生户牖。我家本住松江濱，恍然一見融心神。他年卜築遂君志，留取青山容散人。

張璞

璞字□□，雲間人。

和孤雲處士蜻蜓詩

翠華銷盡屬猋吹，四翼低飛兩眼敧。秋去藕花摇落久，也愁點碎碧琉璃。

黄仲琪

仲琪字□□，華亭人。明陸深稱其詩壯浪可喜，當是袁景文一輩人。

送四明謝友規謫臨洮

九霄風翮舉清秋，萬里飄然汗漫遊。莫謂流離舍初志，即看登用納嘉猷。黄河太華供詞筆，紫鳳天吴在客裘。及早歸來拜家慶，故鄉終不似并州。

湯處士公雨〔一〕

公雨字潤卿，號碧眼，江陰人。饒于資〔二〕，與趙松雪、虞道園交。至順初，寓居吴中，後仍返江陰，卒。二詩乃初至吴作也。

初至蘇州登虎邱

擬從閶闔種胡麻，虎阜山前好問家。何必中秋方待月，儘教經歲可看花。提筐漁婦誇鮮晚，招涉舟人鬧日斜。且叩禪扉假眠息，沙彌延客已烹茶。

曉起登海湧峰

曉日雲光展絳綃，登臨不憚徑迢迢。玦環十萬嚴城小，杯瀉三吴海水遥。望裏君山横抹黛，峰頭梵刹聳層霄。三千神劍同埋骨，嬴得金精氣未銷。

〔一〕「處士」，原無，據稿本補。

〔二〕稿本「饒」上有「家」字。

邱元鎮

元鎮字士安，江陰人。

蔡涇閘

客行涇口上危橋，北望城闉十里遥。港汊不容三尺水，舟航全藉兩番潮。蠶苗半起桑迷眼，雉子深藏麥到腰。暮雨前村楊柳渡，買魚沽酒慰蕭條。

丁珉

珉字汝琳，號滄洲，靖江人。端方坦易，有所品藻，人以爲榮。所著有《滄洲集》。

題紫微宫

地隔紅塵一徑開，清虚疑是小蓬萊。丹房有藥常留火，石徑無人半鎖苔。樹色暫迷汀雨合，江聲如咽海潮來。桃花滿院春風暖，題詠誰同夢得才。

俞安中

安中字□□，京口人。

登金山

鬼神司結搆，吴楚入登臨。鰲斷山浮玉，龍遊地布金。夜禪參日觀，曉唄雜潮音。一滴中泠水，何由洗渴心。

貢宗舒

宗舒字致仲，號柳隱〔一〕，丹陽人。

自題柳隱二首

垂楊過我屋頭青，門對茅峰遠世情。贏得行人閑着眼，謂言此處即淵明。

五柳先生半醉歸，門前風動萬金絲。誰知田舍荒凉處，都是詩人富貴時。

〔一〕「號柳」，原闕，據稿本補。

錢復

復字□□，號北山，彭城人。

題燕穆之楚江秋曉圖

大船駕帆曉欲發，小船載客客未絶。行李匆匆不憚勞〔一〕，須臾會面須臾别。江濤洶湧聲如雷，名利縈攖心爲摧〔二〕。楚天秋高何所有，黄鶴磯頭多美酒。便當吟笑解金龜，勿向風波空皓首。

題郭熙春山對酌圖

二老相忘共一家，笑談酬酢總堪誇。獨憐雲白山深處，極目枝頭不見花。

〔一〕「匆匆」，原誤作「囱囱」，據稿本改。

〔二〕「摧」，原誤作「推」，據稿本改。

汪莊

莊字□□，休寧人。

雲巖

度遠復登危，依山一徑微。洞寒龍正蟄，崖暝鶴初歸。采术雲生屐，捫蘿露濕衣。層巖去天近，織女夜鳴機。

朱仲明

仲明字□□，號北軒，休寧人。余近于休寧陳氏得《明經書院考評》一册，乃其先世定宇先生櫟遺筆也。泰定間，有小桃源詩盟，定宇以《大有年》爲題，得三百三十七卷，與星源胡初翁存菴定其甲乙，加之評隲，取中者三十名。一曰「都魁」，即仲明卷也。二曰「亞魁」，爲康衢遺民卷。三曰「鼎魁」，爲汪成大卷。其對仗可採者，如康衢遺民云：「桑麻已接東西隴，禾黍相連上下田」。二十六名程維巖云：「史筆特書當繼魯，詩聲播頌載歌周。」二十九名胡祥云：「易地時霑沛然雨，平疇輕拂快哉風。」亦能切題。餘卷語多陳腐，殊少合作。

大有年

五穀皆登幾載無，今秋端不負菑畬。已欣億秭倉箱積，肯數尋常儋石儲。卦象曾占天上火，牧人應協夢中魚。麟經二百餘年久，似此豐穰僅一書。

楊得禄

得禄字□□，休寧人。明經書院第五名卷。

大有年

乃夢維魚卜歲登，東皋南畝力深耕。一犁春雨欣沾足，百穀秋風喜用成。作息不知蒙帝力，謳歌聊以樂吾生。重書大有光千古，鼓腹含哺樂太平。胡初翁存菴評曰：「首聯清妥，次聯平易，絶似陸放翁調度。」

汪志堅

志堅字□□，祁門人。明經書院第八名卷。

大有年

五十年無赤白囊，民安田井樂耕桑。雞豚社雨家家酒，穲稏秋風處處香。已驗天文占斗覆，騰收地利應金穰。王風喜值時雍盛，仰祝皇圖日月長。存菴評曰：「首聯句法秀整，次聯亦襯貼不苟，當是作者。」

胡元冞

元冞字□□，黟縣人。明經書院第十六名卷。

大有年

時和歲稔樂無邊，大有堪書續魯宣。居積囷禾皆萬億，佇看斗米只三錢。花村月照犬無吠，化國日長人醉眠。童叟相觀皆額手，從兹深願屢豐年。存菴評曰：後聯詩人之詩也。

梅徵士致和

致和字彦達，宛陵人。宋都官堯臣九世孫。從母兄汪文節澤民受《春秋》，著《類編》十二卷。已棄業隱城南，與張仲淵叔輿爲吟友。部使者王士熙、吴鐸雅重之，就咨吏事，屢辟幕不起。卒寧川，宋濂志其墓。《耕稿》十卷，兵燬。

獨馬圖

西域之西生良馬，丹青何年入圖畫。良工不必問誰何，只此毫鋒便瀟灑。肉騣汗血形如龍，權奇肯與駑駘同。迥然獨立生長風，自信不受金羈籠。老驥猶能志千里，况此昂頭渴烏勢。聖朝捐金市駿骨，宜向天閑驂六轡。

梅德明

德明字□□，宛陵人。堯臣之後，亦能詩。如《送叔章姪》云：「彩鷁隨風飛宛水，黑貂犯雪上燕臺。」頗亦楚楚。

紫山寺晚望山門

山門藏絶境，青壁上參天。石漏窗中月，巖通洞底泉。幽期恐摇蕩，眺望每留連。遠憶瞿硎老，神交碧落邊。

送傅經歷

三年主畫向南陽，便覺蕭然兩鬢蒼。審象幾時求傅説，爲郎從昔老馮唐。柳枝歌斷山杯盡，梅雨晴來江路長。未得還家問松菊，黄金臺上看翺翔。

柳枝詞

江上春陰半畫橋，扁舟東下夕陽潮。離魂何似垂楊柳，飛雪漫空煖不消。

水西道人凌希惠〔一〕

希惠字季和，宛陵人。宋侍郎策十一世孫，號水西道人。寓宣，與諸名士爲吟社。人傳其《賦古鏡》詩，又有《雲松樓詩》云：「丹崖雪竇相掩映，一枝北走如翔龍。白雲輸雨出深谷〔二〕，蒼松倚壁來清風。」時頗許之。同時有倪水西者，亦長于詩，仕本路教授。有集，盧摯爲編次而序之，今失傳。

題畫馬

千金買駿骨，絶足來異域。尺素寫龍媒，元非按圖索。古人觀馬在天機，眼中不見黄與驪。吾觀畫馬亦相類，逸氣横出驪黄外。王君下筆殊可人，紫艷一洗凡馬羣。朝幽暮越汗流血，肯受青絡羈黄塵。撫卷懷若人，此意知誰識。泛駕固可奇，在德不在力。

賦郭用和所藏古鏡

漢皇蛇劍穿屋飛，伯禹神鼎淪泗涯。鯨翻鰲轉總陵谷，此鑒零落何足疑。團團知是誰家物，偶向耕夫春隴得。苔昏土蝕篆文微，消盡清光質如石。憶昔清光未泯時，玉臺聳帶生光輝。白髮幾揮豪傑淚，青娥曾照嬋娟啼。汾陽諸孫誠好古，床上書連只環堵。聞之不惜抱衾裯，豈爲深閨照媚嫵。願君試覓負局生，炯然秋月高堂明。一點莫遺飛埃侵，萬古不滅如此心。

〔一〕「凌」，原誤作「陵」，據目録及稿本改。

〔二〕「雲」，原誤作「雪」，據稿本改。

施坦

坦字季平，宛陵人。盧山季子。其詩五言佳句如《和梅叔章》云：「香紉幽蘭珮，詩裁明月珠。」《劉氏園》云：「亂聲秋樹葉，寒色晚花枝。」一時傳誦。

夜止張叔與同宿因懷仲淵

連朝阻良覿，暮節慨幽獨。執手一忻然，遂此東齋宿。語闌餘燼暗，意愜清夢熟。覺來疎雨聲，月露滴修竹。聽禽林景變，見日塵事蹙。仲氏有素期，結菴向蒼麓。

村居冬晚

夢回雨聲歇，披衣自開門。前山白雲多，隱隱高下村。老樹起鸛鶴，平田散雞豚。鄰翁不識字，捫蝨負朝暄。

王翊龍

翊龍字□□，宛陵人。

和李治中韻 城東橋新成。

英雄老去覺顔凋，約矢無書可射聊。春暮流光嗟逝水，山深幽夢付回潮。翠林鳥聚雲帷合，晴沼魚吞雪絮消。我欲雙谿釣烟雨，采虹聞已跨飛橋。

倪應淵

應淵字□□，宛陵人。

西園

水映朱闌漾陸離，憶曾飛蓋得追隨。庭喧畫鼓開筵早，座擁紅裙獻曲遲。楊柳挽風掀醉帽，荷花瀉月入吟卮。轉頭樂事無尋處，藤絡頹垣草網池。

古揚州

雉堞平來塹擁沙，緑蕪闕處見人家。山河舊影藏秋月，關塞新聲起暮笳。玉蘂已爲庭下草，蒺藜不是眼中花。當年鳳舸經行地，枯柳無枝寄宿鴉。

熊不易

不易字□□，宛陵人。其詩如《與友人别》云：「太瘦尚能憐杜甫，不言幾已失嚴明。」極爲警句。

過梅山新居

縹緲天風吹珮環，又從鸞鶴下梅山。新開窗户青紅濕，深在烟雲紫翠間。已約幽林回俗駕，遂令寒士得歡顔。棣花寶樹光相照，十載吟翁兩往還。

水西寺

柏山廟裏神松古，裴相園中僧塔高。行馬不旋陵變谷，蟄龍一起海生濤。樓侵林杪天盈尺，雲接溪頭水半篙。隔岸人烟秋色暝，一簾踈雨正瀟騷。

許希顔 希一作「晞」。

希顔字□□，宛陵人。

贄監郡公

金章紫綬照南州，身在陵陽最上頭。曉雨桑麻吴地煖，西風穲稏楚鄉秋。朱幡到處行雙鹿，緑野何人佩一牛。見説御屏題姓字，崇班早晚侍前旒。

朱得先

得先字□□，宛陵人。其詩如《奉楊明府》云：「戴星問俗千村曙，耕雨關山百里春。」亦工。

次馮介溪閑居韻

竹屋松窗杳靄間，林園沙鳥共溪山。種花長占青春好，讀《易》堪消白晝閒。隱處雲泉思共酌，夢中烟樹正相關。他年容我狂吟否，獨立斜陽柱杖班。

王儒珪

儒珪字□□，宛陵人。

送李知事

應幕宣城郡，人稱燕趙賢。青冥三釜養，白髮兩親年。臺閣須良佐，衣冠擁別筵。片帆梅雨裏，秋滿下江舡。

王儒珍

儒珍字□□，宛陵人。儒珪之弟。

讀淮陰侯傳

楚漢争雄日，乾坤殺氣昏。築壇需上將，决策拜王孫。百戰通侯爵，千金漂母恩。如何天下定，却憶蒯生言。

潘如瑗

如瑗字□□，宛陵人。

移居黄冲

西岡西畔翠藤遮，石徑斑斑帶蘚花。閑客敲門來看竹，小童掃葉爲煎茶。張琴松下風聲細，讀《易》梅邊月影斜。潘岳愛山曾入畫，聞孫此日又移家。

題劉慶遠樵隱

門外蒼苔一徑雲，柴門不入軟紅塵。且從仙客閒看奕，未必書生竟負薪。松粉飄香輕拂面，嵐光滴翠冷侵人。好留喬木爲梁棟，莫學焦桐爨下陳。

病中懷友

烟霞門巷少行人〔一〕，吟對清秋鬢雪新。愁裏常中酒賢聖，病來多辨藥君臣。林梢斜日明紅葉，池面微風弄白蘋。惟有山翁最知我，無由縮地謾勞神

〔一〕「行人」，稿本作「人行」。

潘泰之

泰之字□□，宛陵人。

詩意

慘淡經營似畫圖，神遊物外有還無。灞橋雪裏情應苦，飯顆山頭人亦癯。敏掣鯨魚當碧海，幽隨象罔索元珠。出塵解悟天機妙，一字何勞撚斷鬚。

和録事吴正傳登景德閣

上國久賢吴季子，風流非復舊潘郎。君詩秋色同瀟灑，我興滄洲空渺茫。宦海才名雖異調，騷人胸次豈殊鄉。三生杜牧今何處，眼冷禪林木葉黄。

師晦文

晦文字□□，宛陵人。宛陵《羣英集》稱其《言懷》詩，有：「吠雪從驚犬，耕雲欲買牛。」之句。

次錢公茂見寄

短褐蕭條稱鶡冠，冥棲長欲寄林間。承家不負駒千里，學道聊窺豹一斑。歸去未成空緑髮，相看不厭只青山。吟邊賴爾能知我，莫惜琴書半日閒。

陶應雷

應雷字□□，宛陵人。

長門怨三首

擬摘梅花貼鬢嬌，未曾掠削早無聊。承恩不似金盤雪，得到龍屏煖處消。

慚問金輿過鳳池，緑雲斜髀曉妝遲。試陪杏苑尋雙藻，暗卜東皇屬阿誰。

風度荷花小殿香，淺沙依舊浴鴛鴦。御書翠扇恩猶在，偏憶金輿夜納凉。

暑中過翼然亭小寐

拂枕松風卧翼然，夢回那信是炎天。泉聲只在桃笙下，一似廬山聽雨眠。

潘從大

從大字□□，宛陵人。

謝張御史見訪

緑滿山人屐齒苔，蓬門長日爲誰開？那知御史秋霜筆，攜得春風滿袖來。

胡晉

晉字□□，宛陵人。其詩如《嘉秀亭》云：「茶竈雲晴露，書牀趁午陰。」亦佳。

和道士汪樂全韻

矯矯餐霞子，凝神志不分。丹書研曉露，仙服剪春雲。山水鳴琴悟，松風煮茗聞。時能吐佳句，艷雪舞繽紛。

華陽山人何致中

致中字鶴齡，號華陽山人，宛陵人。其詩如《秋日》云：「苦吟生白髮，歸夢繞青山。雨久琴絲潤，風清扇影閑。」此類甚多。

招東塘若虎二丈

烟水涵月月欲昏，冷光翠色互吐吞。何人横笛溪上村，吹落蘆花雲釣綸。釣綸卷盡花不見，月淡烟疏水如練。白鷗何處忽飛來，點破蒼茫秋一片。對景有詩囊無錢，賣詩欲倩漁郎船。剪蓴炊鱠招吟仙，扣舷醉泛玻瓈天。

山居春暮

苦楝吹香柳絮飛，杜鵑聲裏夕陽微。惜花誰唱留春曲，山雨滿簾春自歸。

陳萬鈞

萬鈞字公茂，一字衡甫，宛陵人。

和韓廷玉夜過采石頭

江烟霏霏江月黑，寒光照耀玻瓈色。當年江上錦袍人，騎鯨一去無消息。天生此境絶險難，驚湍九道奔空山。今宵波平浪如砥，舟行恍若圖畫間。欲問燃犀是何處，漁父鳴榔隔烟霧。羡渠鷗鷺獨忘機，占盡滄浪自來去。

汪士深

士深字起潛，宛陵人。其詩如題《嘉秀亭》云：「雨香林下屐，花影席間尊。」《齋居》云：「白髮已從公道得，青山長似故人看。」世多傳之。

敬亭山廟

靈祠俯江國，棟宇依層巒。千峰遠岧嶤，二水渺迴環。昭明届清境，彷彿聞和鑾。藹藹集嘉祉，芬芬奠椒蘭。精神一云展，遐眺憑飛闌。昔賢有高躅，寄墨青雲間。瓊瑶刻蒼翠，筆勢廻翔鸞。神遊已溟漠，馳系空長歎。高峰一回首，日落天風寒。

寄題玄妙觀

海上飛來一片雲，此中應有釣鰲人。洞簫吹月蓬萊曉，瑞簡承恩魏闕春。千古烟霞開秀色，半空樓閣絶飛塵。何時重訪仙壇鶴，玉樹桃花幾度新。

題景德寺

寺占陵陽第一峰，寶扉珠樹碧玲瓏。鶴巢霄漢浮圖頂，僧舍烟霞丈室中。高閣鐘聲聞遠近，上方燈影徹西東。一從杜牧題詩後，翰墨誰能繼古風。

齋居遣興答施晉卿

百年襟抱著悲歡，晚節從容任考槃。白髮已從公道得，青山長似故人看。經時積雨開新霽，出苑秋花耐曉寒。欲寄新詩無别恨，目隨征雁楚江干。

題雲上人水仙圖二首

蛾眉淡掃蓬萊月，翠袖寒欺弱水風。移入道人三昧手，幽香髣髴畫圖中。

玉潤冰肌水石間，曾將標格壓崇蘭。香風吹入旃檀夢，好與拈花一笑看。

汪士明

士明字公亮，士深之弟。

送暢廉副除浙東

早歲霜旌出鳳城，陌頭驄馬避行行。舊家勳策傳清白，憲府才名屬老成。江海幾年勞使節，乾坤昨夜起秋聲。咨諏又向金華路，兩地雙谿共月明。

送涇縣祝教諭歸鵝湖

小邑三年一笑歸，鵝湖山下有荆扉。因思張翰蓴羹美，忘却琴高藥滓肥。久客兒應歌陟岵，到家人想下鳴機。每懷朱陸談經處，牢落空山幾夕暉。

游木瓜園

木瓜名品擅江東，三月花開烟雨中。十里明霞紅步鄣，數峰春色錦屏風。壓枝絳蠟融成蒂，映地珊瑚矮作叢。秋實勝如丹頰美，更期躍馬訪園翁。

題太平汪公仲雲松樓

黄山歷歷近青霄，地勝應多物外交。花樹願同韋氏會，雲松喜結謫仙巢。峰前宿雨收蒼狗，澗底清風起翠蛟。安得浮邱連袂在，共聽仙樂奏笙匏。

汪洊雷

洊雷字叔震，宛陵人。

次潘季通遷居韻

萬竹蒼蒼今已非，古梅猶有歲寒枝。橋分野色春還好，門對嵐光晚更宜。茶竈政煩黄葉煮，琴床已帶白雲移。題詩莫厭催租吏，鐘鼎山林各有爲。

胡師寅

師寅字□□，宛陵人。

晚與貢有源陳啓宗陶公美湖上望建平諸山

暮雲放出建平山，盡在湖光蕩漾間。滿目秋寒何所似，水晶宫闕擁螺鬟。

劉得之

得之字□□，宛陵人。《羣英集》稱其詩如《杭州》云：「登樓須待月，税地亦栽花。」《琴高峰》云：「風帘桑落酒，春網棻楂魚。」

送憲司張仲端經歷

蒼木連雲合，清溪繞郡流。山川入歸思，烟雨送行舟。贊幕多奇畫〔一〕，還鄉只敝裘。平生張給事，名作漢庭優。

〔一〕此句稿本作「贊畫多奇策」。

甘梅軒

梅軒失其名，宣城人。

稽停山三天洞

何年鑿開混沌竅，兹山間留空洞腹。陽光轉午影入龕，天籟出虚聲滿谷。飛鼠深藏亂石雲，老猿倒掛懸崖木。洞門泉冰碧于藍，不洗菴中野僧俗。

游水西同憲掾李仲

幾度怱怱過水西，回巖樓閣久留題。此行却伴嶺雲宿，半夜忽聞山鳥啼。漁火滿灘船上下，人烟隔岸樹高低。明朝莫待闍黎飯，踏月披霜過賞溪。

施景舟

景舟字□□，宣城人。

武陽道中

赤日將中暑漸侵。郵亭少駐豁煩襟。風回屋角來凉氣，雲度山腰落午陰。柳外平沙連岸遠，竹間幽徑入村深。田家自得昇平樂，耕種都忘勢利心。

南陽道中

山巔草徑杳難攀，竹外柴門静不關。詩在淡烟斜日外，人行流水白雲間。風前唳鶴摩霄健，天際飛龍帶雨還。事業時來隨世用，山林老去任投閒。

清所軒

妙年高蹈遠朝班，襟度瀟然隔市闤。山水閑情超物外，乾坤清氣落人間。溪橋雪後騎驢去，月夜梅邊待鶴還。老我江湖非俗客，龍門何日許躋攀。

宿南關

酒醒孤枕夜迢迢，更鼓纔過第五敲。斜月窺窗天欲曙，數聲清露滴芭蕉。

題小景

巒崖起伏路西東〔一〕，何處人家此徑通。安得誅茆向林下，白雲堆裏聽松風〔二〕。

〔一〕「巒」，稿本作「岳」。

〔二〕「風」，稿本作「聲」。

楊處士少愚

少愚字□□，池州青陽人。少好學，博通羣書。所著有《秋浦集》、《九華外史》、《續著孝經衍義》。

池陽雜詠 録三

轆轤石

灘明金屑來鸂鶒，水弄銀河打石鼉。海晏河清天地泰，簫韶九奏鳳來儀。

過彭祖墓

七七鸞絃續未休，韶光八百去如流。當時若解神仙術，更許春齡億萬秋。

過張果老墓

聞道留侯亡世仙，佳城曾此協牛眠。可憐二萬七千歲，今古憑誰紀壽年。

朝陽巖

扶桑半夜發金暉，照徹巉巖小洞溪。若種梧桐三兩樹，朝朝常有鳳凰棲。

黄鶴池

鶴去池空水自清，絃歌猶在萬松聲。不知何覓參同契，一覽仙風無俗纓。

丹井

造化難緘物外情，一潴流出净無聲。如何不悟金丹訣，却愛香甜暑夏清。

丹臺

道在當年五字書，方書五字意何如。靈臺自有分明處，不在高高百丈餘。

徐秋雲

秋雲失其名，吴會人。著有《秋雲先生集》。舊稿失傳，門人會稽陳中常收拾詩詞，得若干篇，手自編次。泰和陳謨心一序之，謂其學貫經史，而尤邃于《春秋》；文肆天葩，而尤麗于詩苑。律詩有庭筠、義山之風流；宫詞得仲初、文昌之格調。變陳言爲雅詞，發新意於衆見。第一作者，允爲名宗。

西湖

凉洗冰壺壓兩峰，鏡鸞無地覓驚鴻。芙蓉池館鴛鴦雨，楊柳樓臺燕子風。玉篴度雲聽似夢，畫圖浮水望如空。斗牛已屬乘槎客，何處凌波第一宫。

觀國詩

金溝晴色照燕然，紫殿紅樓玉樹烟。萬雉入雲環五衛，六龍扶日擁羣仙。教坊月夜歌如水，繡局春風錦作天。挾策遠臣身萬里，只將金鏡獻君前。

登桐柏宫

十八回亭雲氣濃，雲邊清磬落寒松。山巔忽涌地百頃，世上已登天一重。丹井龍蟠金薜荔，簫臺人化玉芙蓉。沉沉雙闕神仙府，應隔寥陽第幾峰。

漢武帝

萬户千門禁漏遲，建章花發錦成幃。瑶池有信青鸞至，金屋無人白燕飛。風起輪臺春寂寂，露零仙掌月輝輝。樓船簫鼓繁華夢，汾上年年只雁歸。

唐明皇

太平風月屬三郎，羯鼓聲高思轉長。天子錦纏娱虢國，貴妃音律教寧王。人歸巫峽山空在，花落温泉水更香。誰信蓬萊青鳥使，回來無語怨漁陽。

閨怨

一自劉郎出剡溪〔一〕，簫聲長伴乳鴉啼。魂銷秋水玉蟬翼，泪鑄春風金裊蹄。别恨不禁楊柳外，相思只在杏花西。珠簾夜夜空明月，愁殺落紅香滿泥。

武林

芙蓉城闕夕陽紅，歌舞三千上碧空。繡嶺看花蝴蝶夢，錦江吹酒鯉魚風。當年紫禦開仙仗，今日青山是梵宫。曾向黄金臺上望，九天閶闔五雲中。

美人圖

玉佩鳴璫照素秋，緑雲扶夢下璚樓。瀟湘一片芙蓉雨，珠箔沉沉不上鈎。

寄友

憶别錢塘第幾春，舜江春水緑如雲。小樓吟倚孤山月，只有梅花可寄君。

〔一〕「劉」，稿本作「鎦」。

南屏隱者莫昌

昌字景行，號南屏隱者，武林人。

失硯

窗下紫端吾故物，雲腴如潤玉如温。驪龍光瑩夜生彩，鸜鵒眼活秋無痕。已逐銀杯同化去，豈若青氈能復存。却笑偷兒翻解事，免使王家池水渾。

復硯

失硯兼旬今復見，村童捧璧笑顔温。墨光黯有風霜色，石面净無沙土痕。詞翰發揮欣得助，鬼神呵護幸仍存。濡毫便欲閒圖寫，貌我山莊似陸渾。

譚復

復字見心，禾州人。

明妃曲

夔江水，千古萬古流，漢宫三千畫圖裏，夔江有女何曾愁。邏沙檀槽雙鳳侶，彈得孤鴻漢言語。妾身薄命蛾眉誤，萬里將軍夜城苦。氈車似雪雪似沙，淚灑胭脂成塞花。君王見妾辭玉殿，不曾見妾訴琵琶。絃聲欲斷心相續，自古有愁無此曲。世人傳曲不傳心，秋草年年漢瀆緑。

寄玉笥劉師服道士

玉笥峰頭玉作人，梅花壇下讀丹經。曉分露水洗明月，夜掃雲洲拾落星。海烏近傳梟逕度，泉聲誤許鶴同聽。何當謝却塵中鞅，共倚松根斵茯苓。

衛富邑

富邑字□□，崇德州人。

題趙子昂竹

漢宮日暮風雷遠，南國秋深水殿寒。留得一枝烟雨裏，又隨人去報平安。

孫桂

桂字□□，吴興人。

題趙榮禄水村圖

青山橫陳，流水如玉，蕭瑟寒蘆，扶疎雲木。匪耕伊漁，熙然自足。睠兹幽尚，緊誰之屋。有隱君子，好古耽書。扁舟何人，載酒來與。豈無知者，爰作是圖。輞川之勝，千載與俱。

趙肅

肅字彦恭，吴興人。

樵林楓葉

樵林夜鳴風葉，僧扉晝掩烟蘿。夢裏好山十二，不知何處雲多。

題任月山倣韓幹馬圖

龍種何年離渥洼，幾番汗血定邦家。當今偃武修文日，香草春風步落花。

錢鼎

鼎字□□，吴興人。

題馬遠四皓弈棋圖

不挾徂擊博浪鎚，不泛采藥蓬萊舸。儒阬無名免大索，商顔遠遯我自我。采薇亦可采紫芝，芒碭小兒不敢羈。秦亡漢興不三代，約法三章民庶幾。巖棲四皓喜亦譏，言不出口笑且嬉。九重一日禍戚姬，黄石弟子有捷機。假爾羽翼隨扶危，後來安劉亦已遲。先聲後實真絶奇，黄鵠之歌，一時足以慰晨牝。老人不來，天下之本幾凋瘵。商顔之相，千載令人悲。前楊有清詩，後楊有樂府歌辭。嗟余末學，安敢捉筆爲。

聽雪翁金文質

文質字□□，號聽雪翁，長興人。性豪蕩，力學好吟，善恢諧，隱居不仕。

遊弁山碧巖庵

暖風扶醉上春山，天目銅官指顧間。震澤平鋪青鏡小，香蘭一抹翠眉彎。醉多陶令難投社，坐久維摩懶出關。此日狂遊真孟浪，不知身世在塵寰。

陳先生玖

玖字□□，其先福建人。父典教德清，任解不能歸，因之占籍。玖幼嘗學問，性敏而勤。久之，遂以詩鳴。其句法清便脆麗，與同時邱大祐輩相伯仲。字體結構則宗趙文敏。游轂江湖間，所居停之家，雖婦人婢使，亦呼陳玖先生。笑言温温，望而知爲隱德也。後以壽終。

耦耕圖

避世何須復避人，驅牛耕破緑蕪春。滔滔天下烟波在，溪上相逢莫問津。

胡惟仁

惟仁字舜咨，會稽人。

題錢舜舉秋江待渡圖

芙蓉插天金陸離，白波倒影摇參差。江南西風渡船小，山下落日行人遲。楓林遥起漢陽思，茅屋久負滄洲期。漁竿老我底須老，歸待白髮歸何時。

申屠徵士澂

澂字仲敬，諸暨人。父性，受業黄文獻公溍之門。澂與兄溶並得其淵源，辟本路教授，辭疾不行，晚節益堅。所著有《孝全摭言》數卷。仲敬工古文詞，春容簡奥；精篆籀小楷，足配秦晉。時論稱之。

五洩山

東源壁立萬仞崖，五級水是銀河來。西源梯磴杳無際，各有神龍著靈異。兩源幽眇氣鬱葱，紫烟忽起香爐峰。涼風披披淺叢竹，杖履躋攀看不足。神遊那得挾飛仙，直上青雲駕鴻鵠。

徐處士本原

本原字□□，本奉化人，後徙于鄞。隱居不仕，與陳子翬、高壘、鄭奕夫諸君相倡和。所著有《思剡集》。

隱學山

周穆日盤游，九鼎幾欲移。造父御八駿，萬里觴瑶池。邦家歎無主，神器將安歸。諸侯悉朝徐，瑞應維其時。忽聞《黄竹》歌，拒戰非所宜。避位向吴越，直至東海涯。德義感人心，臣庶争相隨。山以隱學名，上有棲真祠。翁仲翳草萊〔一〕，再拜空嘘嘻。遼東鶴不返，塚墓何纍纍。子孫繁且衍，譜牒能相貽。零落千載下，惻然起遐思。

隱學寺

訪古印禪關，招提盡日閑。鳥啼青嶂裏，僧語翠微間。今日棲真地，前朝隱學山。石壇芳草碧，墓道落花殷。德洽民心服，身罹國步艱。代周知遜位，命楚反羞顔。鳳去彭城路，龍潛越水灣。惟留翁仲在，不見令威還。碑蘚應難認，烟蘿已倦攀。隴雲同杳杳，澗水自潺潺。暝合千峰紫，香殘一徑斑。夕陽歸興緩，清磬隔塵寰。

〔一〕「翳」，原誤作「醫」，據稿本改。

楊祖恕

祖恕字仲如，號近齋，鄞人。

歌風臺

怒濤突千騎，上有峥嶸臺。六合一望間，萬里天風來。疇昔龍虎氣，芒碭深雲堆。煌煌赤幟立，赫赫炎運開。皇靈固有屬，亞父徒驚唉。得志家海内，故鄉重徘徊。痞痱猛士守，宿將胡嫌猜。矧兹霸心存，咄被後乘駘。郎詠三侯章，擊節嗟雄哉！

雪磯先生孫庚

庚字居仁，（一作「純」）。號雪磯，慈溪人。生而穎悟，志操端謹，嘗從師力學，同舍生以其貧相斥遠，庚不動容色。刻苦磨勵，夜坐達旦，由是問學淹貫，論議洪博。及門桂彦良、王桓、陳恭皆以學行著聲，邑長也其不花、天澤普化咸以師禮禮之。及卒，貧不能斂，門人執喪葬禮。所著有《雪磯集》若干卷。

題荷花卷送季山甫

涉江採芙蓉，江長浩烟霧。摇蕩木蘭舟，依稀認前路。粉花委秋風，翠實待寒露。徘徊水中坻，佳期未云暮。歸來明月多，櫂歌起鴛鷺。

題定海七塔寺

塔影參差倚殿庭，好山晴湧屋頭青。土龍刳日潭波息，藥草成金藏佛靈。白鳥破烟江樹曉，黑龍吹雨海雲腥。禪房似隔人間世，一榻松風晝掩扃。

古香老樵桂璩

璩字懷英，自號「古香老樵」，慈溪人。倜儻不羣，自幼至老，手不釋卷，詩文充積。縉紳士夫及門請益者無虚日，相語不以名氏，尊之曰「古香先生」。所著有《桑榆稿》。

長江萬里圖

萬里澄江一葉舟，披圖忽憶少年游。落霞孤鶩洪都晚，明月清風赤壁秋。有客吹簫尋故壘，何人擊楫誓中流。浪淘不盡英雄恨，都把興亡付白鷗。

八禽言

姑惡姑惡姑不錯，姑惡何如小姑惡。小姑譖妾生間言，遂令婦姑情分薄。朝嗔暮逐去不辭，珍鮭誰供膾誰斫。但願小姑他日嫁兒夫，還遇惡姑如小姑。

提壺提壺復提壺，提壺沽酒何處沽。彭澤公田誰種秫，臨邛女子羞當壚。客來煮茶度寒夜，杖頭不用懸青蚨。提壺提壺勸爾即緘口，覆爾居巢碎爾首。

婆餅焦，婆餅焦，阿婆製餅婦爲燒。爐紅火烈餅成炭，婆怒逐婦歸蓬蒿。化爲異物身羽毛，至今銜怨語聲高。婆餅焦，婦休逐，少待來年新麥熟。

脱布袴，脱布袴，人情好新皆厭故。古來聞有韓昭侯，此日那逢廉叔度。千需萬索杼軸空，今年新衣在何處？脱布袴，風雨寒，脱時容易换時難。

三箇半，布積絲，累寸盈尺度下機。先製老姑衣，忍使天寒披故絮。篋中止有半疋存，征人書來索襦袴。布已盡，秋又風，妾身依然單過冬。

不如歸，不如歸，山川良是人民非。風波途路多險巇，草摧舟覆將安之。穀城黄石待已久，上蔡蒼鷹悔却遲。不如歸，歸及早，白雲滿地無人掃。

泥滑滑，泥滑滑，暮雨瀟瀟暝雲結。苦竹岡頭虎跡新，黄蒿城外人踪絶。僕夫股栗步莫前，瘦馬凌兢愁仆蹶。泥滑滑，何時乾，出門咫尺行路難。

行不得也哥哥，千呼萬喚奈爾何。黄陵花落暗春雨，湘江水深生素波。奮衣出門天地窄，仗劍欲往旌旗多。行不得，早歸來，只今誰掃黄金臺。

桂元

《體要》作「杜元」。

元字師善，慈谿人。

和王守之斷腸曲二首

翩翩白馬垂楊陌，千金結交五陵客。白苧細褶玉繫腰，迎風葉葉衣袖飄。青樓夜夜偎香玉〔一〕，錦帳殷紅射銀燭。蘭房寂寞鎖窗春，一月不動羅幃塵。昨宵醉歸扶不起，天明又入長安市。右蕩子。

桃花夾堤春水滑，棹歌三疊行舟發。行舟去去東復西，幾度桃花二三月。花前一别一回老，相思日多歡樂少。君重黄金輕别離，黄金買得少年時。右商人。

〔一〕「偎」，原誤作「隈」，今改。

于演

演字佩遠，號善初，台州臨海人。工于詩，有《虚舟集》。

題金鰲山

金鰲之山金碧浮，重元寶坊居上頭。鐘聲夜度海門月，樹色遠攬豐山秋。龍伯國人真妙手，掣此巨靈鎮江口。丹丘逸士來跨之，石窪爲尊江當酒。黄鬚天子七寶鞭，黄頭漁郎櫂江船。百年塵跡果何在，芒碭雲去山蒼然。歷試諸難固天造，中興開國何草草。腹心有疾日月昏，英雄無聲天地老。兩宮不歸汴水流，此地空傳帝子游。惜無健筆驅風雨，一洗江山萬古愁。陶南邨《輟耕録》云：吾鄉于佩遠先生題《金鰲山》詩，至今膾炙人口。山枕海，屬臨海縣章安鎮。初宋高宗在潛邸日，泰和人徐神翁云「能知前來事。」羣閹言于徽宗，召至，以賓禮接之。一日獻詩于帝曰：「牡蠣灘頭一艇横，夕陽西去待潮生。與君不負登臨約，同上金鰲背上行。」及兩宮北狩，匹馬南渡。建炎庚戌正月三日，帝航海至章安鎮，灘淺擱舟，落帆于鎮之福濟寺前以候潮，顧左右曰：「此何山？」曰「金鰲山。」又問：「此何所？」曰「牡蠣灘。」因默思神翁之詩，乃屏去警蹕，易衣徒步登岸，見此詩在寺壁間，題墨若新，方信其爲異人也。時住持僧方陞坐，道祝聖之詞，帝趾忽前，聞其稱讚之語甚喜，戒左右勿驚怖而締聽之。少焉，千乘萬騎畢集，始知爲六龍臨幸。野僧初不閑禮節，恐怖失措，從行有司教以起居之儀。山下曰黄椒村，村之婦女聞天子至，咸來瞻拜龍顔，歡聲如雷曰：「不圖今日得覩天日！」帝喜，勅「夫人各自遂便。」故至今村婦皆曰「夫人」。雖易世，其稱謂尚然不改。

楊壽

壽字景熙，一字景曦，臨海人。博涉經史，絶世故，徜徉山水間。與陳剛中友善，並以詩名。所著有《五雲集》。

聽琴歌

十八年少誰家女，綽約容儀衣楚楚。秋波瀲灩映春山，暫駐宫刀裁白紵。輕移蓮步出重幃，玉纖閑理焦桐絲。琳琅婺女不足數，前身疑是蔡文姬。一鼓天風生，再鼓山月明。蒼龍夜啼老蛟泣，孤鸞別鶴不敢鳴。一絃宫牛鳴，古盎應黄鐘。二絃商梧桐，葉落敲銀床。三絃角野猿，暮嘯巖花落。四絃徵百囀，黄鸝緑陰裏。五絃羽洞庭，蕭蕭落寒雨。大宫小宫錯雜彈，一堂魚水情交歡。我聞此聲重歎息，歷代聖賢能作述。杏壇千古有遺音，何須更聽湘妃瑟。

潘士驥

士驥字用德，號愚谷，黄巖澄江人。以詩名，有《黄巖八景》詩傳于世。

黄巖八景

委羽尋仙

控鶴者誰卯金刀，五雲何處風飄飄。相傳修翮遺山椒，太古片雪吹不消。一點空明境非境，方石無言洞門静。玉京望斷不歸來，斜陽滿地琪花影。

壕頭弔古

遺塹深深深幾尺，烟冷離離漲荒碧。殘鋒斷鞮出人間，始信昆明有灰黑。七十二陣誰交兵，千年恨血吹餘腥。漢王樹死不可問，山空日落妖狐鳴。

鐵飾古井

誰鑿雲根洩清氣，金明泉眼羅經緯。年來邑政泉不知，冷冽猶涵太古味。池瀹半滴難沾唇，汲泉雖遠無晨昏。如何水品失收拾，滿城釀作黄山春。

利涉浮梁

陽侯欲截澄江道，江北江南天杳杳。魚貫輕舟影不流，蟻移過客何時了。幾回吹斷西風顛，雲斤月斧費萬錢。沙禽冷眼岸花笑，空山有石無人鞭。

東浦暮帆

江亭影壓白鷗路，半竿紅日光流駐。鼓聲欲斷汐信平，風勒檣烏轉林樹。江天漠漠夜濛濛，黄帽出没菰蒲中。人家籬落有驚犬，月吐未吐江涵空。

西橋秋月

玉虹横處隔市喧，夜痕冷浸青青天。風生萬籟瀉金液，風定一顆摩尼圓。飛步如遊桂香陌，影濕虚欄和露拍。蘆花灣近霜鴻驚，亂啼錯認東方白。

九峰夕照

歸鴉欲棲雲忽收，芙蓉削出東南秋。老僧解透三三語，應説與山山點頭。隔溪斜影散樵牧，一抹紅分半岸緑。天昏風急寺鐘寒，鬼燈如漆穿疎竹。

十里早春

短亭月落長亭曉，清如夢入羅浮道。山邊水際淡生涯，竹籬掩映梅關杳。司花有信開天荒，孤標無意攙羣芳。霜痕滑處驢失足，一笑踏破東風香。

牟若畯

若畯字子南，號南軒，黄巖人。少從黄宏遊，與潘伯修、潘從善、周潤祖爲友。博極羣書，善屬文，尤豪于詩。所著有《擊甌吟》、《覆瓿集》。

圭巖曉日〔一〕

巨鰲戴山朝大方，削石作圭侵昊蒼。爾來不知幾千載，却觀大海邀扶桑。濛茫宿霧團林藪，一綫金花抹圭首。須臾紫焰遍嶙峋，下有看山負暄叟。

〔一〕「曉日」，稿本作「日曉」。

應徵士夢虎

一作「文虎」。

夢虎字彦文，黄巖人。家貧好學，通《易》、《詩》、《書》三經，尤長于詩。嘗遊京師，賦《梅魂》詩，虞伯生、楊仲弘見之，亟加歎賞，稱「應梅魂」。黄晉卿、陳衆仲諸公屢薦之，卒不起。

空明洞

乘閒得得到仙家，古洞寒雲帶晚霞。一自靈禽遺羽翰，千年方石出泥沙。碧桃花底眠青鹿，丹鼎烟中見白鴉。偶爾黄冠話寥寂，始知塵外樂無涯。

梅魂

禹廟歸來骨已靈，風林月落見儀形。玉龍一曲香隨返，彩鳳三招夢未醒。弔影西湖雲樹黑，斂粧東閣土花馨。莫誇賦客心如鐵，楚些凄酸可忍聽。

盆松

夢斷空山風雨宵，自經拘束減高標。大夫封後難强項，處士歸來笑折腰。直尺枉尋身失地，大材小用氣沖霄。此身梁棟應無分，幽桂叢蘭幸見招。

雁字

一笑飛禽解識丁，安排秋信出邊庭。雪中印瓜留真跡，沙上駢頭類象形。句句迷茫周石鼓，行行悲咽楚騷經。無人爲辨先天畫，龜馬圖書共闡靈。

墨竹

爲愛江頭碧玉林，生綃移入小齋深。軒屏得此數竿足，淇澳從教千畝陰。幸免雪霜侵直幹，不妨木石伴虚心。蘇仙文老成寥落，安得高人爲賞音。

哭潘省中

秦樓月色夜吹笙，尚憶江河載酒行。石室不題《招隱賦》，朱門空有曳裾名。嵇康未必輕鍾會，黄祖何曾識禰衡。渺渺游魂歸未得，嶺頭春雨鷓鴣聲。

金道源

道源字本仲，號水南，黄巖人。少好學，從潘伯修遊，博通羣經，隱居松巖山中。四方從遊者衆，所著有《水南稿》。

感寓二首

咎犯泣敝席，龍陽悲棄魚。物情空長好，交道無常期。所以田竇門，賓客互盈虧。美哉仲儒勇，不肯回狂車。

掩袂戮魏姝，美城殺申侯。甘言豈足娱，苦語慎勿尤。人心毒蛇虺，世事方謬悠。久無照膽鏡，孰辯跖與由。

林彦華

彦華號城南，黄巖人。

八臺詠

姑蘇臺

會稽烏啄智不小，仰瞻夜眠冰在抱。忠魂曉散屬鏤鋒，泰伯遺墟欲爲沼。苧羅尤物妖且妍，歌雲舞雪翻飛仙。歡娱未央白日晚，幽恨已落陶朱舷。臺空苑廢春草緑，不見烏烏見遊鹿。

章華臺

章華臺高逼南斗，七津三江在窗牖。宮女争廻舞雪腰，郢人巧運成風手。子圍霸業良可羞，詬天簒國來諸侯。一弓不忍賜弱魯，九鼎尚欲求宗周。霸魂不返乾谿路，臺上春深走狐兔。

黄金臺

甘棠舊業寒於灰，燕昭欻起招雄才。千金不惜購馬骨，斯須遠致龍之媒。時來按劍雪前恥，七十齊城一朝圮〔一〕。如何繼志惑巧言，坐使望諸終没齒。抵蛙之金亦奉軻，傷心易水空悲歌。

高陽臺

秦蠶欲食黿鼉國，天遣湘纍葬魚腹。靈修不復入修門，夢罷高唐赴函谷〔二〕。侍臣秉筆賦聚麀，神娥千載空包羞。峽雲冥冥山鬼哭，江花黯黯汀猿愁。孤魂縹緲瞿塘路，多少行人望朝暮。

歌風臺

芒碭雲氣高崔嵬，山東噫氣聲如雷。睢陽拔木真細事，天遣吹暖秦坑灰。沛中小兒强解事，擊筑高歌攬鄉思。周南正始風化行，可惜歌中無此意。伯心之存良可知，五葉變作秋風辭。

戲馬臺

白蛇夜斷飛赤龍，長驅疾足平關中。鴻門玉碎亞父死，彭城霸氣隨飄風。沐猴御尊真成戲，調服羣駑棄天驥。一騅豈解踏九州，事去空歌時不利。宋公不復登此邱，弔古有客悲黄樓。

望思臺

青宫桐木埋禍本，鶴駕無言發孤憤。震雷東起驅殺聲，湖上前星已先殞。茂陵劉郎真少恩，眇視骨肉如纖塵。隸臣赤族竟何補，望思日暮空傷神。天人相勝一反覆，神光已照長安獄。

銅雀臺

黄星麗天日西匿，坐見危臺高百尺。當時勝概孰品題，尚想諸郎有曹植。藏嬌貯麗娱奸雄，二喬不鎖空春風。千年壘土化荆棘，片瓦尚奪陶泓功。香消粉盡繁華去，歌聲不到西陵樹。

和蘇與參中酒韻

樓子文章紹班固，酒聖頻中不論數。長吟杜子《八仙歌》，朗誦坡仙《老饕賦》。爾來夢渴飲東海，鱗介蒼皇競悲訴。月庭虀汁不足誇，大笑妖妃吸花露。奮髯箕踞差可喜，意適何妨一豪怒。便當舉手招謫仙，直跨長鯨繞雲霧。我生幸作太平客，鼓腹而嬉日含哺。有時快意逃麴生，魚腹騷魂每相妬。君不見銅鍉小兒唱山簡，花下歸來不知暮。誓將共老無功鄉，誰能獨泣楊朱路。

贈樂清相者陳雲平

君不見短髮垂領皮皺皴，布衣百結如懸鶉。商歌出户振金石，那知甑釜生遊塵。明珠赤璧同糞土，紅旗黄紙俱浮雲。請君著眼試題品〔三〕，祗應唤作蓬蒿人。又不見名都少年遊俠子，骨秀神清湛秋水。清晨縱鞚鷹犬場，薄暮揮金花柳市。一犁詎解知稼穡，半字無心辨書史。請君著眼試品題，祗應唤作青雲士。相中有相人不知，每將臭腐誇神奇。所以嵇中散，目送孤鴻飛。君家雁山東海涯，亂峰玉笠青離離。倚天松雪畫圖出，烟嵐掃盡芙蕖披。應真飛錫互來往，我欲此地餐松脂。囊書好去與君隱，他年不愧陳希夷。

〔一〕「齊」，原誤作「齋」，據稿本補。

〔二〕「函」，稿本作「幽」。

〔三〕「題品」，稿本作「品題」。

盧垕

垕字公載，黄巖人。

贈玉泉山人何公

茫茫朔北多平野，好山半落東南偏。東南山多貴人少，公侯衮衮生幽燕。地氣由來有南北，天運循環豈終極。但恨至寶遺道旁，俗眼看朱或成碧。何公西來騎白鱗，人言大似郭景純。陰陽顛倒在其手，論世禍福原非真。山川精英神物閟，談笑鑿開有餘地。時人種德須百年，瓜圃何憂失其遇。我今鄽市新築居，請君爲我卜遠圖。公言此中亦大好，空明佳氣無時無。

得静山人許嗣

嗣字繼可，天台人。生元季，義高不仕。善吟咏，自號「得静山人」。著《得静集》，括蒼劉基批點，黄侍講溍謂其文清高而不失于枯，平實而不近于俚。以子廣大貴，贈浙江提舉。

示廣大

吾家詩書胄，天運遭中歇。雖乏兼濟功，尚守清白節。汝今志學餘，經史未明徹。歲月不汝延，努力無暫輟。斯文苟未喪，終當繼先烈。世道多嶮崎，含光養孤潔。非財不可取，勤儉用無竭。非言不可道，處默無禍孽。臨下必簡嚴，事上必柔悦。持心思敬謹，遇事毋滅裂。金馬誇豪貴，吾謂非世傑。惟能師古道，方與禽獸别。國章有常典，聖言亦諄切。書此爲庭訓，汝宜踵前哲。

明巖

昔人已去今幾年，空留遺跡青山傳。巖前幽石巖下屋，飛索百丈流玉泉。泉聲瀟瀟瀉滄雨，雖有白石無青天。試登絶壑窮遠討，石門天柱相勾連。空壁玲瓏隱虚籟，懸崖一擊雷轟然。昔嘗愛慕如饑渴，我今偶客留横川。春風啼鳥二三月，白花翠竹争新鮮。杖雲履石走不息，濕蘿無路難扳緣。八寸關前一長跳，黄猨啼落青松烟。

天台山人周景升

景升字□□，天台人。工詩，自號「天台山人」。

題韓左軍馬圖

漢家天馬來西域，項若啼雞身八尺。秋風嘶雨入昭陵，舊苑空餘烟草碧。當年逐敵向沙場，千里萬里行冰霜。百戰歸來汗溝血，斗水安足充枯腸。食君之禄爲君使，背義偷生真可恥。臨川老客獨傷心，把卷看詩泪如水。

題墨竹圖

秋夜凉如水，蒼竿戛擊清。噴泉珠錯落，帶月弄寒聲。

陳茂卿

茂卿字□□，婺州人。與同郡黄晉卿、柳道傳、方子踐、子發皆以能詩稱。晉卿嘗謂柳初效謝皋羽，後自成一家。方受學尊父存雅先生，而雜出于謝。陳與謝不相識，乃酷似之。緣情序事，清邃激越。茂卿平居，惴惴寡言，容貌不能動人。生三十年，未嘗一踰里門以死。晉卿訪遺稿其家，亦竟無得，蓋以殉葬焉。因追次嚮所僅聞而可知者，爲五七言古律詩若干篇，序而藏之。

花石行

鉷聲一發千鷗舞，汴水黎童泣鼙鼓。千年廢圃墮空荒，蒼壁化爲圜下土。江南壯士鐵衣寒，落日驅車望靈武。瑶棺飛墮黑山顛，淚灑江花作紅雨。天南驩鳥歸不歸，故園草荒陵樹稀。

送祝丹陽祠武當

武當之山上參天，上有天帝居其巔。陰陽蔽虧藏日月，草樹薈蔚含雲烟。六丁開山鑿空翠，萬神扶棟飛修椽。金門眈眈守龍虎，玉佩纚纚羅神仙。人間塵俗不易到，我常夢寐思攀緣。嗟君此行非偶然，冷風吹至虚皇前。手持御香謁帝所，口潄瓊液哦靈篇。蒼黿巨蛇出神怪，朱鳳白鶴相後先。帝命青童授瑶訣，谷神不死真玄玄。却被羽服謝仙友，笑視浮世三千年。

黄真仲

真仲字誠父，號牧石，金華人。

送孫彦周赴南雄路同知三首

翩翩朝陽鳳，濯濯青桐枝。文采煒神化，禎祥應未期。天風動地起，百鳥不得追。豈不念桑梓，昭代須羽儀。

瀛洲種瑶草，清芬結紫雲。摇曳燕寢月，駘蕩薇垣春。世人惑蕭艾，總總方避塵。願言足雨露，流芳遍無垠。

觸暑越大嶺，豈榮車屏星。涉江採芙蓉，聊寄遠别情。南州得冰雪，瘴霧行以清。合并將何時，秋風海樹清。

短歌行二首

死灰宿火秋螢小，千里桑麻一時燎。盡驅紅女撼孤城，夜夜張筵到清曉。烏啼月落腥風來，虎帳烟塵掃不開。可憐驍將骨如玉，曠野無人酬一杯。

良人陣上捫飛箭，賤妾閨中猶搗練。今朝敗卒裹創回，消息未聞腸已斷。妾夫驍勇天下無，所恨單絲不成綫。妾身安得化飛蛇，螫死夫仇報夫怨。

美人春睡曲次寶廷珪韻

柳絲幾結春風怨，一曲瑶筝碧雲斷。釵頭蝴蝶夢尋春，寶枕紅嬌玉生汗。誰家白苧剪刀聲，驚起花間一雙燕。欲追殘緒海茫茫，紅雨滿庭春思亂。

二月十五日草堂張燈宴集分題賦清夜遊曲

鰲山宴罷紅塵隔，璧月猶貪醉春色。笙歌不放彩燈閑，更向花朝作元夕。水晶簾底珊瑚枝，綵虹亂掣金蛇飛。紅蕖縮水開瑶洞，寶鴨嘘雲結繡幃。珠宫《十六天魔》女，手撚天花散香雨。玉鉤笑裏暗藏春，翠黛愁邊偷换羽。何人截竹吹《凉州》，玉兔飛入銀河流。安得箋天乞長夜，夜夜花間作勝遊。

京師即事柬陳衆仲助教

上林雨過御溝肥，杏子金黄海燕歸。凉月池臺花冉冉，薰風殿閣柳依依。玉笙天上迎丹鳳，翠幰雲間導六飛。光範獻書渾未得，連環昨夜夢親闈。

棹歌五首爲松江漁者李復札作

麻姑山前江接天，女兒浦口好泊船。船頭鷗鷺不相識，飛上釣魚竿上眠。

柳花吹雨漫天飛，新婦磯頭夜不歸。寄語彭郎莫相妬，春江處處鱖魚肥。

松花壓酒香滿巵，鱸魚作鱠光陸離。船頭打槳弄明月，船尾敲舷歌《竹枝》。
小魚易釣不直錢，大魚往往潛深淵。漁者日取小魚去，還使大魚長棄捐。
打魚不用網截江，釣魚莫使鈎倒鋩。截江一旦錦鱗盡，倒鋩入腹傷魚腸。

王奎

奎字景文，金華人。

洗藥池

仙藥濯雲根〔一〕，幽池發神光。至今池中水，猶作芝朮香。

玉簾泉

山月明銀鈎，烟蘿垂帶緑。何人啓巖扃，掛此一簾玉。

石人峰

壁立千仞岡，不與世俯仰。憑誰喚元章，來此拜石丈。

鳳山

秋風吹竹實，朝陽照梧樹。定有吹簫人，來此山中住。

風洞

白羽無用摇，披襟坐空明。不聞萬籟響，但覺兩腋清。

磜潭

澄淵窈深碧，波光射琳宫。時有聽經叟，恐是潭中龍。

〔一〕「藥」，稿本作「苗」。

金似孫

似孫字叔肖，號蘭庭，蘭溪人。其先在宋爲富家，自少雋敏强記，工舉子業。文科既廢，遂一意于詩。清新警拔，有思致，善諷切人。又傲俗寡交，好使酒，多與人忤，既鬱不施，家事益落，感激悲憤，一發于賦詠。吴禮部師道稱其負才不屑于俗，殆古之所謂狷者。其詩觸事感時，亦足以附于風人之列云。

雙頭蘭和吳應奉

按《蘭溪志》，似孫植蘭于庭，自號「蘭庭」。其蘭忽開花而雙頭，吳應奉爲之賦詩。

手種盆蘭香滿庭，閑來趣味獨幽深。敢誇雙鶴鍾奇氣，衹恨孤根出晚林。長倩生男不得力，滕公有女謾縈心。援琴欲和春風曲，却對騷魂費苦吟。

周德可

德可字□□，蘭溪人。

送衣篇

長城萬里飛秋沙，有馬夜驚雪作花。龍泉吐光射天地，是妾掩鏡夫辭家。此時惜別方壯年，年年花發園中烟。征鴻無書日苦短，牛女夜夜銀河邊。萬瓦欲霜楓似綺，親送寒衣數千里。匣鸞顧影鳳孤飛，山過望夫道湘水。湘水無情漾白波，望夫山石浮青螺。長途行處意慘愴，誰家嬌女終夜歌。衛霍功高猶黷武，善馬未歸瓶不乳。關河回首路迢遥，愁雲西山水南浦。夕陽孤館停征軺，一身百慮雙涕交。中宵無人語聲絶，風吹燭短山月高。

寄遠

邊風驚枕簟，漢月耿房帷。何處懷人切，停梭見雁時。寒生衣莫寄，瘦盡鏡先知。願子長努力，效忠歸未遲。

李徵士惠

惠字公澤，東陽人。志行高潔，博通經史。大臣知其才，薦爲歸德州同知，力辭不起，隱居石門，築圃種花，扁其室爲「適菴」。日與時之俊流論文鼓琴，優游自樂。又傍覽其勝概，題爲《六觀》。白雲許謙、圁谷陳樵皆相屬和。壽七十二而終，所著有《適菴集》。

自題石門六觀圖卷

甑山晴雪

天上神仙縞素裳，雲間宫闕陸離光。一輪日上金盤爛，千尺峰高玉筍長。饑鶴斜窺松檜影，野人獨惜蕙蘭芳。明朝黛色新如沐，添得泉珠滿石牀。

雙溪春水

曲岸逶迤路不分，隔溪漁唱忽相聞。浮槎觸樹雲離影，合浦交流縠聚紋。芳草拂烟迷遠近，落花隨雨下繽紛。鷗鴣飛處春雲薄，立遍汀洲日未曛。

石門夕照

北澗流泉響蟄雷，連峰中斷石崔嵬。一川紅葉青山暮，千里黄雲白雁來。陰草含烟明翠羽，寒花和露委蒼苔。故人獨在秋江上，誰把瓊芳拂鏡埃。

溪亭秋月

陰樹臨溪坐夕曛，絶然人事不相聞。嵐光濕袂渾如雨，水氣騰空半作雲。野枳隨英青鳥拾，山梨成實白猿分。中宵月在松梢頂，築石方壇禮少君。

獅巘晴嵐

翠色雙虬走石梁，海紅如練拂天長。陰崖盡作雲霞色，朝露時聞芝术香。白晝野猿啼絶壁，黄昏山鬼泣幽篁。自從絶頂觀秋月，碧霧猶侵薜荔裳。

龍湫飛瀑

峭壁千尋勢接天，天風吹下玉蜿蜒。石根噴沫白于雪，波面凝光清若烟。盡日風雷驅魍魎，多年草木化神仙。朝朝無限雲霄興，月冷空山夕夢懸。

胡溨

溨字景雲，號蔗菴，東陽人。耽嗜六經，通百家子史，學問深邃，文章典雅，長于詩賦，尤善表啓隱居授徒。所著有《傖鳴集》、《八憤》等詩以寄意。子宗熹，至正鄉貢進士。

次韻周凌雲歸里書懷

忽忽白日馳，落落歲華遠。故人從西來，酤酒復滿眼。井深無由波，蒨絲苦汲短。神交語自甘，跡近意亦滿。古人貴風期，興盡曷云返。誰歌《白銅鞮》，高懷寄襄峴。

八憤　録二

山東病儒四十餘，攜妻避亂梁城居。城門車馬塞官道，行囊獨佩軒墳書。馬上將軍同衛霍，貔貅十萬屯河朔。不辭萬里立奇功，歸來獻馘長楊宫。論賞封侯功第一，畫戟朱輪照紅日。讀書自歎非長才，揚雄相如安在哉。病儒猶羨將軍貴，明年作賦朝蓬萊。

漢王築祠汾水西，夜遣祠臣親祝釐。願受軒轅九鼎訣，靈輝迢迢神氣接。通天臺北金爲莖，玉杯沆瀣求長生。方士侯封糜厚禄，歲晚皤皤悔何足。當年懷核空徘徊，茂陵不見蟠桃開。

寄陳君采崑山讀書

幔亭山不到，息影坐禪林。早製黄金鎖，休雕白玉心。草香熏野服，石氣潤秋琴。千古無言意，相期樂處尋。

秋晚峴館有懷兼嬰重役

葛衣秋未改，日日任風吹。歸夢青山隔，閒愁白髮知。枯槎印蝸篆，病葉罥蟲絲。江上蘋花老，何人寄所思。

次陳君采水軒韻

波光皺縠影潾潾，自剪芙蓉繡島雲。荷屋瓊茅香繞樹，水烟瑶草碧生春。劍寒越客蒼梧氣，囊結奚奴紫錦紋。莫遣東風驚畫舫，滄浪留與濯纓塵。

題胡太古近稿

風月平湖詠未歸，水仙獨聽濕雲衣。白銀盤底珠新濺，紫錦機中鳳欲飛。賦入小山寒桂老，夢回南楚石蘭稀。寥寥太古誰同調，惆悵知音掩玉徽。

李謙亨

謙亨字伯讓，東陽人。隱居不仕。

草臺春意

冲融二月風，葳蕤滿臺草。藉彼雨露恩，浥此顏色好。寸心報春暉，常恐白日老。殷勤謝芳姿，願爾勿衰槁。

土銼茶烟

熒熒石火新，湛湛山泉冽。汲水煮春芽，清烟半明滅。香浮石鼎花，淡鎖松窗月。隨風自悠揚，縹緲林梢雪。

傅野

野字景文，義烏人。與同里陳堯道景傳皆有能詩聲，爲同里黄晉卿所推重。二君從俗浮沉，嘯歌自適，相繼而死。其遺稿僅藏于家，晉卿訪而求之，合若干卷，題曰《繡川二妙集》，且爲之序曰：「吾里中前輩，以詩名家者，推山南先生劉元益爲巨擘，傅君景文、陳君景傳，其流亞也。景文之詩，精切整暇，如清江漫流，一碧千里，而魚龍光怪，隱見不常。景傳之詩，涵肆彬蔚，如奇葩珍木，洪纖高下，雜植于名園，終日玩之而不厭也。」柳道傳《哭亡友傅景文墓》詩有云：「傅子于爲詩，其氣嘗逸發。束之就聲律，韝絛縶生鶻。存稿數百篇，一一無揀拔。佔畢老于行，妻帑窮至骨。晚塗從禄養，歲月已飄忽。歸葬此邱樊，宿土蓬科没。」字字可爲景文實録。

題淳化閣帖後

君不見秦王一旅定兩京，武功文德致太平。晚年却愛《蘭亭》字，收拾繭紙歸昭陵。前朝淳化號極治，典章文物焕日星。遺書購求到筆帖，祕府晝静聞登登。銅駝翁仲兩荆棘，况此爛石何足憑。當時已愧千載後，影外之影聊相仍。即今見此遂希世，古意雖遠猶典型。文章于道固小伎，而况字畫紀姓名。癡兒傳觀競彷彿，至有嘔血求其精。殘編斷簡無足論，此事自關時廢興。願君持此待善價，他年不厭家雞腥。

山堂先生陳堯道

堯道字景傳，號山堂，義烏人。父希聲，以文學名。堯道負其不羈之才，浮游物表，依隱玩世。以能詩與傅野景文齊名，年長黄晉卿十五歲，爲忘年交。子克讓，晉卿壻也。至元末，吴清翁倡月泉吟社，與弟舜道俱有詩，爲清翁所賞。景傳詭姓名爲倪梓云。

春日田園雜興

化日村田樂，春風耕織圖。秧斜蝌斗動，桑暗鵓鳩呼。社罷翁分胙，蠶占媼得符。傍花隨柳處，此事不關吾。月泉吟社評曰：「起聯有力，五六亦新。『傍花隨柳』，人多正説，此乃翻用之，意新。」

陳舜道

舜道後改名希邵，字景宗，堯道弟。晉卿稱其朝出耕，暮歸讀古人書。薄己而厚物，近乎昔之獨行君子者，予尤畏慕焉。

春日田園雜興十首

春來非是愛吟詩，詩是田園漫興時。無事花邊繙兔册，有時桑下課牛醫。乍隨父老看秧去，還共兒童鬭草嬉。遇物興懷渾不奈，春來非是愛吟詩。

春來非是愛吟詩，詩是田園樂興時。清入吟懷花月照，紅生笑臉柳風吹。村聲溢耳烏鹽角，社酒柔情玉練槌。閒悶閒愁儂不省，春來非是愛吟詩。

春來非是愛吟詩，詩是田園飲興時。草酌乍舒情眊矂，花生陡覺眼迷離。才呼枌社人同醉，又問杏村家有誰？長日作勞無不得，春來非是愛吟詩。

春來非是愛吟詩，詩是田園懶興時。放草地牛眠易熟，聽花村鳩起來遲。蠶桑辛苦從渠婦，稼穡勤勞任我兒。踈散情懷收不起，春來非是愛吟詩。

春來非是愛吟詩，詩是田園引興時。聞布穀聲驚緑野，聽提壺語憶青旗。曾因鬭草争心起，每爲看花樂意隨。景物撩人禁不定，春來非是愛吟詩。

春來非是愛吟詩，詩是田園寄興時。稼穡但憑牛犢健，陰晴每付鵓鴣知。託尋花去將予樂，借卷桐吹寫所思。撫景寓言良不淺，春來非是愛吟詩。

春來非是愛吟詩，詩是田園乘興時。得暇分畦秧韭菜，趁晴樊圃樹棠梨。山煙青笠等閑處〔一〕，沙地烏犍和醉騎。一片野情羈不住，春來非是愛吟詩。

春來非是愛吟詩，詩是田園遣興時。行傍山翁驅犢父，坐觀鄰嫗試鶵兒。看秧時測水深淺，行菜閑占春早遲。白日漸長消不去，春來非是愛吟詩。

春來非是愛吟詩，詩是田園盡興時。蓐食出門天欲曙，荷鉏歸路月相隨。踏青漫有心情在，耕緑寧甘體力疲。箇段工夫償不足，春來非是愛吟詩。

春來非是愛吟詩，詩是田園感興時。草地耕牛才有犢，花村吠犬那生氂。麥青未必三時粥，桑緑其如二月絲。觸物興懷言不盡，春來非是愛吟詩。月泉吟社評曰：「此卷首尾吟十篇，題上生題，摹寫各盡其妙，與其他畫蛇添足者不同，姑寘諸此，以爲手抄之冠，紙價當爲高矣。」

〔一〕「處」，稿本作「去」。

槐窗居士黄景昌

景昌字清遠，一字明遠，浦江之靈泉人。十二歲能屬文，長從方鳳、吴思齊、謝翺遊，益通五經、諸子、詩賦、百家之言，尤篤意《書》、《春秋》。晚自號「槐窗居士」，又號「田居子」。述《田間古調辭》九章，賓客至，輒揭甕取酒共飲，酒酣取辭歌之，以筴擊几爲節，音韻激烈，聞者自失，不知世上有富貴也。後至元二年卒，年七十六。所著有《春秋舉傳論》、《周正如傳考》、《蔡氏傳正誤》、《古詩考》。清遠嘗謂古人論詩主于聲，今人論詩主于辭，聲則動合律吕，可以被之金石管絃，辭則文而已矣。

春日田園雜興

野色摇春麥正肥，烟村閑寂往還稀。未多桑葉蠶初浴，更小茅茨燕亦飛。行市緑蛆花潑眼，卧坡黄犢草侵衣。數聲桐角歸來晚，楊柳移陰月半扉。月泉吟社評曰：「細潤中見雜興，若知田園傳亭，則有當進盧前矣。」

天目山人莫瑀 縣志一作「莫瑀」。

瑀字貴一作「桂」。叔，義烏人。天祐姪，自號「天目山人」。王禕子充嘗美其家世，贈以文。

春日田園雜興

野水渾邊看一作「戲」。乳鵞，疎籬缺處矖耕簑。草青隨意牛羊卧，門静無人燕雀多。夫倦倚牛需婦饁，翁歡擊壤和孫歌。新來別有營生計，又喜巡檐住蜜窠。月泉吟社評曰：「全篇是雜興本色，而田園參貫其中，且無一語塵腐。」

丁徵士存

存字性初，義烏人。博洽羣書，善屬文，尤長于詩賦，屢徵明經不就，嘗遊宗文何先生門，相與闡明理學，以遡金、許之傳。晚年優遊盤谷，四方學者羣趨之。所著有《雲崖雜稿》若干卷。

題宗留守故居

王室何多難，經營守汴都。竭謀心報國，戮力願擒俘。落葉封苔砌，虚簷亂曙烏。當時過河語，千載共嗟吁！

過稽亭

春風引杖過稽亭，初日融融水荇青。百頃澄波涵碧落，一行歸雁渡青冥。檐楹鳥集知人好，山水龍蟠覺地靈。堪歎舊交單落盡，臨風涕泗有餘零。

楊鎮

鎮字□□，嚴陵人。

題虎邱

濯足巖前憩樹陰，誰留勝概到于今。金精虎嘯山椒裂，劍氣龍穿海眼深。苔石濕雲昏古篆，松風入水吼潮音。老僧欲寫清涼話，難學刻舟人苦吟。

自然先生夏希賢

希賢字□□，淳安人。究明性理，洞詣本源，而會其極于象山慈湖之要。杜門不出者三十餘年，家雖貧甚，泰然自如，有古君子風，學者稱之曰「自然先生」。子清之、大之、潛之，皆克承其家學。

謁融堂墓

我觀聖賢心，萬古無終窮。不必親聽融翁之言，不必親覿融翁之容。光風霽月，古澗長松。人人具足，物物貫通。于此可以見融翁之真融。融翁相去數十載，在我一片心腔中。深衣瓣香拜翁墓，落葉滿地寒山空。昭昭靈靈翁不死，翁固知我我知翁。安知後此千百載，所見更無與翁同。

徐仲儒

仲儒字直之，淳安厚坪村人。不樂仕進，爲世耆儒。其子尊生，字大年。洪武初應召，以宋濂薦，拜翰林應奉階承事郎。與修《元史》，續修《庚申君史》，編集禮樂書。

五月楊花效六朝體

溪居驚物序，輕花夏委綿。零亂朱榴苑，飄颻翠稻田。逐吹近團扇，迎薰綴鳴絃。愁飛灞岸景，恨散章臺年。晚姿非早玩，自向幽人研。

修青溪志留縣齋半月臨行書懷別伯英敏學明善行仲一初邦俊諸君子

暮齒向頹颯，閑悰息奔趨。歸田既云久，遂與人事疎。公家急期會，興言涉洲途。黌舍盍朋簪，披考官圖書。于時芳月闌，藹藹南薰初。嘉樹廣庭合，餘葩文甃敷。尊俎託纏綿，嘯詠諧歡娛。物態貴有作，鄙性恒守迂。漸知蠶麥殷，中情眷吾廬。旋期礙霖潦，滯思增鬱紆。令旦豁晴霞，行李首郊墟。抒懷示羣儁，悵别將焉如？

姜孝子兼

兼字大民，淳安人。性至孝，七歲而孤，隱居養母，屢辟不就。居喪，哀毁幾絶，結廬墓側。居傍小阜特起，宛類釣臺。終喪後，旦暮登躋，遥望隔浦松楸，向墓號痛，表其臺曰「孤苦望思」，又號「思臺」。所著《思臺集》。大民酷愛陶詩、韓文。故其爲詩，閑適雅澹，不假雕琢。爲文氣宏意新，無蹈襲語。同里方愚菴稱其躭情邱壑，篤志古道。大民亦每自云：「吾文章獲山水之助爲多也。」

洪遂良自京師歸贈之以詩

故山西郭有園林，之子東歸抱短琴。衣錦未論當日事，首邱先識阿翁心。春風桑梓懽娱甚，雨露松楸感慨深。莫寫渭陽圖畫裏，令人披閲重沾巾。

徐道寧

道寧字安道，號東山，淳安人。

送洪遂良東歸錦沙

三逕猶存客路賒，森森喬木鎖烟霞。幾年西望桐江月，今日東歸錦水家。滿榻琴書還舊業，故園桃李又新華。朋來不厭頻相過，熟煮窗前石鼎茶。

盧中仲

中仲字□□，淳安人。

秋晚荷花

水殿雲廊翠幕垂，紅粧猶自照蓮漪。西施不用愁風露，也有華清出浴時。

洪本益

本益字遂良，淳安人。

本初弟舉賢良授廣西桂林府同知

桂林五嶺岧嶤外，縱説宜人奈遠何。十一縣稱民物阜，六千里算路程多。平生不作功名想，異選超居守二科。早向明時辭治劇，歸來兄弟老婆娑。

顧華

華字□□，温州人。

水西亭

横楊城西池水清，鴛鴦鸂鶒交相鳴。輕舠細網密如織，幽人高卧池中亭。昨夜凉風起天末，秋思先驚入毛骨。城頭鼓角東方明，起看青山半銜月。

和陳子上避地于閩

龍泉光射斗牛寒，久别令人夜夜看。湖海定添雙鬢雪，乾坤誰識寸心丹。歌傳樂府成新調，書到家鄉慉舊歡。松菊歸來尚無恙，先生何處獨憑闌。

即事二首

古樹黄昏帶遠烟，瑶臺入夜月當天。凉風忽灑庭階樹，玉露滴衣人未眠。

開門不見故人來，翠竹陰陰護碧苔。小玉自拈檀板至〔一〕，夜深一曲紫雲回。

〔一〕「拈」，原誤作「占」，據稿本改。

謝雋伯

雋伯字長父，永嘉鶴陽人。號偕山，所著有《和樵集》。

秋日雜興二首

西風運金氣，萬籟含商聲。寒蛩亦何爲，微音最淒清。幽人倦長夜，拊枕難爲情。朱門沸歌鐘，醉臥鴛鴦屏。晨雞唤不醒，况乃聞蛩鳴。蛩聲自酸悽，賴有幽人聽。

高槐墮疎花，梁燕感時節。神飈駕輕翮，行計夙已決。飛鳴繞前簷，似與主人别。烏衣隔海雲，去去避霜雪。故壘尚未歸，相期杏花月。

西湖偶成

思遠樓西平嶼東，會昌湖上藕花風。水亭隔岸湘簾捲，人倚闌干憶謝公。

蔣文質

文質字彬夫，號蒼巖，永嘉人。

送柏監郡爲閩省郎分得道三亭

縈迴石逕入雲斜，俯瞰城闉十萬家。烟樹蒼茫浮落日，晴簷縹緲接飛霞。百年宇宙登臨壯，萬里江山眺望賒。應想薇垣清暇日，定敲金磴落梅花。

劉清

清字惟寅，永嘉人。安節先生裔孫。

贈彭先生

少年同作五陵游，青眼相看總白頭。仗節自甘留朔漠，卜居安肯老菟裘。未教須賈知張禄，直使常何薦馬周。昨夜倚闌彈鋏處，寒芒燁燁射牽牛。

緑净軒

清幽何異輞川墅，古怪不類平泉莊。屋頭菓化作龍鬭，竹裏水流如酒香。玉光出雲草木潤，山色照我鬚眉蒼。彈琴賦詩未爲樂，日日須醉三千觴。

周詢

詢字子問，永嘉人。避世從釋，號退菴。

題大年畫

纖蕤吐艷胭脂暖，瑶草風暝緑芽短。幽禽踏動珊瑚枝，一聲啼破春光滿。張敞畫眉新樣清，顧影自愛黄金翎。竹花不實零露曉，目斷孤鳳雲冥冥。

海棠黄鶯

金衣公子踏彩雲，依稀夢入陽臺春。銀燭高燒芳夜短，緑紗帳狹東風暖。嚶嚶曾聞求友聲，于飛猶愛沉香亭，遷喬去谷能忘情。

送門生方以寧訓導之任

子爲司訓亦不惡，老我獨憐相見難。七十歲翁幾人世，三千客路九年官。菁莪泮水春雲暖，白髮高堂雪影寒。努力加湌崇令德，清時未必誤儒冠。

題明皇與楊妃對奕[一]

深院焚楸敵睡魔，玉環用智斂雙娥。不因一子藏機巧，須信三郎失着多。布陣似尋龍尾道，争先應到馬嵬坡。但將冷眼觀成敗，局畔胡兒似爛柯。

林學正陶峰書屋

問訊先生舊日廬，别來幽事近何如？娟娟竹色連苔静，淡淡烟光隔樹疎。萬軸牙籤雲氣濕，一窗燈火雨凉初。男兒讀書期致用，不學山中陶隱居。

〔一〕 此詩刻本原無，據稿本補。

陳元暉

元暉字□□，號屏山，永嘉人。

山行

短策登臨處，白雲三兩家。溪山增秀麗，談笑咀英華。興盡苦啼鴂，春歸怨落花。主人有珍味，笋蕨正抽芽。

謝子通

子通字必達，號迂軒，永嘉人。

謝公樓

南山不與北山連，中有雙峰媚一川。川水于今半成陸，謝公樓閣尚依然。

白溪舟中

風約殘雲晚未晴，崇朝厭聽打篷聲。白頭野老相邀醉，釣得溪魚不識名。

昭君

驚心漢月苦難堪，墮指邊霜冷未諳。萬里哀彈千古恨，誰知流韻滿江南。

許上之

上之字□□，永嘉人。

和戴奎韻二首

溪上扁舟載鶴過，紅塵回首謾如何。晚年邱壑襟期好，此日江湖感慨多。狂客空遺《鸚鵡賦》，家人休唱《扊扅歌》。等閑一笑成踈放，倒著秋衣似敗荷。

龍樓鳳閣久無心，自愛漁磯坐處深。有待神仙開玉局，不將詞賦賣黃金。雞鳴海上扶桑樹，犬吠溪頭枸杞林。富貴功名皆細事，相思空寄短長吟。

陳虞之

虞之字雲翁，永嘉人。

送別

柳濕征衫曉出關，荒城古雪劍花寒。西風漠漠龍沙路，馬上青山帶醉看。

山水小景

千年老樹立蒼石，三峰兩峰天出雲。青溪道士坐船上，自按玉簫人不聞。

鄭謐

謐字公安，永嘉人。

舟中偶成

九斗山光拂曙開，西湖水色碧如苔。錦雲十里荷花蕩，中有漁翁把釣回。

牧牛圖二首

飽飫長林碧草間，春風牛背穩如山。一聲短笛斜陽外，知是前村放牧還。

草滿前村雲滿蓑，雨餘牛背夕陽多。年來識破邯鄲夢，一任臨風扣角歌。

林詢

詢字復言，號白菴，永嘉人。

題蘭

幽居種猗蘭，叢生滿階庭。英英異凡卉，春夏常青青。白露被高潔，天風送微馨。采采紉佩纕，中心感幽貞。婉孌桃李花，灼灼含春榮。終然一娱目，臭味難合并。

夏夜

微風動林杪〔一〕，涼月透羅幃。幽人不能寐，攬衣步前墀。墀前列佳木，緑葉含素輝。上有羣烏集，儔匹相因依。莎雞草根鳴，疎螢度林扉。物情各自適，巨細無或遺。嗟予處煢獨，惻惻恒苦饑。連年厭征役，陡覺筋力疲。干戈尚滿眼，風塵暗旌旗。俯仰宇宙間，歎息將安歸！

古鏡

團團青銅鏡，皎皎懸高堂。妍媸不容掩，妖魅何由藏。云胡日未久，遽爾易其常。浮埃黯如漆，蔑然滅清光。猶如暗中窺，不復辯毫芒。何當重拂拭，再覩百鍊鋼。物態固如是，令人重心傷。

〔一〕「杪」，原誤作「炒」，據稿本改。

陳允文

允文字□□，瑞安人。性耿介，不樂仕進。每慕徐孺子〔一〕、陶靖節爲人，乃盡取靖節所爲詩和之。與人交無町畦，望而知爲佳士。嗜酒，里中豪者有不能屈，田夫野老招之，時樂赴焉。嘗醉坐樟松橋，臨流歌詠，飄然物外。邃于醫學，貧者仍施之藥，年八十終。

桑樹

一年一度伐株柯，萬木叢中苦最多。爲國爲民甘寂寞，却教桃李聽笙歌。

〔一〕「孺」，原誤作「儒」，據稿本改。

滄洲生李文潛

文潛字□□，號「滄洲生」。瑞安人。

送友人之閩

閩中自古繁華地，公子翩然動宦情。醉客桄榔渾勝酒，喚人鸚鵡自知名。青榕雨過雲屯野，丹荔風吹錦滿城。不用黄金買歡笑，蠻歌女子最伶俜。

周伯武溪西隱居

安陽郡人周處士，疎籬矮屋住山陰。雨添江樹十分緑，水漲沙溪一尺深。花漾銀瓶春酌酒，香燒寶鴨夜彈琴。幽居料得清如許，愧我江湖萬里心。

吴荃

荃字次修，號隱遊，瑞安人。

憶蓬萊

仙山四萬八千丈，我嘗獨立山上頭。大鵬東擊滄海水，阿母西下崑崙邱。丹光燦爛射白日，雲氣縹緲成飛樓。歸來耕雲種瑶草，足跡不到三千秋。

洞庭秋望

洞庭遥在天之東，放歌濯足秋正中。君山倒蘸翠螺濕，湖水直與銀河通。一點兩點沙鳥白，千樹萬樹霜葉紅。美人娟娟隔秋水，目極萬里雙飛鴻。

圖書

方方一寸青琅玕，刻鏤小篆蛟龍蟠。等閑醮取白蛇血，聲華照耀光乾坤。黄金鑄出大如斗，何用取之懸肘後。

杖

枯藤九尺如金蛇，黑鱗點綴身上花。穿雲日日踏溪路，不憚挑錢來酒家。扶持出處隨所遇，變化莫逐風雲去。

牢落

牢落荒村裹，春深却似秋。林坰風落葉，石罅雨添流。白日渾饒睡，青年總是愁。回頭一悽惻，生計未能謀。

夜泊

殘夜成舟泊，寒風静棹謳。雞鳴茅店曉，螢集稻田秋。出處渾無定，生涯不自謀。乾坤空浩蕩，還似一萍浮。

墨竹

倚杖看明月，停杯唱《竹枝》。美人期不至，對影立多時。

采菱歌

采菱溪水濱，風吹藕絲裙。桂檝不敢棹〔一〕，恐把鴛鴦分。

寄遠謡

二十年前歎别離，襜褕愁著嫁時衣。此身願作雙蝴蝶，夜夜從君夢裏飛。

〔一〕「檝」，原誤作「揳」，據稿本改。

林處士寬

寬字彦栗，其先資州人，徙居樂清。年七歲，能屬文。十二歲，以書干浙江按察東平徐琰。條對經義如響，琰以神童目之。居吴中二十年，閉門授徒爲業。性好山水，遊錢塘靈隱、天竺諸山。動或經旬月乃一歸。聞四明雪竇尤奇特，即冒暑往遊，其山中多高僧隱人，見彦栗風神高潔，愛而從之者甚衆。凡其觀覽賦詠談論，皆録而傳之。比去，猶不忍别，往往送過浙江乃還。延祐六年，以氣羸卒于京師，年三十九。虞學士集志其墓，袁學士桷作《林處士哀辭》曰：彦栗形臞而氣温，其爲文必達于理而始精于詞。謂詞者，載理之具也，理不足焉，詞雖精無益。蘇參政天爵題其文稿曰：「宋季文氣萎薾不振，國家既一四海，文治日興，柳城姚公、清河元公相繼以古文倡。海内之士，聞風而作興，彦栗亦其人哉！」

元會習儀和鄭子完

西山晴雪照階墀，法曲天香會合時。在野只知堯帝力，進朝方識從官儀。日明黄道瞻丹扆，春滿青都擁翠旗。冠佩又承新雨露，太平報效有深期。

題趙榮禄水村圖

矮窗曲几茶破睡，雲水烟村護元氣。政須側耳畫圖外，冥鴻聲中今古意。

翁葵

葵字景陽，樂清柳州人。有《漁唱集》。

溪行見道傍長松爲樵牧子剞其脂身半殞感而賦此

長松生澗道，亭亭何高孤。不作棟梁用，乃以脂見剞。燈明羡松美，豈知松聲枯。何爲樗散材，蔽壑青扶疎。

幽居感興

杜門賓客少，疎懶任人嘲。適口厨供菜，遮頭屋覆茅。生涯貧愈拙，事業老應抛。欲悟玄虚旨，時時玩《易》爻。

書蔣氏軒壁次韻

殊方客思轉凄然，瘦菊離披酒熟天。乾葉滚風填蟻穴，敗蕉滴雨洗蝸涎。握鎌似刈雲登圃，收網疑牽月上船。秋興正濃歸興切，清宵頻夢柳橋邊。

和蔣平心石榴

西域梯航到海涯，殷勤萬里貢奇葩。乳塗猩血巾方蹙，顆結蜂房蜜漸嘉。梅雨不淋枝上火，蒲香交映盞中霞。休憑石錯封姨語，好怪都由崔氏家。

桐廬舟中

十數人家門傍水，二三里路地栽桑。前溪漁棹歸無數，網掛船頭曬夕陽。

葉亮

亮字明大，樂清宕陰人。

和子成韻

元亮酷愛酒，志和樂垂釣。我有壁上琴，時抱以舒嘯。塵世少知音，誰復語奇要。不鼓絃上聲，自得其中妙。伯牙呼不起，任渠彈别調。

書事

欲窮方外境，豁目蜃江頭。風響潮回浦，月明人倚樓。客懷雙老鬢，世事一浮漚。借問南飛翼，家書得寄不。

潛齋先生陳剛

剛字公潛，永嘉平陽人。少遊江湖間，從石塘胡先生，盡傳其學，爲文師西京，詩法漢魏晉，好《孟子》、《戰國策》、《國語》、班、馬、韓、柳諸書。試有司，輒不第。晚而目盲，有求文者，猶能夜以運思，而旦以口授人。且雅正高古，纍纍如貫珠。授徒，講席常滿，鄉里稱之曰「潛齋先生」。諸生章瑶、洪濤、林温陳、李時可、王清皆有名。

大龍湫瀑布

出寺西北行，怪石立前後。陰沉傍羣木，苔逕修蛇走。蒼厓回合中，仰視天半畝。玉龍千尺飛，散作風雨吼。碧潭搖空濛，餘波蕩林藪。人言發源處〔一〕，空洞蟠蚴蟉。

天柱峰

峩峩千仞餘，直上柱霄堮。蒼茫海東隅，勢頭壓旁礴。我來秋風莫，草木漸黄落。初疑挾六丁，復恐齊五岳。想當天造初，縹緲雷斧斲。伫立久歎嗟，神功付冥漠。

照膽潭

亭亭芝峰下，溪殘石面側。泓渟尋丈間，溶漾蒼玉色。遊魚懸古鏡，度鳥墮空碧。山僧導我前，危坐魂爲栗。紛紛渴水泥，豈識寒泉食。千載空山中，回首寸心惻。

〔一〕「處」，原誤作「虚」，據稿本改。

史伯璿

伯璿字文璣，永嘉平陽人。自幼嗜學强記，博通經史及諸子百家之説。精究《四書》，深得朱子之旨。時饒氏輯講《許氏叢説》、《胡氏通旨》、《陳氏發明》，皆與朱子背馳者。乃著《四書管窺》以辨明之，又著《管窺外編》，論諸經史、天文、地理、古今制度、名物，學者傳誦焉。人勸之仕，則曰：「讀書本以善身，爲仕而學，豈我志也！」遂隱居不仕。卒年五十六。

與岳太守席上紀遊

橫塘遥遥飛隼旟，太守適意遊精廬。精廬獨倚鳳山阯，秋山面目尤清癯。從游達觀與文士，愛此幽敻來于于。東都野客有餘韻，詩墨快灑多淋漓。

林正

正字浩淵，號一齋，永嘉平陽人。宋南安知州元卿四世孫。有《漁隱集》。

寄裴雲山

南山高且深，竹松帶流水。先生廬其中，迴若崆峒子。雪髮覆兩肩，深悟造化理。手註三體詩，名滿四海耳。時以詩名家，亦來質疑似。我本浪得名，長掛春風齒。乃識先生心，非非還是是。

遣興

黄金難買老，自笑鬢毛皤。本分且如此，明時可奈何。攻吟詩轉少，惜醉事還多。寒甚溪頭夜，誰能載雪過。

江邊

炎天因偶出，四顧欲躋扳。片雨叫南浦，殘雲過別山。秋萌苗葉上，春寄藕花間。更羡沙頭鳥，知機分外閑。

寄赤城葉學士

相望江樹遠，清夢阻雲津。三百里餘路，幾重山外人。石橋僧拜月，桃洞馬行春。已滯劉郎趨，秋風渺憶尊。

老來

愁殺漁鹽地，生涯寄蟻柯。春秋將耳順，貧病欲家和。笑向老來減，言于醉後多。黑頭行樂日，那更識風波。

湯元善

元善字明善，永嘉平陽人。業醫，售藥不較直責謝，鄉人稱之。

草堂四首

懷茲頗有年，面執〔一〕在經始。辛勤有屋廬，茂密樹桃李。雖無車馬喧，僅見兒童喜。勗哉王右軍，植果在栗里。

西疇農事畢，簪盍良朋多。閑居賦潘岳，種樹思橐駝。開軒挹涼月，對酒仍高歌。紛紛青雲士，富貴終如何？

僻處海一隅，地遠少林麓。素練紆清渠，橫琴向茅屋。趺坐對南山，飽食意自足。珍重齋居詩，要使百過讀。

雅愛田園屋，自顧非懦夫。庭前種松柏，期爲歲寒圖。方池蔭疏竹，梅月清而癯。酒酣枕書卧，此樂何可無。

〔一〕「執」，原誤作「執」，據稿本改。

林希顏

希顏字□□，永嘉平陽夏澤人。

釋耕亭

耒耜休耕後，詩書樂事兼。芸香春滿屋，燈影夜垂簾。野犢眠幽草，山禽下矮簷。長憐鹿門叟，不似晉陶潛。

黄九高

九高字□□，永嘉平陽人。

村居

幽居無别事，静裏一乾坤。自掃鷗邊石，誰敲竹外門。落花春水岸，啼鳥夕陽村。時有清風至，凭闌酒一樽。

净明寺

閉門淮水净，一逕入雲間。高樹欲無塔，平田却有山。鳥啼遊客去，花落定僧閑。寂寞棠陰晚，孤舟載月還。

寓居

借屋城南住，清虚枕水涯。一橋分驛路，兩岸合漁家。僮小能供茗，人閑欲種花。故園春更早，無語怯韶華。

鄭氏西莊

偶過幽人宅，橋横一水流。書聲窗日曉，野色豆花秋。地僻無喧馬，童閑有卧牛。淵明千載上，此意亦西疇。

冬夜感懷

賓館寒生酒半醒，小窗霜月照人明。山翁不愛銷金帳，一榻梅花夢自清。

章惟初

惟初字□□，永嘉平陽人。

明遠樓爲吴子中賦

樓居突層霄，窗開俯八極。蓬萊與崑崙，蒼翠在几席。延陵公子瀛洲客，日日凭闌看秋色。浮埃滅盡月輪孤，萬里茫茫海天碧。

陳允和

允和字□□，永嘉平陽人。

小景

水天一色磨青銅，湘簾半捲來香風。池亭六月不知暑，碧筒勸酒猩猩紅。人生得意須盡樂，此處清涼勝河朔。玉簫聲斷彩雲飛，坐待冰輪上海角。

牧牛圖

一生不慕五羖皮，扣角不向南山悲。烟蓑雨笠各自持，岸邊水際長相隨。平坡細草青青短，睡起不知紅日晚。歸來飽飯向柴門，世事興亡都不管。君不見高車駟馬多憂危，慎勿藐此雙童兒。

吴子莊

子莊字□□，永嘉平陽人。

小景二首

黄塵烏帽五門西，萬里風雲入馬蹄。頭白歸來春夢醒，緑陰深處聽鶯啼。

杖藜日日看芝山，山下浮雲共往還。昨夜小溪新水漲，釣船流向寺前灣。

古木修篁

帝子乘龍去不還，空餘翠袖倚琅玕。道傍老樹如人立，影落湘江秋水寒。

張壚〔一〕

壚字□□，永嘉平陽人。

長相思

長相思，在朔方，繡簾風動桂花香。深閨愁絶白日長，蜀琴懶奏雙鴛鴦。良人赴敵臨戰場，塞草白骨如秋霜。天長夜静魂夢苦，太行山高結羊腸。長相思，妾心傷。

〔一〕「壚」，原作「壚」，據目録及稿本改。

繆仲林

仲林字□□，永嘉平陽人。

客夜

城頭燈影寒，鴉散聲悲咽。東歸一葉舟，夜泊松江雪。

林傳

傳字以道，括蒼人。

龍口巖

嘘氣雲修修，噴薄雨傾注。手擘蒼壁開，嶄然頭角露。

長廊巖

虛屧開修廊，回風走落葉。夜月照無眠，披衣來步月。

金沙嶺

築塢莫漫藏，披沙亦良苦。小嶺隔仙家，黄金賤如土。

雷公巖

微陽地中復，一鼓元氣行。驚起懶龍蟄，每作嬰兒聲。

石人峰

振衣陟高岡，質化日已遠。天荒地維折，獨立心不轉。

學堂巖

邃然若厦屋，中隱列仙儒。常聞伊吾語，不讀人間書。

老人峰

細草胸垂鬍，積雪髮飄素。相逢或疑年，甲子不知數。

長生池

靈龜或千歲，遊魚亦有神。會此菊潭水，盡壽南陽人。

風洞

山開空洞腹，百竅時一噫。獨坐碧窗寒，洗耳聽天籟。

五面石

削成元氣中，屹立高崒嵂。五面雖不同，貞堅心若一。

梁載

載字遜耕，處州麗水人。通經博學，著《處州路志》。

三巖瀑布詩 并序。

大德乙巳四月晦，君王弟約吴德載同遊三巖，觀瀑布，因語及石門瀑泉之勝概。五月望，病瘧中，夢遊巖瀑之下，若有索詩者，口占賦之。及覺，惟記「人間有此珠玉宫」之句。豈泉石不滿于前言耶，遂足成之，令君玉題于院壁，詩云：

人間有此珠玉宫，天鑿混竅開嵌空。中龕石室高如屋，旁列兩洞分西東。巖前飛瀑最奇絶，直上疑與天河通。普陀仙人坐巖底，楊枝汎灑天同功。千點萬點落晴雪，欲斷不斷隨天風。夕雲影散開素幕，曉日光射舒長虹。夜深月色照逾好，水晶瑪瑙簾玲瓏。鑱巖字缺不可曉，彷彿蠹葉書秋蟲。西旁湧出方丈水，一泓瑩澈磨青銅。來無源頭貯恒滿，往有酌者汲難窮。石門信美豈有此，俗眼未識將無同。我來適值青田客，卒然應答語未公。邇來夢若有索句，病中追想難爲工。山靈石佛同作證，懺悔口過開心蒙。詩成夢穩病亦愈，起看列宿明蒼穹。

風門山

巉巉絶頂逼天關，上有神官鎮鬼寰。路似杜陵行蜀道，人如韓子謁衡山。風生怪穴嵌空裏，樹拂重雲縹緲間。下望平田三百頃，一衣帶水自回環。

題東巖

怪石高峰一蓋然，下臨無地上撑天。佛騎獅背浮空起，人繞羊腸絶壁緣。仰摘星辰纔咫尺，俯窺峰嶺可曾元。老僧引拂殘碑讀，猶説宣平避寇年。

王閏孫

閏孫字伯永，號懶雲，青田人。

潛居記

嘗聞《潛夫論》，未閲《潛居記》。今朝誦子文，已得其所以。試觀魚潛淵，亦豈知在水。洋洋縱大壑，鼓鬣而掉尾。雖云我非魚，要識魚樂意。大鈞播形色，物我須一理。素行安吾天，顯晦何與己。寂然反内照，孰謂我非子。願同懋潛德，俯仰了無愧。

杜秀才瑩

瑩字□□，青田人。邑庠生。西池在學右腋，池畔古梅一株。元時，樹逼學宮，棧木爲齋號，瑩作詩云云。見《青田縣志》。

西池古梅

東風吹醉入西池，老幹寒花尚一枝。笑托香腮迎睇久，依稀相伴讀書時。

應覺翁

覺翁字□□，縉雲人。博覽今古，好咏吟，不熏心利禄。著《蒼山集》。

廣慈寺

靈山波上謝盟鷗，東歷山前問牧牛。回首蒼梧烟霧遠，稻花香冷舜田秋。

王毅

毅字剛叔，龍泉人。少有神異，勤苦嗜學，稍長，盡通經史。一日，讀周子書，慨然以斯道自任。一時遊其門者，若章溢、胡深、徐操、季汶輩，爲明開國元勳。有《木訥齋集》。宋景濂爲之序。

濟川橋

簾幕天香桂子秋，白沙翠竹護中洲。平分風月雙溪水，高摘星辰百尺樓。鑄劍空懷今古跡，留槎不礙去來舟。虹橋可接天河路，我欲梯雲汗漫遊。

季公紀

公紀字□□，龍泉人。著有《棲白齋集》。

濟川橋

簷閣勢凌空，長橋亘彩虹。下臨雙渭水，高入四軒風。秋月當窗白，春花夾岸紅。往來人到此，真在畫圖中。

元詩選癸集目録　癸之戊下

〔一〕「八」，原誤作「七」，據正文改。
〔二〕「一」，原誤作「五」，據正文改。
〔三〕「潘縝四首」，原闕，據正文補。
〔四〕「十」，原作「九」，據稿本補詩，今改。
〔五〕「九」，原誤作「八」，據正文改。
〔六〕「黄」，原誤作「王」，據正文、稿本改。

元詩選癸集

癸之戊下

李鵬

鵬字萬里，江西人。

三尺水劍歌

龍侯手提三尺水，清晨訪我古獄裏。直愁雲氣感星辰，滿目寒光素濤起。玄冰凝結摇空青，芙蓉白日生精熒。爲君拂拭開寶匣，炯若積雪涵疎星。起看天地雲冥冥，誰其麾叱走六丁。爲擊風雨驅雷霆，蕩滌氛祲萬國寧。上頭銘字侯所作，辭嚴義正發炳靈。憐君少年負才氣，每能仗義討不庭，側身北望空馳情。君不見燕丹夙昔得荆軻，尊前擊筑揚悲歌。咸揚西入萬狼虎，白虹貫日横秋河。英雄事去一朝異，奈此古來憂憤多。憂憤多，向誰語，我有高懷亘千古。黄金不用買功名，失勢因之虎爲鼠。嗚呼腰間寶鐵棄如土，爲爾更歌《公莫舞》。

鬼首法刀歌

犴狴雲黑風怒號，古柏下蔭青天高。白頭獄卒氣如虎，示我鬼首之法刀。刀光閃閃展秋練，朱髮蒼髯颯青面。玄冥使者爲護持，一夕蟠空起雷電。雷公霹靂電火微，恨血漠漠青燐飛。妖狐跳梁天狗吠，北斗白日無晶輝。君不見東南羣盜方馳突，黄牛峽西更倉卒。酒酣激烈風火生，我欲持刀待明發。青熒熒古獄中，起來搔首亂飛蓬。還君此刀淚沾臆，嗚呼壯士今沉鬱！

鄧賚

賚字德良，南昌人。

涉圃

林塘草樹接江干，一日三回涉圃看。白雁不來緑地煖，黄花微瘦覺秋乾。隔溪烟火人家静，傍水樵蘇野氣寒。柴户反關生事了，晚菘種罷雨漫漫。

晚眺

晚步從容出薜蘿，吟詩聊當《竹枝歌》。寒流漸縮溪船少，臘雪不成山霧多。官賦人歸荒嶺路，野燒煙起夕陽坡。江鄉盡處閩鄉近，老盡塘蒲無雁過。

送醫學教授陳杏林之潮州

三千驛路上灘船，九品醫官半百年。藥市得錢添月俸，杏林收穀當公田。北書漸遠江鴻遠，一作「少」。南食初嘗海鱷鮮。不用越巫驅瘴癘，家家傳取衛生篇。

送章宣慰征廣海

元戎小隊海南天，龍虎金符照去韉。細柳一營軍十萬，潮陽兩月路三千。鄉關遠近同明月，鼓角清雄壓瘴烟。卧護不煩勞半鏃，瞓語夢斷已多年。

元旦

丹鳳銜書詔改元，黄雞催曙燭花圓。諸侯虎拜王正月，天子龍飛帝二年。山郭擁雲隨曉仗，海霞擎日上春天。江閩地煖風光早，紅杏緋桃已爛然。

寓舍春晚

柘陰初合豆初畦，門掩春寒落絮遲。薄暮一樽還獨酌，坐看微雨濕荼蘼。

中秋憶家

千里星河一鏡圓，杜陵兒女隔秋煙。遥憐此夕柴門裏，相對清樽説去年。

早冬過聶氏西江别墅二首

紅葉青山載酒行，山人新結野庵成。西簷一樹梧桐好，他日重來聽雨聲。

清景亭邊秀作堆，竹聲松影共徘徊。野藤繞屋多秋實，時見山禽引子來。

周永言

永言字懷孝。富州人。

春日感興

春風庭院柳吹花，暗度流年感物華。石斛水香魚有子，畫梁灰冷燕無家。春愁爛熳來難遣，午夢飄蕭去莫遮。欲泛曲江陪舊晏，浪船摇曳晚川斜。

次毛楚實韻

聲謦無聞五十前，一身爲客動經年。紗帷授業花生眩，銀燭抄書雪滿顛。晴樹畫圖開曉日，暮林樓閣倚春天。畏人風雨時時有，神劍那應久蟄淵。

陳克生

克生字□□，豐城人。

送傅與礪廣州教授三首

貧賤苦别離，君行在良辰。去去何能留，徘徊出城闉。浮雲蔽平野，迴風動飛塵。俯仰重回顧，執手含酸辛。夙言遠結交，綢繆日相親。君今萬里去，欲去良無因。

燕馬紛北馳，越鳥翩南翔。良友不可别，嘉會焉可常。一日爲九秋，三歲悠且長。相顧從此别，對酒不能觴。念子難久留，愁思結中腸。安得千里足，相與俱騰驤。

征車出都門，良友獨何之。彷徨不能别，攜手欲同歸。臨河解兩袂，相顧各有期。芳時不努力，歲月日夜馳。君亮懷至寶，我獨何能爲。

余處士存庚

存庚字存耕。寧州人。鋭志讀書，諸子百家，皆窮究無遺。築室設館爲鄉子弟師。其教本于孝弟忠信，而後及經義。工文，尤長于詩，一時高人文士皆與游。有談及仕進，輒掩耳，終身不仕而卒。

試劍石

旌陽古劍寒如冰，化成煉就陰陽精。鐵花亂雪星斗明，白帝夜哭蛟龍驚。一朝提攜試蒼石，海風吹斷寒雲色。天地高低兩磨輪，日月東西雙合璧。劍光如風石如泥，劍鋒飛過石不知。蒼松怒號起雷雨，翠峽劈破青琉璃。當年一斷成千古，融液至今難綴補。拂開蒼蘚勒奇勳，好向岐陽作周鼓。

汪仁立

仁立字叔達，饒州人。

過東流縣有懷先子登第後筮仕于此竟不及禄舟中瞻望用致追慕之情

泛舟過東流，感慨傷中情。風雲不早會，遲暮將何成。富貴等浮漚，未用攖吾寧。時來即可爲，亦非人力能。保此清白傳，常恐忝所生。孔孟日杲杲，大道中天行。勉焉繼先志，庶以善自名。

東山對月

雲歸東山去，月出東山來。雲月互吞吐，天容尚煤炲。長風萬里至，雲翳如崩摧。月輪升以高，宇宙無纖埃。坐久塵慮息，悠然好懷開。娟娟照牀幃，露冷霜信催。人間光霽少，欲眠更徘徊。

客舍懷余成季

夕陽在青山，山高夕陰早。美人未歸來，山外碧雲好。稚子候門前，酒熟黄花老。

王裕齋僉憲自饒回宣爲附至家書始知叔父病起

千里平安報，來從使者車。何知三月病，始見數行書。勿藥雖堪喜，常餐恐未如。遠遊知自愧，俯首淚沾裾。

寓宣城書室晨起喜晴

斗帳明初日，冬來暖更晴。梅簷春意重，芸閣曉寒輕。歲暮人千里，家貧客半生。白頭應倚望，直欲問歸程。

夏城中

城中字□□，安仁人。

元日

天門啓曙翠煙寒，遥想新年聖體安。蠻貊來朝修貢職，臣僚入覲集衣冠。香浮蘭砌風初静，仗對薇垣露欲乾。獻賦何年趨近密，金閨通籍未應難。

王秋江

秋江字□□，上饒人。

次韻周君和

贔屭終風拂老懷，陽春那得一枝來。睢鳩不見《周南》化，豹虎徒興王粲哀。背冷極思簷外日，耳聾難聽地中雷。翻思飛雪清泠處，二十年前共舉杯。

秃筆

被褐深居未出林，摧殘豈信有如今。拔毛本欲利天下，秃鬢方知負此心。老死不歸刀吏手，平生常得侍一作「近」。臣簪。斯文功在終難泯，月裏東君有好吟。

白仁壽

仁壽字□□，上饒人。

書事

太羹元無味，大章本希音。音繁入人耳，味美適人心。是以保身難，惴惴如臨深。百戰苟一失，勇氣未足欽。今欲不學古，後何法于今。

王子東

子東字□□，上饒人。

新春新月

舉頭見新月，低頭過新年。新年幾回新，新月幾度圓。錬石屑竇功難全，娥能竊藥終孤眠。夢中蝴蝶飛翩翩，花草何意争春研。憂杞之憂逐夸顛，無情有情憐不憐。長星不飲酒，牽牛不服田。東風解織千機錦，要我來往在雨前。

采桑歌

翻雲烏鴉影鬖髿，颭風白燕雙傞傞。横波凝流斂螓蛾，吴蠶飼餧飢則那。十纖挽柔剪緑柯，六幅暗露侵襦䌹。饔飧蕎誤晷隙過，蠶飢葉稀寧不瘥。千頭萬緒豈敢訛，終以暖事期絲紽，錦帷繡幌相婆娑。人情好新不厭多，倚門刺紋來聽歌。載青載黄胡則頗，樹間耳語慎勿哦。萬一出口他人訶，纂纂桑甚如鳩何。

中秋

青天化作白玉盤，捧出七寶玻瓈觴。姮娥起舞太白醉，如此風流胡可忘。北斗酌取瓊河漿，秋風製就芙蓉裳。龍吟泓下虎嘯壑，誰能著耳聽啼螿。

張洪厓神游圖 并序。

洪厓即果老，唐玄宗以玉真妃故洪厓去之。往來長安，騎白騾，名白雲，攜五童，以酒瓢、詩卷、書囊隨之。

開元天子舊相知，一笑曾緣降玉妃。囊括無言元自得，瓢虛有酒醉同歸。晚山殘夢清一作「紅」。塵遠，春圃靈苗白雪肥。回首長安西日外，神游何處片雲飛。

和胡梅復白鷳

若爲見月倍思家，偶意名禽起句華。拂羽增明聯縞袂，綴冠合粲蹙嬌花。朝尋暖草雲連谷，夜擁寒坡雪載沙。只與鶴琴清作伴，可能無夢繞烟霞。

祝元美

元美字□□，上饒人。

贊玉從義御史

志士身未達，端居若無爲。一朝立清要，埽决浮雲披。王君北方彦，絢練丹鳳姿。經綸有術業，大節能素持。青驄入南臺，白簡晨霜飛。惟時總六職，百職不敢墮。鷹鸇擊霄漢，鴟獍安得窺。苦心在庠序，勉勵靡有遺。春秋嚴大祀，禮數推毫釐。温然載言笑，匪怒伊教之。青青歌子衿，荒穢久不治。明公欲振廢，恩義當兼施。吾儒貴補報，豈直分寸裨。胡爲往庶役，猥吏令得欺。以兹失生遂，衣冠困塗泥。何當復其繇，庶使迴澆漓。神駒一超越，駑馬思驅馳。芻蕘儻可問，風俗期當移。我生萬山中，耕鑿甘自怡。奈何苦隳突，雞犬不得棲。遂令布衣士，何由食山薇。彈冠出巖壑，逝拯斯民疲。浩歌視行雲，白日回清輝。明公一攬轡，慷慨投兹時。

蔡九思

九思字□□，上饒人。

雜興二首

鬱鬱桑與柘，環圃俱凄凄。采之樂蠶飢，復見青滿枝。廣疇稻田多，種之恐遲遲。蠶婦與老農，何嘗一解眉。芳春各載酒，競覩羣葩奇。錦衣與稻粱，辛苦元不知。鸞鵬與騏驥，跡遠識者稀。鸛鶴與鷦鷯，或亦摩上飛。和鳴相上下，惜無養由基。閉門思古人，玩物真何爲，聖賢不我欺，千載還相期。

訪太元天師

飛車擁蓋下三神，曠視齊州九點塵。黄石穀城千載意，翠壺蓬島四時春。嵩高海闊丹書遠，地闢天開紫氣新。見説桃花紅萬樹，扁舟來問武陵津。

李宗冽 一作「烈」。

宗冽字□□，盱江人。

題嶽谿禪林精舍

朝游適嘉霽，遂暢尋山願。崖日破層陰，晨經罷幽殿。年深樹益繁，像古閣重建。夜來天地霜，松色了無變。宛然巉峷間，廬嶽復此見〔一〕。山僧四五人，屢訪期識面。

和傅伯永月夜泛舟

夕霏已埽林，緑波際遥天。浮雲蕩倒影，相與渡清川。愛此山水趣，聞歌心益便。沿洄隨意遠，落月照歸船。

古隴頭吟

天寒隴水嗚嗚咽，夜領鋭兵從此發。海風吹人眼欲枯，上隴猶看嶺西月。悲笳蕭蕭霜滿天，十里一堠烽火連。去年初度彈箏峽，今年復引月支泉。從軍辛苦事征討，將軍功大殘兵老。

秋夕江上

水館螢飛入，沉沉夜未眠。衆星摇雨後，孤月轉河邊。草木寧悲候，江山不記年。忽聞吹急管，況有估人船。

贈深上人

處處隨緣到，經年此託踪。不言鄉國遠，惟指對門峰。

代項氏怨 并序。

燕山項氏，其夫江南人，行賈燕、薊間，聘項氏與居。未幾夫死，項時年二十，奉柩回江南，誓以夫餘貲養姑以自終。比至，姑改適，項勵志孑居，以守夫祀。余憫其事而賦之。

少無依倚老何堪，白髮婆娑亂不簪。夢裏尚思江北好，悔將夫壻一作「骨」。葬江南。

〔一〕「此」，稿本作「兹」。

危希尹

危尹字□□，盱江人。

粘窗短歌

峨眉影動半輪月，巫峽山頭看晴雪。只愁夢裏見梨花，一夜海風吹石裂。波浮洞庭光玲瓏，玉纖翦水描秋空。丈夫壯志在皎皎，俗子氈帳徒重重。盤鴉字出人未識，影不摇紅燈照席。三年刻楮正自憐，乞巧何能逢七夕。

中山居士趙由儕

由儕字與儕，南豐人。號中山居士，性孝友，所著《述祖》、《思親》二詩，哀而不傷。臨川草廬先生吴澄、蜀郡道園先生虞集，皆歎賞之。

述祖詩

悠悠我祖，始于軒邱。撫歷高陽，秩秩大猷。爰自伯益，舜錫皁游。中衍事商，造父御周。征彼徐方，熊熊有功。邑于趙城，大河之東。建氏晉國，耿先其封。成宣喻日，畏夏愛冬。岸賈作難，嬰臼立孤。襄子始大，常山得符。於赫列侯，懋建丕圖。肅矣武靈，兆配有虞。西漢子都，生長河間。曁于唐末，合族居燕。卜遷大梁，世系緜緜。厚德豐功，宜永其傳。中罹多難，南歷江沱。眷焉吾宗，豐水居多。百川有源，衆條有柯。庸修家牒，克俾無訛。固余伯仲，憂患多更。瞻歎古烈，自憐其生。其生豈偶，三辰垂精。德業未進，敢不戰兢。我心伊何，常念厥初。感彼霜露，愴焉踟躇。奉先如在，宗戚相於。亦有護草，高堂可娱。惟忠惟孝，立身有本。嗟爾後進，勗哉自勉。萬有能銷，斯道無泯。温恭朝夕，云胡不謹。顯親揚名，俾昌俾熾。善保家聲，期于勿替。尚念前人，留心譜系。受天之慶，遠及苗裔。臨川吴先生讀之而歎曰：純粹忠厚，自德性流出，油然沖和之意，真古人之詩也。蓋其有本，是以若此〔一〕。又曰：中山年少于吾，吾不敢以友命之也。

泰定甲子十月十九日，國子司業蜀郡虞集書。

思親詩 并序。

余讀魯齋許文正公七月望日思親詩，因見其天理沛然，自胸襟流出，永感者聞之，必增其悲，具慶偏侍者由此，寧不加敬。自思兄弟往年當喪亂之餘，不幸失怙，藉慈母教養成人，真昊天罔極之思也。輒推廣其意而述五言古詩一篇，五十二句，以紀平居之懷，納之書藏，將示後人，俾知所自云爾。庚戌歲二月望日，中山居士趙由儕識。

一自先君逝，行將四十春。音容尋舊夢，感慨試詳陳。已歎生緣淺，還思故國屯。吴江悲血戰，粤嶠困車轔。共叱艱危甚，尤驚賦斂頻。朔風吹廣野，赤日照流塵。既灑呼天淚，方爲避地民。撫時非往昔，感憤竟湮淪。翁霍傳梅外，倉皇問水濱。諸孤隨弱母，大慟向秋旻。越歲寧戈甲，歸鄉辦窆窀。酹觴號雪夜，扶柩履霜晨。家緒中微甚，人間事一新。孩提慚不肖，操守賴慈親。絡緯燈前教，襜褕膝下馴。田廬勤保任，門户幾憂辛。文獻由先德，扶持荷化鈞。宣華明晚景，荆樹際芳辰。眉壽斟瓊蟻，春暉奉繡茵。雖非登執要，自不厭清貧。努力尊天爵，勤心報大倫。歸全期不忝，化俗冀還淳。信墨存家乘，傳芳待後人。年年思雨露，歲歲省松筠。至念通天地，長歌感鬼神。珍藏歸韞匱〔二〕，大孝慕終身。

〔一〕「若此」，原闕，據稿本補。

〔二〕「匱」，稿本作「匵」。

澮軒先生孫轍

轍字履常，臨川人。少孤，母蔡氏教之讀書。比長，善爲文章，與同郡吴定翁仲谷齊名。家居教授，省憲交辟不就。齊太史履謙奉使江西，以遺逸特舉轍一人，學官歲時致廪餼，皆却不受，人稱之曰澮軒先生。元統二年卒于家，年七十三。履常善爲文，明潔整嚴，紆餘曲折。吴文正公序其集，稱爲撫士之巨擘，韓子所爲仁義之人，其言藹如者也。

擬古四首次楊志行韻

涉江采芙蓉，江水何澄鮮。朱華映朝旭，窈窕薰風前。相望不盈咫，風波良獨艱。攬之置懷袖，撫玩空長歎。春榮衆所慕，泯默無復言。

孟冬寒氣至，眄彼庭中樹。忽得故人書，中有相思句。故人隔異縣，相望良獨苦。候蟲鳴廣除，落葉被衢路。凄其對摇落，登高詎能賦。白髮生鏡中，荏苒流年度。故人歲寒姿，亦有濟勝具。相期佩飛霞，共飲金莖露。

青青河畔草，春至不復腓。延緣被陂坂，飽彼牛羊飢。荏苒時序遷，王孫終未歸。西風一蕭瑟，楚客空傷悲。安知壯士心，金石乃不移。陰陽無停運，垂柳生金絲。鳥鳴百花開，迴首乃爾爲。丈夫貴自勗，千載以爲期。

明月皎夜光，出自河漢東。衆星爛以繁，牽牛正當中。永懷乘槎人，上與河源通。遡遊往從之，杳杳將安窮。至人凌倒影，千載幸一逢。願言攬其袪，一洗塵埃空。乘風游汗漫，歷歷天九重。有志未能就，憂心徒忡忡。

送友人會試

雪花如席撲征衫，文氣詞鋒戰愈酣。聽唱鴻臚名占一，夢符羲象畫呑三。天開金榜闢河曉，晏起瓊林雨露甘。五月南湖花勝錦，剩留尊酒勞歸驂。

饒處士宗魯

宗魯字心道，號六有，臨川五橋里人〔一〕，今屬東鄉。性孝友，生五歲，母没，事繼母，孝養備至，隱居不仕。所著有《易傳庸言》及雜文若干篇，又輯其所嘗聞于平山曾子良語，爲《周易輯説》若干卷。

四無居士輓章

爲誰留滯戀修齡，牢落棲遲酒半醒。短髮謾憂天下白，好山偏入夢中青。風塵有地歸神物，河漢無人識客星。汗漫赤霄玄圃外，仙蠵相待駕雲軿。

〔一〕「五橋里」，稿本作「五里橋」。

施性初

性初字□□，臨川人。

古井

地脉深三丈，寒甘漱石罌。最宜探月色，獨坐聽泉聲。早許鄰人汲，廢餘秋草生。元非投轄處，水不近交情。

秋日田家

高高青櫟樹，忽有鵓鴣鳴。雨後晚田熟，門前秋水生。鄰家賽社去，野犬吠人行。泥潦相淹久，明朝歸計成。

郊園宴集得荷字

脱帽長松下，探幽到薜蘿。翠禽翻岸篠，紫芡刺池荷。人影追凉散，蟬聲入暮多。當攜謝公妓，載酒重經過。

萬年坪坐雨

復此留三日，秋陰未肯晴。雨懸樹杪白，坡落石泉清。未可言羈寓，聊堪遣性情。草蛩籬落下，時作不平鳴。

喜徐宗道自金陵歸

雲樹相思久，年年賦式微。淮南芳草歇，江上故人歸。日夕開新酒，天凉换裌衣。從容亦自好，墨綬與心違。

李道傳留九江以書見寄〔一〕

水鄉城郭晚烟稠，遥想思歸上庾樓。潮落湓城魚作浪，雨餘淮甸麥先秋。一樽濁酒懷親友，數首新詩歎客愁。我正山中招隱者，秋風應掉木蘭舟。

雨中同從弟宿田舍

鵓鴣相逐暮天陰，破帽長江覓短吟。十頃水田春布穀，一天風雨夜同衾。草腥宿雁投湖水，煙暝歸牛入柏林。明日東鄰赴雞黍，汝還不飲我孤斟。

〔一〕「書」，稿本作「詩」。

趙果

果字□□，臨川人。

題劉松年盧仝烹茶圖

玉川先生多好奇，清才逸韻誇當時。披圖已及數百載，髣髴猶覺親容儀。先生讀書閉柴扉，翛然養道超希夷。烹茶老婢脚不韈，致鯉蒼頭鬚滿頤。隔墻惡少不解事，側目未免相陵欺。收縛時蒙縣宰正，長者處置非爾爲。鳳團煮鼎汲清澗，適意啜飲哦新詩。大賢寄跡諒有以，七椀豈必徒規規。丹青模寫不盡意，勁節高風千古垂。嗚呼！先生已遠兮吾將誰師？

李核

核字意山，臨江人。

題郭主簿模摩詰本輞川圖卷 按維本傳，輞川乃宋之問別墅，在藍田，後表上爲清凉寺。

豬龍兒戲錦綳好，三郎歲晚歡娱老。阿環姊娣擁華清，朝士宫前誰敢到。右丞脱却尚書履，布襪青鞋弄煙水。藍田別業堪畫圖，矮本丹青自游戲。華子岡，輞口莊，湖亭竹館遥相望。小橋摺轉青紅窗，樹窠歷歷煙蒼蒼。欒家瀨前兩舟上，柳浪一尺春風狂。詩成與和者誰子，我外裴迪誰能雙。邱壑風流妙如此，安知畫外凄凉意。凝碧池頭天樂聲，白髮纍臣淚如雨。亂後歸來舊第中，玄墻緑户老秋風。人生過眼皆夢境，乞與山僧開梵宫。半幅吴綃如傳舍，俟誰得此千金價。客來寒具莫匆匆，四百年前御厨畫。

楊信可

信可失其名，清江之彬溪人。壯歲以能詩見知于盧踈齋學士，與吴伯清祭酒友善。歲晚倦游，安貧自守，恬澹循理。因精采文字之本原，手編鐘鼎古韻，刊板行世。子湘，妻揭傒斯女。

和揭曼碩兼懷武昌名勝

親友日已踈，江漢日已深。孤雲懷海嶠，倦翮思長林。終然念所知，沿流動悲吟。豈無後日期，邈若隔千岑。安得好風來，泠然入中襟。日與親友會，微言自規箴。

和盧子儀寄懷盧肅政上巴陵王侯

人生有知遇，永懷不可忘。俯視萬丈淵，仰睇千仞岡。青山何其高，江水空自長。忽憶石濼一作「濮」叟，别我半載强。昨者從湘中，歲晏歸朔方。孤舟渡淮水，遺歌滿滄浪。迢迢天際雲，青青陌上桑。

次韻酬吕文學

後會未可必，前路轉多山。雞鳴發孤館，蒼凉雲樹間。俯視清溪流，仰睇高鳥還。念此别離情，南山正孱顔。

鹿角站阻風

風送洞庭沙，維舟隱荻花。水枯魚上簖，秋老燕移家。日暮長河急，天寒去路賒。故鄉三十驛，歸夢繞天涯。

奉别存初郎中臨湘月下泛舟

西風吹老白蘋洲，天上郎星月下游。過雁影沉湘水碧，斷猿聲入楚山秋。歌翻白苧猗蘭泣，夢落黄陵帝子愁。夜半鐘聲天曉角，猶疑身在鳳池頭。

望池州作

黄蘆瑟瑟草油油〔一〕，樓閣參差瞰碧流。萬里長江秋色遠，一帆斜日過池州。

〔一〕「蘆」，原作「盧」，據稿本改。

鎦敬

敬字伯敷，清江人。

賦得瀟湘曲送復上人之湖南

瀟湘露白西風起，江竹斑斑澧蘭紫。神僧八月遡星河，木杯飛渡瀟湘水。瀟湘兩岸遥相望，仙人霞裾白霓裳。炯炯吴絲照清浦，鳳梭製錦迴龍章。翠管銀牋爲誰寫，璚珮蠙珠爛盈把。蘭橈歸來江渚空，五兩懸風疾於馬。鷓鴣啼雨蒼梧秋，渺渺吴雲天盡頭。翠珉刻得蛟龍字，寄逐南鴻湘水流。

周巽亨

巽亨字□□，吉州人。

螺川八景

青螺峰　峰在郡城東北，亭亭如青螺，上有金螺子，故名。臨大江，水光山色，映帶城郭，郡之望山也。

螺峰臨北渚，千古畫屏開。瞰水青涵影，浮空翠作堆。江流如變酒，山好若爲杯。有客吟招隱，靈泉松下來。

白鷺洲　洲緜亘六七里，江水分流，縈迴此洲。宛若金陵，二水中分，一洲之勢，因以白鷺名之。宋丞相江古心建書院於其上。

吉士長懷古，來遊白鷺洲。波分孤嶼出，沙帶一江流。漁火楓橋夜，書聲竹院秋。磯頭明月上，吟望意悠悠。

金牛泉　泉出城東岸，從石罅落江干，怒氣噴薄，寒聲若雷，味甘而質重，較之他泉，加重四之一。蓋廬陵山川清淑之氣，融液於中而發泄於此云。

金牛泉脉遠，飛瀑出江干。氣接螺川潤，聲吹露渚寒。濯纓臨沸石，洗耳聽驚湍。望斗尋源者，龍光此處看。

丹砂渡　渡在永和寺對面。相傳晉王仙人煉丹於此，故名。

渡口問丹砂，東風一徑斜。岸聞多藥草，溪失舊桃花。隔水招漁艇，臨流立雁沙。有懷勾漏令，準擬泛仙槎。

詩人堂　唐杜審言爲郡參軍，公退之暇，輒笑詠龍岡僧寺。後人即其所建詩人堂，以俟來游歌者。

詩人堂上客，載拜杜參軍。大雅今誰繼，高鳳自昔聞。魂來花外月，吟斷樹間雲。千載龍岡會，因詩倍憶君。

魯公祠　唐顔魯公爲郡別駕時，以興起斯文爲己任，益廣學舍，聘賢士，以淑我吉人。自此廬陵聲名文物，卓爲江表冠。吉人德之，建祠螺川驛東，以永去思之意。

魯國祠堂在，螺川古驛東。吉人思別駕，唐史見孤忠。礎潤香芹雨，廊迴古柏風。我來拜公像，肅肅仰冥鴻。

讀書臺　臺在郡庠之南鄉，周文忠公嘗讀書其上。

曉上讀書臺，臺高接上台。書生燈火夢，丞相袞衣來。山色看還近，松陰掃不開。倚闌吟眺處，獨鶴暮飛迴。

洗耳亭　泉繞青原山，寒聲襲人。作亭其上，以洗耳名之。

路入青原去，停驂洗耳亭。偶聞徵隱逸，來此濯清泠。問法黄龍在，吟詩白鶴聽。巢由不可見，松月滿窗欞。

吴嵩

嵩字維中，廬陵人。

東園有桃李

東園有桃李，倚日如娉婷。春風一吹拂，過眼成青青。青青不可恃，行復秋已零。誰能觀無始，坐此累有形。俯仰百年内，死生俱未停。

西齋

西齋客已散，今日我得閑。細細花上雨，蕭蕭雨中山。兩鳥從何來，對立鳴關關。微生共節序，此意相往還。頃者曾劇飲〔一〕，東風吹醉顔。忽見一花落，起坐爲長歎。人生快心事，固在偶然間。

呈劉省菴

昔年漢宫舞，玉佩懸明珠。傪傪羣女中〔二〕，桃李揺光腴。一笑承主恩，浩蕩春風初。流光去人短，零落同榛蕪。尚持娉婷姿，顧影羞泥塗。同時金屋人，半臂紅羅襦。醉促琵琶弦，歡酒歌帳廬。翻憐漢恩淺，未盡平生娱。空坐獨永夜，回首雙淚俱。大節誠未修，不如長捐軀。煙塵令人老，末路多踟蹰。

車遥遥

車遥遥，舟迢迢，斷送行人幾暮朝。車馳道路不停軌，舟挾風波難住橈。家中雖貧常在目，每恨舟車苦相促。但行一日兩日程，生死與君非骨肉。瞿唐水深蜀山高，檣傾轅折不憚勞。何當萬里隨君去，得似篙師與車御〔三〕。

古釵歎

何年美人寶釵失，深井沉泥汙玓瓅。一朝拾得再揩磨，三回五回看歎息。雙鸞匹鳳兩股匀，終然污色難爲新。當時光瑩照頭上，有似桃李摇青春。今人不識古儀狀，寶釵雖好非時樣。爲君插髷擁髻悲，物無貴賤皆隨時。

送舍弟歸鄉二首

風急晚花落，雲長秋雁回。相看猶喪亂，此去更驚猜。涕淚何時盡，音書數日來。窮途兄弟少，懷抱可勝哀。

已別復攜手，依依未忍行。向來垂萬死，能不惜餘生。鄉國多青草，風烟動紫荆。十年已多感，回首若爲情。

古意

美人插新花，恨不逐時好。好亦解自憐，紅顔易成老。

〔一〕「頃」，稿本作「夜」。
〔二〕「中」，稿本作「子」。
〔三〕「御」，稿本作「馭」。

歐陽伯恭

伯恭字□□，廬陵人。

蘇武李陵泣别圖

祈連一作「浚稽」。山前箭如雨，渤海岸一作「海」。邊羝不乳。同是肝腸十九年，白髮君歸朝故主。臣心有血一斗許，亦欲隨君歸釁鼓。五千健兒五千母，臣若獨歸魂魄苦。空將老淚寄君歸，一作「處」。歸灑一作「拜」。茂陵墳上土。

天馬歌

天子仁聖萬國歸，天馬來自西海西。玄雲披身玉兩蹄，高餘六尺修倍之。七度海洋身若飛，海左海右雷霆隨。天子曉御慈仁殿，天風忽來天馬見。龍首鳳臆目如電，不用漢兵三十萬，有德自歸四海羨〔一〕。天馬來，庶政平。天子仁聖萬國清，臣願作歌萬國聽。

〔一〕「自」，稿本作「有」。

羅觀

觀字□□，廬陵人。

五華樓

世祖平南九十春，蒼山花木幾枯榮。曉寒海氣連雲濕，夜静鐘聲帶月明。滿目鰲頭踈雨寺，幾家籬落夕陽城。不堪樓上弔今古，斷雁西風兩由𨹔。

劉君賢

君賢字□□，贛州雩都人。

龍門夜雨

石上清溪石上苔，坐將兩脚洗黄埃。波深雨冷神鰲隱，收拾綸竿屬後來。

趙巖

巖字魯瞻，號秋巘，長沙人，居溧陽。遭遇魯王，嘗在大長公主宮應旨，立賦七言律詩宮詞八首，公主賞賜甚盛。出門，凡金銀器皿皆碎而分惠宮中從者及寒士〔一〕。後遭謗，遂退居江南。因不得志，日飲酒醉而病死，遺骨歸長沙。魯瞻醉後，可頃刻賦詩百篇。有丁仲容之才思，時人皆推慕之。

題展子虔游春圖

煖風吹浪生魚鱗，畫圖髣髴西湖春。錦韉詩人兩相逐，碧山桃杏霞初匀。粉階朱檻眼欲醉，垂楊淺試修蛾顰。人間別自有蓬島，仙源之説原非真。危橋凌空路欲轉，飛流直下煙迷津。畫船亦有詩興好，娟娟未必飛梁塵。兩翁隔水俯晴渌，韶光似水融芳辰。望中白雲無變態，我欲乘風聽松瀨。落花出洞豈世知，瑶池池上春千載。

題錢舜舉碩鼠圖

炎日催黄一穗雲，田間飢鼠已嘗新。翳行竊步安能飽，紅腐倉中粟正陳。

題郭恕先升龍圖卷

雲旗晝下覿仙姿，漢殿陰陰碧漱池。眼見赤龍騰踏去，穆王八駿不能追。

題王鵬梅金明池圖

飛龍來往幾千艘，樓閣凌雲濺碧流。諫争此時無廣德，漢家天子御仙舟。

題王孤雲漬墨角抵圖

奇形詭狀惡狰獰，也似蝸蠻有戰争。不必治安言政事，如今宣室問蒼生。

題周曾秋塘圖

興入林塘翠未收，錦鴛雪雁自沉浮。敗蘆折葦荷香減，寫作西湖暮雨秋。

晉顧愷之畫洛神賦圖

花石綱間四海分，西湖日日雨芳春。孔明二表無人讀，德壽宫中寫洛神。

〔一〕「凡」，原誤作「九」，據稿本改。

林泉野老顔耕道

耕道字□□，岳之安鄉人。博古精詩草書，隱居適志，不樂仕進。築室黄山，號林泉野老。

訪道者

洞庭春暖走白兔，石徑雨餘生緑苔。引雛山鳥啼復去，結子野花落又開。

文均範

均範字□□，東安縣人。

嘯巖

曾記騎驢訪嘯巖，空洞一窔可中看。剖開元氣有斯穴，壓盡湖南只此山。仙洞朝飛浮䨴䨺，石田春溜響淙潺。重來儻問爲霖叟，爲道騎箕去未還。

唐升

升字□□，湘源人。

題趙子固蘭蕙圖

光風卷裹動清芬，遺質如飄白練裙。七澤霜寒悲楚客，九疑雲静望湘君。猗猗溪上香猶在，渺渺江邊佩見分。一自騎鯨去滄海，人間消息絶無聞。

遊虎邱

閶門十里路悠悠，林木蕭條見古邱。日月常懸吴分野，江山猶説晉風流。久無劍氣翻雷雨，豈有金精射斗牛。莽蒼具區三萬頃〔一〕，年年春水漲浮鷗。

〔一〕「莽」，稿本作「茫」。

陳以仁

以仁字□□，號復齋，三山人。

拜西山真文忠公像

仰止西山翁，千載祀不絶。文章立準繩，青史施名節。世降風俗薄，人心多詭譎。遺像儼如生，再拜懷先哲。

陳士奇

士奇字□□，三山人。

題錢玉潭瓜蔓圖

秋風展蔓熟平原，翠葉金花密更妍。憶昔邵平侯去後，青門聲譽至今傳。

黄介翁

介翁字□□，建安人。

題趙榮禄水村圖

古木蕭疎蔽草盧，好山重疊水縈紆。先生自得漁樵趣，無限秋光入畫圖。

潘縝

縝，字里未詳。

龍山寓舍

春煙藏碧樹，樹樹更藏鴉。浮世難爲客，安居即是家。柔風行柳絮，淡月吠池蛙。無以娱慈母，籬邊種菊花。

冬日山居

一犬護柴扉，牛衣曬短籬。梅花村巷酒，風雪野橋詩。屋小雲分住，家貧鶴奈飢。莫言霜徑滑，世路更崛崎。

括蒼道中

野路草牽衣，澗橋人渡危。旱田禾穗短，閏月桂花遲。江樹秋原冢〔一〕，青煙野竈炊。西風吹客鬢，愁絶欲成絲。

湖源院

老僧無歷日，黄落識窮冬。林晚風欺竹，山晴雪洗松。古藤扶敗壁，虚谷應疎鐘。月窟寒泉碧，人言昔有龍。

〔一〕「江」，稿本作「紅」。

敬齋先生陳自新

自新字貢父，號敬齋，福寧州人。通五經而精于《易》、數，探賾理妙，皆本原傳義，而推衍以皇極經世書。弟子從游者甚衆。尤長于詩，所著有《起興》等集行世。

瑞跡山

雨過山溪生虎跡，雲歸巖洞長龍威。煙鐘古寺敲殘日，樵笛一聲江鳥飛。

瑞龍寺

寺外寒流玉一泓，白雲如練挂危嶒。青山遶屋柴門掩，只見梅花不見僧。

坐歎

琴聲意似泉聲淡，劍氣威如霜氣雄。世事關心憂不寐，蕭蕭白髮月明中。

古遺先生韓信同

信同字伯循，號古遺，福寧州寧德人。幼穎悟，工文賦。既壯，受業石堂先生陳普之門，遂刊落華藻，究心伊洛關閩之説。普歎曰：「吾耄矣，得斯人飲水俟命，復何憾哉！」延祐四年，信同應江浙鄉舉，不合，歸即杜門不出。自是四方書幣日至，弟子摳衣請教，屨滿户外。如三山林文珙、張以寧，皆其高弟也。著有《四書標注》、《書經講義》、《三禮》、《易經旁注》、《書解》、《集史類纂》及詩文十餘卷，多不傳。

石堂山中八景 録四。

翠屏霽雪

寒林静對展翠屏，六花粧點風景新。四山簇簇瓊瑶樹，怳然照映芝蘭庭。寒生時光色爍爍，含輝照耀銀海明。巉巖石化崑山玉，負暄猨猱出深谷。可憐不老山白頭，梅萼藏春暗香馥。紫陽留識歌翠寒，中有玉人在其間。道傳前聖發未發，教開來學難亦難。豁然胸次冰雪釋，白照紅日上團團。

蓬萊飛峰

海上神山名自昔，來去隨潮無定跡。天人俯覽念虚浮，六鼇頂戴窮神力。棲仙貝闕蕊珠宫，多種瑶芝瓊草碧。依然根著不堅牢，飛入石堂作南壁。蠃紋蠣跡石龍存，雲氣隨潮時雨濕。仙風颯爽生羽翰，招納霓裳羽衣曲。試登絶頂望五湖，高接洞天纔咫尺。藥爐灰冷多登真，九轉丹成人未識。雲間鶴跡托來篇，玉鄧真人久相憶。

棋盤仙跡

唐山絶頂棋盤石，戲局流傳名自昔。殷勤細問白髮翁，云是仙人曾對奕。苔封石磴不敢移，竹引清風時拂拭。箇中黑白子不留，想是仙童爲收拾。又不聞，採樵之人王子質。邂逅仙人執手談，蠃輸未決藏機密。貪看柯爛不知時，少憩山中方七日。誰識囊中日月長，歸來塵世無相識。

雙柱擎天

白鶴岧嶤枕江瀆，接岫連峰衍林麓。石堂峻峭萬山雄，擁翠亭亭多喬木。雙撑石柱峙東南，勢力擎天名不俗。鍾英特産棟梁材，不墜簪纓美如玉。左接蓬萊古洞天，峰前水帶縈九曲。依然幻出武陵源，擬就峰旁新卜築。鶴歸錯認華表存，應笑世人枉追逐。

岳王墓

妖星墮地芒角赤，龍劍悲吼風蕭瑟。中原王氣挽不回，將軍一死鴻毛擲。秦家小兒真戲劇，播弄造化摇樞極。指讐爲親忠且逆，隻手上遮天眼碧。九重茫茫隔天日，無由下燭臣愚直。臣愚萬死不足惜，國恥未湔猶憤激。古墳埋冤血空灑，風雨年年土花蝕。我恐精忠埋不得，白日英魂土中泣。請將衰骨斲苔痕，獻作吾皇補天石。

楊静

静字□□，成都人。

緜竹縣治

通衢砌石蘚生鱗，三兩人家屋宇新。嚴子有祠存故里，魏公無第與比鄰。傳訛共説千年樹，問話那從百歲人。回首向來佳麗地，暮雲斜日紫巖春。

王元

元字文元，桂林人。貧病苦吟，每中夜得句，妻黄氏輒先起，燃火具紙筆以待屬草。

聽琴

拂琴開素匣，何事獨顰眉。古調俗不樂，正聲君自知。寒泉出澗澀，老檜倚風悲。縱有來聽者，誰堪繼子期。

章伯亮

伯亮字□□，雲南人。

行路難

奉君七寶鳳凰之繡柱，五色麒麟之錦裳。王母九霞觴中之酒，秦女萬縷爐中之香。去年紅花今年開，昨日紅顔今日老。一生三萬六千日，歡日願多愁日少。對吴歌，看楚舞，歌聲忽忽變今古，歸去來，莫行路。

次韻唐佐自京庠歸覲

天邊清湛如璸水，筆底生春多秀士。摩空三百六十字。準擬明年獻天子。西江千樹梅正花，家人祝鵲催還家。愧我汗青頭欲白，夢到雲南與天涯。

拜帖穆爾

拜帖穆爾字□□，唐兀氏。

溪山春晚

興來無事上幽亭，雨過郊原一片春。路失前山雲氣重，帆收遠浦客舟停。笛笙野館一三曲，燈燭林坰四五星。坐久不堪聞杜宇，東風吹我酒初醒。

哈珊沙

哈珊沙字子山，燕山人。

題趙彦徵畫赤驥一匹

松雪當年稱獨步，子孫今日繼遺風。香凝淡墨連錢碧，色染秋毫汗血紅。濟濟奚官顔似玉，昂昂龍種氣如虹。春風滿轡初牽出，對立長鳴冀北空。按：趙集賢自幼好畫馬，得李伯時法。嘗據牀學滚塵狀，管夫人自牖中窺之，正見一匹滚塵馬，晚年遂罷此技。郭祐之嘗題其《畫馬》云：「世人但説李龍眠，那知已出曹韓上。」集賢見之，謂曹、韓固是過許，使龍眠無恙，當與之並驅耳。其藝專精如此，宜其獨步當年，而佳名聚于趙氏一門也。

五十四

五十四字□□，南昌人。

題盧賢母卷

樵隱盧君母最賢，母儀婦節兩超然。相夫德洽《周南》化，教子名宜太史編。華屋萱蘭春藹藹，玄堂松桂月娟娟。時清重憶頒鸞誥，百世幽光發九泉。

烈哲

烈哲字好問，西域人。

題所南老子推篷竹圖

碧雲午夏楚山冷，白雨六月湘江寒。南翁筆底得佳趣，瀟灑半壁青琅玕。

達德越士

達德越士字仲達，□□人。見《元詩體要》。

雨華臺

漠漠平蕪碧，蕭蕭亂葉紅。褰衣上危石，攲帽立西風。日月奔馳外，江山感慨中。他鄉對零落，那放酒杯空。

送欽上人遊錢塘

淮南來往熟，惟我最相知。年少能持律，心空不廢詩。春泉閑聽處，野寺獨歸時。遥想猨啼夜，懸燈話所思。

老撒

老撒字□□，□□人。見《沂州志》。

艾山懷古

滿山松檜倚空長，流水漂花遶澗香。盟會有基人到少，但聞啼鳥送斜陽。

達魯花遲

達魯花遲字□□，□□人。見《聞喜縣志》。

開化寺避暑二首

行徧東州二十城，驛亭猶自候雞聲。歸來又上寒沙漠，此是雲中第一程。

西風策馬路旁城，人識星郎語笑聲。旬日得詩三十首，相逢遒道有官程。

移剌霖

移剌霖字□□，□□人。見《臨潼縣志》。

華清

已歷開元萬翠眉，蓮湯不必浸凝脂。好將素手來吞洗，曾把寧王玉笛吹。

驪山二首

蒼苔遥一作「逕」。滑明珠殿，落葉林荒羯鼓樓。渭水都應細如綫，若爲流得許多愁。

山下驚飛烈火灰，山頭猶弄紫金杯。夢回未奏梨園曲，卧聽吟風阿濫堆。

夏拜不花

夏拜不花字□□，□□人。見《泗州志》。

會景亭

欲過淮流此待期，玻瓈亭下漫題詩。歸程恰值東風煖，正見輕紅半吐時。

盍志

盍志字□□，□□人。見《盱眙縣志》。

題第一山

獨眺東南第一山，丹崖翠壁冷雲間。題詩爲避元章老，且聽泉聲閣筆閑。

别羅沙

别羅沙字□□，□□人。見釋無盡《天台山方外志》。

宿寒巖

朝發赤城山，暮抵寒巖宿。飛瀑灑長松，清風動修竹。人行古徑苔，僧住懸厓屋。寒拾在何許？白雲滿林麓。

琥璐珣

琥璐珣字□□，□□人。見《肇慶府志》。

羅琴山

三尺絲桐月夜彈，一聲清響落空山。仙翁自歎知音少，兩袖天風跨鶴還。

熙春臺

亂峰東去奮蒼龍，一水西流走玉虹。向日熙春臺上樂，年來孤負幾東風。

的斤蒼崖

的斤蒼崖字□□，□□人。見《安鄉縣志》。

黄山

崒嵂名山倚碧天，登臨不覺入雲煙。蜀江東去練光浄，衡嶽南來黛色鮮。幽澗千尋蒼柳合，平田萬頃翠雲連。憑空立久忽長嘯，迴顧神京一慨然！

倚南海涯

倚南海涯字□□，□□人。見《武夷山志》。

武夷山

武夷山水東南絶，行人往來慕高節。千言萬語寫不盡，舉頭一覽羣峰列。蒼松怪石勢欲奔，峭壁雄崖怒相頡。中藏萬古心，就隱三寸舌。神仙事渺茫，俯仰愧中輟。静觀物理總紛紜，只好投簪共樵説。朝從鹿豕遊，夜伴溪雲歇。芒鞵竹杖任徘徊，長嘯高吟恣怡悦。飢餐古檜精，渴飲幽泉潔。我來武夷山，老景成饕餮。煩師借問九曲溪，終南捷徑何優劣。

帖里越實

帖里越實字□□，□□人。見《保寧府志》。

王望山

有約今朝上此峰，來時臺殿白雲封。棲菴羽客知何處？疑是尋芝訪子蒙。

康里百花

百花字□□，色目人。

題夏禹玉煙江疊嶂圖

大江來自岷山遠，萬里東流幾深淺。洪濤巨浪日舂撞，一派西隨萬山轉。萬山峩峩翠黛浮，大孤小孤當中流。高城遠出武昌樹，衰草微連鸚鵡洲。茅屋人家住深島，雞犬不聞人迹少。幾行歸雁日邊來，一幅征帆天際小。湘南雨歇秋風清，落木黯慘哀猿聲。荆門月出夜潮長，九疑山碧秋雲横。我生自是優游者，足蹟何曾半天下。長江萬里欲神游，却喜今朝見圖畫。圖畫再展未能休，似有模糊寒具浮。只恐通仙忽飛去，驚絶當年癡虎頭。

大食哲馬

大食哲馬字□□，□□人。

題趙彦徵畫赤驥一匹二首

吴興妙筆傳家世，總畫天閑汗血駒。萬里歸來秋露曉，圉人牽去牧龍芻。

太守舊圖如璞玉，拾遺新畫抵南金。玉驄已向天閑老，赤驥猶懷萬里心。

凱烈拔實

凱烈拔實字□□，□□人。

追詠茅山詩并序。

往遊茅山，山中佳致非一，但詩思遲遲，未能道其萬一。既還，因嘗遊之地，追詠敬呈集虚宗師。

遊茅峰

筍輿高士碧巑岏，爲訪仙人白石壇。羽服常來千歲鶴，霞衣曾駐九霄鸞。洞生芝草山藏玉，人道琳宫井有丹。松下空餘處士宅，幾爲梁帝决時難。

喜客泉

春水澄澄緑滿池，團漚顆顆涌琉璃。江妃解珮珠凌亂，淵客當盤淚漫垂。坤母由來承博厚，馮夷何事現新奇。倚欄莫謂曾無喜，且玩清泠潤惡詩。

元符山房

坐對千巖翠，森森萬木攢。石函留古劍，藥鼎煉還丹。雲逼山窗濕，嵐開澗樹寒。春禽知客意，啼我暫盤桓。

全清亭

石抱幽亭深復深，當軒翠竹弄清音。華陽山酒盈樽緑，對坐春泉澆醉心。

贈集虚宗師

路入華陽溪水流，仙人瓊珮彩雲裘。松陰石竈丹煙煖，洞裏桃花碧樹幽。嗟我塵中迴俗駕，無心方外訪瀛洲。何當一假茅君鶴，復向三山深處游。

斡玉麟圖

斡玉麟圖字□□，□□人。

題三沙

鬱葱佳氣豁空濛，天馭飛霞絢海紅。萬象杳冥惟見日，九天迢遞更乘風。人騎仙鶴上瀛渚，山引蓬萊出貝宮。海外蒼生向誰理，繡衣更過九州東。

八禮臺

八禮臺字□□，蒙古人。

題梅花道人墨菜圖

時人盡説非甘美，畝得菜根能幾人。莫笑書生清苦意，比來食淡更精神。

王漸

漸字元翰，□□人。以下二人，並見傅習、孫存吾《皇元風雅》。

南山有猛虎

南山有猛虎，欲以赤手屠。山下一老人，見謂爾甚愚。冲冠與裂眥，所詫乃匹夫。古來功名士，遐攬王伯圖。幾先非快意，道遠慎前謨。奈此謬其逢，試之誠已疏。奇中或偶然，再往類難虞。丈夫雖賭命，慷慨易長途。茍無金石堅，何以當變渝。茍無忠誠心，何以涉崎嶇。斯言願三復，斂衽愧弗如。吾行庸可驚，聊取一笑娱。且盡飲斗酒，長揖歸衡廬。

包淮

淮字淝川，□□人。

七夕

欲理凌波踏造舟，不知滿架勝蒙鳩。漢陰抱瓮蒼頭老，不上今宵乞巧樓。

易方猷

方猷字景升，□□人。見蔣易《皇元風雅》。

送黄修水之武夷

武夷山中隱君子，聲名海内共流傳。承詔頻煩虚束帛，著書辛苦作千年。春風盡入淮南座，夜月空懷剡曲船。政憶鄉閭仍送客，海榴花外雨如煙。

察伋

伋字士安，□□人。自號海東樵者。家有昌節齋。以下二人，並見偶桓《乾坤清氣》。

送别曲

曈曨出榑桑，照見大黑洋。直升中天上，萬國蒙清光。三山樓閣蓬萊東，丹霞翠壁金芙蓉。鴻濛凝結古元氣，我欲往遊從赤松。郯郎朝玉京，船發南風生。海頭撾鼓人起舞，椎羊釃酒祈神明。遠寄平安書，十日到直沽。阿翁髮半白，莫醉黄公壚。

題錢舜舉秋江待渡圖

大江微茫天未曉，散綺餘霞出雲表。亂山滴翠露華寒，隔樹人家茅屋小。行人欲發待渡舟，垂綸獨釣磯上頭。感時撫卷寄遺意，蘆花楓葉瀟瀟秋。

題張溪雲竹圖

太湖山石玉巑岏，偃蹇長松百尺寒。明月滿天環珮響，夜深風雨聽飛鸞。

屠彝

彝字彦德，□□人。

送丁希元侍母舅北上

白壁連城價，明珠照乘光。才名推舅氏，文采見諸郎。草色迷長樂，鶯聲滿建章。知君能獻賦，宫硯發天香。

暢上人文溪别業

文暢青蓮客，回溪别業開。南山當驃騎，東海極蓬萊。空境思懸錫，中流且渡杯。相尋多法侶，冉冉下天台。

仇仁父解秩建康有新文曰金淵集

老夫陶元亮，歸來向子平。鄉關成久别，故舊喜相迎。卜宅來江燕，移尊笑海鯨。新傳浣花曲，未怪作金聲。

劉伯顔

伯顔字明叟，□□人。以下三人，並見孫原理《元音》。

大駕還宫

宫闕歡迎大駕還，九衢香霧拜天顔。龍旗影裏明鈇鉞，鼉鼓聲中雜珮環。肅肅錦衣人似海，亭亭黄屋象如山。封囊久欲排閶闔，願溥斯一作「皇」。仁澤世間。

武夷山

小舟輕泛入仙寰，五曲高風尚可攀。松韻猨聲來碧水，天光雲影漾丹山。忘身事上心猶在，憂國如家鬢已斑。獨上幽巖觀蜕骨，不知身在碧霄間。

謁朱文公書院

晴空瀑布瀉危岑，下有幽人學古心。萬壑風生溪九曲，重巖雲鎖石千尋。漁樵有道山光净，絃誦無聲蘚暈深。遺像尚能敦薄俗，儼然危坐正冠襟。

吴漳

漳字楚望，□□人。

雜詩

白日向西馳，黄河復東注。四時迭推遷，忽忽歲云暮。凝霜凋百卉，摧我庭前樹。榮華易憔悴，零落在蹊路。人生只如寄，不啻草上露。世短心甚長，俛仰多變故。明爲勞其形，役役自馳騖。臨風發浩歎，耿耿應獨悟。安得肌骨輕，飄飄舉飛步。倒景凌三辰，坐閲光陰度。

京師送人之上都

疊疊雲屏列秀巒，居庸行色滿吟鞍。嵐光滴翠征衣濕，林影飄紅木葉乾。五夜風高氈帳煖，九重天近玉鞭寒。燕山有客遥相憶，月轉西樓獨倚欄。

題南陽諸葛廟二首

卧龍岡上拜荒祠，惆悵當年枉顧時。未許三分讓孫策，豈徒十倍過曹丕。半生艱苦思興漢，兩表殷勤叙出師。王業未安天命改，英雄千載有餘悲！

劍江千里一作「流水」。緑沄沄，五丈原頭日又曛。舊業未能歸後主，大星先已落前軍。南陽祠廟荒秋草，西蜀關山隔暮雲。正統不慚傳萬古，莫將成敗論三分。

南陽旅壁

股肱寄重見天心，摛藻頻頒寵渥深。奎畫雨殘書格變，龍文蘚合墨光沉。兩朝日月成淹没，萬里乾坤無古今。回首中原多感慨，爲磨蒼玉費長吟。

送劉學録之金陵

劉郎分教古昇州，迢遞秦淮泊去舟。平野北連鍾阜遠，大江東抱石城流。亭高白日聞龍化，臺接青雲憶鳳遊。未惜深衣官似舊，酒酣耳熱氣横秋。

楊鵬翼

鵬翼字□□，□□人。

正旦有感

干戈短景去忽忽，回首南朝一夢中。世事盡隨天道北，春正依舊斗杓東。四時玉燭堪調燮，萬國車書想混同。寂寞荒山老松樹，看渠梅柳競春風。

華清宮

四海笙歌屬一家，驪山宮殿倚烟霞。燭龍正照三郎宴，野鹿偷銜第一花。大抵失人還致亂，未知亡國不由奢。自從西蜀蒙塵後，幾使殘民望翠華。

潁亭〔一〕

懸厓高築此亭孤，落日登臨酒十壺。雲破九山開疊嶂，天低三楚入平蕪。斷碑黄絹空塵跡，遠水白雲如畫圖。對此風煙已蕭灑，扁舟何必到西湖。

送真善卿歸秦中

少年錦帶佩吴鈎，曾伴秦陵學士遊。沙苑草青春試馬，岳蓮雲净晚登樓。十年爲客少青眼，一事不成空白頭。此去何時重相見，一樽聊與故人留。

鞦韆

日轉華簷一作「簷花」。樹影偏，謝家庭院簇神仙。綵繩斜擘纖纖玉，畫板輕承步步蓮。弄玉未升雲一作「霄」。漢上，緑珠先墮綵樓前。不知小徑殘紅裏，明日何人拾翠鈿。

都中寒食

芳草青青湖上路，少年遊冶不知回。煙花一望春無盡，雲水相參雨欲來。夕浪放船重聽樂，天風吹酒獨登臺。看圖萬里逢寒食，車馬傾城起暮埃。

〔一〕「潁」，原誤作「穎」，據稿本改。

劉珍

珍字愈珍，□□人。以下六人，並見宋公傳《元詩體要》。

寄友人

相别豈不易，相見良獨難。迢迢白雲城，渺渺羊角山。夢長覺道遠，迹滯愁春殘。知音況何許，取琴爲誰彈。？

美人倦繡圖

蘭風翠窗春晝温，美人惜春情緒昏。繡牀半倚思斷魂，玉纖不動歌長門。卷簾雙燕繞梁語，綵絲撩亂愁如縷。巫山楚山雲獨多，回文織錦將奈何！

江垕

垕字叔載，□□人。

李陵泣别圖

黄雲黯將暮，白日寒無暉。送客度河梁，惆悵難别離。胡馬雖善行，按轡姑遲遲。初心孰余察，後罪甘誅夷。君老既堪去，我乃無家歸。陽春滿皇都，長負平生期。

賞海棠

天孫裂錦舒雲霞，五采散入滄海涯。珊瑚擊碎瑶草死，春風吹作枝上花。曉寒香霧潤紅玉，午困晴日蒸丹砂。盈盈半開正堪賞，明日爛熳驚繁葩。

子美醉歸浣花圖

回首雲生白帝城，四松萬竹感深情。閑愁到底難驅去，莫遣東風吹酒醒。

徐一甫 無「一」字。

一甫字□□，號天樂，□□人。

寓言

苦樂有冥定，結髮與君婚。中道棄我去，白馬駕華軒。燕趙足佳麗，吴楚多嬋娟。妾自守空房，蠨蛸網妾門。妾身當自愛，敢謂君少恩。

采石弔李白

江上春山飛白雲，江頭春水碧粼粼。暫遲跨鶴樓前客，一弔騎鯨月下人。無奈漢皇重傾國，不知飛燕是前身。諸公只炙權門手，誰爲先生問水濱。

弔虞雍公

長江往往古今同，六代興亡向此中。若使舍人長用世，不知擒虎解成功。平時護國成何事，一旦臨危孰似公。却怨當時樊若水，錯投鞭影向江東。

張處士子素

子素字□□，□□人。好立奇行自表樹，瓠冠布衣，刺口言天下事，常傲視一坐。

贈别

送君一出江之湄，爲君一典身上衣。臨風沽酒與君飲，欲别不别心依依。笻揞八尺兩芒屩，倐忽歸來倐忽去。輕帆閃閃不可留，極目青山渺煙樹。今日與君盟白鷗，明日與君風馬牛。人生得喪何草草，秋月春花爲誰好。江湖漂泊真可憐，我幸少年君已老。君已老，可奈何，故山石室高嵯峩。何如歸來耕釣老其下，日日聽我春風歌。

雪溪亭長戴時芳

時芳字□□，□□人。自號雪溪亭長。

丹山高壽陳本堂 并序。

太學博士本翁先生降神華旦，六月望前二日也。雪溪亭長戴某賦丹山高。

丹山高哉，維石巖巖兮卓然屹立，上摩杳靄之蒼穹。赤水西來走其下，是爲四明洞天兮，石窗面面，光與日月星辰通。上有蟠桃三千歲，下有玉樓十二重。瓊芝瑶草，不知其名兮，蒼虬玄鹿羅洞府，中有仙翁擾白龍。方瞳耿耿射日月，笻九節兮冠芙蓉。當年曾朝天帝所，六月火雲導祝融。帝憐下土焦槁，曰汝往哉，少試霖雨功。於是溟驄瓢于帝鄉神皋之地兮，摩叱列缺鞭豐隆。既而桑田變滄海，往往才大者，亦難爲用兮，神功始收劍于雲蹤。但見丹崖仙筆照今古，夜半碧雞啼動榑桑紅〔一〕。我翁掀髯奮長笑，起踏斗杓呼天風。王母驂鸞下瑶闕，廣成跨鶴來崆峒。少君歸從赤城北，長君來自金華東。金華赤城總是神仙客，引領翩翩羣從壽我翁。我翁今年開九衮，精神矍鑠氣如虹。擁書百城縱麈指，又何羨乎後車之載非羆熊。回頭舊京二十載，春夢阿婆一笑中。見謂全身保明哲，又何遜乎子房之從游赤松。富貴威武，不可以苟屈兮，自非仙風道骨有真趣，宜許我輩雞犬長相從。比之丹山高節世所少，嗟我欲説，安得廬山高哉巨筆如歐公。

金仁本

仁本字□□，□□人。

送人之四明效揭翰林長短句

百官山，高嵯峩。梁湖渡，藏黿鼉。鄉巫昔日迎婆娑，中郎八字題曹娥。君今甬東去，正向江頭過。船頭滿載上虞酒，船尾聽唱明州歌。明州三佛地，昔歲我曾去，記得舟人説鄉語，烏撒飯〔二〕，箬魚羹，阿婆燒火新婦烹。有錢我亦買魚具，築室海陽依汝住。

〔一〕「半」，原誤作「平」，據稿本改。

〔二〕「烏」，原誤作「鳥」，據稿本改。按烏撒爲古代西南少數民族。

楊常

常字叔倫，□□人。見符觀《元詩正體》。

楊白花

楊白花，冉冉落誰家。楊花凝風吹欲起，思逺江南幾千里。宮煙冥冥宮燕啼，楊花無情飛不歸。空庭晝長春色淺，黄河水深人去遠。

喜辛少府田巡檢見過

谷鳥嚶嚶伐木時，一溪流水夕陽遲。晴薰草色煙生野，春入楊花雪滿枝。深館忽聞聯騎至，青燈喜與故人期。明朝只恐簡書急，又向山中賦別離。

題吴氏廣山堂

羣峰數里鬱岧嶤，雲樹參差野徑遥。門巷落花無過客，階除殘日見歸樵。明時屏迹書千卷，皓首忘機酒一瓢。歌斷考槃秋思遠，滿林風竹夜蕭蕭。

送季上人歸金華山

南村十月荒草稀，白鷗半兼鴻雁飛。夕陽在野雨初散，秋葉滿林僧獨歸。空中聽法花委地，海上洗盋雲生衣。去來飄忽無定迹，回首青山深翠微。

春思四首

春風吹雨濕香帷，別夢初醒懶畫眉。不似隔鄰雙稚女，背花含笑聽黄鸝。

深夜懷人思欲迷，裁成錦字懶封題。子規更自驚春夢，飛遶庭花故不棲。

玉屏春冷翠陰遲，金鴨焚蘭出繡帷。含笑下階看蛺蝶，杏花深處立多時。

花氣薰晴溼綺楹，春衣生潤粉痕輕。多情却恨雙歸燕，故上雕梁款款行。

方求

求字□□，號可竹，□□人。以下二十三人，並見李伯璵《文翰類選大成》。

徐則山坐間春雪吟

凍雲吹不開，東風怒無神。無端卷海水，化作春空塵。粉葩秖眩俗，厲荏徒驚人。怪柳反青眼，訝桃忘絳脣。倏揚方著地，倏忽已流津。早計思備舟，遲留感投輪。策勳賴赭尊，植熾資烏銀。愆期匪篤信，紊令斯害仁。子雲頌新室，景畧尊符秦。一朝苟所得，尺枉不可伸。財成乃爲泰，經綸宜亨屯。用舍固有時，進退敢失身。天人本一理，孰謂非比鄰。持空靡寸鐵，握管疑千鈞。漫發歐九笑，肯畏滕六嗔。

餞夏元帥

旌麾來鎮廣之東，海嶠清寧悉向風。禮樂三千行筆下，甲兵十萬貫胸中。政聲籍籍雷轟道，歸興怱怱月滿蓬。待得閩山膏雨足，入當鈞軸佐宸聰。

和趙任齋葉棲碧喜雨韻

雷公擲釜擊衆醜，天女舞鏡觀羣容。霍如補天色石墮，銀河下落香爐峰。洪都夜泣流血蜃，天目晝去垂髯龍。神功變化不可測，吾欲舉酒慶老農。

蔡琰還鄉圖

飄泊胡天憶漢都，幸然歸漢便忘胡。賢王醉熟兒啼夜，此意丹青畫得無。

嚴光裘

漫衣羊裘釣澤雲，無端惹起漢玄纁。風標自與高人異，便著蓑衣也識君。

魯兩生

絃歌纔可脱兵屠，召命俄聞博士車。二子不來公去矣，漢家禮樂竟如何〔一〕。

〔一〕「如何」，稿本作「何如」。

方晉明

晉明字德昭，□□人。

病起

人生百年間，往往如過客。吾生未六十，鬚髮早已白。自持歲寒心，謬比松與柏。衛生乏良藥，疾病日侵迫。天命苟未窮，流年豈終厄。依然冰雪姿，蒼蒼見顔色。

衢江舟中懷江實夫

仰止爛柯山，故人渺何許。行舟不可檥，回首重延佇。凉風吹客衣，秋樹濕殘雨。多情雙鷺鷥，翩翩向洲渚。

浙江舟中

夜發桐江櫂，平明過富陽。自緣潮退急，猶類馬行忙。海氣曉如霧，岸花秋未霜。錢塘引東望，塔寺見微茫。

薄俗

薄俗多忘舊，何人我重輕。老嫌無酒量，狂喜得詩名。氈冷芹香在，庭春草意生。誰能終浩蕩，當與白鷗盟。

余闓

闓字叔容，□□人。

偶成二首

永日不可暮，長夜何時旦。自昔未遇人，撫景每興歎。寒暑各有常，無乃重憂患。獨于羈旅中，此語若可玩。杜陵厄窮途，甯戚登顯宦。用舍信所逢，苦志終勿換。勗哉勤進修，長途無晝半。

昊天行日月，秋序倏云杪。颯颯寒夜聲，凉風動林篠。反側不成眠，攬衣待天曉。云何百年間，多被世累擾。理順事不違，心定物自小。悠然得真趣，言盡意難表。

和李溉之宫中應制脱鞋吟

芙蓉帳煖蒸霞綺，孔雀屏開粲金尾。深宫放蝶不到門，滿地落花風不起。困懷側卧蟬鬢鬆，閑情雙墮鴛鞋紅。自憐玉趾香羅卷，弓樣彎彎束尖軟。太陽下照生輝光，便覺承恩意非淺。相如筆有回天力，模寫東風妙無迹。千金不買賦長門，背面何曾怨春立。

望江亭

蕭疎野寺遇閑僧，邀我危亭試一憑。秋草青山吴故國，夕陽黄土宋諸陵。長江檻外流今古，喬木池邊歷廢興。猶有荒凉餘景在，夜深遥見越州燈。

胡汝爲

汝爲字□□，號桂林，□□人。

海鷗

皎皎雙白鷗，海上老歲月。人將加網羅，有無尚怳惚。息影不自深，驚波起飄忽。風雨蔽空來，不知飛復没。

游葛仙壇

白雲紅霧鎖仙扉，古木蟠空鸛鶴飛。丹井草湮翁子去〔一〕，經牀香緲道人歸。樓臺視昔代興廢，城郭如今人是非。獨往獨回成感慨，西風吹桂冷侵衣。

簡張立齋

平陸成江斷往還，故甘家食掩柴關。滿山落葉無行迹，夾路青松有好顔。結客恨非燕趙士，許身欲在惠夷間。眼中墜翼争羣蟻，頗喜君能未老閑。

〔一〕「湮」，原誤作「煙」，據稿本改。

程養全

養全字子正，號正菴，又號白粥道人，□□人。

竹雲軒

淇澳無東周，渭川非故侯。高懷得妙領，植此清陰稠。清陰滃如雲，清賞何優游。頗聞鳳鸞棲，每爲琴書留。長安車馬塵，悵望良包羞。明當策桄榔，與爾相綢繆。

紀事

公退已黄昏，紅塵息駿奔。有書閑教子，無客静關門。拾菜供朝膳，攜琴貸晚尊。向來經濟意，鬱鬱共誰論。

答吴可堂左丞

中朝元老謝鈞樞，家慶雍容綽有餘。憲府近從迎養志。水衡新致候安書。心同泰宇均函育，跡與浮雲共卷舒。只恐九重深眷注，玄纁加璧下安車。

四月朔日蝕宛陵作

旭日初升熨絳宵，忽生微翳瑞華摇。龍迎陽燧光無定，鳳跨春煙緑未銷。萬國驚心喧奏鼓，九重側席徹聞韶。懸知儆戒生勤恤，從此昇平靄聖朝。

慶吴閑閑宗師雙目復明[一]

心事從來契窈冥，冰爐懸碧老逢迎。幾年似有雲煙隔，一旦還依日月明。重覩殿庭丹陛遠，更瞻霄漢泰階平。時和主聖身長健，不待求仙渡海瀛。

送穆宗禋憲郎調閩

東南都會七閩關，千里春風送珮環。自昔鵾鵬思速化，秖今獬廌侍清班。檳榔葉老行人醉，荔子枝酣暮雨閑。公暇定應多好句，便郵還寄敬亭山。

題姑蘇李君璋松澗詩卷

澗鳴和松聲，澗光納松影。獨立聲影中，趣味共淵永。

山水圖

古木半留葉，青山澹欲無。惟應孤艇客，仰面卧平湖。

宛陵晚對

千章古木與雲齊，一片殘霞貼日棲。正據繩牀成獨嘯，誰家飛鴿畫樓西。

題憲史孫士廉松雪齋所書淵明歸去來圖

文章撑拄晉乾坤，三徑清風萬古存。底事揮毫松雪老，不知芳草怨王孫。

〔一〕 此詩原無，據稿本補入。

馬志仁

志仁字子尚，□□人。家有尚志齋。

遊小石城

晨登石城山，迢迢適艱阻。浮雲斂層巒，白日照榛莽。風景妙莫測，形像歷可數。武夫擁前關，鋭士列環堵。周遭森戈戟，旋折耀旌鼓。突至犀象驅，奮躍虓虎怒。蝥弧更周麾，臨衝失威武。瀑布飛縋懸，沉黿老鼉努。中有運籌室，金鐵鑄門户。帷幄繞三匝，堂陛雄九廡。玄深邃梯壁，營衛富譙櫓。叱咤𩦶雲氣生，吸忽電光吐。共工歎無爲，媧皇笑難補。蒙恬有餘愧，飛將欣快覩。縱觀自棲遲，適意忘疲苦。共惟我聖皇，方事干羽舞。底用石頭城，析柳足樊圃。寄語山中靈，俗客還須杜。時用不我需，留作神仙所。不見赤城峰，尚使劉阮聚。

賦徐功初環碧亭

豨韋往昔開二儀，手抉積氣營一區。運成三百六十五，上下一色青琉璃。茫茫神禹憂浸稽，疏滌榑桑納咸池。東漸西被朔南暨，二億三萬蒼波圍。由來環碧有如許，經天繞地孰與齊。更知環中應無窮，直作天地萬物師。高人勘破造化機，築室小憩溪之湄。清晨俯流欲何爲，超然默契思指歸。遠觀近取應如斯，至理不與尋丈殊。方員周折何足奇，飛珠漱玉供敖嬉。世無子期知音稀，琴聲殆類吹笙竽，焉知逝者如斯夫。

遊荷溪作

沿岡度塹小商羊，爲愛荷溪景物長。煙鎖翠厓蒼玉瘦，雲迷石室紫芝香。一泓水護真仙跡，半畝苔封古刹場。薄暮暫依林下寺，山僧面我説空王。

祝義

義字彦祥，□□人。

舟次廬陵

已過豐城望吉安，畏途如在白雲間。詩翁沽酒行虚市，舟子牽船上急灘。時估偶從親故問，家書難定幾時還。性靈何處堪陶寫，一字吟安破旅顔。

董自明

自明字鑑翁，□□人。

齋居雜興

天地始一氣，清濁相絪緼。尊卑一以陳，品彙如區分。三光西北流，萬派東南奔。恢然有象外，往聖置勿論。誰云四大地，須彌爲之根。厖言惑羣愚，惝怳非所聞。
宣尼述古典，斷自陶唐篇。鴻濛不足徵，開闢知何年。况乃秦火餘，敗壁收殘編。不存卜筮書，庖羲亦無傳。嗟嗟三季後，啄啄紛蛙蟬。雲和靡遺韻，懷古心悠然。
山雲起膚寸，斯須盈八區。湯湯百川流，不足供尾閭。於焉寓至理，天地吾其軀。斂藏妙無朕，著見斯有餘。欽惟聖賢心，千載同一符。
文籍古未作，人心有全經。風俗自淳厚，乾坤亦清寧。後人蓄萬卷，垂白猶覃精。辭華絢畫錦，行誼逾春冰。綱常遂淪斁，寵利紛趨營。滔滔誰復易，泯泯吾何徵。緬維鄒魯傳，允矣昭儀刑。

山中櫟

祇爲堅多節，窮山棄若遺。由來非世器，可復怨工師。斤斧終無及，風霜耿自持。猶堪依立社，祈穀濟人飢。

江文顥

文顥字彦章，□□人。

和太守亢思忠括蒼四景

古寺春陰

林關結重陰，廊宇清晝静。東風吹不開，禪窗疑欲暝。林深禽自語，雲密塔藏影。佛地尚混沌，未判鴻濛景。

巖泉曉月

亭亭巖上山，皎皎泉底月。泉流月不動，光彩結奇絶。五更净無雲，穹壤共澄徹。旦氣廓清明，郊原浸霜雪。

紫虚秋風

巍巍神仙宫，只在雲深處。清風從西來，白雲忽飛去。珊珊響珮環，策策鳴高樹。上有步虚人，飄颻駕鸞馭。

西山晴雪

晴雪擁西山〔一〕，山色總非昨。晴日烘不開，萬叠聳寒玉。崖崖昭回光，玉龍蟠古木。還宜拄頰看，霽景眩吟目。

追晚阻風

石塔前朝寺，維舟試一遊。四山齊古木，六月似凉秋。客路畏逢雨，禪關忘却愁。篙人報潮落，風順轉帆頭。

寶相石佛寺

數間茅屋野人家，雞犬聲中日又斜。春色可人籬落外，暖風開盡紫荆花。

〔一〕「晴」，稿本作「積」。

汪鼎

鼎字真率，□□人。

擬古四首

行行重行行，天下有正途。但能審所由，不畏岐路殊。古來堯桀分，秖在疾與徐。小人務巧捷，顛躓非所虞。君子寧有死，徑竇不忍趨。平平皇極路，慎勿以爲迂。膏車秣吾馬，逝將達天衢。

涉江采芙蓉，登山拾瑶草。瑶草不可期，芙蓉秋已老〔一〕。歸來北窗下，燕坐據梧槁。乃于靈府間，欣然得吾寶。神工謝琢磨，妙質自妍好。承以白玉盤，藉以五色繅。向來逐芳華，悉力恣探討。悟賞自有真，默識貴不早。

客從遠方來，千里復萬里。道途苦不遥，四海同一軌。高冠何巍巍，長佩亦纚纚。虚懷出羲皇，清標映園綺。問客來何爲，相從采蘭芷。豈無粱肉味，所性不在彼。飢食首陽薇，渴飲箕山水。

孟冬寒氣至，天地日以肅。芸芸萬木歸，窈窈羣動伏。如何遠行客，中道悲黄鵠。良田既已荒，嘉種何由熟。朱顔忽蹉跎，日月如轉轂。誰言故鄉遠，回首在吾目。歸來歸去來，及此不遠復。

〔一〕「秋已老」，原誤作「老已秋」，據稿本改。

胡公留

公留字彦良，□□人。

餘干烏知州德政詩卷四首

删後已無詩，況乃魏晉下。寧無麥秀歌，古意尚風雅。采詩登廟堂，托興自原野。爰有公論好，正在興起者。

扁舟過於越，春盡聞啼鵑。城頭桑柘陰，農事方在田。夜深更點明，比屋絃歌連。於兹二三事，可見君侯賢。

聽訟固不易，未若無訟難。發奸得神妙，不受耳目謾。明明古人意，所賞求其端。願言助明德，坐見民俗安。
昔賢講學地，猶有遺址存。百年未興廢，寧聞薄俗敦。奕奕作閟宫，兢兢薦蘋蘩。斯文天未喪，諸子其弗諼。

甘勉

勉字思學，□□人。

時興

交友以義合，奚啻骨肉親。千里有同心，况我居比鄰。昔有膠與漆，今爲參與辰。悵然内傷心，古道日已蓁。淇澳貴切磋，谷風悼棄淪。命也何足云，天性其自敦。

子牙垂釣圖

白頭把釣竿，所志應在魚。魚腹藏素書，得得登王車。牝晨迄頽運，姬轍開一初。我觀千載圖，始信漁非漁。

寄柯元德

遠客寄相思，歲久字不滅。問客何所爲，東海弄明月。覿面生輝光，道阻信難越。空有無限情，何由慰飢渴。

陳良臣

良臣字元弼，號滄洲，□□人。

秋懷二首簡鄭景尹

涼風鷓鴣鳴，秋色雨中老。閉門少來客，落葉紅可掃。幽林鳥争宿，晚景山更好。夜靜悄不眠，寒蛩叫秋草。

慷慨中夜起，開窗見星流。月明樹影疎，秋聲響蕭颼。美人天一方，欲往道阻修。念之不成夢，從之邈無由。彼雞亦既鳴，君子將焉求。

新年書懷

瀟瀟十日雨，苒苒半月春。閉門坐寥闃，人境無來塵。靜觀宇宙間，萬象陶化鈞。而我不易操，楚楚難華身。急景勿可貸，白髮日益新。耕閑借疲犢，釣寂憐涸鱗。生計固已拙，吾寧守吾貧。

題鐵山卷

冰山不可倚，銅山未爲榮。寵極必見奪，勢盡還自傾。今子異於是，乃號鐵山名。動以鐵爲操，靜以山爲形。况乃百鍊餘，陶冶功已成。卓立天地間，鼻然使人驚。莫作繞指柔，所期常錚錚。聲名從此大，拭目看峥嶸。

題劉祕監爲程如章作兩山圖

三山仙子宅，五嶽神人居。舊聞兩山間，惟著隱士廬。程君得其所，不與盤谷殊。野服縱疎散，日與樵夫俱。東看紅日上，西看白雲舒。相看兩不厭，盤礴足自娱。伊彼老泉翁，木山以假爲。中峰屹自况，傍此大小蘇。所樂固有異，異中果何如。祕監儻知此，落筆難成圖。

送自怡萬户膺太尉府參軍

楊花吹香撲暝雲，嫩鶯啼徹江南春。鄞江水軟彩舟滑，東風趯上黄河津。薇垣有客青霄立，飛下鸞章紫泥濕。幕府風流水泛蓮，相門簪黻香凝戟。西山拄笏賢參軍〔一〕，魚雁時時寄好音。金門紫氣擁不住，催上玉堂煙霧深。

環山樓

回峰四面畫屏開，風定松花落酒杯。推起白雲閑隱几，不知山雨入樓來。

題貴妃洗兒圖

三郎兒戲失君臣，枉費金錢賜太真。畢竟洗兒心未洗，却教四海染胡塵。

題范蠡圖

决策長驅已破吴，姓名何必變陶朱。扁舟若爲成功退，不挾西施向五湖。

〔一〕「挂」，原誤作「住」，據稿本改。

湯禮

禮字思敬，□□人。

頌趙倅

昌江六萬户，佐邑實賢勞。秉筆秋霜肅，鳴琴山月高。民情分枉直，公道屏賢豪。清獻傳家遠，歌聲未足褒。

徐履方

履方字則聞，□□人。

楊白華詞

楊白華，飄零楚江曲。江頭日暮春草齊，目短心遥淚相續。飛飛乳燕歸不歸，庭樹西風換新緑。

飛龍引

促促何促促，兩龍聯鑣吐明燭。燭龍妒人相窘束，況乃嫦娥膏其轂。倏峗巇，忽暘谷，羽人星官來續續。千二百歲崆峒仙，幻化能令歲年速。玉杯寶瑑壽永延，孚尹散彩無新亘。蜚廉未集柏梁火，樓船一去隨飛煙，婆羅西來德彌天。貝宫璇題耀，山川地佳麗。徧空散花花不墜，逶迤看花龍緩轡，聖人從今千萬歲。

明妃曲

漢家威德紘八區，藁街數致窮單于。材官騶發一當百，郅支桀黠千先誅。呼韓生全恩已殊，翻令畫史圖名姝。佳人飲恨心語口，事有倒置令人吁。糞溷飛花尚可惜，久矣胡人輕漢室。肯援骨肉餧餓狼，長主幸存徼姥力。當時隆準豈孱主，忍許婁郎開下策。賂遺犬馬古有之，責貢何嘗及顔色。殷勤爲託舅甥恩，不見頭曼驚鳴鏑。

秦女卷衣曲

暮光續朝光，朝暮卷衣裳。朝朝暮暮如年長，長年不久留紅芳。卷衣裳，衣裳中有雙鴛鴦。含情拂鴛鴦，不敢熱中腸。上方寶鏡湛秋水，解后對之肝膽張。肝膽張，當時不照邯鄲娼。

小姑山

小姑頎然整且秀，不事粉鉛躬甲胄。彭郎傲兀來自西，突起兩强誰間篷。大江滔滔如砥平，兩面束之成建瓴。比如壯士不受黜，白日奮作千雷霆。我時經行值端午，小寺叢祠目親覩〔一〕。廣張禍福口翻瀾，妄挾神姦嚇商賈。刲羊刺豕酒如山，紙錢勃窣旋風鬟。當時小姑今黠母，得酒索錢無赧顔。

贈祝玉泉相士

空山流泉漱鳴玉，雅韻泠泠轉深谷。美人持此弄音徽，胸次蕭然無點俗。泉流石谷清復清，鑑之洞見神與形。蟹蝦瑣細未省録，伺取神物游清泠。清泠之淵有美璞，爲瓚爲圭在追琢。豈云美璞不自獻，獨漉泥昏玉何見。

題萊州監郡孛蘭奚射虎圖

萊州使君真英武，曾爲萊氓親射虎。逸才之獸力可取，手調長弓心自許。徐徐縱馬入荒榛，斕斑咆哮來迫人。投身虎口在分寸，旁莫助之俱損神。撲馬横奔如電掣，霹靂應弦山亦裂。通身是膽不病怖，却睨如繩注腥血。老僧展卷猶駭然，使君笑請題詩篇。我謂使君當自愛，力行善政民無害。君不見魯山之令元紫芝，虎暴自除官不知。

〔一〕「寺」，稿本作「市」。

余昌

昌字正卿，號雲澗，□□人。

題畫馬圖

天閑八駿那復識，渥洼騏驥今無跡。此圖誰畫不知名，風鬉霧鬣垂楊陌。奚官莫是五陵人，並立沙頭煙草碧。時平不出玉門關，華山千里春風閑。

紀仲敬仲得嘗杞〔一〕

短幘杖青藜，山中曉露晞。春深畦壤潤，雨後杞苗肥。埽徑迎三益，呼童啓半扉。昨宵燈下約，幽賞莫相違。

〔一〕「紀」，稿本作「約」。

余茂舒

茂舒字小谷，□□人。

秋懷寄二弟并示諸子姪四首

明發不能寐，開軒坐南榮。悲風何方來，山木策策鳴。少壯漫不省，病身最先驚。憂端那可遏，短歌聊攄情。

空山四無人，疇與共秋懷。有弟各一方，抱病只自哀。寫之寄子姪，根本願深培。肯不忽吾言，吾死心亦灰。

四十學無聞，但有病日增。嘔泄及一載，藥鼎空煎烹。泉竭不自中，安得復久生。看彼青青木，秋至還凋零。

近世西山翁，讀書甲乙記。希聖與作相，垂憲亦云備。奈何天地間，人苦不立志。秋曉卷書坐，撫几發長喟。

夏章

章字伯成，□□人。

寄題嘉興王彦良教諭春波漁者

子家雙湖上，羊裘卧煙雪。昕夕一虚舟，釣雲還釣月。時發欸乃聲，隔浦桃花樹。花外錦鴛鴦，齊飛鏡中度。題詩向孤嶼，把酒對芳皋。曬蓑臨晚照，鼓枻亂輕濤。雙湖興自佳，微官滯歸迹。每望吴山雲，思弄雙湖色。黄鳥音初淑，白魚春又肥。還將錦溪櫂，送子雙湖歸。

寄張孟循

萬里觀光去，逾年哭母歸。松楸新覆隴，冰雪舊縫衣。秋露溥溥下，寒雲悄悄飛。感泉知有淚，莫遣寸心違。

徐伯通

伯通字□□，號雪厓，□□人。

送魯道傳歸淮西省親

一行雁雁天邊飛，兩箇鴉鴉煙裏啼。北風吹雪不成雪，故人别我歸淮西。青袍未美進士志，綵衣且作嬰兒嬉。蛟龍若使困泥水，世上車馬無輪蹄。

答何尚文

矮篷雨過春酣足，啼鳥一聲煙樹緑。美人贈我三疊詞，曷異琳琅振空谷。扣舷得意時和之，吴鈎碎繫寒玻瓈。溼雲昏霧劃開豁，湖光山色清無涯。蘭橈小駐桃花浦，安得瓊絲調玉柱。短歌聊效《踏莎行》，説與東風寄將去。

清明日有感

去年清明心若孩〔一〕，今年清明心獨哀。斷墳疊疊壘黄土，舊墓重重生緑苔。嗟我九泉客，一去不復回。山頭躑躅花又開，只好長醉黄金杯。

秋曉

曙色微茫見，山光慘澹分。驚烏繞殘月，孤雁叫寒雲。世事嘶無補，京華喜有聞。疎慵忘出處，況復久離羣。

和宗師吴閒閒對月書懷

玉屑頻分仙掌露，冰壺長對禁城秋。旌陽雞犬雲中宅，庾亮笙歌月下樓。白髮未應黄閣老，滄波寧許鑑湖遊。因看舊賜貂裘美，拂拭西風碧海頭。

送汪仲罕之衢州知事

見説三衢好，民淳郡事稀。官曹多故舊，幕府有光輝。雨歇長溪急，煙銷遠樹微。明朝一壺酒，臨別重依依。

遊仙巖

溪水碧溶溶，東南聳衆峰。斷崖蒼蘚合，深塢白雲封。幻世真堪厭，仙蹤不易逢。何年傍西崦，結構遂疎慵。

聽張静山吹簫

張仙一曲《御街行》，吹徹千秋萬古情。二十四橋明月夜，不妨騎鶴上瑶京。

〔一〕「若」，稿本作「苦」。

畢民壽

民壽字舜民，□□人。

引雛烏

日出照東城，慈烏引雛初學鳴。初學鳴，吐音短。只道秦家桂樹寒，豈知萊子衣裳煖。烏雛始飛飛不高，衹同斥鷃羣翔蒿。啄蟲大觜空相引，笑渠弗避乘秋隼。引雛烏，有雛弗引將曷如。望汝反吾哺，汝不我哺非我雛。

紙帳

藤熟寒砧水滌塵，幻成蜀氎素無紋。下垂四壁幌晴雪，春盎一團眠煖雲。無蕙香來從鶴怨，有梅花伴與蟾分。日高丈五正酣睡，不管傳書扣户勤。

艾季誠

季誠字□□，□□人。

湖口舟中望匡廬寄許仲孚

船到平湖繫淺流，倚篷忽起望中愁。九江月冷琵琶夜，五老雲間菡萏秋。形勝宛如前輩畫，風流曾記昔年遊。不知翠壁丹崖裏，尚有巢松李白不。

楊漸

漸字□□，□□人。

雪中懷揭曼石

孤懷不可吞，耿耿向誰論。開户風驚竹，臨階雪滿軒。蒼茫成獨立，溟涬入微言。欲作山陰去，袁安正杜門。

張孟植

孟植字□□，□□人。

和黄芝山奉虞奎章京師回程韻

馬蹄翻雪響春潮，溝柳摇春接御橋。地轉青陽元氣潤，日舒黄道五雲遥。侍臣綵筆誰簪豸，猛將龍泉各在腰。獬廌不教當殿陛，鳳凰端合舞簫韶。

朱文炳

文炳字訥山，□□人。以下五人，並見葉成甫《四愛題詠》。

題葉氏四愛堂 并序。

成軒葉君，撫梅林故家，而三遷睦樂池頭，結廬退隱。蒔蘭種蓮，栽菊插梅，以取四時生香不斷之意。桂子蘭孫，又能繼志述事，誠可嘉尚。敬步詹山高韻，繕寫呈似，幸恕其率，文炳載拜。

幽香净植總堪誇，老圃秋容别一家。雪後暗香吟興遠，故林還有幾株花。

高新甫

新甫字□□，□□人。

題葉氏四愛堂

愛菊隱逸情，愛蓮清潔志。愛梅違世俗，愛蘭絶世累。性愛固有殊，亦各在適意。偉哉四君子，趣同而世異。人品有定論，寓物盡高致。遼遼千載下，孰能遵道義。葉公達尚友，所愛兼其四。猗歟後來人，先志慎勿墜。

王倫徒

倫徒字□□，□□人。

題葉氏四愛堂三首

原有梅兮隰有蘭，君子之愛何幽閑。陟崔嵬兮履潺湲，胡不歸欒山之間。
岸有菊兮渚有蓮，君子之愛何清妍。雜佩有贈勿棄捐，胡不歸子欒歲年。
瓊臺石室何威夷，親之所愛子所思。托根后土深且滋，春雨秋露無已時。

彭孟老

孟老字□□，□□人。

題葉氏四愛堂 并序。

老人與成甫葉君友甚稔，余亦從侍次識之。今去之十二年，而兩家子弟復胥宇欒山，慨二父之不復作，且出四愛堂詩求和。余爲之掩卷涕零，因次韻以志二十之感云。

免冑宗風世共誇，當時二父許通家。重來四愛人何在，淚溼斯堂幾度花。

謝草池

草池字□□，□□人。

題葉氏四愛堂

梅蘭蓮菊各争誇，風月平章屬大家。四愛堂前親手種，乾坤生意四時花。

錢穎

穎字□□，□□人。趙松雪客，見譚貞默《其間集》。

和松雪公題秋胡圖

郎恩葉薄妾冰清，郎説黄金妾不膺。若使偶然通一笑，半生誰信守孤燈。

黄逸士叔美

叔美字□□，□□人。逸士，見鄔鳴雷《麻姑山志》。

揭貞女詩

嫂來抱兒去，姑横草間尸。兒今老大不勝悲，滴血自書墳上碑。君不見天兵南下日，抱送趙姑兒。

麻姑山

昔日登臨不用扶，于今白首見麻姑。此邦泉石何蕭爽，異代神仙知有無。七月山田紅稻熟，去年塵海碧蓮枯。信知冠盖追遊地，羽客逢迎到日晡。

吕佛生

佛生字子善，一字善父，建陽人。習舉子業，兩舉不第，以詩名世。

東陽懷古

東陽昔日好山川，山色川光豁眼前。西岸水流東岸水，南橋烟接北橋烟。錦江酒味香千古，雲谷書聲歇幾年。不信令威時解語，至今城郭獨依然。

元詩選癸集目録　癸之己上

〔一〕「昭」，原作「照」，據正文改。
〔二〕「鞠」，原作「�」，據正文改。
〔三〕「康」，原誤作「唐」，據正文及稿本改。

元詩選癸集 癸之己上

吴縣尉瓘

瓘字瑩之，嘉禾人。家于武塘，好古博雅，多藏法書名畫，寫梅學楊補之。承父廕爲晉陵縣尉。後隱居不復仕，所居曰竹莊，亭館山石，皆清古邃麗，凡一花一木，頗有畫趣。梅花道人嘗寫圖以識其景，竹莊老人其自號也。人稱爲竹莊翁。

題四梅圖合卷 并序。

余之作梅，聊自吟嘯，豈在悦人心目。適明遠求所作，寫一枝以贈。今置之禹功卷後，何堪依附古人，且云欲道其出處，而圭翁已自序之，何用贅疣，姑取一詩以復題之。

逃禪親授寫梅法，二百年來徐禹功。竹外一枝清絶處，孤山風雪夜濛濛。

顧主簿文琛

文琛一名深，字淵伯，一作「困白」。檇李人。恃才傲物，嘗入京獻《燕都賦》。院長元明善謂曰：「今四海一統，六合一家。燕蓋昔時戰國名，何燕之稱？」惝恨而歸。晚年始得領教岳陽，高晞遠照菴以詩送之云：「豪氣欲吞天下士，冷官初到岳陽城。」切中其實，後爲麻城主簿。

遊昭亭

我出苦無騎，清晨僦輕輿。探幽得微逕，去郭十里餘。層巒拱金碧，云是神靈居。羈禽叫秋樹，旅雲散晴墟。懷哉昔太守，曾此持麾旟。拂石訪遺跡，黯然步踟躕。非無歸隱心，兹焉托吾廬。壯圖一未遂，安能罷馳驅。

題錢舜舉畫漁翁牽罾圖

苕溪道人溪上居，一生只慣覩打魚。吴兒打魚當耕織，意匠別出絲綸餘。緯葭縛竹直水口，承以密罟防其逋。卒然一掣勢莫御，紫鱗躍出金芙蕖。蓬窗草户色色具，茶瓶酒碗尋常俱。船頭青山立突兀，船後緑樹摇扶疎。人間名利不可污，烟水爲席天爲廬。西塞山前晚風急，醉踏船舷浪花入。漁翁心事道人知，日暮來看倚笻立。迴頭却捉秋兔毫，寫入生綃半猶濕。令人展卷心茫然，辛苦微官悔何及。吴松江上鱸魚肥，秋風落葉滿魚磯。何不買舟還東歸，何不買舟還東歸。

建陽道中遇雪

北風扣弦雪如箭，來射長途旅人面。黑雲匝道天爲愁，四望羣峰白於練。蕭條聚落才百家，日暮青烟起山縣。荒林叢葦少人行，斷雁殘鴉有時見。憶昨少年輕遠遊，曾跨驊騮走畿甸。只今潦倒困微官，馬上低佪發哀怨。丈夫事業未易論，但怪流光速飛電。便須大飲敵清寒，未用悲吟歎羈賤。

緑陰

千載青羊領底髯，結成蒼蓋倚空檐。朝陽不放晴光墮，宿雨時將暝色添。蟬愛幽紛聲度枕，烏窺荒寂影翻簾。且須藹護過長夏，未怕秋霜遽作嚴。

陳贊邑孔彦

孔彦字士美，□□人。官華亭號丞，其題畫款自稱華亭贊邑陳某。明李日華曰：「元之縣丞稱贊府，亦科目中人，非今佐領比也。」

題子昂擬東坡竹石

徒羨芙蕖與牡丹，繁華瞬息易凋殘。何如竹石常清淡，冬雪春風一樣看。

黄主簿九萬

九萬字□□，宛陵人。官主簿。

采蓮曲

朝采蓮，暮采蓮，長歌白苧木蘭船。船頭鴛鴦雙白首，也應笑儂别郎久。别郎久，天一方，南風煖度蓮花香。蓮房有子不空房，我儂豈可背尊嫜。郎不食蓮子，不識儂心苦。采得蓮歸日落山，獨守孤房淚如雨。

黄縣丞仲弼

仲弼字□□，宛陵人。官縣丞。

竹枝歌四首

蒼梧丹鳳不可招，蒼梧帝子恨迢迢。蒼梧山可作平地，竹上淚痕何日消。

有酒不飲甘獨醒，有言不諒著騷經。五月五日葬魚腹，空教擊鼓似雷霆。

楚王入秦可憐渠，秦關一閉恨何如。西至咸陽歸不得，方知忠直舊三閭。

鴻門玉碎殺秦嬰，白蛇中斷漢龍興。烏江何面江東去，却向黄泉見范增。

貢州判仲友

仲友字□□，宛陵人。官婺源州判官。

春思

金屋解語花，玉砌忘憂草。草香百日長，花落青春老。望君胡不來，投妾赤心棗。

貢檢校士達

士達字□□，宛陵人。任韶州檢校。

郊行

溪樹汀花接眼明，酒逋吟債此時增，野僧煮茗收黃葉，湖客輸租到紫菱。牛背晚風三弄笛，漁梁寒照兩行罾。壯懷尚有元龍氣，高卧空山愧未能。

王州判克恭

克恭字□□，棠源人。舉賢良方直，官連江簿，擢福清州判。

武夷九曲櫂歌次朱文公韻十首

仙家卜地自玄靈，曲曲溪流徹底清。更識武夷君住處，天風長送洞簫聲〔一〕。

一曲磯頭上小船，道人指點過前川。丹爐幾處無蹤跡，惟有深林鎖翠烟。

二曲溪環玉女峰，綵雲爲佩水爲容。雖然不入陽臺夢，彷彿巫山十二重。
三曲巖中太古船，風波不到自年年。桃花流水杳何處，不見漁郎爲可憐。
四曲金雞唱曉巖，碧蘿猶似羽毿毿。梯雲欲寫登臨句，拂袖青藍下碧潭。
五曲蒼茫一逕深，當時桃樹已成林。東風未識劉郎面，一片桃花一片心。
六曲維舟望九灣，蒼屏峰下鳥關關。老仙院落迷荒草，誰伴空山日月閑。
七曲盤旋上石灘，靈湫千丈倚篷看。數聲鐵笛來何處，驚起蒼龍作雨寒。
八曲巖頭鼓閣開，山光雲影自昭回。何人爲拂溪邊石，待我攜琴去復來。
九曲行窮思悄然，白雲飛盡見晴川。由來此地人間別，爲問仙家第幾天。

〔一〕「篇」，原誤作「蕭」，今改。

阮照磨謙

謙字受益，宛陵人。官浙東帥府照磨。

秋懷二首

頹日不再旦，逝水無西流。秋氣日已深，羅幃風颼颼。感物生憂傷，託辭通蹇修。伯牙久不作，欲見已無由。獨坐彈鳴琴，曲成復何求。

我昔遊燕趙。僶俛聽絃歌。王侯鬱冠蓋，歡宴何其多。日月麗中天，立馬懷山河。白雪成寡和，妙舞激陽阿。歸來感楚吟，白圭尚可磨。凌風駕黄鵠，鎩翮將如何。

劉縣丞釗

釗字□□，安平人。官縣丞。

靈都宫

再到靈都訪勝遊，青山依舊白雲秋。燒丹帝子名猶在，瓹鶴仙人跡尚留。萬軸玄科瑶笈重，滿庭凉露木樨稠。千年物外棲真地，肯許風烟占一邱。

遊靈山

聳然突出一靈山，遥望琳宫縹緲間。時有香風來法席，終無塵事到禪關。依依緑樹烟中没，點點青山雨後看。開闢乾坤留勝跡，遊人幾度樂盤桓。

化成寺

化成古寺隱山隅，聞是裴公舊宅基。相業已隨流水去，芳名耿耿照穹碑。

黄縣丞朴齋

朴齋字□□，□□人。官縣丞。

酬趙倅鷗渚

時秋望河漢，二氣相循環。姹女嫁紫車，千秋方童顔。童顔一何好，身與浮雲閑。入宴東華臺，出遊蓬萊山。振衣往從之，杳渺不可攀。貽我金玉章，化此鐵石頑。長懷學道人，紫氣占函關。

幽居

幽居無别事，野興足清歡。置石當書案，移花傍藥欄。蔽門松老大，夾徑竹平安。自與兒童語，從來耐歲寒。

元縣尉文本

文本字□□，山西人。能詩，善篆隸，任天台縣尉，後家于台。

桃源採藥寓留居意

採藥桃源幾笑歌，空空懷抱養天和。南來作尉仙源好，北去懷人客夢多。愁思入詩添白髮，秋風吹棹過黄河。燒丹已有他年約，便合留家住翠蘿。

鄧縣尉子實

子實字□□，□□人。官泉州路同安縣尉。

苧溪橋

日照松梢宿雨乾，秋風剪剪作輕寒。青林缺處雲山好，更過橋西子細看。

邵主簿公高

公高字□□，□□人。官芝田主簿。

緱山廟

駕鶴仙人上寥廓，玉笙猶想冷雲堆。緱山老却當時月，旌蓋悠悠更不迴。

黄主簿居中

居中字□□，□□人。官主簿。

游河山寺

馬蹄踏月到河山，鞭撻租庸入吏班。坐席未温還又去，朝衣甘換衲衣閑。

梅州判頤

頤字昌年，號甦菴，永嘉人。以明經薦任都昌主簿，遷夔州判官。

秋興

十年羸得鬢蕭騷，萬里歸來一布袍。只欲求閑消暮齒，可能謀利計秋毫。芙蓉露冷蛩聲切，葭菼霜寒雁影高。安得盡携妻子去，碧山深處聽松濤。

四時詞四首

蕭疎竹樹與簷齊，淺淡桃花隔小溪。絲竹已隨春夢斷，緑陰深處聽鶯啼。

松下桃笙酒半醒，石根流水碧泠泠。片雲將雨窗前過，分得新凉入研屏。

黄葉蕭蕭獨掩關，屏風小幅畫江山。酒醒夢入湘雲去，不管秋聲在樹間。

一曲樽前唤翠娥，笑攀琪樹玉枝珂。熏櫳熾炭氍毹暖，不覺寒威入夜多。

看山

江上青山不易看，道人心迹本清寒。也知不入時人目，自取瑶琴對月彈。

劉監税平叟

平叟字□□，永嘉平陽人。官至監税。

對弈小景

坐對楸枰日似年，湖光如畫柳如烟。眼前局面從機巧，輸與山林一着先。

題梅

孤根鑠雪春猶淺，老幹封苔蕊半開。絶似西湖停棹處，短篷斜過一枝來。

廢墓

滿地榛蕪塞墓門，百年翁仲卧雲根。青山銷盡英雄骨，閑向樵人問子孫。

林照磨景英

景英字德芳，號隱山，永嘉平陽人。官元帥府照磨。

劍子歌

匣龍夜半忽飛去，猛挾水濤還故處。芙蓉光斷血花寒，腥魂濕帶天吴淚。誰人手挽銀河水，神工剪下蚩尤尾。冶金不躍人間靈，時聽七星自相語。乾坤萬里清塵沙，手持大柄還天家。鴻門健舞好粗膽，豈信曾經斬白蛇。

日出入行

朝出扶桑來，暮入虞淵去。胡不緩馳驅，百歲一朝暮。

喜雨和韻

乾風作意翻遺肥，小兒還甏鞭蛇醫。斗酒千金買無處，龍骨却掛墻隅西。秋郊祭罷楓林鼓，社鬼不靈天亦怒。仙官曉拆五湖封，阿香自灑楊枝水。商羊舞濕衙城烟，晚田稚緑凉翩翩。行雷道士向人説，昨宵我去朝三天。

廢觀

羽衣人已化，無處問珠庭。春色桃誰種，天香藥自靈。片霞飛絶頂，一鶴下青冥。荒蘚空階上，猶聞夜祭星。

寄陳莘村

玄冬梅半白，光接太邱星。雪月往來夢，溪山長短亭。利名成露草，行止付風萍。三十年來友，無如老典刑。

秋風

颯然何處起，水國不成眠。觸樹人疑雨，開門月在天。漁舟移絶浦，雁陣落荒田。曉起傷漂蕩，蘆花走屋前。

言歸

言歸江海上，甘向石田耕。不愧爲斯世，能閑過此生。地從隣竹占，樹聽野禽争。坐詠風濤外，南山盡日横。

林氏菴呈周錬師

遥跨青田鶴，翩翩到此來。庭生自家草，山有主人梅。掃石夜朝斗，雨田秋起雷。誰知塵影裏，清趣似蓬萊。

送友之石龍

一杯渭酒勸詩豪，楊柳西風拂去袍。行路正當金虎壯，登雲不憚石龍高。水懸巖白驚殘雪，日漾溪紅認落桃。記取奚囊新得句，月三四幅寄東皋。

歐陽經歷應丙

應丙字南陽，新喻人。薦授翰林檢閲，轉天臨路經歷。有《雙石集》。

小姑山謡

小姑近在水中央。薜荔爲衣蘭佩香。翡翠奮翼青霞光，宛其螓首娥眉長。紫金芙蓉出緑波，白玉臺鏡開青螺。涉江浩蕩興無極，臨風窈窕揚清歌。大姑阿姨寄傳語，相望烟波奈何許。日暖江南滿白蘋，金釵落地湍風起。

莫相疑

莫相疑，古有幽并之壯士，步出燕之南門易水之涘。易水東流晝夜聲，未必秦人便濟兵，君獨何爲兮詹詹迫人。天如穹廬兮代雲無色，關山渺茫兮風吹沙礫，送客相看淚沾軾。今持一匕首入不測之關中，僕少遲留待客同。同客未至事當爾，今子疑之行決矣。聲曰高漸離，宋如意，丈夫不許人則已。許君節俠爲君死，擊筑高歌髮上指。酒酣日落客登車，終不回頭顧燕市。咸陽宫殿曉花紅，秦王聞客喜悤悤。設九賓兮備禮，見燕使兮上宫。舞陽同勇不同氣，持圖可笑僵秦陛。當年約契竟何如，生劫始知成誤計。繞殿柱，擿匕首。事不成，祖龍走。空餘壯氣不消没，化作白虹貫秋日。

章縣丞功懋

功懋字□□，永嘉平陽人。官至興山縣丞。

寄張芳千户

十年讀書不下榻，一日仗劍去從軍。固知抱志逾同輩，已見論功策上勳。白馬錦衣秋校武，紫闈銀燭夜論文。相望萬里如何處，江樹微茫隔片雲。

東鄭宜中

瀟灑中書舊省郎，歸來兩鬢已秋霜。静看山色開蓬户，醉聽江聲卧野航。詩興每從清興發，宦情何似野情長。相思後夜知何處，明月蘆花淺水旁。

草堂新成

新搆茅堂此日成，秋霜忽向鬢邊生。柴桑正待歸陶令〔一〕，瓜圃何妨學邵平。野服便應裁緑芰，晨炊更喜得黄精。無才正合藏邱壑，笑向滄浪自濯纓。

曾務曹元烈

元烈字模遠，南豐人。嘗以父廕監郡武務曹。

崇安次舍弟君静見寄韻

功名本是男兒事，牢落其如命薄何。千里每懷吾弟遠，數年相别故人多。悠悠世態風前葉，渺渺歸心海上波。獨夜不成春草夢，倚闌無語看星河。

〔一〕「柴」，原誤作「紫」，今改。

丁卯元旦次君静韻

又賦清河入頌聲，吾儕端見泰階平。風前畫角城池曉，雲裏珠旗觀闕晴。一脉春陽回造化，萬方民物賴生成。傳聞欲下雞竿詔，却愧輸忠答聖情。

挽張宗師

自是先皇識異人，蓬萊一見别稱臣。玉章進號頒龍寵，金鼎朝元降鳳鈞。千歲豈無丹换骨，五朝終有道全身。故宫深鎖烟霞迹，芝草琅玕别有春。

挽陳巡檢

一官無命亦堪悲，迢遞閩南旅櫬歸。雲暗海門雕已没，雨寒江路馬空隨。家童掩淚收殘稿，慈母挑燈認故衣。百尺畫樓如舊日，斷腸烟柳不勝垂。

次韻

豈是金臺無路通，不隨桃李媚春風。三間破屋青山下，數卷殘書白日中。柳市亂鶯喧露翠，蒲塘幽鳥啄沙蟲。蕭然巾屨無閑事，獨立溪南看晚虹。

次韻許録事尋梅

訪梅幽勝地，長憶在錢塘。湖水孤山側，石橋官道傍。雪晴鵝鸛集，雲暖蝶蜂忙。一弔林和靖，墳前草亦香。

送王宗文之武寧學官

柳山三百里，君去政芳年。詩思春雲外，書聲夜雨前。乾坤夫子鐸，歲月廣文氈。況復興科目，乘時各勉旃。

次韻曾英山同拜先塋

拜掃先人墓，傷心下馬陵。霏霏三月雨，寂寂九京燈。坂遠水平帖，峰危石亂層。蒼苔酹尊酒，來此記君曾。

郭經歷進誠

進誠字□□，□□人。官雲南行省經歷。

碧雞山

碧鳳一飛去，空遺碧雞名。寥寥千載下，徒仰山儀形。夕霞麗丹冠，朝陽紛彩翎。流響不復作，松泉自韶韺。聖德輝九有，爾胡不一鳴。無乃瑞中州，未暇來邊庭。我筆雖無喙，能出鸑鳳聲。天應憐響絶，俾以鳴治平。置之金碧間，庶與山峥嶸。

瀑布泉

不作人間九夏霖，一泓高瀉此巖陰。清鏘環珮風生壑，冷浸玻瓈月在林。流盡廢興千古恨，洗空勢利一生心。出山便與羣流合，且緩須臾伴醉吟。

郭照磨孟昭

孟昭字□□，□□人。官雲南行省照磨。

昆明池

昆明千頃浩溟濛，浴日滔天氣量洪。倒映羣峰來鏡裏，雄吞萬派入胸中。朝宗遠會江淮迥，澤物常裨造化功。聖代恩波同一視。却嗟漢武謾勞工。

曹經歷時泰

時泰字□□，□□人。官都留守司經歷，奉使德慶。

遊香山

佛子何年留足跡，我于此日禮香山。鑿穿混沌開金像，踏破須彌識聖顔。飛磴盤空齊鳥道，長林積翠接松關。夕陽未落黄雲合，無限清光馬上還。

李照磨進文

進文字□□，□□人。官憲府照磨。

過保德軍有作

地勢連邱阜，河流壯郡城。坡田多歇種，民粒少聊生。撫字心仍重，宣明政已清。名堂書牧愛，正要贊昇平。

王知事九思

九思字□□，□□人。官按察司知事。

晉祠二首

唐宋崇封聖母宫，餘膏霑澤潤河東。濤濤捲地雲根水，凛凛摩天樹杪風。千古興亡詩句裡，一時節序酒杯中。我來欲訪前朝事，回首西山日影紅。

曉來策馬叩龍宫，日影扶疎出海東。雲斂靈潭開霽景，草荒輦路幾淒風。巍巍殿閣青山外，隱隱人家翠靄中。秋色滿前詩易就，江楓霜染半林紅。

高掾史絢

絢字元履，□□人。爲湖南行臺御史掾史。

柳先生祠

賢哉柳刺史，舊像儼新祠。冉水清如許，愚名自得之。遺辭驚世俗，著論敵昌黎。芳聲千年在，無慚放逐時。

翟知事思忠

思忠字□□，□□人。官鎮江總管府知事。

練湖秋日即事十絶

秋日平分上下湖，西風獵獵顫菰蒲。長山一帶青如染，還似六橋烟景無。

霜落沙寒水滿湖，護波猶喜長茭蒲。田疇灌溉河渠利，此水如何一日無。

練塘湖上結茅廬，何處而今有德輿。鸂鶒鵁鶄波浩蕩，幾時我亦賦閑居。

蠻觸藏頭共一廬，出門隨意自肩輿。秋光遠近湖堤上，假與漁家屋並居。

霏霏疎雨練塘秋，羨殺沙邊兩白鷗。舊有江湖散人約，青鞋黄帽去來休。

澄湖縈練淡于秋，只許沙禽共海鷗。上下湖光有如此，紅塵鞍馬幾時休。

京江南下到雲陽，雁影西風古練塘。安得後湖多釀酒，無衣拚一醉秋光。

遠雁凌波逗夕陽，下湖塘接上湖塘。兩湖風月誰收拾，落筆新詩墨色光。

練湖西去接辰溪，高隴長山更在西。一雁叫羣秋不管，曉風吹雨楚天低。

江南罨畫説荆溪，更有錢塘門向西。步步扇頭摹不盡，晴風雨翠間高低。

玉乳泉

井甃千年緆不枯，名編第四雪花泭。試將石銚煎茶啜，還似中泠滋味無。

陳參軍邃

邃字□□，號畸亭，□□人。官征西參軍。

廉相泉園按《咸寧縣志》，至元中，平章廉公希憲行省陝右，愛秦中山水，遂以樊川杜曲林泉佳處，葺治廳館亭樹，導泉灌園，移植漢沔東洛奇花異卉，畦分棋布，松檜梅竹，羅列成行。暇日同姚雪齋、許魯齋、楊紫陽、商左山，前進士邳大用、來明之、郭周卿、張君美樽酒論文，彈琴煮茗，雅歌投壺，燕樂于此。教授李廷之爲之記。

亂朵繁莖次第花，牡丹全盛動京華。紅雲一片春風好，便是山中宰相家。

潘參軍門尚

門尚字□□，□□人。官參軍。

華清宮

幾回遊此憶明皇，數百年來夢一場。惟有温湯終不冷，至今嗚咽遶宮墻。

柯管勾舉

舉字柯山，莆田竹圃人。舉鹽司管勾，有《竹圃夢語》二卷。

次韻答李景陽

客有扣舷者，悠然太古音。風清來水面，月白滿江心。世既嘆途絶，君何愛我深。愧將瓦缶句，聊以報南金。

遊華嚴寺

舊遊曾記此山川，萬事回頭一夢然。蚤歲不知人易老，晚年方信世無禪。樵歌牧唱千村暮，鶯語花香二月天。入悟了然描不就，山僧對我更談玄。

木蘭坡李侯錢妃廟

千載勤勞陂創成，木蘭不朽李侯名。壺山水遶恩波在，村北村南處處耕。

石室巖

千峰疊疊勢紆迴，突出巉巖翠一堆。人在雲間行路去，磬從天上送聲來。萬年青草沿堦秀，一丈紅花障道開。坐聽老僧談往事，飛來雙鷺點蒼苔。

張經歷景雲

景雲字天祥，昆明縣沙浪里人。有文學，由教官仕至孟愛路經歷，授登仕郎。

秀山

秀山天下秀無雙，萬户平分翠滿窗。雲頂樓臺兜率寺，雪中錦繡寶華幢。詩書春藹雄南紀，圖畫天開落海邦。滿目風光吟不盡，此時筆力鼎能扛。

范參謀克昭

克昭字□□，□□人。爲參謀官。

過靈泉寺

古寺蕭蕭山水間，瓊田月滿鶴清閑。石門深鎖天風冷，無著天親去不還。

用前韻

解鞍高卧翠微間，借得紅塵半日閑。老衲不知何處去，白雲滿地鶴飛還。

潘參謀煌

煌字□□，□□人。爲參謀官。

陪侍尚書元臣公寓靈泉寺

鄰雞唱徹夢初回，起視東山月上時。禪寺清幽僧睡足，驛程盤繞馬行遲。獨憐遊子疲來往，却羨高人定所思。幾欲離羣脱塵鞅，月明清坐共尋詩。

劉通議竹泉

竹泉字□□，□□人。官通議大夫。

潞公軒用前人韻

河勢弓彎不斷流，人家穴處滿蘋洲。山容疑見朝來爽，爲得西風一夜秋。

張通議旂

旂字□□，□□人。官通議大夫。

觀河亭

鄞亭暫寄得逍遥，秋暑塵勞頓覺消。下瞰長河飛巨浪，仰看黛石接青霄。烟籠夜月和山色，雷擊中流若海潮。觸目盡堪圖障畫，利名奔走愧漁樵。

薛宣教同孫

同孫字□□，鄞縣人。官宣教郎。所著《甬東野人語》四卷。

獨坐

獨坐蓬窗雨，炊烟出竹新。病愁思謝客，盜賊敢驚人。白首開新社，青山列舊鄰。不知江海上，猶有未清塵。

樓生携酒過新莊田舍

寂寞江村路，何煩命駕過。牛羊忘地遠，松竹到門多。野外常無酒，田間别有歌。洗杯深酌處，落日在滄波。

尹承務程

程字□□，□□人。官承務郎。

曬書城

去聖今逾遠，曬書地已荒。韋編經草色，蝌蚪泛雲香。已落祖龍手，如存孔子堂。斯文元氣動，喬木鬱蒼蒼。

張□□謙

謙字□□，筠陽人。官爵未詳。玩其詩語，似以曹郎而出爲憲使者也。

題崇聖書院二首

碧瓦甍宫占虎山，翠屏環列映闌干。泉琴鎮日鳴無歇，石甃終年潤不乾。淮近莫知三伏暑，亭虚惟覺四時寒。塵纓一濯清詩思，更寫新詩壁上看。

舟次東南第一山，濯纓亭上倚闌干。泉飛龍窟雲猶濕，人繼詩壇墨未乾。泮水雨餘芳草潤，淮村霜落曉風寒。登臨感慨無窮思，更向層巒石上看。

會景亭四首

千里長淮十日程，北風吹浪倦揚舲。誰知騷客多才思，都把清華聚此亭。

白鳥雙飛入畫屏，棹歌人在鏡中行。使君心迹渾相似，空翠無邊浪不驚。

羅浮山下梅千樹，盡是仙家手自栽。萬斛清香無着處，却爲移向此中來。

十年畫省與仙曹，辜負雲林事早朝。今日水光山色裏，又持霜節過金焦。

公孫□□昂雲

昂雲字□□，秦臺人。官爵未詳。

棲巖寺

羊腸路入白雲端，錦樣溪山望眼寬。松影静和嵐影緑，竹聲清雜水聲寒。曇延閣古鐘魚寂，飛錫巖深花木殘。不是簡書星火急，夕陽正好倚闌干。

嚴教諭景暉

景暉字□□，蘭溪人。居東門外，面對危峰，俯臨清池，翛然如山林。構軒築圃，栽植名花卉，而菊爲尤甚。每當花時，延賓賦詩酌酒爲樂，爲宣城教諭。

和吴立夫歲晚留别

猶記荆州一見初，春風回首幾年餘。修顔瘦减仍資藥，虚腹枵懸只貯書。莫訝半途譏鳳鳥，終期萬里奮鯨魚。人生遇合良非易，多幸門迎長者車。

何進士貞立

貞立字□□，□□人。歐陽原功之壻也。少有俊名，既舉進士，原功欲拔入翰林，于虞邵菴、揭曼碩諸公極稱道之。及相見，適會僧景初持墨菊卷詣翰林求題，諸公遂請貞立賦之。貞立出倉猝，且恇怯，勉强賦云云，所作殊負所聞，諸公頗不愜。虞公詩云：「過了黄河無此種，江南秋老萬僧寒。此花開遍風光盡，莫作尋常草木看。」江南舊有僧萬公善畫墨菊，故云。歐公詩云：「苾芻元是黑衣郎，當代深仁始賜黄。今日黄花翻潑墨，本來面目見馨香。」僧舊衣黑謂之緇流，元文宗寵眷笑隱，始賜著黄，貞立以詩故竟不得入翰苑，歐公亦不復言。虞邵菴嘗語門人曰：「人之出處，固自有定，若貞立者，講學之功，恐亦未至焉。」見俞弁《山樵暇話》。

題墨菊卷

陶令歸來不受官，黄花采采曉靈寒。悠然一見南山後，故向東籬子細看。

胡訓導璉

璉字□□，餘姚人。官慈溪訓導。

月波山

水邊樓閣鬱嵯峨，一櫂清秋看月波。南竺老禪能梵語，東州狂客作吴歌。天垂斷岸明河動，雲擁長松獨鶴過。亦有風流如賀監，畫船載酒共婆娑。

霞嶼山

水中孤嶼若浮螺，來往争傳小普陀。碧洞涵虚開白石，朱甍倒影落滄波。老僧衣鉢千燈後，客子舟航一葦過。此日登臨撫遺跡，滿湖秋色暮霞多。

大梅山

舊傳梅子燒丹處，曾是常公卓錫來。荷葉松花衣食備，金幢寶刹殿重開。陰廊猛虎銜人過，碧澗神龍聽法回。更有禪居在溪谷，老僧杖屨約重陪。

金峨山

蘭若岧嶤疊障西，泠泠鐘磬出金溪。屋頭白水銀河近，門外青山劍戟齊。梵唄六時龍出聽，松窗一榻鶴同棲。雪晴海闊千峰曉，還憶仙人石上題。

金陵作

秦淮月照秦淮水，繚繞宫城緑楊裡。巷入烏衣落日愁，庭虚玉樹西風起。當今雨露澤九垓，坐見車書同萬里。鳳凰臺上鳳凰來，我欲持之見天子。

冬日作

山雪霽，雲月孤。朔風吹霜啼曉烏，林霏籠光日出初。梅花香清竹疎疎，寒梢稜稜落木枯。山翁閉門一事無，白雁忽來人寄書。

郭御史松年

松年字□□，□□人。官御史，有《南詔紀行》及《大理行記》。

題筇竹寺壁

南來作使駐征鞍，風景還驚入畫看。梵宇雲埋筇竹老，滇池霜浸碧雞寒。兵威此日雖同軌，文德他年見舞干。北望烏臺猶萬里，幾回揮淚惜凋殘。

張□□仲容

仲容失其名，爵里未詳。詩見宋褧《燕石集》。

七夕寄宋顯夫徵詩

雲壓高城雨散絲，萬家秋氣入羅帷。巧棚七夕喧鄰里，小宋明朝定有詩。

陳□□克明

克明字□□，□□人。《中秋有感》詩云：「畫省曾陪冠蓋遊。」似亦曾爲曹郎者。以下三人，並見李伯嶼《文翰類選大成》。官爵俱未詳。

送友人詔還宣城

清朝取士得才難，未許將軍晚歲閑。故遣老成辭上國，欲將文化定南蠻。九天雨露羣生遂，萬里風霜匹馬還。今日故園歸興好，長吟飽看敬亭山。

效唐人賦宮人入道

長門一别赴琳宫，寧復中官促繡工。紅葉人間無舊夢，碧桃天上自春風。步虚尚覺宸光近，歸去還疑輦路通。猶有内家簫管在，夜深吹向月明中。

奉題張真人所畫秋林平遠圖

仙人放筆畫古木，蒼蒼秋色出林阿。月明滄海珊湖影，雪壓崑崙鐵石柯。紈素裂霜秋水净，紫苔封石錦雲多。朝元鶴駕歸來晚，烟雨空山長薜蘿。

中秋有感

畫省曾陪冠蓋遊，華筵詩酒宴中秋。星河不動天如水，風露無聲月滿樓。皓齒纖腰催象板，珠簾凉影上銀鈎。于今寂寞江城暮，烏帽西風嘆白頭。

秋江晚渡圖

峯巒千仞翠氤氳，樓閣凌霄日欲曛。秋水浮涵千頃玉，野航晴度半溪雲。樹頭紅葉高低見，谷口蒼烟遠近分。見畫自慚羈世俗，擬從林壑避囂氛。

題高將軍所藏高彦敬青山白雲圖

積翠層嵐霧未消，兩崖晴靄白雲飄。僧歸黄葉秋林寺，泉落青松石澗橋。杜曲花開應有約，柴桑酒熟定相招。山翁不厭頻來往，短褐寧辭杖履遥。

題撫松歸興圖

手種青松已十圍，何當高卧北窗歸。香消夜月青綾被，涼入秋風白紵衣。江渚蒹葭含宿雨，驛亭楊柳帶斜暉。分明記得西湖上，載酒蘭舟近翠微。

題高理瞻所藏小景圖

昔年爲客楚江邊，雨霽江南二月天。楊柳畫橋深淺水，碧桃春岸往來船。新篘白酒浮杯釀，旋買青魚出網鮮。因見畫圖驚舊夢，東風吹面鬢蕭然。

送僧遊廬山

孤雲來自帝王州，名刹江南昨遍遊。山色半天青似畫，松聲六月冷如秋。補衣遺綫曾移石，渡海浮杯不用舟。歸到叢林講經罷，碧蓮池上月如鉤。

柬程彦肅求梅

先朝文獻舊家聲，深隱盱江遠俗情。芸閣謄藏黄卷在，梧軒還似玉堂清。閑書草聖翔雲朵，醉寫梅花伴月明。欲請補之描數幅，東風吹送到山城。

感興

鳳凰山下野花開，又見東風燕子來。主將深居營玉壘，王官行樂載金罍。裂麻解使陽城哭，作賦徒令庾信哀。多少高人隱居釣，尚推門第不論才。

劉□□煒

煒字明子，號愚山，□□人。

九月四日觀駕

太平天子出灤京，百辟官僚萬馬迎。金鑾引車玄象穩，錦韉載寶紫駝輕。微軀幸際乾坤大，萬國齊瞻日月明。夜半玉堂風露寂，夢中猶聽鳳韶鳴。

和月彦明賦萬歲山

金碧池臺鳳輦遊，琪花瑤草玉蓮秋。萬年海上神仙島，五色雲中帝子州。寶扇影來開雉尾，金爐香動暗螭頭。狀元詩句歌堯舜，寫向丹墀獻玉旒。

趙□□宗喆

宗喆字□□，□□人。

用太古顛韻柬于士演

宦徹歸來事事厭，詩情多向醉餘添。夢醒竹樹雲連屋，吟到梅花月滿簾。高枕隆中惟慕葛，垂綸溪上獨懷嚴。明當訪道來三徑，莫歎乖離久滯淹。

成左丞遵

遵字誼叔，南陽穰縣人。至順間，至京師，爲國子生。陳助教旅喜其文，數以語虞學士集，且以己馬俾馳詣焉。集方有目疾，迫而視之，曰：「適觀生文，今見生貌，公輔器也。」元統改元，中進士第，授翰林國史院編修官，陞應奉翰林文字。至正初，擢太常博士，累拜監察御史。三年，自刑部員外郎出爲陜西行省員外郎，擢遷淮東廉訪司事。歷刑、禮、户三部侍郎，遷中書右司郎中，調武昌路總管，擢江南行臺治書侍御史，召拜參議中書省事，進參知政事，陞左丞，分省彰德。十九年，以事忤皇太子，用事者誣奏下獄杖死。中外冤之。

瀘水

武侯南渡後，百世藹清芬。急浪鏘瓊佩，回波起縠紋。野空天接水，瘴重霧如雲。故館蒿萊地，荒城狐兔羣。蒼煙居鴟客，白骨戍邊軍。奇卉春秋發，哀猿晝夜聞。七擒懷信義，三顧報忠勤。陵谷尋陳迹，悲歌弔夕曛。清朝新德化，渠帥舊元勳。麾蓋遙臨處，壺漿競獻芹。

陳待制植

植字中吉，號中山，吉州永豐人。通五經，以《春秋》中泰定三年丙寅鄉試第一，會試下第。至至順三年壬申復試。以《金馬門賦》仍中第一。明年，登李齊榜進士，授翰林待制。後謫廣東博羅令，歸建中山書院，博覽羣籍，尤精《春秋》。所注名《玉鎖匙》。永樂間，纂修五經學士金幼孜徵植所注纂入大全，一時學者宗之。

餞理伯容調江西憲掾

五阨春官第，重登憲府新。人皆形迹避，君獨肺肝真。日飲瓢惟水，風行彗掃塵。明朝江右客，秋色滿湖濱。

餞姜華甫調武陵掾

府史才猷俊，沿書調武陵。秦袍懷舊澤，肱被割新綾。茗椀茱萸苦，艚船杜若馨。滄浪濯纓處，搔首憶吾曾。

奉題丁氏竹堂并寄廷玉嚮仰之意

慈州二判經年別，黄鶴山前見阿咸。聞築新堂臨水勝，剩栽修竹與雲參。午風窗户清含雪，晴日琴書翠滴嵐。欲拉王猷時共造，幅巾揮麈縱清談。

餞郭端友赴掾巴陵并寄希仁兄問訊之敬

送客巴陵目遠鴻，英年嘉樹玉青葱。門趨畫戟諸侯貴，地閱輿圖七澤雄。極浦揚舲清漳闊，亨衢遷轡碧霄通。别來安穩懷鄉否，須問年同鞠贊公。

題甘文卿杏隱卷 一作《題禰氏杏林卷後》。

禰子洲前萬杏花，一壺仙隱客一作「自」。成家。抄書簷下分香露，洗藥溪邊踏錦沙。布素屢煩卿相揖，劍芒終一作「猶」。拂斗牛斜。曲江又廢明年會，栽樹何由見綺霞。

理憲掾伯容

伯容字□□，□□人。登元統元年進士第，官江西廉訪司掾。

餞陳中山

涉羡一樽酒，别我同年兄。同清更同苦，春曉都門行。南樓又相識，即别難爲情。浩浩長江流，忍聽陽關聲。

張州判本

本字在中，將樂人。元統元年癸酉會試，以《蒲輪車賦》得高選，擢進士第，官至寧都州判官。

題封山

氣勢崔嵬天可捫，野筇登覽駭心魂。一山高出羣山表，十里遥瞻百里尊。青嶂雨收嵐翠濕，蒼藤雲卷鳥聲喧。當時煉藥人何在？丹竈依稀火尚温。

鞠縣尹志元〔一〕

志元字□□，巴陵人。元統元年會試中書省，以《蒲輪車賦》擢第〔二〕，授邵陽丞，歷官宜都尹。

洞庭湖

楚雲囦翠八百里，澧蘭吹香墮春水。白頭漁子摇蒼煙，鸂鶒眠沙曉驚起。沙頭龍叟夜歎憂，鐵笛未響春風羞。露寒紫藟結新怨，城閣泣斷關河秋。謫仙欲試雷斧手，剗却古今愁共醜。鯨遊碧落杳無蹤，作詩三歎君知否？瀛洲一櫂何時還？滿江宮錦看湖山。

青龍橋

百尺青龍跨碧湍，鐵犀光映玉闌干。馬蹄踏月三湘曉，人影沉波六月寒。城古不知遼鶴遠，潭深惟有老龍蟠。歸期若問巴陵道，惟有梅花帶雪看。

〔一〕「縣尹」，稿本作「宜都」。

〔二〕「以」，原作「試」，據稿本改。

葉縣尹峴〔二〕

峴字見山，青田人。事親孝，登元統元年癸酉進士第，時年六十三，治五經，尤長于《書》。歷官至南安尹，累考試浙闈。所著有《見山集》。

罷穀税詩三首

我田之藏兮我稼之昌，孰糞茲土兮蜃灰孔良。東作既殷兮千艘萬檣，稂莠不作兮螟螣不戕，是爲土作兮稼政之常。我田之腴兮我稼之稠，孰糞茲土兮蜃灰是優。耕者之利兮征者之牟，孰諗茲蠹兮不伐告猷，百年之病兮一日而瘳。顯允許君兮太岳之裔，仁人言兮除我宿弊。太山之陽兮長川之澨，老農舉首兮曷報嘉惠，請詩我歌兮貽于世世。

〔一〕「縣尹」，稿本作「南安」。

余院判觀

觀字□□，岳之平江人。登元統元年癸酉進士第，歷官太常禮儀院判。

注玉泉

雲蒸崑山液，月浸藍田英。臨風嚥沆瀣，滿腹珠璣鳴。

桂山泉

寒蟾窺玉甃，老兔遺香酥。化爲銀河水，一沃炎海枯。

縣尹買住

買住字從道，家世唐兀氏，居廣平。元統元年，登進士第，任保定路安州同知，轉松陽縣達魯花赤〔一〕。

和伯篤魯丁浮雲寺　此詩一作無名氏。

馬首山光潑眼青，柳邊童叟遠歡迎。花飛南苑芳春暮，凉入西樓夜月平。野鳥喚晴聲正滑，主人留客酒初行。明年我亦燕山去，稻可供炊魚可羹。

〔一〕「陽」，原誤作「江」，據稿本改。

魯鄉貢貞

貞字起元，開化人。元統二年鄉薦，隱居不仕。余忠宣公闕薦之不起。所著有文集若干卷，《春秋案斷》、《中庸解》、《易注》、《古今文典》。

題塔山

天低雲有影，日午塔無陰。極目三秋望，登高萬里心。

許縣尹廣大〔一〕

廣大字具瞻〔二〕，天台人。嗣子〔三〕。登元統張宗元榜進士第，慶元路昌國州判官。至正間，以文林郎爲婺州路武義縣尹，調知鄞縣。俱以廉能稱。

宿寒巖

幽尋入藤蘿，谷轉樵徑少。夕陽度遠岑，鐘聲出林杪。陰風吹空壑，招提極深窗。中有茹芝人，冥搜事幽討。揮手謝時人，高蹈羣峰表。石牀思舊遊，春林忽啼鳥。夜來山雨多，岧嶢落清曉。

天井山

攀蘿行鳥道，絶壑見龍湫。嵐氣千峰雨，溪風六月秋。冷泉移別井，古寺隱深邱。獨愛他山下，梅梁積水浮。

題蠟屐亭

將軍不減漢嫖姚，落日陰魂尚未招。幾度登山輿蠟屐，每因沽酒解金貂。千年古宅人何在，三尺孤墳草不凋。更有東萊遺短碣，細磨蒼蘚認前朝。

金波亭松爲人所伐感賦

大夫去作棟梁材，無復清陰覆緑苔。惆悵金波亭上月，夜深休誤鶴飛來。

〔一〕「縣尹」，稿本作「鄞縣」。

〔二〕「瞻」，原誤作「贍」，據稿本改。

〔三〕「嗣子」，原無，據稿本補。

智郎中熙善

熙善字子元，□□人。官禮部郎中。元統三年，佐吏部尚書鐵柱奉使安南，宣順帝即位詔。

答安南世子韻

嗣聖敷皇極，深忠惠遠臣。九重頒正朔，萬里聽綵綸。日月中天曙，風煙絶域春。仁恩同一視，珍重愛斯民。

安南喜雨

丹鳳銜書下九霄，遐荒氛氣已潛消。乾坤露雨通元氣，海岳風雲逐使軺。楊僕樓船何用入，馬援銅柱不須標。欲知膏澤涵濡遠，看取村村滿緑苗。

吴知軍正卿

正卿字素臣，號太素，遂溪人。化州路學録，赴延祐丁巳湖廣鄉試。後期，授平湖書院山長，歷仕至南寧軍知軍致仕。元統間，嘗爲合浦、臨桂二縣尹，海北、廣西兩憲交章舉入風憲。其薦剡有曰：「人材，國家之元氣，風紀之耳目，故必元氣充而耳目明，人材得而風紀振。」以臨桂尹贈其父爲海康尹，時人有詩賀之曰：「未饒官貴文章貴，不但親榮閭里榮。青史舊書吴太守，素臣新傳左邱明。」其父諱朝進，字隱賢，號月軒，隱居不仕。以子贈官，時年八十一。故其春帖有曰：「兒輩功名來鐵定，老夫安樂直錢多。」壽八十五而卒。素臣壽七十五致仕，時已重聽，憲副盧嗣宗知其名，安車迎以賓禮，延至郡庠，從容以灰置盆中，手書與之語竟日。其見重于時也如此。

丁巳赴湖廣鄉試曉發城月驛待友人周景沂不至詩以督之

畫角聲殘月影横，鄰雞多事管人行。灔杯滿引防嵐重，新句慵編愛馹輕。一宿蘧廬仁義熟，三生敗石夢魂清。故人不至予懷渺，長笑出門天地明。

山村書事

青山歷歷水粼粼，望眼空明詩料新。雅背日姸初過雨，馬蹄風軟不驚塵。饌無肉味知城遠，鄰有書聲愛俗淳。明日江頭重問渡，野人笑我是知津。

郭縣尹夢起〔一〕

夢起字□□，燕人。元統二年爲范縣尹。

過羊角城

烈士昔曾寓，仍高别代名。燕臺忘駿馬，淮海渡奔鯨。并食良爲拙，思賢恨未平。城頭孤月在，清夜對霜明。

〔一〕「縣尹」，稿本作「范縣」。

陸訓導以道

以道字士宏，無錫人。元統間爲諸暨州學訓導。

五洩禪寺

燕尾春流溶漾，香爐曉氣氤氲。欲覽幽人行跡，落花芳草如雲。

傅中丞巖起

巖起字□□，汾西人。初爲丞相掾，歷西臺治書。後至元四年，擢中書參知政事，六年，陞左丞，知經筵事，後拜西臺中丞。卒謚正獻。

應聖宫留題

興唐遺寺在，不許世塵侵。佛印真如相，僧持入定心。曹溪一派遠，霍岳萬重深。滿院松花落，渾疑布地金。

梁廉訪遺

遺字□□，汝州人。至元四年，以正議大夫任嶺南廣西道肅政廉訪使。

寶積山

松涵雲影竹生煙，松竹深藏小洞天。讀罷黄庭鸛鶴舞，更於何處覓神仙。

謝縣尹升孫

升孫字子順，號南窗，盱江人。官縣尹。其序孫存吾《皇元風雅》曰：「吾嘗以爲中土之詩，沉深渾厚，不爲綺麗語。南人詩尚興趣，求工於景間，此固關乎風氣之殊。而語其到處，則不可以優劣分也。」此言深得元人流派，具見論詩之識。

送人北上

風雲萬里思帝鄉，匣劍夜夜飛神光。山林歲月負疇昔，雞鳴裹飯挑書囊。我觀蔡君自奇士，玉壺冰鋆清如此。終然未泄磊落胸，朝朝問道川江水。川江水暖飛舸輕，黄河九曲長淮清。古人成敗生眼底，莫爲感慨牽閒情。黄金臺上需賢急，行矣去作新豐客。當今太平十二策，他年語我須歷歷。

孫學正存吾

存吾字如山，廬陵人。官儒學學正，與清江傅習説卿詮次《皇元風雅》前後集共二十四卷行世。

餞虞伯生歸隱

天地毓精英，文章耀德星。虞庭春色滿，翰苑月華明。歸隱琴書樂，朝回軒冕輕。凡才倩俱蓄，藥籠備參苓。

春日游黄鶴樓

插天棟宇接雲霞，八面玲瓏望眼賒。寒谷春回江夏柳，晴川日映漢陽花。珠簾半卷琉璃滑，宮扇初開翡翠斜。日近天人聆笑語，廣寒宮殿隱仙家。

秋思

雁落秋風字字沉，嫩凉偷入藕花心。眼前多少關心事，付與寒蛩一作「螿」。徹夜吟。

陸教授德源

德源字静遠，又字志寧，長洲甫里人。天隨子龜蒙九世孫。好學博古，與永嘉林寬友善，以兄事之。嘗創義塾，迎陸子方、龔子敬、柳道傳爲之師。復創甫里書院于城南，撥良田以給學徒。後至元初，有司舉茂異，署爲甫里書院山長。秩滿，上名中書，調徽州路儒學教授。六年卒，年五十九。黄晉卿志其墓。静遠有别業在吴淞江上，築室曰笠澤漁隱，有杞菊軒，作《杞菊賦》自况。吴人稱爲杞菊先生。

送陳敬初秀才之北上

江南八月鴻雁飛，故人挾策游京師。爲郎作傅雖可期，老懷與爾寧分違。憶昨同舟風雨夕，胥江委蛇嚴灘白。紫陽之山千里隔，何曾笑我微官縛。歸來吴城僅半年，攬裙結佩仍周旋。陳膠雷漆非偶然，拍肩笑語忘其顛。秋風瀟瀟吹去舟，征衣蓴食還依劉。芙蓉照波生遠愁，欲别未别難爲留。玉堂金闕有耆舊，草詔紬書常在手。乘時薦剡如轉丸，兀兀兔園非所守，子之行矣良不苟。

余以蜜梅徽紙二束寄贈玉山厚以詩謝用韻塡廓聊復雅意

顧陸從來同里閈，定交何必更通名。桃花流水二三月，著我扁舟聽雨聲。
玉色疇能似硬黄，酸辛敢擬出青房。品題奕奕歸年少，漸愧華顛作漫郎。

和題新安梅花次韻

東風一夜渡江新，開徧梅花照眼明。何遜從來有才思，題詩不待廣陵春。

楊教授伋

伋字謙思，天台人。博學强記，渡江後，世爲江南之顯族。生而穎異，五歲能日記數千言，十歲善屬文，文有《皇慶萬言書》。早歲受知張省齋、李平埜，以史館薦不就。後至元元年，爲嘉定州教授。詩名重于時云。

和西湖竹枝詞三首

大船槌鼓銀酒缸，小船吹笛紅繡窗。鴛鴦觸櫂忽驚散，荷花深處又成雙。
燕子來春雁來秋，曾見錢王衣錦遊。英雄漫説八百里，只管東西十四州。
獅子峰頭插將旗，鳳凰山下草離離。三宫去後宫門閉，恰是錢王獻土時。

陳山長楠老

楠老字良材，建寧政和人。後至元元年乙亥，由鄉貢備榜出身，授興化路涵江書院山長，轉本路建陽縣雲莊書院山長。至正間，棄官歸老于家，壽七十餘。子宗惠，至正末，任本縣主簿。

題萬竹菴

青山迴望合，萬竹净娟娟。寶殿晴光冷，瑶階翠色姸。龍吟明月夜，鶴舞早秋天。坐聽凉風發，軒檽響澗泉。

郭經歷思誠

思誠字□□，□□人。後至元元年，任嶺南廣西道肅政廉訪司經歷。

中隱山

訪隱尋幽緩著鞭，梅花初試小春天。孤峰上下分三峒，一水縈紆溉萬田。

陳修撰顯曾

顯曾字景忠，毘陵人。博學明經，爲文出漢魏間。至正元年辛巳，鄉試中乙科，歷漢陽常州教授，累遷儒學提舉、翰林修撰致仕。所著有《昭先稿》。

武夷山

重關啓玄閟，曲磴環蒙茸。何年窈窕姝，捧出金芙蓉。初陽炫光彩，細溜鳴丁東。虹橋跨遥漢，委曲開靈宫。初疑公孫氏，問道趨崆峒。又疑安期生，息駕玄圃中。世紛偶暌隔，幻境隨朦朧。玄蹤豈難攀，大化不可窮。日月旋我户，煙霞爲我容。藴真愜所願，御氣如乘驄。緜緜葆真素，接佩從羣公。

題溪山勝概樓

江南二月羅衣裳，藤花滿地山雲香。背人小燕撇波去，朱簾白日游絲長。蒲茸緑淺芹牙紫，沙上輕烟濕飛雨。美人遥睇木蘭船，一夜相思隔春水。

朱教授公遷

公遷字克升，樂平人。父梧岡先生以實贅金山董氏，因家金山。以實通經義，其學得之凖軒，凖軒得之雙峰饒氏。公遷得過庭之教，初學《易》，以實撰之著得訟，以有言傍，因授之詩。年十九，以詩魁浮梁試，繼魁郡試。至正元年辛巳，領浙江鄉薦。明年，下第，以特恩教婺州，改處州，所至學者雲集。繼值時多故，自括蒼轉徙無定居，歷衢、信、婺源。十五年歸，病于家幾月。里人有素殺人者，聞公來，不復殺人，因强力病往訪之，逾五日卒。克升于經義探究精密，文章端謹有高致。嘗題其室曰陽明之所，學者稱明所先生云。

登高山

雲氣陰陰隔樹亭，身憑高處眼雙明。苦無黄菊供人摘，只爲青山了此行。孤雁飛來風正急，一溪流出水尤清。良辰向復同佳友，不用辭君滿酌觥。

縉雲山中夜坐

閉門清坐意超然，卻有愁情斷復連。木葉怕寒霜滿地，梅花照影月行天。山林歲晚身猶客，碪杵聲高人未眠。起傍茅簷聽過雁，哀鳴只在白雲邊。

春日書齋

埽去塵埃境自虚，山靈爲我護琴書。眼看白日知天近，身傍閑雲與世疎。好學誤生千載後，醒心多負五更初。春華不是初吟伴，昨夜窗蕉一葉舒。

劉鄉貢玉汝 一作「汝玉」。

玉汝字成工，廬陵《通志》作「永豐」。人。中至正元年辛巳江西鄉試。

次友人感興

常期冠冕治朝世，豈意天一作「干」戈老此身。耿耿泉阿埋地底，盈盈牛女隔天津。誰憐潦倒長爲客，自惜娉婷不嫁人。寓跡城闉聊自適，琴牀書几浄無塵。

九江逢故人

九江江水抱城迴，洶涌回濤亦壯哉。雨散淮濆隨地足，雲移廬阜向天開。曳裾鄒子長爲客，待詔公孫已擢魁。邂逅他鄉急呼酒，樓頭今日早秋來。

孟知州集〔一〕

集字□□，吳人。讀書積文，至正元年中鄉試備榜，知崇明州。仿古置常平倉，以時糶糴，民甚便之。二十三年秋九月，登玉龍山，同朱斌、賀庸、僧師文賦詩，邑志載之。

登玉龍山

十年困塵氛，南北厭奔走。流年既冉冉，節序復何有。今日天氣嘉，那知是重九。玉龍並高寒，黄金照虚牖。笑談得佳士，更喜杯在手。西沙墮烏紗，容我開笑口。

〔一〕「知州」，稿本作「崇明」。

王經歷廓

廓字元舉，彭城人。至正二年燕南第一人，授湖一作「潮」。州經歷。

黄陵曲

黄陵磯頭烟樹簇，黄陵廟前煙草緑。來朝時接洞庭君，驚浪掀空駕銀屋。雨風吹散魚龍腥，天空落日波冥冥。君王龍馭夜臺冷，雲晚蒼梧山更青。月華二十五弦秋，聲斷白蘋江自流。竹花徧灑野林血，地老天荒蛾黛愁。嬪虞雙髻虞已老，雲鏡芙蓉怨秋槁。天子巡遊后不從，秖益神明楚辭好。千帆萬櫓香火足，古木蒼藤鴉鷺宿。夜寒星斗滿晴川，漁郎時唱湘靈曲。

虞君勝伯求先世遺書將鋟諸梓作詩以美之

南渡諸公已白頭，深慚采石破狂謀。功勳不獨齊康樂，忠義真無愧武侯。相業至今光竹帛，文章何日復弓裘。道園未就平生志，應待虞卿爲訪求。

題羊欣練裙圖二首

棐几霜明麝墨輝，練裙冰縞筆尤奇。不知夢近天門否，却怪龍蛇繞足飛。
已脱練裙還翰墨，右軍神氣逼張芝。却憐婢作夫人態，夢覺王郎下筆時。

王鄉貢原傑 一作「杰」。

原傑字子英，吴江人。至正四年甲申，以《春秋》領鄉薦，值兵亂不仕，乃隱居教授。深于性理之學，學者稱爲貞白先生。著《春秋讞議》、《貞白英華文集》、《水雲清嘯詩集》各若干卷，皆嘗經進。子英爲詩文，雅健高古，中書康里子山稱其言近旨遠，發於寬閑寂寞，而無風雲月露之態。識者以爲知言。

夜泛吴江

小舟輕似葉，載月過蘇城。柔櫓數聲響，長江一派清。天低連水色，風順送鐘聲。隔水疎林外，漁燈數點明。

震澤鎮

村市蕭條數十家，扁舟夜泊傍蘆花。江空歲晚歸心切，水遠山長去路賒。帶水野田鳴落雁，連雲煙樹繞昏鴉。勞生徒負燈窗志，只合西園學種瓜。

余御史嘉賓

嘉賓字□□，岳之平江人。母夢吞雲生，小名雲孫。領至正七年丁亥鄉薦，官翰林院判，終監察御史。

武夷山

山花何灼灼，河草復茸茸。桂櫂入烟霧，晴川濯芙蓉。俄驚日沈西，倏見月生東。置酒三杯石，吹簫水晶宫。坐邀廣成子，羽駕來崆峒。更約琴高生，騎鯨滄海中。三杯醒塵夢，醉眼頗朦朧。談笑凌倒景，天地無終窮。願堅風霜操，保此冰雪容。黄塵遍九陌，蹀躞五花驄。毋云久肥遯，經濟屬諸公。

武夷九曲櫂歌十首

紅韁白馬武夷君，羽節來時鶴一羣。晏罷虚皇環珮響，手扳霜樹寄彤雲。

大王峰影似蓮花，石棧緣雲鐵鎖斜。擬向紫霄分一曲，便攜雞犬住煙霞。

露帶羅衣兩鬢煙，芙蓉冷浸九溪淵。依稀記得相逢一作「隨」。處，曾在玉皇金案前。

垂釣臺東架壑船，劫灰飛處起齊煙。閑來袖拂經綸手，擬借靈槎上九天。

丹崖翠壁與雲齊，瑶草琪花路欲迷。三十六峰無馬跡，衹緣巖上叫金雞。

大隱屏南天柱峯，青天筍立玉芙蓉。憑將宇宙支撑住，賜與白雲清净封。

懸崖疊嶂隱書堂，澤媚山輝草木香。行到源頭清徹處，一溪風月印天光。

石室巖扉結構牢，仙人掌上彩霞高。玉皇朝燕歸來晚，愁見三山起暮濤。

蒼玉屏風水曲流，滿船絲竹載清秋。步隨明月瑶臺去，無數紅雲夜不收。

繡衣擬換九霞衣，萬疊雲山玉一圍。仙侶同舟移櫂晚，步虛聲裏踏歌歸。

仙機巖

薜蘿煙雨擘梭飛，巖裏空餘織女機。寄語金妃休忘却，殷勤持贈六銖衣。

三杯石

三生石上酒三杯，松栢風清萬壑哀。醉後不知塵世改，緩吹簫管下瑶臺。

唐教諭朝

朝字用大，桂林興安人。狀貌高古，天性嚴毅。讀書一覽輒記，受業鄉先生唐賜之門，刻志于學，值科目中廢復興。至正四年甲申，充貢試鄂省，不利。遊西湖茶陵，請益于劉三吾西疇。七年丁亥中選，授辰溪教諭。壬辰以來，湖湘道梗，鹽鈔法壞，條救弊策上于大府，不用。歸授徒家塾，乃櫽括小學爲《訓蒙小詩》五十餘篇。又以濂、洛、關、閩之旨爲《心法纂圖》。時鄂省移于桂，行省平章聞其賢，舉領桂林路學教諭事。父喪解職，桂林被圍城破，北面再拜曰：「小臣生長皆出于元，今已矣。」因泣下歔欷！自號五無齋，述《五無詩》以見志。學士劉三吾以詩簡之，有：「一拍昔聞顓雅樂，五無今喜得閑居。」之句。

五無吟六首

與物無心心頗寬，無才贏得本無官。更無文字勞神思，緘口無言漫自安。無心

此君原是主人翁，夙夜惺惺儼在中。只爲杜門能謝客，一間虚室自玲瓏。無才

山中古木老槎牙，幾度逢春不放花。清廟棟梁奚足取，霜枝雪榦漫矜誇。無官

鱸鱖吞香繫釣筒，珍禽解語入金籠。爲憐鰷鷗能安分，自得叢林淺瀨中。無文

雲在空中變態奇，風來江上浪漪漪。何如風定雲開後，秋水長天一色時。無言

曉林喜鵲暮林鴉，飲啄隨時漫自嘉。禍福于人何所與，不勞屋角日喳喳。

吴縣丞師尹

師尹字萃樂，永新人。登至正八年戊子王宗哲榜進士第，授吉州永豐縣丞，秩滿當去，民歌之曰：「我有田疇，我既治之。我有徭役，誰其除之？丞哉丞哉，愷悌父母。更我户籍，免我荼苦。子子孫孫，與箠楚辭。丞兹去矣，如何弗思。」復攝廬陵，與考湖廣江西鄉試。元季多故，棄官不出，徜徉山水間，賦詠自樂。詩詞動宕蒼楚，後進多師則之。居連理之桂岡，學者稱爲桂岡先生。

宋丞相信國公上巳詩

厓山雲寒海舟覆，六載孤臣老燕獄。東風杜宇三月三，五雲望斷春無緑。墨花煌煌五十六，寫出江南愁

萬斛。當時下筆眼如虎，日落天低鬼神哭。揚帆昔走儀真船，手持鰲柱擎南天。間關嶺海血灑檄，回首家國隨飛烟。六宮粉黛黄埃裏，漢火無煙吹不起。全軀肯效褚淵生，嚼舌甘爲杲卿死。薊門碧草春悽悽，高官不换西山薇。哀吟一曲肝腸裂，勁氣萬丈蛟龍飛。當年恨殺葛嶺賊，恨不刳心飲其血。堂堂忠義行宇宙，白日青天照遺墨。再拜酬公金屈巵，有酒不讀蘭亭詩。右吾鄉先生吴公所作，所以景仰丞相極至，而又兼得其儀容髣髴者也。少嘗喜誦之，丞相嘗以弟璧之子爲嗣。其後元末仕爲海北道廉訪副使，卒葬鬱林州，子孫因家焉。余先高祖與丞相兄弟同時，書札往來，存者甚多。今來鬱林，見良錫廉訪，君之子也。乃寫詩以歸之，吉水解縉書。

辜知州中

中字德中，號易窗。□□人。登至正八年戊子進士第，官知州。

題環翠樓

四山排闥翠如織，鬣髻春嬌簪不得。光含老瓦凝不流，影落晴簷寒欲滴。道人夜半吹青藜，路近雲霄星可摘。塵消萬宇無纖紅，月浸四窗動凝碧。眼中已覺培塿多，笑拍闌干凌絶壁。

在原出谷圖

剡藤骨蜕冰霜凝，澗松膏滴雲煙輕。原深草枯秋蔌蔌，谷虚樹老春嚶嚶。天倫至愛寓於物，乃知蠢動俱含靈。愧吾官學猶故吾，江湖夜雨書燈孤。梅殘路遠驛使遠，天高風急征鴻疎。摩挲此畫重三歎，人不如烏將何如！

贈梅隱相士

鄱陽隱君心似鐵，興託梅花共清絶。香浮客袖寒飛霜，影寫吟魂清浸月。素衣不染京洛塵，蹇驢長踏灞橋雪。歲寒心事誰能知，强把窮通爲人説。空谷聲傳蒼玉碎，姑射神人落瓊珮。劇談共喜吾味同，他日相期調鼎鼐。吾聞論相須從心術間，看花政在香影外。憑君認取本來面，香影俱無忽神會。

和蒼巖同知元旦偶成

雲霞出海挾飛龍，率土王臣盡鞠躬。帽壓宫花明旭日，旗翻御柳試東風。瑶圖啓運三台正，金鼎調元萬物通。一寸丹誠天咫尺，自憐葵藿與心同。

佳人折梅圖

一掬寒香一指纖，鬢雲嬌墮不勝簪。雖然誤識春風面，不换平生鐵石心。

水墨葡萄三首

松煤點破虚室白，老翠蒼髯寒欲滴。半空瓔珞懸秋聲，滿地西風曉無迹。
風枝露葉寒模糊，晴簷翠滴晨煙孤。鼎湖龍去髯已拔，至今滄海遺玄珠。

西風萬葉鏗鳴球，老月一架懸高秋。酒醒夢破忽見此，令人隘視西涼州。

方教授子京

子京字□□，分水人。隱居山林。至正十一年，應薦而起，試《鑑湖風月詩》，登進士第。同與試者百餘人，惟子京擢居前列，除嘉興路教授，致仕而歸，卒于家。

鑑湖風月

賀仙歸去隱滄浪，萬頃晴波一鏡光。龍瑞尚存禹時跡，鴻禧猶帶晉餘芳。兩堤楊柳三更影，千樹芙渠五月涼。後數百年無問處，雲山煙水共蒼茫。

武夷山水

數載文公此息游，高深九曲至今留。金雞叫月千峰曉，鐵笛吹雲萬壑秋。丹竈近連寒瀑溼，蒼屏曲遶碧灣流。客來倚櫂無人問，兩岸飛花送客舟。

嚴縣丞瑄

瑄字國珍，溧陽人。登至正十一年進士第，官分宜縣丞。

題王叔明聽雨樓圖

層檐集飛霤，深砌走鳴瀑。餘聲殷天籟，清氣入林屋。風波任喧洶，燕坐瞑雙目。寘身得蕭爽，洗耳絶塵俗。香毬鬱水沉，簾花映湘竹。篝燈動春酌，翦韭留夜宿。與客對牀眠，清談未云足。

史侯廟

窈窕楓林石徑斜，古碑文字走龍蛇。一方祭祀傳荆俗，千古衣冠出漢家。春雨落花沾鬼蝶，夕陽高樹噪神鴉。我侯因錫斯民福，時駕飈輪躡紫霞。

晚香堂

府分南北瀨江東，又創行營慕謝公。洗馬池邊流濁水，斬人臺上振悲風。盔投古井潛飛鳳，劍落寒潭起卧龍。樽酒酹殘江上月，令人千古仰英雄。

洮湖

遠水長天入望賒，有人當檻岸烏紗。八風不動飛孤鶩，萬頃無垠浴落霞。漁父垂綸秋練凈，商人停櫂夕陽斜。直疑身在冰壺裏，孺子歌殘興未涯。

盤白山

巖壑千尋復萬尋，西風虢虢埽疎林。山川千載有消歇，人物一時無古今。日落太空聞弄笛，天晴虛籟助鳴琴。仙翁去後存遺迹，留與長才自在吟。

獨秀山

一峰秀色聳晴空，疊嶂層巒望不窮。萬仞劃開天半碧，五更先見日初紅。

史貞義女祠

殘碑拂拭認前朝，萬古貞魂不可招。惆悵瀨江東去水，野煙汀樹共蕭蕭。

盛進士景年

景年字修齡，新昌人。登至正十一年進士第。

送胡正辭

春水淡無姿，垂楊雨方緑。送人南浦岸，飛下雙鸜鵒。鸜鵒羽衣短，只過溪南宿。征帆順風去，萬里隨鴻鵠。趨名莫憚勞，既榮還慮辱。賓階有富人，清論俱成俗。東吴開漕府，郎吏明如玉。時艱海亦枯，莫盡杯中醁。

待馬易之不至

幽人期不至，獨依庭樹行。不覺出門去，滿湖春水生。微雨立橋上，遣人騎馬迎。應想來漸近，隔街聞語聲。

題山水畫

待渡見孤舟，穿林望高閣。雨餘泉脉動，日照巖光薄。閉户茅屋深，汲水松花落。回首白雲間，兩人相對酌。

游鳳林飲周子順宅

芙蓉隔秋水，水深不堪採。小階凉氣生，空墻竹陰在。杯行日暮頻，人情醉中改。忽驚潮水來，門前有東海。

萬頃雲亭

浮雲海上來，西横太湖過。散彩涵秋汀，垂陰入虚坐。日照天影移，風吹浪紋破。開窗緑樹間，何人讀書卧。

白鶴觀

幽境松竹清，人行陰露滴。獨犬下階眠，一嫗當門績。旌幢高殿閉，鐘磬虛堂寂。道士不相逢，蛛絲懸素壁。

哀歌行

江州在江南，舒州在江北。楚人輕佻厭承平，抵掌吹脣弄鉤戟。私鹽船上插紅旗，下江攻城如翦急。前年江州李侯死，余侯今歲舒州没。獻策俱登龍虎榜，專城不避豺狼窟。文章已照汗竹青，姓名只與秋虹白。當時儒服世所輕，一代綱常兩侯立。李侯能死亂離初，劃地斫開忠義途。題詩屋壁雷電走，下視白刃能捐軀。可憐幼子如玉雪，揮之不去亦已殂。余侯固守六載餘，扞庇江淮功莫逾。鄰藩不借淮陽粟〔一〕，間道久絶長安書。一朝城壞侯已死，妻子賓客同時俱。兩賢相對如壁立，江水欲流流不得。瞿塘破碎白日昏，盤渦無底潛蛟泣。江南江北春冥冥，忠魂對語百鬼驚。汀蘭既芳復欲歇，江豚吹浪何時平。江邊大船摇四櫓，不載私鹽載兒女。却厭紛争無了期，夜祭船頭過江去。

和汪以敬病中作

白髮將軍少健强，經旬寂寞卧空牀。涉江出城問病早，下馬入門聞藥香。深院雨晴蒼蘚合，小樓人散緑陰凉。家書不到看春暮，昨夜新裁白苧裳。

〔一〕「粟」，原誤作「票」，據稿本改。

朱鄉貢斌

斌字文質，吴江人。至正十三年鄉貢。

至正二十三年秋九月同孟知州登玉龍山

西風戒輕寒，旭日開曉霽。楓飄葉落丹，菊含青蕊細。兹辰豈不嘉，我獨念時歲。於焉得良朋，蘭若因少憩。清歡接殷勤，高談豁蒙蔽。載吟玉龍山，歷觀遠凝睇。秋光净於拭，野色如點綴。厥帽不忍吹，香醪莫辭貰。人生百歲間，事事安可計。出處固有時，窮達何須泥。逍遥海中舟，放浪人間世。天高若鵠翔，萬里從此逝。

題趙彦徵畫

玉堂學士之孫子，文雅風流世無比。漚波亭上客闌時，戲寫吴興好山水。遠山疑是弁山青，近山金蓋與雲平。兩峰翠峙勢如削，中有滉瀁雙溪清。溪上村村桑柘緑，橋下修林覆茅屋。春風酒熟雞豚肥，野老過從少拘束。邇來風塵十載餘，可憐樂土皆邱墟。只今獨有苕溪上，有水有山如此圖。吾生頗識山林趣，按圖擬問田園計。何時長嘯來山中，與君放曠人間世。

題秀野軒

昔年曾作軒中客，今日重題秀野詩。四檻彩雲晴縹緲，遠墻蒼雪曉參差。雨餘山氣侵茶鼎，風過林香落酒巵。念我松楸渾咫尺，倚闌長是不勝思。

曾學士堅

堅字子白，金谿人。宋文定公鞏之裔，祖父皆宋進士。幼承庭訓，聞吴文正公澄講道華蓋山，裹糧往叩之，疑義盡釋。至正元年辛巳，舉于鄉。明年，試禮部，報罷。當路惜之，連薦爲校官，皆不赴。後十四年甲午，始擢進士第，授國子助教，陞翰林修撰。出任江西行省郎官，入爲國子監丞，陞司業，進詳定□□副使，拜監察御史。已而復爲副使，改翰林直學士而卒，臨川危素志其墓。其子中衛經歷仰發其平日所著《望周山》、《金石齋》、《青華》、《閩海》、《昭回》、《從政》、《丙午》、《居賢》前後編，凡九稿，及《逾海》、《逾遼》二志，通類爲若干卷。金華宋濂序之曰：「先生之文，駿發淵奥，黼藻休烈，起伏斂縱，風神自遠。王良執御節以和鑾，而驅馳蟻封也。朱絃疏越，太音希聲，而一唱三嘆也。濤起阜涌，飈行雲流，力有餘而氣不竭也。蓋子白刻意以文定公爲師，故能不墜其家學如此。」

貞節篇

齊女爾毋譁，衛姬爾勿諠。屏爾妖以艷，聽我《貞節篇》。貞節出東南，高門喬雲連。門上懸大字，勑書下天邊。門中建大宅，堂宇何穹然。幽窗疏而間，燠室静且便。琴瑟既不御，絲麻仍在前。嚴嚴白髮母，膏沐久棄捐。趨庭子若婦，婦順子更賢。愉顔奉甘旨，禮節能周全。清晨具肴饌，烹鱠赤鯉鮮。母乃大姬裔，豐容比飛仙。皇畿功德府，夫子贊其權。中道折比翼，寒霜凛炎天。臨河洗紅妝，對日摘金鈿。何以喻貞心，南山石非堅。歲運忽推改，于今三十年。天道有顯報，母壽名既傳。作歌在京師，庶以風八埏。

邊情

令傳部伍寂無譁，野宿微聞奏遠笳。霜氣蕩天懸漢月，風聲動地起胡沙。手支長劍秋横淚，露滴征袍夜憶家。自信此身歸未得，但令鄉夢到中華。

次韻答朝支曹子貞

柳簇金溝蘸碧波，雲深貝闕瞰重阿。鳳凰曲奏鈞天樂，烏鵲橋通織女河。萬井閭閻春浩蕩，六街車馬曉坡陀。山人素有林泉興，柰此承明侍從何。

送高參政

凰皇池上鳳皇來，河岳從來出異材。酒興半酣燕市筑，詩情遠寄草堂梅。風生黄閣推高誼，星繞紅雲遍上台。事業無窮才有限，春風桃李好栽培。

劉鄉貢倩玉

倩玉字伯琛，吉州永豐人。應至正四年甲申江西鄉試，不第，復舉十六年丙申鄉薦。

中秋對月

十年對月干戈裏，忍向尊前更浩歌。光滿又逢新節序，影微難驗舊山河。霓裳猶記開元曲，桂籍空懷進士科。矯首廣寒宮闕近，欲將消息問姮娥？

龔參政友福

友福字伯達，光山人。頴敏强記，日夜讀書寸餘，以明經薦。至正十七年丁酉，賜進士及第，仕爲翰林學士，拜中書省參知政事，兼丞相事。明兵破燕京，隨順帝北去。伯達負重名，時號淮南夫子，鄉里皆以狀元稱之。

濮山丹洞

濮公曾此學神仙，飛騰一去千餘年。欲窮勝境訪偉蹟，但遺丹井清泠泉。蒼山崒嵂枕淮水，懸崖古洞埋雲烟。神仙茫茫不可詰，往事獨見居人傳。羽衣接跡千載後，結菴構宇當巖前。巖前種藥草自異，青松翠柏高參天。自慚汨汨走聲利，登臨此地空留連。

王司業明嗣

明嗣字伯昌，舞陽人。擢至正進士第，官至翰林國史編修，遷國子司業〔一〕。

龍首關

萬里雲南道，壯哉龍首關。氣吞西洱水，勢軋點蒼山。夭矯盤清秀，蜿蜒躍碧潺。地靈吁可駭，天險渺難攀。井路稱雄鎮，坤維倚大閑。周章無六詔，俯仰了羣蠻。聖代提封闊，元戎遴選難。度遼推世胄，越巂靖神姦。虎節先推轂，犀毘響賜環。銘功崖畔石，寧羨玉門班。

〔一〕「遷」，原作「選」，據稿本改。

陳鄉貢善

善字□□，自號容成生，松江人。至正間，兩舉鄉貢。

次韻草玄閣

仙人高築草玄閣，不數黄金百尺臺。注筆銀河千丈落，照人玉樹一株開。狗監大夫將賦去，蓬萊華使寄書來。酒酣頓足起自舞，藍采先生鬧市孩。

奉和東維提學先生春日同閫帥韓侯太守王公宴集草玄閣席上孩字韻兩作聊以塞責録呈同坐諸公發一笑云

諛墓黄金滿載迴，莫愁無地起樓臺。酒邀定國尊前飲，書到荆州帳下開。有興且謀今夕醉，何人同到後堂來。教坊十六天魔舞，猶買伶官教女孩。

嶰竹參差手自栽，春明吹上望仙臺。水流石澗桃花落，日涌天門海色開。笠澤每移茶竈出，鑑湖還櫂酒船來。綺窗午醉醒來晚，枕損黄金壓被孩。

戴州判元

元字貞甫，晉康人。至正間，以鄉貢授封州判官。

遊三洲巖

幾泛三洲訪洞間，弱流原不隔塵寰。書堂露冷人何在，丹竈煙消鶴自還。洞口碧桃花爛熳，崖邊細草日斑斕。我來檢點浮生事，頓覺壺天日月閑。

元貢元凱

凱字□□，長子人。至正間貢元，有文譽于時。

德風亭詩 并序。

上黨居天下之脊，太行瞰其面，并門負其背，右脅漳水而左腋壺關。於漢爲名郡，於唐爲巨藩，五代、宋、金，亦倚之爲重鎮。亂離以來，土崩瓦解。珍臺閑館，兵車蹴蹋，廢而爲邱墟；高亭大榭，煙火焚燎，化而爲灰燼。獨所謂德風亭者，頹垣壞宇，尚存于荒煙野草之中，吁可惜哉！洪惟我朝，受命疆理天下，建州治於兹者有年矣。累政因循，視爲度外。至正辛巳冬，河東張公瞻甫，來守是邦，下車未幾，興滯補弊，百廢具作，令修於庭户數日之間，民自得於河山千里之外。越明年，歲壬午，公於退公之次，登亭故基，惻然有興復之意。遂命工鏟高堙卑，驅石翦棘，削污壤，峻遺址，以門以墉，乃棟乃宇，構亭三楹而扁以故額，經始於維莫之春，落成於徂暑之夏。觀夫地位顯敞，軒户灑落，明則夜朗，幽則暑凉，遠挹山川登臨之美，近覽人物居邑之盛，誠一方之壯麗，千里之偉觀也。凱嘗以夏日同郡參謀郝公唐臣、上黨尉郭公君實陪公觴詠其上。感慨懷古之餘，因成唐律十章，用寫一時之雅。參謀公請刻諸翠珉，以爲休年之故事，於是乎書。

地闢天開氣象雄，層檐飛棟插晴空。政行千里河山外，民在三年槖籥中。餘惠吹嘘周廣漠，先聲鼓舞出鴻濛。江東且莫誇遺事，已覺蒲葵立下風。

八面玲瓏列綺窗，使君新構德風堂。民安净埽狐狸迹，吏散斜吹雁鶩行。翠色入簾浮細草，緑陰滿地種甘棠。辰牌過午停歸轡，受用南來一味凉。

飛亭縹緲踞崔嵬，簾卷金鈎控夕暉。大匠經營窮地勢，使君謀畫出天機。常邀卿月臨青瑣，遠拱台星近紫微。七邑黔黎一何幸，乘凉時得詠而歸。

雨晴軒户晚天凉，日上觚稜曉色蒼。隱隱畫欄横蝃蝀，鱗鱗碧瓦覆鴛鴦。公庭草長民無訟，判筆花生墨亦香。太守來遊禽鳥樂，緑陰清晝恣徜徉。

亭下雙旌拂緑莎，花邊五馬繫鳴珂。挽回天籟秋聲早，浸澈雲階月色多。公退不妨同坐嘯，吏閑尤可共吟哦。阜財解愠南風操，時逐絲桐入浩歌。

危基高壓古城闉，門外青山畫不真。好客每懸徐孺榻，涴人常避庾公塵。槐陰澮澮晨光薄，蘋末蕭蕭秋意新。聞道康衢藹和氣，夜來鼓舞及堯民。

地控漳東最上游，簷牙高啄白雲秋。文窗耀日晴如拭，翼瓦翔煙曉欲流。雅集衣冠儀楚楚，遥臨軒旆影悠悠。階前盈尺容相借，收拾新詩入筆頭。

月砌雲階背曲廊，蘭棼桂橑面黄堂。簾櫳壓地全無暑，几席凌空剩有凉。畫戟凝香鈴索静，玉虬吐水漏聲長。文章太守時閑適〔一〕，笑共賓僚酬一觴。

四面山拋碧玉環，當中亭子勢孱顔。九天閶闔登臨外，五代封疆指顧間。白鳥平蕪晴野闊，蒼煙喬木夕陽閒。容來不盡興亡恨，吟袖翻風月下還。

繡闥雕甍照錦帷，使君胸次構成規。陽春有脚行花縣，仁政無聲寄槧絲。嵬目好山皆是畫，可人清吹總宜詩。雲間千丈磨崖石，當爲公刊去後思。

〔一〕「閑」，原誤作「間」，據稿本改。

宋知州克篤〔一〕

克篤字□□，長白人。至正進士，任翼城尹，遷知絳州。

熒庭感興

分星誰辨是參墟，表裏山河古晉都。澮水發源從此始，熒庭感興不能無。叔虞啓國蒙神祐，重耳尊王遂霸圖。欲弔興亡杳何所，殘陽啼殺樹頭烏。

潞公軒

歷代衣冠盡土邱，西周回首又東周。唐人已向杜城徙，晉國空餘澮水流。按轡郊中曾遍覽，題詩亭上慕追游。皇王致治民康樂，史筆連書大有秋。

馬頭山

馬頭山望紫金山，中有仙人自往還。多少塵緣消不盡，漫勞魂夢翠微間。

〔一〕稿本作「知州宋克篤」。

參政帖木兒

帖木兒□□人。至正間，官福建行中書省參知政事。

遊鼓山大頂峰

肩輿直上白雲梯，古刹林深路欲迷。絶頂一聲長嘯罷，海天空闊萬山低。

欽編修納

納字敬之，□□人。官翰林編修。

挽宋顯夫

弱齡抱殊才，雁塔早題名。枕經追往昔，闡道啓後英。詞翰時煒燁，簪履日峥嶸。政爾歷臺閣，奄忽歸玉京。結轡玄泉道，息駕青山塋。此年復何年，長逝隔音聲。蕭蕭白楊寂，哀哀幽鳥鳴。愴恻霑霏霏，寥落艱爲情。出宿重冥曲，大暮邈難明。漫擬《薤露歌》，泣淚徒沾纓。

王編修武

武字□□，豫章人。至正間，爲翰林國史編修官，命同祕書卿荅蘭鐵穆爾代祀霍山中鎮，撰《中鎮祀香記》。又嘗撰《譚汝楫傳》，黄晉卿稱其筆力可追歐陽，使人讀之而不厭。

送傅與礪廣州教授二首

與子俱客燕，相逢閭里間。意氣即相許，然諾在一言。南金非所重，燕姬非所羨。古稱慷慨士，捐軀赴人患。自謂金石交，從今至歲寒。子忽遠行役，喟然傷肺肝。

執手出都門，長揖從此辭。遊子歸遠方，壯士亦苦懷。鄧林非無木，木惡不可棲。冀北非無馬，馬駑不可馳。高天上無極，浮雲將何依。日月苟不修，重來以爲期。

周説書志遠

志遠字□□，吉水人。凝重寡言篤學，尤工五七言詩。以危太樸薦。説書太子宫。一日，母以書召之歸，遂飄然南去。

自贊其像

十年塵土變形容，惟有丹心日月同。北海子卿羝不乳，未應已在畫圖中。

王御史餘慶

餘慶字叔善，婺州人。性高介，工古章句，受業許謙之門，以儒學名重當世。至正初，入經筵爲翰林院檢討，累官至江南行臺監察御史。

春草軒詩

陽光麗羣植，奕奕含春暉。生成天地德，寸心迺其微。眇躬何爲者，父母養育之。恩深其罔極，欲報無窮涯。堂中奉慈顔，堂下舞綵衣。堂前生意足，春草長萋萋。悠哉孝子心，百歲終不移。

秋胡妻祠

桑顛日射黄金枝，桑間美人白玉肌。採桑盈筐郎未歸，東風吹淚濕羅衣。郎未歸，在遠道，妾尚少子親已老。郎心如檗妾如丹，富貴應須到家早。採桑待露晞，養蠶圖得絲。生男且富貴，甘旨當及時。千金却爲一笑資，倚閭日暮無窮悲。願嫁反哺烏，不忍見秋胡。

武夷山

流水扁舟趁落花，諸峰秀麗足煙霞。横機似有天孫織，架壑疑留漢使槎。巖頂雞啼醒世夢，雲間犬吠認仙家。三杯石上三生約，安得歸來度歲華。

陸典簿行直

行直字季道，一字德恭，一作「季衡」。吴江人。居于甫里，自號湖天居士。官翰林典簿，致政歸。善畫，有别墅在淞江之南，分湖之東。家妓名卿卿者，以才色見稱。友人張叔夏爲作古詞贈之，所謂多情因爲卿卿是也。

題趙榮禄水村圖

馬足黄塵三尺深，清風吹斷自難侵。乾坤老矣驚浮世，泉石蕭然動隱心。鷗鳥起沙春漠漠，漁舟繫柳晝陰陰。他年欲訪幽棲處，莫似仙源無路尋。

致仕還家問訊海棠

湖濱春水似桃源，楊柳青青燕子喧。晴日暖雲歌玉樹，錦天繡地醉金門。流光冉冉長爲客，清夢時時繞故園。借問當時花下影，紫簫聲斷幾黄昏。

題所南老子推篷竹圖 并序。

所南先生，貞節之士，有夷齊之風。書畫散落人間，政自不少，雖片紙不盈數寸，或蘭或竹，必有題詠，然其用意深密，非高識士豈容易窺見哉！余自童稚至壯時，得承顔接辭，而先生去世幾二十載。今獲觀小軸，如在其右，展卷懸情慨想。甫里陸行直書于壺中天。

横空飛珮珊珊，翰墨散落人間。瞻望清風高節，管中時見一斑。

孫虔禮千文

筆墨一時如雨，龍蛇千古似飛。展卷南窗相對，朗然月皎星輝。

陸學正宣

宣字復之，行直子，號天游。官平江路儒學正。

對雪懷倪雲林

徘徊急雪隨風舞，次第疎梅繞路開。身世飄零愁作客，道途艱阻老相催。倪寬久矣無書札，阮籍何妨醉酒杯。歲暮天寒人事盡，江村牢落更堪哀。

遊汾河

翠巖亭下問棠梨，上客同舟過柳溪。花下停歌聽鸚鵡，竹間把酒引玻瓈。緋桃照眼春無賴，石洞闢雲路轉迷。金粟彈箏銀甲冷，珠簾度曲翠眉低。錦帆卷浪風生座，羅襪生塵草被堤。屢舞不妨飛野馬，醉歸遮莫報鄰雞。梵王臺殿空陳迹，鮑氏池亭憶故棲。鐵笛吹殘山月白，竹枝唱過駟橋西。

黄院史珍

珍字□□，□□人。爲中政院史。

德風亭二絶

危亭高上瞰平巒，儘放詩人眼界寬。惟有山河陳迹在，太行漳水共漫漫。

花滿雕闌雲滿楹，德風亭子不勝清。當時别駕今何在？只有青山管送迎。

都事賈實烈門

賈實烈門字德舉，真定獲鹿人。官内史院都事。祖文正公，當中統至元間，以偉才雄畧，佐元世祖定天下。其清慎廉介，尤爲太祖所稱。後出鎮荆湖，繼遷江西行省參知政事。嘗賦古詩十首，有「卜居鹿泉，懷處荆鄂」之句，釋來復曾題其後，有：「勳烈已看垂後世，文章還憶重當時。」

湖心寺贈見心上人

定水高蹤何處尋，雲林燕坐静觀心。虎來磐石依禪錫，龍出靈湫聽梵音。月窟天香金粟老，王城祇樹寶花深。遥知東澗蒲菴好，擬著藤牀夜共吟。

遊大慈山和見心上人韻

金刹蟠雲擁翠峨，衞王祠下得經過。六時花雨天香滿，萬壑芝煙玉氣多。渡海有僧留杖錫，歸田無客卧松蘿。三生欲向磐陀石，塵劫茫茫奈老何！

大慈山

東湖湖上放船遊，路入大慈山更幽。薜荔月凉猨嘯夜，菰蒲水暗雁啼秋。每知静坐禪心定，自笑勞生幻影稠。欲問三車成未往，獨依天北望龍樓。

楊元帥貴亨

貴亨字□□，號愚谷，天台人。官浙東道僉都元帥。

贈見心上人

清泉老子多蕭散，定起談空思不羣。一室天香秋更好，千林月色夜初分。詩傳黄閣新題句，碑讀蒼崖舊勒文。我欲相期傍幽隱，經函松下共看雲。

移剌廉訪迪

迪字蹈中，白霫人。樞密忠靖公子。元統間，爲饒州路總管。至正七年，陞嶺南廣西道肅政廉訪使。

留題慧山

參差樓閣古招提，猶見書堂短李題。池影空明天上下，蘚痕生澀路高低。泉香茗細僧清供，竹密花深鳥亂啼。已負平生巖壑趣，馬嘶羨錦障沙泥。

熊總管戴

戴字□□，□□人。官晉寧路總管。

登德風亭

天下多名山，太行居第一。澤潞伯仲間，上黨天之脊。屹立界中原，形勢控南北。千古萬古愁，於焉杳無迹。瞻彼德風亭，巍然峙孤立。德猶大地風，風猶君子德。德風惟得人，何草不狼藉。嗟彼德風亭，在德不在飭。冰湍味更甘，雪乳泛玉液。軒窗瞰危臺，垂雲紀奇石。我來憩此亭，登臨覽八極。十年塵土襟，抖擻豁胸臆。挹此德與風，無憂亦無戚。矯首望太行，太行山自碧。寫詩招義陽，義陽不可得。日暮下亭來，令人三歎息！

趙總管承禧

承禧字□□，□□人。至正間官總管。

謁天聖宫

西來紫氣夜通天，尹喜函關識大仙。白馬青童凡五見，明山福地已千年。四圍松柏飛晴雨，百尺樓臺鎖瑞煙。欲向宗門訪真訣，就中妙理更玄玄。

武夷山

羣玉山前隱道園，松聲鶴唳隔溪聞。山靈似識游人意，要看青林映白雲。

總管月忽難

月忽難字明德，蒙古色目人。初仕爲江浙行省掾史，選臨江路經畧。至正間，歷官江浙財賦副總管。素有足疾，以病去。明德與劉伯温爲文字交，其去也，伯温作序送之曰：至正辛卯六月，月忽難公以病去，薦紳之士咸祖送北門外，酒酣有起而歌者曰：「湛盧可以斷犀，而以之割雞。隋珠可以照車，而以之彈烏。吁嗟兮吾安所如！」客有和之曰：「松柏在山兮匠石求之，夜光在璞兮卞和識之。物固有遇兮遇當在時。」因相顧大笑，賦詩爲別，而劉基序焉。

遊茅山

大茅峰頂神仙府，石逕崎嶇幾屈盤。老兔幻來呈玉印，蟄龍飛去賴金丹。喬松白鶴天壇遠，流水桃花仙洞寒〔一〕。何處吹笙明月下，珊珊環珮欲驂鸞。

〔一〕「桃花」，稿本作「碧桃」。

鈕總管麟

麟字□□，吴江麻溪人。能詩，爲嘉興路總管。楊維楨爲之傳，稱其寄征人藺諸詩，宏壯振厲，與唐人方軌並馳云。

垂虹橋

老龍天半倚高寒，氣壓三吴控百蠻。江海水深吞合璧，東南地坼鎖連環。玉欄憑日天應近，石洞藏雲夜不關。老我一雙題柱手，釣鼇猶在五湖間。

宋提舉季任

季任失其名，□□人。官甘肅提舉。柳貫《待制集》有《贈别宋季任赴甘肅提舉二十韻詩》。

己丑客洪

袞袞魚龍圖，茫茫去住身。波濤江有怪，風雨巷無人。落葉終爲土，殘花不藉春。浩歌成俯仰，殊愧耦耕民。

春遊

草色江城緑四圍，客中天氣近單衣。蛛絲似怕春深去，網住桃花不許飛。

貢治中師道

師道字道甫，宣城人。集賢直學士奎從子。有文名，舉茂才，累官翰林待制，兼國史院編修，與修宋、遼、金三史。以忤時，出補嘉興路治中，部使交章薦之，尋卒。

黄河道中二首

寶林溪水碧於藍，石竹庭柯黛色參。落盡梨花寒食過，幾回歸夢繞江南。

曉渡桃源日未西，緑陰村巷轉逶迤。菜花籬落飛黄蝶，恰似南園雨霽時。

李推官粲

粲字粲然，號絅齋，永豐人。官推官。

悼程習軒

忠壯宗風舊，山林隱趣深。圖書偏有味，軒冕本無心。萊篋多遺綵，韋籯不貯金。陳原重回首，草露在衣襟。

贈徐則聞

江西詩派祖涪翁，時有徐甥在派中。三百餘年幾絶響，又傳家法過江東。

范知州栝〔一〕

栝字□□，范縣人。至正五年，任保定府雄州知州。

過廩邱

一葉輕舟穩，飄飄過廩邱。櫓聲摇夜月，漁水對殘秋。古跡中都近，風波昭代憂。蘆花深處聽，欸乃幾曾休。

〔一〕「知州」，稿本作「雄州」。

上官縣尹伯圭

伯圭失其名，一作「珪」。安仁人。藻之子，官崑山令。

題雲林子南村隱居圖

避世尋幽處，虚堂倚石臺。響泉清磬合，飛嶠畫屏開。竹散風前影，松垂雨後苔。浮沉應不問，何似小蓬萊。

上秦王伯顔太師右丞相

今代麒麟第一功，勤王師相錫秦封。作爲霖雨三農望，旋轉乾坤萬國宗。龍虎臺前春盎盎，鳳凰池上日溶溶。曳裾舊是王門客，又侍金鑾入九重。

楊縣尹祖成〔一〕

祖成字伯振，一作「震」。長洲人。少時嘗從學須溪劉辰翁。至正間，從事浙省，一時名士大夫，多與往來爲詩文。仕至山陰縣尹。子性字彝仲，官海寧州同知。

玉山佳處以何以解憂惟有杜康分韻得惟字

簿書縛壯士，三載勞驅馳。歸來事愈繁，心緒如亂絲。故人界溪北，天賦玉雪姿。亭臺寄游息，花竹供娛嬉。嗜好異流俗，耕釣每自怡。一别動經歲，夜夢或見之。今朝獲良覿，如解渴與飢。張筵沸絲竹，妙舞雙吴姬。座中盡嘉客，梧竹標相輝。酒酣置筆硯，分韻令作詩。嗟我塵俗狀，清事久不爲。詩從何處生，枯腸費思惟。督促星火急，强歌紀歲時。自慚鄙拙句，亦效聯珠璣。明朝便陳迹，分違各東西。此歡恐難再，後會何當期。

〔一〕「縣尹」，稿本作「山陰」。

趙知州涣〔一〕

涣一名同麟，字季文，常熟人。由憲掾陞湖州從事。端謹廉方，人見其儀表，莫不興起。從政之暇，放情詩畫，皆爲時所重，然不苟得也。官至富州知州。

暇日同仲穆諸公遊道場山和東坡韻

道場山深美林麓，坡老文章照巖谷。簿書休暇得良朋，載酒幽尋歡意足。朝寒嵐重陰漫漫，石頭路滑青屈盤。仰瞻孤塔倚霄漢，俯聽絶壑鳴飛湍。老僧愛客煮茗出，暫與閑雲分半席。自言住山八十年〔二〕，夾道長松手親植。宗人好事携歌鬟，爲余嘯傲泉石間。壺觴到處即傾倒，何必西湖與東山。郡圃花開少晴旦，屈指春光已過半。百年行樂能幾何，爛醉芳時莫長歎。

舟中夜作

身同南雁去，回首意茫然。酒醒家千里，詩成月滿船。河渾非爲雨，岸轉欲移天。夜静明河漢，凉風自斗邊。

病後過道場山漫成二首

愛此道場泉石好，公餘每到即欣然。兩山空翠疑無地，一塔高寒別有天。未暇耕雲深隱遯，何妨煮雨小留連。賞音最重東坡老，爛熳雄章萬古傳。

連日南山風共雨，染深溪色緑依依。官閑自喜詩添稿，病起誰憐帶減圍。柏府無才名漫在，草堂有約夢頻歸。足艱未快登臨興，空羨雲間鴻鵠飛。

〔一〕「知州」，稿本作「富州」。

〔二〕「年」，原誤作「千」，據稿本改。

賈縣令策〔一〕

策字治安，大梁人。美丰姿，器量洪雅，早年辟宗正府幕。天曆中，歷餘姚州同知，至仁和令卒。其僑居西興，有賈公墩，嘗巾白綸衣鶴氅，吟嘯其上，自謂風度去古人不遠。詩工唐七言律，字行草聯繇可愛。

鶴骨笛《元音》作無名氏，《文翰類選大成》作桂秋。

九皋聲斷楚天秋，玉頂丹砂一夕休。枯朽挽回一作「半存」。生死調，凄凉吹盡古今愁。雲一作「魂」。歸遼海雲迷樹，一作「身如寄」；「寄」，一作「玉」。曲罷一作「破」；作「夢斷」。江城月滿樓。惆悵主人三弄罷，杳無消息到揚州。

題水晶道人瓮牖圖

處富無驕易，居貧樂道難。先賢不可作，撫卷一長歎。

和西湖竹枝詞

郎身輕似江上篷，昨日南風今北風。妾身重似七寶塔，南高峯對北高峰。

〔一〕「縣令」，稿本作「仁和」。

唐縣尹棣〔一〕

棣字子華，歸安人。由茂才異等薦授嘉興照磨。至正五年，以承務郎爲休寧縣尹，有善政。時上元楊翮爲主簿，作《唐縣尹生祠記》。遷吴江州知州。有《休寧稿》、《味外味稿》。子華好讀書，對客談詩〔二〕，終日不倦。善畫山水，嘗遊趙松雪之門，後因畫嘉熙殿，爲順帝所知，遂以詩畫顯聞江左，號曰唐休寧。張泰階《寶繪録》，謂元代畫家逸格之入妙者，如雲西老人、方壺羽客、及唐子華，皆夙具異禀，下筆自超。休寧之畫，可以定其詩品矣。

潮音渡

送客潮音渡，飛花春又殘。隔溪聞笑語〔三〕，倚櫂看峰巒。落日漾晴采，東風生曉寒。往來人似織，應羡獨憑闌。

慈感寺

溪上前朝寺，人間古道場。柳垂門外緑，花發殿頭香。雨榻晴猶濕，風廊暑亦凉。經僧旋繞處，清磬散還長。

宜晚亭

朱甍翠拱倚潺顔，野色湖光指顧間。鄉散四時天竺雨，青浮兩點洞庭山。諸方駐夏頻游憩，近郭尋春任往還。却憶幽棲姚子敬，留陪歡詠叩禪關。

寄題謝子翼晚翠亭

洞庭咫尺少經過，嵐翠霏霏晚更多。風作雨聲鳴墜葉，雲垂秋影落滄波。楓林賽社聞村鼓，橘岸開船發櫂歌。欲泛空明三萬頃，恨無題詠到陰何。

城西看月

久欲依山每恨遲，居貧難辦買山貲。貪收古畫人誰購，愛種名花手自移。近日看書愁散漫，經年曬藥補清羸。裁詩寄與諸朝士，還看如今老更癡。

和西湖竹枝詞

門前楊柳亂吹花，第一橋頭第一家。馬上郎君休挾彈，柳枝深處有慈鴉。

〔一〕「縣尹」，稿本作「休寧」。

〔二〕「詩」，原誤作「時」，據稿本改。

〔三〕「聞」原誤作「間」，今改。

黄縣尹昭〔一〕

昭字觀瀾，撫州人。至正中，官廣州路新會縣尹。

厓山

八月涼風起天末，日色蒼涼海光薄。厓門咫尺斷千山，千古興亡恨悠邈。憶昔王師下江表，艨艟百萬貔貅躍。賣國奸臣佩虎符，巍巍一朝臨鼎鑊。西湖歌舞散雲煙，南海旌旗起蛟鰐。將軍奉詔勇且仁，黷武殺降非所樂。幼主焉知國祚亡，從軍半向波濤落。紀功勒石隳崖岸，奏凱旋師踐幽朔。乾坤清夷六十載，折戟沈沙半銷鑠。海隅小邑喪亂餘，風俗粗疎少文學。嘅無遺老話前朝，耳聞目見真蕭索。何知在德不在儉，天塹東南非所託。潮落潮生人不歸，新雁年年度沙漠。

〔一〕「縣尹」，稿本作「新會」。

張縣尹士熙〔一〕

士熙字□□，□□人。至正間，任江州湖口縣尹。

石鐘山

翁君美，好山水，至元年間常遊此。兩腋清風生，雙足白雲起，俄然身在高空裏。

〔一〕「縣尹」，稿本作「湖口」。

麥知州澂〔一〕

澂字□□，南雄人。至正間知藤州。

谷山在藤縣城北。

層巒疊翠瘴江湄，水色林光雲起時。雲鶴自閑春自老，箇中風月幾人知。

東山

東山雲斂碧天開，月色蒼茫海上來。風露滿空清似洗，一庭光彩轉瑶臺。

石壁山高十餘丈，下臨大江，是多松檜。

千尺丹厓削石屏，波光倒樹凝雲行。何當借我煙霞榻，卧聽泉聲看月明。

赤水峽兩岸壁立，一水中流，樹木蔚然，嵐氣朝夕不散。

水氣初升雲氣浮，山林不辨鳥聲幽。天風吹入三竿日，草木依然水遶洲。

藤江

桃花浪暖錦鱗肥，白髮漁翁罷釣歸。柳底繫船篷底坐，滿前鷗鷺已忘機。

鴨灘

中流亂石水交加，滾滾寒聲帶雪花。霜月不隨流水去，只將秋色伴漁家。

〔一〕「知州」，稿本作「藤州」。

王知州德貞〔一〕

德貞字□□，□□人。至正間爲安福知州。

讀書臺二首

五馬承流政有餘，青燈還與讀書期。香芸辟蠹遺殘簡，春雨生苔瘞古碑。卷箔不妨山入座，橫琴長待月臨池。安成十載遺風厚，只説殷侯郡治時。

地迥臺高積歲餘，重來寧復似前期。讀書仍有臨軒月，奕世猶存紀政碑。屏列晚山詩外景，水添寒硯竹間池。安成自古留住致，復振文風似舊時。

〔一〕「知州」，稿本作「安福」。

監縣大都間

大都間字□□，北庭人。至正間監寧晉縣事。

武安君廟

策馬行行過土門，特來祠下弔將軍。斷碑冷落埋秋草，遺址荒凉鎖暮雲。籍甚聲名天地久，凛然生氣古今存。歇鞍幾度傷懷抱，衰柳寒蟬噪夕曛。

雷教授櫟

櫟字□□，□□人。官教授。

玉溪山房

按《甌寧縣志》，山房在縣西鄉里夏劇之玉溪，元里人童淦建，以爲讀書之所，建陽蔣易作記。

玉尺當年息浲流，山房新築見貽謀。閑敲璞石横敧枕，笑拂珊瑚直下鈎。山色半簾人似玉，水光一檻世如漚。冷風悟入農軒境，月滿乾坤太素秋。

楊教諭慶源

慶源字宗善，泗水人。幼機警，嗜問學，能日誦經史數千言，長通毛詩經學，尤工書。補信州永豐縣儒學教諭，所交者皆一時名公卿。其爲詩文，尤有法度焉。

次鐵崖蚊字韻呈玉山懷鄭廣文

玉山草堂絶蕭爽，漁父唱歌溪外聞。春風醉醒椰子酒，夜月夢落梨花雲。文章獨許楊太史，謔浪時同鄭廣文。東歸長懷丈人室，六月地冷無飛蚊。

有懷玉山徵士

近聞東觀藏書室，乃在崑崙玄圃臺。羣玉山頭海月出，武陵溪上漁舟來。故人十載草堂别，仙家九月桃花開。太白時時吹鐵笛，對酌花前鸚鵡杯。

寄草堂主人

浣花溪上讀書亭，海國光摇處士星。三月東風迷錦樹，半天南斗射青萍。誰騎仙鶴吹笙過，自醉山花枕石聽。多有故人麟閣上，帝前應説草堂靈。

西湖竹枝詞二首《列朝詩集》，誤刻周南。

蘇公堤上草離離，春盡王孫尚未歸。風度珊瑚簾影直，一雙紫燕近人飛。

採菱女兒新様粧，瓜皮船小水中央。郎心只如菱刺短，妾情還比藕絲長。

徐教授夢吉

夢吉字德符，杭之於潛人。壯年以茂才舉秀之傳貽書院山長，歷常熟教授，傳祖父毛詩學，有《琴餘雜言》行於世，晚自號曉山中人。

西湖竹枝詞

雷峰港口晚凉天，相笑相呼去採蓮。莫爲採蓮忘却藕，月明風定好回船。

朱教授志道

志道字□□，崇德州人。由儒士辟傳貽書院山長，陞吴江州教授。子逢吉仕明，官至大理丞。

宗遠先生復入虚白齋余喜承教有日因成短歌一章以求笑正

竹枝先生陳夫子，白髮鬖鬖垂兩耳。著書眼似秋月明，爲文思入青冥裏。近來學得神仙術，欲向山中餐石髓。世間自有仙人居，何必蓬萊三萬里。先生一去竟莫迴，我嘗勸之留不止。如何擘破山中雲，却被茅君强招起。

毛山長南翰

南翰字彝仲，黄巖人。元末舉鄮山書院山長，有文集。

竹陣圖

坡翁胸次何礧砢，雜遝千矛攢萬笴。一生長爲竹寫神，落紙篔簹森可把。青雲糾糾曉相壓，蒼雪紛紛晝仍墮。長槍磨戛颯緑沈，細甲鉤連紐金鎖。此幅分明作陣圖，左右中堅皆勇果。正如絳侯剪諸吕，麾下健兒齊袒左。又如赤壁走阿瞞，一炬怒鏖黄蓋火。囊沙擁水待半渡，摩壘斬關知彼我。此翁意氣有如許，詎可奔北降老可。金蓮道人亦好事，遠遊愛鼓滄浪柁。斛珠不買青樓娼，博取歸來云頗頗。敲門柱杖棄不用，硯几書屏邀對坐。客來無詩不與語，琢腎雕肝誰得罷。一朝去主芙蓉城，付與郎君重封裹。我來愧在作者後，品畫題詩忘縷瑣。周彝商鼎篆奇譎，趙璧隋珠光璀瑳。摩挲病眼拂絹素，玉節金枝紛婀娜。雨中三日不出門，四客相看足如跛。就中兩客程與陳，吐辭清新曾帖妥。回頭動是三十霜，快讀令人夷坎坷。長潘短李炳貂豹，紫巖汶陽稱果臝。我詩乞與作衙官，擲筆亂峰青朶朶。

黄教官季倫

季倫失其名，鄱陽人。性情高介苦學，工吟古樂府詩，與臨川危太樸爲倡和友〔一〕。嘗游京師，從翰林學士揭曼碩游。充三史書寫，工畢奏上，命中書授長洲縣教官。

和西湖竹枝詞二首

錢塘江頭莎草齊，錢塘女兒歌别離。願郎相見如月子，月子團圓無暗時。

湖上女兒猶褐衣，出門日日望郎歸。春水繞湖春草緑，草上雙雙蝴蝶飛。

〔一〕「樸」，原誤作「僕」，據稿本改。

金山長鼎實

鼎實字□□，廣德人。官松陽山長。

東嶽行宫二首

按東嶽行宫在松陽縣北。至正間，昔有無名道人退宫潑墨，左壁畫梅一株，右壁畫松一株，筆勢凌絶，遊客稱爲山鬼傳神之筆。

題梅

何處高人玉立骨，寫出梅枝健如鐵。夢魂飛入廣寒宫，花神舞動黄昏月。是誰疎影横窗紗，墨烟冷浸青牛家。底事梅花只畫我，不仍我云畫梅花。

題松

研了一錠二錠墨，寫出一株大松樹。有時白鶴誤飛來，踏枝不著空歸去。

康州判瑞《體要》作「康耑」。

瑞字瑞一作「端」。玉，吉之龍泉人。夢吉四世孫，博學工古文，尤工樂府詩，虞邵菴畏友也。廣東知政府辟爲掾屬，以善建白聞，後以常調爲於潛縣税官，棄弗就。至正四年，授新淦州學教授，改贛州路照磨，陞龍興路富州判官。

西湖竹枝詞四首

蘇公六橋柳垂堤，照見郎君鞍馬肥。蜻蜓蝴蝶不相識，各自相憐尋伴飛。按楊鐵厓《西湖竹枝詞集》止載此首。

南高峰頭雲未開，北高峰頭雨頻催。爲雲爲雨幾時了，醉裏相期夢裏來。以下三首見《體要》。

合歡釵頭雙荔支，同心結得能幾時。蓮莖有刺郎解折，蓮子有心奴自知。

拍湖春水段家橋，紫頷湘簾碧玉簫。橋邊楊柳爲誰苦，牽惹風光千萬條。

王州判景顔

景顔字□□，□□人。官潞州判官。

德風亭用偰世玉韻

峩峩君子亭，卜築山之陽。民居鬱相擁，巖樹翠疏行。古鎮遺金城，雄章佩玉剛。作郡多賢雋，圭璋粲顒卬。殆近首陽阿，豈知君子岡。况當周晉交，浮風接洪荒。琴歌談笑餘，劍氣斗牛旁。監收台鼎家，史君白璧光。瀛洲倅車下，判公士林望。麟鳳聚一時，匪徒獲小康。有客隆冬來，彌蓋春風堂。徘徊仰召杜，謳吟繼齊梁。紅燭輝椒概，葡萄侑伊凉。明發指蒲陜，東瞻慨復慷。

德風亭用王君實韻

太行分翠入東垣，山崦遥看罨畫村。千古遺疆接韓趙，五方殊俗慕嘗原。從珂鐵騎威應遠，彦博燈籠錦豈存。惟有文章老秋谷，依然行馬列都門。

張主簿舜咨

舜咨字師夔，錢塘人。由行省宣使調休寧簿。政事之暇，焚香閉閤，哦詩對卷，翛然無塵。玉山稱爲修潔之士云。

次李士廉韻簡玉山

書樓棐几石嶄然，晴雪飛來太華巔。墨本祕函枯樹賦，牙籤插架白雲篇。清心求友先同調，華髮逢人恥問年。共惜分陰珍雅玩，封侯擬不到鳶肩。

寄廣西白二首

歸思迢迢不柰何，寄聲珍重病維摩。風帆明日春江上，回首蒼山緑樹多。

寶塔從空舍利光，風鈴和夢度春江。遥知西老聞鐘處，木末烏啼月到窗。

題竹二首

萬里高風不自由，琅玕掀舞一天秋。何人笙鶴歸來晚，縹緲仙城十二樓。右風。

芸緑生香石有文，駢頭下見錦綳孫。夢中髣髴東橋路，沽酒人家小竹門。右嫩。

題新安方丈梅花

新安堂上梅花新，南枝北枝開未勻。渠儂切莫訝渠瘦，中藏萬斛江南春。

李知事庸

庸字仲常，婺之東陽人。宋寶謨閣學士、工部尚書大同之六世孫。自幼好學，善屬文，尤長於詩詞。早歲游京師，館閣諸老争辟爲屬吏，令爲江陰州知事，自號用中道人。有文集曰《用中道人集》。

和西湖竹枝詞

六橋橋下水流東〔一〕，橋外荷花弄晚風。郎心似水不肯定，妾顔如花空自紅。

〔一〕「流東」，原誤作「東流」，據稿本改。

陸經歷文英

文英字□□，檇李人。至正間，任邵武縣尹，後以薦陞都轉運鹽使司經歷。

武夷山

玉女峰前宿霧開，武夷仙子下瑶臺。震雷倏忽從乾起，山雨不知何處來？千尺懸崖含地軸，一泓流水勝天台。道人謄説長生訣，夜半天風駕鶴回。

張首領可久

可久字□□，號小山，慶元人。以路吏轉首領，涵虚子謂若披太華仙風，招蓬萊海月，爲詞林宗匠。

次韻酸齋君山行

蜀江湘流合千里，中有蒼崖壓秋水。仙人金冠坐鐵船，反披紫裘初醉起。小龍二女相從遊，眉山低壓青黛羞。寄書不通雙淚流，三十六宫明月秋。花邊閑袖玉堂手，老來頓覺嫦娥醜。岳陽樓下喚開門，神仙幾年曾醉否。抉雲老鶴去不還，青青一點天涯山。

天狗一作「劍」。歌

將軍躍馬來南荒，腰間古劍白練光。鵩鵜塗香魑魅泣，寒芒熠熠勾陳蒼〔一〕。龍髯高釘珠堂月，玉華曾拂樓蘭雪。爲君盡斬一作「斫」。奸臣頭，天狗三更下舐血。

早起口占寄玉山

蟻槐樹下夢不成，抖擻白雲出帶星。沿籬切切候蟲語，循溪濊濊新潮鳴。自憐頭顱已脱髮，未了案牘猶勞形。黄塵汩汩高没人，何時解纓濯清泠。菖蒲潭上有松扃，玉山草堂睡未醒。

題顧仲瑛芝雲堂

奇峰移自瀛緑苑，盤盤囷囷玉連娟。煮而食之可延年，仙翁御氣飛上天。

〔一〕「芒」，原誤作「茫」，據稿本改。

劉從事肅

肅字子威，河南開封府人。讀書讀律，試郡從事，後輒棄去。游京師，詩尤有法度云。

玉山佳處

故人遠招楊執戟，酒船回到孝廉家。玉山獨立高如屋，潮水西迴曲似巴。鐵笛吹翻咬蜃窟，清娥舞落芙蕖花。何日問潮亭子下，更邀齋己卧煙霞。

高理官克禮

克禮字敬臣，河間人。蔭官至慶元理官，治政以清浄爲務，不爲苛刻，以簡澹自處。工古今樂府，有名於時云。

和西湖竹枝詞

第四橋邊第一灣，看魚直上玉泉山。大魚已逐龍飛去，留得當時舊賜環。

吴□□禮

禮字和叔，歙縣人。嗜讀史吟詩。爲吏有操行，雖簿書叢中，不廢吟事。故其詞婉熟。

西湖竹枝詞二首

湖上鴛鴦相對飛，春寒著人郎未歸。莫捲珠簾看行路，揚花撩亂撲人衣。楊鐵厓《西湖竹枝詞集》止載此首。

不愛郎君紫綺裘，不愛郎君珊瑚鉤。永求同生願同死，化作蓮花長並頭。此首見《體要》。

謝府掾寅

寅字叔長，上饒人。疊山先生枋得諸孫也。通三禮經學，試有司，弗利。遂就會府辟掌籍史。然手不釋卷，無塵垢狀〔一〕。上官一見，知其恂恂然儒者也。

和西湖竹枝詞

郎君前月發京華，燕子來時當到家。記得去年栽白苧，郎君繫馬石榴花。

〔一〕「垢」，稿本作「俗」。

蒲察景道

景道字里爵官俱未詳，見《蒲州志》。

題德風新亭

雄構危亭跨古墉，翬飛輪奐接蒼空。高明地位神仙府，豁達軒窗刺史胸。翠户曉開晴嶂碧，朱簾暮捲落霞紅。吹嘘不啻封疆内，會聽臺章達九重。

元詩選癸集目録　癸之己下

〔一〕「五」，原誤作「二」，據正文改。

〔二〕「三」，原誤作「二」，據正文改。

〔三〕「壁」，原誤作「璧」，據正文、稿本改。

〔四〕「曅」，原作「昱」（避諱字），今改。

元詩選癸集 癸之己下

俞鎬

鎬字孟京，雲間人。

擬古四首

李白一斗酒，慷慨詩百篇。一時縱豪放，意氣凌青天。皇帝降輦迎，天下稱其賢。悠悠千載下，此道匪不傳。

漢祖雲夢遊，當時曷爲意。執信繫之歸，封以淮陰地。一爲陳豨謀，功業已違志。悴焉煩聖憂，忠良勿宜廢。

昭侯愛敝袴，勿賞徒笑嚬。孔明誅馬謖，克意在經綸。一以待有功，一以示無親。罰賞苟不濫，大業崇千春。

魏紀末云久，司馬懷其璽。骨肉復相殘，敵人遂蜂起。中有慕容氏，崛然乘間抵。覆轍勿復蹈，鑒之在青史。

寄董良用先生

東望雲山翠且重，煙波咫尺是婁淞。十年爲客荒三徑，百里憐君住九峰。把酒每懷彭澤令，放歌甘作鹿門農。闔閭風景渾非舊，愁聽寒山半夜鐘。

沈存

存字肯堂，雲間人。

懷友人俞作貞

去年秋風卷黄埃，美人躍馬沙邊來。今年秋雨灑白日，美人遠上黄金臺。黄金臺下燕山道，漠漠寒雲接衰草。雁飛不斷青天長，長使征人路旁老。美人美人胡不歸，清霜彫盡珊瑚枝。臨風三歎思欲絕，悲莫悲兮生别離！

胡謙

謙字彦恭，雲間人。

題張子信雍冀紀行詩集後

有子早傳丹桂芳，明時上國快觀光。平生學業真無負，弱冠聲名獨擅場。清渭水流春汩汩，太行山色曉蒼蒼。此行足慰平生願，拾得驪珠滿錦囊。

沈良

良字□□，號華溪，雲間人。

題王叔明倣董北苑風雨蕭寺圖

墨雲擁高山，頃刻風雨至。劃然海潮聲，草木争偃地。曠野少人行，山僧獨歸寺。衲衣盡沾濕，敲户何急事。倉皇前村民，乘屋一何亟。一婢已抱瓮，一婦更持器。重茅惜被卷，破屋家所寄。戴笠者漁郎，理網屈雙臂。老翁若望家，擔物終不棄。陸走尚甚危，水行可無畏。前溪風雨惡，篙折水流駛。行者當早歸，居者不豫備。北苑爲此圖，黄鶴師其意。想見晚來晴，雲净山横翠。始信霎時間，真宰特相戲。余家有董北苑《風雨蕭寺圖》，是思陵所題，筆法高古精絶。叔明相訪，出以示之，稱賞不置，余輒以贈之。叔明爲臨此卷，余展賞題此俚言。時至正庚寅秋七夕次日也，華溪沈良。

雲西老人曹知白

知白字又玄，一字貞素，别號雲西老人。其先閩人，後徙居温之許峯，再遷華亭長谷之西。知白身長七尺，美鬚髯，家貲富盛，而文采有餘。至元甲午，詔遣中書左丞鑿吴淞江，知白以策從行。大德戊戌，庸田使柳公行水，復獻寘閘成隄之法。大府薦授崑山教諭，意甚不樂，遂辭去，隱居著《易》。善畫山水，師馮覲，亦似郭河陽。嘗築臺以銀粉塗之，月夜携客痛飲，名瑶臺。一時惟常州倪雲林、崑山玉山主人可相伯仲，其他貲富而文采不足者不與焉。

秋林亭子圖爲月屋先生作

天風起長林，萬影弄秋色。幽人期不來，空亭倚羅薜。

秋水釣舟圖

秋水泊湖魚正肥，釣舟還好趁斜暉。晚風拂面酒未醒，新月流光又上衣。

遂生亭與錢南金陸伯翔伯宏邵復孺安雅世長自聞熏師聯句

深冬鼓天籟〔一〕，極寒抑新陽。曹貞白。凍痕固封坼，暝色浮穹蒼。錢南金。斜暉射屋壁，嚴飈襲衣裳。曹世長。氣候亙昕夕，景物惟冰霜。陸伯翔。幽居絶蕭散，喬木相低昂。僧自聞。長林展圖畫，疎松奏笙簧。陸伯宏。經時歲云暮，撫事心亦傷。邵復孺。朋來温重席，衆喜累十觴。曹安雅。窗梅弄疎影，盤蠟摇寒光。伯翔。竹爐榾柮火，柏子氤氳香。自聞。豆籩既無算，肴核復屢將。伯宏。野蔬雜鶉雉，溪腴間鰷鱨。世長。翠罌玉蛆凍，犀箸紅肉僵。安雅。偉哉青雲彦，會此白石房。南金。盍簪意已洽，得酒氣亦强。伯宏。世道久澆薄，古意殊荒凉。復孺。真情悦親戚，嘉會非尋常。貞素。高才貴瑚璉，妙語鏘琳琅。南金。太原與五姓，燕山尊十郎。伯翔。阿翁正矍鑠，我輩俱頡頏。世長。宗族互有託，禮貌詎可量。安雅。舟車遠無間，雞犬遥相望。自聞。九世同安居，百年有餘慶。復孺。兒孫等鱗次，兄弟列雁行。貞素。賴有北道阮，况得共被姜。安雅。鳩杖祝勿咽，兕觥介無疆。伯翔。晨昏足甘旨，歲時謹烝嘗。安雅。臭味亡薰蕕，優劣何秕糠。自聞。

躬勤樂耕釣，志儉忘膏粱。伯宏。招隱及巖谷，濯纓下滄浪。南金。清風起竹徑，朝陽耀梧岡。世長。歌長擊瓦缶，興酣據胡牀。貞素。秋花照籬落，春草生池塘。復孺。望重詩禮庭，志薄名利場。南金。學術本鄒魯，治化沾虞唐。貞素。百兩重聘國，千金戒垂堂。伯翔。雄觀局四海，壯志馳八荒。伯宏。恒鄙貨殖貢，豈羨干禄張。安雅。詞源尚屈宋，書法追鍾王。世長。奇材任犖犖，雅量須汪汪。自聞。心胸蘊星斗，頭角嶄珪璋。伯宏。黄麻珍世賞，青氈寶家藏。伯翔。松柏抱貞秀，蘭桂含芬芳。世長。擬儕谷口鄭，弗愧商山黄。復孺。曳裾或混俗，衣錦寧忘鄉。南金。王掾元不癡，酈生乃佯狂。復孺。婉孌談論闊，輾轉理義長。貞素。會合益膠漆，契闊毋參商。笑論寒稍弛，歡樂夜未央。南金。真性本寥廓，幻身且徜徉。自聞。聯詩出雅頌，看劍生光芒。世長。焚膏照無寐，瀹茗搜枯腸。自聞。人情笑失馬，世利嗟亡羊。伯翔。惟兹一餉樂，勝彼終日忙。安雅。所欲論文字，初不事酒漿。貞素。耆英固難繼，真率或可方。復孺。坐醉春滿席，起舞月在梁。南金。宿氛息廣漠，晴曒炫榑桑。伯宏。分袂重慷慨，驅車走康莊。安雅。猗歟紀宴集，斐然成文章。復孺。

〔一〕「深」，原誤作「冰」，據稿本改。

宋處仁

處仁字智民，華亭人。

杏園

天寶年中錫宴開，慈恩寺裏看花來。雨香曉潤金泥帖，霞影重翻緑玉杯。詩客錦囊還可賦，花奴羯鼓不須催。秖今萬樹臙脂雪，遺核應慚董奉栽。

灞橋

石罅槙虯幻骰存，將軍舊業許誰論。波浮沆瀣呑虹影，玉琢連環鎖地根。花信雨晴春酒館，柳陰樓倚夕陽村。蹇驢奔走紅塵客，破帽題詩合斷魂。

錢元方

元方字彦直，華亭人。

寄李紫篔

謫仙今住五茸西，醉後懶披宫錦衣。天上玉堂無夢到，山中書艇載鵝歸。白雲滿屋詩連軸，大泖當門鱸正肥。安得造君清隱處，紫簫吹月轉山扉。

題謝氏仲允一掬泉

石湖之澳有甘泉，一掬清泠絶可憐。金鯽跳波明月上，彩雲浮石紫苔連。流杯夜醉雲松伯，洗筆春留鐵笛仙。翠閣紅闌誰是主，東山太傅子孫賢。

鄭昕

昕字彦昇，華亭人。

夏德輔荷亭會衛叔剛同飲值雨二首

翠華擁出三千女，玉杖扶持八十翁。若使此花能解語，主人日日醉春風。

芰荷著雨洗紅妝，未必蓮花似六郎。一種風流人不識，碧筒還勝紫霞觴。

詠白頭公

枝上雙雙老白頭，雙飛雙宿意綢繆。問渠何道頭能白，穩處安身不濫求。

余寅

寅字景晨，華亭人。

静安八詠

赤烏碑

仙苑居羣鹿，豐碑紀赤烏。三分遺故國，千載説浮圖。

陳檜

海波浮玉殿，寶綱拂珊瑚。座上來聽法，龍精即老夫。鐵厓評曰：「五字善融化。」

鰕子禪

老禪不解事，眉白鬢莖稀。曹溪一滴水，鰕子作龍飛。鐵厓評曰：「字與奎辭尚意。」

講經臺

飛花埽香雪，古臺生白雲。娑羅雙樹下，人去寂無聞。

滬瀆壘

我過袁崧宅，重尋滬瀆津。英雄千載下，遺壘大江濱。鐵厓評曰：「二十字全美。」

湧泉

趵突回江脉，跳珠薄梵纓〔一〕。勿令牛口涴〔二〕，我耳與俱清。

蘆子渡

風冷花飛雪，秋清水到門。醉眠船不繫，江月净無痕。

緑雲洞

華蓋結空緑，洞門生晝寒。絪緼浮玉氣，石上有琅玕。

〔一〕「薄」，原闕；「梵」，原殘，均據稿本補。

〔二〕「牛口」，原闕，據稿本補。

陸侗

侗字養正，上海人。詩莊贍豪偉，其題詠景物尤善，往往出人意表。同時若王泳、趙鎮、殷汝舟、姚玭，俱能詩文。

静安八詠

赤烏碑

金人入夢興梵宗，重元始創滬瀆東。紫髯紀年石且豐，大書赤烏卻黃龍。維松潮汐地不同，文章忽瘞洪濤風。鼂蚨螭首潛無蹤，川后河伯還會通。奎星下燭娑竭宮，方信人間談色空，江水自白江花紅。鐵厓評曰：「結益精神。」

陳檜

鐵榦屈左紐，苔枝鎖空青。雨露承十朝，根心自禎明。願仗千佛蔭，羞向三閣榮。水月照纓絡，儼矣大士形。秋風動石頭，不雜玉樹聲。泰媪永訶護，恐化蒼龍精。鐵厓評曰：「『水月照纓絡，恐化蒼龍精。』諸作未能如此想像。」

鰕子禪

阿師不羈客，多爲俗所嗤。悟空本無説，非狡亦非癡。吐哺死活鰕，以此啓羣迷。故寮尚明月，古渡空夕霏。遂思寂圓際，萬化同一機。

講經臺

我本有髮僧，勝跡俱參禮。焉知依禪師，築臺近松水。繙經三十年，貝葉不論篇。身影淡中月，心香清處蓮。土花蝕猊座，白日野狐卧。昔已踢破雲，任天蟻旋磨。優曇長輝輝，師應神夜歸。石鉢蜿蜒死，苔龕熠燿飛。傳燈幾時録，徘徊林下躅。誰復追前修，側想西天竺。

滬瀆壘

海波沸，石壘成。江水溢，石壘傾。當時半壁江南城，滬瀆廼捍踏浪兵，一散夜雨悲精靈。精靈尚西顧，化作燐火青。蒺藜昨日花冥冥，孤臣淚下空沾纓。

湧泉

元氣斡坤軸，不舍晝夜旋。四五窮其上，趵突萬劫泉。寧隨月盈縮，滾滾常自然。沸如沃焦起，汨若尾閭連。神虎恥來跑，驪龍懼爲淵。自天一數生，在理合後先。荒哉博望候，空去求河源。美彼西方人，卓錫良有緣。鐵厓評曰：「『沃焦』、『尾閭』句好，『一數』、『後先』，尤見道體。」

蘆子渡

蘆村胥村南北路，舟往舟還古今渡。一笠天垂紫鳳飛，百枝水落青龍步。鯉魚風起夜未收，雪色葦花零亂秋。借得君山第三管，月中吹過滄浪洲。鐵厓評曰：「『鯉魚風起』，忽然出一奇句。」

緑雲洞

雲林氣蒼寒，百年老禪宅。清泠薝蔔香，太古蔚藍色。金鐘有時振，珠露不住滴。朝來自研朱，重將梵語譯。

王處士泳

泳字季深，上海人。性愛《易》，自號静習，或問静何習，輒對曰：「習不由静，未曾學也。」所著有《静習稿》。門生劉絹爲置壽藏于龍華之原，梧溪王逢爲之銘。

壽藏歌

鼊何物兮，繭是室兮。吾其願畢兮，抑亦一二三子之力兮！

吴世顯

世顯字彦章，號水西，延陵人。襟度灑然，讀書讀律，詩不苟作。受知於縉紳先生，鐵厓稱其駿馬鑿蹄，其進未量也。

玉山佳處以烔如流水涵青蘋分韻得青字

玉山月色夜冥冥，人在池亭酒未醒。河漢界天龍氣白，竹梧當檻鳳毛青。露臺翠館來仙子，秋水漁莊動客星。明日草堂塵事少，定將詩句刻雲屏。

湖光山色樓口占四首

一溪新水護平田，高柳青風起暮蟬。人在樓頭揮汗雨，行人更在夕陽邊。

樓居竹樹抱溪長，落日虞山煙翠涼。遥想白雲招隱處，長鑱鉏雨茯苓香。

雨來江閣清風滿，山入吴雲紫翠分。黄犢草深人窅窅，白鷗波亂雪紛紛。

水風楊柳疎疎緑，山雨芙蓉朵朵秋。樓上捲簾涼意足，玉笙時度竹西頭。

西湖竹枝詞

湖中日日坐船窗，水面鯉魚長一雙。好寄尺書問郎信，惱人湖水不通江。

曹徵君一介

一介字子和，號筠軒，東林人。讀書博古，好義輕財，鄉人尊之。泰不華以長山教諭薦，辭不赴，所著《友竹稿》。

晚過寒巖

草樹含秋凈，寒山看晚過。白花留半壁，泉響落深蘿。野路門前改，僧房雲裏多。十年無廢事，塵劫更如何。

吴益

益字敬夫，延陵人。

静安八詠

赤烏碑

片石沉沙定有無，投文我欲問天吴。事殊八字題黄絹，年有重元載赤烏。仆拽豈因逢李愬，捫摩曾不逮鍾繇。欲憑龜碣尋真跡，直待榑桑水倒枯。

陳檜

禎明對植自梁陳，立雪分明兩玉人。龍象本聽雙樹法，風雷先化一邊春。雲籠珠珞青如蓋，雨溜苔花翠滿身。惟有海鄉千載月，歲寒孤影最相親。

蝦子禪

憐師踪跡混塵埃，身向長鬚定裏回。豈以腥羶汙口腹，却因醉吐幻胚胎。烏鳩池上雙雙去，魚膾江中隊隊來。正是禪心同一悟，青蓮偏向臭泥開。

講經臺

依師曾說無生法，揮塵慈雲滿太陰。花雨香飄獅子座，唄聲清振海潮音。紫苔剥落點頭石，寶刹莊嚴布地金。留得老年行道影，一龕燈火夜堂深。

滬瀆壘

滬瀆洲邊古壘存，寄奴曾此破孫恩。妖氛竟作沙蟲化，殺氣遥連海霧昏。鐵鎖沉舟漂掬指，漆燈嘯雨泣征魂。風濤時似當年戰，萬古聲交兩陣奔。

湧泉

仲依曾夢寶山泉，湧出曹溪一派禪。未恨水晶和劍失，定知龍伯抱珠眠。虎頭禱雨年年應，魚目浮花箇箇圓。欲傍銀牀呼陸羽，松風榻畔煮茶煙。

蘆子渡

荻花開上古蘆城，一葉舟從野渡横。江月偏於洲上白，水風長作雨來聲。雁銜霜榦初傳箭，龍化冰絃已按箏。惟有漁家鄰古寺，夜深燈火隔溪明。

緑雲洞

多羅樹下禮金仙，緑錦雲開見碧連。翠蓋光翻林屋洞，青霞影倒蔚藍天。聽經許對孫思邈，訪道期逢葛稚川。愧我題詩同净社，三生曾是醉逃禪。

劉若水

若水字澹齋，澄江人。

因觀張仲舉張景亮和盧廷舉詩次韻

陋翁同醉鬱輪袍，老去玄都幾樹桃。湖海交情三世舊，兒孫文采五雲高。石門仙去春如夢，翰苑詩來句入騷。山月江風無盡興，酒瓢何日爲重操。

康莊子楊逵

逵字道夫，號康莊子，江陰人。

訪王麟椒不遇

王公子家江水陰，芙蓉爲裳錦爲心。焚香雨軒蘭葉净，下榻月館梅花深。丹山鳳皇不易見，碧海珊瑚無處尋。有客相思在空谷，歲月仰望來佳音。

趙覲

覲字宗弁，澄江人。

静安八詠

赤烏碑

僧來天竺國，寺創赤烏年。碑碣前朝重，文章後世憐。秋風生大野，斜月墮重淵。有待龜龍負，圖書得共傳。鐵厓評曰：「此一結方是作者。」

陳檜

不識陳朝檜，相傳故老言。理文俱左紐，后土自蟠根。氣迴青山暝，陰寒玉殿昏。何須野王筆，圖畫至今存。鐵厓評曰：「用事正切本題。」

鰕子禪

江頭憶老禪，秋思倍潸然。落日偏舟雨，西風獨樹烟。吞腥真是幻，吐活總成緣。更喜雲仍在，燈燈白日傳。

講經臺

高僧講經處，數級土臺荒。石雨苔花厚，天風貝葉香。神龍時護法，山鬼夜啼霜。相見長松子，高秋落滿牀。

滬瀆壘

江上遺荒壘，人傳古戰場。露花朝裛淚，燐火夜流光。瀆水何年碧，邊雲萬里黄。英雄無復見，獨立思茫茫。

湧泉

試看亭前井，長年湧白波。蠙珠跳碧海，象緯没銀河。光泫鮫人淚，聲沉漢女歌。弊裘臨眺客，政爲濯纓過。

蘆子渡

蘆花十里塘，野色正荒凉。明月秋無際，西風雪有香。漁郎茅屋小，估客櫂歌長。自愧無家别，經行百感傷。鐵厓評曰：「雖無意亦自可誦。」

緑雲洞

小洞緑雲合，空山碧雨陰。竹梧秋瑟颭，松檜夜森沉。水簟琅玕濕，風窗翡翠深。何時謝塵鞅，同理月中琴。

題雲林六君子圖

天風起雲林，衆樹動秋色。仙人招不來，空山倚晴碧。

題倪迂贈孤雲處士林亭遠岫圖

山中茅屋是誰家，兀坐閑吟到日斜。坐客不來山鳥散，呼童汲水煮新茶。

馬鑑

鑑字遜之，義興人。馬治孝常季弟〔一〕，與周砥處道倡和，見《荆南倡和詩集》。

净因寺閑題和子晦上人 寺即宋表忠觀。

龍飛鳳舞青山下，香火猶存異姓王。此日將軍能好馬，當年世事甚亡羊。河西久待終歸漢，天下空知舊有唐。那復屯兵八百里，賦詩懷古共凄凉。

〔一〕「治」，原誤作「冶」，據《荆南倡和集》改。

吴善

善字國良，姑蘇人，徙居荆溪。以吹簫游于貴卿士大夫之門，善用桐花烟製墨。倪元鎮、鄭明德諸君皆賦詩贈之。

送于彦成歸越次郯九成韻

三日寒山寺，橋邊共纜舟。看雲坐磐石，濯足俯清流。急雪翻隨馬，澄江静没鷗。君歸甬東去，我向竹西遊。

張有道監

監字天民，金壇人。至正間，辟地荆溪，築草堂溪上，扁曰良常，示不忘金壇故居，日接良常之山也。以高年碩德，沉浮里社，一家父子兄弟自相師友，文風藹然，人望歸之。間携諸子杖屨往來山間，衣冠偉然，望之如神仙。後仍徙居金壇，卒年九十，自號鶴溪先生。倪瓚、張雨皆稱曰張有道。子經字德常，緯字德機，經任吳縣令。成廷珪寄天民詩云：「令子已爲吳縣令，先生猶是葛天民。」經子元度，亦能詩。

題秀野軒圖并序。

余昔游吳中諸山，至周氏秀野軒，領覽天池玉遮之勝，今數年矣。近歸寓軒，獲觀周侍御之大篆，朱提學之新圖，怳然若夢游也。景安求余著語，聊爾塞責，耄餘才盡，愧無佳語耳。

我憶天池與玉遮，幽軒水木澹清華。笙竽遠振風林竹，錦綺晴連曉徑花。山罽敷牀朝看雨，澗泉漱石夜分茶。鄱陽大篆睢陽畫，不負春陵處士家。按《秀野軒記》云：吳人周君景安居餘杭山之西南，其背則倚錦峯之文石，面則挹貞山之麗澤，右則肘玉遮之障，左則盼天池之坂，雙溪界其南北，四山之間，平疇沃野，草木蕙蒨，卓然而軒者，景安之所遊息也。軒之傍，幽蹊曲檻，佳木秀卉，翠駢玉映於闌楯之間。得江浙行省左丞周公題其軒之顏曰秀野，以誌其美。至正二十四年歲甲辰四月十日，睢陽山人時年七十有一。朱德潤畫并記。

題陳惟允荆溪圖

斷蛟橋下王樞府，高樹連雲第一家。欲向新圖問何處，客窗風雨對梨花。

宗本先

本先字景明，京口人。幼好學，能作詩，嘗從郭從事天錫遊，其談論述作多似之。

題秋山圖

南遊雁蕩北居庸，歷歷青山在眼中。今日不勝惆悵處，馬頭黄葉又秋風。

題琵琶士女圖

江水東流月滿船，江風吹怨入冰弦。何如銀燭秋堂夜，一曲新聲直萬錢。

題墨竹

可人家住篔簹谷，明月清風十萬竿。一自玉山相見後，滿庭清影夢高寒。

青陽翼

翼字君輔，丹徒人。父夢炎，宋進士，入元，官至吏部尚書翰林學士，翼其幼子也。工古文，世以儒稱。文行俱粹，與俞希魯、謝震、顧觀游，時稱「京口四傑」。

題雷雨護嬰圖二首

迅雷奮天怒，神妙誠莫測。氣惡或相感，掩耳嗟何及。君子尚修省，兢兢坐齋慄。愧怍豈所懷，敬畏思有則。新圖幸昭示，庶以警頑惑。

大雨天地晦，震雷驚百里。孩提彼何知，慈母掩其耳。母氏豈無畏，憂慮先赤子。疾病良在斯，惻隱誠不已。雖憐修省功，乃復見天理。

茅毅

毅字子剛，廣陵人。

次邱克莊韻

弱流瀛海三千里，明月揚州廿四橋。雲擁鼇頭山在望，風吹鶴背路非遥。參差瓊館珊瑚樹，縹緲紅樓碧玉簫。二老往來人所羨，欲憑畫史寫生綃。

次成元璋韻

淮南故老凋零盡，獨有先生是俊髦。到處談詩聽夜雨，長年作客典春袍。山雲墮地忽九朵，湖水鑑空無一毫。即景懷人思何限，誦君佳句課兒曹。

余淵

淵字□□，下邳人。

登德風亭詩和偰世玉韻

睠兹股肱郡，爰在漳水陽。羣山拱四極，松檜鬱成行。民用尚勤儉，爲治崇柔剛。峩峩古官府，形勢何軒昂。亭榭翼後圃，花竹蔭平岡。於焉理風俗，匪曰游宴荒。使君肅將指，持節來帝旁。放懷登高明，川原變景光。列城仰威嚴，奔走遥相望。恤刑需仁恩，作詩詠時康。深愧駑鈍姿，亦獲與升堂。皓月照庭除，白雲生棟梁。飄然達蓬瀛，盛夏霜飛凉。願言歌厚德，中心慨以慷。

梅實

實字□□，宣城人。

菊山詩

端居絶塵想，邱園日相親。俯采東籬菊，仰視山中雲。既喜晚香淡，亦愛嵐氣新。維時風露交，菊始揚清芬。薄暮浮雲歸，青山長對門。陶然樂其門，此意誰與論。物理正如此，且酌林下尊。

李節

節字處約，潁上人。

寄唐伯慎

鶴林宮裏故人遠，謝傅宅前秋水多。烏帽吟餘還放櫂，黄庭寫罷更籠鵝。平頭奴子金盤露，皓齒佳人白苧歌。不得相從渡三泖，月明清夜奈愁何。

和高以敬韻

别君九見歲華新，邂逅相逢亦可人。靈鷲峰前看飛瀑，鶴林宮裏度殘春。時時送客傷南浦，夜夜占星對北辰。莫話當時舊游處，落花芳草倍傷神。

次冷起敬韻

金剛嶺頭山雨晴，深林黄鳥最多聲。草堂鄰近應咫尺，棲子正同雙樹平。

棲谷子范思敬

思敬字□□，全椒人。有志操，能文章，至正乙酉，獻治平十二策，不用。遂歸于縣石子岡之梁莊，自號棲谷子，以詩酒自娱。

渡江篇

跨湖岸，次潯邦。駕飛鷁，越長江。帆指褒水，輪迴石岡。人各有志，與子異行。山林廊廟，用舍行藏。今我别子，德音不忘。洲有蘆兮蘆有花，多子顧兮别江沙。願子令德長加餐，令聞令望永無涯。

瞿士衡

士衡字□□，錢塘人。楊廉夫過杭，必訪士衡於傳桂堂，游燕累日。士衡和廉夫《宋故宫兜字韻詩》，廉夫極喜之。姪孫佑字宗吉，洪武中，以薦歷訓導，升周府右長史，著《剪燈新話》。

宋故宫詩次楊廉夫韻

歌舞樓臺擬汴州，可憐蠻觸戰蝸牛。臨書玉几雕簷静，行酒青衣罽帳愁。卷土自應從亶父，滔天誰復放驩兜。臺空老樹寒雅集，落日滄波江上秋。

盧浩

浩字養元，錢塘人。好古喜學，有救時論二首曰《人心論》、《巨室論》及丞相長書一通，皆不出名氏，投於政事堂。其爲詩，天然超詣，流輩莫能儷。竹枝首章，杭人争誦之。

西湖竹枝詞二首

記郎別時風颼颼，銀鼠帽子黄鼠袍。别來轍迹不可見，湖中青草如人高。

屋前小松郎手移，松高過屋郎未知。願郎歸來莫再别，郎作女蘿儂兔絲。

葉森

森字景修，錢塘人。聰明頗讀書，早從貞白先生吾衍游。古文歌詩，咸有法則。後登趙松雪之門，松雪深愛之。一時所與交者，如王真人眉叟、薛真人元曦、張外史伯雨、張承旨仲舉，倡酬極富，所著有《瓦釜鳴集》。家住西湖，婦女頗不潔，所藏王右軍籠鵝帖石刻，後有唐人復臨一帖副之，爲妙品。張外史一日賦詩以貽之，有云：「家藏逸少籠鵝字，門繫龜蒙放鴨船。」蓋戲之也。

挽宋度宗全皇后

繁華如夢習空門，曾是慈明祕殿尊。一夕頓抛塵世事，半生知感聖朝恩。五千里外無家别，八十年來有命存。回首錢塘江上月，夜深誰與賦招魂。按田汝成《西湖志餘》云：宋度宗全皇后，會稽人，生少帝。宋亡，從少帝入朝于燕京，後爲尼正智寺而終，元世祖令詞臣皆作挽詩。后北去時，手寫其像以遺族人，廣額鳳目，雙眉侵鬢，其衣則縞素道服也。

題陳渭叟紫雲編

一度詩來一見君，只應芳杜襲蘭薰。有時寫到游仙句，繞筆秋香生紫雲。

俞明德

明德字在明，錢塘人。

送鄭同夫歸豫章分題館娃宮

吴王歌舞地，千載一登臨。猶有頹基在，空餘秋草深。香銷珠佩化，土蝕玉釵沉。楚客今朝别，仍多感慨心。

王羽

羽字□□，錢塘人。

題王叔明竹趣圖

蟄龍翻空翠濤響，玉虹吐雨秋波爽。天風吹出讀書聲，時有幽人自來往。

錢元肅

元肅字□□，錢塘人。

題董泰初長江偉觀圖

妙高臺上憶躋攀，萬里江天指顧間。潮越海門來一綫，山開金刹擁雙鬟。星河影落魚龍窟，今昔兵攘虎豹關。十載風塵猶在眼，斬蛟何日净滄灣。

張實

實字□□，會稽人。

菊山詩

晚節秋香冠古今，芬芳何獨在山林。詩人盡賦黄花句，不識黄花一點心。

馮士頤

士頤字正卿，富春人。贈集賢修撰驥之子，宋死節臣古先生之姪也。少倜儻有大度，稍長，折節讀書，博雅能文章。作詩風骨清俊，與其鄉大癡道人黄公望、雲槎子吴復齊名。

和西湖竹枝詞

與郎情重爲郎容，南北相看只兩峰。請看雙板橋下水，新開雙朶玉芙蓉。

吴復

復字子中，後改字見心，號雲槎，富春人。少拓落不羈，中年折節讀書，晚遊湖海間，海内名人不見，雖千里不憚也，故其聞見廣而詩日進。善樂府歌，高處逼盛唐，與會稽張憲齊名，所著有《雲槎稿》十卷。子中初學詩於楊鐵厓，鐵厓笑曰：「子欲輩李唐，伎亦至高，欲進古，必焚棄舊語。」復變色不敢言，徐取《楮筆録》、《琴操》及《春俠雜詞》以去。越一月復來，謝曰：「先生詩法得矣，吾舊詩亦焚矣，第出語，猶吾前日詩也，奈何？」鐵厓曰：「暫歇汝哦事，静讀古風雅操及古樂府可耳。」又退而閲三月來，出所作曰：「余舊語忘，新語出矣，賴先生教，幸而或馴致于古也。」鐵厓《古樂府》十卷，爲復所編定，間有逸者，輒能補之，觀者謂可亂真。他如「江花多自落，天籟或時鳴。」「雲歸沙嶼白，日出水城黄。」「雲氣上天星劍溼，龜文入地石幢深。」鐵厓極見賞，以爲盛唐之選也。洪武間，又有一吴復，吴江人。亦能詩，紹興路學録簡之子，仕至湖廣僉事。

和西湖竹枝詞二首

官河遶湖湖遶城，河水不如湖水清。不用千金酬一笑，郎恩纔重妾身輕。

西京寄書三載强，錦心織出雙鴛鴦。肯逐大堤楊柳絮，一翻風雨一翻狂。

俞伯貞乘槎圖

瀛洲獨步玉堂仙，曾泛靈槎上九天。天上歸來人不識，河源錯認漢張騫。

吴毅

毅字近仁，富陽人。

題君山吹笛圖

洞庭帝子罷張樂，銅龍夜嘯秋冥冥。老蛟起舞珠宫月，白石亂隕銀河星。赤壁孤舟泣嫠婦，蒼梧別淚啼湘靈。釣天寥寥萬籟息，君山一髮煙中青。

題仲穆看雲圖

落日杖藜溪上行，溪流十里帶松聲。輞川詩意無人領，坐對南山雲氣生。

錢大有

大有字明遠，嘉興人。喜作詩，始恨不工，輒自忿曰：杜甫云「讀書破萬卷，下筆如有神」。「吾患讀不多，不患作不工」也。既而下筆流暢，不凝於物。

西湖竹枝詞

淡黄裙子縷金衫，長髻垂肩短鳳簪。不願燕京嫁官去，花枝草蔓自江南。

韓友直

友直字伯清，吴興人。隱居不仕，《吴興詩選》載其《招隱詩》有云：「泉出珠璣千眼沸，花開錦繡一庭春。」可以想其風致矣。

聽松菴

坐斷西神九脊龍，一菴花竹隱仙蹤。碧山學士水蒼珮，玉女明星雲母春。漚苧池香魚弄藻，翻經院静鶴盤松。只應同飯胡麻了，更上瑶臺第幾重。

題仲穆看雲圖

結屋山中住，尋幽曳杖行。獨來松樹下，坐看白雲生。

雪後

凍殺寒梅喚未醒，東風特地到巖扃。清溪一夜都流盡，明日南山依舊青。

題郭髯仿米老雲山圖

小隊江山北固多，當時人物漸消磨。茅山道士頭如雪，狡獪題詩奈爾何。

題良常張處士山居

故人讀《易》向華陽，萬个松間一草堂。最愛滿山春雨後，白雲晴護藥苗香。

趙由儁

由儁字仲時，吴興人。文敏公孟頫姪，客于甫里陸行直之門。

題水村圖

清溪抱村流，茅屋蔭疎柳。天秋雁行邊，山翠當户牖。罷釣者誰子，延緣來渡口。野情固超逸，圖畫傳不朽。何當從之游，扁舟落吾手。

葛元素

元素字天民，吴興人。讀書尚節義，落落有古人風。

柳塘春水分韻得漫字

芳塘柳色深，春水亦瀰漫。翼然駕飛軒，臨水敞奇觀。日夕開綺牖，分明畫中看。好風從東吹，香來落吟案。晏坐如主人，崇談載清粲。觥籌酬酢餘，彬彬美辭翰。兹焉固云樂，世故一長歎。我亦沉晦者，無心聞理亂。

南翔講寺

南翔建自梁天監，白鶴不歸江自轉。深禪空憶祖師齊，昔有老堪今有遠。我趁江鷗訪遠公，禪扉閉却湖天晚。七歲驅鳧有幾房，三百苾蒭無半面。殿閣參差高入雲，一堂可著千僧飯。古柏槎牙不記年，柯如屈鐵包蒼蘚。古意偏關倦客懷，歸舟有句無人遣。明日中流遇阿英，連宵細説南翔院。少待崇蓮寶刹成，春風共看巢梁燕。我欲婆娑借數椽，子當力學如吾願。一任江花惱殺人，閑邊自數飛花片。

莊蒙

蒙字子正，烏程人。易直端厚，與朋友交，未嘗有二言。明《易》學，習舉子業者宗之。嘗游湖浙江淮，盡交東南名士。晚年歸隱於吴。

和西湖竹枝詞

日出裏湖煙水開，初陽臺下抱琴來。夜深彈罷烏啼曲，明月自照烏烏臺。

蔣克勤

克勤字德敏，湖州長興人。東湖書院，其家之義塾也。克勤爲蔣氏佳子弟，好古喜文，祖父風流，克還舊觀。其詩俊逸不及，而典麗過之。字畫亦秀潤，步追吴興云。

西湖竹枝詞

題詩秋葉手新裁，好似阿儂紅頰顋。寄與錢塘江水上，早潮回去晚潮來。

翠微子華廉

廉字仲清，長興人。父質義，字伯直，工詩，有《苕溪集》。廉勤學博覽，作詩有唐人風，尤長于真草書，舉賢良不就，老于家。號雲井，又號翠微子，著有《翠微集》。

陪湖州田府倅采茶行春

聯騎東風踏早霞，蕘山雨過梵王家。老僧下榻延佳客，童子開軒埽落花。竹外披雲尋嫩筍，茶邊和露摘新芽。高情重惜春多好，争出佳篇詠物華。

山中初夏即事

東風不到畫闌邊，屈指韶光又一年。處處插秧梅子雨，家家繰繭竹籬煙。荷因怕暑先擎蓋，柳爲無寒早褪綿。莫道山中無樂事，數聲啼鳥落花天。

李一中

一中字彦初，山陰人。好讀書，喜吟詠，一時流輩罕及。

和西湖竹枝詞

阿儂隨郎上釣舟，郎作釣絲儂作鈎。釣絲無鈎隨風蕩，釣鈎無絲隨水流。

鄭賀

賀字慶父，諸暨人。幼出家，晚歸宗，通史學，十七史名臣，皆能默識其朝代世家爵里及其後人之賢否，覆視無一差者。文有《横溪史鈔》若干條，詩有《詠史》，自鼎湖訖清風嶺，凡三百餘首傳於人。

和西湖竹枝詞

北高峰頭儂望夫，望見西子下姑蘇。脂塘水腥吴作沼，莫將西子比西湖。

陳士奎

士奎字起章，暨陽人。

奉次仲遠丙戌新正之作

大化曾無一息閑，往來寒暑若輪環。新元又見逢人日，老色偏驚上旅顔。霞映海光偏燦爛，水添雪汁轉潺湲。客庖膹有東風在，肯歎瓶儲玉粒慳。

蔣處士宗簡

宗簡字敬之，潤之金壇人，徙居四明。少有才名，初從天合應伯璋受經。及程端禮歸里，復執弟子禮。數年，盡傳其學，郡庠延爲小學師。諸生多貴，以其年少，頗易之。宗簡于疑義，數語而决。以文來就正，隨加潤色，頃刻數十篇，乃大悦服。試有司不偶，輒棄其舊作。與其友王原孫叔載、鄭覺民以道，日以古學相砥礪。或謂敬之，不以盛壯時挾所長取禄仕，獨用古文自詭奚益。宗簡笑曰：「使吾義明氣允，于發策決科何有，得不得命也，文有古今之異耶？」乃益杜門自厲。柳待制貫見其所爲文，擊節不已。至正初，方論薦于朝，會卒，年三十二。人以顔子方之〔一〕。

送徐使君入覲效古二首徐君用宏以進士爲鄞縣丞。

徐侯銘山來，德性真希差。去聲。蒼頭及白鶴，麈尾而犀把。郊原父老歡，道里兒童迓。或道今卓茂，相期古黄霸。憶昔隱韋布，已自紛誇詫。朝歌擊竹枝，夜讀燒松樺。學問窮奥窔，文章整間架。騕褭終獲售，娉婷必宜嫁。何有孔鸞羞，孰作啕河嚇。當夫一鼓行，但覺諸人罷。豈知金僕姑，乃妙參連射。得雋快哉還，兜鍪暫時卸。主人甚見嘉，恩光乃相借。會侯出丞鄞，侯拜于陛下。三年秉貞心，百里弘元化。山島樂烏鳶，野田豐穲稏。纖草隱於菟，翠竹眠香麝。樵唱歸鐮遲，社酒盈缸醡。致此有自來，我侯每閑暇。盤登置馬甲，餖飣紛蝦蛇。呷呷小垂手，艷艷白玉斝。胡爲又及瓜，使我失噉蔗。青梅結子初，黄柳飛花乍。銀鞍當時披，白馬遲前駕。上馬別長官，亦復謝僚亞。公孫本牧豕，范睢出拉骼。此等不足慕，高才還善價。願坐五色石，上升補天罅。右效韓退之。

銀海照光空欲滴，偃月伏犀生腦額。徐侯不是尋常人，異日金章凍梨色。白魚歷歷枯芸香，翠雲暗結方花箱。手將白玉書細字，珊瑚碧樹枝交相。古燕上界仙人府，翠駮銀蹄踏煙霧。殿中曾見雉飛來，插花笑對仙人語。海風栗栗句章邑，老蛟飛舞神鼉立。我侯擊劍生銅聲，三尺妖狐望山泣。古堤柳花噴香雪，雀啄花竹看人別。侯今去去不可留，青鸞遠破春雲熱。右效李長吉。

〔一〕「之」，原無，據稿本補。

劉處士景元

景元字太初，四明人。通經學，識前朝典故，隱德不仕。晚游淮吴間，以訓詁學教人。爲舉子文，雖不通顯，而一時學者宗之。

菊山詩

南山秋老氣方清，采菊東籬眼忽明。陶後又聞黄處士，坐吞山緑茹寒英。

和西湖竹枝詞

柳枝裊裊柳花飛，一種春風有是非。柳枝插地根到底，花飛出樹幾時歸。

任昱

昱字則明，四明人。少年狎游平康，以小樂章流布裙釵。晚鋭志讀書，爲七字詩甚工。

西湖竹枝詞

儂住湖邊二十年，花開花落任春妍。門前有箇垂楊樹，不著游人繫畫船。

朱庸

庸字伯常，號撝齋，四明人。聰敏過人，讀書爲文章，往往同輩不能及。詩尤可稱焉。

和西湖竹枝詞二首

小姑疑郎去不歸，爲郎打瓦復鑽龜。青山尚有飛來日，不信人無相見時。

阿奴采蓮湖上舟，阿郎販豆遼東州。一心願逐長流水，流到遼東古渡頭。

題錢舜舉秋江待渡圖

四山回合暝雲多，嫋嫋秋風吹白波。猶有江頭未歸客，荒涼落日奈愁何。

陸燾

燾字子臨，四明人。

野晴

雁影鄉書外，江聲客思中。野晴秋稄竟，村遠晚炊同。松桂如違約，文辭任懶攻。蕭蕭吹鬢雪，又見荻花風。

張士堅

士堅字□□，四明人。

澮香亭

曲闌晝初寂，瓊樹閟瑶扉。漠漠春雲亂，皓皓素雪圍。繁英粲疏檻，芬芳蕩簾帷。於焉適幽賞，吹笙乘月歸。

烏本良

本良字性善，慈溪人。自幼同弟斯道講論。問辨經史之餘，作詩習字，學即爲先達所推奬。父没，家無儋石儲，汲汲營奉母資，授徒錢塘。日與徐秋雲、陳衆仲談論古今，亹亹不倦。一日，得慈湖楊文元公遺書，究明本心，及諷誦文元公《春秋易解》、《先聖大訓》，如坐春風中。遂以春風名齋。

和見心上人寄彦明中丞二首

去年曾共看芙蕖，今日秋風落木初。只道錦幪遊處熟，豈知金策出林疎。奉親獨比陳尊宿，訪客不忘虞秘書。欲過山中聽軟語，幾番西望立階除。

槖駝峰下路幽深，翠靄飛來白晝陰。老衲候人登石嶺，中丞問俗到山林。睦州蒲向閑邊織，祕監詩從定後吟。月窟天香如昔夢，室中談笑想同心。中丞赴舉時，先一夕，主文龍麟洲先生夢月中有花，及公魁右榜，名與夢合。今師以誠齋楊文節公「天香來月窟」之句扁室，而中丞造焉，又與主文之夢相合，故云。

五雲先生徐士榮

士榮字仁則，號五雲先生。臨海章安鎮人。

新街曲

東街南曲聲婉揚，西街北曲聲激昂。佳人唱曲不下樓，樓下白馬青絲韁。昨日開筵擊鼉鼓，今夜合席調笙簧。樂聲一似曲聲雜，人意豈如物意長。秖恐樓上人，春光不長好。寧知馬上郎，金璧非重寶。向來恩愛江水深，一旦殘花與衰草。

竹坡隱者潘和道

和道名順藏，以字行，自號竹坡隱者，天台人。善吟詠，知兵事。劉基薦之，以疾辭，遁華頂峯，捐資建寺，築雲山一覽亭以自適。有《竹坡集》。

大覺寺

避暑入禪林，蕭然清客心。半窗修竹滿，一徑落花深。把酒看山色，移牀就竹陰。晚來欲歸去，風雨促新吟。

李廷臣

廷臣字仲虞，台之寧海人。性簡淡。幼學詩于鄉先生丁復仲容，有聲江湖間。博極文史，而多識當朝典故，雖在布衣，憂君愛國之誠，時見于詠歌之次。楊鐵厓序其詩，謂如五言律有云：「湛露仙盤白，朝陽虎殿紅。詔起西河上，旌隨斗柄東。西北干戈定，東南杼軸空。」置諸少陵集中，卒未能辨也。

和書畫舫聯句韻

榑桑旭日紅半壁，草色如天青滿簾。入海雀羣應化蛤，逐風龍唾或生鹽。長雲帶水連三島，落月和星轉四檐。靈穴怪鰍潮卷尾，中山老兔頴濡尖。仙姬具飯青精細，庖吏儲鮮異味厭。翠釜出駝行玉椀，繡幃熏麝啓銀奩。吹簫公子鸞凰語，擊劍將軍虎豹頷。郢雪飄飄詩總好，蒲萄灧灧酒頻添。酣歌更上層樓頂，萬頃波光上下黏。

和玉山蚊字韻

玉山見説多清事，湖上相逢慰所聞。五色石英流湛露，千年芝草卷層雲。絲桐細細鶯鸞語，仙袂飄飄鳳鵠文。月出酒醒吹鐵笛，草堂風動響秋蚊。

和張句曲題楊鐵厓新居詩韻

昔年曾向賀湖過，湖上春風生緑波。吹笛道人從去後，抱琴客子已無多。門前新柳黄于酒，山下浮雲白似鵝。今日姑胥懷舊隱，興來時和紫芝歌。

和西湖竹枝詞

楊花飛盡荷花開，南人北人湖上來。蕩舟自唱黄陵曲，載得山頭月子回。

張徵君樞

樞字子長，東陽人。爲文務推明經史，尤長于叙事。至正初，右丞相脱脱監修遼金宋三史，辟爲長史，力辭不拜。復以知制誥兼國史院編修官召，不就，使者强之行，至杭州，固辭而歸。平生著述甚富，所作歌詩雜文，有《弊帚編》若干卷，其言閎深浩博而峻厲潔清；援據精切而議論純正。至于扶善遏惡，率能使人有所感發懲創焉。

山居

溪流瀧瀧樹蒼蒼，叠叠青山一草堂。剥啄不驚蝴蝶夢，捲簾風送稻花香。

洪頤

頤字□□，嚴陵人。

菊山詩

菊山只在菊潭上，歲歲西風甘菊花。和露餐英當珍膳，依山結屋傍仙家。白衣不至人長醉，烏帽從敧鬢未華。多辦謝公雙木屐，時登絶頂弄烟霞。

鄧梓

梓字文若，江西人。

錦雉圖歌

錦衣繡翼何揚揚，棠梨花開春雨香。雌雄並立久未翔，咫尺或是山之梁。林深枳棘如人長，摩挲竹枝思鳳皇。

周暾

暾字子正，饒州鄱陽人。集賢司直應極之族子，江浙行左丞伯琦之兄也。爲國子生時，制書始命有司將以科舉取士，而貴游不治進士業，獨暾與弟明出篋中所習程文數十篇示人，皆驚喜取讀，或就問學焉。未幾，遠方獻異獸曰麒麟，暾作賦千百言，上之中書省，丞相大悦，以屬參知政事察罕，使命以官。是時陳策進書獻歌頌者常數十人，無所遇，獨暾見知時宰，人人羡道暾矣。一夕，暾感異夢，旦而治歸，明曰：「兄姑留，幸有以榮吾親，明代兄歸矣。」明至家，其母果病，見明，問知其兄弟在京師事，爲之喜而起，後六日乃卒。皇慶元年七月十九日也。

送劉明子歸省

尚志堂中綵衣舞，樓外兩峯青映户。白雲萬里走京師，來爲觀光歸爲母。母年七十雪壓肩，客心一日如十年。東華塵土且未涴，拂衣便問江東船。金雞潭上老樵者，三年供奉出無馬。人生金帶總虚名，白頭堂上真堪詫。

送伯温弟之廣東憲

繡衣使者出南荒，蛟鱷潛形蜃氣藏。漢節暫披蠻嶺雪，宫袍猶帶御爐香。風清瘴海霜天曉，雨洗炎洲夜月涼。早晚除書兄手草，紅雲須待雁成行。

韓壁

壁字壁翁，饒州人。

静安八詠

赤烏碑

斷碣餘蒼蘚，高文記赤烏。浦深春水闊，天遠野雲孤。

陳檜

重元古吴刹，雙檜尚陳時。悵惘臨春樹，秋風一夜衰。

鰕子禪

神僧兹遁跡，妙理自幽探。鰕子升雲漢，天花落寶龕。

講經臺

蓮葉石臺古，貫花金字封。座空人已去，護法有天龍。

滬瀆壘

山暝蒺藜黑，天寒燐火青。將軍身没後，袞海毒蛟腥。鐵厓評曰：「五字老辣。」

湧泉

光摇星彩亂，聲散雹珠圓。不爲將軍拜，玄機極後先。鐵厓評曰：「五字有餘，妙句。」

蘆子渡

明月滿汀雪，西風兩岸秋。櫂歌江上發，思與老禪游。

緑雲洞

竹雨曉蒼霽，松風陰碧圓。道人禪定處，神在蔚藍天。

余震

震字□□，鄱陽人。

菊山詩

處士菊山隱，山中事事幽。飛泉來木杪，濺水落巖頭。衣潤朝嵐重，花開凉露秋。思君不可見，塵土欲淹留。

熊進德

進德字元修，上饒人。鐵厓謂其爲人退然若不及，而才名日進不可禦，如木怪鬼欲出山，空巖自鳴，其用心亦幽而遠矣。而不知其善吐媚語，則如竹枝者是也。

西湖竹枝詞二首

金絲絡索雙鳳頭，小葉尖眉未著愁。大姑昨夜苕溪過，新歌學得唱湖州。

銷金湖邊瑪瑙坡，争似儂家春最多。蝴蝶滿園飛不去，好花紅暈到春羅。

天倪先生陳徵

徵字明善，其先南康人，家廬山五老峯下。爲黄清權高士之甥。少從吴文正公游，長游燕趙，徧交名公鉅卿，論天下事，虞道園、揭曼碩輩皆推重之。南還，卜居吴中，清介孤峭，酷似其舅。讀書鼓琴，不慕榮進，澹泊無欲，以終其身。時稱天倪先生，至正戊子卒，年五十二。

陪貢仲章學士游虎邱次韻

詞臣號仙職，使華成清游。挂帆出近郭，覽古登崇邱。高閣白雲度，窣堵凌漢修。雨歇劍池净，晝長巖樹幽。野花皆春發，林筍當夏稠。山名曠百世，題墨馳遐陬。宴酣匪絲竹，吐納良風流。陽暉迫西邁，吾儕已久留。還家坐齋閣，香火明夜篝。固念貴適意，浮生同一漚。

留題延福寺

來尋釋子虞山上，坐愛女蘿緣石牀。飛甍五采走雲氣，老樹一色吹天香。清風爲我過松竹，繁響入耳無絲簧。説與歸人莫漫急，市壥塵土正茫茫。

遊穹窿山

緑水青山今再游，杜鵑花發雨初收。猨聲好在千章木，雲氣深藏百尺樓。麋鹿訖今來古澗，麒麟無主卧荒邱。吏情益愧成羈紲，西望太湖煙際舟。一作「頭」。

章處士善

善字立賢，廬陵人。博學經史，隱德不仕。其文章慕西漢，翰林虞伯生、揭曼碩諸公深敬愛之。詩有風度邁人，争傳誦云。

和西湖竹枝詞二首

江晚白蘋花正開，郎舟不用待潮來。行人只解隨潮去，不解隨潮去即回。

去年作客向長沙，今年書來向三巴。恨郎一似楊花性，見郎一似菖蒲花。

歐陽公瑾

公瑾字彦珍，廬陵人。文忠公修八世孫，其人有勝氣，詩詞流麗。

和西湖竹枝詞

第一橋邊第一家，瓜皮船子送琵琶。妾身自是良家女，不是當年蘇小家。

王東

東字尚志，廬陵人，一云臨川人。

阿圓曲

秦城女兒字阿圓，貌如明月更嬋娟。嫦娥獨宿還相妒，宋玉多情秖自憐。海紅花謝春光暮，紫燕引雛秋又去。暗綰雙鬟絡緯鳴，長成未識門前路。今朝對鏡掃蛾眉，相邀女伴話歸期。不似西家浣紗婦，誤作吴王宫裏妃。君不見偷合苟容那復久，兄把黄金買妍醜。

題文學館壁

主家池館臨官道，門對琅玕如海島。弟子讀書編緑蒲，詞人琢句思芳草。憶昨送客悲年華，隔簾微雨東風斜。春光滿眼忽自醉，墻西一樹櫻桃花。

暹國回使歌并序。

暹，赤眉遺種。天曆初，嘗遣使入貢。今天子嗣位，繼進金字表章，九尾龜一，象、孔雀、鸚鵡各二。朝廷以馬十匹賜其國王，授使者武畧將軍、順昌知州，使者錢塘人。江東羅儆作歌，僕遂和之。

江東先生遠叩門，口誦暹國回使歌。高秋夜静客不寐，歌辭激烈聲滂沱。東南島夷三百六，大者只數暹與倭。暹人云是赤眉種，自昔奔竄來海阿。先皇在位歷五載，風清孤嶼無揚波。方今聖代一作「人」。霑德化，繼進壞貢朝鸞和。紫金爲泥寫鳳表，靈龜馴象懸鳴珂。彤廷懷遠何所賜，黄驪白駱兼青騧。卉裳使者錢塘客，能以朔易通南訛。遥授將軍領州牧，拜舞兩頰生微渦。樓船歸指西洋路，向國夜夜瞻星河。金雞啁哳火龍出，三山宫闕高嵯峨。鄱陽驛吏親爲説，今年回使重經過。先生作歌既有以，却念黎獠頻驚吪。田横乘傳嗟已矣，徐市求仙胡尔詑。豈知暹國效忠義，勳名萬世同不磨。

季冬初三夜見月

向晚西簷月，令人生夜思。山川徂杪歲，雲漢負秋期。素魄窺恒滿，良宵惜屢移。清輝可攬結，脉脉寸心知。

送孔掾之龍溪

古縣青山裏，溪橋春水流。沙明殘雪在，市散夕嵐收。廨宇鄰仙洞，更聲雜戍樓。憐君趨幕舍，微禄暫淹留。

同鎮陽李先輩登臨川擬峴臺

楚塞蕭條客復來，已無秋渚藕花開。西風曠野孤城出，落日空江白浪迴。山似襄陽非故國，地連吴會有高臺。南游萬里頻回首，潦倒徒傷賈傅才。

明月樓次王碧虚韻

王子吹笙醉未休，絶憐夜半思真遊。河流横界三千里，月色斜分十二樓。湘浦春回修竹暗，平山夢斷曉雲稠。嬋娟不似當年貌，門掩西風紫桂秋。

登冷仙巖

仙巖酌酒杏花紅，滿地金濤日上東。洞底香風散靈氣，游人都在紫雲中。

舒州張萬户馬

舒州營裏將軍馬，曾向西征破賊來。伏櫪金創秋氣重，斷腸當日戰初回。

南園

蒼苔翠竹轉林暉，野菊花開過客稀。樹底秋蟲作寒𦼮，雨晴黄葉滿園飛。

郭處士完

完字維貞，莆田人。居滄洲，因自號滄洲。至正間，隱於壺山，以教授生徒爲業，與方時舉、用晦等二十二人結壺山文會。卒年五十八，自爲壙。用晦與吴源、王孟寬、釋清源爲營葬。又有陳誠中以詩哭之曰：「有妻正斜被，無子紹殘編。東野詩名在，樊川佚稿傳。」源爲跋于壙誌之後。

方士志耕隱

雨衣製新荷，雨笠編新籜。斯人沮溺流，日宴猶耕作。今年擬有秋，烹羊祭先穀。招我食力徒，斗酒聊取樂。酣歌擊瓦盆，昨晚牛生犢。

山中即事

數日別江渚，抱琴過竹溪。山深黄耳遠，日落畫眉啼。識字今何補，懷家計亦迷。明年與妻子，春雨學扶犂。

綏溪漁隱

漁郎家在清溪曲，買斷徐潭作釣鄉。自製蓑衣眠別渚，故移茶竈上輕航。荔枝林塢水煙暖，鸂鶒桃花野岸長。日暮醉歸魚滿笞，樵青敲火倚疎篁。

送馮西美歸三山

橘仙巖下曾相見，沙合橋頭杜宇啼。白髮故人官滿去，一蓑寒雨上春犂。

杏林布衣方炯

炯字用晦，莆田人。與同里王朝德輝友善，嘗從方樸時舉諸人爲壺山文會。精醫術，自號杏翁，又號杏林布衣。著《杏林肘後方》、《傷寒書》、《脉理精微書》傳世。

哭郭維貞山人 一作「郭滄洲」。

破屋滄洲上，清貧獨可憐。書存無子讀，詩好有僧傳。葬卜中元夜，墳鄰北際邊。窮交空白首，莫贈買山錢。

苕溪耕隱

苕溪環翠入瓢壺，古木雲莊即舊居。每種秫田秋釀酒，剩收桐子夜觀書。雪晴度嶺閒騎犢，客至沿溪旋打魚。老我塵中無隱處，借君餘地著茅廬。

方坦

坦字□□，莆陽人。

石門清隱

鄭子石門隱，石門長晝開。了無俗客到，時有白雲來。谷暖耕春雨，牕隱聽瀑雷。徵賢有明詔，林下豈遺材。

浮邱先生陳紹叔

紹叔字克甫，莆田人。其先世居大浮山之西曰西陳，後有析居金沙者，故紹叔爲金沙人。而猶以浮邱爲號，學者因稱爲浮邱先生。幼好學，弱冠，博覽羣書，洞達性理，至老不倦。有外集百餘卷，名曰《浮邱集》。忽一日思其親友，遍至其家。既而得疾，越七日卒，年七十一。邑人江西儒學提舉林以順誌其墓。

鄭冢詩

土堆埋玉起愁雲，立石栽松灑淚痕。敢效大夫題鄭冢，竟遺一女嫁陳村。石田茅屋誰爲主，麥飯茶杯外有孫。寄語耕鉏莫相及，免教過客見銷魂。

余樾

樾字宏父，號梅邊，莆田水南人。隱居不仕。

壺山絶頂

乘高一盼望，萬象莫逃之。水漲溪如釀，雲生山似炊。江湖幾兩屐，天地一囊詩。暮借禪房宿，春寒到蟹池。

囊山辟支石

不到囊山五六年，偶來乘興直巖前。千林欲暮山含雨，六合無塵秋滿天。行至倦時眠樹下，飲成醉處舞花前。晚鐘似欲留人住，迢遞傳聲出遠煙。

囊山松風閣

翠雲不改舊時峯，笑我重來鬢已翁。掉臂山林三友共，論心宇宙幾人同。酒醒小閣松風溜，燈暗疎窗竹月籠。最是五更清夢斷，一聲鐘裏萬緣空。

囊山海月堂

突兀高山共眺臨，依然月照海波深。龍宫扶出青蓮界，兔窟移來寶樹林。夜榻蒲團忘世慮，曉窗香篆契禪心。箇中妙法無言是，有客來遊不用吟。

陳惟正〔一〕

惟正字□□〔二〕，莆田涵江人。善草書。

壺山寺

上方臺殿靄蒼蒼，及此春游興倍長。看竹解題高士句，尋山還宿遠公房。徑花故點青苔色，潭雨新經細草香。欲問虛空身外性，鷓鴣啼處又斜陽。

〔一〕〔二〕「正」，稿本作「楨」。

楊稷

稷字宗璉，漳州長泰人。好古慕學，隱居不仕。至正間，邑庠缺官，令林幹兒强聘攝學事。所著有《田家樂歌》，人能誦之。

田家樂

田家樂，田家樂，樂在堯天事耕鑿。大兒北壠種白雲，小兒南澗飲黄犢。婦姑談笑課蠶桑，深夜寒機響茅屋。

掌機沙

掌機沙字密卿，阿魯温氏，禮部尚書哈散公之孫也。學詩於薩天錫，故其詩風流俊爽，觀於《竹枝》，可以稱才子矣。

西湖竹枝詞

南北峯頭春色多，湖山堂下來櫂歌。美人蕩槳過湖去，小雨細生寒緑波。

不花帖木兒〔一〕

不花帖木兒字德新，國族居延王孫也。以世胄出入貴游間，而無裘馬聲色之習。所爲詩，落筆有奇語。

宫詞

玉樓珠箔晚天凉，秋色依稀滿建章。金井梧桐霜葉盡，自隨流水出宫墻。

西湖竹枝詞

湖上春歸人未歸，桃紅柳緑黄鶯飛。桃花落時多結子，楊花落處秖沾衣。

〔一〕「木」，原誤作「水」，據稿本改。

燕不花

燕不花字孟初，張掖人。出貴胄而貧，貧而有操，不妄請干於人。讀書爲文，最善持論。嘗建月旦人物評，人以其言多中云。

西湖竹枝詞

湖頭春滿藕花香，夜深何處有鳴榔。郎來打魚三更裏，凌亂波光與月光。

倪從

從字□□，□□人。王參政都中之門生也。

題本齋王公孝感白華圖卷

槐堂使君忠孝家，家世奕耀承天華。繡衣青雲曉迴立，金掌白露秋無瑕。鄱江東來清徹底，髓浹恩溶一千里。回看七塔白雲飛，不爲芝山明月住。人生七十自古稀，寸草報得三春暉。欣然歸養五馬貴，簫鼓却駕瑶池西。明知天上差何樂，明知佛性在空覺。刀寒股剔悲轉深，祭冷燈迷夢何託〔一〕。九符通天天無扃，雙鶴盤舞開神靈。飄飄白華不可執，皎皎來綴丹茶餅。聊珠熒盈隱紋膜，肥玉瘦瓊巧鏤琢。仙桃留核海茫茫，天女散花雲漠漠。何人不爲父母思，灑酒慷慨臨芳碑。空林染淚拾緑筍，中使促召占靈芝。先公凜凜忠義氣，配以清風柏舟誓。使君名德復繼之，況此孝誠動天地。天長地久不可量，理有必報善者昌。門生請續蘇子記，更爲此筆當明光。白麻快草還自許，金鼎調元承上瑞。雲從衮舄相接武，萬歲千秋奉明主。

〔一〕「燈」，原作「鐙」，據稿本改。

王雨

雨字伯時，□□人。早歲從學於張仲敏，好畫，皆有師法。

水竹居

屋枕澄湖地自偏，水光竹色滿虚簷。風摇翠雨香浮席，月送金波影入簾。閒拂玉琴和鳳吹，怒吹鐵笛起龍潛。春時有酒無餘事，筍熟芹香味可兼。

甘恪

恪字□□，□□人。以下四人，並見傅習、孫存吾《皇元風雅》。

餞理伯容赴江西憲掾

朝辭江漢水，暮宿匡廬山。鄱陽匡廬下，中有蛟龍關。龍君閟世久，風飄司往還。理子賢良資，神鬼敢有奸。逍遥十二仙，遲子湖之顔。高高肅政臺，去去登清班。坐觀黄鵠起，邈焉不可攀。端逢縻處士，文酒樂餘閒。

陳是若

是若字□□，□□人。

餞理伯容

南浦秋高蒲葉黄，驄馬行行之豫章。渥洼神骨特奇俊，龍沙勁氣故蒼茫。貂蟬入直月未曉，獬廌當途劍倍光。人材已是科名得，送君猶是望文昌。

劉孟畢〔一〕

孟畢字□□〔二〕，□□人。

餞理伯容

沿檄東行玉節光，匡廬雙劍照寒芒。文星移次傍南斗，楚水餘波及豫章。白簡分明千里月，清標氣肅九秋霜。斯文幸託蘇天庇，泮水春融芹藻香。

〔一〕〔二〕「畢」，原作「昱」（避諱字），今改。

劉夢義

夢義字□□，□□人。

餞理伯容

白髮重游漢水濱，纍桐幸遇按絃人。詩書潛玩簞瓢樂，山水清幽戲筆新。天霽蟾宫高獨步，霜寒柏府寂無人。一樽好共南樓月，别櫂西江浩蕩春。

豐自孫

自孫字霞隱，□□人。至正間，毛錬師永貞由龍虎三華院居四明白水宫，即丹山赤水洞天也。築其居曰石田山房。薛真人毅夫繼至石田，樂其幽勝，首爲賦詩，永貞因集古今題詠一卷，名《石田山房詩》，臨川曾堅序之。自豐自孫以下二十三人，並見石田山房詩。

遊丹山

萬古丹山洞，今朝遂一游。瀑高寒激雪，崖老晚宜秋。馴虎隨仙去，高堂有像留。獨嫌歸太速，未得細尋幽。

白雲山人郭亨加

亨加字仲休，號白雲山人，□□人。

瀑布

盡日看無倦，神清骨自仙。響添一夜雨，雄迸百巖泉。轉石雷生壑，懸崖劍倚天。好奇忘我老，猶欲上危巔。

趙澮山

澮山字□□，□□人。

瀑布

玉龍吼山山爲開，懸濤迸出翻崔嵬。回風便可作風雨，共聽萬壑鳴春雷。

趙至道

至道字竹逸，□□人。

瀑布

飛落寒泉一派高，初開響似浙江潮。松陰無雨雲常潤，石竇雖晴雪未消。素練幾時懸絶壁，白虹千尺跨層霄。丹山自是神仙府，弱水流來故不遥。

趙君璋

君璋字□□，□□人。

題白水宫三首

曾共樵夫采藥回，丹厓遥見白雲堆。百千萬劫仙風在，三十六溪春水來。琳館隨時容笑傲，杖藜沾濕上崔嵬。洞門深鎖無人識，應是劉樊去後開。

四明山中春雨餘，三台峯下訪仙居。雲開翠壁浮金闕，風定銀河下玉虚。幽洞夜明丹化鶴，清溪晝静獺窺魚。憑君爲問劉樊信，青鳥西來好寄書。仙傳二仙嘗戲術，劉吐水成魚，樊吐水成獺，故云云。

丹山勝概天下奇，重溪疊嶂游人稀。千年祠宇近霄漢，百尺飛泉摇夕暉。玉童吹笙月在户，仙子朝真雲滿衣。我來信宿謾興感，擾擾何時能息機。

孫士志

士志字道心，□□人。

題瀑布

玉龍戰罷力披靡，倒挂丹山飛不起。霆奔雷吼勇作氣，迸出銀潢半天水。銀潢迢迢水爲枯，寒光不動山月孤。兩厓中斷地轉軸，萬丈直下淵無魚。六月飛雪不受暑，使我神清慕仙侶。劉樊當年同上升，古木參天更如許。中間作者雖罕聞，亦有混樸之真人。洞開尚留丹氣暖，鶴返共説桃源春。憑君爲歌招隱曲，日暮山中枕流宿。明朝分與一夕多，一洗人間塵萬斛。

朱炯

炯字景純，□□人。

題瀑布

我生頗有煙霞癖，倚杖看山日幾回。石穴鑿開丹鳳去，瀑泉飛作玉龍來。因風忽灑半空雪，不雨長鳴萬壑雷。獨羡山中毛外史，隱居真得小蓬萊。

陳雍

雍字邦協，□□人。

題瀑布

水從何處來，流出白雲堆。噴灑千尺雪，砰礴萬壑雷。道人清徹骨，坐客静無埃〔一〕。一笑下山去，携琴踏月回。

題白水宫

枕中紅寶定堪傳，住近丹山第九天。振迹每尋雲水外，標名合在石崖邊。雨晴瀑布偏聞夜，火暖丹爐不記年。時盡一壺歌一曲，任渠唤作地行仙。

清暉亭

滌穎冰甌思不羣，滿亭詩景絶埃氛。好山當面開清碧，活水源頭寫白雲。鐵笛叫蟾寒欲起，玉笙招鶴夜初分。興來徙倚看長劍，時有神光射斗文。

〔一〕「静」，稿本作「凈」。

高彝

彝字伯元，□□人。

題丹山

丹山赤水神仙宅，布襪青鞋作勝游。百尺飛泉銀漢雪，一聲唳鶴洞天秋。青楞子熟雲壇静，琪樹花開石室幽。無限溪山留勝概，何時卜築向林邱。

陳克履

克履字履常，□□人。

題丹山二首

四明空闊石窗開，中有仙人白玉臺。一水遠從天上落，三台高拱洞前來。老槎瘦骨疑龍化，密竹清陰待鳳回。每向鄞江求勝跡，却於此地得蓬萊。

鐵衣驄馬踏蒼苔，忽叩仙門石洞開。碧漢秋聲懸白水，紫雲春色下丹臺。劉仙久已乘鸞去，韓令今猶跨鶴來。樽酒相逢足清興，新詩吟罷重徘徊。

王中

中字敬中，□□人。

題丹山

四窗山色秀可攬，雲根石屋高嶙峋。林間遺烏曾化虎，洞裏鞠猴渾似人。奔流直下幾千尺，高蹈今逾四十春。靈光夜夜照丹室，應有神仙來往頻。

汪文璟

文璟字良臣，□□人。

題丹山

丹山自昔神仙宅，好是靈蹤與世殊。百尺懸泉飛蜿蜒，千年遺烏化於菟。亭臺尚憶吹簫侶，芝术長供辟穀徒。欲駕柴車訪真隱，不知容我俗塵無。

楊璲

璲字元慶，□□人。

題丹山

仙子凌空駕玉龍，尚餘靈跡在山中。過雲拾得青𥫗子，看瀑因尋白水宫。未息干戈逢此日，忽聞鍾鼓仰玄風。也應脱屣非難事，曾識雲間采藥翁。

薛朝陽

朝陽字廷鳳，□□人。

石田高士丹山甚能繼其祖武人來每稱之益信名不虚也蒙惠書以詩代簡時余年八十有五

客來每説洞天勝，我亦久懷山水清。昇仙木近石林古，採藥溪深風雨生。三華真人昔居此，幾葉玄孫今擅名。若問老夫頭未白，尚能相訪寫高情。

于思緝

思緝字一山，□□人。

老舅大真人詩寄石田敬和一首因致問訊

昔年相送領珠庭，别語難忘夢亦清。記得四窗同久住，借騎一虎問長生。丹林已重前朝士，白水猶傳上古名。若躡三台峯頂望，老人星近見君情。

題雲林竹樹秀石圖

喬木千章高出雲，幽篁幾箇石嶙峋。平生邱壑真成癖，莫怪烏藤來往頻。

題丹山

春風兩度到蓬瀛，萬斛羈愁一洗清。雨榻卧聽崖瀑響，晴牕坐看白雲生。映階瑶草經年長，出火丹沙九轉成〔一〕。安得誅茆傍樊榭，問君乞取石田耕。

〔一〕「沙」，稿本作「砂」。

韓稷

稷字致静，□□人。

題丹山

欲尋赤水丹山洞，好是瑶簪玉筍鄉。峯作翠屏分户映，水爲羅帶繞溪長。乘雲御氣當炎漢，賞月吟風羨晚唐。人在石壇行禹步，空歌時送佩琳琅。

胡益

益字士恭，□□人。

遊白水宫

鑿石種瓊田，開山結丹房。高居鄰野衲，塵世輕秕糠。豈無胡麻飯，亦有辟穀方。迴視衆阻饑，惻愴摧中腸。荷鉏出四明，赤水流湯湯。靈苗三聚華，美玉雙成行。粒粟藏大界，黍珠懸昊蒼。陶然熟夢境，寤覺驚黄粱。騰身入北斗，酌彼金液漿。一飲踰萬劫，躡虹遊帝旁。歸來弄倒景，物我俱相忘。松風度虚室，内白涵純陽。蘿月挂峭壁，瀑泉灑銀牀。壺中迭隱見，河上參翱翔。雲碓激瀨舂，静休千日糧。童顔駐絳霞，紺髮凝玄光。步虚蕊珠宫，遺韻鏘琳琅。嘯然超象外，閉穴焚清香。琅玕鬱森長，芝草離披芳。運行紫河車，叱起金華羊。願採長生藥，持以奉明王。

陳則虛

則虛字斯與，□□人。

游白水宮

山根結屋便爲莊，不事菑畬待歲穰。種玉豈無和氏璞，燒丹亦有禹餘糧。自知雲外生涯濟，誰識林泉興味長。我亦欲歸尋舊業，夢魂時繞錦溪傍。

留若沖

若沖字如淵，□□人。

游白水宮 一作《毛道士石田山房》。

道人住居白水洞，洞口有田躬鑿耕。犁鉏不用辛苦少，玉石自分烹煉精。拾薪澗底客共煮，化羊嶺上仙俱成。夜深無扃月自到，坐聽九霄笙鶴聲。

趙行吾

行吾字思魯，□□人。

游白水宫

半屋梯雲鑿翠屏，千巖破雨斸青冥。駐鞭不假秦人力，開闢元非蜀帝靈。仙晼收禾勝辟穀，春腴種玉可延齡。歸來屐齒蒼苔滑，茅屋松蘿映碧扃。

張福

福字獻南〔一〕，□□人。

游白水宫 并序〔二〕

鶴齋薛真人，余之未識者，而慕其可人，先以詩寄之耳。

别帝歸來已二秋，好教安穩住丹邱。編經不用青藜杖，跨鶴還登白玉樓。羡爾能傳唐少保，愧余無復漢留侯。門前白水三千丈，應作黄河不盡流。

〔一〕「獻」，稿本作「憲」。

〔二〕「序」，稿本作「引」。

吴居正

居正字端學，□□人。

游白水宫

弱齡厭塵俗，勝跡心所仰。遂爲物外游，獲陪林下杖。魚梁依澗度，鳥道緣雲上。既覩仙真宅，愈重煙霞想。環山知幾峰，飛流可千丈。天神傍楣舞，水樂臨堦響。皮陸跡已陳，劉樊事亦往。不有繼先志，何能領清賞。前人有遺詠，磨厓看髣髴。

陳應麟

應麟字□□，□□人。見宋公傳《元詩體要》。

送薩經歷監舶泉南回京

玉立朝班侍紫宸，桐邊一見許清真。九霄星鳳人間瑞，萬斛珠犀扇外塵。行色急催閩海曙，吟情遠逐帝城春。相思一夜江花老，夢裏猶疑見可人。

趙學子

學子字希顏，□□人。以下四人並見許中麗《光岳英華》。

涉慈溪游定水謁蒲菴開士

水繞山圍紫翠重，禪關猶在亂雲中。雙峯老樹巢鳴鶴，兩澗清泉卧蟄龍。嵐氣濕衣梅子雨，天香凝座桂花風。論心得住慈雲閣，高倚虚空聽曉鐘。

龍驤

驤字叔昂，□□人。

題連珠上人醫卷

佛經講罷究醫篇，醫術能同佛法玄。應供無方還擣藥，燒丹有室就安禪。道源鷲嶺真非妄，方出龍宫祕不傳。千載神僧疑再見，珠林還在白雲邊。

送饒季讓進士赴京會試

幾載明經學積文，忽看超出鳳毛羣。璚林春色天邊覽，金榜名香日下聞。制作定追周禮樂，對揚宜述漢功勛。嗟余老疾唯棲遯，拭目高翰麗五雲。

危山臞

山臞字□□，□□人。

寄吴宗師

兩度裁詩記此辰，蓬萊紫氣又氤氲。羽衣金節承殊渥，玉檢丹書策上勳。花裏擣瓊朝進露，竹間放鶴晚看雲。吾師若肯仙凡骨，千載神丹早見分。

送陶鍊師歸四川

誰信天如蜀道難，鞭鸞跨鶴自來還。金盤調露趨三殿，玉檢封雲望五山。月冷青城棲漢劍，天晴紫氣滿秦關。近來自覺塵緣減，萬丈丹梯亦欲攀。

桂如祖

如祖字□□，□□人。

次韻奉謝芝軒中丞二首

星動蓬萊候使車，金銀佛寺桂花初。喜瞻上相威儀盛，深愧狂生禮法疎。甘露凝香瑶席酒，卿雲絢綵錦箋書。座隅屢沐垂青盼，敢頌明廷錫峻除。

禪伯閒居寶地深，白雲滿室散清陰。石龕虎跡留苔蘚，鐵鉢龍光出樹林。曉座雨花僧共講，夜窗燒燭客同吟。瀛洲學士清游處，何日重過遂夙心。

趙元善

元善字德元，號拙齋，□□人。以下七人，並見李伯璵《文翰類選大成》。

題松雪軒詩卷

蒼松出幽壑，將知化爲龍。飛騰固有時，竟日雲相從。下有柯山仙，盤桓軒之中。閑來種瑶草，環珮聲丁東。敲詩步明月，跨鶴乘天風。玩彼名利人，何當謝樊籠。

題沙縣丞山水圖

煙雲飛出霜毫端，蒼茫過眼迷山川。川平山開楚江闊，斷岸百尺波連天。風高雁背帶落日，輕帆點破滄浪烟。楓林疎處見疊嶂，寒巖瀉水清潺潺。孤村落葉滿山徑，紫扉日暮無人關。騎驢人過斷橋去，江南風景歸吟鞭。我生長憶武陵路，夢隨流水尋桃源。豈知開畫見此景，怳忽便欲從此仙。誰能寫我入畫裏，穩泛一葉秋江船。

和程邦民台州見寄韻

流水桃花杳不還，天台仙子共盤桓。風雲已慶天門近，世路從渠蜀道難。今日暫爲芹泮客，他時端作翰林官。捷聲遠聽鳴珂里，應有新詩寄歲寒。

送汪子中之惠州教

八月西江秋水生，故人别我赴官行。羅浮月落三更夢，庾嶺雲深幾日程。紅樹離離龍眼熟，黄沙漠漠馬蹄輕。西風儘有南飛雁，海闊天高也寄聲。

程克式

克式字景伊，號有筠，□□人。

乙酉九日同月德明董宗文登高

陰氛滌玉宇，霽色展初旭。良辰動好懷，三五縱遐矚。殷勤東山雲，邀我舉雙足。飄然升其巔，飲酒歌一曲。落帽孟參軍，千載名見録。漉巾陶先生，灑灑清可掬。杜陵倩整冠，胡乃大拘束。我今對西風，迹已脱邊幅。手摩緑絲鬢，顛倒插黄菊。

陳太初

太初字平仲，號素心，□□人。

上員外烏古孫幹卿

堂堂天下宰，楚楚幕中賓。高卧依南斗，遥思在北辰。昔聞辭大郡，今起贊洪鈞。岳牧迎旌旆，神明護鼎茵。風絲蘿蔓驛，露舫藕花津。行色登青漢，朝期報紫宸。屢更金獬廌，重帀采麒麟。梅近調羹日，槐需論道晨。窮閻稽甑石，野水訪絲綸。獨有冰池藻，微榮最待春。

題新安朱氏石房

紫陽孫住紫陽山，巖居百年華屋閑。穹窿女媧天五色，髣髴老僧雲半間。春雨壁將苔蘚畫，秋風門用薜蘿關。西有赤松愛此室，駕鴻與君爲往還。

贈琴僧

鳳出深林龍躍淵，聽師爲穎復爲賢。貝多葉動風翻譜，薝蔔花飛雨打絃〔一〕。冰玉不鳴禪定後，雲韶俱在佛生前。衲衣秋薄徽星冷，同上虚堂一榻眠。

送江學正之延陵

季子耕鄉接海莎，客船東去稔吴歌。岐黄學倚官曹重，和緩名居户版多。舐鼎犬閑思碧落，獻方龍急突滄波。故園日寫平安字，野水春風緑滿坡。

贈星翁舒達觀

霜風老槐啼暮鴉，旅顔入户楨如霞。清宵屢指蟻旋磨，急景安得龍迴車。野飯煮冰客行路，寒燈生粟親在家。青春何不把賦筆，牡丹開遍長安花。

〔一〕「蒼」，原誤作「簷」，據稿本改。

祝賓于

賓于字□□，□□人。

上參議烏古孫幹卿

中書謀議伫賢才，帝遣皇華一使催。霜到南溟清八郡，星懸北斗伴三台。寒膏介胄朝天燭，暖蕊胚胎入鼎梅。釀得太和凝聚後，武夷山色望歸來。

秋風

閶闔西來忽在兹，塞鴻江燕又參差。庭中落葉明皇曲，水上行宫武帝祠。晚影疎林飄鶴毳，暗塵空屋拂蟲絲。洛川滿泛凉波起，鱠雪紛然到客思。

秋水行舟

厭滌秋塵馬上衫，清江喜見軸艫銜。菊潭盈水香迎櫂，荻浦驚飈雪上帆。錦繡鷲羣鸂鶒好，戈矛魚隊鷺鸞饞。雲蓬一夜看花夢，清曉芙蓉拆數緘。

寄浙省郎中崔伯恭

紫薇香月澹金波，幕下嘉賓德可歌。獬廌庭前冠角峻，鳳皇池上珮聲和。瞻天牛斗星辰闊，接地東南郡國多。相業定歸崔佑甫，人才八百合蒐羅。

董宗文

宗文字□□，□□人。

嘉興道中

入城出城皆石梁，西麗北麗遠相望。蔔萄新條初上架，銀杏深枝多覆墻。野禽作伴來沙渚，官馬將駒鳴草場。倚石浣紗誰氏子，春風回首碧流長。

駕幸上都

居庸削鐵壯重關，萬歲千秋此往還。絶域贄琛通月窟，老人携杖識天顔。駝垂寶絡儀容麗，象服金輿步驟閑。疎雨灑塵黄道近，鬱葱瑞氣曉雲間。

贈景雲除翰林經歷

玉堂清切禁垣西，引領文星夜聚奎。太液春風陪泛鷁，東華曉日聽鳴雞。五經會講資宸斷，三史成書錫御題。想見從容治平日，薇花香透筍班齊。

省官宴試闈諸公于滕王閣次總管李子威韻

盛筵勝地憶閣公，今日誰知此會同。滿座盡爲千里客，一時獨借片帆風。花摇絳蠟波光上，甲蘸紅螺月影中。醉倚闌干送飛鶩，蓬萊縹緲五雲東。

陸秋水

秋水字□□，□□人。

同華翠微西湖泛舟

出山猶覺葛衣輕，到此游塵滓眼明。呼酒痛澆城市俗，彈琴直使水雲清。桃花照郭紅先醉，菰葉穿沙緑未成。多少行春湖上客，幾人能解識吾生。

傅子初

子初字□□，□□人。

贈别明善待制

金榜當年第一人，遠騎驄馬訪生民。江南秋老風霜肅，天上春回雨露新。並海鹽煙青未了，近城芻草緑難匀。歸途剩有關心處，細寫封章對紫宸。

寄修三史諸賢

仙李摧殘六十秋，宸居傳舍幾曾留。剖豝北去空亡晉，誓衆南歸早繼周。江岸喜聞泥作馬，海陵難渡渚名牛。今逢萬國爲家日，正閏須憑熟講修。

贈茅山郎尊師

明月孤巖曉色寒，笑騎白鹿下瑶壇。袖中三尺龍蛇動，物外一壺天地寬。囊括久藏延命訣，爐開新試活人丹。功成歸去春無限，紅杏東風滿藥欄。

和劉彦機早春見寄

簫聲花底引鵷雛，攲枕清溪夢覺初。銀漢影斜凉露下，起和殘月看天書。

張菊存

菊存字里未詳，詩見陶九成《輟耕録》云：「龍廣寒，江西人，移居錢唐。挾預知之術，游湖海間，咸推爲異人。事母至孝，六月一日，母生辰，方舉觴爲壽，忽見北牖外梅花一枝盛開，士大夫皆以爲孝行所感，稱之曰孝梅。贈詩者甚多，惟菊存一篇，最可膾炙。」

孝梅詩

南風吹南枝，一白點萬緑。歲寒誰知心，孟宗林下竹。